Las ruinas de la Tierra

Las ruinas de la Tierra

J.N. Chaney y Christopher Hopper

Las ruinas de la Tierra

Primer libro de la saga de Las ruinas de la Tierra

Las ruinas de la Tierra

Translated by Nicolás Olucha Sánchez

Original title: *Ruins of the Earth*

Original language: English

Copyright © 2020, 2022 Christopher Hopper, J.N. Chaney and SAGA Egmont

All rights reserved

ISBN: 978-1-0394-6023-2

1st edition

www.podiumentertainment.com

Las ruinas de la Tierra

Prólogo

10:48, martes, 9 de marzo de 2004
Al Qa'im, Irak
Al sur de la Ruta del Jade

Las balas impactan contra la esquina de la casa emitiendo un sonido que parece el de una espátula que golpea una mesa de cocina. Agarro a Jack y lo aparto de la acera mientras trozos de cemento raspan mi cuello. No es la primera vez que me disparan, pero, sin duda, es la vez que han estado más cerca de darme. Estoy cabreado y asustado al mismo tiempo.

—¿Los ves? —pregunta Jack.

—A una manzana al sur, al otro lado de la calle, creo. —Hago todo lo posible para reducir mi ritmo cardíaco, pero no recuerdo a cuántas respiraciones por segundo tendría que estar—. Arriba, en la ventana del segundo piso.

—Entendido.

Jack se arrodilla, espera a que haya una pausa y asoma su M4 por la esquina.

—Los veo. —Pero antes de que pueda disparar, otra ráfaga arranca trozos de la esquina del edificio. Jack se retira—. Tres más. A ras de calle, Toyota rojo.

—Es como si supieran que íbamos a venir. —Agarro la empuñadura de mi M4 con fuerza—. Diez pavos a que ha sido Yasin.

Jack me mira.

—¿Don Risitas?

Asiento con la cabeza.

—Me pareció verlo a una manzana hacia el oeste hablando por teléfono.

—¿Seguro?

—Estoy bastante seguro, sí. ¿Dónde está Clark?

He perdido de vista al soldado.

—En la carreta junto al burro, quince metros al frente. Le han dado pero aún se mueve.

—Mierda.

Miro hacia atrás y observo el camino por el que hemos venido. El resto del Eco Cuatro Uno se ha puesto a cubierto a lo largo de la calle, pero también están acorralados, y devuelven una ráfaga por cada cinco que reciben. Por suerte, el cabo Shaft —sí, es su nombre real— ha dividido el escuadrón y nos ha desplegado a ambos lados de la calle.

Aunque Jack y yo hemos localizado hasta cuatro enemigos, tiene que haber muchos más a juzgar por la cantidad de disparos de AK. Es una emboscada. Y ahora mismo el enemigo nos tiene bajo mínimos entre las casas bajas de barro y cemento, como si fuéramos gatos tratando de evitar el agua. El corazón me late con fuerza en el pecho y hago fuerza para que las manos dejen de temblarme.

Justo entonces uno de los Humvees del escuadrón equipado con una M240B, una ametralladora media alimentada mediante cinta y con recarga accionada por gas, se abre paso por nuestra retaguardia. Además de matar a discreción, su función es intimidar al enemigo hasta la médula en situaciones como esta para que los marines en el campo de batalla hagamos lo que tenemos que hacer.

—Ya era hora —dice Jack—. ¿Vamos a por Clark?

Tardo un segundo en darme cuenta de que Jack quiere que echemos a correr e intentemos rescatar al soldado.

—Sí. Claro. Somos los mosqueteros, ¿o no?

—Lazos más allá de la sangre —responde.

Pero yo sigo dudando.

En ese momento, el soldado de primera García, el artillero a cargo de la ametralladora 249, empieza a disparar a mansalva junto con el Humvee. Es suficiente para darme el impulso que necesito.

—Muy bien, vamos allá.

Jack se encorva y va en cabeza, yo me quedo detrás de él con mi M4 apuntando al objetivo. Disparo algunos tiros al enemigo, pero tengo demasiada adrenalina como para averiguar si le he dado a alguien. En cuanto Jack se coloca detrás de la carreta, intercambiamos los papeles y yo salgo a toda velocidad para ponerme a cubierto mientras él se encarga del fuego de cobertura. Las balas enemigas rebotan contra el suelo mientras volcamos el carro de madera y metal en medio de la calle.

—¿Cómo te encuentras, Clark? —pregunto mientras nos acribillan con ráfagas de AK que impactan en la baranda que me cubre.

Pero apenas he formulado la pregunta cuando me doy cuenta del charco de sangre bajo sus piernas y de la herida abierta a la altura de sus rodillas. No sé cómo gestionar esta situación. No es como en las películas. O en los videojuegos. Es…

—¿Me ha dado en la polla? —Clark me agarra del chaleco—. ¿Me ha volado las pelotas?

La verdad es que no sé si le han dado en la polla o no. Hay un puto caos ahí abajo. Me preocupa más su arteria femoral que su miembro viril, pero tiene todo el derecho a estar asustado.

—Todo va a salir bien, Clark. ¿Me oyes?

—Tiene mala pinta, ¿verdad?

Le miento y niego con la cabeza mientras dos balas impactan en el cadáver del burro que hay a mi lado. Huele a putrefacción y a goma quemada.

—Sigue respirando despacio y tranquilamente. ¿De acuerdo?

Clark asiente con la cabeza.

Me inclino y alcanzo el botiquín ajustado a su cinturón; todos llevamos uno entre la riñonera y la cantimplora. Mientras Jack intercala disparos con las ametralladoras, quito el torniquete. Intento determinar cuál de las dos piernas está peor. La pierna buena, creo.

—Esto te va a doler, hermano.

—Hazlo —responde.

Asiento y me pongo manos a la obra. Jack ayuda a inmovilizar a Clark mientras este maldice y lucha contra el dolor. Al acabar, aparto las manos y me quedo impactado por la cantidad de sangre que hay en ellas. No sé qué esperaba, pero de repente la cinta antideslizante extra que el sargento Michaels nos obligó a poner en la empuñadura de las M4 cobra todo el sentido del mundo.

Ahora toca sacar a Clark de aquí.

Aunque las ametralladoras M4, 240 y 249 del escuadrón contienen a la mayoría de *hajjis*, parece que hay un insurgente en particular fuera de su rango de fuego que nos tiene en el punto de mira. Sacar a Clark de la zona de peligro no será muy efectivo si nos disparan por el camino.

Echo un vistazo rápido por la esquina izquierda de la carreta y veo a un hombre vestido con un pañuelo a cuadros rojos y blancos y un chándal negro justo en la ventana del primer piso.

—Enemigo a la izquierda —le digo a Jack.

Asiente y, pese a no tener una buena visión de tiro, abre fuego sobre la casa, obligando al enemigo a alejarse.

Entonces me asomo y observo a través de la mira.

—Venga, hijo de puta, ¿dónde estás?

Dos segundos más tarde, el enemigo aparece de nuevo en la ventana, justo frente a mí. Mi corazón se detiene. Aprieto el gatillo dos veces y en un rugido violento mi M4 escupe plomo. El *hajji* desaparece.

—¡Le has dado! —grita Jack mientras me pongo a cubierto detrás de la carreta.

—Objetivo abatido. —Doy por hecho que Jack tiene razón.

—Vamos a sacarte de aquí, Clark —dice Jack—. ¿Todavía puedes disparar?

El soldado echa un vistazo a su M4 y asiente con la cabeza. Su cara y sus labios están tan pálidos como los de un fantasma.

—Bien —dice, Jack y luego dirige su mirada hacia mí—. ¿Estás listo?

—Espera. —Extraigo una granada de M67 de una cartuchera enganchada a mi chaleco táctico—. Ahora sí.

Jack sonríe y agarra el asa de tela del chaleco *flak* de Clark.

—Que empiece la fiesta.

—Granada va.

Extraigo la anilla y la palanca se separa en cuanto lanzo la granada. Ambos corremos que nos las pelamos mientras ráfagas de AK se estrellan contra el suelo. Clark dispara a toda máquina mientras corremos, y no lo culpo por ello. Yo también querría dejar el fusil seco.

Casi nos hemos puesto a cubierto entre dos edificios cuando la alarma de mi subconsciente se activa. Una fracción de segundo después, la granada estalla. El suelo tiembla y me pitan los oídos. Pero el fuego enemigo se detiene durante el tiempo suficiente como para que el cabo Shaft y el cabo segundo Anderson nos agarren del brazo y nos metan en el callejón.

—Tendríais que haber esperado a tener un mayor apoyo, Finnegan —dice Shaft.

Me dejo caer frente a la pared, pero estoy demasiado nervioso como para responder con nada que no sea un «Sí, cabo». Quiero decirle que he visto a Yasin, quiero decirles a todos que creo que es él quien está revelando nuestra posición y diciéndoles a los insurgentes los lugares exactos en los que encontrarnos. Pero la sangre en mis manos y haber atravesado una tormenta de balas y sobrevivir hacen que me encuentre fuera de mí.

—¡Médico! —grita Anderson. Entonces me da un golpe en el hombro—. Eh, ¿estás bien?

Asiento, pero no me encuentro bien.

—Has hecho lo que debías—dice señalando a Clark con la barbilla.

—Gracias.

Jack está al otro lado del soldado, manteniéndolo ocupado charlando.

—Respira conmigo. Vamos.

—¿Le he dado a alguno?

—Sí. Incluso dos veces al burro.

Clark sonríe.

—¿¡Dónde está el puto médico!? —grita Anderson de nuevo.

Bolsas de plástico de supermercado ruedan empujadas por el viento al fondo del callejón mientras pienso en Yasin.

—Lo he visto. A una manzana al oeste —le digo a Shaft.

—¿A quién?

—A Yasin.

Es miembro del Cuerpo de Defensa Civil iraquí y ejerce regularmente de traductor de nuestra unidad cuando trabajamos con el jefe de policía de Al-Qa'im. Desde el primer día tuve el presentimiento de que ambos trabajaban para Al-Qaeda, pero no tenía pruebas. ¿Y quién va a prestar atención a un soldado de primera de Brooklyn que dice que no le gusta un *hajji* de sonrisa sospechosa?

—No has visto una mierda, marine —responde Shaft—. El comandante da por hecho que colaboraremos y no vas a ser tú quien lo joda. ¿*Roger*?

—*Roger*.

Naturalmente, me muero de ganas de darle un puñetazo en la cara. Se me pasan por la cabeza todas las películas que he visto donde un novato estúpido golpea a un suboficial. Pero a diferencia de los actores, yo tengo que vivir con las consecuencias reales de un castigo no judicial. No merece la pena.

Entonces el médico llega al callejón. También el Humvee con la 240, y Shaft da la orden de que coloquen a Clark en la parte trasera. Estoy a punto de echar una mano cuando oigo un grito.

—¡RPG!

Me quedo pegado al edificio y Jack se estira para proteger al soldado de la explosión. En la fracción de segundo en que la granada propulsada pasa silbando junto al vehículo y estalla frente al edificio que tenemos detrás, me doy cuenta de que lo que siempre he pensado de Jack es verdad: mi amigo de la infancia es un puto héroe. Nunca le digas algo así a un *devil dog*. Pero de todos los tipos que he conocido capaces de matar al enemigo y salvar a un hermano al mismo tiempo, él es único. Es el Capitán América, en carne y hueso.

Una lluvia de cemento y metralla cae sobre nosotros y los oídos me pitan aún más. Parpadeo varias veces y veo a Jack gritándole a Clark a la cara. Los dos están cubiertos de escombros. No oigo lo que está diciendo, pero veo que Jack lo zarandea agarrado a su chaleco.

—¡Subidlo! —grita Shaft.

Me incorporo y ayudo a cubrir a Jack y al médico mientras arrastran a Clark, para alejarlo de la seguridad del callejón. Pero ráfagas de AK impactan en el parabrisas del Humvee y obligan a retroceder.

—Yo os cubro —dice el conductor, que abre la puerta para que actúe como escudo mientras dispara en respuesta.

Las balas resuenan contra la puerta y algunas pasan de largo. Pero es suficiente protección para que podamos llevar a Clark adonde corresponde. Otros dos marines, el soldado Clapper y el soldado de primera Wood, son atendidos junto a Clark. Parece que a Clapper le han dado en la espinilla y la manga izquierda de Wood está empapada de sangre.

Al pasar de trece hombres a diez y con los tres marines restantes cubiertos tras el Humvee, Shaft ordena emprender la retirada. La unidad se mueve junto con el vehículo y regresa por donde llegó. Es una humillación, y lo odio, pero también me alegra poder alejarme de este infierno. El enemigo ha logrado reunir más artillería y su posición es mejor.

Pasamos frente a una calle secundaria y veo a un hombre al otro lado ataviado con el uniforme marrón del Cuerpo de Defensa Civil iraquí y una gorra de béisbol roja. Es Yasin. Y continúa hablando por teléfono el cabrón.

—Hijo de puta. —Me dirijo a mi superior y señalo hacia el callejón—. Cabo Shaft, es Yasin.

Shaft dispara un par de ráfagas más hacia el enemigo y luego mira hacia donde he señalado.

—¡Mierda!

—Lo tengo en posición.

—Negativo. No va armado.

—Pero está hablando por…

—¡Negativo, Finnegan! No dispares.

—Entendido.

Es una decisión incorrecta. Este *hajji* hijo de puta es el que ha orquestado esta emboscada. Y a juzgar por lo que puedo oír por radio combinado con el humo y los estallidos que veo a cuatro manzanas al oeste de nuestra posición, parece que Yasin también ha revelado la posición de los otros escuadrones.

Aprieto los dientes y veo cómo dejamos atrás a Yasin en el callejón. Ya no me tiemblan tanto las manos, pero sigo cabreado. Así que saco mi rabia contra un imbécil en pantalón corto y sandalias corriendo hacia la carreta con un RPG, la joya de cualquier combatiente del tercer mundo. Le doy en el hombro y entonces lo pierdo de vista. Dos segundos más tarde, un compañero suyo agarra el RPG y apunta hacia nuestro Humvee. Disparo de nuevo y le doy al *hajji* en la cabeza. Pero le ha dado tiempo a disparar.

Cuando el proyectil impacta en el parabrisas del Humvee, la parte trasera del vehículo se llena de cristal fundido. Dos soldados caen abatidos y un tercero se estrella contra una casa por el movimiento del Humvee. Caigo de espaldas, pero me pongo en pie cuando veo que Jack mantiene el suficiente arrojo como para sacar a Clark del vehículo. Las piernas del soldado están parcialmente en llamas, pero parece estar demasiado conmocionado como para sentir nada. Aun así, Jack apaga las llamas y arrastra a Clark por la calle.

Agarro la mano del soldado y miro hacia el norte; estamos a menos de veinte metros de la Ruta del Jade, la carretera principal que circula al oeste del Campamento Husaybah. Con un poco de suerte, el convoy del sargento Corrigan en la comisaría de policía estará a punto de prestar apoyo. Eso si no lo están atacando, claro, en cuyo caso necesitaríamos una fuerza de reacción rápida.

Dios mío, aquí estoy yo, un soldado jugando a ajedrez mientras las balas le pasan silbando.

Miro hacia atrás por encima del hombro y veo que los *hajjis* empiezan a seguirnos. Deben de oler la sangre.

Alguien da avisos de granada un par de veces o tres, seguidos de varias explosiones. La calle está llena de polvo y humo, pero las ráfagas de AK continúan. Entonces noto un dolor en la pierna izquierda, como si alguien me hubiera puesto una barra de hierro ardiendo en el gemelo. Pero sin saber muy bien cómo, continúo arrastrando a Clark del brazo. Veo sangre en el camal. Sí, me han dado. ¡Joder! Me han dado en la puta pierna.

Estamos a diez metros de la carretera cuando un Humvee dobla la esquina con un afuste improvisado para un lanzagranadas automático Mk 19 alimentado mediante cinta. Al parecer Dios me ha escuchado. Han doblado la lona del Humvee para crear una defensa improvisada. Parece sacado de *Mad Max*.

El marine a cargo no pierde ni un segundo. Agarra el Mk 19 y escucho el característico bom, bom, bom extenderse a lo largo de la calle mientras las granadas de cuarenta milímetros explotan en la posición del enemigo. A pesar de que estoy herido, la cadencia del lanzagranadas me ayuda a avanzar a un ritmo, y Jack y yo sacamos a Clark de la zona de peligro y nos ponemos a cubierto en la Ruta del Jade.

Me sitúo en una esquina con el M4 apuntando hacia el sur mientras el resto del escuadrón avanza hacia mí para ir al ataque. Busco algún objetivo al fondo, pero el Mk19 los ha hecho a todos papilla y ya no se escucha el sonido de los AK-47. Instintivamente, empiezo a contar nuestros escuadrones y añado un marine más, el cabo Shaft, que ha salido completamente ileso. Ver para creer.

Miro a Clark. El médico acaba de inyectarle morfina y le ha escrito la hora y la dosis en el brazo. Pero entonces cruzo miradas con Jack y veo como niega levemente con la cabeza. Entonces me doy cuenta de que la dosis es para que pueda morir sin sentir tanto dolor, no para que se recupere.

***

Nunca cuento esta historia. Al menos no detalladamente. Pero sí que cuento lo duro que fue tener que acatar las órdenes del general de «lo primero es no hacer daño» para fomentar una «mentalidad procoalición». Claro, yo solo era un pelirrojo irlandés católico de Brooklyn, ¿qué iba a saber?

«Aprendimos de Vietnam», dijeron. «Integraos en la comunidad, haced rondas con la policía, ganaos su corazón y su razón», nos dijeron.

Y lo entiendo. Nuestros superiores creían que esas instrucciones eran la manera más rápida de detener el combate. Y creo que la mayoría tenía tantas ganas de volver a casa como nosotros.

Pero no era la mejor manera.

Y se cobraron vidas.

El soldado Samuel K. Clark, un dependiente de verdulería al que le encantaba cazar ciervos cerca de su ciudad natal, Flagstaff, en Arizona, murió antes de que llegáramos al Campamento Husaybah. Sin medalla. Sin ninguna explicación para su familia. Y verlo morir me desgarró por dentro. Me sigue desgarrando.

Jack también merecía una medalla. Pero no hubo ningún reconocimiento a pesar de los informes posteriores que redacté y de las cartas que escribimos a los altos cargos. Pero seguro que el imbécil del lugarteniente que nos metió en todo este lío recibió algo.

El Mayor, Dios lo bendiga, necesitaba una victoria, no múltiples emboscadas. Los políticos, aposentados en sus sillones de cuero con sus libretas de piel, necesitaban que los marines de turno los ayudaran a asegurar sus reelecciones. Necesitaban oír que sus planes habían funcionado.

¿Y nosotros qué necesitábamos?

Pienso mucho en eso. Tal y como yo lo veo, necesitábamos permiso para combatir del modo en que habíamos sido instruidos. Para ganar. Pero el país no estaba preparado para eso. La gente ya no tenía las pelotas necesarias para asumir el tipo de violencia que podíamos desatar. Es algo incómodo. Y no los culpo en absoluto. Pero esa es la diferencia entre guerreros entrenados y civiles. Tenemos la formación adecuada para ir más allá y hacer lo que nadie más puede o quiere hacer. Se llama guerra. Y necesitábamos ganarla. En lugar de eso, lo que nos llevamos fue una herida que supura lentamente y que aún no ha encontrado la forma de sanar.

Lo que ocurrió en el puesto de control de la ciudad fronteriza con Siria acabó debajo de la alfombra. Sí, claro, al final aparecieron algunas noticias aquí y allá. Pero no fue un reflejo fiel de la visión de los hechos que tenía la Compañía Eco.

Irónicamente, a finales de abril de 2004, todo el personal, las instalaciones y los equipos del Cuerpo de Defensa Civil fueron transferidos al Ministerio de Defensa iraquí, dependiente de las Fuerzas Armadas Iraquíes. Pero no sería la última vez que los marines sufrieran un ataque en Al Qa'im. Tres semanas más tarde, los que sobrevivieron y los que cayeron recibieron su merecido reconocimiento. Oh, sí, bravo.

En cuanto a Jack y a mí, volvimos a nuestra unidad después de que nos dieran chocolate caliente y tiritas. Nunca volví a ver al cabo Shaft, aunque fue lo mejor. Y cada vez que salíamos de patrulla, Jack siempre pedía ponerse al frente.

—Es por Clark —decía.

Y era un hijo de puta al decir eso, porque sabía que yo no podía decir que no.

Y debí haber dicho que no.

Debí haber dicho que no, joder.

Primera parte

Veintitrés años después

Capítulo 1

14:15, lunes, 25 de abril de 2027
Antártida Occidental
Centro de Investigación de las Montañas
Subglaciales Ellsworth

HE DEJADO DE LUCHAR. Pero a veces los *devil dogs* no tenemos muchas alternativas, ¿verdad?

Le lanzo un directo a Vlad en toda la boca.

El moscovita de uno noventa eleva su uniceja sorprendido. Luego sonríe, dejando a la vista dos hileras de dientes manchados de rojo, uno recién salido del sitio.

—Igual te conviene ir a que te miren el diente —digo.

Gruñe y escupe el diente.

—O deshacerte de él —añado—. Es más barato.

Esquivo su contragolpe y le lanzo un derechazo a la mejilla. De nuevo, la bestia parece tranquila. Pero la multitud no: el pabellón al completo da voces y algunos lo hacen en ruso, coreando algo sobre «el viejo y el monstruo». Suena a una novela mala de Hemingway. O peor, a una película de acción de los ochenta.

Los dos siguientes golpes de mi oponente aterrizan en mis antebrazos. El tipo es un jodido tanque. Evito su tercer golpe y le doy en las costillas por el lado izquierdo. Suena un crujido bajo mi puño. Gruñe. Supongo que él también lo ha notado. Así que me dispongo a darle un segundo puñetazo en su nuevo punto débil, pero atrapa mi puño bajo el brazo y lo retuerce.

La fuerza repentina me hace perder el equilibrio y me estrello contra algunos de los muebles metálicos plegables del pabellón. Los rusos rugen y empiezan a golpear las mesas.

Cuando me vuelvo para mirar a mi oponente, veo un puño que viene directo a mi cabeza. Me agacho y noto el viento que me silba en la oreja.

Luego vuelve a gruñir cuando le doy un segundo golpe en las costillas. Eso le hace caer al suelo y el público se pone en pie, medio por sorpresa, medio por emoción.

Desde el momento en que los «contingentes militares conjuntos» internacionales en «maniobras de entrenamiento de campo no armadas» llegaron hace un mes, Vlad me puso la etiqueta de «perro alfa americano de barba roja». No me molesta el apodo, pero no es el más fácil de tatuar. Entre los encuentros en el gimnasio y las largas miradas en el comedor, no sabía si Vlad intentaba provocarme o invitarme a salir.

—No te levantes —le digo, consciente de que, si se levanta, acabará más feo de lo que era antes de empezar, que ya es decir.

No estaba de humor cuando empezó la pelea y quería asegurarme de que no habría un segundo enfrentamiento. Mi oponente, sin embargo, parece que no va a dejar de luchar hasta quedar inconsciente. A juzgar por los tatuajes en sus manos, no me sorprende.

Vlad escupe sangre en el suelo de linóleo, luego se abalanza sobre mi estómago y me rodea la cintura con ambos brazos. Retrocedo con fuerza, intentando seguirle el ritmo, pero no soy lo suficientemente rápido. La multitud se divide y chocamos contra una fila de sillas plegables de metal. Utilizo el caos a mi favor y consigo rodar para zafarme de sus garras.

Al instante me pongo de pie y me quedo firme e inmóvil mientras él lucha por levantarse del suelo. Sí, podría saltar sobre él y seguramente ganaría. Pero no soy de los que patean a alguien cuando está en el suelo. Y además no hay necesidad. El mero hecho de haberme levantado antes que él ya lo dice todo.

Vlad es diez años más joven que yo y tiene tanto la altura como el tamaño a su favor. Mientras que yo soy el viejo del lugar, soy varios centímetros más bajo que él y peso quince kilos menos. Aunque ambos seamos luchadores y patriotas, yo soy algo más que él.

Soy un estratega.

La mayoría de la gente cree que una pelea se basa en la fuerza bruta y en saber encajar golpes. Sí, eso influye, naturalmente. Pero ganar una pelea a puñetazos, o cualquier tipo de pelea, tiene mucho más que ver con la estrategia de lo que la mayoría de la gente supone. Es un juego mental, una verdadera batalla de ingenio, parafraseando a *La princesa prometida*, en la que se descubre «quién ha acertado y quién ha muerto». Dios, me encanta esa película.

Al estudiar a mi oponente durante el último mes, me di cuenta de que Vlad tiene mal genio, lo que significa que su amígdala está intentando dominar a su córtex prefrontal.

Vlad me lanza una silla, lo cual constata mi teoría. La esquivo y espero a que se levante. Pone la cabeza como si fuera un toro y entonces, con la rabia previsible, baja los hombros y se abalanza contra mí. Lo esquivo como si fuera un torero y veo cómo varios de sus hombres lo frenan y le dan la vuelta. Sangra por la boca y se protege el costado izquierdo por acto reflejo.

Vuelve a embestir, así que aplico otro truco aprendido en el Programa de Artes Marciales del Cuerpo de Marines. Me inclino hacia la izquierda para evitar un cruce de derechas y aprovecho la posición para darle una patada rápida en el costado izquierdo. Le doy en las costillas con la parte baja de la espinilla. Se encorva al recibir el golpe, pero se recupera rápidamente. Entonces me lanza un directo con la izquierda, pero demasiado lento para ser efectivo. Así que le atrapo la muñeca y le hago doblar la mano hacia abajo y hacia fuera. El dolor de los nervios es explosivo, aunque no destructivo, y Vlad trata instintivamente de aliviar la presión arqueando la espalda.

Puesto que sé que a los rusos se les enseña a ser despiadados —como ha podido dejar entrever el lanzamiento de silla—, decido aconsejar a Vlad que se rinda mientras tenga la oportunidad. Con la mano todavía bloqueada, le doy un golpe rápido en la rodilla izquierda. No es suficiente para romper la articulación, pero le hará cojear durante una o dos semanas.

Vlad se aparta y emite un gruñido leve.

—Escucha, grandullón —digo, bajando las manos en un gesto simbólico. Es algo que ofrece a los oponentes cansados una salida y a los agresivos una excusa para continuar luchando—. Podemos dejar esto aquí y...

Es de los agresivos.

Los compañeros de Vlad lo empujan de nuevo al ring improvisado y me lanza un gancho de izquierda a la cabeza. Me inclino hacia la izquierda. Me lanza un *uppercut* con la derecha. Me inclino hacia la derecha. Tras otro gancho de izquierda fallido, lo golpeo en las costillas por cuarta vez. Se encorva y retrocede.

Lo que mi contendiente de gran tamaño no sabe es que yo también estoy sufriendo. Este cuerpo de cuarenta y cuatro años ya no es lo que era. Me duelen los nudillos, las manos y los brazos, y mi espalda está hecha un desastre por los golpes contra la mesa y las sillas. Pero eso es otra cosa que se aprende con la edad: la habilidad para ocultar el dolor. Y por simple que parezca, si el enemigo no cree que te está pudiendo, su intensidad disminuye.

Y me parece bien. Quiero pisar el freno, no el acelerador. Se suponía que esto iba a ser fácil, ¿no?

Dos semanas más y me voy. A beber limonada y a ver las puestas de sol de la Pensilvania rural, donde nadie pueda encontrarme.

La gente dice que voy a echar de menos estas cosas. Puede que sí. Lo que no echaré de menos, sin embargo, es no llevar a todo el mundo a casa al final de una misión. Esa parte del trabajo bien puede irse a la mierda. Y también todo lo de que estamos luchando por algo más grande que nosotros mismos. Antes lo hacíamos. ¿Pero ahora? No sé. Tal vez solo estamos peleando contra versiones más jóvenes de nosotros mismos, y al final nada de eso importa. A nadie le importa. Y el mundo va a hacer lo que el mundo quiere hacer con o sin nosotros.

Vlad hace crujir las vértebras del cuello. Toda una declaración de intenciones.

Cojo mi sándwich de la mesa del comedor y le doy un mordisco.

—¿Seguro que no quieres parar? —digo, y luego me trago el jamón y el queso envueltos en pan de centeno. Está soso.

Vlad me hace un gesto con los dedos para que me acerque a él.

—Como quieras.

Con las manos elevadas, nos desplazamos en círculo, moviendo las cabezas a izquierda y derecha como serpientes jugando al escondite entre columnas de piedra. Vlad lanza una combinación de izquierda y derecha que me obliga a retroceder. Un tercer puñetazo me roza la barbilla, pero no lo suficiente como para hacerme daño de verdad. Duele, pero no tanto como el directo de izquierda que le asesto en la cara y el gancho de derecha que le propino en las costillas. Suelta algunos tacos en ruso, se aleja y sacude la cabeza.

Estoy a una jugada de hacerle jaque mate. Lo sé gracias a mi investigación. Cada vez que Vlad intenta su último *press* de banca en el gimnasio, hace una especie de técnica de respiración Lamaze, como si fuera a dar a luz a un Mini Yo desquiciado. Es lo mismo que está haciendo ahora, solo que le cae sangre de los labios.

—Última oportunidad, Vlad —digo—. Nos damos la mano y…

—La madre Rusia nunca se rinde, Brooklyn Nueva York —dice, y luego escupe un lapo de sangre y flema. Ese fue otro de los nombres que me puso cuando se enteró de dónde crecí. Si mi estancia en la Antártida dura más, quién sabe con cuántos apodos más acabaré.

—Dios, tiene que doler ser tan testarudo —digo.

Vlad utiliza el dorso del antebrazo para limpiarse la sangre de la cara.

—No tanto como ver bandera americana ondear sobre recinto como si fuera ropa interior de puta vieja.

Una ráfaga de abucheos y de incredulidad emerge de los marines que están detrás de mí. Incluso parece que algunos británicos muestran su apoyo.

Es hora de acabar con esto.

Me acerco a Vlad, esquivo dos puñetazos apresurados y me pongo a su alcance. Incapaz de calcular adecuadamente mi acercamiento tan repentino, Vlad se echa hacia atrás, pero no lo suficiente. Le lanzo un *uppercut* con la derecha en toda la mandíbula que le echa la cabeza hacia atrás y lo hace caer al suelo como si fuera un árbol.

El contingente ruso se queda sin aliento y se produce un momento de silencio en el que todo el mundo se queda inmóvil para ver si Vlad se mueve.

No es el caso.

Mi escuadrón de trece marines y al menos la mitad de los británicos empiezan a recoger sus ganancias y yo voy hacia mi mochila para coger un frasco de Motrin. Maldito entrenamiento en clima frío.

* * *

Llaman a la puerta de mi barracón.

—Más vale que hayas traído Redbreast —digo. Me gusta exigir mi *whisky* preferido cuando corre a cuenta de otro.

Simmons se ríe y luego abre la puerta. Trae una botella de algo claro y dos vasos.

—Uno de los rusos no tenía cómo pagar, así que ofreció una botella de… —Simmons intenta pronunciar el texto en cirílico, pero sabe tanto como yo. Al final se da por vencido—: Bueno, está mojado y creo que es vodka.

—Pon un poco.

Le ofrezco a Simmons un asiento y él inclina la botella. Es el sargento de mi escuadrón para este «ejercicio» y un buen marine. Es honesto, trata a los hombres con respeto y sabe cuándo hay que relajarse, como en este caso. Es algo que aprecio. Al igual que el vodka. No hay nada peor que un marine que se toma las cosas demasiado en serio cuando no es necesario.

Oficialmente, estamos en una remota instalación de investigación civil en la Antártida Occidental para realizar un entrenamiento en clima frío. Al parecer, el Pentágono quería gastar un montón de dinero para dar a algunos suboficiales y a un montón de novatos condecoraciones por acampar en el frío.

Extraoficialmente, es otra cosa, pero no menos cara ni aburrida. Según el Tratado Antártico, firmado en 1959 y en vigor desde 1961, ningún país puede combatir en el continente más frío del mundo. Lo cual me parece una estupidez, porque no hay mucho más que hacer. Todo el mundo está cabreado porque hace mucho frío, así que estoy seguro de que las peleas en los comedores quedan excluidas del tratado.

Dicho esto, si un Gobierno quiere tener presencia militar en el continente más frío del mundo, tiene que hacerlo con discreción. Por ejemplo, pueden encargar a un Raider a punto de jubilarse que lleve a cabo un programa de entrenamiento en clima frío en un centro de investigación civil. Aunque «encargar» es un término demasiado amable, sería más apropiado decir «engatusar».

—¿Cómo tienes las manos? —pregunta Simmons.

Muevo la mano derecha.

—Supongo que es la última vez que podré tumbar a alguien sin que me caiga una demanda.

Simmons se ríe.

—Los malditos militares sirven para algo.

Brindamos y bebemos.

Simmons coge aire después del trago.

—No me extraña que estén cabreados todo el tiempo.

—¿No te va el vodka?

—Soy más de *whisky*.

Alzo el vaso en señal de respeto.

—Uno de los míos.

—No puede decir lo mismo tu compañero de *sparring*. —Simmons sirve otra ronda.

—Bueno, no es tan mal tipo. Solo tiene un poco de síndrome de la cabaña.

—Se lo ha buscado.

—Tal vez. —Echo un vistazo a mi bebida y luego flexiono la mano—. Pero si esa es toda la violencia que veremos aquí, por mí bien.

Simmons sabe que estoy a pocas semanas de la jubilación. Me embarqué en esta misión como un favor a un viejo amigo. Es la única razón.

Después de un rato, Simmons dice:

—Si quieres puedo encargarme de la próxima ronda de vigilancia.

Levanto la vista.

—¿Lo dices porque soy viejo?

—No, tan solo…

—Es un pecado insultar a tus mayores, Simmons. —Le apunto con el dedo como si estuviera apuntando con mi Glock 19—. Y no veo que haya ningún sacerdote en este cubito de hielo.

—Entonces puedes rezar un avemaría por mí.

Esbozo una sonrisilla.

—Lo lamentarás.

—No espero menos, Bic.

El apodo de Bic —blanco irlandés católico— es un *souvenir* de mi primer despliegue en Irak. Irónicamente, no había ido a misa desde que era un niño ni había pisado nunca la tierra natal de mi abuela. Pero era blanco, con pecas y pelirrojo, así que la etiqueta semidespectiva para un chaval de Brooklyn de ascendencia irlandesa se me quedó. Era mucho mejor que otros apodos con los que bautizaron a algunos para siempre. Además, me gustó el guiño a mi antihéroe de ficción favorito, John Wick. Si yo tuviera un perro y alguien lo matara, también me enfadaría. Por lo demás, que me dejen en paz, yo paso de todo ya.

Simmons y yo nos habíamos estado turnando para hacer rondas fuera de la excavación e informar al espía que nos habían asignado. A mí no me gusta la CIA, yo no les gusto a ellos. Todo bien. Una llamada diaria para decir «no hay nueva información» sobre las actividades de nuestros homólogos británicos y rusos es todo el contacto que quiero mantener con la CIA. Sí, muchos de mis antiguos comandantes se cambiaron de chaqueta para servir en Langley, incluso me pidieron que los acompañara.

—Siempre podemos necesitar a alguien como tú —dijeron—. Investigación, planificación y ejecución. Tus especialidades.

Hablaban como si ser espía fuera a marcar una mayor diferencia.

Buen intento.

Asiento con la cabeza a Simmons.

—Si te estás ofreciendo en serio, porque es verdad que necesito una buena ducha y más Motrin, vigila a nuestros amigos. Puede que quieran una pequeña venganza amistosa. Recurre a los británicos si hace falta, hay algunos antiguos SAS.

—Entendido. Nada que no podamos mantener bajo control.

—Nada que tú no puedas tener bajo control —digo en tono correctivo—. No es así para algunos de los novatos.

Simmons asiente.

—¿Crees que los rusos son antiguos miembros de la mafia?

—¿Antiguos? —le guiño uno de mis ojos azules—. ¿Quién dice que hayan dejado de serlo?

—¿Lo dices por los tatuajes de las manos?

Inclino mi vaso hacia él.

—Cuando entras en la familia…

—Estás para siempre dentro —dice Simmons.

El viejo dicho rezaba que lo único que diferenciaba a los soldados rusos de los mafiosos rusos era qué tatuaje se habían hecho primero. Y al igual que nosotros, estos muchachos están aquí para asegurarse de que nadie se acerque demasiado a lo que creen que es suyo por derecho. Bienvenida seas de nuevo, Guerra Fría. Te echábamos de menos.

Oh, Dios. Hablar de la mafia rusa me trae malos recuerdos de la Bratva en mi Brooklyn natal. No puedo dejar que Simmons haga mi ronda por esa refriega. Pero tampoco quiero salir ahora mismo. Estoy demasiado cansado. Y sé que no tengo nada que ofrecer para comprar el billete que me permita abandonar este purgatorio.

Se abre un canal en mi receptor MURS.

—¿Señor Finnegan? — dice la voz vacilante de un estudiante de posgrado llamado Lewis—. ¿Me recibe, señor?

Miro a Simmons con una ceja arqueada y cojo la radio.

—Afirmativo.

—Hola, señor. El profesor Campbell dice que quiere que baje aquí.

—Repite. —El muchacho no tiene ni idea de comunicación por radio y eso me molesta al tiempo que lo entiendo.

—A la excavación, quiero decir.

Lanzo una mirada curiosa a Simmons. Es la primera vez que me solicitan.

—Entendido. Iré en cuanto acabe el almuerzo.

—Eh… Dice que venga lo antes posible, señor.

—¿Hay algún problema?

La respuesta de Lewis se hace esperar.

—No, señor. Es solo que… bueno, cree que está a punto de hacer algo importante y le gustaría que estuviera aquí. Ya sabe, por si hay complicaciones al repartir los conejos de Pascua.

Lo único que Lewis ha hecho bien es usar la frase en clave para hablar de intenciones hostiles. Y es de lo que trata esta misión: evitar que lo que encuentre el profesor Aaron Campbell caiga en las manos equivocadas. Como las de los rusos. Eso, naturalmente, suponiendo que el profesor encuentre lo que está buscando en este páramo alejado de la mano de Dios.

Escuchar a Lewis usar la frase en clave me pone en un gran estado de alerta. Significa que no voy a ir solo. Pero no quiero arriesgarme a decir nada más por radio.

—Y, señor Finnegan, el profesor Campbell preguntó específicamente por usted.

Levanto una ceja mientras miro a Simmons y digo sin que Lewis pueda escucharme:

—¿Ves? No todo el mundo piensa que estoy senil.

—Necesitan gafas.

Saludo a Simmons con mi dedo corazón y abro de nuevo el canal de comunicación.

—Estaré ahí en veinte minutos, muchacho.

—Gracias, señor. Se lo haré saber.

—Finnegan fuera.

—Bien, yo también estoy fuera, señor. Quiero decir, corto y fuera.

Nadie habla así

Dejo la radio sobre el escritorio y me pongo de pie, estirando la espalda.

—Dile a los chicos que se pongan las manoplas. Puede que haya tormenta en camino.

—¿A las tres escuadras? —pregunta Simmons—. ¿No es demasiado?

—Simplemente que se preparen.

—Pero ha sonado como si solamente…

—He escuchado el mensaje, Simmons. Y eso no cambia mi decisión. Prepara las escuadras.

—Entendido.

Dios, qué ganas tengo de irme de esta puta roca de hielo.

Capítulo 2

14:47, lunes, 25 de abril de 2027
Antártida Occidental
De camino a la excavación en las montañas
subglaciales Ellsworth

CON TODO EL mundo metido en el Bv 206 SUSV blanco —cuyas siglas significan vehículo pequeño de apoyo para unidades, a menudo llamado Susvee—, Simmons pone la bestia en marcha y acciona el motor diésel de seis cilindros de Mercedes para adentrarnos en la nieve sin apenas visibilidad. El Bandvagn 206, desarrollado por Hägglunds y fabricado por BAE Systems, es el único modo de viajar ahora que comienza el invierno. Las motos de nieve también están permitidas, pero solo cuando la visibilidad es mejor de lo que es ahora mismo. Además, teniendo en cuenta la agradable temperatura de veinte grados bajo cero, todos están contentos de tener la calefacción del Susvee.

Simmons nos lleva por el lado este del centro de investigación, donde hay un grupo de ocho contenedores de transporte aislados y dependencias más pequeñas, y señala hacia el norte, hacia la excavación de las montañas subglaciales Ellsworth. Está a unos diez minutos, quince si hace mal tiempo.

Aunque nuestro equipo solo lleva unas semanas aquí, Aaron y otros miembros del equipo llevan casi siete meses, y eso solo en este viaje. Sus expediciones anteriores han durado incluso más tiempo y participaron investigadores de la Universidad de Cornell, el Ministerio de Medioambiente de York, la Universidad de Bristol y la Universidad Estatal Lomonosov de Moscú, por nombrar algunas instituciones. Pero, según se rumorea, nadie estaba tan comprometido y decidido como el mismísimo profesor Aaron Campbell de la Universidad de Rutgers, lo cual tiene sentido. Aaron siempre ha sido un cabezota y seguramente por eso nos hemos llevado siempre tan bien.

—Creo que esta vez lo tenemos —me había dicho Aaron por teléfono en enero. Era pleno verano antártico y al parecer él y su equipo habían avanzado mucho en lo que fuera que estaban buscando.

—No me vas a contar nada, ¿verdad? —Aunque no fuera una videollamada, sabía que estaba sonriendo.

—Lo siento, Patrick. Ya sabes cómo va. —Eso era un mensaje en clave para indicar que quizá la línea telefónica había sido intervenida y que lo que estaba investigando era información clasificada.

—Sí. Y a todos los hijos de puta tan lamentables que no tienen nada mejor que hacer que pinchar esta llamada, siento decir que tenéis un trabajo de mierda.

Aaron continuó.

—Los de las corbatas están interesados y me han preguntado si quiero a alguien en concreto.

Tardé unos segundos en captar lo que estaba diciendo.

—Tío, es un honor. Pero la primera semana de mayo ya me esfumo. Así que estaré liado con...

—Tu superior dijo que podrías.

Aparté el móvil y lo miré.

—¿A quién has llamado? ¿Al coronel Rodríguez?

—Parece un buen tipo.

—Mamón —dije—. Tú, no él.

—Muy gracioso.

Dejé escapar un suspiro y traté de explicar lo cansado que estaba sin sonar como un holgazán, pero no funcionó. Y Aaron tenía otros planes.

—Escúchame, Aaron. Si necesitas ayuda, sabes que yo te apoyo. Pero ahora...

—Sabía que podía contar contigo, Patrick. Dije que no quería a nadie más cuidando mis espaldas.

—Ya, pero...

—Banks dio el visto bueno. Dijo que tu superior te asignaría un equipo pequeño y que su contacto de la CIA se encargaría de la logística. Le informarás directamente a él para que se mantenga fuera de la frecuencia militar.

Hijo de puta.

Suspiré y me froté las sienes. Después de todo por lo que había pasado, lo último que quería era otra misión, sobre todo si era en medio de la nada y con espías al mando. Pero por otro lado, tal vez eso era lo que necesitaba para olvidarme de todo. Además, estar en medio de la nada significaba que nadie dispararía a mi equipo. Podía vivir con eso. Y ellos también. Además, significaba que no habría noticias nocturnas, ni politiqueo de mierda, ni sonrisas falsas ni apretones de manos falsos. No es que yo lo haga, sino que odio cuando me lo hacen a mí.

Sin embargo, si no era necesario que fuera, prefería no hacerlo.

—¿El coronel dijo algo sobre si yo tenía elección?

Aaron dudó. Casi que podía oírlo crujiéndose las manos.

—Sí, claro. No tienes que hacerlo si no quieres.

Entonces Aaron me dio el golpe más bajo que se puede dar.

—Pensé que lo harías por los mosqueteros.

—Eres un gilipollas, Aaron.

—Me han llamado cosas peores. —Suspiró—. Pero hicimos una promesa.

—Fue hace mucho tiempo.

Se rio.

—¿Y acaso no es eso lo curioso de las promesas? Que perduran.

—No todas tienen por qué.

—A Jack le hubiera encantado que…

—No. —No me gustaba hacia donde se estaba desviando la llamada—. No metas a Jack en esto.

Pero ya lo había hecho. Joder, ¿cómo no iba a estar Jack presente en cualquier cosa que me incluyera a mí y a Aaron?

—Lo siento —dijo Aaron—. Es solo que… tío, te necesito. Necesito a alguien en quien pueda confiar.

No creo en los fantasmas ni en los mensajes desde el más allá. Porque están en mi cabeza. Y casi puedo escuchar a Jack. «Siempre vamos a estar juntos, ¿verdad? Las manos al centro».

Así lo hacíamos. Y recitábamos: «Lazos más allá de la sangre, no nos para ni el fuego ni el barro ni el hambre. Que todos teman a los mosqueteros». Éramos unos críos, pero ese puto ripio me había perseguido por todo el mundo.

—Lazos más allá de la sangre —le dije a Aaron por teléfono—. Te daré un mes, seis semanas como máximo. Y luego me iré a una cabañita adorable que está en… en algún lugar. Y desapareceré. Podrás venir a verme siempre que quieras. Y una vez esté ahí, no pienso ir a ningún lado, ni siquiera por ti.

—Trato hecho.

Campbell se quedó callado. Había algo particular en todo esto… era muy importante para él.

—¿Todo bien?

Cuando volvió a hablar, su tono era suave, como si hubiera visto su propia versión del fantasma de Jack.

—Nadie se volverá a reír de mí después de esto. Nadie. En cuanto lo vean, nadie se reirá.

Una vez más, no tenía ni idea de qué encerraba ese «lo». Información clasificada. Dada la fama de mi amigo de la infancia como uno de los principales excavadores y desenterradores de fósiles de todo Norteamérica, supuse que sería algún depósito de minerales raros o los restos de un puto neandertal a lomos de un tiranosaurio.

—Seguro que nadie se reirá —dije—. Te veo en marzo.

Curiosamente, esa fue la última vez que hablé con Aaron, incluso después de llegar al centro de investigación. Toda la comunicación era a través de su asistente, Lewis. Incluso el maldito espía al cargo dijo que Aaron se pasaba las veinticuatro horas del día en el lugar de la excavación. Lo más cerca que llegaron nuestras patrullas fue a la entrada de la cueva en la ladera de una pequeña montaña. Fuera lo que fuera lo que había ahí, lo tenían bien vigilado; tanto que ni mi mejor amigo de la infancia me había dicho nada.

Simmons aparca el Susvee pero deja el motor en marcha y pide que todos se bajen. A diferencia de las otras patrullas, en las que llevábamos Glock 19 ocultas de acuerdo con el espíritu del Tratado Antártico, ahora llevamos rifles FN SCAR 17 con silenciador con un acabado blanco mate. Incluso los cargadores y las miras ópticas avanzadas de combate Trijicon están pintados de blanco, para que podamos camuflarnos en el paisaje invernal. Asimismo, el escuadrón lleva un uniforme blanco de camuflaje, cascos de kevlar y portaplacas metálicos. Parece un poco exagerado para esta especie de misión a lo Indiana Jones navideño. Pero teniendo en cuenta que todos los matones rusos están ocultos a plena vista en la base, saber que tengo una bala del 308 en la recámara me hace sentir un poco más abrigado por dentro.

Con tanto secretismo, lo único que se me ocurre que puede haber encontrado Campbell es el tesoro enterrado de Ernest Shackleton. Eso o algún dinosaurio con rayos láser en la cabeza. Sea lo que sea, hoy es la primera vez que nos dejan entrar en este santuario.

Asiento con la cabeza a Simmons, y él da órdenes para que la escuadra número tres vigile la entrada mientras la uno y la dos se adentran con nosotros.

—Si tenéis mucho frío, montaos en el Susvee por turnos —dice.

Asienten y toman posiciones alrededor de la entrada. Tanto mis dedos de las manos como los de los pies están luchando contra esta temperatura bajo cero, así que tengo claro que no pasará mucho rato antes de que todos se monten de nuevo en el vehículo de apoyo.

En el interior de la cueva hay una hilera de luces adaptadas al clima frío a lo largo de las paredes azules ondulantes. Da la impresión de que hayan tallado este sitio a partir de un puto glaciar. Después de avanzar veinte metros, el camino comienza a descender y hay una curva hacia la derecha. Miro hacia atrás para asegurarme de que todos me siguen. Las escuadras uno y dos disfrutan de las vistas, sosteniendo las armas relajadamente.

El túnel gira a la izquierda y termina en una gran puerta metálica. Parece totalmente fuera de lugar, es más como la entrada a un búnker subterráneo de defensa antimisiles que a una excavación de carácter académico.

Veo que hay un panel con un teclado. No tiene sentido intentar nada sin un código, así que saco la radio y llamo a Lewis.

—Voy enseguida, señor Finnegan. Por favor, espere.

Un minuto después se escucha el estruendo de un motor detrás de la puerta. La barrera se levanta, mostrando unas púas de color amarillo y unos agujeros de acople en un umbral de acero. Ni siquiera está medio abierta cuando Lewis se agacha ataviado con su gran abrigo de invierno naranja de North Face y nos hace señas para que entremos.

—Hola, señor Finnegan. Por favor, venga. El profesor Campbell lo está esperando.

Echo un vistazo a las púas y paso por debajo. Al otro lado, me da la bienvenida una excavación de al menos cuatro campos de fútbol de ancho y otros tantos de profundidad. El techo es una placa de hielo abovedada a unos cien metros de altura, sostenida por una estructura de aluminio. En el suelo de la caverna hay grúas, luces de trabajo, *quads* todoterreno, andamios y paredes de plástico translúcido que delimitan el lugar en grandes secciones. Y de fondo se percibe el sonido constante de los calefactores industriales y el aroma a gasóleo. Hay como unas veinte personas en la excavación, todas con abrigos o monos de color naranja.

—Eh. —Simmons me da un codazo—. Creo que ahí abajo está Tom Cruise.

—Es Dwayne Johnson. Pero sí, se parecen mucho cuando sonríen.

No se equivoca: parece más un plató de Hollywood que una excavación arqueológica. Y a jugar por la cara del resto del equipo, todos están igual de sorprendidos.

Mi sentido arácnido empieza a zumbar y parece que el de Simmons también.

—Tengo la sensación de que de un momento a otro Jeff Goldblum va a salir corriendo perseguido por un tiranosaurio. —Por su tono, no acaba de estar de broma.

—Relájate —le digo—. Cien dólares y tu botella de licor ruso a que esto va de oro o petróleo. Si es un dinosaurio, vivo o muerto, tú ganas.

—Hecho.

Simmons y yo chocamos los puños para sellar el trato.

—Por aquí, por favor —dice Lewis mientras desciende por una escalera metálica de caracol hasta el fondo de la excavación.

En cuanto bajamos, noto el aumento de la temperatura. No da para pantalones cortos, pero al menos ya no son veinte bajo cero.

Lewis nos lleva por el camino principal, que cuenta a cada lado con grandes estructuras cúbicas cubiertas de plástico. Parece una maqueta tapada con papel *film* y me entra curiosidad.

Estiro la mano para levantar uno de los plásticos cuando Lewis me agarra el brazo.

—No, por favor, señor Finnegan. En solo unos minutos podrá ver muchas cosas.

No respondo verbalmente porque no me gusta que un cerebrito con anorak me diga lo que tengo que hacer, pero asiento con la cabeza.

—Te han pillado —dice Simmons.

No le doy el gusto de responderle y continúo tras los pasos del señor North Face.

—Parece que habéis estado ocupados por aquí —le digo a Lewis.

—Así es.

—Y con buenas inversiones —añado.

—Sí, eso también. El pequeño grupo de personas que ha seguido el trabajo del profesor Campbell ha invertido mucho en su éxito.

—Y está claro que ha usado bastante dinero —digo mientras observo el brazo de una grúa que se eleva sobre la obra—. Es muy trabajador.

Pasamos por delante de más estructuras cubiertas de plástico antes de llegar a la mayor lámina translúcida que abarca aproximadamente un campo de fútbol de izquierda a derecha. Sin duda, el objeto más grande de toda la excavación. Frente a ella hay varios *quads* todoterreno, contenedores y mesas con ordenadores.

Lewis se detiene justo delante de una puerta de plástico de color amarillo.

—Usted es el único que puede entrar, señor Finnegan.

—No me eches mucho de menos —dice Simmons.

Le hago un gesto de ánimo con la barbilla.

—Si veo algún velocirráptor, le diré que te mueres por conocerlo.

—Que te den.

Lewis agarra el plástico y lo aparta. Entro a una pequeña sala intermedia y luego atravieso una segunda cortina de plástico. Al otro lado me encuentro con un anillo de tamaño descomunal. Debe de tener unos ochenta o noventa metros de ancho. Parece algo sacado de Stargate, pero más grande. Dos mitades de un segundo anillo se elevan a derecha e izquierda del anillo principal. Mientras que el anillo central se compone de formas geométricas, las mitades exteriores tienen unas capas como si fueran madera contrachapada, solo que el material parece metálico.

—Bienvenido al Proyecto Orion Theta, Patrick —dice una voz familiar desde una formidable zona de trabajo en un cuadrilátero con monitores curvados. Está a unos veinte metros, no muy lejos de la base del anillo—. Joder, cuánto me alegro de verte.

Es Aaron, vestido con un abrigo naranja North Face similar al de Lewis, con el logotipo de la Universidad de Rutgers en el pecho. Se ajusta las gafas y se acerca a saludarme con los brazos abiertos.

Siempre ha sido muy de abrazar.

—Yo también me alegro de verte. —Me preparo para el abrazo de Aaron y hago un gesto con la cabeza señalando el enorme anillo y a la veintena de personas que trabajan en todo el espacio—. Parece que sí que has encontrado algo después de todo.

Aaron se da la vuelta.

—¿No es magnífico?

—Claro. Y apuesto a que tienes a Richard Dean Anderson escondido en alguna parte.

Intento aliviar la extrañeza de la situación, pero de repente me pregunto si al final le tendré que dar a Simmons los cien pavos y la botella. Aun así, la lógica me dice que tiene que haber una explicación humana perfectamente razonable para todo esto.

—Richard Dean Anderson —dice Aaron con una sonrisa perpleja—. En realidad no vas tan desencaminado, Patrick. Vamos.

Quiero hacerle algunas preguntas, pero Aaron se pone en marcha. Lo sigo hacia el anillo y luego subo por una escalera de piedra que parece de la antigua Roma. La parte central del anillo se alza por encima de mí y entonces me doy cuenta de lo gruesa que es la estructura: tres o cuatro metros, fácilmente. Y hay una especie de adorno por toda ella, como un lenguaje antiguo tallado en la superficie irregular.

—¿Qué te parece? —pregunta Aaron mientras extiende los brazos y se gira para ver mi reacción.

—Pues… Parece que has conseguido construir una noria sin cabinas. Enhorabuena.

Nunca se me ha dado muy bien expresar mis emociones, y ahora mismo no es una excepción. Obviamente, el objeto despierta mi curiosidad. Pero siendo sincero, también estoy inquieto. Espero de veras que Aaron me diga que todo esto es obra suya, pero no se me ocurre ninguna razón de peso para que alguien venga hasta la Antártida para construir lo que quiera que sea esto. En lugar de eso, me imagino extrañas posibilidades de invasión, ninguna basada en algo real. Y el hecho de que mi cerebro vaya por ese camino es la prueba de que mi padre tenía razón: demasiadas películas de ciencia ficción a altas horas de la madrugada hacen que a uno se le vaya la cabeza. Independientemente de que fuera mi única vía de escape para todo lo demás que me afectaba por aquel entonces.

—Es muy antiguo —responde Aaron, repitiendo mi descripción tan técnica—. Pero no es en absoluto una noria.

—¿Y qué has construido entonces?

—¡Ja! Nosotros no hemos construido nada. Pero ellos sí.

—¿Ellos?

—Ven.

Antes de que pueda sonsacarle algo más, Aaron baja las escaleras a toda velocidad, se mete en el cuadrilátero de los ordenadores y ahuyenta a algunos empleados.

Lo sigo mientras activa una especie de gráfico de datos en varias pantallas que muestra lo que parecen ser secciones transversales microscópicas de varios materiales.

—¿Qué es esto? —pregunto.

Le resta importancia a la pregunta con un gesto de la mano.

—Eh… Es una imagen espectral combinada con microscopía y datación por carbono y algunas cosas más.

—¿Y qué dice…?

Aaron amplía una de las imágenes de rayos X y se aleja de la pantalla. Es su manera silenciosa de decirme que la examine.

—Es muy… interesante.

—Del Pleistoceno —dice, golpeando la pantalla—. ¡Del Pleistoceno, Patrick!

Debo de parecer un conejo cuando le dan las largas, porque Aaron se exaspera y levanta las manos—. De hace veinte mil años.

—Entonces esto no lo has hecho tú —digo, más para convencerme que para constatar sus… «especulaciones».

—Desde luego que no. —Me muestra otra imagen y más datos, y señala la pantalla, como si tuviera que leerlo todo de un tirón y llegar a la conclusión a la que ha llegado él—. Los *Homo sapiens* y los casi extintos neandertales y denisovanos: todos andaban por ahí en el Pleistoceno Superior. Periodo Cuaternario, era Cenozoica. ¿Me sigues?

Me río.

—Somos nudistas desde hace mucho, creo que lo pillo.

—Apenas. Pero… —Aaron trata de encontrar las palabras adecuadas—. Por aquel entonces se estaban desarrollando herramientas, la capacidad del lenguaje, la construcción de refugios… pero nada como esto.

—Es un círculo hecho de piedra —digo—. Tal vez es un… un anillo de fuego gigante que se hundió al derretir parte del glaciar.

Esto demuestra lo mucho que sé de geología.

Ahora le toca a Aaron reírse.

—La región no estaba congelada entonces. Las montañas subglaciales de Ellsworth son subglaciales. Esto llegó a ser tan bonito como el monte Pocono.

—Oye. No hay nada más bonito que el monte Pocono —respondo, para que a mi amigo no se le ocurra blasfemar sobre la zona de nuestros veranos de juventud.

Me hace un gesto de asentimiento.

—Aunque así sea, alguien colocó este anillo exactamente donde está hace mucho tiempo.

—Y tú estás aquí para averiguar quién fue —digo.

—No. —Me mira fijamente durante un instante—. Estoy aquí porque voy a activarlo.

Capítulo 3

15:05, lunes, 25 de abril de 2027
Antártida Occidental
Excavación en las montañas subglaciales Ellsworth
El anillo

—¿QUE VAS A hacer qué?

—Voy a activarlo —responde Aaron.

—¿Y eso significa…?

—Es un portal.

El frío se le ha subido a la cabeza. O a lo mejor se me ha subido a mí. En cualquier caso, uno de los dos está alucinando. Y como sé que Aaron no es un idiota y yo me encuentro bien, me doy cuenta de que me la está jugando.

—Espera, voy a coger mi tocado egipcio, no te vayas sin mí —le digo entre risas.

Aaron inclina la cabeza hacia mí. No se ríe.

—No estoy de broma, Patrick.

Me retracto. Tal vez esté alucinando. Señalo el anillo.

—¿Esto es un…?

—Portal.

—¿Y lo construyó…?

Se encoge de hombros.

—Nadie de por aquí.

—¿Estás diciendo que es algo extraterrestre?

Asiente con la cabeza.

—Por el amor de Dios. —Lo miro fijamente mientras cuento hasta tres para asegurarme de que no me la está colando—. ¿Me lo estás diciendo en serio?

—Completamente.

Me doy la vuelta y refunfuño. No puedo creer que me hayan metido en esto.

—Me la has colado, Aaron. Bien colada. Y a saber cómo lograste engañar a todos esos inversores para agenciarte con todo esto. Pero yo no me lo trago.

—Patrick, escucha.

Empiezo a andar en círculos a su alrededor.

—¿Y sabes qué es lo que más me jode? Que usaste a Jack. A Jack, maldita sea.

—Puedo explicarlo.

—¿Explicar el qué? —Señalo de nuevo el anillo con la mano. Todos los demás que estaban trabajando dejan a un lado sus conversaciones—. Has encontrado una especie de círculo antiguo y, en lugar de usar la cabeza como era habitual en ti, te has inventado una historia absurda porque tú…

—¿Porque yo qué?

—Nada, da igual.

—No. Dilo, Pat. Si tienes algo que decir, entonces dilo.

—Querías fama.

—Ajá. ¿Eso es todo?

—Querías dejar de ser el hazmerreír.

Aaron se empieza a poner colorado.

—Oye, tú mismo lo dijiste, Aaron. Dijiste que nadie se reiría de tu descubrimiento. ¿Pero esto? Yo…

—¿Y si te lo hubiera explicado por teléfono? —dice mientras señala el anillo—. ¿Habrías venido, Pat? ¿Me hubieras creído? Porque me da la impresión de que no has venido porque te dijera que te necesitaba, sino por decir que esto era por Jack.

Aprieto los dientes. Si no hubiéramos pasado juntos por tanto, ahora mismo le pegaría. O tal vez ese es precisamente el motivo por el que debería pegarle.

—Sabes que siempre te apoyo, pero ¿esto? —Señalo el anillo con el mentón—. No me necesitas para esto, sea lo que sea.

—Puedo explicarlo —dice.

Me doy la vuelta y me alejo. El Gobierno se equivocó al involucrarse.

—No soy yo quien te presta dinero, Aaron. Guárdalo para la gente a quien le importa.

—Maldita sea, Pat. He dicho que puedo explicarlo.

—Enhorabuena.

Estoy lo suficientemente lejos como para que tenga que gritar.

—Está hecho de un material nunca antes visto.

—Bien, enhorabuena por eso también.

Igualmente pienso salir de aquí y decirle al espía al mando dónde se puede meter todo este operativo. Debí haberlo supuesto. Putos anormales.

—Por si te lo preguntas, ese nuevo material es el motivo por el que todos los Gobiernos están interesados. Por eso las universidades han enviado equipos de sus mejores investigadores.

Reduzco la velocidad, pero no me doy la vuelta.

Aaron sigue hablando.

—Piénsalo. ¿Una estructura de doscientos mil años de antigüedad hecha de un material sintético que no se ha encontrado en ningún otro lugar? ¿Qué conclusión sacarías?

—No lo sé, Aaron. Pero supongo que agotaría todas las demás posibilidades antes de llegar a tu conclusión.

—¿Y crees que no lo he hecho?

Ya lo he insultado una vez. No puedo hacerlo de nuevo porque sé que eso sería el final de nuestra amistad.

Me detengo y me giro para mirarlo, a unos quince metros, y luego señalo el anillo.

—¿Quieres decir que no eres el único chiflado que piensa que esa es la versión real de Stargate? —Aaron arquea una ceja y mueve la cabeza como si se apiadara de mí—. ¿Y que Richard Dean Anderson no está a punto de gritar: «Corten» y decir: «Una toma fantástica, chicos, pero hagámosla una vez más»?

Aaron mueve la cabeza otra vez.

—Joder. —Hago un gesto hacia el ordenador—. Entonces será mejor que me enseñes lo que tienes.

* * *

Parece que Aaron y yo compartimos una sensación de alivio cuando presenta sus conclusiones: yo me alegro de que no se haya vuelto completamente loco y él parece feliz de que al menos preste atención a sus pruebas. Lo cierto es que me interesa, aunque solo sea para encontrar argumentos en su contra. Pero mientras Lewis me sirve una taza de café caliente y una barrita de proteínas, tengo la sensación de no ser la primera persona a la que el profesor Aaron Campbell y su equipo han tenido que cortejar.

—Gracias —le digo a Lewis.

—Si necesita algo más, solo tiene que decirlo.

—Eso es todo, Lewis —añade Aaron sin levantar la vista de la pantalla—. ¿Ves esto?

Doy un sorbo a la taza de metal y ajusto el taburete bajo mi trasero.

—Sí. Parece un fractal o algo así.

—Sí —exclama Aaron—. Exacto. Al igual que ocurre con el material de base, no hay ningún registro. Y además tiene unas propiedades muy peculiares.

—¿Cómo qué?

—Bueno, primero utilizamos espectrometría de fluorescencia portátil de rayos X, luego espectrometría de masas con plasma acoplado inductivamente y después espectrometría de emisión atómica con plasma acoplado inductivamente... —Hace una pausa y deseo que se dé cuenta de que no lo sigo. Se gira para mirar el anillo un momento—. ¿Por qué no te lo enseño directamente? Ven.

Doy un mordisco a la barrita de proteínas y lo sigo escaleras arriba, con cuidado de no derramar mi café. Aaron me indica que me acerque al anillo y luego señala uno de los muchos salientes en forma de bloque que hay a lo largo de la circunferencia.

—¿Estás listo? —pregunta.

—Eh... claro.

Aaron desliza el bloque cinco centímetros hacia la izquierda. En el momento en que lo hace, un metro cuadrado de la superficie del anillo se ilumina de color azul.

Me alejo y casi derramo mi bebida.

—¡Madre de Dios del amor hermoso! ¿Qué demonios has hecho?

—Lo he encendido —dice Aaron con una sonrisa.

—¿Funciona con pilas?

—No según lo que sabemos hasta ahora. Los fractales que te he enseñado son capaces de captar energía y canalizarla hacia aquí.

Abro la boca para decir algo, pero no se me ocurre nada inteligente.

—No te preocupes —dice mientras apoya su mano sobre mi brazo—. Tampoco estamos seguros de cómo funcionan. Pero sí que sabemos una cosa. Mira.

Aaron me hace un gesto para que me acerque. Hay cientos de símbolos diminutos y unos que parecen almohadillas iluminados en amarillo en contraste con la superficie azul brillante.

—¿Qué es? —pregunto

—Al principio no lo sabíamos. ¿Algún lenguaje, un códice?

—¿Y bien?

Se ríe.

—Lo más sencillo de todo. Un rompecabezas.

—¿Y eso es sencillo?

—Desde luego. ¿Nunca jugaste a las construcciones de pequeño?

—Supongo que sí.

—¿Y no te parecía estimulante cuando ponías una pieza encima de la otra e intentabas que aguantara el equilibrio?

—No llegaría a llamarlo estimulante, pero bueno…

—Esto es lo mismo.

Aaron toca un segundo bloque cerca del borde de la parte azul que activa una segunda área a lo largo de la superficie metálica del anillo.

—Pero ¿qué significan todos estos símbolos enanos?

—Ahí reside la belleza de los rompecabezas. Los símbolos no tienen por qué significar nada. De hecho, si intentas comunicarte con alguien del exterior, cuanto menos significado haya, mejor. En lugar de eso, intentas establecer patrones.

—¿Y eso por qué?

—Bueno, porque puede ser difícil interpretar el significado. Las palabras pueden ser polisémicas.

—¿Poliqué?

Aaron niega con la cabeza.

—Pueden tener múltiples significados, doble sentido. Y para cada uso se necesita un contexto que permita entenderlo. Pensemos, por ejemplo, en el verbo «despegar». Puedo arrancar una pegatina, ir en avión o hablar de una empresa que empieza a tener éxito.

—Sí, entiendo dónde está el problema.

—Si añades otra frase a la primera, hablamos de varias versiones de posibles significados. Pero aún es más complicado el asunto del tono. ¿Has visto el ejemplo clásico en Internet?

No tengo ni idea de qué está hablando Aaron, así que le agradezco que continúe sin tener que preguntar.

—Yo nunca dije que ella robase mi dinero —dice.

Lo miro.

—¿Cómo?

—Yo nunca dije que ella robase mi dinero. Dependiendo de la palabra que queramos enfatizar, podemos tener múltiples frases distintas. Si enfatizamos «yo», implica la inocencia del hablante y, al mismo tiempo, implica la culpabilidad de alguien, mientras que, si enfatizamos «robase», estamos afirmando que la mujer en cuestión podría no ser cleptómana pero haber hecho algo más escandaloso con el dinero.

—Ah. Lo pillo —digo.

—Así que, como puedes ver, desde un punto de vista antropológico, el lenguaje es intrínsecamente problemático, mientras que los rompecabezas son mucho más eficaces para establecer una conexión.

—¿Y has resuelto alguno?

—Oh, alguno que otro. —Aaron me regala una sonrisa tan grande que sus ojos desaparecen, luego grita hacia su equipo y hace un gesto circular con la mano. —Vamos a encenderlo.

* * *

Estoy junto a Aaron en el cuadrilátero de ordenadores mientras un pequeño ejército de investigadores empieza a colocar torres de andamios alrededor del anillo. También bajan algunas plataformas desde las vigas del techo. Tardan unos quince minutos hasta que Aaron les da el visto bueno para iniciar «el nivel ípsilon».

Al oír sus palabras, los miembros del equipo se turnan para deslizar, empujar y girar las diversas formas geométricas esparcidas por la superficie del anillo. Cada trabajador consulta un iPad y habla por un micrófono de oído. Los cuatro que se encuentran detrás de los puestos informáticos principales, cada uno de ellos bajo la atenta mirada de Aaron, hablan con

45

los equipos que están en el andamio mientras controlan una docena de pantallas.

Con cada acción que se produce en el anillo, una nueva sección se ilumina. Los parches azules y el texto amarillo cubren aproximadamente el veinte por ciento de la superficie.

—Nivel ípsilon completado —le comunica Lewis a Aaron—. Todas las lecturas son nominales. Estamos listos para el nivel fi.

—Iniciar —dice Aaron acompañando sus palabras de un gesto con la mano, como si cortara el aire.

Nuevamente, los investigadores mueven los bloques de la superficie del aro y la estructura se ilumina más. También se produce un temblor en el suelo.

En ese momento mi radio suena y se oye una voz.

—Bic, aquí Simmons.

—Te recibo.

—Estamos notando algún tipo de vibración de baja frecuencia.

—No pasa nada —respondo mientras me esfuerzo por mantener la calma—. El profesor Campbell me está mostrando algo, simplemente.

—Recibido. ¿Y la luz que se ve tras el plástico?

—También es el profesor Campbell. Una luz verde.

—Entendido. Simmons fuera.

Aaron me observa mientras suelto la radio junto al pecho y luego vuelve a mirar a Lewis.

—Fi completa, profesor —dice Lewis—. Todo despejado para el nivel chi.

Aaron asiente.

—Iniciar chi.

Una vez más, el equipo se mueve por el andamiaje como hormigas en una misión para su reina, moviendo los salientes del anillo y haciendo que el objeto se ilumine más. El zumbido en el suelo también es cada vez mayor.

Aaron parece notar mi desconfianza.

—Todo va bien. Forma parte del rompecabezas.

Sin embargo, sus palabras de ánimo no alivian mis preocupaciones y me doy cuenta de que cada vez agarro la empuñadura de mi SCAR17 con más fuerza.

Para cuando Aaron da la orden de iniciar el nivel psi, juro que hay una especie de energía que parpadea en el plano imaginario del anillo. Es como una fina capa de niebla con una tormenta eléctrica detrás. El zumbido también es mayor hasta el punto de que tengo que levantar la voz para dirigirme a Aaron.

—Las últimas cinco letras del alfabeto griego —le digo al oído.

Asiente con la cabeza.

—¿Qué pasa si llegas hasta omega?

Se sujeta la capucha para evitar que le golpee en la cara cuando una ráfaga de viento se levanta desde el anillo.

—No lo sabemos. Nunca hemos llegado tan lejos.

—¿Por qué no?

—Te estaba esperando, mosquetero.

Todo parece impulsivo. Tengo que pensarlo bien y hablar con Aaron, pero no hay tiempo. Dos de las torres principales se tambalean y me preocupa que estos investigadores tengan mucho de científicos y poco de ingenieros.

—Todos los sistemas parecen estar bien —le grita Lewis a Aaron.

—Vamos allá —responde.

Agarro a Aaron por el hombro.

—Quiero a Simmons y al resto de las escuadras aquí.

—No, no, no. —Me lanza una mirada desesperada—. Siempre te estás preparando asumiendo que ocurrirá lo peor. Pero esto no es lo peor, Pat. Estamos a punto de hacer algo increíble. No arruines este momento.

A mi instinto no le gusta esta situación. Pero Aaron tiene razón: siempre me preparo para lo peor. Pero solo porque lo peor es lo que suele ocurrir en la vida real. Mientras tanto, lo mejor sigue estando fuera de mi alcance. Se llama ser realista.

—¿Estás seguro de esto?

—No nos para ni el fuego ni el barro ni el hambre.

Extiende la mano hacia mí. No habíamos hecho esto desde antes de que dejara la universidad. Dios.

¿Qué estás haciendo, Bic? Esto es una locura.

Coloco mi mano sobre la suya y respondo:

—No nos para ni el fuego ni el barro ni el hambre.

Aaron me brinda una sonrisa eléctrica y luego le grita a Lewis.

—¡Iniciar nivel omega!

Capítulo 4

15:48, lunes, 25 de abril de 2027
Antártida Occidental
Excavaciones en las montañas subglaciales Ellsworth
El anillo

Un destello de luz atraviesa el plano del anillo mientras Lewis da órdenes por radio. Para mi sorpresa, los investigadores del andamio comienzan a descender. Es un alivio. El último informe que me gustaría enviar sería que alguien se rompió la crisma porque nadie sabía cómo colocar un simple arnés de seguridad. Pero su retirada no revela qué implica el nivel omega.

—Esa es nuestra señal —Aaron me toca el hombro—. Vamos.

—¿Nuestra señal para qué? —grito. Pero Aaron sale del patio y se dirige a las escaleras. Me abalanzo y lo agarro del brazo—. ¿Qué estás haciendo?

—La última pieza del rompecabezas.

Otro arco eléctrico atraviesa el anillo. El inconfundible olor a ozono hace que se me ericen los pelos de la nariz. El viento también se levanta.

—¿Acaso sabes qué es esto, Aaron?

Me mira de reojo pero no dice nada.

—Tomaré eso como un no.

—Es una oportunidad —dice finalmente—. Alguien puso esto aquí y dejó pistas. Por lo que sé, somos los primeros con las herramientas y la inteligencia para unir las piezas. Y ya hemos aprendido todo lo que podíamos. Esto —dice mientras señala el anillo iluminado— es el siguiente paso. Y tenemos que darlo, Pat.

¿Conoces esa escena de la película en la que el protagonista está a punto de atravesar una puerta, pero sabes que hay algo malo al otro lado? Le gritas a la pantalla: «¡No lo hagas!», pero no te oye. Esta es esa escena, solo que no ha sido grabada antes. Está sucediendo en tiempo real. Y a diferencia de los actores y los dobles que se levantan cuando el director grita «¡Corten!», la gente muere en situaciones así. Mucha gente ha muerto. Yo he sido testigo. Más veces de las que me gustaría.

El explosivo improvisado debajo de un montón de basura. El muchacho al que dejaste ir ayer y que hoy decide coger un rifle de francotirador semiautomático Dragunov SVD y le vuela los sesos a tu cabo. El impacto de mortero soviético de ochenta y dos milímetros que se estrella en la esquina sureste de tu base de operaciones avanzadas en medio de la noche y destruye el retrete. Solo es un cuarto de baño, piensa la gente. Hasta que se dan cuenta de que Murphy y Higgins no estaban en sus literas. Esos chicos no murieron matando a los malos. Murieron mientras estaban cagando, joder. ¿Y para qué?

—Patrick. Por favor, suéltame —dice Aaron con la mirada puesta en mi mano.

Me alejo y agarro la empuñadura delantera de mi SCAR17.

¿Sabes qué? Si Aaron quiere hacer lo que está decidido a hacer, no lo detendré. No es que pueda tampoco: la gente hace lo que le da la gana.

Claro que quiero decirle que me parece una mala idea. Que alguien tiene que investigar más sobre lo que quiera que sea esta cosa. Que tiene que haber un equipo más grande, más herramientas, tal vez un batallón entero. No lo sé. Solo sé que esta no es la manera.

Pero no es decisión mía. Y aunque lo fuera, dudo que sirviera de algo. Al fin y al cabo, la gente muere quieras o no. Y cuando llegas a casa, lo que te queda son malos recuerdos y esa sensación de… ¿cómo se llama? Sí. De impotencia.

—Ten cuidado —le digo a Aaron.

Asiente con la cabeza y empieza a subir las escaleras que parecen antiguas. Mi pulso se ha acelerado y estoy intentando que mi respiración se ralentice a un ritmo de ocho respiraciones por minuto. Si va más rápido, no estaré en el estado mental adecuado.

Levanto mi SCAR17 y observo a Aaron llegar a la cima a través de mi ACOG. No tengo ni idea de a qué estoy apuntando en caso de que ocurra algo, pero yo me dedico a esto: a cubrir a mi equipo y a esperar. Sí, las imágenes de hombrecillos verdes y faraones con lanzas de plasma pululan por mi imaginación. Pero esa mierda no es real. Esto sí.

Aaron intenta alcanzar algo en la parte central del arco inferior del anillo. Es la única sección que no está iluminada. Tiene que ser un botón. La conclusión del nivel omega.

Levanto la mejilla derecha del arma y parpadeo dos veces para aclarar mi visión. Luego vuelvo a colocarme tras la mira. El anillo está más activo, como si sintiera que alguien está a punto de despertarlo. Como un dragón que ha estado durmiendo durante mucho tiempo.

Aaron está manipulando un bloque del anillo, empujándolo hacia la izquierda, cuando un rayo de electricidad salta del centro del anillo y golpea una de las torres del andamio. Las chispas salen disparadas en todas direcciones y algunos plásticos se incendian.

Al diablo con esto. Tomo la radio y abro el canal.

—¡Simmons, necesito dos escuadras ahora! —grito—. Todos preparados.

—¿Cómo?

—¡Escuadras Uno y Dos, a paso ligero!

—Entendido.

Aaron sigue tratando de activar el botón cuando aparecen dos rayos más. Uno golpea una viga del techo y otro se estrella contra un grupo de contenedores con herramientas. Ambos impactos provocan más golpes y pequeños incendios. Sin embargo, Aaron parece completamente tranquilo. Incluso sin miedo. A lo mejor tendría que haber sido marine.

Aaron se tambalea cuando el bloque se desliza hasta detenerse para luego retroceder. De repente, el viento desaparece, la energía eléctrica se disipa y un campo de energía azul brillante aparece en el plano interior del anillo. Es semitranslúcido, como aguas poco profundas vistas desde un Blackhawk. Más allá de la fina película hay un segundo anillo más pequeño, y más allá de la película encima de la superficie hay un tercer anillo aún más pequeño. Los círculos parecen repetirse y esfumarse en el infinito.

Todo está en silencio, tan solo se percibe el lento zumbido del suelo y algunos chasquidos esporádicos de pequeños rayos que recorren el borde del anillo.

Aaron levanta los brazos y suelta un «¡yiiiijaaaa!» como si fuera un vaquero. Se da la vuelta para mirarme a mí y luego a su equipo.

—¡Lo hemos logrado!

—¡Lewis! —grita Aaron mientras baja los escalones—. ¡Los sensores! ¿Qué dicen?

Mientras Lewis pone al día a Aaron, Simmons se acerca a mí.

—¿Qué demonios, Bic? ¿Pero qué diablos es esto?

—No lo sé. Mantén las armas apuntando ahí. —Hago un gesto con la barbilla hacia el anillo.

—¿Esto es de verdad?

Asiento con la cabeza.

—Me parece que he perdido la apuesta.

—¿Tú crees? Tengo la impresión de que Sigourney Weaver es la única que sale viva de aquí.

—Tranquilo, Simmons —le hago un gesto con la mano para que se tranquilice—. Mantengamos la calma. Iré a hablar con el profesor. Tú te encargas de las escuadras.

—Entendido.

Sigo apuntando al anillo con mi SCAR mientras me dirijo hacia el cuadrilátero. Hay aún más gente que antes. Van de un lado a otro como niños el día de reyes sacudiendo cajas e intentando adivinar qué hay dentro. Solo que, en este caso, tocan pantallas y comparan notas.

—¿Qué tenemos, Aaron? —pregunto, lejos de compartir la evidente sensación de asombro y deleite de su equipo.

Aaron se ajusta las gafas y señala uno de los monitores más grandes.

—Mira aquí. ¿Ves estas líneas?

Parece una sección transversal del índice bursátil, subiendo constantemente de izquierda a derecha. Varias líneas de distintos colores se entrecruzan entre sí, pero todas parecen tener una tendencia al alza.

—Esto rastrea varios tipos de radiación. Como puedes ver, sube constantemente a medida que activamos cada nivel —dice haciendo mención a los niveles ípsilon, fi, chi y psi.

—¿Y eso qué es? —Señalo un gran pico de varios colores que se sale de la tabla mientras el resto de colores caen en picado igual de bruscamente—. Parece un cambio drástico.

—Oh, y lo es. Ha sido al iniciar el nivel omega.

—¿Y qué significa?

—Bueno, en primer lugar, el anillo está emitiendo un montón de tipos distintos de radiación, la mayoría de los cuales podemos rastrear. Encaja en el rango del espectro de radiación ionizante y no ionizante.

—¿En mi idioma?

—Eh… —Aaron se queda pensativo durante unos segundos—. La radiación no ionizante no te mata, la ionizante, sí.

—Como un mando a distancia frente a una bomba nuclear.

—Algo así, sí. Vemos que ambos tipos suben lentamente con cada nivel que activamos. Nada mortal, naturalmente. Pero lo suficiente como para no querer jugar con esos botones todo el día sin llevar un mono. Y esto es exactamente lo que hemos visto en todas nuestras pruebas anteriores.

—¿Y esto de aquí? —Señalo la zona de picos y caídas justo después de que se iniciara el nivel omega.

—De ahí viene todo el jaleo. Todas las ondas ionizantes, las peligrosas, se reducen a cero. Mientras que las no ionizantes se disparan fuera de la tabla.

—¿Y qué significa?

Aaron mira a Lewis y luego a algunos de los otros investigadores que han estado escuchando nuestra conversación. Se lanzan todo tipo de sonrisas y arquean las cejas como si acabaran de oír un chiste.

—Significa que lo que sea que esté al otro lado de ese plano está emitiendo una cantidad increíble de energía que no es dañina para organismos vivos.

—¿Entonces es una fuente de energía? —pregunto, con la esperanza de que solo sea eso.

—No, en realidad no. Al menos no de una manera que nos ayude como civilización. Recuerda que las centrales nucleares se alimentan de uranio, no de los mandos a distancia de las teles.

—Entonces, si no es una fuente de energía… —Me giro para mirar el anillo—. ¿Qué es?

Aaron se ajusta las gafas y mira a sus colegas. Joder, están todos tan ensimismados que me están poniendo de los nervios.

—Creemos que es un portal a otra dimensión —dice Aaron.

No puedo evitar reírme. En voz alta. Como si me tomaran el pelo. Sin embargo, mi reacción tiene un efecto interesante en el grupo: la expresión en sus caras pasa a ser fría como el hielo. Como si quisieran asesinarme con la mirada pero carecieran de los superpoderes necesarios para hacerlo.

—Por Dios. Lo pensáis en serio.

—Bastante. —Aaron eleva la barbilla y se alisa el abrigo—. Y esperamos que toda persona que esté aquí actúe profesionalmente por lo que respecta a este asunto que, te recuerdo, es de seguridad nacional.

¿Acaso este profesor universitario me está dando una lección sobre seguridad nacional? Jesús, María y José. Tengo que dejar este trabajo.

Me paso una mano enguantada por la barba.

—Entonces es un portal. ¿Adónde?

—No lo sabemos —responde Aaron. Sigue mirándome con cautela, aunque parece lo suficientemente satisfecho como para continuar con su explicación—. Pero el destino no es nuestra mayor preocupación.

Dos hombres detrás de Aaron se aclaran la garganta.

—Al menos no para mí —dice Aaron como para aclarar su afirmación anterior—. A los astrofísicos, en cambio…

—Nos importa mucho —añade uno de los astrónomos. ¿Astrónomo o astrofísico? Da igual, lo que sea.

—Y aun así, el objetivo principal de este proyecto de investigación en particular no es saber adónde conduce el portal —detalla Aaron, dirigiendo claramente la mayor parte de su discurso a los astrofísicos a modo de recordatorio punzante—. Es saber quién lo puso aquí y si sigue o no dispuesto a conversar con nosotros.

— La antropología vale más que las estrellas. Entendido.

Los dos astrofísicos se irritan ante mi conclusión, pero Aaron parece muy orgulloso.

—¿Y qué hacemos ahora? ¿Pasar?

—No, ni hablar —afirma Aaron—. ¿Te crees que esto es como en una película?

—Eh… sí. —Levanto una mano hacia el anillo—. He ahí la prueba.

—Patrick, no se sabe lo que puede pasarle a nuestra fisiología si intentamos cruzar ese portal.

—Creía que habías dicho que proyectaba radiación no ionizante.

—Así es. Pero eso no significa que vayamos a enviar a alguien. Sería como enviarlo a la muerte y no entra en nuestro código ético. ¿Que lo haga Corea del Norte? Vale. Pero nosotros no somos Corea del Norte.

—Entonces ¿qué hacemos? ¿Sentarnos a esperar?

—Eso es precisamente lo que vamos a hacer. —De nuevo, Aaron parece orgulloso de mi conclusión y vuelve a relajarse—. La lógica insiste en que cualquier especie con consciencia que haya creado este anillo y lo haya colocado aquí es también más que capaz de regresar a través de él por su propia voluntad.

—¿Y por qué no lo han hecho ya? No digo ahora, sino en algún momento.

Aaron se sube las gafas por el puente de la nariz.

—¿Quién dice que no lo hayan hecho?

Me quedo paralizado sin saber cómo responder.

—Pero digamos por un momento que no lo han hecho. Por cierto, nuestra investigación sugiere que este sitio ha permanecido inalterado durante milenios. ¿Acaso sabes cuánto tiempo nos llevó abrir esta cavidad subglacial? Puedes estar contento de haberte saltado todo lo anterior, Patrick.

—En cualquier caso, me estoy desviando del tema. Hay varias posibilidades que pueden explicar por qué la especie responsable de este anillo se ha mantenido alejada. Para empezar…

—Para empezar, quizá sea mejor dejarle eso al SETI —señala un hombre de barba larga con tirantes naranjas sobre un jersey de lana. Me extiende la mano—. Hola, sargento Finnegan.

—Sargento jefe de artillería —dice Aaron.

Le dirijo a mi amigo una mirada de aprobación. Alguien ha estado prestando atención.

—Lo siento, sargento. —El científico se aclara la garganta—. Soy el profesor John Walker del Instituto SETI en Mountain View, California.

—Encantado de conocerlo. —Le doy la mano—. Soy un gran fan de su *whisky*.

—¿Cómo? Ah, sí. Yo también.

Todavía no puedo creer lo relajados que parecen todos ante la situación actual. Pero después de mucho tiempo uno se acostumbra a todo.

—¿Decía usted, profesor Walker?

—Las explicaciones más plausibles se basan en la paradoja de Fermi, aunque se han descartado varias. Las derivadas, sin embargo, son mucho más interesantes.

—Discúlpeme, ¿la paradoja de Furby?

—Fermi —subraya—. Encino Fermi, físico italiano que creó el primer reactor nuclear. ¿Le suena?

Me quedo mirándolo fijamente. Ni que tuviera que conocerlo.

—No importa —dice el profesor Walker—. Basta con decir que Fermi fue el primero en plantear la hipótesis de por qué, en un universo tan grande, aún no habíamos encontrado vida inteligente extraterrestre.

—Un momento, ¿se refiere a alienígenas?

—Preferimos hablar de vida extraterrestre.

—Sí, pero, ¿alienígenas?

Walker suspira irritado.

—Si prefiere decirlo así… sí, alienígenas.

Me paso la mano por la barba otra vez. Necesito un trago. Ya mismo. Todo esto es… bueno, en realidad es una locura. El hecho de que haya grupos enteros de personas que han estado esperando un momento como este hace que todo sea aún más inquietante.

—Continúe.

—Una de las hipótesis resultantes que podría aplicarse aquí es la que sostiene que una especie puede, de hecho, extinguirse antes de ser capaz de establecer contacto o, en este caso, restablecer contacto con la Tierra. Son tan propensos como nosotros a los desastres naturales así como a la autoerradicación.

Miro el anillo y luego vuelvo a mirar al profesor Walker.

—¿Está diciendo que podrían haber colocado esto aquí hace miles de años y que luego podrían haberse extinguido en una guerra nuclear por una disputa territorial?

—Entre otras posibilidades, sí.

Aaron interviene.

—Eso explicaría en gran medida por qué el anillo no volvió a activarse desde el otro lado.

—¿Volvió a activarse? ¿Acaso hay pruebas de que se haya activado en algún momento?

—Mis disculpas. Ha sido un pequeño desliz por mi parte. Los argumentos de causalidad son abundantes, y no era mi intención sugerir que este anillo llegó aquí por sí mismo. Pero es lógico que un mecanismo de esta magnitud no se quede sin usar, sobre todo una vez ha sido construido.

—Genial. Pero lo que necesito saber ahora es qué posibilidades hay de que algo amenazante entre por esa puerta.

Aaron y el Dr. Walker se miran y sonríen.

—¿Amenazante? —repite Aaron y se ríe junto al profesor Walker—. Cero. Si alguna antigua civilización extraterrestre quisiera conquistarnos, ¿no crees que lo habría hecho cuando la humanidad iba, como dirías tú, en pañales?

La mayoría de los científicos en el cuadrilátero se echan a reír.

—Muy bien —respondo—. Pero mientras que tu trabajo se basa en deducir que todos los caminos de baldosas amarillas conducen a la tierra de Oz, el mío es asumir que todos quieren matar a Dorothy. Así que discúlpame si no me trago tus argumentos.

—Sargento Finnegan —llama el Dr. Walker mientras junta las manos como un *hippy*—. Por favor, comprenda que las mentes más brillantes del mundo están trabajando en esto.

—Y Grecia tenía a Aristóteles. Pero, ¿quiénes construyeron carreteras a través de sus viñedos? Los romanos.

—Sargento Finnegan, yo…

—Escuchad, seguid a lo vuestro. No es decisión mía. Pero si algo entra por ahí y mira a alguien de manera equivocada, mis órdenes son proteger minuciosamente a toda la gente de este lugar. Y eso incluye cerrar el anillo lo antes posible y sin hacer preguntas. ¿Entendido?

Aaron ni siquiera mira a sus homólogos.

—Desde luego, Patrick. Lo entendemos.

—Bien. Y ahora, ¿cuál es el tiempo estimado para un posible contacto?

—No… no hay ningún tiempo estimado. —Se encoge de hombros y me ofrece una sonrisa desconcertada—. No hay ningún precedente al respecto.

—Así que podría ser en tres minutos o en tres días.

—O tres décadas —añade—. No lo sabemos.

—Oh, no, en absoluto —le digo a Aaron—. No me vas a obligar a quedarme ni un día más del mes que te di.

—Dijiste seis semanas como máximo.

Hijo de puta.

—Sí, claro que sí.

—Así que eso son dos semanas más juntos.

—Sé contar, Aaron.

—Genial. Entonces mi petición oficial, según tu propia misión para la seguridad nacional, es que establezcas el tipo de vigilancia que consideres suficiente hasta tu relevo.

—No te olvides de incluir a nuestros compañeros en la lista —dice un investigador con un fuerte acento ruso.

—Ni a nuestros especialistas —agrega otro cerebrito con un chaquetón enorme; este habla inglés como la reina de Inglaterra, si no me equivoco.

Tengo la sensación de que Aaron ha denegado las solicitudes de admisión de cualquier otra presencia militar que no sea mi equipo. En este momento en que las prioridades han cambiado y que los investigadores están frente al tipo que llevará la voz cantante de ahora en adelante, parecen ansiosos por que los militares de su propio país se lleven un trozo del pastel. No los culpo. Si fuera a la inversa, yo estaría rompiendo la puerta para que entrara el Tío Sam.

Pero, al fin y al cabo, yo no soy más que un soldado en su última operación. ¿Qué más me dan los soldaditos y las ratas de laboratorio? Por lo que a mí respecta, pueden quedarse aquí abajo hasta que se les congelen las pelotas, riéndose de cómo suben las acciones radiactivas hasta que les brille la polla.

—Nos aseguraremos de que todos tengan un turno —digo—. Pero yo soy el jefe en esta cadena de mando. Cualquier cosa que ocurra aquí abajo mientras estoy fuera, y me refiero a cualquier cosa, yo soy el primero en saberlo. No tu tía Sara o tu mejor amigo en Twitter. Yo. Y detendré a quien me dé la gana si eso no se cumple al pie de la letra. ¿Entendido?

Asienten con la cabeza y se intercambian miradas nerviosas. Al parecer, no es así como se habla en la universidad.

—Lo que necesites —dice Aaron—. Tan solo has de decirlo.

—Puedes empezar por darles a mis hombres algo caliente para beber y unas sillas.

—Desde luego.

—Y si te sobran mesas, nos vendrían bien unas cuantas. Luego Simmons… —miro por encima del hombro y le hago un gesto para que se acerque—. Simmons les proporcionará una lista de materiales para construir un muro de escudos.

—¿Un muro de protección? —dice el profesor Walker. Mira a Aaron—. ¿Es realmente necesario, Campbell? —Luego me mira a mí—. Esto es un centro de investigación seguro, no su patio de juegos para hacer volar…

—Mire, profesor Whisky —digo mientras me acerco a él—. Usted es experto en una cosa, y yo, en otra. Y también tiene mi palabra de que, si nada amenazante entra por ahí, no le molestaremos. Lo prometo. Pero si las cosas se tuercen, mi trabajo es estar preparado. Y parte de la preparación para la batalla incluye tener algo tras lo que esconder el culo si los alienígenas se acaban pareciendo más al octavo pasajero que a Marvin el Marciano.

—Puedo vivir con ello —dice el profesor Walker.

—Muy bien. Entonces tenemos un acuerdo. —Miro a Aaron—. Os dejaré continuar con vuestro trabajo y nosotros nos ocuparemos del nuestro.

—Buena idea —responde Aaron. Me tiende la mano y nos damos un apretón. Ni un abrazo ni una afirmación. Tan solo un apretón de manos entre profesionales—. Gracias por venir, Patrick. Me alegro de que estés aquí.

—Ya.

Lo natural sería decir que yo también estoy feliz de estar aquí. Pero no lo estoy, y no tengo ganas de mentir solo para ser cortés. En lugar de eso, lo único que me sale decir es:

—Me alegro de que podamos ser de utilidad.

Y hasta eso me da un poco de asco.

Salgo del cuadrilátero con Simmons y me dirijo hacia las escuadras Uno yD.

—Oye, buen discurso. Creo que ahora se mantendrán fuera de nuestro camino —dice Simmons.

—Esperemos.

—Solo hay un problema con lo que has dicho.

—¿Eh?

—Incluso Marvin el Marciano tenía una pistola de rayos.

Hijo de puta.

Capítulo 5

06:01, martes, 26 de abril de 2027
Antártida Occidental
Excavaciones en las montañas subglaciales Ellsworth
El anillo

—Llegas tarde —dice Simmons cuando paso por el plástico para empezar mi turno de mañana. El anillo está igual que cuando me fui ayer: activado y en busca de problemas.

—¿Qué pasa? —pregunto—. ¿El servicio de habitaciones no te dejó ninguna chocolatina en la almohada anoche?

—Qué gracioso. —Simmons señala con el pulgar por encima del hombro—. Hacer que Vlad y sus dos escuadras se queden en su rincón es como arar en el mar.

—Estoy seguro de que simplemente son curiosos.

Pero Simmons niega con la cabeza.

—Tuve que amenazarlo con quitarle el teléfono para que no tuiteara fotos.

—Perfecto.

Otro motivo por el que odio los teléfonos móviles.

—Así que, si el servicio de habitaciones se ha olvidado de dejarme una chocolatina, ese es el menor de mis problemas.

—¿Café? —Le ofrezco un termo que he rellenado en el comedor.

—No. —Simmons señala con la cabeza un grupo de mesas de acero en una esquina trasera del enclave con paredes de plástico. Da la impresión de que hay un montón de material de cocina—. Parece que quien sea que financia al profesor chiflado no ha querido escatimar en su salud gastrointestinal. Tiene una puta cafetera italiana para hacer expreso.

—No dejes que te engañen, Simmons.

Me lanza una mirada interrogativa.

—¿A qué te refieres?

—El dinero sí compra el amor, y mucho más. —Le paso el termo y me dirijo al ordenador.

Parece que Aaron no se ha movido desde que me fui la noche anterior. Las bolsas bajo sus ojos confirman mis sospechas.

—¿Cómo va todo?

Aaron levanta la vista.

—¡Patrick! Llegas justo a tiempo.

O va colocado de café o se ha colocado gracias a su propio descubrimiento. No lo culpo, aunque mi versión de la felicidad pasaría por hacer estallar este anillo.

—¿A tiempo para qué?

—Ven, ven. —Me hace señas para que me acerque. Saludo con la cabeza a Walker, que también parece no haber pegado ojo.

—Mira esto —dice Aaron.

Señala un monitor que muestra más gráficos de la bolsa. Supongo que debería sentirme halagado de que confíe tanto en mi capacidad de observación. Aun así, sin un tutorial detallado al respecto, soy bastante inútil.

—Bueno —digo observando las pantallas—. Parece que el DeLorean sigue yendo a ciento cuarenta por hora. El condensador de fluzo también tiene buen aspecto. Se mantiene estable en 1,21 gigovatios.

Aaron asiente distraídamente y luego se vuelve hacia mí con una amplia sonrisa.

—Esa ha sido buena.

—Quería ver si estabas prestando atención.

—Dejemos a un lado al doc Brown —dice mientras se inclina hacia el monitor—. Estamos detectando algunas nuevas emisiones de radiación. Aquí y aquí. —Señala dos nuevas líneas que no recuerdo de la noche anterior.

—¿Y qué quieren decir?

Aaron se sube las gafas.

—Bueno, hasta ahora hemos tenido emisiones constantes de OM, RF y ELF.

—Me he perdido.

—Onda media, radiofrecuencia y frecuencia extremadamente baja. Y muchas emisiones en el espectro de la luz visible, pero la mayoría de ellas parecen provenir de la estructura del anillo.

—¿Como si el objeto en sí estuviera produciendo todo eso?

—Más bien recogiendo la energía de alrededor y redirigiéndola de una manera deliberada. Pero estas líneas de aquí están introduciendo algo muy diferente.

Hace una pausa tan larga que tengo que pedirle que continúe.

—Sí. Perdón. —Parpadea varias veces—. Lo que estamos viendo son variaciones en los espectros UV e IR. Quiero decir…

—Ultravioleta e infrarrojo. Lo he entendido.

—Muy bien.

—¿Y por qué te interesan?

—Bueno. Por un lado, como he dicho, es algo nuevo. Han aparecido hace poco.

—Quieres decir que hay algo que los expulsa a propósito.

—Posiblemente, sí. Pero su sola presencia no es lo que resulta tan intrigante.

Aaron da un golpecito en la pantalla, pulsa sobre una de las líneas y la arrastra hasta sacarla del gráfico. Mientras la hace girar tridimensionalmente, veo que su sección transversal tiene forma de U. En la parte superior izquierda observo el símbolo menos, mientras que en la parte superior derecha está el símbolo más. Hay un cero en el centro, justo debajo de la U.

—¿Qué significa? —pregunto.

—Está oscilando —responde.

—No te sigo. ¿No oscilan todas las ondas?

—Claro, pero… —Aaron se palpa el abrigo y luego mete la mano en un bolsillo para sacar una pequeña linterna. La enciende y la empieza mover en mi cara de un lado a otro—. Así.

Hago una mueca y me alejo.

—¿Y bien?

—¿No lo entiendes?

—No, Aaron.

Apunta la linterna hacia el anillo.

—Está escaneando.

Miro a Aaron, luego al anillo, luego al monitor del ordenador y luego al anillo otra vez.

—¿Ahora mismo está escaneando?

—Sí, ahora mismo.

Cuando el anillo se encendió la noche anterior, me pilló desprevenido, pero esta noticia hace que me mantenga más alerta.

—Por algún motivo me gustaba más cuando solo era una pared estática.

—Nodo portal multiespectral extraterrestre —interviene Walker.

Lo ignoro.

—¿Podemos enviar algo? ¿Tal vez un dron?

—Desde luego que no —contesta Aaron con demasiada rapidez para mi gusto. No es que me ofenda fácilmente por casi nada, pero las cosas se hablan.

—¿Podrías explicarte? —pregunto.

—Bueno, ¿cómo te sentirías si enviaran un dron? —plantea Walker.

Le lanzo una mirada irritada, pero es una pregunta sincera. Me imagino a un grupo de científicos en un laboratorio subterráneo de Moscú o Pekín.

—Probablemente desconfiaría. Querría saber quién me está espiando y por qué.

—Entonces tiene sentido asumir lo mismo por su parte —concluye—. Si presentamos el más mínimo indicio de hostilidad o sospecha, podríamos empezar con el pie izquierdo. Y hacer eso con el que es, de lejos, el mayor descubrimiento de la historia de la humanidad sería… —Suelta una respiración forzada—. Bueno, digamos que no sería bueno.

—Excepto que ellos son los que pusieron el anillo en nuestro planeta, profe. En mi barrio, eso significa que tenemos derecho a investigar.

—Dejemos los dilemas morales a un lado —dice Aaron en un aparente deseo por conservar un ambiente amigable—. Incluso si enviáramos un dron, no tenemos garantía alguna de poder mantener la conexión. Por lo tanto, estaríamos enturbiando innecesariamente las aguas, por así decirlo. Mejor esperar y ver.

—Justo como no actuaría un agente de inteligencia —respondo sin intentar ocultar mi desprecio. Mi compromiso adicional de dos semanas empieza a parecerse a una terapia de pareja y eso me pone de mala leche—. Mira, entiendo la idea de no querer transmitir hostilidad. Pero podríamos estar literalmente ante el cañón de una pistola. ¿Y nos quedamos aquí con los pulgares metidos en el culo esperando a que aparezca Dios sabe qué? No. De ninguna manera.

—Patrick, por favor.

Aaron se levanta para tocarme el hombro, pero le aparto la mano.

—Ya hemos establecido que tú tienes tu papel aquí, y yo, el mío —digo—. Pero ahora mismo no tengo ninguna información sobre para qué sirve este trasto, quién lo puso aquí o por qué demonios nos están escaneando. Entiendo que tu trabajo es ser científicamente curioso y optimista. Bueno, mi trabajo es creer que todos los que quieren matarte aprovecharán todas las oportunidades que tengan para hacer realidad sus sueños, sean alienígenas o no.

—Extraterrestres…

—Cierra el pico, Walker.

El experto del SETI da un paso atrás.

—Si queréis saber mi opinión, somos una presa fácil incluso con las barricadas que hemos puesto. ¿Y dónde están todos los botones de emergencia? Prefiero descubrir que esos cabrones son la puta Mary Poppins y tener que disculparme a que aparezca *Predator* y yo solo tenga una pistola de aire comprimido. ¿Lo pilláis?

—Deme su maldito teléfono, sargento —grita Simmons.

Me doy la vuelta y veo cómo Vlad se zafa de Simmons, el cual intenta evitar que el ruso tome otra foto del anillo.

—Sargento Petrov —le grito al comandante ruso, y luego señalo a Vlad—. Contrólate antes de que te reasigne a una unidad médica.

—¿Es una amenaza, Brooklyn America? —dice Vlad mientras empuja a Simmons.

—Es una promesa, Vlad. Entrega el teléfono.

—Profesor —dice Lewis detrás de mí—. Estamos recibiendo nueva actividad.

Quiero echar un vistazo a lo que sea que Lewis dice, pero Vlad acaba de golpear a Simmons en la cara. Salgo corriendo hacia Vlad. Aunque no soy el único: nuestros chicos y algunos de los rusos también se apresuran. Y yo que creía que éramos profesionales. Nunca debí haber aceptado esta misión.

Estoy entre Vlad y Simmons cuando uno de los británicos grita:

—¡Por todos los santos y la reina!

Intercepto uno de los puñetazos de Vlad hacia mi hombro, logro que baje los brazos y me doy la vuelta. Flotando justo frente al anillo, a media altura, hay algo de color magenta del tamaño de la tapa de un cubo de basura. Tiene lo que parecen ser unas pequeñas lentes negras en cinco lados y cinco paneles cuadrados azules brillantes en la parte inferior.

Los investigadores se entregan al caos y empiezan a sacar grabadoras y a cotorrear como si fueran adolescentes en un concierto de Taylor Swift. Mientras tanto, las fuerzas de seguridad se quedan boquiabiertas con los ojos clavados sobre esa cosa.

—¡A cubierto! —grito—. Seguros fuera. Que nadie ponga el dedo en el gatillo hasta que yo dé la orden.

Agarro a Simmons, que tiene la mandíbula hinchada.

—¿Estás bien?

—Puto Stroganoff —responde Simmons y luego escupe sangre—. No es nada.

—Ponte a cubierto. Llama al resto de escuadras de la entrada. Quiero a todos los efectivos aquí.

—Enseguida.

Tengo la SCAR preparada y me dirijo hacia la posición de Aaron en el cuadrilátero.

—¿Aaron?

—¿Lo estás viendo? —exclama.

—Sí. Y me veo obligado a insistir en que tanto tú como tu equipo os pongáis a cubierto con nosotros.

Aaron se ríe.

—No seas ridículo, Pat. ¡Mira!

—No es una pregunta. Es una orden.

—Está investigando —Aaron se gira hacia Walker—. ¡Hemos establecido contacto!

Los dos científicos se abrazan y empiezan a celebrarlo como si acabaran de ganar la Super Bowl de los empollones. Tardo varios segundos en llamar su atención sin quitar mi ACOG del dron.

—Caballeros, necesito que se pongan a cubierto ahora mismo…

Los paneles del motor del dron se encienden y el aparato se acerca a nuestra posición. Varias personas exclaman sorprendidas y se agachan mientras el dron desciende. Acto seguido una luz brillante hace un barrido por todo el perímetro del dron y proyecta una onda vertical de luz azul parecida a un láser. El rayo parece bastante inofensivo, pero odio sentir que me acaban de escanear.

—Por favor, baja el arma —pide Aaron acercándose a mi rifle.

—Ni de coña, amigo —respondo sin apartar la vista del dron. Esto es un peón que han enviado al otro lado del tablero para sondear la primera línea enemiga. Lo presiento.

La onda azul desaparece y un pequeño rayo rojo sale disparado hacia el compartimento donde está el disco duro central. Mi instinto me dice que es una mira láser de un arma y estoy a una fracción de segundo de derribar el dron cuando Aaron se pone delante de mí.

—¡Maldita sea, Aaron! —grito y lo empujo a un lado.

—Solo está escaneando —responde—. ¡Mira!

Echo un vistazo por encima de mi hombro y veo que el láser rojo está creando un intrincado patrón cuadriculado en la pared negra del compartimento del tamaño de un frisbi.

—¡Guau! —exclama Lewis, que observa el monitor del ordenador desde su escondite en el suelo—. El uso de la CPU está… está al cien por cien.

Aaron se acerca.

—Debe de estar accediendo a nuestros servidores.

—Apágalo —digo con perplejidad al darme cuenta de que yo he visto más películas de invasiones alienígenas que estos cerebritos. Si no tengo razón, les enviaré postales pidiéndoles perdón de por vida. Pero ¿y si tengo razón? Joder, no quiero tener razón—. ¡He dicho que lo apagues! —Me dirijo hacia lo que parece un cuadro eléctrico. Con un poco de suerte habrá un interruptor principal que apague todos los ordenadores del cuadrilátero.

—¡Esa decisión no te corresponde a ti!

Aaron se interpone en mi camino, pero lo empujo a un lado. Odio tener que ponerme bruto con mi amigo, pero no tenemos tiempo para discutir.

—Las CPU están alcanzando temperaturas críticas —anuncia Lewis.

Esquivo a Aaron y salgo disparado hacia el cuadro eléctrico. Abro la puerta de golpe cuando el rayo láser rojo desaparece.

—Las temperaturas están bajando —dice Lewis.

Los ventiladores de las torres suenan como si estuvieran a punto de despegar. Mientras tanto, el dron continúa en su sitio. No hay ondas azules ni rayos láser. Se queda ahí tan tranquilo y todos los investigadores empiezan a confiarse de nuevo.

Lewis vuelve a ponerse en pie cuando Aaron le ordena que empiece a grabar al dron de nuevo. El muchacho agarra con torpeza una cámara Sony. Está tan emocionado que no creo que se dé cuenta de que se está acercando peligrosamente a la nave alienígena.

—Lewis, campeón, retrocede —le digo.

Pero está completamente absorto narrándole a la cámara.

—Lewis. —Sigue sin escuchar. Dios, esta gente es peor que Vlad—. Lewis, necesito que…

Algo estalla bajo el dron y un proyectil sale dirigido hacia Lewis. El muchacho grita y la cámara de vídeo sale volando. Su cuerpo se sacude hacia delante como si algo lo hubiera enganchado. Veo un filamento que conecta su pecho con el torso del dron, que tira de él como si acabara de pescar un pez.

—¡Abrid fuego! —grito por radio e inmediatamente después apunto al dron. Mi SCAR ruge cuando las balas del calibre 308 golpean el objetivo.

El dron se balancea hacia atrás con cada golpe, pero se endereza casi al instante. Y con cada impacto, Lewis sale arrastrado un poco más lejos del cuadrilátero. Se estrella contra una mesa y derriba varios monitores.

Más disparos de las fuerzas de seguridad se estrellan contra el cuerpo del dron y salen chispas. Pero el bicho tiene una resistencia sorprendente y va cada vez más rápido hacia el portal. Es entonces cuando me doy cuenta de que el dron se quiere llevar a Lewis consigo.

El muchacho grita en busca de la ayuda de Aaron y de quien sea. Pero lo que sea que tiene agarrado al pecho no lo suelta. Mi lado peliculero piensa en romper el filamento de un disparo, pero las probabilidades de que eso funcione son más bien escasas y sería un desperdicio de munición. Mejor derribar el dron.

Me pitan los oídos por los disparos de las armas y el olor a cordita se me clava en las fosas nasales. Los investigadores están agachados y se cubren las manos con la cabeza rogando que paremos. Pero ni yo ni las demás escuadras pensamos parar.

Un disparo hace estallar uno de los paneles del motor en el torso del dron. La explosión hace que el dron se tambalee. Lewis se estrella contra la antigua escalera y deja escapar un gemido de dolor. Pero el dron se endereza y empieza a volar más rápido hacia el portal. No se de qué material está hecho este cacharro, pero sea lo que sea es resistente, y parece que ha optado por escudo antes que artillería, pues no nos ha disparado. Al menos por ahora. No conocemos nada que pueda resistir tanta potencia de fuego y que no vaya unido a un carro de combate.

—¡Cargando! —grito por costumbre, pero a nadie le importa un carajo. Dejo caer el cargador gastado e introduzco uno nuevo en menos de tres segundos mientras avanzo hacia el objetivo. En cuanto se agota el primer cartucho disparo otra ráfaga al dron, esta vez a toda máquina. Me arriesgo a que el cañón se recaliente y a que haya alguna avería, pero tengo que darle al objetivo todo lo posible. El dron continúa hacia el portal, pero, a pesar de mis disparos del calibre 308, los cuales logran dañar una de las lentes y el segundo panel, se acerca más y más.

Lewis va escaleras arriba a rastras. Ha dejado de gritar, lo que significa que ha perdido el conocimiento, que le ha dado una bala perdida o que el dron ha hecho algo a través del filamento para incapacitarlo. Sea lo que sea, su cuerpo inerte se desliza hacia el portal.

Toda mi vida he tratado de ser útil, de resolver problemas antes de que se conviertan en problemas aún mayores. Pero ver a Lewis deslizarse hacia la puerta me recuerda que mis mejores años probablemente hayan quedado atrás y que no estoy pensando lo suficientemente rápido para solucionar esta situación en particular. En el fondo, me odio por ello.

—¡¿Qué estás haciendo?! —me grita Aaron, sin gafas, con el pelo revuelto—. ¡Ve a por él!

Maldigo mi suerte y me dirijo a la plataforma con la esperanza de que mis marines y el resto de las fuerzas de seguridad tengan la cabeza suficiente para dejar de disparar. No tengo tiempo de hacerles ninguna señal.

Subo velozmente por las escaleras y me acerco a Lewis. Pero el dron lo arrastra demasiado rápido. Me lanzo hacia el muchacho y consigo agarrarlo de la bota con la mano izquierda.

El «ping, ping» de las balas rebotando se ralentiza a medida que crecen los gritos de alto el fuego. Con una mano aún agarrando a Lewis, alzo mi SCAR y disparo al robot volador. La acción produce más chispas y «pings» ruidosos, pero ni mi peso ni las balas parecen disuadir al dron de su misión: continúa arrastrándonos a Lewis y a mí hacia la puerta.

Apunto al lugar en el que la cuerda de sujeción sobresale del torso del dron con la esperanza de liberar a Lewis, pero no sirve de nada. El dron alcanza el portal y desaparece un instante después.

Nos empezamos a deslizar más rápido. O voy con él o me suelto.

No estoy seguro de si mi mano cede porque soy viejo y ya no puedo aguantar más, o de si es porque tengo demasiado miedo de lo que hay al otro lado. Pero veo cómo el enorme chaquetón naranja de North Face de Lewis atraviesa el portal.

Capítulo 6

06:30, martes, 26 de abril de 2027
Antártida Occidental
Excavaciones en las montañas subglaciales Ellsworth
El anillo

—¿Qué has hecho? —Aaron sube a toda prisa por la escalera—. ¡Lo has soltado!

—Se me resbaló.

Me levanto con una mueca de dolor. Al lanzarme a por Lewis me he dado un golpe en la cadera y lo noto.

—No, no te has esmerado —dice Aaron mientras se quita las gafas.

—Aaron, yo he…

—Lo has dejado… ir. Y no… —Se aleja de mí—. No tendría que haber pasado. No es así como tenía que ser.

—Escucha, amigo. Lo siento. Pero ahora mismo tenemos que…

—Tenemos que continuar trabajando.

Aaron mira al portal con los ojos vidriosos. No está pensando con claridad. Me pongo de pie y trato de ponerme frente a su cara.

—Tenemos que garantizar la seguridad de todos los que están aquí, Aaron. Vamos a cerrar eso ahora mismo.

—¿A cerrarlo? —Aaron posa sus ojos sobre los míos—. Lleva miles de generaciones esperando a ser abierto. No podemos cerrarlo. ¿Estás loco?

A la hora de discutir, no me importa que la gente tenga opiniones diferentes, siempre y cuando sean razonables. Y ahora mismo mi viejo amigo está lejos de pensar con claridad.

—Aaron, escucha, creo que necesitas tomarte un respiro y…

—¿Un respiro?

—Profesor Campbell, por favor —dice Walker mientras sube los escalones detrás de Aaron. El tipo del SETI también parece agitado, pero menos ansioso que Aaron. Eso es bueno—. ¿Por qué no nos sentamos y…?

Aaron se deshace de las manos de Walker.

—No.

Pero el experto del SETI no acepta un no por respuesta.

—¿Por qué no nos sentamos y buscamos una solución?

—No hay solución que buscar. El portal está abierto. Tenemos que seguir trabajando y hemos de recuperar a Lewis.

—Genial, vamos a hablar. —Walker conduce a Aaron por las escaleras—. Si la especie extraterrestre determinó que la biología de Lewis podía atravesar el portal, tal vez sea posible planear una misión de rescate.

Aaron asiente ante esto.

—Sí. Una misión de rescate.

El plan de Walker es horrible. Pero ha logrado captar la atención de Aaron y eso ya es bueno. Walker hace que Aaron se siente y le da una botella de agua.

—Siéntate aquí mientras voy a hablar con el sargento Finnegan.

Walker me lleva a un lado un poco más apartado mientras los investigadores empiezan a salir de su escondite. Un tipo con otro chaquetón enorme le entrega a Aaron un iPad y le gira la silla para que no me vea.

—Ha estado bajo mucho estrés últimamente. —Walker me lleva fuera del cuadrilátero de ordenadores—. Todos hemos estado bajo mucho estrés. Y el primer contacto no ha ido exactamente según lo previsto.

Logro reírme un poco.

—¿Qué esperábais? ¿Unos bailes de salón?

Walker parpadea.

—Da igual —le digo.

—Bien. —Walker se aclara la garganta—. Ahora, hablemos sobre qué tenemos que hacer.

—Cerrarlo.

Eleva las dos cejas.

—Pero acabamos de abrirlo.

—Como si es Navidad y Papá Noel ha venido a repartir regalos en persona. ¿Tiene idea de lo que le pasa a alguien al atravesar eso?

—Bueno, no. Pero…

—¿O acaso sabe qué pretende hacer ese dron con Lewis?

—Desde luego que no.

—Entonces ambos estamos de acuerdo en que estamos mal preparados para esta amenaza. Hasta que tengamos un plan de acción más sólido y mucha más información, vamos a cerrarlo. No quiero que nadie más salga arrastrado, y punto.

—Pero sargento Finnegan, nosotros…

Señalo violentamente el anillo con la mano izquierda.

—Y punto. He dicho.

Walker parece sorprendido, pero obediente.

—Sí, sí, supongo que tiene razón.

Tal vez el friki de los extraterrestres sea sensato después de todo.

—¿Cómo se hace?

—Ahí. —Señala la sección inferior derecha que está medio sumergida en la plataforma—. El mismo componente que el profesor Campbell utilizó para iniciar el nivel omega. Moverlo de vuelta hará que…

—Yo me encargo —digo antes de que Walker pueda continuar. Luego le grito a Simmons y al resto de los efectivos de seguridad—. Cubridme. Voy a subir.

—Entendido —responde Simmons, y luego transmite mi orden.

Mientras subo los escalones, me sorprende lo enorme que es el campo de energía. Y estoy más que preocupado por la posibilidad de que otro dron aparezca y me atrape. Saber que algo o alguien podría estar al otro lado de esta pared, observándome, es inquietante. Sí, he sido entrenado para estar alerta: toda mi maldita carrera ha consistido en eso. Pero esto es otro nivel.

Me acerco al borde del llano con un ojo en mi ACOG y el otro buscando el punto que Aaron manipuló en el lado derecho del anillo cuando se elevó. Gracias a Simmons y a mi propia imaginación hiperactiva, no puedo evitar ver a Marvin el Marciano apuntándome con su pistola de rayos desde el otro lado de la pared. Además de un xenomorfo XX121 dispuesto a comerme la cara con su segunda extensión bucal subcraneal.

El botón que Aaron manipuló está a dos metros de distancia. Suelto la mano izquierda y la cruzo por debajo de mi SCAR sin dejar de apuntar a la brillante pared azul. El maldito zumbido subsónico es aún más fuerte aquí arriba y me tiemblan los pies.

Alcanzo el botón cuando oigo a Aaron gritar desde abajo.

—¿Qué estás haciendo?

Ignoro su pregunta incluso cuando le oigo atravesar el cuadrilátero de ordenadores y correr hacia las escaleras. Walker intenta disuadirlo; definitivamente, es un tipo sensato.

—¡Profesor Campbell, por favor, vuelva! Hasta que sepamos más, solo hay…

—¡No! ¡No podemos permitirnos cerrarlo!

Pero antes de que pueda protestar más, me dispongo a mover el bloque de vuelta a su lugar original. O al menos a intentarlo, porque el maldito no se menea. Voy a tener que usar las dos manos, pero eso significa soltar mi SCAR. Maldita sea.

Aaron sube las escaleras con Walker pisándole los talones. No hay tiempo para discutir.

Suelto mi arma y pongo las dos manos sobre el bloque para intentar moverlo con todas mis fuerzas. Mi cabeza está a escasos centímetros del muro de energía. Prácticamente puedo sentir que quiere lanzarme un minirrayo.

—¡Venga! —digo con los labios apretados. Pero apenas se mueve.

Aaron choca contra mi espalda y casi me hace caer.

—¡No puedes hacer eso!

—No es decisión tuya —le digo, y lo aparto dándole un empujón con la cadera izquierda.

—¡Patrick, para! Por favor.

Estoy a punto de soltar el bloque y empujarlo hacia atrás cuando Walker aparta a Aaron.

—Profesor Campbell, por favor.

—¡Déjame!

—Tenemos que cerrarlo hasta que…

—¡Tenemos que salvar a Lewis!

No puedo culparlo por tener buen corazón. Pero hay cosas que el corazón no puede arreglar.

Continúo aplicando fuerza sobre el bloque cuando percibo una presencia a mi izquierda. Algo atraviesa el portal.

—¡Dios mío! —exclama Walker.

Alzo mi SCAR y trato de entender la figura que está a dos metros de distancia. Es una especie de robot. Tiene brazos y piernas como los de un ser humano musculoso y mide unos dos metros de altura. La cabeza del bicho es como una cáscara de pistacho gorda acabada en punta con cinco lentes alrededor del cráneo. El cuerpo está revestido de magenta, como el del dron, y tiene una estructura esquelética negra. Unas extrañas marcas amarillas y blancas le adornan el pecho, los hombros y el lateral de la cabeza.

Lo primero que me nace es dispararlo, pero mi entrenamiento anula la reacción visceral. Si ese blindaje es como el del dron, me arriesgo a que la bala rebote y me dé a mí o a Aaron o a Walker. En lugar de eso, empiezo a retroceder para poner algo de distancia entre el artilugio y yo, y hago señas a Aaron y Walker para que retrocedan.

—Espera mi orden —le digo a Simmons por el comunicador.

—Entendido.

De momento el robot no se mueve, solo está parado y eso está bien. Oigo a uno de los dos hombres detrás de mí titubear.

—No sabemos si es hostil, Pat —dice Aaron.

¿Es el mismo tipo que acaba de regañarme por, según él, matar a Lewis?

—Ponte detrás de las barricadas, Aaron. Walker, llévate a todos los demás contigo. Ahora.

—Pero, Pat, creo que…

—Ahora —respondo furioso.

—Vamos, profesor Campbell —dice Walker—. ¡Todo el mundo! ¡Vamos!

Voy dando pasos lentos hacia atrás cuando el robot gira la cabeza y posa sus ojos frontales sobre mí. Un escalofrío me recorre la espalda. Estoy en campo abierto y necesito ponerme a cubierto, pero soy la única defensa entre el bot y los investigadores en retirada.

Entre las pisadas y los susurros nerviosos, oigo que alguien tropieza cerca de mí. El robot inclina la cabeza, casi como expresando curiosidad.

—Espero tu orden —dice Simmons.

La cabeza del robot se endereza y vuelve a mirarme.

Estoy a punto de decir que abran fuego cuando el robot levanta un brazo y dispara algo desde su palma en forma de garra. Un rayo de energía azul impacta en la investigadora que había tropezado y la deja inconsciente.

—¡Abrid fuego! —grito, y le doy al bot con mi SCAR.

Los primeros disparos hacen saltar chispas, pero parece que no logran más que sacudir el torso del robot un poco.

Entre disparo y disparo miro a la mujer abatida e intento pedir ayuda para que alguien la levante. Pero todo el mundo está corriendo de aquí para allá tapándose los oídos ante los disparos. Voy a tener que ayudarla yo mismo.

Cuando vuelvo a mirar al robot, da su primera zancada. Un paso largo y confiado, como una torre avanzando tras un muro de peones. No tiene nada que perder, es el movimiento de una pieza de ajedrez que sabe que tiene un ejército detrás.

Tengo que sacar a esta mujer de aquí. Intento alcanzar su muñeca con la mano izquierda cuando una luz azul me ciega. Parpadeo, convencido de que el robot me ha dado, y entonces oigo más gritos detrás de mí. Ha alcanzado a otro investigador y veo una marca de quemadura en el suelo. Seguramente quería darme en la mano y ha rebotado en la piedra. En cualquier caso, agarro a la mujer de la muñeca y la arrastro por el suelo mientras disparo al robot.

Pero el bicho sigue sin inmutarse y empieza a dar pasos de tres en tres. Ráfagas incesantes lo impactan en el pecho y en la cabeza. La lluvia de chispas que emana del robot me recuerda a los fuegos artificiales del cuatro de julio.

Abro el perno de mi SCAR.

—Cargando.

Apenas me oigo pronunciar la palabra. Dejo caer el brazo de la mujer, expulso el cargador gastado y recargo. En cuanto he completado la secuencia, me cargo a la mujer al hombro y continúo disparando al bot.

—¡Voy hacia ti! —le grito a Simmons.

Me hace señas para que me acerque a él mientras los investigadores se ocultan detrás de las barricadas improvisadas. Otro destello de luz azul estalla en algún lugar detrás de mí justo cuando Simmons nos arrastra a mí y a la mujer para ponernos a cubierto.

—¡Comprueba su estado! —le grito a McGarret, el médico de la primera sección.

Mientras tanto, me asomo para dispararle unas ráfagas más al señor de hojalata. Para mi sorpresa, le falta parte del brazo derecho y camina cojeando. Algunas chispas eléctricas salen de una rodilla y de las articulaciones de los hombros, y oigo algunos gritos entre las fuerzas de seguridad.

Cuando finalmente la cabeza del robot sale despedida de los hombros, los soldados estallan en vítores y cánticos. Un instante después, la máquina se inclina hacia delante y se estrella contra el suelo.

—¡Hurra! —grita Simmons a nuestra unidad de marines y recibe respuestas unánimes.

—Tiene pulso —dice el enfermero—. Pero débil.

—Comprueba si puedes estabilizarla —respondo—. Sácala de aquí.

—Aún tenemos que cerrar el portal —dice una voz detrás de mí. Es el profesor Walker.

Señalo el anillo con la mano.

—Adelante, profesor.

Se le ponen los ojos como platos.

—Le estoy vacilando. —Miro a Simmons—. Cúbreme.

—Ni hablar, Bic. —Me agarra del brazo y me tira hacia atrás—. No te corresponde.

Se refiere a la cadena de mando, y tiene razón: los sargentos jefes de artillería no hacen esas tareas. Eso corresponde a los soldados rasos. Pero no tengo tiempo de decirle a nadie qué bloque estaba moviendo ni en qué dirección, ni quiero que nadie más salga arrastrado. Lo de Lewis ha sido mi culpa y no pienso dejar morir a un marine. Quiero que esta maldita operación termine y que todos me dejen en paz.

—¿Quién crees que debería ir? —pregunto.

En cuanto Simmons mira a nuestras escuadras, me doy la vuelta y avanzo hacia el anillo. Lo oigo gritar, seguido del sonido de las botas de los marines que van tras de mí. Miro por encima del hombro y veo que es la escuadra Uno.

Paso por delante del robot abatido y me doy cuenta de que se mueve. Sale humo de los agujeros que pueblan su cuerpo, sobre todo del cuello. Ver el cadáver me da al menos un poco de valor: esa cosa no era invencible.

Estoy casi en las escaleras cuando oigo a alguien gritar detrás de mí.

—¡Contacto!

Al frente otro bot atraviesa el portal. Y luego otro. Y otro más. Estos se parecen al anterior, pero tienen placas de color magenta en la cabeza y grandes rifles en la mano.

Me freno inmediatamente y me dirijo al grupo.

—¡Todos atrás!

Corremos hacia las barricadas mientras los robots empiezan a disparar. No sé si están disparando más balas paralizantes o algo más letal, pero no quiero que ninguno de nosotros lo descubra por las malas.

Un marine que va delante de mí recibe un impacto en el centro de la espalda y se desplaza hacia delante. Antes de caer boca abajo, me doy cuenta de que tiene un agujero en el portaplacas trasero. Voy demasiado deprisa como para ver si se ha quemado la tela o si la ha atravesado directamente.

No. Eso sería… sería una locura.

¿Pero acaso una mayor locura que robots gigantes atravesando un portal de otro mundo?

—¡Hombre herido! —grito.

Un instante después, un segundo marine cae al suelo. Creo que ha tropezado. Pero entonces veo que tiene un agujero en la parte de atrás de la cabeza.

Maldita sea.

Corro tan rápido como puedo, instando a todos a ponerse a cubierto. Afortunadamente, nadie más cae en los últimos metros hasta las barricadas: los contingentes ruso y británico nos proporcionan un gran fuego de cobertura.

—¡Informe de la situación! —le grito a Simmons en cuanto me apoyo contra la pared y recupero el aliento.

—Dos marines caídos. Greaves y McClintock. Tres enemigos están avanzando hacia nuestra posición.

Maldigo la situación y me asomo por la esquina. Efectivamente, los nuevos robots se han separado y se dirigen hacia nosotros. A través del canal para todo el pelotón, doy órdenes a los británicos para que sitúen a la izquierda. Me aseguro de que los siempre entusiastas rusos de nuestra derecha mantengan su posición. Si dos elementos flanquean durante una táctica de envolvimiento, se arriesgan a disparar a los amigos. En su lugar, un elemento barre mientras los otros dos ajustan el fuego.

—¡Y apuntad a la cabeza! —grito antes de soltar el botón de hablar.

Disparo con mi SCAR sobre el bot del medio, ráfaga tras ráfaga. Pero la cabeza en forma de concha desvía casi todos mis disparos. Además, su blindaje es casi inexpugnable.

—¡Médico! —grita alguien.

—¡Hombre herido! —dice otro.

Más ráfagas enemigas golpean nuestras barricadas, lanzando lluvias de chispas. Sea cual sea la artillería que están usando, no es la que ha paralizado a la mujer. Estas piezas de ajedrez son caballos y van en serio.

—¡Granada! —dice alguien de la segunda escuadra.

Es Josephs. Le ha quitado la anilla a la granada y ha dejado pasar tres de los cinco segundos. Es arriesgado y, en mi opinión, francamente estúpido: es algo que se hace en las películas de Hollywood, no en el campo de batalla. Josephs lanza el artefacto y se pone a cubierto detrás de la pared. Dos segundos después, la granada detona y hace temblar el suelo. Ha tenido suerte.

Me doy la vuelta y empiezo a disparar, aprovechando la confusión momentánea de los robots. Selecciono el modo de ráfaga de tres disparos de mi SCAR y gasto el resto de mi segundo cargador en el enemigo. El robot apunta hacia mí y me envía una ráfaga, pero me oculto antes de que vuele un trozo de la barricada.

—¡Cambiando! —grito y expulso el cargador gastado.

Al cerrar de golpe el nuevo cargador, me doy cuenta de que me pitan los oídos. La mayoría de las unidades están consumiendo munición mucho más rápido de lo que deberían. No es que esté en contra de darle una lluvia de plomo al objetivo, pero hay un mundo de diferencia entre un fuego efectivo y rociar al enemigo al azar. De hecho, todas las fuerzas de seguridad parecen en gran medida inexpertas. Daría lo que fuera por un francotirador experimentado con un rifle del calibre 50 o alguien con una ametralladora pesada. No estábamos preparados para esto. No estabas preparado para esto, Bic. Maldita sea.

Se me pasa por la cabeza sacar mis CAEv2 de 3M, mis tapones para los oídos en combate, pero, si tengo que elegir entre proteger mi oído o disparar al enemigo, no tengo ni la más mínima duda. Especialmente cuando nos están poniendo el culo fino.

Me inclino de nuevo alrededor de la barricada, con mi SCAR preparado. Tengo el blanco en el punto de mira de mi ACOG cuando una luz azul brillante me ciega. Noto el calor del proyectil en mi cara y retrocedo. No sé cómo, pero no me ha dado. Estoy bien, que es más de lo que puedo decir de la pared de plástico que nos separa del resto de la excavación en la parte trasera. Tiene cientos de agujeros y la mitad está en llamas. El plástico en llamas se expande como napalm. Los investigadores se turnan para atravesar el plástico por debajo, pero solo unos pocos salen completamente ilesos. La mayoría sufre quemaduras leves, mientras que cuatro se revuelven en un intento desesperado por extinguir las llamas que los atrapan. La danza de la muerte en llamas me trae pesadillas de Irak y Afganistán, y me obligo a apartar la mirada. El enemigo espera.

—Objetivo derribado —grita alguien.

Vuelvo a mirar hacia abajo y veo que nuestro objetivo ha caído. Han explotado varias M67 más, pero el robot no está fuera de combate. Todo lo contrario: está tumbado sobre su pecho disparando a nuestra posición. Y el maldito bicho es mortalmente preciso.

Oigo a alguien que dice que le han dado a un marine, pero entre los disparos y los gritos no puedo estar seguro. El pitido en los oídos me impide pensar con claridad. Estamos teniendo bajas más rápido de lo que puedo contar.

Mientras otro marine se desploma a mi lado, me pregunto si hasta aquí he llegado. Si así es como voy a morir. Atrapado en un puto cubito de hielo en medio de la nada y abatido por robots que parecen de *Terminator*. Me río simplemente por lo mucho que esto se parece a una película. Y porque nadie nos va a encontrar si estos bichos ganan. Imagino que de un momento a otro habrá un derrumbe y entonces todo habrá terminado. Supongo que es lo apropiado, dado que nuestro país ya nos ha olvidado. Ya me ha olvidado. O tal vez solo soy yo queriendo olvidarlo.

Miro a Simmons. Me está gritando algo. Parece que esté hablando a cámara lenta.

Parpadeo y muevo la cabeza.

—¡Otro enemigo! —dice tal vez por tercera o cuarta vez, no puedo estar seguro—. ¡Y otro dron!

—¿Qué?

Echo un vistazo hacia el portal y, efectivamente, hay otro robot de reconocimiento que se parece al primero que entró, además de otro dron. Parece una extraña elección estratégica: ¿por qué no enviar más robots de asalto para acabar con nosotros primero?

A menos que el enemigo piense que no podemos ganar de ninguna manera.

—Hijo de puta —digo a nadie en particular.

—¿Qué está pasando? —pregunta Simmons.

—Piensa… Piensan que todo ha terminado. Eso es un robot de reconocimiento y eso es un dron de recolección para llevarse algunos cuerpos.

Simmons maldice al aire.

—Aún me quedan fuerzas si es que a Marvin le quedan.

Me río.

—A mí también.

Chocamos los puños y luego nos asomamos a ambos lados de nuestra barricada para disparar al nuevo robot y a los drones.

Al disparar, me doy cuenta de que al robot del medio ya lo han rematado mientras que los elementos internacionales continúan encargándose de los otros dos. Pero incluso desde aquí puedo ver que ambos escuadrones han sufrido bajas.

Me pongo a cubierto nuevamente y pido un informe de situación por el canal conjunto.

—Hemos perdido ocho hombres —indica el comandante ruso—. No. Nueve.

—Nos quedan cuatro hombres —añade el comandante británico.

—Repite —respondo. Creo que lo he entendido mal—. ¿Te faltan cuatro hombres?

—Negativo. Quedan cuatro hombres.

Increíble.

—*Roger*. Seguid ejerciendo presión.

—*Roger*.

Suelto la radio y miro a Simmons.

—Tenemos que cerrar la puerta antes de que entren más.

—¿Alguna idea?

Niego con la cabeza.

—No, a menos que darle un tiro al botón de apagado sea una opción, y dudo mucho que lo sea.

—Ya. Y no hay ni rastro de Campbell o de Walker.

Suspiro.

—Haz que todos los soldados vayan a la izquierda, yo iré por la derecha.

—Pero, Bic…

—Es una orden, Simmons.

—Entendido. A la izquierda. —Me agarra del brazo—. Buena suerte.

—Buena suerte.

Simmons se pone en marcha y ordena a todas las fuerzas restantes que se pongan detrás de las defensas y hacia el lado izquierdo.

Mientras me dirijo al extremo derecho, me cruzo con varios rusos, incluido Vlad. Han perdido casi toda su unidad y tienen un aspecto horrible. Mi antiguo compañero de boxeo me hace un pequeño gesto con la cabeza y sigue adelante.

Para cuando llego al extremo de nuestra cobertura, me doy cuenta de que todos los enemigos han cambiado de dirección y me han dejado vía libre por las escaleras. Hasta aquí, todo bien.

Cuando otra granada explota y hace que caiga hielo del techo, me armo de valor y salgo hacia el anillo. Estoy a mitad de camino cuando el dron se da cuenta y empieza a perseguirme a toda velocidad. Pero voy demasiado rápido para detenerme. Mi entrega es absoluta.

Una fuerte ráfaga de disparos de ametralladoras impacta contra el dron que está encima de mí. Incluso me dispara su arpón el maldito bicho, pero falla gracias a la lluvia de balas. Quiero subir las escaleras, pero uno de los robots empieza a dispararme, de manera que me dejo caer y me deslizo hacia una sombra a la derecha de la plataforma.

Cuando me detengo, me doy cuenta de que el dron me ha perdido la pista. Cruza por encima y luego se aleja para enfrentarse a nuestra facción principal. Esa es la buena noticia. La mala es que los malditos robots están ahora justo entre mi unidad y yo, lo que significa que estoy en la línea de fuego. Para muestra, un botón: las balas perdidas rebotan en las escaleras y pasan por encima de mi cabeza. «Bang, ping, clonc». El clásico sonido de las balas que se pierden en la distancia llena el aire.

Atrapado, retrocedo entre las sombras y veo que estoy a unos tres metros por debajo del punto exacto del anillo donde se encuentra el botón maestro. Deseo encontrarme una escalera o una silla por aquí, pero todo el material está fuera, en el campo de batalla.

—Eh —dice alguien que se desliza a mi lado.

Giro y casi le disparo en el pecho.

—¿Walker? ¿Qué demonios? ¿Cómo…?

—Me imaginé que querría intentarlo de nuevo. —Señala con la barbilla hacia el anillo—. Así que me las ingenié para llegar hasta aquí por el exterior.

—Mire, tiene que…

—Yo también me alegro de verlo. Y bien, ¿vamos a ello? ¿O acaso ha venido solo para ponerme ojitos?

El temblor de su voz me revela que Walker está más asustado de lo que posiblemente le gustaría. Aun así, un comentario como ese en combate tiene más valor que en un bar. Respeto. Parece que he subestimado al profesor Walker y mentiría si dijera que no estoy un poco sorprendido. O a lo mejor le faltan un par de veranos. ¿Pero acaso no nos faltan a todos?

—Maldito loco hijo de puta —digo.

Sonríe.

—Ya. Me lo dicen mucho.

—Tenemos que subir ahí. —Señalo hacia arriba. Entonces me doy cuenta de que él, más que nadie, no necesita que le digan adónde hay que ir—. Pero tampoco queremos que nos disparen. Voy a suspender el fuego durante un pequeño lapso. Eso nos dará el tiempo necesario para correr hasta ahí. Pero también significa…

—Que los robots podrían venir hacia nosotros.

—Exacto.

—Lo pillo, sargento. Venga, vamos ya.

Joder, ya lo creo que había subestimado a este tipo.

Se produce una fuerte donde los robots. Parece que ha caído otro. Echo un vistazo desde la esquina de la plataforma y veo que, efectivamente, el segundo robot de asalto ha caído y quedan un tercero y el ligeramente formidable robot de reconocimiento.

Por lo que respecta a Walker y a mí, todavía estamos en la línea de fuego y nos superan en armamento. Sin embargo, estratégicamente, estar detrás de las líneas enemigas no siempre es malo. Si puedes hacer que una torre se cuele por la retaguardia y atrape al rey a espaldas de sus propios peones, entonces ganas. Y el enemigo ni se lo ve venir.

Por otra parte, recibir un disparo de tu propio escuadrón es una mierda. Me agacho y una bala perdida choca contra los escalones y hace saltar trozos de piedra.

Agarro mi radio y abro el canal.

—Simmons.

—Aquí Simmons.

—Necesito que paréis el fuego a mi orden. Repito, parad el fuego a mi orden.

—Entendido.

Walker y yo nos agachamos, todavía apretados contra el lado de la plataforma. Echamos un último vistazo y vemos que el robot se mueve rápidamente hacia las barricadas.

—¿Listo? —le pregunto a Walker.

—Vamos allá.

Asiento y llamo a Simmons.

—Alto el fuego. Alto el fuego.

Walker intenta saltar por encima de mí pero lo agarro del brazo.

—Todavía no. Hay que esperar un segundo.

Parece avergonzado mientras asiente y se repliega de nuevo detrás de mí.

La petición de alto el fuego se extiende por las filas. Cuando dejan de sonar las balas, miro a Walker.

—Ahora.

Salimos corriendo del escondite, giramos al pie de la escalera y echamos a correr hacia la cima. Estamos a medio camino del anillo cuando oigo la voz de Simmons por radio.

—Os han visto.

Le agradezco el aviso, pero no podemos hacer nada al respecto. Y las fuerzas de seguridad tampoco: cualquier disparo desde su posición nos pone en peligro.

Walker y yo nos detenemos en el borde del anillo y empezamos a manipular el botón. Esta vez se mueve más rápido, pero no lo suficiente.

Un rayo de energía azul impacta en el borde a menos de veinte centímetros de la cadera de Walker. El científico da un salto, pero se pone manos a la obra de nuevo.

Me giro y veo al robot de reconocimiento retroceder por las escaleras y entonces me doy cuenta de que alguien al fondo va corriendo cojeando. Va con el uniforme de invierno ruso. Se dirige hacia el robot con un arma al hombro.

Quiero gritarle para decirle que se detenga, pero eso anularía el factor sorpresa. Quienquiera que sea, se está posicionando para disparar sin que haya riesgo de darnos. Y se está acercando más. Mientras tanto, el resto de las fuerzas de seguridad salen de su cobertura y se enfrentan al último robot de asalto. Se desplazan para mantenernos a Walker y a mí fuera de su línea de fuego. Es un suicidio. Pero si no distraen al robot de asalto, no podremos cerrar la puerta.

Estoy a punto de disparar cuando el robot de reconocimiento dispara otra ronda desde la palma de la mano. El disparo impacta en mi SCAR. Una descarga de electricidad sube por mis brazos. Parece que la maldita tostadora se ha vengado de mí por todos los disparos fallidos. Me tambaleo hacia atrás. Empiezo a ver estrellas y parpadeo para mantenerme en pie.

—Te tengo —dice Walker sujetándome desde atrás.

Todo esto no ha sido buena idea.

—Y la puerta está cerrada —añade.

Sigo aturdido pero consigo comprobar su afirmación con una mirada por encima del hombro. Walker lo ha logrado.

—¿Puedes caminar? —pregunta.

—Sí.

Apunto al robot a través de mi ACOG, pero el enemigo vuelve a disparar. La bala no me alcanza y me pasa por encima del hombro.

Le ha dado a Walker en la cabeza. Antes de que pueda agarrarlo, se desploma al vacío por el borde del anillo. Quiero devolverle la jugada al robot, pero el soldado ruso está demasiado cerca disparando con su AK-74M.

Las balas que rebotan cortan el aire a mi alrededor. Me alejo y trato de recuperar la visión. Pero el robot parece más irritado que yo. Se da la vuelta, da tres zancadas enormes hacia el soldado y le quita el arma de un golpe. En cuanto el robot levanta al soldado, lo reconozco.

Es Vlad.

No puedo disparar al enemigo sin arriesgarme a darle, así que enfundo mi SCAR y corro hacia el robot. Llego al último escalón y salto encima del robot, de dos metros de altura. El golpe me deja sin aire y me arden la cadera y los codos. Pero estoy sobre él, agarrándole el cuello con los brazos.

El robot agita el torso y con su brazo libre intenta arrancarme de su espalda. Pero voy a acabar con esto. Justo cuando voy a desenfundar mi Glock 19, hay otra explosión. El último robot de asalto ha sido eliminado y las fuerzas de seguridad restantes disparan al último dron.

Animado por el sabor de la victoria, clavo el cañón de mi pistola detrás de la placa trasera de mi robot. Aprieto el gatillo dos veces. Una lluvia de destellos brillantes acompaña el sonido de la pistola y el pitido en mis oídos se vuelve más intenso

El bot sigue en pie, así que disparo de nuevo en su tronco.

Algo se rompe en su pecho y Vlad cae al suelo rodando. Finalmente, tras lo que parece una eternidad, el robot se inclina hacia delante. Lo empujo hacia abajo hasta que su pecho choca contra el suelo. El dolor me sube por la barbilla y cada vez veo más estrellas. Pero estoy vivo. Y el robot no.

Jaque mate.

Capítulo 7

06:51, martes, 26 de abril de 2027
Antártida Occidental
Excavaciones en las montañas subglaciales Ellsworth
El anillo

—Brooklyn Nueva York —dice una voz—. ¿Eres bien?

Parpadeo varias veces y siento que la sangre se me acumula en la boca. Después de escupir, digo:

—Sí, Vlad. Soy bien.

Me ofrece una de sus manos llenas de tatuajes y me levanta. Un poco más rápido de lo que quisiera. Estoy mareado pero aguanto.

—Buen trabajo —dice—. Has matado hijo de puta como verdadero perro alfa americano de barba roja.

—Tú tampoco lo has hecho mal.

Hace una mueca.

—He hecho trabajos mejores. Pero no peores. Promedio.

—Bien. —Miro a mi alrededor para evaluar los daños. Y entonces me doy cuenta de que Vlad es el único que sigue en pie además de mí—. Mierda.

Corro hacia el marine más cercano. El cabo Meyers. Tiene los ojos muy abiertos y la típica mirada nublada. Ni siquiera me molesto en comprobar si tiene pulso porque la experiencia me dice que no tiene.

—¿Simmons? —grito mientras me dirijo al siguiente cuerpo. Es un marine, pero no puedo distinguir ni su cara ni su nombre porque está destrozado.

Me acerco a un tercer cuerpo. Es un británico, uno de los antiguos artilleros del SAS, ¿MacDonald quizá? Pero también está muerto.

—¿Simmons? Venga, amigo, dime algo.

—Por aquí, Brooklyn —dice Vlad. Está de cuclillas entre varios cuerpos y entre ellos está Simmons. Vlad sostiene su cabeza en alto.

—Simmons. Dime algo.

—¿Han caído? —Su voz es débil.

—Ya lo creo que han caído. Espera, vamos a…

—Reza un Ave María por mí, ¿vale?

—No va a ser necesario —respondo. Pero antes de que pueda decir nada más, los ojos de Simmons se quedan en blanco.

* * *

10:05, viernes, 29 de abril de 2027
Antártida Occidental
Centro de Investigación de las Montañas
Subglaciales Ellsworth

Llevó dos días guarecer los cuerpos de los caídos y ponerlos en contenedores de transporte: uno para los civiles y el resto para los militares de cada país por separado. Naturalmente, no iban a figurar en el manifiesto. Pero nosotros sabíamos lo que habría en esos contenedores. Nosotros, los supervivientes.

Ver a los investigadores guardar y etiquetar a los muertos fue duro. Para la mayoría era la primera vez que veía un cadáver de cerca, y además se trataba de gente con quien había trabajado apenas unas horas antes. Si a eso se le añaden las circunstancias demenciales en las que se produjo el ataque o la invasión o lo que quiera que fuese, teníamos todos los ingredientes necesarios para que se produjeran varias crisis nerviosas.

Por lo que a mí respecta, el combate me había insensibilizado. Tal vez ya lo estaba y esto no había sido más que una coreografía que había memorizado años atrás. Necesitas tener un gran nivel de desapego para trabajar con muertos, especialmente con muertos que te importan. Que te importaban. Y aunque no hacía mucho tiempo que conocía a Simmons y a los demás, era suficiente. Incluso Walker me había impresionado: había muerto cerrando la puerta. Sí, era mejor científico que soldado, pero había luchado como un auténtico marine. Así que vertí un poco de *whisky* en el suelo por él y me bebí el resto de un trago.

El vaso vacío pide a gritos que lo rellene, así que me sirvo otros tres dedos y me recuesto en la silla del escritorio.

No tengo ni idea del paradero de Aaron. Probablemente sea lo mejor. La excavación ha sido cerrada por orden de la CIA y a las universidades se las ha «informado», signifique lo que signifique. Les conté a los espías todo lo que vi, pero algo me dice que se lo quedarán para ellos. Aun así, estaba claro que alguien iba a irse de la lengua. Y a juzgar por la llegada reciente de un equipo de avanzada de las Naciones Unidas, supongo que son varios los que han hablado de más.

Llaman a la puerta de la habitación de mi barracón.

—¿Sargento jefe de artillería Finnegan?

—Depende de quién sea —respondo.

—Robertson, subdirector de Asuntos Científicos Estratégicos, del Consejo de Seguridad de la ONU.

Frunzo el ceño.

—¿Asuntos Científicos Estratégicos?

—Sí, señor.

No conozco esa división en particular, pero es la ONU y no estoy precisamente de humor para lidiar con estos malditos burócratas.

—Nunca he oído hablar de Asuntos Científicos Estratégicos —digo con la intención de molestarlo.

—Y es por un buen motivo.

No es la respuesta que esperaba.

—¿Y eso por qué?

—Sargento Finnegan, ¿puedo entrar?

Resoplo.

—Ahora tienes que decir el rango bien y responder a la maldita pregunta.

—Señor, nosotros…

—Tío, sí que te gusta estar ahí de pie en el pasillo.

Suspira.

—Porque nos gusta mantenerlo en secreto, sargento mayor de artillería.

—Así que eres un espía de la ONU.

—No. Como ya he dicho, soy el subdi…

—Subdirector Rascalson.

—Robertson.

—…del Consejo Supersecreto de Anillos Mágicos.

Hay una pausa.

—Señor Finnegan, ¿está borracho?

—¿Qué clase de pregunta es esa?

El pomo de la puerta gira y se asoma una cara de pelo y ojos oscuros.

—Pilla una silla —digo, dándome cuenta de que, efectivamente, se me van un poco las palabras al hablar—. ¿Te sirvo un poco de Redbreast?

—Estoy de servicio.

Suelto una carcajada.

—Yo también. *Sláinte*.

—Salud.

Le doy un trago al *whisky* tan caro, tomo un poco de aire y trago.

—Sargento Finnegan, he recibido…

—Bic.

Robertson me lanza una mirada curiosa.

—¿Disculpe?

—Mis amigos me llaman Bic.

—Ah. Bic, he recibido…

—Pero la mayoría de mis amigos están muertos.

Robertson aprieta los labios y da un golpecito en la mesa con el dedo índice.

—Lo siento.

—¿Decías?

El tipo encorbatado se aclara la garganta y vuelve a empezar.

—He recibido instrucciones especiales de invitarlo a permanecer aquí en la Antártida como enlace militar entre el Consejo de Seguridad de la ONU…

Robertson se detiene porque estoy negando con la cabeza con tanta fuerza que parece que se me vaya a salir de los hombros.

—Disculpe, ¿ocurre algo?

Dejo escapar otra carcajada y le señalo la corbata.

—Eso. Eso es lo que ocurre.

Mira hacia abajo.

—Mi corbata.

Asiento con la cabeza.

—Sargento mayor de artillería, usted es uno de los dos únicos militares vivos que han tenido contacto directo con el robot alie…

—Robots extraterrestres. Dilo bien.

—¿Disculpe?

—Ya que vas a hablar de ellos, utiliza la terminología correcta. ¿Entendido?

A la mierda con todo. La verdad es que todavía no me creo eso de que esos putos bichos vengan del espacio exterior. Pero si este encorbatado cree que se va a sentar aquí a convencerme con palabras, al menos va a respetar como es debido a los científicos que dieron su vida por este fracaso de experimento estilo DARPA.

Robertson coge aire.

—Necesitamos toda la experiencia posible para intentar decidir cómo proceder.

—¿Qué hay que decidir? Cualquier imbécil puede poner C4 en ese anillo y hacerlo explotar. No me necesitáis.

—Me temo que lo necesitamos enormemente, sargento. Y tenemos permiso de sus superiores para mantenerlo aquí todo el tiempo que sea necesario.

Me incorporo, pero la habitación me da vueltas, así que me agarro al escritorio.

—¿Que has hecho qué?

Robertson da un paso atrás.

—Hemos… Ha recibido autorización para permanecer…

—No voy a pasar ni un puto minuto más de la cuenta en este bloque de hielo de mierda, señor director. No me importa con quién hayas hablado. Y si acaso crees que voy a darle la manita a un grupo de cascos azules mientras juegan con explosivos plásticos, me temo que no has investigado lo suficiente para saber con quién estás hablando.

Robertson parece ponerse tenso.

—Es curioso, porque me dijeron que estaría dispuesto a hacer cualquier cosa por servir a su país.

—Estaba, sí. Mi país. ¿Pero ahora mismo? Creo que ya no.

—Sargento Finnegan…

—Cállate.

—¿Cómo dice?

—Mencionando mi rango como si supieras lo que significa. No lo sabes. Así que para ti soy el señor Finnegan.

Robertson vuelve a respirar profundamente. Debe de tener mal los pulmones este tío.

—Seõr Finnegan. Una vez que haya tenido tiempo de reflexionar con mayor claridad acerca de nuestra petición, tan solo querríamos pedirle que…

—Ya.

—No sé… no sé si lo entiendo.

—Ya he pensado en su petición. Denegada. Gracias por venir. Que tengas un buen día.

—Lamento escuchar eso.

—Sí, seguro.

—Si quisiera cambiar de opinión…

—Señor Robertson, ¿puedo llamarte Mike?

—En realidad me llamo…

—Me da igual. Mike, según el calendario estoy a cinco días de jubilarme después de veinticuatro años en el Cuerpo de Marines de los Estados Unidos. Veinticuatro años. A juzgar por la falta de arrugas en tu cara, o usas una crema hidratante del demonio o no han pasado veinticuatro años desde que aprendiste a montar en bici sin que tu padre te colocara las rueditas, ¿me equivoco?

Robertson parece que está intentando no sentirse insultado. Perfecto.

—Bien, estoy seguro de que crees que tu trabajo es muy importante. Probablemente tienes oficinas en Nueva York y en Ginebra, ¿cierto?

Lo miro fijamente hasta que se ve obligado a asentir mínimamente con la cabeza.

—Y hablas a menudo con todo tipo de embajadores y dignatarios extranjeros y te codeas con gente que hace que Einstein parezca más interesado en conseguir a Pikachu que en astrofísica atómica y molecular. Pero hay algo de lo que puedes estar seguro.

—¿De qué, señor Finnegan?

A Robertson le han salido un par de pelotas de repente. Bien por él.

—No importa.

—¿Perdón?

—¿Estás sordo, Mike? He dicho que no importa. A nadie le importa. ¿Los países para los que trabajas? No te van a recordar. No van a poner tu nombre en una placa ni a tallar tu cabeza en un busto de bronce. Y aunque lo hicieran, ¿sabes quién te recordaría? Nadie. Los niños de primaria irán de excursión y verán tu estatua y ni se pararán a leer la placa con tu nombre. «En honor del subdirector Mike Robertson». ¿Y si por casualidad uno o dos niños se paran a leerla? Apuesto diez dólares y una cerveza a que se olvidarán en cuanto vayan a mear a los baños que habrá al lado de la estatua. Eso, Mike, es lo que se consigue al morir por tu país. ¿Y quieres saber por qué?

Robertson no dice nada.

—Bien, porque te lo voy a decir igualmente. ¿Todas esas cosas por las que creías que luchabas? Resulta que no le importan a mucha gente. Al menos no de la manera que pensabas. ¿Y toda esa libertad que les compraste? ¿Toda esa seguridad? Adivina qué hacen con ella.

Robertson me mira fijamente.

—Venga, adivina.

Parece que se haya quedado paralizado.

—¡Flos! La tiran por el váter que hay al lado de tu estatua, y los niños de primaria ni siquiera se lavan las manos. ¿Así que de veras te presentas aquí para pedirme que ayude a una expedición de la ONU a montar una fiesta cuando a mi puto país apenas le importa una mierda mi sacrificio? Ni hablar, Mike.

Dicho esto, me pongo cómodo en mi silla y me termino el vaso de *whisky*.

Robertson da un golpecito en la mesa y se ajusta la corbata.

—Lamento escuchar eso.

—Me lo imaginaba.

—Le dejo que siga con su… eh… con su cata.

—Muy agradecido.

Robertson se levanta y abre la puerta. Está a punto de cerrarla cuando se gira y me mira.

—Una cosa.

—Ajá.

—No vamos a volar el anillo, señor Finnegan.

Algo se apodera de mí en ese momento. Es ese mendigo que vive escondido en el sótano. Ese fantasma que solo quiere que lo dejen en paz y trata a cualquiera como una amenaza.

—Entonces eres un auténtico gilipollas, Robertson. Sois todos unos gilipollas.

Cierra la puerta y, mientras se aleja, le oigo decir:

—Que tenga una buena vida, señor Finnegan.

* * *

15:12, domingo, 1 de mayo de 2027
Isla de Ross, Antártida Oriental
Base McMurdo

Sede del Programa Antártico de los Estados Unidos,
pista de aterrizaje

Afuera está oscuro, igual que durante todo el último mes. Pero las luces del Lockheed C-130 Hercules equipado con esquís se ven claras como la luz del día y representan mi vuelta a casa. También representan un castigo por la resaca de la que todavía estoy tratando de deshacerme. Normalmente no bebo así. Pero en situaciones desesperadas ya se sabe.

Recojo mi equipo en el enorme contenedor de carga que intenta parecerse todo lo posible a una sala de espera de aeropuerto y me dirijo a la salida. Afuera las hélices del C-130 ya giran y el avión está listo para que atraviese la pista cubierta de hielo y embarque. Estoy a punto de salir por la puerta cuando oigo una voz detrás de mí.

—Brooklyn Nueva York.

Es Vlad. No lo había visto desde que guardamos el último cuerpo días atrás.

—Ey, soldado.

—¿Escuché que te vayas?

Me froto la nuca.

—Demasiado frío para mi gusto. ¿Y tú?

Me sonríe.

—Esto parece mucho a Moscú en verano. Pienso en comprar casa de vacaciones.

—Mejor abastecerse de vodka entonces. He oído que es único que no congela.

Se ríe.

—Me gustas, perro americano alfa.

—Tú tampoco eres mal tipo, soldado. —Me callo durante un momento—. Tú me… me ayudaste en combate y no tuve oportunidad de agradecértelo.

—La verdad es que me gustáis americanos. Especialmente música. ¿Celine Dion? Ja. Espectacular.

No tengo el valor de decirle que es canadiense, lo que, técnicamente, hace que siga siendo americana.

—Sí. Vi su espectáculo en Las Vegas una vez.

—¡Oh! Sí, Las Vegas. Ciudad de maravillas y muchas delicias. —Se inclina un poco—. Es sueño mío.

—¿Ir a Las Vegas?

Asiente con la cabeza.

—Chicas bailando, espectáculos, *Texas hold them*. Estoy muy mucho emocionado por este día.

No son mis vacaciones ideales, pero para gustos los colores.

—Espero que lo consigas, Vlad.

—¿Y sueño tuyo?

Dejo escapar una suave risa.

—Quiero convertirme en mago.

—¿De verdad? —Vlad se pasa los dedos por la barbilla—. No imaginaba que tú así. Bueno. Cada persona diferente, ¿no?

—Ya lo creo.

Me gusta tanto su respuesta que decido no cortarle el motivo real: quiero desaparecer.

—¡Ja! Tal vez te veo en club de estriptis en Las Vegas un día. Eso sería emocionante, ¿no? Digo a todas chicas: «Eh, yo conozco». Entonces consigo más sexo. Victoria para todos.

Me río. Y se siente bien a pesar del dolor de cabeza.

—Te saludaré entre la multitud.

—¡Ah! ¡Incluso mejor! Sí.

Dejamos que el silencio se desvanezca y, al hacerlo, me doy cuenta de que Vlad es la única otra persona de nuestra clase de guerreros que ha visto lo mismo que yo. Los recuerdos de Simmons y del resto de los caídos nos perseguirán a ambos para siempre, al igual que los sucesos extraterrestres que ninguno de los dos podrá jamás contar a otra alma humana. Tal vez lo hagamos después de una cerveza de más o si vivimos lo suficiente como para tener nietos o bisnietos. Pero en ambos casos nadie nos tomará en serio y nos considerarán viejos borrachos o veteranos de guerra sonados.

—Tú también me salvaste vida. —Vlad abre la cremallera de su abrigo y muestra una riñonera con la bandera americana. Mete la mano en la horrible bolsa y busca algo—. Toma.

Me ofrece estrechar la mano. Pero me doy cuenta de que tiene algo semioculto en la palma de la mano. Es un gesto universal entre soldados de los tiempos modernos, un intercambio simbólico entre combatientes. En Estados Unidos es algún tipo de medallón. Pero ¿y en Rusia? Ni idea de qué puedo esperarme.

Le doy la mano, noto algo pequeño y redondeado en la palma y lo examino.

—¿Una ficha de póquer?

Es negra con ribetes rosas y tiene las palabras USA en la parte de arriba y Bratva en la parte de abajo y un dibujo de un AK-47 en el centro.

—De donde yo vengo decimos: que se joda economía. Hacemos nuestra propia moneda. ¡Ja! —Entonces me da un golpe justo entre los omóplatos y me doy cuenta de que estoy más débil de lo que pensaba—. También es símbolo de Bratva —añade susurrando mientras señala el emblema de la brújula en la cara posterior—. ¿Tú y Bratva? Ahora sois así —me dice mientras cruza los dedos.

—Prefiero rechazarla —digo, y le devuelvo la ficha.

—No puedes. —Cierra la cremallera de la riñonera—. Estás unido para siempre con Bratva. Brooklyn Nueva York y hermandad rusa juntos en la cama. —Se inclina de nuevo—. Aunque no intentes usar esto en Las Vegas. He oído que mete en muchos problemas con *sheriffs* vaqueros.

—Gracias por el consejo.

—No hay de qué.

—Oye. —Señalo con la cabeza su riñonera—. Creía que decías… que la bandera americana es como la ropa interior de una puta vieja.

Se encoge de hombros.

—Digo muchas cosas cuando lucho para provocar oponente. Pero ahora soy honesto contigo, perro alfa. Me encanta América.

—Entendido. —Me meto la ficha en el bolsillo y estrecho la mano de Vlad por última vez—. Buena suerte.

—*Dasvidaniya*.

Segunda parte

Dos meses después

Capítulo 8

23:00, jueves, 24 de junio de 2027
Skytop, Pensilvania

Uno de mis muchos rituales de jubilación tiene lugar cuando se acerca la hora de dormir: regar las plantas mientras me tomo dos dedos de Redbreast. El aire es cálido y se escucha el sonido de las cigarras y los pájaros en sus nidos. La luz de las luciérnagas puebla los campos que se extienden desde mi cabaña en lo alto de la colina. Me encanta esto.

Al crecer en Brooklyn, no sabía que se podían ver las estrellas por la noche sin un telescopio. Tampoco sabía que había otras especies de aves más allá de palomas y gaviotas. Resulta que hay muchas más. Y luego está la sinfonía nocturna que proviene del bosque y que no se parece a nada que haya oído nunca, al menos cuando consigo que mis oídos dejen de pitar durante algunos segundos. Mis acúfenos crónicos no son más que una de las molestas cicatrices de la guerra que intentan amargar mi estado de ánimo en noches como esta.

Así que, para acompañar el Redbreast, enchufo la radio FM portátil que hay sobre el tocón entre la creciente pila de leña del jardín. Ol' Blue Eyes está acabando de tocar su versión de 1958 de *Come Fly With Me* y el programa de radio *Classics with Sinatra* llega a su fin. Lo que significa que es hora de que me vaya a la cama.

Cierro el grifo del jardín y empiezo a enrollar la manguera cuando una cabeza parlante detrás de un micrófono comienza a recitar los titulares de las noticias de las once. Me planteo lanzar una piedra a la radio, pero entonces tendría que comprar una nueva. De una molestia saldría otra.

Ya no suelo escuchar ni ver las noticias. No veo la necesidad. El país va a cavar su propia tumba, lo quiera o no. Y prefiero vivir la segunda mitad de mi vida en paz antes que preocuparme por cosas que no puedo controlar. Sí, es difícil apagar el lado de mi cerebro al que le gusta arreglarlo todo, pero se trata de supervivencia y no de curiosidad. Ya he matado a suficientes gatos; voy a dejar vivir al resto.

La verdad es que no echo de menos los titulares. La política, las opiniones interminables, los cambios de chaqueta y las palabras encubiertas en más palabras encubiertas que están aún encubiertas en más palabras hasta que no tienes ni idea de lo que están diciendo. Se acabaron los días en que los hombres y las mujeres decían lo que pensaban y decían lo que querían decir a toda costa. Ni siquiera sé qué haría el mundo con gente así. Corrección: sí que lo sé. Les cortan la lengua, por eso todo el mundo tiene miedo de decir algo sin que haya un maldito abogado delante.

Pero esta noche no llego a apagar la radio a tiempo. Cuando estoy a tres zancadas de pulsar el botón de apagado con mi dedo mojado, escucho las palabras del locutor: «Crece la incertidumbre en torno a la expedición liderada por la ONU que podría haber desaparecido en la Antártida. Fuentes del Pentágono niegan que se haya perdido la comunicación con los investigadores estadounidenses de la base McMurdo, mientras que Moscú está solicitando ayuda de emergencia para los civiles rusos que se encuentran en la base Progrés. En otro orden de cosas, se vio a la estrella del pop Justin Bieber fuera de un club nocturno en Los Ángeles…».

Apago la radio, pero la sostengo entre mis manos como si fuera a decir algo más.

No, me digo. No necesito saber nada más. Así que me dirijo a la casa, cojo mi vaso de *whisky* y subo la escalera trasera. Una vez dentro, dejo la radio en la mesita donde pongo las llaves y me quito los zapatos. Ha sido un buen día y es hora de ducharse y acostarse.

Pero no puedes, ¿verdad, Patrick? Todo porque esa maldita radio ha despertado tu interés y el investigador que llevas dentro no estará contento hasta que no hayas satisfecho tu curiosidad. ¿No es así?

Los jóvenes dicen que puedes enterarte de todo con el teléfono móvil y que es mejor para investigar, pero no me fío de esos malditos. Me refiero a los teléfonos. Claro que tengo uno por si acaso, pero está apagado y encerrado en una jaula de Faraday. Soy un poco escéptico. A lo largo de la historia, la gente ha sobrevivido perfectamente sin teléfonos móviles, y yo no soy una excepción. Además, soy de los que piensa que esos malditos aparatos y las redes sociales tienen parte de la culpa del cáncer que está consumiendo a la sociedad. ¿Pero qué voy a saber yo? Si solo soy un estúpido marine.

Aunque no quiera usar mi teléfono Samsung para buscar en Internet, se me ocurre otra manera de usarlo y, para ser sincero, no estoy seguro de qué opción es la mejor.

La mejor opción es irse a la cama, me razono. Pero si no vas a dejar de pensar, Patrick, ¿de qué sirve entonces?

Lo que indica que, a menos que quiera tomarme otro Ambien, será mejor que mate la curiosidad con una llamada rápida a mi antiguo superior.

Eh, que te den, Bic. Si es que no puedes dormir sin tomarte un Ambien. Pensar está sobrevalorado.

Aunque estoy seguro de que me voy a arrepentir, decido ir a por mi móvil. Está en mi caja fuerte de piedra donde guardo las armas, en la esquina del salón de mi cabaña de madera. Bueno, una de mis cajas fuertes para armas, la más pequeña. La fiabilidad no es un accidente, y los sistemas redundantes no se construyen solos.

Cruzo el salón y abro la puerta de la caja fuerte, que es tan grande como un baño. Las luces incandescentes se calientan al entrar y me obligan a ir hacia la parte trasera. Aunque toda la cámara está blindada, guardo mi teléfono con el resto de los dispositivos de comunicación en una segunda jaula de Faraday para poder abrir la puerta principal sin temor a que quede expuesto alguno de los equipos más sensibles. Prefiero el término preparado a paranoico, pero entiendo por qué la gente los confunde.

Empiezo a abrir el candado de la jaula. Cuando la puerta se abre, agarro mi Samsung entre el montón de comunicadores portátiles y teléfonos satélite Iridium. Nunca está de más tener varios sistemas de comunicación.

Cierro la puerta y salgo de nuevo al salón. Me quedo mirando fijamente el pequeño aparato negro mientras camino entre los sillones. El año pasado hice que uno de los cerebros de mi unidad instalara una especie de software de cortafuegos en el teléfono que se activa al encenderlo. Me juró que eso haría que mi huella digital apareciera en un país distinto cada vez que lo encendiera. No me fie del todo, pero era mejor que nada.

Respiro profundamente. Si llamo, reabro el pasado. Si no llamo, no dormiré hasta que lo haga.

Entre el cuerpo y los espías, había estado encerrado en Washington D.C. durante toda una semana al volver de la Antártida. Alguien dijo que tendría que haber sido más tiempo, pero tenían «asuntos más urgentes que atender». Mi informe posterior a la acción había sido exhaustivo y no habían cuestionado mi palabra de que mantendría el pico cerrado. Al fin y al cabo, era un profesional. Además, ¿quién iba a creerme si me iba de la lengua? De repente me cayeron mejor todos esos raritos que van diciendo que E. T. les ha metido una sonda.

Aprieto el botón y el aparato se enciende y se conecta a la línea local. Marco el número de Willy y pulso.

La línea da tres tonos y salta el buzón de voz.

«Hola. Ha llamado al coronel William Rodríguez. No estoy disponible para atender su llamada. Por favor, déjeme un mensaje».

En el lapso de tiempo que transcurre entre el final de su mensaje y el momento en que se supone que debo decir lo que sea que vaya a decir, me paralizo. ¿De verdad quiero hacerlo? He trabajado durante veinticuatro años y he luchado con uñas y dientes para llegar adonde estoy: solo, en medio de la nada, en una bonita cabaña, en la cima de una colina, en el este de Pensilvania. Por Dios, cómo sueno. Pero es lo que hay y no me importa.

Esta llamada tampoco significa que quiera hacer algo. De eso estoy seguro. No soy uno de esos veteranos que siempre se las ingenia para volver al meollo o trabajar como consultor. No, a mí me gusta tener mi paz y mi tranquilidad.

Sin embargo, lo que no soporto es no saber.

No importa lo que diga Willy, no haré nada con la información. Joder, si apenas salgo de casa para comprar comida. Pero lo que me importa es saber. Dicen que lo extraño de los excéntricos es que se sienten cómodos obteniendo información. Nunca me he tenido por un cerebrito, pero tal vez me parezco más a los que llevan bata de lo que yo mismo quiero admitir.

—Hola, Will, soy Bic. Quería comentar el partido de anoche, menuda jugada, ¿verdad? Llámame cuando puedas. —Antes de colgar, me siento molesto… conmigo mismo. Joder. No tendría que estar llamando—. Pero si no tienes tiempo, lo entiendo. Dale… dale recuerdos a Mary de mi parte.

Cuelgo.

Ha sido un error. No solo siento vergüenza de mí mismo, lo cual, sinceramente, me da igual, sino que ahora tengo el dilema de dejar el teléfono encendido y esperar que me llame o volver a apagarlo. ¿No lo he dicho ya? Los teléfonos móviles son una mierda.

Entonces se me ocurre otra idea brillante. La televisión.

Una parte de mí me dice una vez más que apague el teléfono y me vaya a la cama. ¿A quién diablos le importa lo que esté pasando en la

Antártida? Serviste tus años, hiciste algunos favores y ahora ya puedes descansar tranquilamente. Que el Gse quede con sus anillos alienígenas y las conspiraciones internacionales; tú tienes tus cigarras y a Sinatra.

Pero la otra parte se pregunta si Aaron sigue ahí. A juzgar por su silencio durante los últimos dos meses, diría que sí. Pero también habíamos dejado de hablarnos, o al menos así era cuando me fui. Supongo que me culpa por las muertes de Lewis y Walker. Joder, yo también me culpo. Pero eso no significa que no me preocupe por él.

Me tomo un segundo y miro con atención el tablero de ajedrez que hay en la mesita entre el televisor y yo. Llevo jugando esta partida contra mí mismo desde hace… Según la nota que hay al lado del tablero, diez días. Las negras van ganando por ahora. Pero es el turno de las blancas. Así que me siento en el sofá, deslizo un peón en diagonal y tomo la torre desprotegida del oponente. Aparto la pieza capturada, me siento y miro el televisor que tengo enfrente.

No lo hagas, Pat.

Pero parece que hoy mi Pepito Grillo no está teniendo mucho éxito.

Rompo mi segunda regla de la noche y agarro el mando a distancia. Ni siquiera miro a la pantalla cuando pulso el botón de encendido, sino que espero a que el aparato se ilumine, consciente de que los tertulianos de turno estarán devorando algún cadáver, no fuera a ser que pasen treinta segundos sin mancharse los dientes. Una vez que hayan masticado toda la carne y roído el hueso, como los carroñeros que son perderán el interés y buscarán otra presa. Es un juego, me recuerdo a mí mismo, y respiro profundamente antes de afrontar el espectáculo.

Me sorprende ver a alguien que reconozco de inmediato. Incluso me sobresalta. Subo el volumen y miro con asombro a la presentadora darle la bienvenida al invitado en la otra mitad de la pantalla.

—Tenemos con nosotros al profesor Aaron Campbell, destacado antropólogo y arqueólogo, en directo desde la Universidad de Rutgers. Profesor Campbell, gracias por acompañarnos.

—Un placer estar contigo, Samantha.

Aaron lleva una chaqueta de *tweed* y una camiseta que, a pesar de estar medio tapada, sé que es del Halcón Milenario. Tiene el pelo y las gafas apenas un poco menos deslazavados que de costumbre. Se le ve bien, aunque algo nervioso por estar en la televisión nacional. De igual manera, yo estoy preocupado porque no tengo ni idea de lo que va a decir. Todos los documentos de confidencialidad del Pentágono que he leído prohíben hablar con la prensa. Desobedecer esas órdenes roza la traición. Me corrijo: la última vez que lo miré, se consideraba traición.

—Según tengo entendido, ha pasado un tiempo considerable en la Antártida como parte del… —Mira sus notas—. Proyecto en las Montañas Subglaciales Ellsworth.

—Correcto.

—¿Y ha estado en la base McMurdo?

—Sí. Como investigador y ciudadano estadounidense, es nuestro principal puerto de entrada para toda actividad que entra y sale del continente.

—Ante las noticias de última hora acerca de las expediciones internacionales desaparecidas, ¿tendría alguna idea sobre por qué no ha habido respuesta a las comunicaciones? Fuentes internas dicen que esta situación podría llevar así una semana.

Aaron se mueve en su silla de oficina.

Esto no tiene buena pinta. De repente me pregunto por qué aceptó la invitación al programa y por qué está de vuelta en Estados Unidos. En cualquier caso, no importa mucho ahora mismo, porque es perfectamente consciente de que no puede hablar de su trabajo más que a grandes rasgos. Por otra parte, es probable que haya esperado este momento durante toda su carrera, para… ¿qué fue lo que dijo? ¿Darles un motivo para que no puedan reírse más de él?

Maldita sea, Aaron.

—Bueno, Samantha, como sabes, mi… nuestro innovador trabajo en las profundidades de las montañas Ellsworth significa que tengo acceso a, bueno, algunos de los secretos más importantes de los que alberga nuestro país.

—Venga ya, tío —le digo a la televisión.

La presentadora entrecierra los ojos, no parece saber cómo interpretar el comentario de Aaron

Se prepara para reconducir la entrevista.

—Según tengo entendido, profesor Campbell, este apagón en las comunicaciones ha ocurrido durante el invierno en la Antártida. ¿No podría el mal tiempo ser un factor?

—Bueno, desde luego. El tiempo siempre es un factor en el bloque, como nos gusta llamarlo. —Esboza una media sonrisa de aprobación para sí mismo. Pero por dentro lo advierto de que no se confíe. Esto no es más que un calentamiento de la presentadora

—Dicho esto, ¿podría haber otras explicaciones?

Aaron se acomoda en su asiento una vez más.

—Siempre puede haber fallos técnicos que…

—Sí, pero hemos recibido informes que indican que todas las bases de investigación están experimentando apagones similares, no solo McMurdo.

¿Todas?

Joder, que Willy me llame. Aunque solo sea para tranquilizarme.

—Bueno, Samantha —dice Aaron—. Hay precedentes de fulguraciones solares que causan estragos en los sistemas de radio. Se me ocurren varios ejemplos de cuando estaba excavando en lo que se podría considerar *excavaciones clasificadas* en las montañas subglaciales Ellsworth en las que…

—Profesor Campbell, ¿es cierto que usted mismo ha sido testigo e incluso ha sobrevivido a conflictos militares que vulneran el Tratado Antártico de 1959?

Aaron se pone pálido de repente.

Un político se habría comido esta pregunta para desayunar y expulsado un eructo muy educadamente. Pero Aaron no es una serpiente y no está acostumbrado a deslizarse por la maleza. En lugar de eso, está jugueteando con sus gafas. Hay un nuevo cadáver en el menú y las aves carroñeras están listas para el festín.

—Me… temo que… ¿Puede repetir la pregunta, por favor?

—Tengo informes no confirmados… —Saca un iPad de su escritorio—. De que usted es uno de los pocos supervivientes clave de un combate entre fuerzas estadounidenses, británicas y rusas que data del veintiséis de abril de este año.

La hostia. Alguien lo ha filtrado.

—No puedo hablar de eso —suelta—. Quiero decir, no puedo confirmar ni negar… ¿Cómo ha llegado….? —niega con la cabeza y se alisa la camisa, intentando recuperar la compostura—. Como decía, el clima y las fulguraciones solares pueden causar…

—Profesor Campbell, ¿estaba o no al tanto de las actividades militares ilegales en su centro de investigación, las cuales pueden explicar la repentina pérdida de comunicación?

Suena el teléfono. Número desconocido. Deslizo la pantalla y me lo pongo en la oreja.

—Adelante.

—Bic, soy Willy.

—¿Lo estás viendo?

—¿Supongo que te refieres a tu amigo en la tele?

—Sí.

Willy suspira.

—Él es la menor de mis preocupaciones, Bic. Tengo que dejarte.

—Entonces las cosas van mal.

Willy se detiene un momento antes de responder.

—Nada de lo que usted tenga que preocuparse, señor jubilado.

—Entendido.

Y mi excoronel tiene razón. No es nada de lo que deba preocuparme. Para empezar, no debería haber llamado. Willy tiene cosas que hacer, y yo tengo libros, películas, flores, una pila de leña y *whisky* para hacerme compañía.

—Siento haberte molestado —le digo a Willy.

Suspira.

—Nosotros tenemos esto, Bic. Y tú tienes tu soledad.

—Lo sé.

—Buenas noches.

—Buenas noches, Bic fuera.

La línea se queda en silencio y termino la llamada. Aaron sigue agitado en la tele. Sinceramente, me sorprende que aún no se haya levantado y se haya ido, no sería peor que lo que está haciendo ahora. Probablemente ni siquiera sabe que puede hacer eso.

—Le aseguro que todo lo que he hecho ha sido en estricta conformidad con…

El televisor se apaga.

Y no he sido yo.

Se apagan todas las luces. Aún tengo el mando en la mano y siento un cosquilleo en la columna vertebral, como si alguien me hubiera dado una descarga de baja intensidad. Pero la sensación desaparece tan rápido como había llegado. También soy consciente de los sonidos lejanos que suenan en mi cabeza, unos sonidos que me recuerdan a las ráfagas de mortero y al fuego de la artillería en el desierto. Pero muevo la cabeza para mantener los fantasmas a raya.

Me pongo de pie y en ese momento se enciende mi generador de reserva principal. Se activa mediante un relé analógico pasivo que detecta las caídas de tensión y, a juzgar por el retardo de tres segundos que acabo de contar, hay que calibrarlo. Mis luces interiores de wolframio vuelven a encenderse y calientan la casa con su suave resplandor. Claro que son más caras, pero me gusta cómo quedan.

A mi instinto no le gusta tanta casualidad y he visto demasiadas películas en las que los operadores vuelan los fusibles justo antes de entrar en un edificio. Joder, yo mismo lo he hecho. Pero nadie sabe dónde está mi cabaña. Y los sistemas de defensa de mi propiedad habrían dado la alarma ante cualquier intruso. Así que lo que sea que estoy sintiendo ahora, son solo nervios, y los nervios pueden hacer que mueras.

Me convenzo de que la luz volverá en cuanto los electricistas vayan a arreglar el transformador que algún conductor borracho habrá golpeado con su camioneta y me siento en el sofá de nuevo para encender la tele.

Nada.

Aprieto el botón del mando varias veces hasta que se me ocurre que las pilas deben de estar casi acabadas. Irritado, me inclino por encima de la mesita para encender el televisor con la mano.

Nada.

Entonces pienso que debe de ser el diferencial de algún enchufe. Me dirijo al más cercano en la cocina y me doy cuenta de que el reloj del microondas está apagado, al igual que las tiras de led que hay sobre la encimera. Qué raro.

Miro la hora en mi reloj de pulsera, un Casio G-Shock con correa de resina negra, y observo que la pantalla digital está en blanco. No te dejes engañar por el nombre: son sorprendentemente resistentes. Le puse una pila nueva la semana pasada y el segundero sigue sonando.

¿He dicho que los nervios pueden hacer que mueras? Es cierto. Pero a veces, si esos nervios son una sensación que viene a partir de información en bruto y experiencias pasadas… Entonces es instinto. Y puede salvarte la vida. Para comprobar si son nervios o solo instinto, decido volver al sofá. Entonces cojo mi Samsung y toco la pantalla.

Está apagada.

Toco de nuevo, con más fuerza.

Nada. Ahora el corazón me late un poco más rápido mientras intento reiniciar el cacharro. Pero no responde. Oigo más sonidos apagados en mi cabeza y noto que he empezado a sudar frío. Los recuerdos pueden llegar a ser un auténtico dolor de cabeza. Pueden arruinarte la noche.

Empiezo a comprobar todos los equipos digitales que tengo: la antena digital de la tele, mi equipo de música, mi vieja Xbox… nada funciona. Incluso mi cafetera Breville BES870XL de acero inoxidable no responde. Era una cafetera antigua pero había funcionado sin problemas todo este tiempo. Me cago en la puta.

Pero mi tocadiscos Thorens TD-124 del 57 sigue girando. Y las bombillas wolframio están encendidas, pero los led de la cocina no.

Entonces queda claro.

Alguien ha lanzado un pulso electromagnético contra mi cabaña. Y lo suficientemente fuerte como para neutralizar los electrodomésticos.

Me pongo en alerta máxima mientras apago las luces interiores y cojo mi Glock de la encimera. Si alguien está accediendo a mi propiedad, y ahora tengo una razón legítima para creer que es el caso, necesito la cobertura adecuada, además de protección personal y armamento. Es hora de hacerme con algo.

Me desplazo por el salón a baja altura y vuelvo a entrar en la cámara, aunque esta vez cierro la puerta. Si bien esta habitación no alberga muchas de las cosas que sí que tengo en el sótano, cuenta con un arsenal doméstico más que adecuado. Esto incluye una «pequeña reserva» de tres mil cartuchos para cada una de las armas que hay.

En primer lugar, compruebo el sistema de videovigilancia. Aunque el monitor y la CPU son buenos, las interferencias de las pantallas me recuerdan que las cámaras de vídeo eran, naturalmente, digitales y, por tanto, susceptibles de ser atacadas.

Luego cojo un SCAR17 basado en el arma reglamentaria militar y lo coloco en la isleta recubierta de goma. Cojo un portaplacas modificado de la pared y me lo pongo. A continuación me pongo el casco negro mate de kevlar con mis gafas de visión nocturna de Elbit Systems y compruebo de nuevo el sistema para asegurarme de que los componentes electrónicos no han sido destruidos por el PEM. Las gafas se encienden y veo todo de color verde. Funcionan.

Pongo mi Glock en la funda del cinturón y cojo varios cargadores adicionales de munición para cada arma. Luego compruebo que mi KA-BAR esté en la funda del pecho. Mi navaja plegable Gerber, que siempre llevo encima, está en el bolsillo del pantalón, pero yo soy de los que piensa que nunca sobran cuchillos.

Por último, saco una de mis radios MURS de la jaula de faraday, la enciendo y la pongo en modo de detección de señales. Las posibilidades son escasas, pero, si el enemigo comete el error de ser descuidado con sus comunicaciones, quiero ser el primero en saberlo.

Con mi SCAR en la posición de alerta máxima y mis gafas de visión nocturna activadas, abro la puerta y salgo de la cámara a baja altura. Veo el salón bañado en verde. Todo sigue igual.

Dando por hecho que los intrusos han accedido por el camino de tres kilómetros que sube del oeste, avanzo hasta la ventana más cercana y apunto en busca de algún movimiento. Mi Toyota Land Cruiser FJ40 de 1978 sigue aparcado en la entrada y parece intacto. Tras él se encuentran los campos que se extienden hasta la carretera principal. He contratado a un agricultor local para que se encargue de cortar el heno a ambos lados del camino de gravilla. Él se queda con el heno y así puede comprar algo de gasolina para el tractor, y yo tengo una vista limpia del acceso principal a la cabaña. También he colocado algunas rocas grandes para «animar pasivamente» a los vehículos que puedan acercarse a permanecer en una sola fila. Y si alguien me pilla por sorpresa o de mal humor, hay unas cuantas cosas enterradas que pueden hacer pum. O bum, dependiendo de cuál se active. A pesar de todas mis precauciones, no veo nada moverse por el camino ni nada fuera de lo normal en los campos.

De camino a la parte trasera de la casa percibo luz en las ventanas que dan al este. Mucha luz. La suficiente como para que mis gafas de visión nocturna se apaguen. Las subo pensando que serán los faros de algún vehículo, pero no hay ningún Humvee ni ningún helicóptero.

Parpadeo para asegurarme de que no tengo visiones.

A unos ochenta kilómetros al sureste hay una enorme cúpula azul. Debe de medir varios kilómetros de altitud y parece que proviene de la ciudad que nunca duerme. Nueva York. Pero el brillo habitual de las luces de la ciudad no se ve por ninguna parte. En lugar de eso, vislumbro luz de fuego en el horizonte y me pregunto si acaso los sonidos que he escuchado no eran *flashbacks*.

Capítulo 9

00:45, viernes, 25 de junio de 2027
East Orange, Nueva Jersey
Autopista interestatal 280 este, trece kilómetros al
oeste de Manhattan

No me siento orgulloso de haberme quedado tanto tiempo sentado en el porche hasta que me decidí a hacer algo. Pero es lo que hay.

Me quedé mirando la burbuja de aspecto amenazante durante al menos media hora, tomando medidas aproximadas con los dedos y luego garabateando notas en una Moleskine negra. Un PEM no puede desactivar ni dedos ni Moleskines. Pero estaba posponiendo lo inevitable y lo sabía.

Observé cómo aparecían más bolas de fuego en el horizonte. Se movían de norte a sur acompañadas por un sonido de golpes sordos: los golpes que mi cerebro había estado tratando de advertirme. Memoricé su ubicación aproximada en el paisaje oscuro y corrí a buscar un mapa; uno de esos viejos mapas en papel que todo el mundo solía tener en el coche y que se fueron a la basura en cuanto aparecieron los teléfonos móviles. También cogí una de mis brújulas de tritio de Cammenga y un transportador de ángulos.

Encendí el faro de mi casco, orienté el mapa con la brújula y marqué la ubicación de las explosiones. En cuanto empecé a trazar líneas rectas con la regla partiendo de mi casa en Skytop, no tardé en ver el patrón. El condado de Rockland, Nueva York, al norte; Edison y Monmouth, Nueva Jersey, al sur; y Newark, Nueva Jersey, en el centro. Lugares con bases militares estadounidenses.

Doblé el mapa y puse mi Moleskine encima.

Me gustaría decir que salí de mi cabaña en ese mismo instante. Pero no. ¿Y por qué? Porque soy un hijo de puta cabezota, un tío de Brooklyn con sangre irlandesa corriendo por mis venas, por eso.

Lo cual, he de decir, es la razón por la que soy reacio a precipitarme en general. Cosas como casarse o hacer favores. Todo eso tiene un coste que hay que sopesar. O como conducir hacia el este por la interestatal 80 hacia una extraña burbuja brillante en el cielo mientras hay explosiones en el horizonte. Esto me va a costar mucho, lo sé. Porque sé que no voy a estar de vuelta y acostado antes del amanecer.

—Deberías haberte quedado en tu cabaña —me digo—. Deberías haber cerrado las persianas e irte a la cama.

Sí. Tienes razón. Tienes razón.

Así que aquí estoy, en mi Land Cruiser FJ40 conduciendo dirección sureste.

Me imagino que lo que sea que se cierne sobre Nueva York, lo que sea que ha oscurecido el horizonte y eliminado toda la contaminación lumínica en todas direcciones, es problema de otros. De los militares, para ser exacto. Joder, tal vez sea un nuevo sistema de defensa aérea antimisiles o algo así.

¿Pero a quién quiero engañar? La maldita cúpula tiene toda la pinta de tener algo que ver con lo que viví en la Antártida, y lo sé. Mi instinto lo sabe y mi corazón lo sabe. Y no preguntes por qué tengo tres partes pensantes dentro de mí. Es lo que hay. En realidad también tengo una cuarta, pero el comandante Johnson me mete en demasiados problemas, así que intento dejarlo fuera de la mayor parte de mis reflexiones. Es mejor en todo lo que tiene que ver con no reflexionar. Infringir, romper… ese tipo de cosas.

¿Y todos esos que dicen que la jubilación está sobrevalorada? Eso es que nunca han trabajado lo suficiente. La jubilación es lo mejor y la disfruté durante ocho gloriosas semanas antes de esto. Ocho. Nadie te dice lo que tienes que hacer, no tienes que arriesgar continuamente el pellejo por un novato que es demasiado estúpido para saber que no hay que entrar en la línea de fuego, o por un iluminado de veintitantos años recién salido de la Escuela Básica que de repente sabe más que tú sobre cómo posicionarse ante el enemigo, pero carece del valor para hacerlo.

Me estoy yendo por las ramas.

Y mientras, voy tocando la batería sobre el volante y cantando mientras escucho una de mis cintas favoritas de Creedence Clearwater Revival. Probablemente la antigua pletina de mi Land Cruiser es uno de los pocos aparatos emitiendo música en cien kilómetros a la redonda, y todo porque algún gilipollas se cargó a todas las emisoras locales con un PEM. Muy bonito. Muy bonito. La madre de Peter Quill sabía lo que se hacía con esas cintas de casete.

No puedo hacer otra cosa que reírme cuando la segunda canción de la cara A comienza con la letra: «Oh, cayó del cielo, aterrizó justo al sur de Moline. Jody se cayó de su tractor, no podía creer lo que había visto». Pero me callo cuando el señor Fogerty dice: «Se quedó tumbado en el suelo y temió por su vida». Porque, de alguna manera, me resulta demasiado familiar esta noche.

Dejo la I-80 y cojo la I-280 este, a la derecha de la burbuja azul. Cuanto más conduzco y más veo la cúpula, tengo más la sensación de que parece que se va desvaneciendo a medida que pasa el tiempo. O tal vez sean mis ojos los que me juegan una mala pasada; ya no son precisamente el último modelo. Parpadeo mientras intento mantener la concentración y entonces la cúpula vuelve a parecer brillante.

Los únicos otros vehículos en movimiento que hay en la carretera parecen ser devoradores de gasolina de antes de los ochenta, como el mío, lo cual tiene sentido teniendo en cuenta la cantidad de componentes digitales que los fabricantes de automóviles han añadido a sus productos a lo largo de los años. Desde luego que no me importaría tener un Tesla. Pero, A, no tengo tanto dinero, y B, no me fío. Sí, igual que con el teléfono móvil.

Hay otra cosa llamativa sobre los coches que circulan: conducen hacia el oeste, alejándose de Nueva York. En mis años mozos eso me habría sacado una sonrisa. Los marines son siempre los que van al lugar del cual los demás huyen. Hurra. Pero esta noche me recuerdo a mí mismo que he tardado media hora en levantar el culo y cargar mi Land Cruiser con equipamiento. Como ya he dicho, no me siento orgulloso. Pero tampoco voy a negarlo.

El resto del tráfico nocturno lo componen coches y camiones que ahora están parados en medio de los carriles, en el lugar en el que se apagaron sus motores. Hay gente aparcada cerca de algunos coches, seguramente esperando a que aparezca la aseguradora o a que todo vuelva a funcionar. Pero la mayoría de gente va a pie y se aleja de la cúpula o va hacia las zonas residenciales cerca de la interestatal, probablemente en busca de cobijo.

Más de una persona me hace señas para que pare. Padres con niños llorando en brazos, un capullo furibundo con Fedora y mocasines, y alguna que otra supermodelo de aspecto desesperado con el rímel corrido. Vale, a lo mejor no son supermodelos, pero sí lo suficientemente guapas como para que el comandante Johnson me inste a detener el Land Cruiser. Como ya he dicho antes, hay una razón por la que está en cuarto lugar: cabeza, tripa, corazón y luego el comandante Johnson.

Continúo por la I-280 este y, para mantenerme ocupado, hago por tercera vez un repaso mental del material que he cogido. Me ayuda a ignorar a los peatones. Me entran ganas de decirles: «Se lo aseguro, es mejor para ustedes que no los recoja». Porque no están preparados para el lugar al que me dirijo. Joder, no estoy seguro de estar preparado yo. Pero he cogido lo que he podido y en la antesala del combate confías en tu entrenamiento y deseas con toda el alma no haberte olvidado de nada.

En el asiento del pasajero tengo mi SCAR, con supresor, empuñadura frontal, mira ACOG 1,5 x 15 y eslinga de un solo punto. También tiene un designador láser AN/PEQ-2A IR M-LOK montado en el lateral y una linterna SureFire de alta luminosidad en el extremo delantero. Llevo cuatro cargadores de veinte balas y tengo diez más en una caja en el suelo. Claro, nada de esto es legal en el lugar al que me dirijo, pero vivo en la Mancomunidad de Pensilvania, no en uno de esos Estados que son tímidos con las armas. Y me pregunto si ahora mismo se estarán replanteando sus leyes.

Tengo la Glock enfundada en mi cadera, modificada con miras a la altura del supresor. También llevo cuatro cargadores de quince balas, más seis en la caja.

Mi portaplacas está equipado con una armadura dura de subóxido de boro de Diamond Age en la parte delantera y trasera, espacio para el rifle y la pistola, una bolsa de agua y mi IFAK (botiquín de primeros auxilios individual). En el chaleco también tengo mi KA-BAR, bridas, mi MagLite y mis bastones de luz. Además, tengo un mapa, una Moleskine, un parche infrarrojos, una cinta con mi nombre y un parche moral con un rectángulo verde oscuro en honor a mis libros favoritos de ciencia ficción militar.

Para cualquier otra persona, este proceso de inventario mental puede parecer innecesario. Pero para alguien que ha estado en misiones y ha tenido que sobrevivir al raso, es algo normal. La seguridad nunca es accidental, así que sigo con mi repaso mental.

En la mochila del asiento trasero porto varios accesorios, tales como mi navaja multiusos Leatherman, un kit de limpieza de armas Otis, prismáticos, telémetro, un abrelatas estilo John Wayne, pañuelo, gafas de sol y alambre. También llevo mi teléfono Iridium y mi GPS, aunque no funcionaban cuando los metí.

Junto a la mochila está mi mochila de emergencia que, además de ropa extra y forro polar, incluye una cuerda para escalar, producto para hacer fuego, un frontal, cuerdas, pilas y cargadores para todos mis aparatos electrónicos y un gran botiquín. También tengo mi hacha de guerra, una lona, una tienda de campaña para una persona, una manta de supervivencia, cinta adhesiva, un kit de tratamiento de agua, aperitivos y una cazuela.

En mi FJ40 tengo más munición sellada al vacío del calibre 308 y 9 mm, junto con dos bidones de gasolina de veinte litros precargados y estabilizados, un depósito de agua potable, un saco de dormir y una caja con suficientes MRE, comidas preparadas del ejército, para aguantar unas cuatro semanas si la comida escasea, lo que, dadas las circunstancias actuales, parece inevitable. También tengo bengalas, cables de corriente, cuerda de remolque, un dispositivo para sacar gasolina de vehículos, una red de camuflaje, un hornillo MSR WhisperLite II y una cafetera, aunque nunca sustituirá a mi Breville. Maldita sea, ya la echo de menos.

El FJ40 en sí tiene un cabrestante delantero, un enganche de remolque, una baca con una rueda de repuesto, un conversor de corriente para cargar artilugios en el coche, portaequipajes exterior, luces antiniebla y un compresor en el bloque del motor.

Como he dicho: preparado, no paranoico.

* * *

Mi estimación principal es que la cúpula mide trece kilómetros de alto. Me baso en el hecho de que estoy cerca de East Orange, Nueva Jersey, que está a unos trece kilómetros de la parte sur de Manhattan, y el borde de la cúpula no está demasiado lejos. Brilla con el mismo tipo de energía azul que vi en la Antártida, lo que significa que, por mucho que quiera convencerme de que es algo de fabricación humana, no lo es. Y me jode.

¿Por qué?

Bueno, supongo que ese es el motivo de verdad por el que levanté el culo del porche.

Porque a lo mejor, y solo a lo mejor, si me hubiera quedado con el señor subdirector de los cascos azules y hubiera encontrado la manera de volar la maldita puerta cuando él no mirase, nada de esto estaría sucediendo. No puedo demostrarlo, naturalmente. Pero tampoco puedo eliminar la posibilidad de que, de alguna manera, esto sea culpa mía.

Y es una mierda.

Estabas demasiado cansado para quedarte unos días más, ¿verdad, Bic? Todo lo que tenías que hacer era aguantar y terminar el trabajo. En cambio, querías jubilarte. Salir de ese cubito de hielo y alejarte de todo. ¿Y qué es lo que pasa con los problemas? Los cabrones parece que te siguen vayas donde vayas. Justo cuando crees que estás a salvo, ¡bam! Es cuando un robot Terminator decide meterte una sonda por el esfínter.

Tal y como yo lo veo, le debo al universo, o al menos a mi ciudad natal, salir a investigar. Y antes de que te pongas patriótico, no, no siento que se lo deba también a mi país. Eso ya lo hice, ¿recuerdas? No le debo a la bandera ni una gota más de sudor ni una gota más de sangre. Tengo la camiseta, la taza de café, la pegatina para el parachoques y hasta el águila tatuada.

Vale, el águila puede que no. Pero tengo muchos tatuajes.

Y una vez más, me he vuelto a ir por las ramas.

Cuanto más me acerco a la cúpula, más actividad hay, y la curva es mucho más escarpada de lo que parecía. Toco el claxon varias veces para que la gente se aparte de la carretera. Se están congregando cerca del borde, iluminados por el resplandor. No sé si lo hacen por interés o por estupidez. Tal vez ambas. Pero a mí no me pillarían merodeando por esta cosa sin una razón justificada. Y un arma.

Al darme cuenta de que no voy a acercarme más sin herir a alguien, disminuyo la velocidad, atravieso el arcén y encuentro unos árboles entre los que aparcar. Hay suficiente sombra para mantener el vehículo oculto de la mayoría de los transeúntes, pero voy a camuflarlo para estar seguro. Lo último que necesito es que algún grupo desesperado lo destroce y se lleve todo mi material.

Apago el motor, cojo mi SCAR y salgo del Land Cruiser. Lo primero que noto es el sonido de la gente gritando. Hace que se me cierre el estómago y se me ericen los pelos de la nuca. El ruido no es como si alguien le hubiera dado un susto en el patio trasero en una fiesta de Halloween. No, es más bien gente angustiada; cientos de personas, y me transporta directamente a Oriente Medio. Lucho por contener las imágenes de bebés arrancados de los brazos de sus madres, de niños llorando tras sus padres y de esposas llorando sobre los pechos ensangrentados de sus maridos e hijos. Lo extraño es que, a pesar de todos los sonidos de sufrimiento humano, no he visto ni oído un solo disparo. Al menos no aquí: oigo más explosiones a varios kilómetros de distancia y me pregunto si son de las instalaciones militares.

Lo que sea que esté pasando no es bueno, y necesito ponerme en marcha.

Cojo la red de la parte trasera y me tomo los siguientes minutos para cubrir el vehículo. Añadir unas cuantas ramas sueltas ayuda a completar el escondite y me siento razonablemente seguro de que mi equipo seguirá aquí cuando regrese.

Lo segundo que me impacta al alejarme de mi FJ40 es el olor: ozono quemado, pero diez veces más fuerte de lo que nunca había olido. También puedo sentir una vibración en el suelo, que me transporta directamente a la excavación de Aaron en la Antártida. No puedo explicarlo, pero me vibran los pies de la misma manera.

Camino por la hilera de árboles que va de oeste a este y que separa la interestatal de la zona residencial a mi derecha. Todos los que huyen caminan por la carretera o entre las casas, así que puedo moverme sin ser detectado. Los únicos que parecen fijarse en mí son algunos niños que me saludan o me señalan y a los que sus padres ignoran.

Para cuando estoy a menos de cincuenta metros del muro azul, los sonidos de gente chillando angustiada han aumentado drásticamente. Casi espero que haya un grupo de insurgentes preparando una ejecución pública. En cambio, veo a cientos de personas a lo largo del borde de la burbuja mirando fijamente a la cúpula translúcida con las manos extendidas, apretadas y gritando.

La superficie translúcida me permite ver a las personas del otro lado: tienen las manos levantadas y la boca abierta. No puedo oírlas más allá de algunos sonidos apagados, pero no tienen pinta de estar pasándolo bien. Sea cual sea el propósito general, el efecto más inmediato es que este muro ha aislado a esta gente.

Pero no es el único.

Veo a una mujer lamentándose sobre el torso de un hombre tendido en la hierba. La luz azul de la cúpula proyecta el tronco cortado y el rostro de la mujer en un azul sombrío. Veo a otras personas gritando sobre cuerpos en coches o tirados en la interestatal. Los cadáveres parecen estar cortados en ángulos inimaginables, como si una espada gigante hubiera atravesado a las víctimas desde la cadera hasta el hombro. A algunos les falta la mitad de la espalda mientras que a otros les faltan miembros enteros.

La carnicería se extiende hasta las zonas residenciales y veo a profesionales sanitarios fuera de servicio que intentan ayudar en todo lo posible. Pero hay demasiadas víctimas que atender. Eso y que la mayoría parecen haber muerto.

Es entonces cuando me doy cuenta de que este espectáculo horroroso también se está produciendo al otro lado, con una horrible diferencia: la gente aparta a las víctimas del muro.

Me abro paso entre un grupo de transeúntes, me introduzco en la peor de las filas de heridos y luego examino a la gente del otro lado. Se mantienen alejados del muro azul y gritan a los demás, probablemente para que también se alejen. Pero no todos parecen escuchar. Una mujer que intenta alcanzar a un niño de unos diez años a mi lado del muro pierde la mano al intentar atravesar la barrera. El miembro sale despedido en un remolino de llamas azules y chispas naranjas. Dos hombres tienen que apartarla porque ni siquiera perder la mano basta para que haga todo lo posible por intentar alcanzar a su hijo.

—Aléjate, tío —dice una voz masculina detrás de mí—. O te pasará lo mismo.

—Entendido —respondo.

Mientras que algunas familias parecen encontrarse en medio del caos, otros intentos de reconectar terminan en desmembramientos similares. Un hombre se zafa de algunas personas que lo retienen y corre hacia la pared. Su cuerpo se vaporiza en menos de dos segundos y los testigos estallan en gritos.

—¿Cuánto tiempo lleva esto? —le pregunto al hombre que me ha advertido.

—Quizás una hora —dice mientras se pasa ambas manos por el pelo—. Es horrible, tío. Es horrible.

Y tiene razón.

Paso alrededor de las familias en duelo y me acerco al muro con el arma en alto. La barrera parece replegarse a un ritmo de tres centímetros por segundo, y se mueve hacia el este. Vuelvo a mirar a mi informante.

—¿Se ha estado moviendo todo el tiempo?

Asiente con la cabeza.

—Desde que apareció.

—¿Y has visto algo más?

—¿A qué te refieres?

Me refiero a drones y robots, pero decido no comentarlo.

—Cualquier otra cosa fuera de lo común.

—¿Más fuera de lo común que esto, tío? ¿Estás de broma?

Lo tomo como un no y le doy las gracias, y entonces empiezo a avanzar hacia el norte a lo largo del muro, hacia los carriles de la interestatal en dirección oeste. No estoy seguro de lo que estoy buscando exactamente: una puerta en la superficie, o tal vez un anillo decodificador mágico que permita escapar a la gente. Sea lo que sea, la cúpula se constriñe, y si tiene un diámetro de veintiséis kilómetros, entonces…

Siento que me tiemblan las rodillas.

Hay millones de personas en el interior.

¿Y para qué? ¿Cuál es la finalidad del juego? Pero decido que las preguntas pueden esperar en cuanto veo un paso elevado que sube. Tal vez el puente detenga la barrera y le dé a la gente la oportunidad de escapar. Me lleno de esperanza y empiezo a gritar a la gente para que se aleje de la carretera. Si funciona, habrá una estampida humana en unos minutos.

—No creo que vaya a funcionar, señor —dice una adolescente que se acerca a la cúpula. Tiene la cabeza alta y parece no tener miedo.

—Será mejor que se quede atrás, señorita.

Niega con la cabeza y resuella.

—Ya se llevó a mi madre. Y Sam no lo consiguió. Así que ya no me importa nada.

Le ordeno que retroceda, pero da pasos lentos siguiendo mi ritmo y el de la barrera.

—Me dejó conducir. Me saqué el carné hace dos meses. Por la noche no hay tanto tráfico, ¿verdad? Decía que me vendría bien practicar y se fiaba de mí. Se sentó en el asiento trasero y dejó a Sam sentarse en el de copiloto. Y cuando el muro apareció… —Respira profundamente y veo las lágrimas deslizarse por su cara—. Nos atravesó por completo. Al coche no le pasó nada. Pero cortó a mamá en dos. Y cuando me choqué, Sam… él…

Me acerco y agarro a la chica por el hombro. Tiene sangre seca en las manos y algunos cortes en la cara y polvo blanco por el despliegue del *airbag*.

—Tienes que irte de aquí ahora mismo.

No me mira.

—Oye. Mírame. —La zarandeo—. Mírame.

Me mira.

—Aquí no hay nada para ti. Quiero que te vayas en esa dirección —digo señalando al oeste—. Y no te detengas. Busca gente buena, que te ayude, y aléjate del resto. ¿Me oyes?

La chica asiente.

Me gustaría darle algo de comida, agua y un entrenamiento para manejar armas, pero lo máximo que puedo ofrecerle es decirle:

—Mantente a salvo.

Asiente de nuevo y mira hacia el oeste. La empujo suavemente y le pido al cielo que la mantenga a salvo. Ninguna de mis oraciones ha dado resultado nunca, pero espero que esta sí, por el bien de la chica.

El paso elevado está probablemente a un minuto de distancia, así que vuelvo a asegurarme de que la gente esté lo más atrás posible. Es una tarea imposible para una sola persona, así que agradezco que algunos transeúntes se unan a mi causa y me ayuden a apartar a la gente.

Aun así, algunas personas comparten la opinión de la adolescente de que el muro de energía atravesará el paso elevado sin verse afectado. Eso resulta extraño, ya que la anomalía no parece tener problemas para destrozar a la gente. Por otra parte, todos los vehículos que he visto parecen intactos, al igual que los árboles y las barreras vecinales a ambos lados de la interestatal. Sea lo que sea esta cosa, parece tener un prejuicio hacia el tejido humano.

El muro está al alcance del paso elevado.

—¡Apártense!

Me arrodillo cerca del guardarraíl de salida hacia el este y alzo mi arma. No es que espere que pase algo hostil, pues solo veo personas. Sus gritos suenan como si vinieran de debajo del agua y al otro lado de un cristal. Pero por la forma en que miran el paso elevado, parece que piensan lo mismo que yo. Durante los instantes siguientes, empiezan a organizarse para lanzarse por el hueco que se avecina.

Pero la noticia de una fuga parece actuar en contra de los más cercanos al borde del muro. La multitud se agita ante la perspectiva. Uno de los hombres que intenta llamar al orden es empujado contra la barrera. Su cuerpo estalla en llamas azules y luego se desmaterializa en una cascada de chispas. El violento final del hombre hace que las personas más cercanas entren en pánico, pero son incapaces de moverse porque se han quedado atrapadas a raíz de la creciente aglomeración.

Me alejo del guardarraíl y empiezo a gritar, pero supongo que mi voz se pierde tanto para ellos como la suya para mí. Miro hacia arriba y veo el muro a escasos centímetros del borde del paso elevado. Con un poco de suerte, el muro se reducirá y permitirá que las personas más cercanas pasen ilesas. Sin embargo, tal y como están las cosas, están a segundos de convertirse en desafortunadas víctimas de la muchedumbre que quiere abrirse paso a empujones hacia la libertad.

El puente superior y el guardarraíl asoman por la barrera. Pero debajo el muro continúa, aunque ligeramente atenuado. Durante los siguientes momentos, una horrible matanza se desarrolla bajo el puente cuando el muro que retrocede se abalanza sobre la multitud de personas. Las llamas azules devoran a las víctimas por montones, como si fueran una bestia voraz con un apetito insaciable.

Contemplo aterrorizado cómo la multitud se da cuenta de su destino colectivo y emprende la ardua tarea de redirigir su impulso. Pero el cambio no se produce con la suficiente rapidez. Cada vez más personas encuentran su fin y el eco de los gritos de quienes huyen y mueren resuena en la caverna humana que se ha formado. Finalmente, cuando la barrera cruza el lado más alejado del paso elevado, las masas se dispersan.

Lo único que puedo hacer es pararme y lamentar la asombrosa pérdida de vidas. Una vez más, tengo una sensación de impotencia. Es inevitable. Miro mi arma, mi equipo, y me doy cuenta de que no sirven de nada contra un enemigo así. Es el resultado de la destrucción perpetrada por un enemigo al que me siento incapaz de enfrentarme. Una parte de mí quiere volver atrás. Lo hace. No hay posibilidad de victoria contra una amenaza así, al menos ninguna que yo vea. Es mejor recoger a los heridos, curar sus heridas y dirigirse a las colinas. Los militares se encargarán y podrán hacer algo. Yo soy poco más que un justiciero de tres al cuarto con suficientes sombras del pasado que sabe que debe dar la vuelta y dejar que los profesionales se encarguen.

Pero la otra parte de mí, tal vez el lado mucho más joven, quiere seguir frente a la maldita cúpula. Quiere buscar algún punto débil en el muro y aprovecharlo. Me ruega que luche contra el enemigo y le meta un cañón por la garganta hasta que se atragante y revele sus secretos. Una versión de mí mismo de veintitantos años que cree que nada es imposible sostiene que tiene que haber una manera, que siempre hay una manera.

En contra de mi mejor juicio, escucho a esa parte más joven, al menos durante un segundo, para comprobar si sale algún pensamiento racional su inocente boca.

Teniendo en cuenta los incendios en las bases en el horizonte, es posible que los militares no aparezcan hasta pasadas varias horas, o incluso días, quién sabe. Eso significa que el enemigo está bien informado y actúa estratégicamente. Asimismo, ninguno de los civiles parece tener la cabeza lo suficientemente fría como para pensar más allá del pánico. Salvo yo, pues ahora también soy un civil. Quizá sea por mi experiencia en combate, o quizá porque ya vi algo en el lugar de la excavación que soy incapaz de explicar.

Puedo seguir adelante, pero, ¿es lo más sensato?

Detrás de mí hay un mar de humanidad refugiándose en la oscuridad. Buscan refugio, lloran a los muertos y tratan de dar sentido a lo que han visto. Podría ayudarlos a lidiar con la tormenta. Usar mi experiencia para ayudarlos a sobrevivir.

Sin embargo, delante de mí hay millones de personas que están atrapadas en un anillo de muerte. Con un futuro desolador por delante. Pero no tengo ni idea de cómo mitigar su dolor y mucho menos su destino.

Y luego está mi cabaña en la colina. Me imagino allí, a salvo y recluido en ese santuario contra el dolor de la vida que tanto me ha costado conseguir. Incluso está observando ahora mismo, mirando hacia el este, hacia una cúpula azul, preguntándose cuándo volveré. Pero mientras sopeso las opciones que tengo ante mí, me doy cuenta de la cruel verdad de que no volveré. Que no hay vuelta atrás.

—Vas a conseguir que te maten, Bic —digo—. Lo sabes, ¿verdad?

Maldita sea, sí, lo sé. Y, para ser sincero, hace mucho tiempo que me lo vengo buscando. Así que mejor ir de frente.

Un grito de mujer surge de algún lugar detrás de mí. Me doy la vuelta y la veo señalando hacia el límite sur de la cúpula. Varias personas más gritan y empiezan a decirle a todo el mundo que eche a correr.

Cuando miro hacia el sur, veo drones revoloteando por mi lado de la cúpula. Parecen tapas de cubo de basura de color rojo con paneles azules brillantes en el torso. Bajo ellos veo una especie de vehículo que se dirige hacia mí por la carretera del paso elevado. Y a juzgar por la forma en que se desplaza sobre el asfalto, creo que no es de por aquí.

Capítulo 10

01:15, viernes, 25 de junio de 2027
East Orange, Nueva Jersey
Interestatal 280 este

LA MULTITUD QUE se había reunido para ver si el paso elevado era capaz de abrir el campo de fuerza está ahora en plena retirada. La gente se empuja entre sí y agrupa a sus familiares para esconderse de los drones y los faros. No hacen mal. Yo he visto estos drones antes, ellos, no. Pero su instinto les dice lo que estos han causado.

Sin embargo, hay mucha gente que no se aparta del camino del dolor. Están demasiado ocupados llorando a sus muertos. Una niña de unos cinco años suplica a su madre inmóvil que se levante del arcén de la interestatal, y la niña no se da cuenta de la amenaza que se cierne sobre la carretera.

Los niños son así. No piensan. Simplemente actúan. Lo cual nos metió en más de un problema en Oriente Medio. Pero incluso allí hace falta mucho para deshacer el mandato de la evolución humana de protegerlos y preservarlos. Y eso hace que lo que esos bastardos les hicieron a sus propios hijos sea mucho más despreciable.

Me desvío hacia el oeste, agarro a la niña y la arrastro hasta unos barriles de color naranja y blanco llenos de agua que marcan una zona de obras. Justo cuando me oculto detrás de los barriles, veo aparecer el vehículo en la parte superior de la salida de la interestatal.

La niña grita.

Le tapo la boca con la mano y me muerde el guante. No lo suficiente como para perforar la piel, pero sí para hacerme soltar algunos tacos.

—Oye. Calla.

Deja de forcejear un poco en cuanto una luz apunta hacia nuestro escondite y baña de luz blanca la hierba y el pavimento circundantes.

El vehículo parece ir más despacio, y los drones, también. Intento usar mis talones para empujarnos a la niña y a mí entre los barriles de plástico, pero no se mueven. Sin cobertura superior, los drones nos van a descubrir.

La niña me muerde la mano con más fuerza, pero consigo hacer que continúe en silencio. Patalea y se revuelve bajo mi otro brazo; mamá la ha educado bien. Pero no es a mí a quien ha de temer.

Me invade el recuerdo del cuerpo de Lewis deslizándose hacia el portal de la Antártida. Puedo sentir cómo su pierna se escapa de mi mano y ver su cuerpo desaparecer en el campo de energía. Fue mi culpa y no voy a dejar que ocurra de nuevo.

Si los drones me enganchan, la niña podría tener alguna oportunidad.

—Cuando yo te diga, ve corriendo hacia esos árboles de allí. ¿Los ves?

La niña deja de forcejear. Me escucha. Bien.

—Quiero que corras tan rápido como puedas y no mires atrás. Asiente con la cabeza si lo entiendes.

La niña asiente.

—Buena chica.

Los drones están cerca, las luces láser azules escanean todo a nuestro alrededor. Mi bota izquierda está en el campo de luz y ya no puedo quitarla de ahí.

—Prepárate.

La niña asiente.

—¡Eh! ¡Aquí! —grita alguien a mi derecha.

Miro y veo a un hombre de mediana edad con un barrigón quitándose los zapatos. Agarra uno y se lo lanza a los drones.

—¡Venid a por mí, cabrones!

Luego lanza el otro zapato y sale corriendo. La luz se aleja de nuestra cobertura para perseguir al hombre. Me asomo y me fijo en los paneles azules que hay en el torso de los drones mientras giran hacia su nuevo punto de interés.

—¡Vamos! ¡Ahora! —Muevo a la chica para que se ponga de pie y le doy un pequeño empujón—. No mires atrás.

Lloriquea mientras huye. Pero yo tengo mi SCAR desenfundada y apuntando al vehículo por si decide ir a por ella.

No es el caso y la chica desaparece entre la maleza.

Ofrezco una oración a Papá Noel, patrón de los niños, y le pido que la mantenga a salvo. Joder, es san Nicolás. Bueno, Papá Noel seguramente escucha más y mejor.

Mientras tanto, los drones han atrapado al hombre que se sacrificó por la niña. Al igual que a Lewis, le sale un cable del pecho. Se retuerce mientras dos drones lo arrastran por la mediana en dirección al campo de fuerza.

Durante una fracción de segundo contemplo la posibilidad de disparar a los drones. Pero entonces recuerdo lo resistentes que son esos malditos bichos. No soy rival para uno y mucho menos para dos. Y si hay robots en el vehículo, estoy muerto.

Combatir tiene muchos aspectos difíciles, y este es uno de ellos: saber elegir tus enfrentamientos. Y no hay tiempo de reflexionar. No puedes consultarlo con la almohada, llamar a un amigo o investigar durante un día. Decides en el momento, con lo que tienes, y luego vives o mueres según los resultados.

Recuerdo que en alguna clase de catecismo nos dijeron que Cristo lo dio todo por los más desfavorecidos. Durante un segundo considero la posibilidad de abrir fuego sobre esos cacharros para salvar la vida del hombre. Pero entonces estaría firmando mi sentencia de muerte. Y eso significaría que más niñas como la que acaba de refugiarse entre la maleza no tendrán una oportunidad.

Además, este tipo sabía lo que estaba haciendo. Estaba salvando a una niña. Eligió, incluso sin conocer todas las consecuencias.

Los drones bajan por el puente y tiran del hombre hacia el campo de energía, que sigue disminuyendo. Al mismo tiempo veo que el vehículo sale del paso elevado y comienza a bajar por la parte trasera de la rampa de entrada a la interestatal.

Al ver que la amenaza concreta se aleja, me levanto para continuar. Sí, es arriesgado, pero quiero saber de qué va todo esto. Con tan poca información sobre el enemigo, cada detalle cuenta.

Me mantengo entre las sombras, paso silenciosamente bajo el paso elevado y observo cómo los drones y el vehículo se juntan cerca del muro de la cúpula. Todos van más despacio, lo que significa que algo importante está a punto de ocurrir.

Al no tener las luces cegándome, veo que el vehículo es una especie de versión futurista de un vehículo blindado de transporte de personal. El chasis tiene forma de V y está iluminado con paneles azules brillantes como los de los drones. La parte delantera tiene forma de triángulo cuya punta cae hacia el suelo en un ángulo pronunciado. El cuerpo en sí tiene forma de cilindro, sin ventanas, con puertas blindadas en la parte trasera. Y a lo largo del cilindro negro hay placas de color magenta como las de los robots. También tiene algunas señales amarillas y blancas, pero desconozco qué significan.

Tampoco estoy seguro de cómo clasifican estos robots los calibres de sus armas, pero en la parte superior de la cabina hay dos cañones de gran calibre y en la parte trasera hay reflectores y una pequeña grúa. Dado el contexto, diría que se trata de algún tipo de unidad de reconocimiento blindada.

Las puertas traseras se abren y salen dos de los robots de reconocimiento que vi en la Antártida, los que no llevaban rifles ni cascos blindados. Se mueven en torno a la URB —el nombre que he decidido darle al vehículo— y se dirigen hacia el campo de fuerza.

Movido por la curiosidad, salgo de las sombras con la esperanza de poder ver mejor lo que están tramando. Es peligroso, pero, si quieres conocer a tu enemigo, tienes que arriesgarte.

Para mi sorpresa, los dos robots entran en el campo de fuerza sin sufrir daños. Hay algo en sus armaduras que parece crear una brecha en el campo. En cuanto se abre el campo, oigo los quejidos de la gente. Pero los robots parecen no inmutarse ante los gritos de auxilio y levantan las palmas para disparar a las personas que se han quedado atrapadas dentro de la cúpula.

Los drones dejan caer al hombre barrigón a los pies de los robots y luego retroceden. En cuanto lo hacen, los robots agarran al hombre y lo lanzan a través de la abertura para reunirse con los demás en el interior. Luego se alejan del campo de energía y la abertura en la cúpula se cierra.

Eso me indica que he de cubrirme de nuevo. Corro hacia la sombra y me arrodillo, esperando que no me hayan visto. Los robots regresan a la parte trasera de la URB y se montan mientras que los drones se alejan. Entonces el vehículo cruza la mediana y los carriles en dirección oeste y sube por la rampa de salida para continuar hacia el norte.

Espero unos segundos y me alejo del puente. Luego subo por el terraplén de la rampa de acceso del lado este y me pongo a cubierto detrás del guardarraíl para observar la cúpula.

¿De verdad ha ocurrido lo que acabo de ver? Me froto los ojos y miro la hora. Es la una y veintiséis. Mi cuerpo está cansado, pero mi mente está muy despierta y algo asustada por todo lo que acabo de ver.

Mientras respiro profundamente varias veces, pienso en uno de los aspectos más extraños del cerebro humano: su capacidad de reconfigurarse, especialmente en torno a cosas que no entiende. Creo que lo llaman neuroplasticidad o algo así.

Para ser sincero, hasta que vi la cúpula desde la cabaña, había intentado olvidar los acontecimientos de la Antártida. Y lo que era incapaz de olvidar lo había bloqueado. Hay quien dirá que eso es negar los hechos. Pero no es que esté desestimando lo que vi. Es que no creo en las explicaciones de Aaron y del profesor Walker. Sí, instinto de conservación, claro. Pero yo prefiero llamarlo lógica.

¿Cuáles son las probabilidades de que alguna civilización alienígena dejara caer ese anillo aquí hace mil millones de años o los que sean? ¿Y si acaso es algo de la Segunda Guerra Mundial, algún experimento de los Estados Unidos para boicotear al enemigo o algo así? Incluso durante la Guerra Fría hubo suficientes operaciones locas como para escribir cien novelas de ciencia ficción. El proyecto Iceworm, los experimentos Edgewood Arsenal o el proyecto Stargate, por decir algunos. Solo que no eran de ciencia ficción, eran reales. E inapropiados a muchos niveles.

Incluso después de lo que acabo de contemplar, sigo pensando que esto tiene más que ver con nosotros, con la humanidad, que con alguna loca teoría del profesor Walker, que en paz descanse. Porque, hasta ahora, no he visto ningún hombrecito verde. Pero sí que he visto un puñado de robots locos que no parecen estar tan lejos de las fantasías de mi infancia sobre Terminator. Lo que significa que, a fin de cuentas, seguimos estando solos en el universo. Esa es la buena noticia. La mala es que estamos encerrados con nosotros mismos y seguimos ideando formas lunáticas de matarnos unos a otros.

La cúpula sigue contrayéndose, dirigiéndose hacia el este, cuando oigo que algo se mueve en la carretera a mi derecha.

—Alto, mercancía —dice una voz armónica digital.

Al principio pienso que es un niño que me está gastando una broma o algo así. Me giro hacia la derecha y dos haces de luz intensa me apuntan en toda la cara. Me tapo los ojos lo mínimo como para alcanzar a ver que es un escuadrón de robots. Mierda.

—El incumplimiento dará lugar a su eliminación —dice.

¿Qué decía? Robots hechos por humanos que hablan mi idioma.

—Baje el arma.

—Ni de coña, gilipollas.

Levanto mi SCAR y aprieto el gatillo. Los primeros disparos destrozan los faros del pecho, y menos mal. Las siguientes balas hacen saltar la armadura de los robots en una ráfaga de chispas y eso afecta a mis acúfenos. Eso ya no me gusta tanto.

Cuando el robot levanta la palma de la mano hacia mí, sé que debo apartarme. El rayo paralizante no me alcanza y ruedo por las líneas amarillas dobles en medio de la carretera. Entonces me pongo en pie y empiezo a disparar de nuevo, apuntando al abdomen del robot y esperando que alguna bala le dé entre el blindaje. No sé si su esqueleto es más débil, pero de ilusión también se vive, ¿no?

El segundo y el tercer disparo del robot rebotan contra el pavimento y se estrellan contra el guardarraíl del otro lado. Me pongo a cubierto detrás de un Honda Civic parado en uno de los carriles. Es mi oportunidad para intentar ser más astuto que el enemigo. Sospecho que piensa que voy a salir de nuevo por la parte de delante, así que voy hacia la parte trasera. Efectivamente, el robot se inclina sobre el capó mientras yo descargo varios disparos contra su espalda. No sé si los ingenieros que lo diseñaron le introdujeron alguna modalidad de dolor lumbar, pero si este bicho es como yo, esto es una apuesta segura.

Las balas se desvían hacia el pavimento y llenan de agujeros el panel delantero izquierdo del Honda. Pero el robot no parece afectado y se vuelve hacia mí.

Me toca moverme.

Me vuelvo a esconder en la parte trasera del coche cuando otra ráfaga de láser azul pasa rozando mi cabeza. El olor de ozono quemado se mezcla con el de mis cartuchos del 308 gastados. Cuando las tres últimas balas trazadoras me indican que se me está acabando el cargador, saco uno nuevo de mi chaleco. Cuando el cerrojo de mi SCAR se bloquea, expulso el cargador gastado, meto el nuevo en su sitio y guardo el vacío en el bolsillo del pantalón, todo en dos segundos. En el momento en que rodeo la parte trasera derecha del coche y me agacho por el lado del pasajero, el vehículo se eleva por encima de mí, es decir, el robot lo levanta.

Si lo cuento, nadie me creería.

Arrastro el culo hasta el vehículo más próximo, esperando que sea más grande que el Honda, visto que el robot puede levantar coches como si nada. Fantástico, ¿eh?

Oigo al Civic que se estrella contra algo detrás de mí, pero ni me molesto en mirar. Estoy impresionado. Pero ahora hay que encontrar una manera de acabar con esto.

Me lanza dos disparos más, pero falla. Me agacho detrás de la parte delantera de una camioneta Ford F-150 de principios del 2000. Aparte de escuadrones enteros de artilleros disparando plomo a mansalva, lo cual no está a mi alcance en estos momentos, la única forma que conozco de acabar con este robot es perforando su tronco desde la base del cuello. Y la última vez hubo un ruso intrépido que me echó una mano.

Se me ocurre una idea. No me gusta, pero tampoco me sobran las opciones.

Engancho mi SCAR, desenfundo mi Glock y espero a escuchar el sonido de los pies del robot acercándose. Espero que no se decante por agarrar el parachoques trasero y lanzar la camioneta a tomar viento. Papá Noel también debe de estar pendiente de mí porque el robot pasa caminando por el lado del pasajero.

—Gracias —le susurro al Polo Norte, convencido de que en esos momentos tanto Papá Noel como el bicho metálico deben de estar a mis seis.

Salto sobre el capó y, como si fuera un niño que ve por primera vez un castillo hinchable, subo rápidamente encima de la cabina.

El robot me descubre, claro, pero lo agarro por el hombro y salto sobre su espalda.

Se pone de mala uva y empieza a dar vueltas de un lado a otro. Intento enterrar el cañón de mi Glock en la cavidad torácica, pero el supresor extendido lo hace difícil. Al instante me arrepiento de no haberlo quitado antes.

Detrás de mí veo que nos acercamos peligrosamente al guardarraíl del paso elevado. Es fácilmente una caída de seis metros hasta los carriles de abajo. El robot da dos pasos hacia atrás, lo que significa que tengo que saltar.

Pero no puedo.

Mi mano está atrapada bajo la placa de su hombro.

Hay un fuerte estruendo y luego empezamos a inclinarnos hacia atrás.

Me imagino brevemente aplastado por el inmenso peso del robot y la idea me produce una descarga de adrenalina. Pero no puedo hacer nada. Estamos en el aire y mi estómago se revuelve dentro de mis entrañas.

Pero el robot también está dando vueltas. Veo que el resplandor de la cúpula desaparece y luego reaparece en la parte superior de mi vista.

Mi pecho golpea primero la espalda del robot, seguido una fracción de segundo después por mis extremidades y mi cabeza. Veo manchitas blancas bailar, como las luciérnagas en los campos que rodean mi cabaña. Es un lugar tan hermoso. Estoy deseando volver.

El bot intenta levantarse.

Parpadeo y entonces encajo a ciegas mi Glock en el tronco del enemigo, esperando no estar apuntando con el arma al comandante Johnson de alguna manera. Entonces disparo tres veces seguidas. El destello brillante y los sonidos agudos me desorientan aún más. Pero el robot vuelve a caer al suelo con un ruido sordo y yo me quedo con los oídos zumbando y con un dolor de cabeza que me parte en dos.

Aros de humo salen de la cavidad torácica del robot con el inconfundible olor de un fuego eléctrico. El robot parece lo suficientemente muerto como para que enfunde mi arma y ruede por su espalda. Me duele, pero estoy vivo, que es lo único que importa ahora. Bueno, eso y que no he sido arrojado al interior de la cúpula.

¿Pero y si resulta que es dentro de la cúpula donde debería estar en realidad? Maldita sea. Se me ocurre que tal vez lo que la alimenta no está fuera de ella…

Está dentro.

—Papá Noel, ayúdame —digo tumbado sobre mi espalda y mirando a la Estrella Polar en el cielo nocturno.

Llevo ocho semanas jubilado y ya me he acostumbrado a esas malditas estrellas. Parecen más brillantes sin las luces de la ciudad, incluso a pesar del brillo de la cúpula. Ojalá estuviera de vuelta en mi cabaña para disfrutarlas. Pero algo me dice que ver estrellas no será un plan durante algún tiempo.

Vuelvo a girar la cabeza hacia la cúpula que se mueve hacia el este. Probablemente no puedan ver las estrellas desde ahí dentro. Cabrones.

De repente oigo el ruido de un motor en la distancia y veo los faros que llegan al paso elevado desde el sur. ¿Otra patrulla? Maldita sea, estos robots son implacables.

Despego mi cuerpo dolorido del suelo, me ajusto el casco y empuño mi SCAR. Vuelvo a los mismos barriles de plástico tras los que me había refugiado con la niña y el vehículo chirría hasta detenerse. Son pastillas de freno viejas. Echo un vistazo y veo un CJ7 azul claro de 1979 en lo alto de la rampa.

—Todos fuera —dice una voz femenina y confiada mientras el Jeep se apaga—. Quiero saber si ese tirador sigue vivo.

Capítulo 11

01:43, viernes, 25 de junio de 2027
East Orange, Nueva Jersey
Interestatal 280 este

—¡Quedaos donde estáis! —grito con la voz más autoritaria que me sale, agachado en mi escondite.

Los tres recién llegados se giran y apuntan sus armas en dirección a mi escondite.

La mujer habla a continuación con la suficiente suavidad como para saber que no se está dirigiendo a mí.

—Parece que lo hemos encontrado. —Luego, un poco más fuerte, dice—: No queremos problemas.

—Entonces será mejor que os vayáis.

La mujer mueve la cabeza tratando de dar con mi ubicación exacta.

—¿Estás con ellos?

Frunzo el ceño.

—Con ellos te refieres a…

—Los alienígenas.

—Te refieres a los robots. No. ¿Vosotros?

—No, ni hablar. Estamos intentando matar a esos hijos de puta. Acabábamos de cargarnos una patrulla cuando escuchamos disparos al norte. Parece que hemos encontrado al causante. —Baja su arma y levanta la otra mano—. Sal y hablemos. —Hace un gesto a sus dos acompañantes para que hagan como ella. Parecen reacios, pero al final ceden.

Salgo de mi escondite y empiezo a subir la rampa apuntando a los recién llegados con mi SCAR. Están bien equipados y listos para la acción; sin duda, son militares o al menos exmilitares. Posiblemente del ejército, tal vez uno de las fuerzas aéreas —las chanclas y el termo lo delatan— y otro un puto marine como yo.

—*Semper fi* —digo mientras me acerco al vehículo, tanteando el terreno. El marine parece relajarse un poco.

—¡Hurra! —Se vuelve hacia los demás—. Es un hermano.

—Ya lo veo —dice la mujer mientras me ofrece la mano.

Lleva la insignia de sargento del ejército y tiene un AR-15 apoyado sobre el pecho. Me da un apretón bien fuerte. 1,70, 70 kilos. Actúa como si fuera la reina del lugar. También tiene una cara bonita y ojos oscuros, pero algo me dice que su aspecto debe de haber metido a muchos tipos en peleas que no eran capaces de ganar.

—Me llamo Susanne Catania. Pero puedes llamarme Hollywood.

—¿Eras actriz?

Niega con la cabeza.

—Simplemente soy la única chica de Jersey que no soporta el drama. Y me gusta llevar gafas de sol.

—Entiendo.

Señala con la cabeza al marine que lleva galones de soldado de primera clase.

—Este es Laszlo.

—Z-Lo —dice el chico en tono de corrección.

—Hurra —respondo y le choco el puño.

Es unos cuantos centímetros más alto y más ancho que yo, lo que ya es decir. Parece que se ha roto la nariz varias veces, y veo que su oreja izquierda es de coliflor. Pero a juzgar por su rango, no creo que haya participado nunca en combate, así que las lesiones deben de ser de antes de que lo reclutaran. El cabrón es feo de cojones y tiene pinta de que le gusta pelear. También lleva una IWI TAVOR en la parte delantera y una escopeta Mossberg 590A1 en la espalda, además de una bandolera de veinte cartuchos. Es de los que les gusta tomar la delantera.

—Y este es el sargento Ken Yoshida —dice Hollywood.

—¿Fuerza aérea? —pregunto al observar el parche con las letras PJ en su brazo izquierdo.

—No soy tan inútil como parece —dice Yoshida al estrecharme la mano.

—Ni se me había pasado por la cabeza.

—Mentiroso. —Sonríe—. Llámame Yoshi.

—Como el de…

—Como el de los videojuegos, sí.

Me cae bien. Y el FN SCAR 15 que tiene en las manos me cae incluso mejor.

Esta gente está lista para luchar y eso merece mi respeto. También tengo curiosidad por saber por qué han salido así por su cuenta.

—¿Y tú? —pregunta Hollywood.

—Me llamo Bic.

—¿Ese es tu nombre de pila?

—Si consideras que soy blanco, irlandés y un católico impenitente, sí.

Sonríe y parece entender el acrónimo.

Así que un exmarine.

—Algo así.

—Bueno, señor, algo así —dice mirando al robot muerto en medio de la interestatal —será mejor que nos pongamos en marcha antes de que esa patrulla vuelva y descubra lo que le has hecho a su amigo.

Arqueo una ceja.

—¿Hablas por experiencia?

—Tal vez un poco más que tú. Como he dicho, nos hemos enfrentado a algunos enemigos al sur de aquí y nos hemos visto obligados a movernos una vez que se calmó la situación.

—¿Solo vosotros tres? —teniendo en cuenta lo que vi en la Antártida, resulta sorprendente.

—Hay tres más —dice Z-Lo—. Guardando el fuerte, ¿entiendes? Somos como un escuadrón y tal. Pateamos culos, nos cargamos a los malos y dejamos nuestra firma dondequiera que vayamos. Hurra.

Aprieto los labios y hago un pequeño gesto con la cabeza.

—Genial.

—¿Quieres unirte a nosotros? —añade Z-Lo. Eres una especie de raider, ¿no?

Le miro.

—¿Qué te hace pensar eso?

—Joder, todo tu equipo, tío. Y tienes un FN SCAR 17 trucado. Solo hay un grupo de marines que tenga algo así.

—En efecto. —Tal vez el chico no es tan tonto como parece. Pero aun así es un pesado. Me dirijo a Hollywood—. ¿A qué distancia al sur?

—A un clic. Dos a lo sumo —dice Z-Lo.

—Estaba hablando con la sargento, campeón.

Z-Lo retrocede.

—Vale, lo siento.

—Y si te diriges a mí, llámame como es debido. Soy sargento jefe de artillería.

Veo cómo se pone pálido incluso con el resplandor azul. Entonces se para para hacer un saludo.

—Oh, por favor, ya está bien —digo.

Me doy cuenta de que es un auténtico novato. Pero voy a dejar que siga pensando que estoy en servicio activo, al menos durante un tiempo. Igual así está más calladito.

—Mis disculpas, sargento jefe de artillería, señor.

Le hago un gesto con la cabeza para que descanse y vuelvo a mirar a Hollywood.

—Estamos en una gasolinera a un clic al sur —dice—. ¿Tienes algún vehículo?

—Sí. —Hago un gesto hacia el oeste, hacia los árboles.

—Bien. Intenta seguirnos el ritmo.

—Haré lo que pueda.

* * *

Mi FJ40 está justo donde lo dejé, intacto. Después de guardar la red de camuflaje, salgo del bosque y conduzco la corta distancia hasta la rampa de salida donde está el Jeep de Hollywood. En cuanto llego, pisa el acelerador con las luces apagadas.

¿Seguir el ritmo? Joder, no lo decía en broma.

Me esfuerzo por mantener el ritmo durante treinta segundos mientras ella va sorteando los coches parados en la carretera. Afortunadamente, parece que la mayoría de los civiles se ha marchado, de lo contrario sería demasiado arriesgado ir a esta velocidad. Aun así, me preocupa que algún peatón desprevenido aparezca de repente y lo atropellemos. Una preocupación que la sargento no parece tener.

Hollywood sigue zigzagueando. Hay algunos árboles a los extremos de la carretera. De repente, las luces de freno del Jeep se encienden por primera vez en un minuto. Más adelante veo el aspecto familiar de una marquesina y un letrero led apagado. La gasolinera. El Jeep da la vuelta por detrás. Lo sigo y aparco junto a un HMMWV de 1983, es decir, un Humvee. A alguien le gustan los coches grandes.

—Parece que ibas un poco lento —dice Hollywood mientras cierra la puerta. Yoshi sale del lado del pasajero y Z-Lo salta por la parte trasera abierta.

—Un momento, ¿era una carrera? —Cierro mi Land Cruiser y esta vez no lo camuflo. —Lo recordaré para la próxima vez.

Se ríe y se vuelve hacia el edificio de dos plantas.

—Vamos.

Las luces se encienden conforme Hollywood nos guía por los pasillos de la tienda, o lo que queda de ellos. La han saqueado, lo cual, dadas las circunstancias, no es en absoluto sorprendente. Pero a diferencia de los típicos alborotadores que suelen centrarse en romper escaparates y destrozar la propiedad privada, estos saqueadores han dejado casi todo intacto y han ido directamente a por la comida. Gente lista.

Una puerta en la sección de congelados conduce al almacén trasero y ahí hay una escalera que sube al segundo piso. Un pequeño pasillo da paso a dos oficinas y a lo que parece ser un apartamento en malas condiciones. Pero Hollywood se dirige a otras escaleras que nos llevan hasta el tejado. Empuja hacia arriba una escotilla.

—¿Ha pasado algo? —pregunta mientras sale por la escotilla.

Salgo en segundo lugar y veo a dos personas, una tendida boca abajo junto al borde que da al este y la otra arrodillada en la esquina sureste.

—No —dice con una voz ronca y tranquila el hombre tendido. Tiene un Barrett M82A1 50BMG con supresión QDL y un Remington 300 WinMag al lado. No hay duda de cuál es, o era, su ocupación militar. Su atuendo actual no es exactamente el reglamentario.

—Pero supongo que pronto vendrán hacia aquí —dice el segundo hombre con unos prismáticos Steiner en la mano.

Hollywood se arrodilla y me hace señas para que me acerque.

—Este es Espectro.

El francotirador mira por encima del hombro y me ofrece el puño para que se lo choque, pero no dice nada.

—Bic —respondo.

Asiente con la cabeza y vuelve a mirar a través de su visor nocturno ATN X-Sight.

—Ese es Polanski —añade, señalando al hombre de los prismáticos.

No sabría decir cuánto mide, pero el tipo tiene una buena constitución y lleva un M4 estándar del ejército bajo el brazo.

—Un placer —dice Polanski.

La sombra que proyecta su casco de protección oculta su rostro, pero parece que está sonriendo. Cualquiera que sea tan simpático en una situación así o es un feliz de la vida o se ha quedado colgado por las drogas o le encanta combatir.

Asiento con la cabeza y me vuelvo hacia Hollywood.

—¿Dijiste que había tres más? ¿Dónde está el último?

Asiente con la cabeza.

—Está de camino. Dijo que quería hacer un barrido de seguridad rápido, ya que esta ubicación es nueva para nosotros.

Me gusta la vigilancia.

Justo en ese momento oigo el inconfundible sonido de uno de los motores más emblemáticos del mundo avanzando desde el sur.

Miro a Hollywood.

—¿Eso es…?

—Ajá —responde con una media sonrisa—. Vamos.

Volvemos a bajar las dos escaleras y atravesamos la tienda de comestibles cuando un Volkswagen Safari amarillo sin luz se acerca a la gasolinera. El conductor apaga el motor y se acerca a la puerta de la gasolinera.

Es un tipo grande y lleva unas gafas de visión nocturna caras. El asiento trasero está lleno de material.

—¿Qué hay? —afirma con un una voz de barítono confiada. Se sube las gafas. Por su acento parece del Medio Oeste, de Detroit quizá—. ¿Tenemos un nuevo amigo?

—Este es Bic —dice Hollywood señalándome con la cabeza—. Bic, este es Bumper.

El coche se balancea en cuanto baja y cierra la puerta de un portazo. Su apretón de manos de hierro y su uniforme de camuflaje digital del desierto tipo II revelan que el tío los tiene cuadrados. No me extraña que haya hecho el barrido de seguridad él solo.

—Encantado de conocerte —digo—. ¿SEAL?

Asiente con la cabeza.

—¿Raider?

—Efectivamente.

Así es el ritual de saludo, muy técnico e increíblemente detallado, entre los guerreros más entrenados de las dos ramas hermanas. A ambos nos falta algún que otro verano.

Hollywood se aclara la garganta.

—Bueno, ahora que ya os habéis morreado, ¿podemos ir a lo importante?

—¿Qué tienes en mente? —pregunto.

Hollywood mira a Bumper.

—¿Has visto algo?

—Parece que nuestra cita en el sur les ha llamado la atención. Dos robots de reconocimiento se dirigen hacia aquí.

Hollywood inclina la barbilla hacia la radio MURS que lleva en el chaleco.

—¿Me copias, Espectro?

—Afirmativo —dice el francotirador.

—Los mejores asientos están arriba, en el palco principal —me dice—. A menos que quieras quedarte aquí con tu marido.

—Prefiero el palco principal. Vamos.

* * *

No he tardado mucho en darme cuenta de que Hollywood lleva la voz cantante. No estoy seguro de que su rango sea mayor que el del resto, pero sí que tiene una actitud proactiva y la personalidad asertiva de quien suele llevar la batuta. Y me parece bien, porque mandar es lo último que busco ahora mismo. De hecho, si nos encontramos con muchos más equipos como este, pienso hacer las maletas e irme a casa.

Hollywood y yo nos arrodillamos junto a Z-Lo, que ejerce de observador para Espectro, mientras Polanski protege el lado norte de cualquier robot que quiera asomarse desde mi última escaramuza.

—Están a… no sé, ¿a cuatrocientos metros? Y van rápido —le dice Z-Lo a Espectro—. En plan a toda castaña.

—Trescientos veinticinco —responde el francotirador con un acento del sur. De Texas posiblemente—. Y se mueven.

Z-Lo deja caer sus prismáticos y entonces se da cuenta de que estoy arrodillado a su lado.

—Casi acierto.

—Sí, claro —respondo—. ¿Vas a disparar, francotirador?

—Ajá —responde Espectro.

—Cuanto más lejos podamos abatirlos, menos atención sobre nosotros —añade Z-Lo.

—Suele ser así, sí. —Miro a Hollywood—. ¿Cuántos habéis eliminado?

—Llevamos desde que apareció la burbuja —dice—. Hasta ahora hemos eliminado a cinco robots.

—¿Cinco? Es… muy buen trabajo.

Teniendo en cuenta lo mal que le fue a mi equipo en la Antártida, es impresionante. Por otra parte, los soldados eran jóvenes y los pillaron en una situación de desventaja estratégica.

—Eh, pero no son ellos los que tienen que preocuparse.

Levanto una ceja.

—¿Eh?

—Igual te quieres tapar los oídos —dice Espectro.

Mis acúfenos crónicos le dan las gracias.

Un segundo después, su calibre 50 ruge. Incluso con el supresor QDL especial es más ruidoso que la mayoría de las armas.

—A morder el polvo —dice Z-Lo y le da una palmada en el hombro al francotirador.

Espectro le lanza una mirada irritada y vuelve a ponerse en posición.

Z-Lo también ha vuelto a agarrar los prismáticos.

—El segundo está mirando hacia nosotros.

—Ajá —dice Espectro, y acto seguido aprieta el gatillo de nuevo. Supongo que es capaz de perforar su blindaje.

—¡Eso es! —exclama Z-Lo—. Objetivo derribado, repito, objetivo…

—Que estoy a tu lado, chaval —dice Espectro. Luego mira a Hollywood—. Es hora de irse.

Mientras Espectro recoge sus armas, vuelvo a mirar a Hollywood.

—¿Qué ibas a decir? Sobre de los que nos deberíamos preocupar.

—Los ángeles de la muerte. Son unos locos. Con un rollo vudú raro.

—¿Hay un tercer tipo de robot?

—No son robots. —Hollywood mueve la cabeza y luego me mira con curiosidad mientras mantiene abierta la escotilla que da acceso al edificio—. Los alienígenas, amigo.

—¿Los… alienígenas?

Ladea la cabeza.

—¿Te encuentras bien?

—Sí, es solo que…

—Un momento. ¿Eso es que aún no los has visto?

Suspiro.

—Mira, he visto muchas cosas que no puedo explicar. Pero no sé si llegaría al punto de llamarlos alienígenas.

—No los ha visto —dice Z-Lo mientras pasa a mi lado para bajar las escaleras.

—No los ha visto —añade Polanski mientras desciende.

Espectro me da una palmadita en el hombro.

De repente me siento como si fuera el único que no ha entendido un chiste.

Hollywood esboza una media sonrisa y se deja caer por la escotilla.

—Va a ser divertido cuando pierdas la virginidad. Vamos.

* * *

Estamos ocupados cargando los tres vehículos de atrás cuando Bumper pasa junto al edificio en su Safari.

—Dos enemigos más se acercan desde el sur. Versiones de asalto.

Eso no mola precisamente. Aunque me he quedado impresionado con la puntería de Espectro, ha disparado a robots de reconocimiento, a distancia y con el factor sorpresa a su favor. Las versiones de asalto son otra historia.

—¿Por qué no huimos de ellos? —pregunto.

—No es buena idea —dice Hollywood mientras prepara su AR15—. Una vez que se fijan en ti, te persiguen hasta el final.

Entiendo lo que dice y asiento.

—Y puesto que se dirigen hacia nosotros…

—Pueden olernos —dice Bumper—. Bueno, huelen a Z-Lo.

—Te he oído.

—Son como un sabueso —añade Espectro. A pesar de acabar de introducir un nuevo cargador en su arma de grandes dimensiones, parece aburrido. También me doy cuenta de que le falta parte del dedo anular izquierdo—. Solo hay una forma de despistarlos del todo.

Preparo mi SCAR.

—Bueno, la experiencia me dice que hay muy pocas cosas que no se puedan resolver con una buena cantidad de plomo.

La frase cala en todos.

—¿Quién se encarga? —pregunta Bumper.

Hollywood me mira.

—Oh, no —le digo mientras agito la mano—. Tú te has encargado de todo por aquí. No hay necesidad de estropearlo.

Asiente con la cabeza y mira al equipo.

—Espectro y Yoshi, poneos en la esquina derecha del edificio. Bumper, flanco izquierdo detrás del contenedor. Bic, os quiero a ti y a Z-Lo detrás de ese todoterreno. Polanski, tú conmigo.

Todos asienten.

—¿Qué frecuencia utilizáis? —pregunto.

Bumper me da la frecuencia de comunicación y luego añade:

—¿Vas a estar bien con esa pistola de juguete?

Sonrío. Estoy acostumbrado a que los SEAL se burlen de los raiders por sus armas.

—Ya sabes lo que dicen…

—¿Qué dicen?

—Para unos el juguete es su arma, para otros es su po…

—En marcha —dice Hollywood mientras se dirige a la esquina delantera izquierda del edificio. Polanski la sigue.

Bumper, Espectro y Yoshi se alejan, y Z-Lo y yo nos agachamos detrás de un todoterreno Ford nuevo. Las puertas aún están abiertas y, al ver una sillita, interpreto que es de alguna familia joven. Dondequiera que estén ahora, espero que sea lejos de aquí, porque le van a dar candela a su coche.

Las imágenes pasan por mi cabeza cuando recuerdo los robots de asalto que acabaron con tres escuadrones de fuerzas de seguridad rusas, británicas y estadounidenses. Ahora tenemos una fracción de esa potencia de fuego y aún nos quedan dos robots por derribar. No me gustan las probabilidades. Por otra parte, tuvimos apenas unos segundos para evaluar al enemigo y nos pilló en calzoncillos. Pero ahora tenemos la ventaja de estar en un entorno semiurbano, tenemos una buena cobertura y nos acompaña el factor sorpresa.

Vale, a lo mejor no estamos tan mal como creo. Pero todavía siento que alguien va a recibir un disparo y entonces yo voy a tener un alma más en mi conciencia de la que hablar con san Pedro a las puertas del cielo. Eso suponiendo que vaya al cielo. Todavía no está decidido.

—Si tienen opción, querrán capturarte —dice Z-Lo—. Si ves que lo van a lograr, dispárate.

—Así que así están las cosas.

Asiente con la cabeza.

—Se llevaron a dos soldados de primera que habíamos conocido y que se dirigían hacia aquí.

—Lo siento.

Z-Lo respira profundamente.

—¿Y si intentan atraparme? Pienso luchar hasta el final. ¿Sabes lo que te digo, tío? Sargento. Señor. —Estoy a punto de responder, pero el chico sigue—. Esos bichos te meten una sonda o a saber. A mí no. Me meteré una bala en la cabeza antes de dejar que me metan un…

—Lo pillo, chaval.

El muchacho resuella.

—Vale, vale.

—Oye, Z —dice Hollywood, y luego le hace el gesto universal para indicar silencio.

El chico asiente con la cabeza y se dirige a la parte trasera del todoterreno para tener una mejor visión mientras que yo apunto con mi arma al parachoques delantero.

Veo por primera vez a los robots de asalto de dos metros de altura cuando cruzan la calle hacia el sur entre varios cubos de basura volcados. Sus luces láser azules se mueven de un lado a otro, escaneando, acompañadas de barridos de fusil. Están en busca de objetivos enemigos.

—¿Algún plan en particular aquí? —le pregunto a Hollywood.

—La mayoría de los disparos a la cabeza rebotan, están bastante bien blindados. El cuello es un punto débil, pero es más difícil acertar ahí. En caso de duda, quítales el arma o apunta a la rodilla para que pierdan velocidad.

—Entendido.

Las indicaciones de Hollywood confirman lo que había aprendido en la Antártida. Los robots muertos en la excavación no ofrecieron mucha información, solo tenían materiales con los que los investigadores no estaban familiarizados y signos que nadie sabía leer. ¿Pero las articulaciones de las extremidades y del cuello? Parece que esos puntos débiles son universales.

Y para que conste, sí, sigo dándole vueltas al comentario de Hollywood sobre los alienígenas. Tengo la extraña sensación de que todas las ideas que he estado teniendo sobre que todo esto es un proyecto orquestado por el Gobierno están a punto de desvanecerse. Eso en caso de que vea alguna prueba. Tal y como están las cosas ahora, solo he visto la última gama de robots del MIT. Y no pienso empezar a decir eso de «teléfono, mi casa» hasta que tenga una buena razón.

Cuando los dos robots de asalto aparecen en nuestro campo de visión a la entrada de la gasolinera, Hollywood da la orden de abrir fuego. Oigo primero el rugido del calibre 50 de Espectro y veo cómo el robot de la derecha se tambalea. Le salen chispas de la cabeza en cuanto la bala impacta. Pero se mantiene en pie.

Una fracción de segundo después, la ametralladora ligera M249 de Bumper, a menudo conocida entre los chavales que juegan a videojuegos por el acrónimo SAW, hace acto de presencia sobre el robot de la izquierda. Las balas salpican el pecho y la cabeza del objetivo y más chispas iluminan el aire nocturno.

Tengo al objetivo en la mira de mi SCAR y disparo tres veces al cuello del robot de la derecha. Z-Lo, Hollywood y Polanski también disparan y, durante los primeros segundos, los robots parecen confundidos. Sus cabezas y sus láseres de escaneo parecen ansiosos por identificar al enemigo.

Por un momento tengo la esperanza de que nos vaya mejor de lo que me fue en el anillo. Sin embargo, esa idea se desvanece rápidamente cuando ambos robots ponen su atención en los que estamos en el centro de la formación de asalto. Eso me incluye a mí.

Los robots abren fuego con sus rifles estrambóticos contra el edificio principal de la gasolinera y el todoterreno tras el que nos escondemos. Por lo que puedo ver, disparan una especie de rayos de energía de alta intensidad como el que salía en los dibujos de los sábados por la mañana, solo que con una fuerza mucho más destructiva. Algunos rayos impactan en la esquina del edificio y los escombros de los ladrillos cubren a Hollywood y a Polanski, obligándolos a retroceder.

El todoterreno se balancea de un lado a otro mientras las ventanillas y los neumáticos estallan.

—¿¡Estás bien!? —le grito al chaval.

—Sí, ¿tú?

—Genial.

Me asomo y disparo tres ráfagas más. Ni siquiera sé si le he dado a algo entre tantas chispas y rayos láser. Pero entonces el robot de la derecha vuelve a tambalearse cuando le vuelve a dar en la cabeza una de las balas de calibre 50 de Espectro. Tiene que caer sí o sí, no es posible que sobreviva a un disparo así desde veinte metros. Pero se gira hacia el lado sur del edificio y empieza a disparar.

Aprovecho la oportunidad y activo el modo automático de mi SCAR y me preparo mentalmente para cambiar los cargadores. Para ser eficaz en combate, hay que controlar muchos aspectos: disparar en grupos reducidos solo es uno de ellos. Es cierto que es de los más importantes. Pero estar preparado mentalmente para recargar, moverse, ajustar el disparo, seguir órdenes y reaccionar a las necesidades de los compañeros de escuadrón es igualmente importante.

Aprieto el gatillo y mantengo mi SCAR apuntando a la cabeza del robot con la esperanza de que al menos una bala le rompa algo en la zona del cuello. El cargador se vacía en lo que duran cuatro latidos rápidos y el cerrojo se abre.

—Cambiando.

Agarro un cargador del pecho con la mano izquierda y con el dedo del gatillo pulso el botón para expulsar el cargador gastado. En cuanto pongo el nuevo y estoy listo para disparar, todo ha durado menos de tres segundos. Pero el robot de la izquierda ha visto el aumento de disparos desde la posición central y descarga una lluvia de rayos sobre el todoterreno que hace que el coche se tambalee.

Utilizando una jerga militar muy técnica, agarro a Z-Lo por el hombro y le grito:

—¡Corre!

Corremos hacia el edificio cuando de repente el todoterreno se estrella contra uno de los costados. Un segundo después, una de las ráfagas de energía del robot le da en el depósito de combustible y el coche salta por los aires. Por suerte nos resguardamos de la explosión en el otro lado del edificio, con Hollywood y Polanski.

—¡Granada! —grita Bumper desde detrás del contenedor que le sirve de escondite.

Su SAW enmudece el tiempo justo para que el artefacto del tamaño de una pelota de béisbol ruede por el suelo y estalle a los pies del robot de la izquierda. La explosión hace retroceder al enemigo, pero no consigue derribarlo. Bumper gana aun así algunos segundos para disparar a mansalva con su M249.

Aunque el todoterreno ya no está en condiciones de arrancar —incluso sin los efectos del láser—, sirve como cobertura, siempre y cuando no me acerque mucho a las llamas que envuelven los neumáticos y que consumen el interior. El olor a goma quemada me transporta a Oriente Medio, donde el aire parecía tener ese aroma perpetuamente. Nunca dejó de sorprenderme que esa pobre gente viviera sin contraer cáncer de pulmón a los treinta años.

Le pego un golpecito a Z-Lo en el hombro y doy la vuelta por el lado más alejado del todoterreno para echarle una mano a Bumper. Puesto que a todos los marines se les enseña a hablar el idioma de las armas de fuego, una técnica mediante la cual dos soldados alternan los disparos para mantener los cañones fríos y evitar que los receptores se atasquen mientras se asegura el fuego continuo sobre el objetivo, doy por hecho que el SEAL entenderá lo que propongo. Lanzo una ráfaga de seis disparos contra el robot y luego paro. Bumper me mira, asiente con la cabeza y empieza a disparar. Intercambiamos ráfagas durante los siguientes diez segundos, lo que revela otra ventaja de esta técnica: el robot va de un lado sin saber a qué objetivo dirigirse. Nuestro ataque, junto con el daño recibido por la granada, hace que el robot de la izquierda se tambalee.

—¡Cambiando! —grito y recargo el arma.

Cuando vuelvo a centrarme en mi objetivo, me doy cuenta de que el robot de la derecha está disparando hacia la posición de Hollywood. Disparando a saco.

Veo que el M249 de Bumper y el Tavor de Z-Lo mantienen ocupado a nuestro objetivo, así que cambio la orientación de mis disparos para que el robot que está atacando a Hollywood se lo piense dos veces antes de seguir avanzando. Pero mientras estoy inmerso en esa tarea, la esquina del edificio recibe un impacto directo y comienza a derrumbarse. Hollywood y Polanski tienen que alejarse ya mismo.

Corro hacia ahí, pero no llego a tiempo. Veo que alguien salta entre la polvareda mientras que la otra persona es consumida por los escombros. Los disparos atraviesan la nube de polvo y oigo que alguien maldice en voz alta.

Justo cuando salgo de detrás del todoterreno y me dirijo al edificio, una mano me agarra el bíceps y me da un tirón.

—¡Cuidado! —grita Z-Lo.

Los rayos de energía impactan justo donde habría estado mi cuerpo. Retrocedo, consciente de que el enemigo ha acortado la distancia y me está siguiendo.

Tropiezo y caigo de culo detrás del todoterreno en llamas. En ese momento la cabeza del robot aparece por el hueco de la rueda delantera izquierda envuelta en llamas naranjas. Z-Lo dispara a toda máquina hasta que su cargador se agota. Incluso cuando se queda sin munición continúa gritando.

Desde mi posición tumbado de espaldas le tomo el relevo al muchacho, pero las balas rebotan en la cabeza del robot. Se sacude y se retuerce, pero nada lo disuade de poder asestar un golpe mortal.

Pero me veo obligado a dejar de disparar cuando Z-Lo tira el arma, coge un trozo de metal del suelo y sale corriendo hacia el robot. Enajenado, empieza a golpear al enemigo en el pecho con su nueva arma mientras ruge de rabia.

—¡Quítate de en medio! —grito mientras me pongo en pie, con el arma aún apuntando al enemigo. No hay manera de que lo que está haciendo el muchacho pueda acabar con el robot antes que mis balas del 308. Pero Z-Lo no me oye o, si acaso sí lo hace, me ignora, perdido en un frenesí lleno de ira.

Ignorando a Z-Lo, el robot pasa el rifle por encima del todoterreno y me apunta como si fuera un ajuste de cuentas callejero. Pero en lo que dura un parpadeo anticipando el sonido ensordecedor, la cabeza del robot se desprende de sus hombros en un repentino chorro de chispas. El monstruo decapitado se lanza hacia delante y se estrella contra el flamante todoterreno Ford y deja caer su arma.

Miro en la dirección del disparo mortal y veo que Espectro me hace una pequeña señal. Asiento con la cabeza en respuesta. Pero queda mucho por hacer: Hollywood y Polanski están atrapados en la nube de polvo, y Bumper sigue en un mano a mano con el segundo robot.

—Estamos ayudando a Bumper —dice Yoshi por el canal de comunicaciones.

Eso significa que Z-Lo y yo podemos atender a Hollywood y a Polanski, pero no sé quién es quién. Una de las siluetas no parece estar en peligro mientras que la otra da la impresión de estar malherida. Parte de la pared de ladrillo ha caído sobre el tronco y las piernas del soldado y un bloque de hormigón en su cara. Veo los ríos de sangre fluir por el uniforme cubierto de polvo.

Le hago señas a Z-Lo para que salga al exterior y le ordeno que se deshaga de la barra de metal y recargue su arma. Ya más tarde le cantaré las cuarenta por su ataque de ira. Es un milagro que siga vivo.

Me arrodillo junto al soldado cubierto de ladrillos, le quito el bloque de hormigón de la cabeza y veo que la esquina se ha clavado directamente en el pómulo de la víctima y le ha aplastado el lado izquierdo de la cara. Es Polanski.

—Dios mío —dice Z-Lo nervioso—. ¿Está muerto?

Le compruebo el pulso mientras escucho los disparos en el campo de batalla.

—¿Está muerto, sargento? ¿O está de broma?

¿El chico tiene las agallas de abalanzarse sobre un robot con una vara pero se asusta al ver sangre? Es un novato de manual y tiene que cerrar el pico ya mismo.

—Z-Lo. ¿Cómo está Hollywood?

—Joder, tío, creo que voy a vomitar.

—Eh, soldado, no mires aquí, mira allí.

Z-Lo me mira y parpadea.

—Hollywood. —Señalo a la líder del equipo mientras se siguen escuchando los disparos del robot que sigue en pie—. Ella es tu objetivo. ¿Sabes cómo encargarte de alguien con una conmoción?

Asiente con la cabeza.

—Bien. Manos a la obra.

Z-Lo parece espabilarse, se gira y se arrodilla junto a Hollywood.

Muevo algunos de los escombros para sacar el IFAK de Polanski de su chaleco. Tengo los conocimientos suficientes de primeros auxilios como para tratar lo básico, pero no puedo rivalizar con un sanitario. Y viendo la cara de Polanski, la sangre que se le va acumulando alrededor del pecho y la fractura compuesta en su brazo izquierdo, sé que no soy la persona que necesita.

—¿Te importa si te ayudo? —me dice Yoshi por encima del hombro.

Me hago a un lado y le dejo pasar. Es entonces cuando me doy cuenta de que han cesado los disparos.

—¿Segundo enemigo derribado? —pregunto.

Yoshi asiente, pero está demasiado ocupado con Polanski como para decir más. Ha sacado un botiquín de batalla y está intentando estabilizar a Polanski. Después de aplicar apósitos QuickClot, Yoshi me pide que ejerza más presión sobre un vendaje israelí que también ha aplicado.

Polanski se duele por el caolín, un mineral presente en el apósito que promueve una cascada de coagulación, es decir, la coagulación de la sangre para los no iniciados. Aunque el agente funciona de perlas, también duele mucho.

Me sorprende lo rápido que actúa Yoshi. Aunque es cierto que es del equipo de pararrescate de la Fuerza Aérea. Tomo nota para llamarlo si alguna vez me encuentro mal, siempre y cuando esté sobrio. No sé cómo, pero en medio de la cura a Polanski se las arregla para sacar una petaca del chaleco y darle un trago. Me ofrece a mí también.

—No, gracias —digo.

—Tenemos que irnos —dice Hollywood tosiendo.

Me acerco a ella.

—¿Estás bien?

—Estoy bien. —Me hace un gesto para que me vaya, pero deja que Z-Lo la ayude a sentarse—. Lo próximo que enviarán será un ángel de la muerte.

—Y no queremos estar aquí para entonces —añade Bumper desde detrás de mí, con el cañón de su M249 todavía iluminado. Si un SEAL dice eso, es por algo.

—Bueno, va a ser difícil —dice Yoshi con los ojos clavados en Polanski.

Todas las cabezas se vuelven hacia él.

—¿Cómo de grave es? —pregunta Hollywood en voz baja.

Yoshi frunce el ceño y niega una sola vez con la cabeza. Sabe que no debe hablar negativamente, ni siquiera cuando la víctima está inconsciente. Todavía podría oírlo.

—¿Podemos moverlo, doc? —pregunta Bumper.

Yoshi vuelve a negar con la cabeza.

—¿Y eso qué significa? —dice Z-Lo. Luego mira a Hollywood—. ¿Qué significa eso, sargento?

Yoshi toma la palabra mientras saca una jeringa con morfina.

—Significa que os vayáis y que ya os alcanzaré cuando Polanski esté listo para partir.

—Pero creía que habías dicho…

Corto a Z-Lo.

—¿Estás seguro, Yoshi? No me gusta dejarte aquí expuesto. Es demasiado peligroso.

Asiente con la cabeza.

—*Anzuru yori umu ga yasashii.*

—¿Perdón?

—Es un antiguo proverbio japonés.

—Ajá, claro, ¿cómo no me he dado cuenta?

Yoshi me dedica una media sonrisa y luego vuelve a mirar a Polanski.

—Significa que dar a luz a un bebé es más fácil que preocuparse por él.

Me pierdo.

—El miedo es más poderoso que el peligro —dice mientras pone una mano reconfortante en el pecho de Polanski—. No me voy a mover de aquí.

Consciente de que ninguno de los presentes hará cambiar de opinión a Yoshi, suelto un profundo suspiro y asiento con la cabeza.

—Me parece bien.

Mi respeto por este tipo es cada vez mayor: quedarse atrás para acompañar a un guerrero caído en su transición a la otra vida es de valientes. Y a lo mejor también de tontos. Pero es su decisión y la respeto enormemente.

—¿Puedes caminar? —le pregunto a Hollywood.

Asiente y le pide a Z-Lo que la ayude a incorporarse. Luego se arrodilla junto a Polanski y le toca suavemente el hombro.

—Gracias.

—Toma —le dice Bumper a Yoshi. Le cuelga su Heckler & Koch MP5 al hombro—. Un poco de ayuda, por si acaso.

—La recibo con gusto.

—Las llaves están en el Jeep —dice Hollywood señalando a su CJ7.

—Gracias.

Yoshi toma otro trago de la petaca, manchada con la sangre de Polanski.

El resto del equipo despide a Polanski y a Yoshi con un adusto «hasta luego» y nos dirigimos a los vehículos. Mientras nos alejamos, oigo que Yoshi empieza a cantar las primeras frases de una antigua canción de Chicago.

—Todo el mundo necesita un poco de tiempo libre. La escuché decir. De los demás.

No es Peter Cetera, pero tiene un falsete decente.

Cuando estamos a suficiente distancia, le doy un golpecito a Hollywood en el hombro.

—¿Se las apañará?

Hollywood asiente.

—Es su manera de apañárselas.

No estoy seguro de si se refiere a la canción o a la bebida. O quizás ambas cosas.

Entonces me mira y dice:

—Me pido copi.

—Sin problema.

Estoy a punto de sentarme en mi Land Cruiser cuando Z-Lo se acerca por detrás de mí.

—Sargento jefe de artillería.

—¿Sí?

—¿Entonces ya no soy un novato?

—Ya no eres un novato. Enhorabuena.

Sonríe y mueve la cabeza.

—¡Genial!

Un orgullo que he visto cientos de veces antes se apodera de su cara. Es la sensación de pertenencia que acompaña a la constatación de que un guerrero ha sobrevivido a su primera batalla. En el caso de Z-Lo, parece que ya había ayudado a acabar con unos cuantos robots antes, así que esta no era su primera batalla técnicamente. Pero intuyo que hay una razón por la que me ha preguntado a mí, un marine como él y además mayor. Lo entiendo porque yo también pasé por ahí.

Le doy una palmadita en el hombro.

—Y cada batalla es más difícil.

—Entendido. —Vuelve a mover la cabeza y de repente parece que se da cuenta de lo que le he dicho—. Un momento, ¿más difícil?

Me siento en el asiento del conductor de mi Land Cruiser y cierro la puerta para indicarle que es momento de que nos vayamos. Z-Lo asiente y se monta en el Humvee con Espectro de copiloto y Bumper se monta en su Volkswagen. Entonces nos ponemos en marcha, rumbo a… bueno, no sé bien adónde.

—Es tarde y todos están cansados —le digo a Hollywood—. Necesitamos un lugar donde pasar la noche.

—Sugiero que vayamos al oeste. Podemos volver por la mañana una vez tengamos un plan.

Asiento con la cabeza. Es lo más seguro y ahora mismo no necesitamos más bajas. Pero tengo mis reservas sobre lo de «cuando tengamos un plan». No tenemos suficiente información para elaborar un plan. Y aunque la hubiera, seis soldados son unos cientos menos que un batallón. Pero estoy cansado, como todo el mundo, me vendrá bien echar una cabezadita.

—Cúanto me gustaba Mae West —digo por las comunicaciones.

Aunque es poco probable que alguien esté escuchando, las radios MURS no son seguras, así que nunca es mala idea usar un poco de lenguaje en clave para hablar de un nuevo destino.

Los otros conductores entienden que quiero decir que vayamos al oeste.

—Yoshi, cuando quieras ir a visitar a la abuelita, nos lo dices.

Hay una pausa. Imagino que Yoshi tiene que dejar de atender a Polanski para abrir el canal con la mano libre.

—Recibido. Gracias.

Nos dirigimos al oeste con las luces apagadas cuando Hollywood de repente me dice:

—Me ha salvado la vida, ¿sabes? —Está mirando por la ventana del pasajero, hablando de Polanski—. Me empujó fuera del edificio.

—Tú habrías hecho lo mismo. Solo que él lo hizo antes.

—Claro —dice suspirando.

Me doy cuenta de que mis palabras de ánimo no sirven para aliviar su dolor. Pero no hay palabras que valgan.

—No enseñan esto en el entrenamiento ¿verdad? —dice—. Cómo vivir contigo misma cuando alguien se ha sacrificado por ti.

Sacudo la cabeza.

—No lo enseñan.

—¿Tú sabes de qué hablo, verdad?

Le lanzo una mirada y luego vuelvo a mirar a la carretera.

—Lo sé.

—Ya. Es una mierda. —Hollywood se endereza en su asiento—. Sigue un kilómetro más. Luego nos desviaremos por una calle lateral y buscaremos algún lugar para esconder los vehículos.

—Me parece un buen plan —digo.

Sin embargo, conducir hacia el noroeste me despierta algunas emociones extrañas. Estoy en mi FJ40 yendo en la misma dirección en la que se encuentra mi cabaña. Reflexiono sobre la facilidad con la que podría entregar Hollywood al resto de su equipo y luego seguir conduciendo. Volvería al silencio y a la soledad en una hora.

¿Pero lo harías, Patrick? ¿Es realmente uno de esos problemas que desaparecen por sí solos mientras seas lo suficientemente fiel como para ignorarlo?

Pero he pagado mis deudas. Además, fui hasta la cúpula e incluso le salvé la vida a una niña. Joder, les eché una mano a estos soldados y eliminamos a dos robots más. Es más de lo que debo. Con un poco de suerte, pronto volverán con sus unidades y el Tío Sam pondrá en marcha el plan para salvar el país.

Claro, Pat. Es exactamente eso lo que va a pasar. Porque todo fue de perlas cuando dejaste que Aaron y los cascos azules se encargaran del anillo.

Suelto un profundo suspiro y muevo las manos sobre el volante.

—¿Todo bien, marine?

La miro un instante y vuelvo a fijar mis ojos en la carretera.

—Sí.

—No lo parece.

Asiento un poco con la cabeza mientras zigzagueo entre los coches parados en la carretera.

—¿Quieres un consejo gratis?

De primeras parece que le moleste, pero luego cede.

—Por qué no.

—Si un viejo amigo te pide un favor y le dices que sí, ve con todo hasta el fin.

Se pone una mano en el pecho.

—¿Lo dices por mí o por ti?

Ignoro su pregunta.

—Simplemente haz que todo salte por los aires en cuanto tengas una oportunidad.

Una vez que completamos el kilómetro y giramos a la izquierda por una calle lateral, decido que ya no hay vuelta atrás. Si Yoshi ha estado dispuesto a quedarse con Polanski y aquel civil se ha sacrificado por la niña, ¿en qué me convertiría yo de no ayudar a Hollywood y a su equipo? Además, tengo la creciente sospecha de que reunir a estos soldados con sus unidades será más fácil de decir que de hacer. Si hay más de esos robots y lo que Hollywood llama «ángeles de la muerte», sean lo que sean, puede que no tengan ninguna unidad a la que volver. Lo que me hace preguntarme, una vez más, cómo se encontraron.

Así que ya está.

No voy a volver a casa, al menos hasta que todo esto, sea lo que sea, se solucione.

Hollywood parece preocupada.

—¿Estás bien?

Dejo escapar un largo suspiro.

—Mejor que nunca, sargento.

Capítulo 12

02:40, viernes, 25 de junio de 2027
East Orange, Nueva Jersey

—Tiene buena pinta —dice Hollywood desde fuera de la ventanilla del conductor. Señala a un enorme granero cuya puerta acaba de abrir.

Este granero en particular parece haber sido construido a finales del siglo XIX, cuando entonces la zona estaba llena de cultivos. Por algún motivo, tanto el granero como la casa que lo acompaña se mantuvieron en el mercado y continuaron recibiendo el cariño de sus distintos propietarios a durante décadas.

Entro y tengo la impresión de que en tiempos no muy lejanos debió de albergar caballos. Pero hace tiempo que desaparecieron los animales y las vallas que se extendían a lo largo de las hectáreas de campo. Ahora los establos están ocupados por montones de cajas y enseres domésticos abandonados de alguien a quien le dio demasiada pereza llevarlos al vertedero. Al final del pasillo central del granero hay una gran sala con varios todoterrenos antiguos, tanto de verano como de invierno, y al menos dos tractores con pinta de haber estado en mejores condiciones.

Apago el motor de mi FJ40 y salgo. Inhalo el aire húmedo impregnado por el aroma de heno viejo y grasa de maquinaria. Z-Lo y Espectro llegan detrás de mí en el Humvee, seguidos por Bumper en su Safari color amarillo chillón del 73.

—A ver si encontramos una parte que esté despejada —digo.

—Si alguien necesita un saco de dormir, tengo de sobra —dice Z-Lo.

—Estamos a finales de junio —agrega Espectro—. Hace calor.

—Bien —responde Z-Lo—. Pero podrías usarlo como almohada.

Todo el mundo empieza a sacar sus cosas de los vehículos, excepto Hollywood. Lo tiene todo en su Jeep.

—¿Cuál es tu historia? —pregunto mientras agarro mi mochila del asiento trasero.

—¿Mi historia?

—¿Dónde estabas cuando apareció la cúpula? —Mientras pronuncio las palabras, me doy cuenta de que se va a volver una pregunta habitual, como cuando la gente pregunta eso de «¿Y tú dónde estabas cuando cayeron las torres?».

Hollywood asiente.

—Tenía unos días libres, así que decidí ir a visitar a un amigo en Picatinny Arsenal, en el Condado de Morris.

—¿La base del ejército?

Asiente y sus ojos se vuelven distantes.

—No llegué. Se fue la luz, los coches se quedaron sin batería. Ayudé a algunas personas. Pero entonces apareció la cúpula y todos huyeron.

—¿Y tú?

—Yo decidí quedarme a mirar. No sé por qué. Supongo que es mi forma de ser.

—¿Fue entonces cuando conociste al resto?

—Fue entonces cuando escuchó al resto —dice Bumper desde el maletero de su Volkswagen.

—Ya sabes cómo son los SEAL —afirma Hollywood—. Siempre armando jaleo.

—Qué me vas a contar —digo con una media sonrisa.

—Bumper volvía en coche desde el Centro de Guerra Aérea Naval en Lakehurst de visitar a una de sus novias.

—Solo somos amigos —protesta con la cabeza enterrada en el maletero.

—Créeme, cariño, ninguna chica es solo amiga de un semental como tú —Hollywood me mira como si Bumper no tuviera ni idea—. Hombres.

—Sí —respondo, aunque no estoy seguro de poder discernir mejor que Bumper cómo piensan las mujeres. También me pregunto si ella siente algo por él.

—En fin —añade Bumper—, iba conduciendo mientras sonaba *Earth, Wind and Fire* cuando mi superior me ordena que vuelva a la base. Me dice que está siendo atacada.

Cierro la puerta del Land Cruiser y doy unos pasos hacia él. Es la primera confirmación que escucho de que las instalaciones militares han sido atacadas.

—¿Qué más te dijo?

—Le digo que voy para allí y de repente cambia de opinión. Sucedió tan rápido. Escuché…

Bumper parece perderse en un mal recuerdo. Me pilla un poco por sorpresa, porque esto no es algo que los SEAL tiendan a hacer, al menos no los que yo he conocido. Su dureza física solo tiene como rival su dureza mental. Pero también me pregunto si los sonidos que él escuchó son los mismos que yo escuché después de que mi televisor se apagara.

Tras darle un segundo, le pregunto:

—¿Qué escuchaste?

—Escuché a mi superior decir que me mantuviera lo más lejos posible de la base.

Las palabras de Bumper se pierden el aire durante unos segundos. Para que un comandante de los SEAL tenga que dar ese tipo de orden, tiene que ser grave… muy grave.

—Y eso es todo, tío. Se cortó la llamada. Lo siguiente fue que la carretera se quedó a oscuras, apareció la cúpula y miles de personas empezaron a salir de sus casas. Mi coche era uno de los pocos que seguía circulando cuando aparecieron los robots. Me puse a cubierto y empecé a explorar. Un robot fue hacia una mujer que no conseguía desabrocharse el cinturón de seguridad. Ella empezó a gritar en busca ayuda y en ese momento vi que me tocaba salir a la cancha.

Hollywood interviene.

—Es entonces cuando oí disparos de ametralladora ligera a unos doscientos metros y fui corriendo hacia el lugar de donde venían.

Tengo que decir que la mayoría de la gente huye del sonido de una ametralladora.

—Cuando llegué, Bumper ya había eliminado al robot de reconocimiento y salvado a la mujer.

—Ni siquiera me dio su número —añade el SEAL, un clásico intento de rebajar la tensión con algo de humor.

—Probablemente fuera lo mejor. —Hollywood inclina la cabeza hacia las puertas del granero—. Yoshi también estaba de permiso cuando de repente lo llamaron para volver a Fort Dix.

—Me imagino que tampoco llegó a ir —digo.

Niega con la cabeza.

—Resulta que estaba a un kilómetro al oeste de nosotros. Recogió a dos soldados rasos cuyo coche había dejado de funcionar y luego vino hacia nosotros para investigar la explosión.

—¿La explosión? —Miro a Bumper.

—Bueno, a lo mejor usé algunos explosivos para uno de los transportes más pequeños.

Dejo escapar un silbido y le doy un codazo a Hollywood.

—No sé, chica. Yo diría que estás celosa. Joder, estoy yo celoso.

Tengo curiosidad por averiguar la historia de Espectro.

—¿Y tú?

—Iba a casa —responde.

Espero unos segundos y me pregunto si el francotirador dirá algo más, pero continúa buscando un lugar entre las cajas y las lonas para tumbarse.

—No habla mucho —dice Hollywood.

—Ya lo veo.

Baja la voz y se aleja un poco.

—Lo más que he podido averiguar es que es un militar retirado. De Texas, pero vive en Vermont.

—Interesante. Gracias por la información.

Hace un chasquido y luego mira a Z-Lo.

—Tu turno, soldado.

—Iba al norte desde el Centro de Guerra Aérea Naval en Lakehurst —dice, pero tiene una mirada tímida.

Hollywood lo presiona.

—¿Y?

Z-Lo suspira y luego levanta las manos.

—Y puede que requisara inadvertidamente un Humvee para escabullirme del puesto.

—¿Por qué?

—Un compromiso, ¿vale?

Hollywood no deja de apretarlo.

—¿De qué tipo?

Deja escapar un suspiro exasperado.

—Mis amigos dijeron que íbamos a ir a una cosa de *speed dating*, una forma fácil de ligar. Pero, cuando llegué, no había nadie de mi equipo.

—Oh, no. —Miro a Hollywood—. No me lo creo.

—Oh sí —dice con una sonrisa feroz—. Dile lo que pasó.

—No pasó nada —admite—. Fue un… bueno, resulta que…

—Era un evento de citas para gente de la tercera edad —interviene Hollywood, sin poder ocultar su alegría.

Me echo a reír, como es natural, pero no tanto como Hollywood.

—Un momento, ¿cuándo te diste cuenta?

Z-Lo suspira.

—Después de que me dieran la entrada y entrar en el restaurante del hotel.

—¿Entraste?

Ahora sí que me río a carcajadas.

—El tío se sentó —añade Bumper.

—No.

Hollywood me da un codazo.

—Siete rondas.

—¿Qué? —Miro a Hollywood y a Bumper.

—El chaval sabe jugar con los de sesenta y cinco para arriba.

Z-Lo se cruza de brazos.

—Oye, fueron muy amables, ¿vale?

—Seguro que sí —dice Hollywood con chulería mientras da tres chasquidos con los dedos y se coloca la mano en la cadera.

—No lo digo de broma. Dolores se portó muy bien. Le gustó mi nariz. Dijo que me daba un aire distinguido.

—¿Dolores?

Intento no mirar su nariz torcida. La pobre señora debía de estar medio ciega. Bumper asiente.

—Dolores rompió las reglas e invitó a Z-Lo a su mesa cuatro veces seguidas. Incluso hubo una pequeña pelea con las demás y el organizador tuvo que intervenir.

Z-Lo suspira.

—Era persistente.

Se me saltan las lágrimas y pongo una mano en la espalda de Hollywood para estabilizarme.

—Me duele la cara de reírme.

—A mí también —dice Hollywood encorvada—. Y eso que ya es la segunda vez que escucho la historia.

—Creo que tu coche se tendría que llamar Dolores a partir de ahora —digo señalando Humvee.

—Hecho —responde Hollywood.

—No, por favor —suplica Z-Lo—. No quiero burlarme de nadie.

—Lo sabemos, chico —digo.

Bumper añade:

—Ya te burlas bastante de ti mismo. Respeto.

La cara de Z-Lo se vuelve varios tonos más roja y finalmente se aleja hacia un compartimento abandonado.

Pasa al menos un minuto antes de que los demás terminemos de limpiarnos las lágrimas de los ojos.

—¿Y tú, Bic? —pregunta Bumper.

La idea de compartir los recuerdos de mi cabaña me hace sentir que estoy a punto de traicionar el carácter sagrado de mi santuario interior. Pero también sé que los equipos se construyen a base de confianza, y la confianza se compra con transparencia. Si las relaciones no cuestan, no vale la pena construirlas.

—Acababa de regar las flores y ya me iba a la cama.

Veo algunas sonrisas entre el equipo, como es de esperar, y decido omitir lo de las noticias, la llamada al coronel Rodríguez y la entrevista de Aaron en la televisión.

—Entonces se va la luz de la casa y me quedo a oscuras.

—Así que tú también estás jubilado —dice Espectro, uniéndose misteriosamente a la conversación desde un lado de mi Land Cruiser.

Asiento con la cabeza.

—¿Cómo lo sabes?

—Si estás aquí y no allí —dice señalando hacia el este—, significa que tu casa no estaba cerca de ninguna de las bases que fueron alcanzadas. Tampoco eres un viajero habitual porque nadie va de un lado a otro con tanto equipo. —Señala el interior de mi Land Cruiser—. Y aun así, tienes más equipo en tu FJ40 que la mayoría de los operadores en sus casas. Eso significa que probablemente eres un poco paranoico y tienes aún más equipo en casa, lo que explicaría por qué tus gafas de visión nocturna y tus sistemas de comunicación no fueron desactivados por el PEM de los alienígenas. ¿Me equivoco?

Me entran ganas de decirle que sí que se equivoca, pero la verdad es que estoy impresionado. Además, si me molesto, será peor.

—Yo diría que has perdido tu vocación para ser el ayudante de Sherlock.

—Te refieres a Watson —dice Z-Lo, arrastrándose desde su escondite.

—Estaba pensando más bien en... —No es necesario corregir al chico. Además, no está exactamente equivocado—. Sí, en Watson.

Z-Lo sonríe, recuperando un poco de dignidad.

—Bueno, vi la cúpula, me monté en mi vehículo «preparado» —le digo a Espectro, usando el término correcto en detrimento de la palabra «paranoico»—. Y entonces nuestros caminos se encontraron en el paso elevado.

Todo el mundo parece aceptar mi historia rápidamente. No ha sido tan difícil, ¿verdad, Patrick?

—Es bueno tenerte en el equipo, Bic —dice Bumper—. Aunque te gusten las pistolitas de plástico.

En ese momento nuestras radios emiten un chirrido de alerta colectivo. Hollywood es la primera en agarrar su receptor anticipando la llamada.

—Hollywood, aquí Yoshi. Cambio —dice una voz familiar.

—Adelante —responde ella.

—Polanski ha cruzado el puente. Voy a salir.

Hollywood deja reposar la noticia un momento y luego responde:

—¿Algún problema?

—Una sola patrulla de dos drones. Escaneó los restos de la batalla y siguió adelante.

—¿Algún enemigo a la vista?

—Negativo.

—Entendido.

Hollywood procede a darle indicaciones a Yoshi usando una mezcla de jerga civil y militar. Supongo que quiere cubrir nuestro rastro lo mejor posible, al igual que hice yo antes.

—Tiempo estimado de llegada de diez Mickeys —dice Yoshi.

—Entendido. Hollywood fuera.

Hollywood suelta su receptor y baja la cabeza, supongo que en honor a Polanski. Es una buena muestra de liderazgo y estoy más que feliz de seguir su ejemplo. Si no honramos a los caídos, no somos más que monstruos.

Después de unos veinte segundos, Hollywood levanta la vista.

—Por Polanski.

—Por Polanski —responden todos.

Se aclara la garganta.

—Bueno, que todo el mundo prepare sus cosas y nos reuniremos ahí en cuanto vuelva Yoshi. —Señala hacia la zona abierta donde están aparcados los viejos vehículos todoterreno—. Quiero que nos hagamos una idea de lo que hemos visto mientras aún lo tenemos fresco. Después dormiremos un poco.

El grupo asiente y se pone a buscar un lugar para dormir.

Le doy un golpecito con el codo a Hollywood.

—Gracias. Por compartir ese momento en honor a Polanski.

—Él habría hecho lo mismo por mí —responde—. Simplemente me ha tocado hacerlo a mí antes.

* * *

Ocho minutos más tarde, Yoshi está de vuelta y el grupo entero está de pie alrededor de un banco de trabajo rodante que sirve como mesa para desplegar nuestros mapas. Me he ofrecido a usar uno de mis mapas Rand McNally del área triestatal mientras Bumper y Z-Lo iluminan con linternas.

—Bueno, tal y como yo lo veo… —Empiezo a hablar, pero de repente me lo pienso mejor. Aunque no ha habido ninguna decisión oficial, al menos por lo que yo sé, Hollywood parece ser la líder.

Parece que entiende mis reservas y me hace una señal con la cabeza y con la mano para indicarme que continúe.

—Tal y como yo lo veo, estamos ante una especie de campo de energía que nos ha aislado de todo el este, empezando por aquí. —Utilizo mi portaminas para hacer una pequeña marca vertical en East Orange, Nueva Jersey.

—Y nos topamos con él aquí y aquí —dice Bumper, señalando regiones en Irvington, justo al sur de nuestra posición.

Hago las marcas correspondientes y luego saco mi cuaderno Moleskine de mi bolsa. Abro el cuaderno con los bocetos que hice de la cúpula.

—Mi estimación desde mi último punto de observación —dibujo una X sobre la ubicación de mi cabaña en Skytop— es que el centro de la esfera tenía un acimut de 112 grados.

Utilizo mi brújula Cammenga para orientarme junto con la regla que tiene incorporada y trazo una línea desde la X sobre mi cabaña que pasa por el Bajo Manhattan y llega hasta el Atlántico. Por la forma en que todos reaccionan, supongo que no han tenido tan buena vista de la cúpula como yo, y sospecho que saben hacia dónde va todo esto.

154

—Además, en mi primera medición el resultado que obtuve fue que la cúpula tenía trece kilómetros de altura, y dado que no noté que hubiera ninguna parte deforme, significa que presumiblemente mide veintiséis kilómetros de ancho. O al menos así era hace unas horas.

—También nos dimos cuenta de que se estaba contrayendo —dice Yoshi—. Alrededor de un centímetro por segundo por lo que pudimos observar.

Asiento con la cabeza, vuelvo a mirar el mapa y, basándome en su escala de distancias, hago una señal con lápiz en la regla de la brújula para indicar trece kilómetros.

—Si combinamos nuestras observaciones, eso significa que el epicentro de la esfera está… —Coloco la regla a lo largo de la línea y luego dejo caer la punta del lápiz en el extremo—. Justo aquí.

—¿El puente de Brooklyn? —pregunta Z-Lo—. ¿No es solo un mito?

—Por Dios, Laszlo, claro que no —dice Hollywood en tono exasperado—. ¿Pero tú de dónde eres?

—De San Diego, sargento.

—Apúntate a clases de historia —añade Bumper.

Me muerdo la lengua para no reírme más aún del muchacho y vuelvo a centrarme mapa.

—Lo más probable es que no esté en el puente, sino por el Bajo Manhattan. Pero como ya he dicho, esto son solo unas estimaciones.

Bumper baja la linterna y pone el dedo sobre el epicentro.

—Pero la conclusión es que, sea lo que sea esta cosa, lo más probable es que la fuente de alimentación esté aquí.

—Lo que significa que Nueva York está siendo atacada —dice Hollywood.

Me cruzo de brazos y me inclino un poco hacia atrás.

—No lo podemos saber con certeza, está claro. Pero eso parece. Y además hay más preguntas importantes.

—¿Como cuáles? —pregunta Z-Lo.

—Por ejemplo, ¿es Nueva York la única ciudad que han atacado? ¿Han atacado otras bases militares también?

—Creo que yo era el que estaba más al sur cuando todo esto ocurrió —dice Bumper—. Y divisé varios puntos brillantes sobre la curva hacia el suroeste.

—¿La curva? —pregunta Z-Lo.

—La curvatura de la tierra. Más allá del horizonte.

—Vale, ya lo pillo. —Hace un gesto como si estuviera acariciando a un perro—. La curva.

—Podría tratarse de Annapolis, Quantico, Hampton Roads —dice Yoshi—. Demasiados para contarlos.

Bumper asiente.

—Hombre, si me preguntasen a mí, yo diría que entre el PEM masivo, los ataques coordinados a nuestras bases militares, esta cúpula que se estira como un chicle y lo que he visto al sur, las posibilidades de un asalto a gran escala son altas. Y tampoco he podido llamar a nadie con mi teléfono Iridium. Es verdad que podríamos ir a una de las bases, pero hay una gran probabilidad de que, bueno…

Bumper nos mira a todos pero parece que no quiere decir lo que creo que todos ya hemos concluido. El hecho de que un maldito SEAL se muestre reacio a volver a examinar su base me indica lo peligrosa que es esta situación, que ya es muy grave de por sí.

Golpeo sobre el mapa para llamar la atención de todos.

—Hasta que os digan que es seguro regresar a vuestras respectivas bases, creo que tendréis que seguir las órdenes y hacerlo lo mejor que podáis con lo que tenéis aquí y ahora.

Bumper, Hollywood y Z-Lo asienten. Espectro no mueve ni un músculo, pero creo que eso es algo bueno.

—¿Y entonces qué? —pregunta Z-Lo tras una breve pausa.

De nuevo miro a Hollywood, pero ella me pasa a mí la decisión y no estoy seguro de por qué. Aquí es donde todo empieza a tambalearse para mí; no por Hollywood, sino por qué recomendar a este equipo improvisado. Por un lado, no tengo ni idea de lo que tenemos que hacer a continuación. Sí, tengo alguna corazonada, pero nada suficiente como para dar órdenes a un equipo.

Y aquí es donde las películas se equivocan. Las operaciones no se organizan en minutos, ni siquiera en horas. Hacen falta semanas, a veces meses, de recopilación de información antes de poder trazar un plan. La operación Lanza de Neptuno, la misión que acabó con Osama Bin Laden, requirió meses de planificación y diez años y medio de recopilación de información. El Equipo Seis de los SEAL entrenó durante semanas y hasta construyó una maldita maqueta de la casa de Bin Laden. Incluso cuando ya hay un plan, se repite docenas o cientos de veces hasta que alguien de arriba da la luz verde. Y no quiero empezar a hablar de todo lo que ralentizan el proceso los de las corbatas. Supongo que una de las ventajas de ahora mismo es que no hay ningún puto burócrata que nos diga lo que podemos o no podemos hacer.

La urgencia de la situación exige que se hagan concesiones a la consagrada tradición de tener todo bien atado antes de actuar. Lo que sea que esté haciendo ese campo de fuerza, es letal y está afectando millones de personas.

Extiendo mi mano sobre el mapa y miro hacia abajo.

—En mi anterior trabajo teníamos muchas más herramientas a nuestra disposición.

—Muchas armas, ¿no, sargento jefe de artillería? —pregunta Z-Lo.

—Me refería más a HUMINT, recursos de espionaje. Y a cobertura por satélite.

—Ah.

Le sonrío al chico.

—Pero más armas es siempre la respuesta correcta también.

Mueve la cabeza como si estuviera bailando una canción que nadie escucha.

—Genial.

—Ahora mismo solo conocemos la experiencia colectiva de los seis que estamos aquí. Lo demás solo son un montón de conjeturas en el mejor de los casos. Eso no es suficiente para que nadie arriesgue su vida. Así que, antes de seguir, quiero dejar claro que cualquier plan que intentemos trazar va a partir de desinformación y será incompleto y muy peligroso.

—Dispara, artillero —dice Z-Lo—. No le tenemos miedo a nada.

—Cállate, Laszlo —dice Hollywood.

—Sí, sargento.

Le dirijo al chico una mirada seria.

—Aquí no estamos jugando al último *Call of Duty*. Y como Polanski y más, morirá gente de un modo u otro. La buena noticia es que todos hemos sido entrenados para esto. Naturalmente, dudo que nos vayan a pagar durante una temporada. Aun así, somos profesionales, parte del mayor ejército de la historia del mundo, y no importa quién nos ataque…

—Son alienígenas —dice Bumper.

Sacudo la cabeza para aclarar mis pensamientos y luego golpeo sobre el mapa para dar énfasis.

—No importa quién nos ataque, si vamos a hacerlo, defenderemos nuestra patria y nuestro honor.

Todos responden en una mezcla rara de «¡Hurra!», «¡Vamos!» y «Recibido». Todos excepto de Bumper, que alza la mirada y dice:

—ECN.

Arqueo la ceja a modo de petición de explicaciones silenciosa.

—Es lo que yo digo. Desde que jugaba en la universidad.

—¿Lo tuyo? —pregunto.

Asiente con la cabeza.

—Uno de mis héroes de la infancia era un SEAL llamado Jocko. Se inventó las siglas BGF: buzo grande y fuerte. Así que, cuando me convertí en el capitán del equipo, quise que tuviéramos nuestro propio grito de guerra. Cada vez que salíamos del vestuario al campo, todo el equipo besaba el balón de fútbol y decíamos: ECN. El campo es nuestro.

—ECN. Me gusta —digo consciente de la implicación militar—. Siempre es elegante reconocer a los que vinieron antes que nosotros.

Conseguir que los combatientes de las distintas secciones se decidan por un mantra común es un dolor de cabeza. Lo he visto antes al trabajar en operaciones conjuntas. Quizá cueste pensar que algo tan simple se vuelva tan complicado, pero es así. El ejército es una especie de religión en la que las palabras y los rituales importan. Y tener un lenguaje fraternal es una parte integral de la creación de vínculos que deben aguantar mientras miramos a la muerte de cara.

—A mí también me gusta —dice Hollywood—. ECN.

—ECN —dicen Yoshi y Z-Lo.

Miramos a Espectro. Frunce el ceño.

—ECN. Pero no pienso besar un balón con vuestras babas colgando.

El grupo comparte una sonrisa y volvemos a la carga. Aliso el mapa y saco el lápiz.

—Según el ritmo de contracción que hemos observado, calculo que la cúpula está cubriendo un kilómetro cada quince horas.

—Eso nos da 8,2 días antes de que llegue a la zona cero —dice Espectro.

Todos se quedan boquiabiertos. Pero en realidad no debería sorprendernos. El trabajo de un francotirador gira en torno a calibrar las distancias con un alto grado de precisión.

—8,2 días —repito con una sonrisa, y escribo la cifra en el mapa.

Tampoco se me escapa el hecho de que la Zona Cero del One World Trade Center está muy cerca de los posibles epicentros. Al ser de Texas, no sé si Espectro ha pensado en esa posibilidad, pero yo sí. Y espero que el epicentro esté en otro lugar.

—Pero no debemos atenernos a esa estimación —continúo—. Entiendo que todos queremos acabar con esto lo antes posible, ¿no?

El equipo asiente.

—Entonces tenemos mucho menos tiempo que 8,2 días.

—¿Por qué? —pregunta Hollywood.

Dibujo un círculo más pequeño alrededor de la ciudad de Nueva York propiamente dicha.

—Estamos hablando de la ciudad más poblada de Norteamérica y de mi ciudad natal.

—¿Eres de Nueva York? —pregunta Z-Lo.

—De Brooklyn. No es lo mismo —digo.

—¿Acaso no le has notado el acento? —le dice Bumper al chico.

—No. O sea, simplemente...

—Relájate —le digo a Z-Lo, y luego me dirijo a Bumper con un guiño—. Solo en esta zona hay unos nueve millones de personas. Si añadimos varios millones más de los alrededores, diría que estamos hablando de entre quince y veinte millones de personas.

Hollywood hace un chasquido con la lengua.

—Eso es muchísima gente.

Los demás asienten.

—Entonces... ¿qué? —dice Yoshi mientras da otro trago a su petaca—. ¿El enemigo está tratando de matarlos a todos lentamente? No me lo creo. Hay maneras mucho más fáciles de lograrlo. No quiero ser irrespetuoso, pero mi propia gente tiene algo de experiencia en el asunto.

—Joder, Yosh —dice Bumper.

—Solo lo he dejado caer. Puedes bombardear a veinte millones de personas mucho más rápido que haciendo lo que sea que estén haciendo. Y no parece que les falten medios para hacer algo peor que lo que hicimos en los cuarenta.

Una buena manera de hablar con eufemismos.

—Opino igual que Yoshi. Aunque he visto a los robots matar gente, también los he visto agarrar a un hombre, abrir una ventana en el campo de energía y lanzarlo dentro. ¿Por qué hacer eso si van a acabar matándolo igualmente? —Hago una pausa para asegurarme de que todo el mundo está prestando atención—. Entonces, la pregunta es: si no quieren matar a todos, ¿cuál es el objetivo?

—Dominar el mundo —dice Z-Lo.

Lo miro en silencio.

—Te queda mucho por aprender, novato —dice Bumper.

—¿Qué? ¿No es eso lo que buscan siempre?

—Tal vez están tratando de moverlos en rebaño—dice Yoshi—. Como en *Fortnite*.

Recuerdo el famoso juego y su tormenta en la que se obligaba a los jugadores a acercarse a una zona de peligro cada vez más pequeña y uno tenía que salir victorioso, un mecanismo simple pero eficaz para empujar a la gente hacia un resultado deseado.

—¿Pero hacia dónde los llevan? —pregunta Hollywood, y me mira—. ¿Por qué en el Bajo Manhattan?

—Cualquier conjetura que tengas vale tanto como una mía —digo. Pero no es del todo cierto. Así que voy allá—. Escuchad, tengo algo más de información que probablemente deba compartir.

Sus rostros reflejan curiosidad y un cierto nivel de… bueno, no diré desconfianza, pero sí escepticismo.

—¿Qué quieres decir? —pregunta Hollywood con una mano en la cadera.

—No es la primera vez que veo estos robots.

Se queda completamente boquiabierta.

—¿Que no es la primera vez?

Niego con la cabeza.

—Mi último despliegue fue una operación extraoficial en la Antártida. Dirigía un equipo pequeño cuya tarea era realizar ejercicios de campo en clima frío…

—Un lugar fantástico para ejercicios de campo —dice Bumper interrumpiéndome.

Asiento con la cabeza.

—Pero en realidad estábamos allí para hacer de canguros de un proyecto de investigación financiado por, bueno, la verdad es que no sé exactamente por quién. Pero sí sé que a la CIA le interesaba lo suficiente como para pedirle con la boca pequeña a los marines que enviaran a gente. Extraoficialmente, claro.

—Esto no tiene buena pinta —dice Hollywood.

—¿Por qué tanto secretismo? —pregunta Bumper.

Espectro gruñe muy bajito, como si estuviera encajando todas las piezas.

—El Tratado Antártico. No se permite la presencia militar.

—Sí —le digo asintiendo con la cabeza—. Por eso y por lo que habían encontrado.

Me quedo en silencio tras pronunciar la frase. Quizá demasiados segundos.

—¿Y bien? —dice Hollywood, exigente.

—Es obvio que estoy cometiendo una traición al contarlo, así que confío en que podáis apreciar mi reticencia. Sin embargo, dadas las circunstancias, estoy dispuesto a correr el riesgo.

—¿Qué había allí, Bic? —dice Hollywood con ambas manos en las caderas.

Quiero decirle que se calme y se relaje, pero no la culpo por estar de los nervios. Después de lo que hemos pasado, la ansiedad de Hollywood es más que comprensible.

—No estoy seguro de lo que era exactamente. Pero los supuestos expertos decían que era un portal. Un anillo.

—¿Como en *Stargate*? —dice Z-Lo—. No puede ser. ¿Como en *Stargate SG1*, la original?

—Algo así, amigo. Todo lo que sé es que decían que era muy antiguo y… Hollywood se inclina.

—¿Y qué?

—Joder. Y que lo habían construido extraterrestres.

—Lo sabía. —Hollywood levanta las manos—. ¿Ves? ¿Por qué no nos crees?

—Porque todavía no los he visto con mis propios ojos.

—¿Pero has dicho que viste robots?

Me cruzo de brazos y asiento con la cabeza.

—Así es. Los científicos lograron abrir el portal y salieron robots como los que hemos visto.

—Dios mío —dice Z-Lo, entre extasiado y frenético—. Esto va en serio. ¡Nos están invadiendo!

—Calma, chaval. Relájate un momento —digo

—¿Qué pasó cuando aparecieron los robots? —pregunta Yoshi.

—El portal había estado abierto toda una noche antes de que pasara algo. Era un dron. Al principio solo se dedicó a escanear la habitación. Los… los investigadores estaban muy contentos.

—¿Y tú? —pregunta Bumper.

Me río entre dientes.

—He visto demasiadas películas para estar contento en un momento así.

—Entendido —dice Hollywood con un resoplido.

—De repente, el dron apunta a uno de los ayudantes, un chico joven llamado Lewis, y lo arrastra consigo hacia el portal.

Todos bajan la cabeza y se quedan en silencio.

—Abrimos fuego, intentamos detenerlo, pero el cacharro era duro de pelar. En cuanto cruzaron el portal, todo se torció.

—¿Cómo que todo se torció? —pregunta Z-Lo.

Asiento con tristeza y vuelvo a respirar profundamente.

—Un robot de reconocimiento llegó primero, seguido de tres robots de asalto y otro robot de reconocimiento. Eliminaron tres escuadrones.

—A ver si lo adivino: rusos, británicos y americanos —dice Hollywood.

—Así que, después de todo, tenían razón en las noticias —añade Bumper. Espectro interviene.

—Hay una primera vez para todo.

—No estábamos preparados. No como debíamos haberlo estado. Fue culpa mía, tendríamos que haber estado mejor preparados. Deberíamos haber volado el anillo. —Hago una pausa durante un segundo y respiro, tratando de sacar los recuerdos del rincón donde guardo todo lo sombrío—. Solo sobrevivimos otro soldado y yo. La mayoría de los investigadores también murieron.

—¿Y el anillo? —pregunta Bumper.

—Lo cerramos.

—Entonces, ¿de dónde han salido todos estos robots? —pregunta Z-Lo.

—Eso es lo que no sé —respondo—. Pero sé que los de las corbatas querían activarlo de nuevo.

—¿Entonces crees que los investigadores lo volvieron a encender? —pregunta Hollywood.

Bumper se acaricia la barbilla.

—Explicaría cómo llegó el enemigo hasta aquí. Y tal vez también explicaría algunos de los mecanismos de su conducta.

Las palabras de Bumper me hacen pensar.

—Continúa, Bumpy.

Se ríe de mi abreviatura y luego mira el mapa.

—Si tienen algún tipo de tecnología para portales, a falta de un término mejor, que les permita trasladar a la gente de un lugar a otro, entonces quién sabe si acaso no están haciendo eso. Tenemos un escudo letal que parece sacado del *Fortnite* desplazando a gente de la ciudad más densamente poblada de Norteamérica hacia un punto central, si no para matarlos, sí para trasladarlos a través de un portal.

—Es una buena hipótesis —dice Yoshi—. Y puesto que hay muchas ciudades más grandes y más densamente pobladas en el mundo, y que el anillo que encontraste no estaba en el territorio de ninguna nación soberana en particular, es razonable que Nueva York no sea el único objetivo. Esto, claro, basándonos en la suposición de que lo que buscan es captar a seres humanos.

Z-Lo levanta la mano.

—¿Qué significa soberana?

—Por Dios… —dice Hollywood.

—Y si el objetivo final es captar a seres humanos, Nueva York no ha de ser la primera de la lista —digo.

Yoshi asiente con la cabeza.

—Tokio, por ejemplo, superó los cuarenta millones hace unos años. Shanghái, Karachi, Pekín y São Paulo no se quedan atrás. Pero luego están las metrópolis como Chongqing y Guangzhou, que lindan con múltiples ciudades cuyos límites se funden entre sí y dan lugar a áreas urbanas de una magnitud que puede ser el doble que la de Tokio. Si fuera un extraterrestre y quisiera captar gente, empezaría por ahí.

—Tío, cuando hablas así me dan ganas de irme a vivir al campo —dice Bumper.

—Así que tal vez los extraterrestres están aquí para trasladarnos a otro lugar —dice Z-Lo.

Todos lo miran.

—No, en serio, en plan: «Oye, mira a los humanos, pronto se quedarán sin comida y empezarán a comerse los unos a los otros. Ñam, ñam, ñam. Será mejor que hagamos algo para ayudarlos antes de que estalle la tercera guerra mundial». ¿Entendéis lo que digo?

Me gusta la imaginación que tiene el chaval, pero su teoría hace aguas.

—Yo no lo creo.

—Yo tampoco —dice Espectro—. Cualquier misión para reubicar algo pacíficamente va precedida de una comunicación a tal efecto. Voy a conceder el beneficio de la duda a cualquier especie con cabeza que nos tenga en estima de que intentarían comunicarse antes de hacer lo que está haciendo ahora.

—Estoy de acuerdo —añade Bumper—. Hay muchas maneras de demostrar que vas en son de paz antes que arrastrar humanos a portales o hacer volar bases militares. Estos cabrones están bien informados y son agresivos. Además, ya hemos visto algunas cosas.

Hace una pausa de un segundo.

—¿Qué tipo de cosas? —pregunto.

—De muy mal rollo —dice Hollywood—. Los…

—Los ángeles de la muerte, sí.

Asiente con la cabeza y vuelve a mirar a Bumper.

—Así que eso significa que los tratamos como hostiles a… —Bumper mira a todos a su alrededor—. Joder, a toda la raza humana en caso de que Yoshi tenga razón.

—Toda la raza humana —repito en voz baja.

Si antes tenía dudas de unirme a este equipo, ahora ya no. A veces hace falta hablar con amigos, incluso con los nuevos, de una forma que no puedes hacer cuando estás solo en la cima de una colina.

—Por eso tenemos que encontrar una manera de detenerlos. Y si nosotros no podemos, alguien tendrá que hacerlo —digo.

—Bueno, no quiero esperar a nadie —dice Z-Lo.

Se pellizca la nariz y luego pone la mano sobre el mapa como si fuéramos algún club deportivo. El gesto me recuerda a Aaron y a nuestra infancia. Mientras observo cómo todos miran la mano de Z-Lo con diferentes grados de escepticismo, me doy cuenta de que el bienintencionado pero dolorosamente ignorante muchacho de San Diego ha tenido una idea.

—Lazos más allá de la sangre —digo girando la cabeza.

Hollywood se cruza de brazos.

—¿Cómo?

La ignoro y sigo recitando el antiguo poema.

—Lazos más allá de la sangre, no nos para ni el fuego ni el barro ni el hambre. Que todos teman a…

Necesito algo que no sean los mosqueteros. Es demasiado cliché. Además, eso es de Aaron, Jack y mío. Intento buscar rápidamente en mi cabeza palabras que rimen con hambre y acabo diciendo «los más grandes».

Pongo mi mano sobre la de Z-Lo.

Me sonríe y yo le devuelvo el saludo.

—Eso está guapo —dice Bumper, y coloca su mano sobre la nuestra.

—Sí, me gusta —dice Yoshi.

Hollywood se ríe.

—Bueno, qué cojones. Me sumo yo también.

Todos miran a Espectro.

—¿Y bien, francotirador? ¿Te apuntas? —pregunto.

—No tengo nada que perder.

Pone la mano y todos nos miramos a los ojos por un momento. Está sucediendo muy rápido, pero la velocidad no lo hace menos significativo. Sin embargo, resulta extraño: ¿un grupo improvisado de militares y exmilitares patriotas en una misión para salvar el mundo? Suena casi a película, salvo que estoy bastante seguro de que todos vamos a morir. Además, algo me dice que Hollywood no va a hacer películas pronto. El lugar, no la sargento del ejército con la mano extendida. Aunque si las hicieran, ella sería un personaje increíble.

—ECN —digo.

Todos se sonríen entre sí y luego responden como uno solo:

—ECN.

Capítulo 13

04:00, viernes, 25 de junio de 2027
East Orange, Nueva Jersey
Granero abandonado

BUM PERM E TOCA el hombro para relevarme. Aunque ya no tengo el cuerpo para pasar las noches en vela como cuando tenía veinte años, siento que era mi deber ofrecerme como voluntario para la primera guardia, ya que soy el más veterano de la unidad. Huelga decir que agradezco mucho poder dormir de una vez.

Mientras me dirijo a mi catre improvisado en uno de los establos abandonados con menos desorden, hago un repaso a la última hora de pensamientos aleatorios para transformarlos en ideas definitivas. He descubierto que esta práctica consolida las cosas en mi subconsciente, de modo que, cuando me despierto, tengo algo conciso y procesable que ofrecerme a mí mismo y, en este caso, al equipo.

Lo primero es que necesitamos un nombre para el grupo.

Hay quien diría que es algo infantil o sin importancia. Pero hay una razón por la que una de las primeras cosas que hacen nuestros padres es darnos un nombre. Los nombres ayudan a establecer la identidad y el sentido de pertenencia. Son importantes, sobre todo cuando intentas saber quién eres y dónde encajas.

De igual modo, los nombres en el ejército son importantes. Por muy triviales que parezcan para los militares, sin la estructura de la unidad, sin los rangos y sin los títulos, así como sin las descripciones correspondientes de qué supone cada uno, se produce el caos. Las insignias, los rituales de iniciación, las relaciones de conducta entre los miembros… todo está preparado para garantizar que ocurra una cosa en combate: que tú ganes y el enemigo pierda. Cuando la niebla de guerra enturbia el juicio y te hace dudar de todo el mundo, lo único que se te ha enseñado a no cuestionar nunca y a no subestimar nunca es la posición y las cualificaciones del hombre o la mujer que está delante y detrás de ti, a tu izquierda y a tu derecha. Los nombres son sagrados. Los nombres te mantienen vivo.

Dada la singularidad de nuestra situación, tener un nombre es aún más crítico. Venimos de diferentes ramas y, aunque todos cobramos del Tío Sam, somos leales a diferentes unidades. Unirnos bajo un nuevo nombre de unidad podría ayudar a reducir algunos de los factores que obstaculicen el trabajo en equipo, por muy efímero que sea.

Así que se me ha ocurrido un nombre.

En segundo lugar, he estado pensando en la mejor manera de combatir los robots que habíamos visto, así como los ángeles «del mal rollo» que Hollywood y los demás han visto. En la Antártida estuve al mando de elementos inexpertos que contaban con un armamento limitado, una posición de campo débil, una pésima comunicación y que fueron sorprendidos por un enemigo del que no sabíamos nada. Ahora, sin embargo, formo parte de un grupo razonablemente especializado de individuos de diversos orígenes. Una escuadra de verdad.

Aunque el PEM y la cúpula pillaron a Hollywood y a los demás con la guardia baja, consiguieron reunir una buena cantidad de material de antemano y llevarla consigo. Pero no es suficiente para un asalto total. Por ahora tenemos que limitarnos a realizar un trabajo de reconocimiento y buscar formas de entrar en la cúpula. Será muy parecido a tantear a un oponente de ajedrez utilizando los caballos en los movimientos de apertura. Probar, retirar, analizar, repetir.

A pesar de que nuestra munición y suministros son limitados, este equipo es mucho más capaz que el que tenía en el Polo Sur. Mientras que en la Antártida cuatro robots acabaron con todo excepto dos soldados, este equipo más pequeño ha eliminado a siete bots, cinco antes de que yo llegara. ¿Y cómo? Anticipándose al enemigo, preparándose en consecuencia, apuntando a los puntos débiles conocidos y comunicándose.

Y escondiéndose para no estar a la vista. Como fantasmas. Ahora estás aquí y en un segundo ya has desaparecido. Y así el enemigo ni siquiera sabe qué le ha golpeado.

Así es como tendremos que actuar si queremos seguir vivos y ayudar a los que se han quedado encerrados dentro de la cúpula.

En tercer y último lugar, necesitamos localizar a Aaron, suponiendo que haya sobrevivido al ataque inicial y no haya quedado atrapado dentro de la cúpula. Si es cierto lo que decían en la tele de que estaba «en directo desde Rutgers», dudo que haya ido muy lejos en las últimas horas. Conociéndolo, diría que está en su laboratorio intentando colocar más piezas del puzzle. En ese sentido somos muy parecidos. Investigadores hasta la médula. Pero su arma es una tesis doctoral que muy poca gente es capaz de entender y la mía es un rifle de asalto totalmente automático que habla un lenguaje universal. Ya, si el mundo fuera de color de rosa, sus armas serían mejores que las mías. Pero no lo es, así que prefiero mi arma.

Si hay alguien que pueda saber cómo funciona la cúpula, de dónde viene o qué quieren esos seres —me sigo negando a hablar de extraterrestres o alienígenas—, ese es el profesor Aaron Campbell.

Vale, puede que su tesis doctoral sea importante al fin y al cabo. Pero sigo diciendo que una tesis doctoral no escupe plomo.

He cerrado los ojos durante lo que me parecen no más de diez segundos cuando oigo un «pst, pst» y mi nombre. Sé que es alguien que ha estado en combate porque no se acerca sigilosamente a tocarme en la oscuridad. El último novato que me despertó de esa manera casi se lleva un cuchillo en la garganta. Y lo único que quería decirme el pobre chaval era que mi sopa estaba lista. Lo que es morir por nada.

—¿Hay algún problema? —le digo a Bumper.

Tiene los ojos fijos en la puerta del granero y está con el rifle en alto.

—Intrusos en la casa. Parece que están saqueándola.

Me planteo decirle que esté atento sin más, porque necesito desesperadamente dormir. Pero entonces pienso que, si los saqueadores están armados y deciden echar un vistazo al granero, podríamos tener un problema.

—Voy —le digo, y agarro a continuación mi SCAR.

Bumper despierta al resto del equipo. Nos apilamos en las puertas y miramos hacia el este, en dirección a la casa, a través de las grietas en los listones de madera. La cúpula no desprende tanta luz como cuando estábamos en la gasolinera y la luna tampoco ilumina apenas. Me quito las gafas de visión nocturna y le pido a Bumper que abra la puerta de la derecha.

—Voy a explorar —digo.

—Voy contigo —dice Z-Lo.

—Mejor déjame a mí —interviene Espectro. Antes de que Z-Lo tenga tiempo de responder, Espectro está a mis seis.

Cruzamos el césped y nos instalamos detrás de un nogal de no sé cuántos años. Entonces oigo algo romperse dentro de la casa. Suena como si alguien acabara de destrozar un espejo enorme o un jarrón.

—Putos gilipollas —dice Espectro.

Por mucho que odie a la gente que no es capaz de respetar la propiedad privada de una familia, nuestra misión no es enfrentarnos a los saqueadores. Solo quiero hacer cambiar de idea a cualquier que tenga curiosidad por echar un vistazo al granero.

—Contacto. Puerta trasera —dice Espectro con su WinMag preparado.

—No dispares —susurro.

Una silueta sale de la puerta trasera de la casa y enciende una linterna. Espectro y yo nos retiramos y encendemos nuestras gafas de visión nocturna. El haz de luz barre el césped y luego ilumina el granero.

—Vaya, vaya. ¡Creo que he encontrado algo! —grita el tipo.

Su voz suena rasposa, de unos treinta años. Entre las drogas y el alcohol, algo le ha destrozado la garganta.

—Fantástico —dice Espectro.

—Dejémoslo avanzar —digo mientras enfundo mi SCAR y saco mi Glock—. Yo atacaré por detrás. Tú cúbreme. Solo disuasión.

—*Roger*.

Uso el canal de comunicaciones:

—Mantened la posición. Esperad nuestro contacto con el enemigo.

—Recibido —responde Hollywood.

En cuanto el tipo pasa por delante de nuestra posición, me acerco a sus seis. Aunque no veo que lleve ningún arma en la mano que tiene libre, asaltar a otro ser humano nunca está exento de cierto nivel de ansiedad y precaución, por muy seguro que puedas estar.

Me desplazo por la hierba silenciosamente, gracias a años de experiencia de caminar entre polvo y escombros en el extranjero. No oigo a Espectro, pero percibo que va unos pasos más atrás. Y es justo esa sensación lo único que me preocupa al acercarme a un enemigo invisible: el sexto sentido. Es real, y quien diga que no miente. He visto a objetivos darse la vuelta y matar marines porque algún novato los miró a los ojos a quinientos metros de distancia.

Por eso no miro la cabeza del objetivo, solo a su espalda en conjunto. Apunto hacia abajo con mi Glock, a menos de un metro de distancia, y me abalanzo hacia el tipo y le hago una llave de estrangulamiento.

Su linterna sale volando y deja escapar un grito antes de que le cierre las vías respiratorias. Le quito la pistola que lleva en la cintura y la tiro a un lado.

—Estás invadiendo una propiedad privada —le digo al oído.

Espectro está a mi izquierda con la pistola desenfundada.

—¿Pero quién coñ…?

—Quién soy es la menor de tus preocupaciones, imbécil. Lo que debería preocuparte son todos los que están conmigo.

El tipo se retuerce, pero le sale el tiro por la culata. Le tengo agarrados la cabeza y el cuello de tal manera que, cuanto más se retuerce, más le duele.

—¿Qué quieres? —logra decir casi sin respiración.

—Vas a ir a decirles a tus amigos que salgan de la casa y que se vayan a tomar viento. También vas a decirles que hay agentes durmientes del Gobierno en todo el barrio que tienen órdenes de matar a quien aparezca. Yo estoy siendo simpático. Si me entiendes y vas a cumplir estas instrucciones específicas a rajatabla, asiente una vez.

El tipo asiente.

—¿Ves? Sabía que podríamos…

—¿Ripper? —dice una voz desde la puerta trasera justo cuando un nuevo haz de luz de linterna nos alcanza.

Siento el viento y Espectro se gira. Así que yo me giro con el rehén para mirar de frente al nuevo intruso.

—¿Qué demonios está pasando aquí? —dice el recién llegado.

—Baja la luz —dice Espectro alejándose de mí.

La linterna se mueve entre Espectro y yo.

—Déjalo en paz, tío —me dice el hombre.

Decido aplicar algo menos de fuerza sobre Ripper y le ordeno que le diga a su amigo que se retire.

—Vuelve dentro, Worm. ¡Vete! —dice Ripper, actuando de forma complaciente.

—Ni hablar, tío.

Veo que Worm está nervioso. Suena como si estuviera colocado y eso no mola. Todas esas charlas antidroga que nos dieron en el instituto se centraban en los efectos secundarios adversos de las drogas en nuestro cuerpo. Deberían habernos hablado de las gilipolleces que puedes llegar a hacer si estás drogado y te enfrentas a alguien que te está apuntando con un arma de fuego cargada. Muchos chavales de mi barrio se habrían salvado así.

Espectro repite su orden de apagar la linterna, señalando que disparará si el hombre no cumple.

—¡Vuelve a entrar! —grita Ripper, aún bajo mi llave.

—¡Ni hablar, tío!

Ya sea por pánico o por bravuconería, Worm no hace ademán de irse. Busca algo a su espalda.

—¡Va armado! —grita Espectro.

Suena el pop pop de su HK 9mm con silenciador.

La linterna cae al suelo y el cuerpo se desploma por las escaleras. La linterna da vueltas y entre los rayos de luz que giran logro distinguir una pistola en un escalón.

—¡Nooo! —grita Ripper, luchando por salir corriendo hacia su amigo—. ¡Le has disparado! ¿Pero qué coño te pasa?

Sigo agarrando a Ripper.

—¿Hay alguien más en la casa?

—¡Estás loco, tío!

—Por última vez. —Le doy a Ripper un pequeño apretón amoroso—. ¿Hay alguien más en la casa?

—Dos más —dice tosiendo.

Oigo a los saqueadores tres y cuatro bajar por una escalera para acudir al rescate. Que un arma tenga silenciador no significa que sea silenciosa. Además, ha habido gritos.

—Contención establecida —dice Hollywood en mi auricular.

—Diles a tus amigos que se vayan —le digo a Ripper—. Tenemos la casa rodeada y acabarán como Worm si no te hacen caso. Díselo.

Lo suelto y lo empujo esperando que cumpla. Grita y tropieza con la hierba, pero consigue mantenerse en pie. Luego esquiva el cuerpo de Worm y se dirige a las escaleras gritando:

—¡Tenemos que salir de aquí! ¡Han disparado a Worm!

A sus afirmaciones le siguen diez segundos de protestas.

Para acelerar la conversación, Espectro dispara tres veces a las ventanas traseras. Los gritos siguen a los pasos y los saqueadores salen por la puerta principal de la casa. Y entonces todo vuelve a estar en silencio.

Un silencio que Hollywood rompe al bajar su AR-15.

—Mierda.

—Yoshi, comprueba el estado de la víctima —digo.

—Está muerto —añade Espectro.

—Puede ser, pero merece la pena comprobar su estado.

Espectro y Yoshi asienten y se acercan al herido. Un civil, nada menos.

Esta es oficialmente la primera vez que veo a un soldado abatir a un civil en suelo estadounidense. Y no me gusta. No estamos entrenados para lidiar con amenazas domésticas, hay otros departamentos para eso. Aun así, Espectro ha hecho lo que debía y no lo culpo. Incluso si hubiera intentado disparar a las extremidades del tipo, lo cual jamás haría —los guerreros no buscan herir, sino matar—, no solo habría puesto nuestras vidas en peligro, sino que habría hecho que la muerte de la víctima fuera mucho más dolorosa. Sin un hospital a nuestro alcance, el hombre se habría desangrado o habría muerto de una infección. La víctima eligió sacar un arma después de que se le dieran instrucciones claras en una situación de guerra, sea o no oficial, y pagó el precio. Menuda mierda.

Y eso es probablemente lo peor de la guerra. No es justa. Duele. Y no tienes segundas oportunidades cuando aplicas la fuerza letal. Por eso te entrenas mucho y confías en tus instintos. Aun así, quitar una vida es quitar una vida, y nunca es más fácil, al menos para los que todavía tenemos alma. Simplemente aprendes a compartimentar más.

—¿Quieres que nos vayamos? —me pregunta Hollywood.

De nuevo, no estoy seguro de por qué me asigna tareas de liderazgo. Pero es una buena pregunta.

—No volverán. Y creo que estamos lo suficientemente lejos de los robots como para no haber llamado su atención. Así que, teniendo en cuenta lo que nos costará encontrar un nuevo refugio para los vehículos, propongo que nos quedemos y vigilemos.

—Suena bien —dice, y luego ordena a Z-Lo que ayude a Yoshi y a Espectro a ocuparse del cuerpo detrás del granero.

—¿Estás bien? —me pregunta Bumper apuntando a mi labio con una pequeña linterna Mini Maglite.

Me toco y noto algo caliente. Veo sangre en las yemas de los dedos. Bastante sangre. Ripper debe de haberme dado un golpe con la cabeza durante nuestro forcejeo.

—Vaya. No me había dado cuenta.

—Yoshi no es el único médico aquí —dice mientras saca un botiquín de batalla del bolsillo del pantalón y lo deja en el suelo. Apaga la pequeña linterna y enciende una de cabeza.

—¿Eres médico? Pensaba que eras…

—Equipo de demolición submarina, armas pesadas. —dice sonriente—. Es mi ocupación principal. Médico la segunda. —Despliega una gasa y un agente coagulante y me mira—. Vas a notar algo de presión.

—Que te den.

—Entendido.

Aplica el caolín y luego pone la gasa. Yo me quejo.

—Es como si una avispa me hubiera violado el puto labio —digo con un ceceo.

—Encantador, ¿no?

—No estaba pensando eso justamente.

Al poco dice:

—Nunca me he presentado formalmente. Uriah Johnson.

Es un momento raro para presentaciones, pero todos los que trabajan en operaciones especiales no son conocidos por tener todos los tornillos apretados. Le doy la mano.

—Patrick Finnegan.

—¿De verdad eres de Brooklyn?

—¿De verdad eres de Detroit?

Levanta una ceja.

—¿Cómo lo sabes?

—Por el acento.

—Muy agudo.

—Con algunas cosas solo.

Se ríe.

—Te he oído.

—Gracias por el bálsamo labial.

Asiente con la cabeza.

—Si sigue sangrando, necesitarás puntos. Pero para eso igual prefieres las manos de Yoshi, que tiemblan menos.

—Entendido.

En cuanto regresan Yoshi, Espectro y Z-Lo, Hollywood ordena que todos volvamos a entrar para terminar de echar una cabezadita. Vuelvo a mi catre y trato de ponerme cómodo. Probablemente falte una hora y media para el amanecer, y hemos acordado descansar partir a las 06:00.

Pienso que todos, excepto el niño, podrán volver a dormitar. Los veteranos de guerra desarrollan un curioso talento para dormir en las posiciones más antinaturales en los lugares más extraños. ¿Pero Z-Lo? Él todavía no ha visto nada.

Por otra parte, está en esa edad en la que necesita más horas que un gruñón de cuarenta y pico. Siempre que la gente dice que ha dormido como un bebé, me doy cuenta de que no han tenido bebés cerca. «¿Así que te despertabas cada dos horas y te cagabas encima?». En cambio, lo que quieren decir es que han dormido como un chaval de dieciocho años que acaba de zamparse una pizza de peperoni entera después de un atracón de seis horas de *Call of Duty*. Eso sí que es dormir en la gloria.

—Buenas noches, Hollywood —dice una voz en la oscuridad. Es Z-Lo.

—Buenas noches, Z-Lo —responde ella.

Me río para mis adentros. ¿De verdad estamos jugando a esto?

—Buenas noches, Bic —dice el chico.

—Buenas noches, John Boy.

Hay una pausa.

—¿Quién es John Boy?

—De los Walton, idiota —contesta Espectro mientras parece que está recolocando su almohada, o lo que use como tal.

—¿Quiénes son los Walton?

—A dormir, Z-Lo —dice Bumper. El chaval no es lo suficientemente mayor como para entender la broma, pero está claro que entiende el valor de la tranquilidad—. O te pongo a dormir yo.

—Ya me duermo, ya me duermo. Caray, solo quería ser amable. Putos Walton.

—¡Cállate! —decimos los demás al unísono. Y por fin consigo dormir un poco.

Capítulo 14

06:00 viernes, 25 de junio de 2027
East Orange, Nueva Jersey
Granero abandonado

—Arriba, Bic —dice Hollywood con un marcado acento de Nueva Jersey. Los primeros rayos que se cuelan por la puerta del granero no han logrado despertarme, y eso ya es decir.

—¿Ya?

—Siento decirlo, pero fuiste tú quien dijo que querías estar en camino a las seis.

—La próxima vez no dejes que diga algo así.

—Entendido.

Recojo mis cosas y las guardo en mi Land Cruiser. También me tomo el tiempo de coger cargadores nuevos y recargar los gastados. Tras dos décadas de práctica, puedo recargar los cargadores con los ojos vendados mejor de lo que soy capaz de mantener una conversación. No es que fuera a ganar un premio por hablar con otro ser humano, pero se entiende lo que quiero decir.

Una vez que me he estirado y he comprobado el tiempo que hace fuera —veintiún grados y parcialmente nublado—, vuelvo hacia donde el todoterreno y detecto la fragancia de uno de los mayores regalos de Dios a la humanidad: café. Otro, claro, es el *whisky*. Pero rara vez lo tomo antes de la cena.

—¿Cómo lo tomas? —pregunta Yoshi desde un taburete para ordeñar que ha cogido del granero. Hay una cocina WhisperLite II calentando la parte inferior de una cafetera de época adornada con manchas amarillas, también de época.

—Solo —digo.

—Me lo imaginaba. Me refería a si lo quieres aderezado o no.

Al principio creo que se refiere a si lo quiero descafeinado o no, pero entonces levanta su petaca.

—No aderezado, gracias.

Se encoge de hombros y empieza a verter un poco de café en una taza metálica de *camping* mientras canta:

—*Tonight we ride, right or wrong. Tonight we sail, on a radio song.*

Tom Petty. Buena elección.

Tras tomar una muestra del líquido humeante, le doy las gracias a Yoshi y me dirijo a Hollywood.

—¿Siempre le da al bebercio? —pregunto en voz baja.

—Ajá. —Asiente casi imperceptiblemente y espera un segundo—. Algunas personas funcionan mejor así, ¿sabes? Y no ha afectado a su rendimiento.

Llevo toda la vida escuchando eso. Era una de las frases típicas de mi padre. Pero no voy a discutir con Hollywood cerca de Yoshi. Lo único que me limito a decirle a Hollywood es:

—Al menos no por el momento.

—Esperemos que siga así.

—Sí.

Hollywood se vuelve hacia los vehículos y da un silbido con dos dedos a Z-Lo, Bumper y Espectro.

—Hagamos un círculo.

Durante los dos minutos siguientes nos sentamos alrededor del puesto de café de Yoshi, tomamos café y agua, y rompemos el ayuno de la noche con algunas MRE y barritas de proteínas. Independientemente de lo que nos depare el día, todo el mundo parece reconocer la necesidad de aumentar nuestro recuento de calorías y mantenernos hidratados. Eso es bueno.

—¿Cuál es el plan entonces? —pregunta Z-Lo, mirando de Hollywood a mí y luego haciendo crujir sus nudillos—. ¿Vamos a combatir hoy o qué?

Hollywood y yo nos miramos.

—¿Tienes algo que decir? —me pregunta.

Quiero decir que no. Quiero que ella tome el mando. Pero que yo tome el timón se está convirtiendo rápidamente en un patrón. Además, tengo algo que decir.

—Bueno. —Tomo otro sorbo de café—. Primero tenemos que aclarar algunas cosas sobre nuestro pequeño equipo. Concretamente, si alguien piensa que debería estar en otro lugar—. Dejo unos segundos antes de aclarar lo que quiero decir—. Por lo que sé, tres de vosotros seguís en servicio activo. Eso significa que tenéis juramentos y obligaciones legales. No tiene sentido alejaros de ellas.

—¿Estás preguntando si queremos quedarnos en el equipo aunque no sepamos qué nos espera? —Bumper resopla—. Creo que anoche dejé bastante claro que la orden que recibí fue alejarse de Dodge. Sabe Dios que no pienso hacer caso. En algún momento voy a tener que ir allí a ver qué ha pasado. Pero al mismo tiempo, estoy poniendo toda mi atención aquí y ahora, y alejarme del terreno de juego no es algo que vaya conmigo. Así que hasta que pueda establecer contacto con mi unidad, pienso ser parte de este equipo.

Asiento y miro a Yoshi.

—*Jakunikukyoushoku.*

Me quedo esperando a que traduzca el trabalenguas, pero se limita a sonreírme.

—¿Qué significa?

—El débil es carne; el fuerte come.

Me río.

—Suena bien. Entonces, ¿te quedas?

Yoshi asiente.

—Hasta que pueda restablecer el contacto, igual que Bumper, sí. Esta lucha necesita mi espada, así que me quedaré.

—Muy bien. —Miro a Z-Lo—. ¿Y tú, chaval?

—A tope con el equipo, sargento jefe de artillería. Dime qué te gusta y yo me encargo.

—Por Dios… —dice Hollywood—. Por favor, no sigas por…

Pero Z-Lo está envalentonado.

—Si necesitas cualquier cosa, dímelo a mí. Lo que sea que necesites, yo lo hago, porque…

—Creo que ya está bien, chaval —digo.

Se quita el disfraz de cotorra.

—Vale, bien, bien. Genial.

A continuación me dispongo a preguntarle a Hollywood.

—Venga, pregúntame. ¿Estás de coña, Bic?

—Solo tenía que asegurarme.

—Claro que me quedo.

El último es Espectro. Siento que dirigirme a él con palabras podría considerarlo como un insulto. Así que le hago un gesto con la cabeza. Él ya sabe lo que quiero decir. Me devuelve el gesto y sé lo que quiere decir. Ya está.

—Bien, asunto resuelto. —Tomo otro sorbo de café y estiro la espalda—. Lo siguiente es encontrar un nombre.

Hollywood arquea la ceja en señal de sorpresa.

—Explícate.

Expongo mis ideas sobre la importancia de los nombres y, cuanto más hablo, más veo que todos asienten. Luego explico el tipo de combate al que imagino que nos enfrentaremos mientras exploremos la cúpula.

En cuanto acabo mi miniconferencia, Z-Lo pregunta:

—¿Entonces cómo nos llamamos?

—Equipo Phantom —digo.

Hollywood lo repite y alza la mirada.

—Me gusta.

—A mí también —dice Bumper.

—Está de puta madre, tío. Me lo voy a tatuar aquí mismo, joder —dice Z-Lo mientras se golpea el bíceps izquierdo—. Un momento, ahí no hay espacio. Quería decir aquí —dice mientras se golpea el antebrazo izquierdo.

Miro a Espectro.

—Equipo Phantom —dice el francotirador acompañado de un movimiento de cabeza.

—¿Qué toca ahora? —pregunta Hollywood.

—La misión.

Todo el mundo se sienta un poco más recto. Es hora de ir al grano. Saco el mapa de papel que revisamos la noche anterior y lo pongo sobre mis rodillas. Luego repaso lo que sabemos sobre la cúpula, su supuesto epicentro, sus cualidades letales y su ritmo de contracción.

—También vi a dos robots de reconocimiento abrir una ventana temporal para echar una víctima dentro —digo.

—Nosotros también. De hecho, era una pareja. Supongo que lo abren con la armadura o mediante un transceptor o algo así —añade Hollywood.

Asiento con la cabeza y añado ese detalle a la creciente lista de HUMINT que voy anotando en mi Moleskine. También apunto que sospechamos que los invasores están trasladando a los que están dentro de la cúpula a otro lugar, aunque no sabemos adónde. Dibujo un gran signo de interrogación y paso a una nueva página.

—Está vacía —dice Z-Lo, tratando de echar un buen vistazo a mi Moleskine—. Pensaba que habías dicho que tenías una misión para nosotros.

—Una que vamos a elaborar entre todos —digo.

—Esto no es una película, chaval. Estamos preparando algo de cero, ¿me recibes? —dice Bumper.

Z-Lo levanta las cejas con exasperación como diciendo: «Joder, tío, es mi primera vez. Dame un respiro». Pero sé que no se atreve a decirlo en voz alta.

—Lo primero que tenemos que asumir es que somos la única unidad —digo.

—No suena muy optimista —añade Z-Lo.

—No lo es —respondo—. Y es por una buena razón.

—Si asumes que estás solo, te esfuerzas más por no morir —dice Espectro en un tono neutro.

—Yo ya me esfuerzo por no morir —responde Z-Lo.

—No, no es lo mismo. ¿Ya la mierda esa de saltar sobre un robot con un pedazo de metal? —dice Hollywood.

Bumper se ríe.

—No vuelvas a hacer algo así. No a menos que estés desesperado. Todavía tenías varios cargadores en el pecho, hermano.

—Me enrabietó ese bicho. Si queréis, podéis ponerme una demanda —dice Z-Lo.

—No puedo demandar a un muerto, tío.

—La cuestión es la siguiente —intercedo—. Recuerda tu entrenamiento y que tus acciones afectan a todos los demás en tu equipo. ¿Hurra?

—Hurrah —dice Z-Lo cabizbajo.

Para que nos quede claro a todos, y a Z-Lo en concreto, reanudo mi sesión de *brainstorming* con algunas explicaciones más.

—Vamos a suponer que somos los únicos para no acomodarnos creyendo que alguien más va a venir a salvarnos el culo. Si aparecen nuevos combatientes, fusionamos los activos y reformulamos la cadena de mando según sea necesario. Sin egos y sin riñas.

Todos asienten.

—Mientras tanto, mantengamos los ojos bien abiertos y que las radios sigan activas por si alguien más está transmitiendo en alguna frecuencia. El siguiente punto es que necesitamos obtener más información de esta cosa. —Señalo el gran círculo que he dibujado en el mapa—. Me gustaría sugerir algo.

Durante los dos minutos siguientes resumo la investigación de Aaron y su experiencia con el anillo que descubrió en la Antártida.

—Si hay una persona viva que pueda tener pistas sobre cómo funciona esta cúpula, es el profesor Campbell.

—¿Y confías en él? —Hollywood pregunta.

—No si tengo que ir de escalada y el que me asegura el arnés es él. —Le sonrío—. Pero ¿para cosas de empollones y averiguar qué opinan otros empollones? Sí.

—Entonces, ¿dónde podemos dar con él? —pregunta Bumper.

Pongo el dedo en el mapa.

—Universidad Rutgers. Ahí tiene su laboratorio.

—¿Y qué te hace pensar que sigue allí? —pregunta Yoshi.

Asiento para expresar que he recibido la pregunta y pienso en la mejor manera de responderla.

—Dime una cosa, Bumper.

—Dispara.

—Si tuvieras el día libre pero necesitaras prepararte para hacer un examen al día siguiente, ¿cómo pasarías el día?

—Iría al gimnasio. Jugaría a fútbol americano. Algo así.

—¿Y por qué?

Me dedica una media sonrisa.

—Porque el fútbol americano lo es todo, tío.

Vuelvo a mirar a Yoshi.

—El laboratorio lo es todo para Aaron. Si no está en una excavación, está en su oficina.

—Entiendo —dice Yoshi.

—Pongamos que encontramos a tu amigo. ¿Entonces qué? —dice Hollywood.

—No podemos saberlo hasta que hablemos con él.

—No sabemos lo que no sabemos —añade Yoshi.

—Exacto. —Vuelvo a mirar el mapa—. Pero mi esperanza es que sepa algo que nos permita avanzar.

—De yarda en yarda. —Bumper se inclina hacia delante con los dedos cruzados y los codos sobre las rodillas como si fuera a jugar a fútbol americano—. De jugada en jugada.

—A Rutgers pues —dice Hollywood.

Asiento con la cabeza.

—Recomiendo que nos mantengamos a un kilómetro de la cúpula para evitar ser detectados. Eso no significa que no vayamos a encontrar patrullas, pero las que hemos visto hasta ahora han estado, ¿qué, a unos cientos de metros?

Todos asienten y Yoshi habla.

—A unos quinientos diría yo.

—De manera que se quedan cerca de la cúpula. Eso es bueno. Aun así, tenemos que movernos con inteligencia. Sin correr riesgos innecesarios.

—¿Por qué no esperamos a que anochezca? Es la mejor hora para desplazarse —interviene Espectro.

—Estoy de acuerdo —dice Bumper.

—Porque no nos podemos permitir ese lujo —afirma Hollywood—. Vamos a contrarreloj. Quién sabe cuánta gente muere cada segundo que pasa… o lo que sea que les ocurra.

Respiro profundamente.

—Hollywood tiene razón. Hay ciertas cosas en las que podemos ser cautelosos, como mantener la distancia con respecto a la cúpula. Pero la urgencia de la situación implica que vamos a tener que correr más riesgos de los que querríamos.

Espectro levanta el labio inferior y asiente con la mirada.

—Mientras tanto, si veis algo, averiguáis algo, recordáis algo o tenéis una gran idea, decidlo. No es momento de guardarse cosas para uno mismo. Y si tenéis un problema con otro miembro del equipo, y me refiero a uno de verdad, os aguantáis o aclaráis las cosas y seguís adelante. No tenemos tiempo para dramas. No espero que surjan, pero me niego a que nos distraigamos o nos desmoronemos por dentro cuando hay millones de vidas en juego. ¿Bien?

—Bien —responden todos.

—¿Comentarios, preguntas o sugerencias?

—¿Indicativos de llamada? —pregunta Bumper.

Asiento.

—Buena idea. Hollywood, eres Phantom Uno.

—Negativo. —Se cruza de brazos—. Tú serás Phantom Uno.

Quiero protestar, pero el equipo le da la razón.

Maldita sea.

—¿Todos a favor? —pregunta a todos menos a mí.

Están de acuerdo.

—Aprobado.

Como sospecho que pelearme con ellos será inútil, tomo aire y vuelvo a dirigirme a Hollywood a regañadientes.

—Tú serás Phantom Dos. Bumper, Phantom Tres. Z-Lo, Cuatro. —Miro a Espectro—. Tú serás Phantom Centinela. Y Yoshi, tú serás Doc.

Todos asienten con la cabeza o con el pulgar hacia arriba.

—¿Alguien más? —pregunto.

Nadie dice nada.

Satisfecho, doy el último sorbo a mi café y devuelvo la taza del campamento a Yoshi con unas palabras de agradecimiento. Luego doblo el mapa, lo guardo en mi cartera y pongo las manos sobre las rodillas.

—Salimos en cinco minutos.

Y así, sin más, de repente me veo liderando una unidad otra vez.

Me cago en todo.

* * *

Tomamos la Garden State Parkway South en Union, Nueva Jersey, en dirección a Nuevo Brunswick. Bumper va en cabeza en su Volkswagen seguido de Z-Lo y Espectro en Dolores, Hollywood en su CJ7 y yo por último en mi Land Cruiser.

Las sombras todavía se extienden de este a oeste por la interestatal y la luz centelleante de los primeros rayos de la mañana se abre paso entre los edificios y los árboles. Si no fuera por los miles de coches parados en la carretera, la ausencia total de actividad humana salvo la nuestra y las interferencias en la radio, este podría ser un típico viaje de fin de semana. Bueno, y además está la gigantesca cúpula de la muerte.

El sol hace que la burbuja adquiera un color púrpura azulado resplandeciente, acentuando así los atributos brillantes del campo de fuerza. Si ese bicho no estuviese empeñado en matar y tragarse a la gente con algún fin nefasto, sería precioso. En cambio, quiero que desaparezca y quiero patearle el culo a todos los robots que pueda.

La voz de Bumper irrumpe en las comunicaciones.

—Contacto. Hacia el sur. Parece una patrulla, se dirige al norte.

—Detente —digo rápidamente—. Tomad posición detrás de los vehículos parados. Apagad motores.

—Entendido.

Veo que las luces de freno de Hollywood se encienden cuando se pone detrás de un todoterreno negro en el carril de aceleración. Mi ritmo cardíaco se ha disparado unos cuantos latidos por minuto en previsión de otro encuentro.

Ha sido un riesgo ir por esta carretera, lo sé. Tomar la I-280 Oeste de vuelta a la I-287 Sur era la mejor opción. Pero la Parkway es el camino más rápido a la I-95. Aun así, dudo de mi decisión y espero que el enemigo no esté usando detección térmica. No me creo que no llevemos ni diez minutos de viaje y ya estemos a punto de enfrentarnos al enemigo.

Me estiro para ver por encima de los techos de los coches que hay en la mediana y veo dos drones de color magenta que brillan a la luz del sol. Bajo ellos veo el techo de una unidad de reconocimiento blindada con su torreta de dos cañones. A pesar de estar dentro de mi FJ40, sigo sintiéndome expuesto. Los maldigo mentalmente y le rezo al de arriba.

—Bajad el tapasol, asientos hacia atrás —digo por la radio.

—No tengo la capota puesta, Phantom Uno —dice Bumper.

Joder. Me había olvidado, putos descapotables.

—Entonces escóndete donde puedas —respondo.

—Entendido.

Miro delante y veo que la puerta del lado del conductor del Volkswagen se abre. Bumper salta. Lleva su M249. Luego desaparece entre la hilera de vehículos.

Los drones están ahora más cerca, al igual que la URB. Puedo distinguir la cabina delantera futurista del vehículo y su amenazante parabrisas negro. El vehículo va por la mediana con los drones justo encima. Un retumbo bajo y constante recorre mi Land Cruiser y me hace cosquillas en los intestinos. Me entran ganas de mear. Pero aprieto los músculos de la ingle y me obligo a mantener la calma.

El ARU está a la vista: sus placas de blindaje magenta y sus extrañas marcas brillan a la luz del sol. Los paneles azules que brillan bajo la estructura en forma de V van apartando la hierba como si fueran Moisés separando las aguas del mar Rojo.

El zumbido y el cosquilleo en mis entrañas están en su cenit y mi Land Cruiser se balancean con la propulsión que quiera que tenga esa cosa. Es como si la DARPA y George Lucas hubieran decidido tener un bebé.

Echo la cabeza hacia atrás y mantengo la cara oculta tras el soporte vertical del punto de anclaje del cinturón de seguridad. De momento no se ha fijado en Bumper ni nadie más. Cuando pasa junto a mi posición, respiro aliviado y rápidamente me comunico por radio.

—¿Todos bien?

El equipo responde y me relajo. Quizá no haya sido tan mala idea después de todo. Aun así, ha estado cerca, y decido que deberíamos encontrar una ruta alternativa que no implique la interestatal.

—Enemigo frenando —dice Espectro.

Me giro para mirar. Efectivamente, la URB se está parando.

—¿Creéis que podemos acelerar y dejarlos atrás? —pregunta Z-Lo.

—Yo no estaría muy seguro —responde Bumper.

—Que nadie se mueva. Cinturones de seguridad fuera, armas listas, puertas desbloqueadas —digo.

—Entendido —responde el equipo.

Sigo mis propias instrucciones con el SCAR sobre mi regazo. Un error de novato es suponer que el enemigo te ha visto antes que ellos. Es como mover a tu reina mucho antes de que lo necesites. Muchos marines han dejado vendida a su patrulla simplemente porque pensaban que los habían visto, cuando en realidad el enemigo solo iba a mear o había visto un pájaro en una ventana. Una ronda sin incidentes que de repente se vuelve sangrienta porque alguien saca conclusiones precipitadas.

Es cierto que hay que tener nervios de acero para no pensar que el enemigo te ha descubierto cuando te paseas por su patio trasero. Pero si estás razonablemente seguro de que no les has dado una razón para examinar tu posición, no asumas que eso es lo que está pasando. Confía en tu formación, mantén la calma y permanece atento. Y por todos los santos, no lo mires a los ojos.

La URB retrocede y las puertas traseras se abren. Antes de vislumbrar el interior del vagón, ya oigo la voz de Espectro.

—Tres robots de reconocimiento. Un robot de asalto.

El tío tiene ojos de águila.

—Recibido.

—¿Quieres que nos vayamos? —pregunta Hollywood.

—Mantened la posición.

—Esto no me gusta nada —dice Yoshi.

—Actuad solo ante mi señal.

Vuelvo a mirar a hurtadillas por la ventanilla trasera del conductor. La URB se ha detenido y los tres robots han salido y se dirigen hacia los coches aparcados más atrás.

—Mierda. Un ángel de la muerte. Esto se complica —dice Hollywood.

¿Cómo? Vuelvo a mirar hacia la URB. En la parte frontal del vehículo hay una silueta humana vestida con una armadura verde esmeralda. Las placas reflejan los rayos del sol y se extienden a lo largo de los dos metros de la silueta, que lleva algún tipo de traje negro debajo. En el casco que le cubre toda la cara se ven dos ojos rojos brillantes que examinan el terreno con un barrido lento. La placa facial está curvada sobre la nariz y la boca y tiene forma geométrica en la barbilla, las orejas y la parte superior de la cabeza.

Sin embargo, lo que más destaca es el arma que lleva el enemigo. Aunque sin duda lo llamaría un rifle, no se parece a nada que el Gobierno de los Estados Unidos haya producido. Ni ningún otro Gobierno en realidad. Es más bien un cruce entre las armas de *Distrito 9*, *DUNE* y *Blade Runner*. ¿Qué es esto? ¿Algo de WETA Workshop?

Tengo que parpadear dos veces para asegurarme de que lo que veo es real. El cuerpo rectangular negro del rifle, protegido por el mismo revestimiento esmeralda que la armadura, tiene una amplia culata, una robusta empuñadura de pistola y una empuñadura delantera de perfil bajo que termina con un cañón apenas visible bajo las cubiertas angulares del receptor. El arma carece de cargador y de cámara de munición, aunque su elaborada mira se asienta sobre un sistema de raíles que recuerda a lo que podría construir un artista conceptual para un arma del futuro.

—¿Qué hacemos? —pregunta Bumper.

Con el canal abierto, oigo a Z-Lo decir de fondo:

—Dios mío. Saben que estamos aquí.

—Mantén la calma, chaval —le digo a Z-Lo—. Phantom Centinela. ¿Has disparado antes a uno de esos?

—¿A los alienígenas? No.

Alienígenas. Ya, claro. Por lo pronto sigue teniendo aspecto de alguien que se ha perdido de camino a la Comic Con de Nueva York.

—Pero menudo puto rifle —añade Espectro.

—Buen apunte —respondo.

Miro hacia el oeste y veo arbustos y árboles que separan la interestatal de una densa zona residencial. Es un campo demasiado abierto como para salir corriendo.

—Parece que vamos a tener que hacer esto por las malas. Phantom Tres, tú vas primero. Necesito que atraigas su fuego a mi paso.

—Entendido.

—Cuando proceda, quiero que todos los demás salgáis por el lado del pasajero tan rápido como podáis. Usaremos los vehículos como cobertura. Corto. —Dejo unos segundos para que la información repose y poder pensar yo—. Hay muchos coches, así que usadlos a vuestro favor. Intentad manteneos alejados de vuestros vehículos para minimizar el daño sobre ellos. Corto. —Dejo de nuevo el canal en silencio—. Permaneced agachados y moveos. Tenemos que minimizar nuestra presencia y luego darles fuerte y rápido. El bosque a nuestro oeste será el plan B. ¿Entendido?

Todos responden afirmativamente.

Mientras hablaba, uno de los robots de reconocimiento se ha acercado sigilosamente a mi Land Cruiser. Lo veo por el retrovisor. Me cuesta no echar la puerta abajo y empezar a disparar. Pero aún no estoy seguro de que me haya descubierto.

—Espero tu señal —dice Bumper. Él también está ansioso por disparar. Pero si podemos evitar enfrentarnos al enemigo, lo prefiero.

—Espera —susurro.

El robot se está acercando. Puedo notar sus pasos en el suelo.

—Espera.

Se detiene frente a mi puerta.

—Phantom Uno, déjame disparar —dice Bumper.

—Negativo —susurro.

Los soldados suelen hablar de esos momentos desquiciados en combate en los que todo parece detenerse. Las balas vuelan, la gente grita, y ahí estás tú, como un fotograma. Es algo que pasa. Es extraño. Y aunque ahora no hay plomo volando por los aires, siento que mi corazón late a cámara lenta.

Como impulsado por un viento divino, el robot da otro paso adelante.

—Espera, espera, espera —digo en un esfuerzo por mantener la emoción fuera de mi voz.

El movimiento del robot es una prueba de que no me ha detectado, lo que significa que es muy probable que no descubra a los demás. Sin embargo, después de pasar ante otros dos vehículos, el robot se detiene ante el Jeep de Hollywood.

Mi ritmo cardíaco aumenta. O el enemigo tiene mucha suerte al elegir dónde pararse o está rastreando algún señalizador que alguien ha puesto en nuestros vehículos en algún momento. Cualquier sensación de euforia que pudiera tener hacía unos segundos se desvanece.

Algo parpadea en mi espejo retrovisor. Otro robot sigue los pasos del primero. Ahora me pregunto si nos están tendiendo una trampa. Un poco antes de que el segundo robot llegue a mi posición, el que está junto al Jeep de Hollywood avanza y se detiene junto al Humvee de Z-Lo.

—¿Ya podemos disparar? —dice con voz nerviosa.

Oigo a Espectro de fondo diciéndole que cierre el pico.

Sea cual sea la manera de rastrearnos, espero que el enemigo no encuentre pruebas suficientes para justificar un asalto. Existe la probabilidad, aunque mínima, de que tan solo hayan tenido un presentimiento o de que hayan detectado alguna anomalía en sus bases de datos y que esto se quede en nada.

El segundo robot pasa por delante de mi Land Cruiser y continúa avanzando mientras el tercero continúa más atrás.

—Mantenemos la calma. Los dedos en los seguros —digo. Le hablo principalmente a Z-Lo, pero los recordatorios no hacen daño a nadie más que a los orgullosos.

El segundo robot se detiene junto al CJ7 de Hollywood y el tercer robot está ya casi a mi altura. Miro hacia la URB y veo que el robot de asalto hace de centinela junto al vehículo, pero el ángel de la muerte empieza a moverse.

—Phantom Tres. ¿Tienes algo que pueda crear una distracción? —pregunto.

—Ya lo creo. ¿Quieres que pruebe algo? —dice con una risilla.

Aunque sigo teniendo la esperanza de que la patrulla enemiga dé por terminado el ejercicio, cada vez estoy más convencido de que va a suceder algo.

Me dirijo a Bumper de nuevo.

—Si no revela tu posición, sí.

—Voy a por mis mejores galas. Un momento.

—Sigilosamente —añado.

No sé cuál es el as que tiene Bumper en la manga, pero sí que sé que, si la cosa va de hacer explotar algo, los SEAL son los mejores. Tienen un cierto *je ne sais quoi* para eso que siempre he admirado. Y quien diga que no es un mentiroso y un celoso.

Los tres robots están cada uno junto al Land Cruiser, el Jeep y Dolores. Solo el Volkswagen de Bumper parece estar fuera de peligro. Y ahora mi instinto me dice a voces que nos han tendido una trampa. Maldita sea, Bic. Vas a hacer que nos maten a todos otra vez. Sin embargo, hay una pequeña voz en mi cabeza que dice que aún no he visto ninguna intención hostil. La lógica es débil, sí, pero no me deja dar la orden de empezar a disparar todavía: el tiroteo al que se sobrevive es el tiroteo que no sucede.

—Phantom Tres, prepárate para la distracción. Todos los demás, preparaos para salir de los vehículos.

El ángel de la muerte deambula por la mediana con la mirada hacia adelante. Ni siquiera mira a nuestros vehículos. La vocecita de mi cabeza habla cada vez más alto. «¿Ves?» me dice. Entonces, cuando la silueta vestida de verde se vuelve hacia la URB, siento que mi cuerpo se relaja. Expulso el aire que he estado aguantando y espero a que los robots se alejen de nuestros vehículos.

Pero no se mueven.

Noto algo a mi izquierda. Se produce un fuerte crujido de metal. Me alejo del sonido y entonces la puerta de mi Land Cruiser sale despedida.

—¡Fuego! —grito.

Me muevo al asiento del copiloto cuando oigo una explosión que proviene de los carriles más al norte. Al instante se producen otras dos detonaciones. No me da tiempo a mirar y salgo por el lado del pasajero y me tiro al suelo, pero sé que es obra de Bumper.

Miro hacia el sur a lo largo de la línea blanca del carril y veo a Z-Lo junto a Espectro. Hollywood corre hacia ellos con la cabeza gacha. Los robots que están junto a sus vehículos buscan a los ocupantes.

—Alto, mercancía —dice una voz armónica digital.

Me había olvidado de esa frase tan rara que me hace sentir como si fuera ganando.

—Intenta huir y serás eliminado.

Y una mierda.

En el momento en que me alejo de mi vehículo, una ráfaga de energía golpea la puerta abierta del lado del pasajero y hace que me piten los oídos. Parpadeo contra el destello de luz y algunos escombros golpean mi cara y hacen que mi mejilla se adormezca.

Me alejo de mi Land Cruiser y me dirijo al sur hacia los demás, pero hay una nueva ráfaga. El resto del equipo, sin embargo, tiene vía libre y corre hacia la posición de Bumper.

Me deslizo entre dos sedanes para buscar refugio y de repente veo algo en el aire por el rabillo del ojo. Suspendido a unos seis metros del suelo, está el guerrero vestido de verde esmeralda. Así que por eso Hollywood los había bautizado como ángeles de la muerte. Dios mío, ayúdanos.

Apunta su arma hacia mí. Veo un destello y acto seguido el coche que tengo delante explota. De repente estoy volando por los aires hacia el terraplén de hierba a mi derecha. Y el mundo está al revés y da vueltas.

Tendríamos que haber ido por la I-280.

Capítulo 15

06:50 Viernes, 25 de junio de 2027
Union, Nueva Jersey
Garden State Parkway

Cuando dejo de dar vueltas, mis pensamientos se ven ahogados por un fuerte pitido en los oídos. Parpadeo varias veces, intentando orientarme. Huelo a hierba carbonizada, a plástico quemado y a gasolina. Tengo la cara caliente y, joder, cómo me duelen las costillas. Intento tomar aire tres veces antes de poder superar el dolor y llenar mis pulmones.

Oigo que alguien me grita al oído. Es débil. Pero a medida que el zumbido disminuye, oigo a Hollywood.

—¡Ahora! ¡Bic! —dice

Me está hablando a mí. Maldita sea.

—¡Mueve el culo, artillero! —dice Z-Lo.

Me levanto como puedo, veo la hilera de árboles y empiezo a correr. De alguna manera, mi cerebro decide que estoy más cerca del bosque que de los carriles. Lucho contra una oleada de náuseas y un ataque de vértigo, y corro a toda velocidad sin apenas equilibrio hacia los árboles.

Oigo algo en la distancia y una ráfaga de luz estalla en la hierba a mi izquierda. Salen terrones despedidos por los aires y una lluvia de tierra me cubre mientras sigo corriendo hacia el bosque. Pero pierdo el equilibrio. Intento contrarrestar la caída y me lanzo hacia la izquierda, lo cual supone mi salvación, pues una segunda ráfaga impacta a mi derecha. Es como si alguien me disparara con un mortero.

Oigo los disparos de mi equipo y el sonido de las balas que se estrellan contra los objetivos. Las explosiones a mi alrededor se detienen. Logro avanzar un poco más y me lanzo entre dos pequeños arbustos para ponerme a cubierto detrás de un árbol.

Una vez que compruebo que no tengo heridas graves —solo unas costillas rotas y un dolor de cabeza espantoso—, miro hacia la interestatal y abro el canal.

—¡SITREP!

Antes de que nadie tenga tiempo de responderme, observo que los cuatro miembros del Equipo Phantom están bloqueados por el fuego enemigo. Un robot de asalto no ha abandonado su posición junto a la URB, pero uno de los robots de reconocimiento se acerca al equipo por el sur y los otros dos parecen estar investigando el señuelo de Bumper al otro lado de la mediana.

El ángel de la muerte ha dejado de perseguirme temporalmente gracias a un asalto bastante potente del equipo. Bumper parece estar disparando al enemigo con un lanzagranadas M79 de la vieja escuela conocido cariñosamente como Thumper. Lanza las granadas de 40 x 46 mm al ángel de la muerte tan rápido como puede. Cada impacto contra el enemigo volador lo empuja a retroceder hacia la URB.

El robot de reconocimiento y los drones reciben un aluvión de disparos, incluidos los del calibre 50 de Espectro. Veo que dos proyectiles se estrellan contra la cabeza del bicho y se le rompe el cuello. Una buena noticia al menos. Pero lo que no son buenas noticias es que el ángel de la muerte se ha alejado de Bumper y viene directo hacia mí.

—Genial.

Me recompongo y me doy cuenta de que voy a tener que hacer algo mejor que correr por un cacho de bosque. Estoy a unos quince metros de una hilera de patios traseros de una urbanización. El barrio es compacto y las casas están muy juntas. Su proximidad y los interiores lo convierten en un buen escondite y una mejor posición.

Atravieso el bosque, entro en el primer patio trasero que encuentro y me dirijo a la casa más cercana, un bungaló de una sola planta con revestimientos amarillos y un garaje. Hay una pequeña piscina portátil cubierta por una lona que tiene pinta de haber tenido mejor aspecto en el pasado. Estoy a dos pasos de la puerta trasera del garaje cuando un agudo gemido y un fuerte crujido revelan una detonación detrás de mí. Lo que queda de la piscina que no se ha vaporizado vuela por los aires y la casa queda cubierta por una neblina de escombros y vapor.

Espectro tenía razón acerca del rifle.

Entro a trompicones en el garaje y no me molesto en cerrar la puerta. El enemigo me ha visto. Ahora es jugar al gato y al ratón y ver si salgo corriendo por la puerta principal del garaje o me escondo dentro de la casa. Siento que la puerta del garaje es la opción más obvia, así que opto por la casa.

Parece que no han arreglado la cocina desde que compraron la casa y los muebles del salón están cubiertos por una lona de plástico transparente. Incluso hay una pila de películas en DVD al lado del televisor —ni siquiera sabía que las seguían haciendo— y la primera es *Los caballeros de la mesa cuadrada*, la original de los Monty Python. Un clásico. Apuesto a que los dueños eran unos abuelitos de ascendencia europea. Joder, incluso huele a anciano. Que Dios los tenga en su gloria. La verdad es que quizá me toque reunirme con ellos pronto.

Mientras avanzo por un pasillo hacia el otro lado de la casa, se me ocurre que el ángel de la muerte podría estar rastreándome con imágenes térmicas o algo así. No lo he descartado y todavía no sé cómo los robots o la URB nos han detectado. Tampoco resultó algo inmediato, lo cual es un buen augurio. Pasaron de largo y luego retrocedieron. Así que sea cual sea la tecnología que estén usando, tiene fallos. Eso o a alguien se le pasó a la primera.

Me encuentro en el dormitorio principal, al final del pasillo, y oigo que algo se estrella en la cocina. Me está siguiendo y eso es una buena señal. Si me estuviera siguiendo desde fuera, habría visto mis movimientos y adivinado mis intenciones. Abro la ventana grande del dormitorio y salgo con cuidado de no hacer ruido. Pero es imposible por la velocidad a la que me muevo y por todo lo que llevo encima.

Aterrizo sobre un pedazo de tierra con arbustos y helechos bien cuidados. Me doy cuenta de que hay un pequeño muro de piedra al otro lado de la calle que es perfecto para cubrirme y luego avanzar rápidamente hacia la casa de ladrillo que hay unos diez metros más atrás. Como el enemigo aún está dentro de la otra casa, me decido a salir corriendo.

Cruzo la calle, me refugio detrás del muro de piedra y elevo mi arma. Pongo la ventana lateral del dormitorio principal en el punto de mira y espero a que el enemigo se asome. Él andará con la guardia baja y yo estaré preparado.

Pero no sale. No hay ningún movimiento en la ventana y no…

Se oye un gemido sordo y de repente la fachada del dormitorio principal sale volando por los aires. La calle se llena de madera y restos de ladrillo, y en el patio delantero caen trozos de aislamiento en llamas. El ángel de la muerte atraviesa el agujero humeante moviendo la cabeza y las armas de un lado a otro.

No es lo que esperaba, pero igualmente tengo la cabeza del enemigo en el punto de mira.

Aprieto el gatillo de mi SCAR y lanzo una ráfaga de tres disparos al casco del enemigo. Las brillantes chispas que salen del casco, incluso con los primeros rayos de sol de la mañana, me indican que he dado en el blanco. Pero en lugar de derrumbarse, el enemigo inclina la cabeza hacia mí. Parece que tiene uno de los ojos rojos más cerrado, pero, por lo demás, el casco no está dañado.

—Mierda.

Me levanto y echo a correr. El muro de piedra recibe una descarga tremenda del arma del desquiciado. Unas cuantas piedrecitas me golpean la espalda, pero me dirijo lo más rápido que puedo a la puerta principal de la nueva casa. Me abalanzo sobre la puerta, la atravieso y caigo sobre el suelo del recibidor.

A diferencia de la última casa, esta preciosidad de dos alturas se debió de construir en el siglo XIX, y quien la construyó tenía dinero. El techo abovedado, las barandillas talladas a mano y los azulejos del suelo parecen originales y bien conservados.

Pero no estoy aquí para inspeccionar la casa; todo esto son los pensamientos aleatorios de mierda que se me pasan por la cabeza mientras me muevo y entro en una cocina espaciosa con encimera de mármol.

La puerta principal estalla y el recibidor se llena de piedra, madera y cristal. Me doy la vuelta y dirijo dos ráfagas al ángel de la muerte que le dan en la cabeza y el pecho.

Su arma vuelve a emitir un silbido y ya sé que es la señal para salir pitando. Salto por encima de un sofá y una nueva explosión rompe la pared trasera de la cocina. Aterrizo con fuerza en el suelo enmoquetado y ruedo contra un mueble de cuero mientras la parte trasera de la casa vuela por los aires.

Oigo otro sonido de carga y el enemigo dispara hacia la sala de estar. Me quito de en medio de un salto justo cuando el suelo explota. En mi nuevo salto de huida, destrozo con el casco y los hombros dos puertas de cristal que van del suelo al techo y aterrizo en un porche trasero.

Caigo de espaldas y disparo hacia el interior de la casa. Me escabullo para ponerme a cubierto detrás de un roble justo al lado del porche.

Apenas he rodeado el tronco para ponerme a cubierto cuando escucho otra vez el mismo ruido y se abre un enorme agujero en el tronco del árbol, justo por encima de mi cabeza. Los restos de madera se sienten como si me lanzaran astillas desde una trituradora. Huelo la madera quemada; en otra situación eso me daría ganas de hacer una fogata, encenderme un puro y servirme dos dedos de Redbreast. Pero ahora mismo lo único que quiero es matar a este cabrón.

Me asomo y disparo dos ráfagas más antes de retirarme. Y justo a tiempo: el enemigo vuelve a disparar, lanzando una segunda salva junto a la primera.

Un crujido gutural emana de lo más profundo del roble: se está partiendo. Aunque un ángel de la muerte de la DARPA vestido como un soldado de asalto de *La guerra de las galaxias* da mucho miedo, me asusta más morir aplastado por un roble bicentenario.

Miro hacia arriba, tratando de calibrar la dirección de la caída, pero las hojas y las ramas se balancean al azar: parece que el árbol aún está decidiendo. Voy a tener que arriesgarme. Si consigo que el enemigo me siga hacia la zona del impacto, quizás el roble pueda servirme de ayuda. Aunque también puedo morir aplastado en el proceso. Como un idiota.

Pero mejor eso que acabar tostado por una pistola de rayos.

El árbol empieza a arquearse sobre mí, en dirección al patio trasero. Levanto la mirada y veo que tengo vía libre hasta un punto donde hay una casita de juegos para niños y un columpio, a unos treinta metros de distancia. Parece artesanal, más grande de lo normal, y robusto, como hecho por encargo.

—¿Qué estás haciendo, Pat? —me digo.

Antes de que pueda responder a mi propia pregunta, salgo corriendo. Al principio me parece una gran idea. Pero, en cuanto veo las ramas moverse por encima de mi cabeza, me doy cuenta de que es una idea terrible. Una idea terrible y estúpida.

Escucho un fuerte crujido y la adrenalina se dispara a través de mis venas. Me veo obligado a caminar más rápido, pero la puta vocecita me dice que he cometido un error de cálculo. Como no tengo ni idea de si el ángel de la muerte ha decidido seguirme en esta estúpida empresa, disparo dos ráfagas por encima del hombro a ciegas. Una especie de último desafío al universo, o tal vez un intento poco entusiasta de provocar al enemigo. No lo sé. Estoy desesperado y, joder, a veces uno solo quiere disparar y ya.

Oigo el ruido del viento en las ramas mientras el árbol se dirige hacia mí. Noto que las hojas me rozan, pero sigo corriendo a toda velocidad hacia la casita de juegos y no presto atención a los trucos que me hace mi propio cerebro.

A falta de cuatro metros, desplazo toda la energía que tengo a mis piernas y me lanzo hacia la puerta. Es una estupidez, lo sé. Podría fallar y romperme el cuello. Incluso el puto árbol podría partir la casita en dos y aplastarme. Pero aun así, me lanzo con todas mis fuerzas.

Me deslizo entre las sombras y choco contra la pared trasera de la casita. Las ramas más altas del roble chocan contra la casita en una feroz tormenta de hojas crujientes. El tejado se rompe por tres sitios distintos y el crujido estruendoso llega hasta el interior. Siento que todo se tambalea hasta que el tronco se estrella contra el suelo del patio.

Y entonces, como una tormenta que da paso a un cielo azul, la violencia cesa.

Miro si tengo alguna lesión y no encuentro nada excepto el dolor ardiente en los hombros y las caderas por los golpes contra el suelo del salón y contra la casita. Sinceramente, estoy sorprendido de seguir vivo. Pero el enemigo sigue ahí fuera, así que no es momento de medallas.

En cuanto levanto la mano derecha, me doy cuenta de que he perdido mi SCAR. Me maldigo a mí mismo por haberlo soltado y saco mi Glock. Gracias a Dios, no la he perdido y parece en buen estado.

La puerta de la casita de juegos está cubierta de ramas tan gruesas que no sé si podré salir. Me resguardo junto a la puerta y me asomo por la esquina. Estoy alerta, listo para que el enemigo aparezca de un salto sobre el árbol caído, dispuesto a destruir mi escondite. Pero entonces observo una silueta oscura entre los matorrales a unos diez metros.

—Quién lo iba a decir —me digo.

Resulta que el enemigo sí que me había estado siguiendo. Tengo mis dudas de poder atravesar las ramas, pero, si algo me han enseñado las películas, es a no irte dejando al malo en el suelo sin antes darle dos tiros en la cabeza. ¿Cuántas veces vemos una película y le gritamos al bueno que no se vaya y que acabe antes con el malo? Joder, si vas a hacer un despliegue de violencia para inmovilizarlo, no vayas luego intentando convencer a nadie de que eres moralmente superior solo porque no matas a un capullo cuando está inconsciente. Pégale un tiro a ese hijo de puta. Y luego otro. Nadie se conforma con un jaque en el ajedrez: o juegas a hacer jaque mate o ni te molestes en jugar.

Animado por mi sabio consejo, empiezo a trepar por las ramas. Es un proceso lento y sé que acabaré con la cara hecha un demonio. No podré ganar ningún concurso de belleza, pero no pasa nada.

Veo que el enemigo se mueve.

¿Qué decía? No está muerto.

Empiezo a trepar más rápido con la esperanza de llegar a él antes de que pueda coger su rifle moderno y eliminarme. Seguro que su blindaje es bueno, pero dudo que pueda sobrevivir a tres disparos de 9 mm en el cuello. Empujo las ramas a un lado y me abro paso a través de huecos demasiado pequeños para mi tamaño. Me envuelve el sonido de ramas rompiéndose y hojas crujiendo, pero lo que más escucho es el latido de mi corazón. El enemigo estira el brazo.

Me cubro la cara, me lanzo a través de una densa masa de ramas y llego más cerca del tronco. Es agotador, pero tengo que alcanzar a ese cabrón antes de que se levante.

Está consciente y tumbado de espaldas. Y yo estoy a cinco metros de distancia. Podría dispararlo, pero si las balas del 308 no fueron efectivas a distancia, seguro que las de 9 mm tampoco. Tengo que acercarme para acabar con esto.

Sigo esquivando ramas, cada vez más deprisa. El enemigo me ve y trata de alcanzar su arma con la punta de los dedos. Parece que el tronco le ha caído en las piernas y las tiene inmovilizadas.

Me paso la pistola a la mano izquierda, doy un salto y aterrizo sobre el pecho del enemigo. Noto un olor muy fuerte, como si le hubieran perforado las tripas. Me da un codazo en el parietal y se ensaña con mi oreja izquierda, pero no puedo defenderme porque con el antebrazo estoy haciendo presión en su barbilla para que mueva la cabeza hacia atrás y con el brazo derecho le agarro la muñeca izquierda para que no pueda alcanzar su arma.

Me golpea de nuevo en el parietal y veo las estrellas. Suficiente para que yo pierda agarre y él pueda estirar el brazo y coger su rifle. Intento evitar que me golpee con el puño derecho al tiempo que sujeto su antebrazo izquierdo para que no me dispare. Y qué puto olor.

Me doy cuenta de que estamos en un punto muerto, así que decido que he de invertir toda mi energía en quitarle el arma de la mano. En un arranque de agresividad hiperconcentrada, empiezo a golpear su muñeca izquierda contra el suelo. Mientras tanto, él me golpea en el costado izquierdo. Me encantaría meter mi Glock entre las placas de su armadura, pero con tanto forcejeo no tengo tiempo de encontrar un punto débil; es como si hubiera puesto el piloto automático para propinarme ganchos de derecha, es como un puto martillo mecánico. Uno de los golpes hace que se me caiga el arma y el ángel de la muerte la aleja de un manotazo.

Me estoy desesperando. Le doy un rodillazo en las tripas y oigo un bufido que le sale del pecho acompañado de ese olor tan desagradable. Golpeo la mano en la que tiene el arma contra el suelo y, aunque mi mano se resbala, aterriza en la empuñadura de su arma. Pero él sigue agarrándola. Noto algo raro en su mano a pesar de que esté cubierta por una especie de guantelete: da la impresión de que no tiene cinco dedos. Pero no puedo pararme a pensar en eso porque estoy luchando por mi vida.

Continúa dándome puñetazos en el parietal izquierdo y noto que lo tengo hecho polvo. Le doy otro rodillazo y gano un poco más de espacio para agarrar mejor su arma.

El enemigo aprieta el gatillo, no sé si como acto reflejo o por el pánico, y siento una fuerte descarga que nace en mi mano y me sube por el brazo. Es como si hubiera provocado un cortocircuito en la toma de corriente de 220 voltios que tengo detrás de la secadora. Entonces el rifle suelta uno de sus ensordecedores rugidos. El impacto hace estallar la base del roble y provoca una lluvia de chispas y astillas. El árbol empieza a arder.

Tengo que acabar con esto de una vez.

Le doy un último rodillazo en el vientre y deja ir el arma. Ahora es mía.

Ruedo hacia la derecha, lo apunto con el rifle en el torso y aprieto el extraño gatillo.

Una nueva descarga inunda mi cuerpo durante una fracción de segundo. El bicho extiende la palma de la mano haciendo la señal universal de quien le pide a alguien que se detenga. Cuento seis dedos en su mano.

El arma dispara y atraviesa su mano haciendo estallar su cuerpo. Íñigo Montoya estaría orgulloso.

La armadura y el casco salen disparados y chocan contra las ramas del roble como si fueran pelotas de golf. Me cubro la cabeza.

—¡Cuidado! —grito, aunque a nadie en particular. Es más bien un reflejo adquirido al haber recibido demasiados disparos patrullando.

Cuando la lluvia de escombros cesa, me doy cuenta de que estoy cubierto de sangre o entrañas, al igual que el rifle. De repente oigo una voz masculina neutra que dice:

—Idioma terrícola detectado. Usuario, identifíquese, por favor.

Capítulo 16

07:23, viernes, 25 de junio de 2027

Union, Nueva Jersey

Zona residencial al oeste de la Garden State

Parkway

Alguien del equipo me habla por radio y abro el canal.

—Repite.

Vuelvo a percibir disparos en la distancia y Hollywood me responde.

—A por Phantom Dos.

Intuyo que ha habido un error de comunicación.

—¿Hay algún problema?

—Me llamaste, Phantom Uno. ¿Todo bien?

Oigo más disparos a través de la radio. El equipo continúa luchando contra los robots.

—Usuario, identifíquese, por favor —dice de nuevo la voz.

Miro a mi alrededor y luego miro al arma que tengo en la mano.

—¿Me lo dices a mí?

—Por favor, identifíquese.

Vaya, vaya. El arma tiene un sistema de comunicación incorporado.

—Ni de coña, capullo.

Pasa un rato antes de que la voz masculina vuelva a hablar.

—Identificación de usuario rechazada. Nombre de perfil por defecto, Usuario Nueve.

—¿Phantom Uno? —dice Hollywood.

—Te recibo. Estoy bien. Enemigo derribado.

Hollywood hace una pausa y luego pregunta:

—¿Te has cargado al ángel de la muerte? ¿Tú solo?

—Afirma…

—Usuario Nueve, por favor, identifique al interlocutor como amigo o enemigo.

—¿Quién ha dicho eso? ¿Hay alguien más ahí? —pregunta Hollywood.

—Negativo —respondo, y bajo el arma—. He conseguido un…

—Espera.

Deja el canal abierto mientras dispara dos ráfagas. No es una buena práctica de comunicación, pero está claro que está en peligro, así que no voy a decirle nada. Además, el compresor integrado de la radio ayuda a minimizar las discrepancias de volumen.

—Nos vendría bien tu ayuda por aquí.

—Entendido. Voy de camino. Phantom Uno fuera.

—Por favor, identifique a Phantom Dos como amigo o enemigo —dice la voz que sale del arma.

—Eh, ¿quiénes sois? —pregunto mientras agito el arma.

—No se ha podido completar la solicitud. Se necesitan más datos.

—¿Rusos? ¿Chinos? Mierda. ¿Sois de Corea del Norte?

—Referencias desconocidas. Se necesitan más datos.

—Joder, eres bueno.

Me imagino a un espía vestido de traje frente a un ordenador en cualquier lugar del mundo. Lo de poner voz digital se le da bien. Pero esto me plantea un nuevo dilema. No estoy seguro de qué hacer con el arma. Por una parte, quiero llevármela. Es un hallazgo valioso desde el punto de vista armamentístico y con ella he podido cargarme al ángel de la muerte fácilmente y de forma aterradora. También tengo la sensación de que entre todos los miembros del Equipo Phantom podríamos sonsacarle algo de información valiosa al espía que está al otro lado. Al fin y al cabo, a los americanos se nos da mejor que a nadie lo de lidiar con atención al cliente y hacerlos caer en la cuenta de que tenemos razón. Pero si el enemigo tiene un sistema de comunicaciones integrado en el arma, quizá también tenga algún sistema de rastreo. A pesar de su potencia de tiro —o de aniquilación total—, no pienso poner en peligro a mi equipo. Así que, por mucho que me moleste, ya que rara vez he encontrado un arma con la que no quisiera disparar una segunda vez, tengo que deshacerme de ella. Me encojo de hombros y arrojo el arma a la hierba empapada.

—Alejamiento de usuario detectado. Usuario Nueve, por favor, confirme sus intenciones.

Me río. No sé si tengo una conmoción cerebral más grave de lo que creo —lo cual, supongo, es el problema de autodiagnosticarse conmociones cerebrales— o si el tipo que está al otro lado simplemente está empeñado en seguir las instrucciones de su manual. En cualquier caso, el tipo…

—Por favor, confirme sus intenciones.

—¿Mis intenciones? —Agarro mi Glock, que está cubierta de fluidos, y la limpio en la pernera del pantalón—. Mis intenciones son disparar a tantos de vosotros como pueda, hijos de puta. Y evitar que hagáis daño a más civiles inocentes.

—Entendido. —Hay una pausa—. Error de subrutina. Se necesitan más datos.

Me abro paso entre las ramas del roble para buscar mi SCAR. Todavía me maldigo por haberla perdido: si un marine se enterara, me lo estaría recordando hasta el fin de mis días. Joder, yo mismo me lo voy a recordar. Pero mi equipo me necesita, así que dejaré la autodegradación para más adelante.

—Detectado aumento de distancia por parte del Usuario Nueve. Criterio de intención no definido. Se requieren más datos.

—¿Quieres más datos, gilipollas?

—Perfil del objetivo: gilipollas. Desconocido. Por favor, aporte más datos.

Me doy la vuelta para reanudar la búsqueda del arma. Sin embargo, entre las hojas y las ramas rotas, es casi imposible ver nada. Al mismo tiempo, cada vez me decanto más por dejar de buscar el arma y coger una de Bumper. ¿Pero quién haría algo así? Me digo que no la estoy abandonando, que solo la estoy dejando guardada hasta que vuelva.

—Usuario Nueve, por favor, confirme los parámetros de divergencia. Se necesitan más datos.

—¿Quieres más datos?

—Afirmativo.

Le ofrezco mi dedo corazón.

—Ahí te van los datos, imbécil.

—Dedo corazón de la mano derecha levantado. Buscando.

Me yergo y me da un escalofrío. Hay varias cosas que odio en esta vida y que me vigilen sin yo saberlo es una de ellas. ¿Que hay cámaras en un banco? No hay problema. Lo entiendo. El dinero es importante. ¿Una gasolinera? Sí, todo el que entre a robar un paquete de tabaco se merece que lo atrapen. ¿El Pentágono o la Explanada Nacional? Son palabras mayores, no hay problema. ¿Pero que me grabes sin avisar? No, eso no.

—Búsqueda completada. Levantar el dedo corazón, también conocido como «que te den», es un gesto obsceno que comunica un desprecio de moderado a extremo. Su origen se remonta a la antigua Grecia y Roma, y representa históricamente un falo.

—Conque eres un listillo.

—Respuesta desconocida.

—Se te da bien esta mierda —digo saludando adondequiera que esté la cámara.

Maldita tecnología de vigilancia. Si pueden verme, pueden encontrarme. Lo que significa que tengo que salir de aquí.

—Que sepáis que seáis quienes seáis y estéis donde estéis, os encontraremos y os eliminaremos.

Quería que la última parte sonara parecida a Liam Neeson en *Venganza*. Pero no me ha salido.

El sonido de más disparos entre los árboles me devuelve a la búsqueda del arma.

—Se ha detectado una actualización de perfil lingüístico. Por favor, espere.

Dejo escapar un gemido exasperado y reanudo mi búsqueda.

—Por favor, defina los objetivos que desea encontrar y eliminar.

Suena muy tentador. Así que probablemente sea una trampa. Estos tíos me ponen de los nervios, así que me alejo más.

—Usuario Nueve, por favor, defina los objetivos que desea encontrar y eliminar.

—Que te jodan.

—Solicitud desconocida. Se necesitan más datos. Buscando.

Por alguna extraña razón, tengo curiosidad por saber qué encuentra.

—Búsqueda completada. Que te jodan. Jerga ligeramente vulgar.

—Genial, tío. Eres un fenómeno. ¿Entonces eres una puta máquina? ¿Es eso? ¿Siri para armas o algo así?

Muevo la cabeza de un lado a otro. No está bien que los teléfonos respondan a la gente. Y viceversa.

—Usuario desconocido. Se necesitan más datos.

—Muy bien, déjame probar una cosa: Hola, Alexa.

—Usuario desconocido.

—¿En serio?

Tienen que ser norcoreanos sí o sí.

—Petición desconocida. Se necesitan más…

—Se necesitan más datos, sí, ya lo sé.

Empiezo a separar las ramas de nuevo y a hablar conmigo mismo.

—Mi SCAR tiene que estar por aquí en alguna parte.

—FN SCAR 17 identificado. Ubicación: ocho punto tres cuatro siete metros al noreste.

Me doy la vuelta tan rápido que me golpeo el casco con una rama y me sobresalto.

—¿Qué has dicho?

—Repitiendo información. FN SCAR 17 identificado. Ubicación, ocho punto tres cuatro siete metros al noreste.

¿Así que tiene radio, cámara y un detector de metales?

Me oriento gracias al sol de la mañana y empiezo a caminar en dirección noreste. Naturalmente me pregunto, una vez más, si la persona detrás de la voz me está tendiendo una trampa. Pero sería raro, ¿no?

Con las manos y las botas aparto varias ramas repletas de hojas y veo mi SCAR brillar bajo la luz del sol.

—Qué cabrón.

Aparte de algunos arañazos, parece intacto.

—Conque pistolita de juguete, ¿eh, Bumper? Y una mierda.

—Por favor, aclare la secuencia de comandos.

Es imposible que sea una persona real. Tiene que ser algún tipo de *software*.

—Negativo. No hay secuencia de comandos.

—Solicitud procesada.

—¿Phantom Uno? —dice Hollywood por radio.

—Voy de camino —respondo.

—Negativo. Un enemigo se dirige hacia tu posición.

Me quedo helado.

—¿Cómo?

—El robot de asalto se dirige hacia ti.

Maldita sea.

—Recibido.

Compruebo mi SCAR, pero descubro que está atascado. Y entonces noto una vibración en los pies.

—Amenaza detectada —dice la voz del software.

—¡No me digas! Qué listo. —Entonces hago una pausa—. Un momento. ¿Acabas de decir que eso es una amenaza?

Hay una pausa de una fracción de segundo antes de que responda.

—Sí.

Noto un escalofrío por la espalda.

—¿Ya no dices eso de «afirmativo»?

—«Sí» es más coloquial. Confirme.

—Claro, pero afirmativo es…

—Perfil lingüístico modificado. Por favor, Usuario Nueve, prepárese para defenderse.

—Que me defiend… —Oigo cómo el bot se acerca por el este y miro en su dirección—. Joder. ¿Me estás diciendo que me defienda de algo que es como tú?

—Sí.

—¿Sí?

—Sí —dice más alto.

Como si yo fuera duro de oído, que supongo que lo soy.

—No hace falta gritar.

—Solicitud procesada.

Oigo el sonido de algo que se estrella en el bosque al otro lado de la calle.

—SSA-9001B perturbado —dice la voz.

—No es la palabra que yo diría, pero vale.

—Por favor, actualice el perfil de preferencias de la descripción.

—Ahora no, amigo.

Intento desatascar mi SCAR manipulando el cerrojo, pero no lo consigo. Voy a tener que desmontar toda el arma. Mierda.

Entonces se me ocurre algo.

—Oye, Alexa, ¿tú estás controlando a ese bicho?

—Por favor, especifique. Se necesitan más…

—El TRK o como se diga. ¿Puedes acceder a él? ¿Puedes controlarlo?

Sé que estoy comportándome como si el arma pudiera entenderme. Pero si esa voz resulta ser un *software* y no un espía vestido de traje, tal vez pueda conseguir que siga mis órdenes. Ahora me arrepiento de no haber tenido más teléfonos móviles.

—Puedes hablar con los robots, ¿no? —Agarro el arma y grito en el receptor. Me siento como un auténtico idiota—. Ordénales que se retiren.

—Solicitud denegada.

—No, no, no, ni se te ocurra. Escúchame, chaval: les vas a decir a esos robots que…

—Amenaza inminente. Se recomiendan medidas defensivas.

—Yo sí que voy a ser una amenaza para ti, pedazo de...

—Por favor, Usuario Nueve, prepárese para defenderse.

Esto no funciona. Siri se ha roto. O resultará que al final sí que es un espía con traje...

—Diles que se retiren y escucharemos vuestras peticiones.

Se hace una pausa.

—Negociar.

—Sí, negociar. ¿Qué queréis?

—Datos incompletos. Valores desconocidos. Por favor, Usuario Nueve, prepárese para...

—Para defenderme. No va a ser fácil.

Suelto el arma, me pongo a desatascar mi SCAR de nuevo. Por el sonido, parece que el robot de asalto esté en el patio delantero de la casa de piedra. Si no consigo desatascar mi arma, tendré que salir corriendo.

—Por favor, Usuario Nueve, prepárese para disparar —dice la voz.

—¿Y qué crees que estoy intentando?

Hay una pausa y luego añade:

—FN SCAR 17 dañado. Se recomienda procedimiento secundario.

—¿Y cuál es ese?

—Utilizar el transductor de partículas FA-NJC 4110.

Me llevo las manos a la cabeza.

—¡Es como si estuviera hablando con una puta tostadora!

—Utilizar SR-CHK.

—¿Se supone que eso eres tú? —Me estoy quedando sin tiempo.

—Sí.

—¿Disparar a tu propio activo? No, no. Esta es la escena de la película en la que el arma enemiga se autodestruye. Ni de coña.

El arma espera un poco antes de hablar otra vez.

—Causar daño al Usuario Nueve viola la directiva alfa. Por favor, usuario, utilice el transductor de partículas FA-NJC 4110.

Debería dar la vuelta y echar a correr, pero es demasiado tarde. El robot viene hacia mí toda máquina.

—Cuélgueme en su hombro y dispare, Usuario Nueve.

—Si me haces explotar, me voy a cabrear mucho contigo.

—Entendido.

No tengo más opciones, así que me cuelgo el arma al hombro. Intento usar la mira, pero solo se ve rojo. Apunto como si fuera una escopeta y rezo.

—Que sea lo que Dios quiera.

Aprieto el gatillo.

El arma ruge con un fuerte retroceso. Una ráfaga de luz atraviesa las ramas del roble y golpea al robot de asalto justo en el pecho. Se abre un agujero del tamaño de una sandía en la espalda iluminado por una fuente de chispas. Entonces el robot se estrella contra la base del roble con los brazos y las piernas extendidos.

El impacto sacude el tronco. Una rama me golpea en los pies y me caigo, pero el casco y el resto del uniforme absorben la mayor parte del impacto.

Cuando las ramas por fin dejan de temblar, me siento.

—¿Qué demonios acaba de pasar?

—Consulta recibida. Amenaza eliminada. Nivel del condensador: cuarenta y uno por ciento.

—Ha sido… increíble —digo pasándome la mano por la frente.

—Nivel de satisfacción del usuario actualizado.

—Phantom One, aquí Phantom Dos. Informa —dice Hollywood

Aprieto el canal con la mano temblando por la adrenalina.

—Estable.

—Dios, menos mal ¿Qué ha pasado? —dice.

—Estoy vivo. El robot ha sido eliminado.

—¿Cómo que…? —Hollywood mantiene el canal abierto durante un segundo—. ¿También has eliminado al robot?

—Me han ayudado.

—¿Quién?

Echo un vistazo al arma.

—Luego os lo explico. Voy hacia allí.

—Recibido. Phantom Dos fuera.

Todavía no sé si coger el arma o no. Tengo tantos argumentos a favor y en contra dándome vueltas que me va a dar una migraña. O a lo mejor es solo la conmoción cerebral. En cualquier caso, tengo que decidirme rápido. Mi equipo está luchando por su vida y ya he perdido bastante tiempo aquí.

No me fío de la voz, pero sí que me fío de la capacidad del arma para volar todo por los aires. Además, no me importa si los rusos, los chinos o los surcoreanos me están siguiendo. Lo más probable es que ya hayan averiguado nuestra ubicación y estén enviando refuerzos, así que ¿qué hay de malo en usar el arma una última vez?

La otra opción, claro, es que todo lo que vi en la Antártida y hasta ahora sea… bueno, que sea…

—Todo tiene una explicación, Patrick —me digo antes de saltar por un acantilado mental que nunca podré trepar.

Me levanto y recupero mi SCAR.

—Usuario en movimiento. Definir destino.

—Vayamos a reventar a más amigos tuyos.

—Entendido.

Puta arma.

Capítulo 17

072:8, viernes, 25 de junio de 2027
Union, Nueva Jersey
Garden State Parkway

—¿TE ESTÁS ECHANDO una siesta? —me pregunta Hollywood por el comunicador cuando aún estoy bordeando el roble caído.

—Me he retrasado. Voy hacia allí.

—Entendido.

Dejo a un lado mis ganas de dar explicaciones y le pido a Hollywood un informe de la situación. La verdad es que me sorprende un poco que el equipo no haya abatido ya al enemigo.

—El robot que queda se ha puesto a cubierto detrás de su vehículo. Espectro eliminó al conductor, pero la torreta comenzó a dispararnos.

Me había olvidado de las torretas de la URB. Esto no me gusta.

—A un Mickey —digo.

—*Roger*.

Cruzo la calle y me dirijo al bungaló de una sola planta. Cuanto más me acerco a la carretera, más satisfecho me siento de haber decidido quedarme con el arma. Aunque la voz es indudablemente molesta, el arma es demasiado potente como para no querer enfrentarme al enemigo. No tengo nada en mi arsenal que se acerque lo más mínimo a su potencia, y me apuesto lo que sea a que Bumper tampoco. El arma, como la voz encorbatada del otro lado, han salido de algún laboratorio de la DARPA. Me imagino que usaré el rifle para derribar a los objetivos restantes y luego haré que Bumper use algún explosivo. El enemigo no podrá rastrearnos y tendrá un arma menos a su disposición.

Consciente de que nuestro tiempo a solas se acaba, decido aprovechar para solicitar más información. Y para ver si es posible que el encorbatado deje de jugar conmigo.

—¿Cuál es tu color favorito?

El arma no responde.

—¿Te quedas en silencio? Vale. Déjame adivinar. ¿Negro?

—Valor desconocido.

—¿No tienes uno? —Me encojo de hombros mientras cruzo la calle hacia el bungaló de una sola planta—. Vale, ¿y tu comida favorita?

—Valor desconocido.

Ahora me está dando largas.

—¿Qué opina tu madre de tu trabajo? ¿Está orgullosa de que mates a civiles inocentes?

—No es posible establecer conexión con la matriz.

Frunzo el ceño.

—Es una manera rara de decirlo, pero lo siento. Si te sirve de algo… sé lo que se siente.

No me gusta especialmente compartir sombras del pasado con el enemigo, pero a veces, para conseguir lo que quieres obtener de él, se producen momentos extraños de empatía. Normalmente es justo antes de ahogarlo. Esto… antes de proporcionarle hidratación.

Paso por la parte trasera de la casa y miro los restos de la piscina sobre el suelo.

—Bueno… —digo entre respiraciones largas, como si acabara de salir con un vecino nuevo a dar una vuelta a la manzana—. ¿De dónde eres?

—Planeta de origen: Androquía Prime.

Miro perplejo al arma.

—¿Planeta?

—Androquía Prime —repite.

—Muy bien, listillo.

Ahora el imbécil se hace pasar por un extraterrestre o algo así. Niego con la cabeza y me doy cuenta de hasta qué punto está dispuesto a cumplir con su papel. Piensa que me está engañando. Pero no.

Mientras nos dirigimos a la franja de bosque entre el patio trasero y la interestatal, decido que, para compensar mi incredulidad, voy a seguirle el juego. A tope. Voy a devolvérsela y a hacer que este gilipollas se entere de lo que vale un peine. Igual que cuando te llegan esos correos de estafadores que te dicen que eres el primo perdido de un príncipe nigeriano y te entran ganas de jugársela. Por cierto, además de tener un montón de dinero según eso, mi madre, irlandesa, se acostó con varios nigerianos.

Una vez mantuve una conversación por correo electrónico durante dos semanas con uno de estos supuestos príncipes nigerianos. Parecía un tipo encantador; ¿cómo iba a resistirme? Así que le dije que sí, que estaba encantado de darle mi número de la seguridad social y los datos de mi cuenta bancaria siempre y cuando respondiera a mis preguntas.

Al principio estaba muy contento y con muchas ganas de colaborar. Hicimos un repaso por anécdotas familiares hasta compartir buenos recuerdos de nuestras respectivas infancias: la mía en Brooklyn y la suya en lugares que sonaban extrañamente eslavos a pesar de que su palacio estuviera en África. Le dije varias veces que recordaba haber visto fotos suyas en nuestros álbumes de fotos familiares y que tenía muchas ganas de que nos viéramos en persona. Él, por su parte, señaló que un encuentro en persona sería imprudente dadas sus responsabilidades como miembro de la realeza.

Aun así, insistí.

En el momento en que le dije que acababa de aterrizar en Moscú y que iba a pillar un taxi hasta la dirección física que su VPN encriptada había acabado por revelar, no volví a tener noticias de él. Y me molestó, porque tenía muchas ganas de conocerlo.

Y no, no hice toda esa mierda de la VPN por mi cuenta. Lo hizo uno del trabajo. Le invité a una cerveza y nos echamos unas risas leyendo los correos con los demás de la unidad. Y no, no fui hasta Moscú. Pero me aseguré de poner una denuncia anónima en la comisaría local. Sé que no iban a hacer nada, pero sentí que era importante que supieran que lo sabíamos.

¿Así que este imbécil con un transceptor en una pistola cree que puede engañarme?

Bien.

Vamos allá, capullo. Que empiece el juego.

—Tío, debe de hacer muy buen tiempo en Andropichas en esta época del año.

—Ubicación desconocida.

No me acuerdo del nombre del planeta inventado, pero el cacharro continúa hablando.

—Patrones climáticos acumulados subjetivos. Por favor, defina el perfil.

—Eres duro de pelar, ¿eh?

Me abro paso a través de la maleza y me adentro en el bosque. Entre las ramas, puedo ver al resto del Equipo Phantom a cubierto detrás de varios coches reventados disparando hacia el norte.

—¿Y qué te parece la Tierra?

Esta vez, la voz tarda un tiempo inusualmente largo en responder.

—Imposible completar la solicitud.

—Oh, venga ya. Tenemos muchas cosas. Algunas incluso te serán familiares. ¿Has oído hablar de las pirámides? ¿Stonehenge? O a lo mejor te gusta el cine. Se me ocurren varias películas estupendas que te gustarían. *Alien. Encuentros en la tercera fase. El vuelo del navegante. E.T.*

—Grupo de datos desconocido. Buscando.

—Qué vergüenza. Lo que te estás perdiendo, tío.

Me meto en el ancho terraplén de hierba que lleva al arcén de la carretera.

—¿Qué demonios llevas?

Hollywood se quita las gafas de sol mientras avanzo hacia su posición.

—Es un *souvenir*. Era del…

—Del ángel de la muerte. Ya lo sé. —Parece preocupada. ¿O sorprendida? Me hace un gesto para que me apresure—. Ponte a cubierto.

Me uno a ella tras un todoterreno volcado al que le han volado los cristales pero que no está en llamas.

—No creo que las aseguradoras cubran todo esto —digo.

Me dedica una media sonrisa.

—A lo mejor pidiéndolo por favor…

Espectro está unos cuantos coches al sur mientras que Bumper, Yoshi y Z-Lo están repartidos entre varios vehículos. Z-Lo se asoma para disparar a la torreta, pero cuando sus balas chocan con el escudo del arma, esta lo apunta a él y dispara a un coche unos diez metros por delante de su posición. El sedán sale volando y aterriza unos centímetros detrás de Z-Lo en una lluvia de cristales y metal.

—Joder. Parece que los habéis cabreado —le digo a Hollywood.

—No parece que nada le afecte al vehículo. Y Bumper no puede acercarse lo suficiente para colocar un explosivo.

—¿Y si lo flanqueamos?

—Oh, vaya. —Se lleva una mano a la cadera—. Es una excelente idea, artillero. ¿Cómo es que no se me había ocurrido antes? —Se lleva un dedo a los labios, y luego me dice de golpe—: Porque la maldita arma nos apunta demasiado rápido, Bic. ¿Qué crees que hemos estado haciendo aquí mientras tú estabas jugando en el bosque?

—Por favor, identifique a Phantom Dos como amigo o enemigo.

Hollywood baja la mirada al arma.

—¿Quién es ese?

—No es nadie.

—Usuario Nueve, amenaza detectada.

—No, no. Todo bien, amigo.

—¡Santo cielo! ¿El arma te habla? —exclama Hollywood.

Tiene los ojos más abiertos de par en par que he visto nunca.

—Bic. ¿Me quieres decir de qué va esto?

—El arma del enemigo tiene un sistema de comunicación incorporado. —Me cubro la boca con el dorso de la mano izquierda—. Sígueme la corriente. —Levanto el arma y digo—: Esta es Phantom Dos. No es enemiga. Al menos tuya. Pero sí que quiere matar a tantos cabrones de los tuyos como sea posible, igual que yo.

Una nueva ráfaga llueve sobre un coche un poco más adelante.

Hago un gesto para que Hollywood se mueva.

—Creo que será mejor que te apartes un poco.

—Por favor, indique los objetivos que desea establecer —dice el arma.

—Pensaba que ya lo había dejado claro.

—Revisando solicitud. —De repente, el arma reproduce una grabación de mi voz—. «Mis intenciones son disparar a tantos de vosotros como pueda, hijos de puta. Y evitar que hagáis daño a más civiles inocentes». Amenazas locales identificadas. Adquiriendo datos de objetivos y determinando vectores óptimos. Por favor, espere.

Me está tocando los cojones.

—No hace falta nada de eso para disparar, amigo.

Le brindo a Hollywood una media sonrisa, pero parece que no entiende mi humor. Su cara es… bueno, se ha quedado pálida.

—Por favor, siga esperando.

—¿Estás analizando el impacto psicológico que puede suponer que tu enemigo acérrimo te obligue a disparar a tus camaradas? Sí, lo entiendo. Qué pena. Vamos allá.

—Parámetros de alcance calibrados.

Frunzo el ceño y examino el visor. Sí, el cacharro lo tiene claro. No solo eso, sino que parece tener varias funciones activas cuyas lecturas y datos cambian a medida que muevo el arma.

—¡¿A qué esperas?! —Hollywood grita por encima del sonido del fuego enemigo.

Quiero contestar pero, la verdad, no sé bien cómo explicar lo que veo.

—¿Qué cojones? —susurro.

—Qué cojones —repite el arma—. Lenguaje vulgar. Una forma de enfatizar a la hora de pedir explicaciones. El visor cuenta con indicador de alcance, brújula, puntos de ruta vectoriales, contornos de objetivos, asistencia de retícula, alertas de proximidad, respuesta de *zoom* retinal…

—Lo pillo.

Miro a Hollywood para ver si ella también está escuchando. Tiene los ojos sobre el arma y su mirada es completamente neutra.

En fin.

Vuelvo a ponerme tras la mira y veo que dos objetivos se han perfilado en una especie de representación tridimensional. Aunque estoy apuntando con el arma al coche que me sirve de cobertura en preparación para asomarme, los objetivos están bien definidos: la torreta de la URB y el robot de reconocimiento que está a la derecha del vehículo.

—Usuario Nueve, por favor, dispare.

—Lo que tú digas.

Me asomo y apunto a la torreta. La superposición en 3D se vuelve roja y aparece un pequeño indicador en la parte superior central de la pantalla que dice «Fuego» debajo de una letra más pequeña que dice «Usuario Nueve». Aprieto el gatillo y noto el retroceso del arma en mi hombro.

Sale disparado un rayo de luz que se estrella contra la torreta de la URB. Se produce una explosión que me ciega momentáneamente. Retrocedo detrás del todoterreno y parpadeo varias veces. Entonces oigo los gritos de victoria del resto del equipo.

—Hostia puta —dice Hollywood a mi lado.

—Error de sintaxis. Terminología aparentemente incongruente. Por favor, modifique la declaración o redefina el perfil del objetivo —dice el arma.

—¡Dispara otra vez! —grita Z-Lo desde su posición, señalando alegremente al robot de reconocimiento—. ¡Dale!

Incluso Espectro tiene el arma levantada y sonríe. Lo nunca visto.

—¿Quieres un nuevo perfil de objetivo? Toma —le digo al rifle.

Espero a que aparezca la silueta del bot en el visor y entonces me asomo. Aprieto el gatillo. Pero no pasa nada.

—¿Pero qué…?

—Cambiando de modo —dice el arma.

—Dispara, joder.

Vuelvo a apretar el gatillo, pero esta vez hay un breve retraso en la respuesta del arma. De repente dispara con tanta potencia que casi pierdo el control. Un largo rayo de energía azul se extiende por la mediana y le da al robot en el pecho.

Hay un momento en el que la luz empapa el cuerpo del robot y se extiende por sus miembros. Entonces explota. Un pedazo que sale volando casi me arranca la cabeza y tengo que tirarme para cubrirme. Otros pedazos golpean contra el todoterreno y el resto de coches alrededor.

Cuando finalmente cesan las colisiones, me asomo. No hay rastro del robot de reconocimiento y la torreta de la URB ha desaparecido, convirtiendo al vehículo en un transporte indefenso. Por primera vez desde que nos topamos con el enemigo, el silencio se apodera de la carretera. Hasta que Z-Lo empieza levantar los brazos y a hacer una especie de baile de la victoria. Canta *We Are The Champions*, de Queen. Y su versión es horrible. Pero tengo que reconocer que al menos se sabe un clásico de memoria.

—Por favor, identificar como amigo o enemigo —dice el arma.

—Es amigo —dice Hollywood antes de que me dé tiempo a responder—. Phantom Cuatro.

—Identificación aceptada. Perfil…

—¿Pero qué demonios…? —dice Bumper mientras camina hacia mí.

—Bic tiene un nuevo juguete parlante —dice Hollywood.

—¿Tienes el arma del alienígena? ¿En… en la mano? —añade Z-Lo.

—No —digo, y la tiro al suelo.

—Motivo del usuario desconocido. Por favor, especifique.

—¡Venga ya, tío! —Z-Lo se arrodilla junto al arma—. ¿Habla?

Le dirijo una mirada de perplejidad.

—Ya está bien ¿Bumps? Quiero que la llenes de Semtex cuanto antes.

El SEAL se acerca a mí con una expresión de duda.

—¿Estás seguro, sargento jefe de artillería? Eso ha sido un ECN en toda regla.

Lo miro como si estuviera loco.

—Claro que estoy seguro. El maldito enemigo está rastreando…

—Alerta de proximidad. Análisis de amenaza iniciado. Por favor, definan amigos o enemigos adicionales.

—No me lo creo. Es… joder, Bic. Está hablando —dice Bumper.

—Sargento jefe de artillería, disculpe, señor —dice Z-Lo mientras se levanta—. Pero no es acaso la tecnología alienígena…

—¡Eh! —Le doy una palmada—. ¡No es tecnología alienígena!

Z-Lo se aparta de mí y todos los demás se callan.

Joder.

Me paso la mano por la cara.

—Oye, chaval. Lo siento por ponerme así. Pero de dondequiera que hayáis sacado la información de que esto son invasores del espacio —digo señalándolos a todos—, que sepáis que estáis equivocados. Son robots. ¿Ese ángel de la muerte de ahí atrás? Es un espía con un traje de la DARPA. Y este rifle, por muy chulo que sea, simplemente tiene un receptor de largo alcance conectado a una persona que habla imitando a un robot o a Alexa o algo así. Estoy seguro de que es un ruso o un chino bien pagado. Y ya está.

»Ahora han silenciado el micrófono, y se están riendo de nosotros… de ti. Y hay un transporte de camino hacia aquí que ha usado el transceptor del arma para localizarnos. Cuanto más tiempo nos quedemos aquí, más riesgo corremos. Así que esto termina aquí y ahora. No más conversaciones con alienígenas. ¿Está claro?

Hay un largo silencio antes de que Hollywood hable.

—Te equivocas, Bic. No quiero faltar al respeto. Pero te equivocas.

Relajo un poco los hombros al darme cuenta de que estoy tenso. Ya he visto cosas así antes: el sesgo de confirmación en el campo de batalla. Es cuando los buenos guerreros, los guerreros bienintencionados, empiezan a ver espejismos cuando se estresan. Hubo chicos en mi unidad que juraron haber visto ovnis. Otros se acercaron a casas abandonadas porque decían que sus madres estaban ahí, llamándolos. Joder, uno de los soldados enloqueció en su primer combate y me dijo que un chucho de la calle era su perro. Nos delató porque empezó a llamarlo por su nombre. Los psiquiatras dicen que es parte del TEPT, y yo me lo creo. Pero eso no lo hace más fácil a la hora de intentar hacer entrar en razón a la gente, igual que está sucediendo ahora mismo

Me sabe mal por Hollywood y los demás, de verdad. A juzgar por sus miradas, están convencidos. Y no digo que no tengan sus razones. La cúpula, el PEM, el anillo que vi en la Antártida… todo es muy extraño. Pero aún se pueden encontrar explicaciones sin tener que recurrir a E.T.

—Vamos —dice Hollywood a los demás y se aleja.

—Phantom Dos alejándose —dice el arma.

—¿Así que eso es todo entonces? —pregunto.

—Estaba hablando contigo, Bic. Venga. Sígueme.

—Phantom Dos solicitando a Usuario Nueve…

—No necesito que me digas lo obvio, amigo —le digo al arma.

Hollywood señala el suelo.

—Y pilla también a tu amiguito.

—Perfil de usuario actualizado. Atributo descriptor adicional: amigo. Valor desconocido. Buscando.

Hollywood camina hacia la URB. Sale humo del lugar donde estaba la torreta y la hierba arde donde estaba el último robot. No tengo ni idea de lo que está tramando, pero se me hace un nudo en el estómago. Y lo odio. Es lo mismo que sientes cuando tus padres te pillan en una mentira. Estás seguro de que no te han pillado y tú sigues con la mentira. Pero hay una parte de ti que piensa ¿y si me han pillado? ¿Y si solo están alargando esto para ver hasta dónde llego y cada segundo que mantengo esta farsa solo aumenta el juicio que acabarán acumulando sobre mí?

—No lo pillas, ¿verdad? —dice Yoshi a mi lado.

—¿El qué?

Mira a Hollywood alejarse.

—En cuanto veas lo que quiere mostrarte, no podrás volver a pegar ojo nunca.

—No quiero ofenderte, Doc, pero llevo años sin dormir.

Asiente con la cabeza y saca su petaca.

—Sí, pero esto es otro nivel, Bic.

Pega un trago y luego acelera para alcanzar a Hollywood.

Z-Lo me palmea el hombro al pasar.

Espectro simplemente me inclina la cabeza sombríamente.

De repente estoy solo, rodeado de vehículos en llamas y con un arma enemiga parlante que está loca.

—Usuario Nueve, por favor, declare sus intenciones.

—¿Mis intenciones?

Aprieto los puños pensando en el tipo que está al otro lado de la pistola, al otro lado de la cúpula, el responsable de todos los inocentes que han muerto. Estoy cabreado con todo el puto universo ahora mismo. Y cuando creo que me va a estallar la cabeza, expiro con fuerza y abro los puños.

—Lo único que quería era una cabaña en medio de la nada —digo mirando el horizonte al este y entrecerrando los ojos por el sol—. Un lugar tranquilo, alejado de todo. He pagado mis deudas, he dado los mejores años de mi vida al trabajo. ¿Y con qué me premia Dios Todopoderoso?

—Intenciones del usuario definidas: iniciar la investigación del Todopoderoso. —Hay una pausa—. Error. No se ha podido completar la petición. Valor, el Todopoderoso, desconocido.

—Me cago en todo.

Me agacho, agarro el arma trastornada y sigo a Hollywood.

Capítulo 18

07:35, viernes, 25 de junio de 2027
Union, Nueva Jersey
Garden State Parkway

Lo primero que noto al acercarme a la URB es un olor fuerte. Me trae recuerdos de Irak y Afganistán, y tengo que luchar contra ellos. No sé si mi aversión al olor de la carne humana en descomposición es un mecanismo de defensa primitivo producto de la evolución o simplemente el resultado de haber estado junto a fosas comunes. En cualquier caso, lo odio y reconozco que no hay olor más desagradable bajo el sol de Dios que la descomposición de sus hijos.

—¿Te encuentras bien, tío? —me dice Hollywood, que se ha cubierto la nariz con una prenda.

—¿Te habías… acercado tanto ya? —pregunto señalando la URB.

Asiente con la cabeza.

—En nuestro primer enfrentamiento.

—Después de eliminarlos, hicimos un reconocimiento —añade Bumper, y luego señala hacia las escaleras que descienden de la parte trasera.

—Ya te lo dije. Mal rollo —dice Hollywood.

Tomo aire y lo aguanto en los pulmones.

—Ya.

Sé que he insistido mucho en que todos los ataques forman parte de un acto de agresión orquestado por un Gobierno terrícola, pero, al acercarme a los escalones, admito que el trabajo artesanal no se parece a nada que haya visto. Bueno, a nada que haya visto en la vida real. La composición de los escalones y la forma en que parecen haberse plegado debajo del chasis parecen de película. Pero la tecnología humana inspirada por películas hechas por humanos no deja de ser algo de humanos.

Invito a Hollywood a que entre primero.

—No. Después de ti —dice ella.

Hago un ligero movimiento de cabeza en desaprobación. Batallando el fétido olor, acallo mis temores y empiezo a subir los escalones, con el arma en alto… sí, el arma trastornada. El SCAR dañado lo llevo colgado al hombro.

Mis ojos llegan al nivel del suelo del vehículo y veo huesos. Humanos. No hay muchos; quizá tres o cuatro fémures, dos cráneos, algunos antebrazos y secciones de cajas torácicas. Es suficiente para confirmar mis sospechas sobre el olor.

Aun así, la dispersión de huesos no explica que el olor sea tan intenso. Entonces observo unos contenedores negros colocados en los laterales de la pared. Normalmente es donde se colocan los asientos. La bodega tiene unos tres metros de alto y otros tantos de ancho. Teniendo en cuenta los robots que salieron, esperaba que estuvieran colocados a derecha e izquierda. Pero ahora veo que probablemente estaban en el pasillo central de la bodega a varios metros de profundidad.

Entro en la bodega y por el sonido de la bota sé que el suelo es de metal. El vehículo emite un zumbido bajo y constante que hace vibrar mi pierna. Bajo los huesos y las manchas de sangre hay una extraña escritura angular a lo largo del suelo que brilla como si estuviera iluminada por luz ultravioleta. Las grandes formas geométricas me llevan a pensar que representan huellas, para indicar dónde han de colocarse los robots.

Por encima de mí hay un conducto que llega a la torreta. Quienquiera que la estuviera operando ya no está: su carne ahora está esparcida con los restos de la explosión.

Hay más texto que recorre los contenedores negros y los huecos de un metro de ancho que están espaciados uniformemente a ambos lados de la bodega. Encima de cada compartimento hay un panel con acabado de cristal con algún tipo de pantalla holográfica. Es hermoso y contrasta con el olor que me está produciendo arcadas. Más arriba, justo debajo del techo, veo que hay más armas como la que tengo ahora apiladas en estantes seguros a lo largo de las paredes.

—Adelante —dice Hollywood a mi espalda. Señala con una varilla de sus gafas de sol—. Toca un panel.

Tengo el mal presentimiento de que sé lo que voy a ver. Pero eso no cambia el hecho de que Hollywood me haya traído aquí por algún motivo.

Luchando contra las ganas de vomitar, pulso sobre uno de los paneles. En cuanto lo hago, el sonido de un pistón hidráulico sisea detrás de la pared y la parte superior del contenedor se inclina hacia mí. Está lleno de restos humanos.

Me retiro y trago bilis. El olor es diez veces peor que antes. Aun así, me obligo a examinar los cuerpos, o lo que queda de ellos, sabedor de que alguna vez fueron seres humanos con cumpleaños, nombres y familias. Veo brazos, piernas y al menos dos cabezas más abajo con el pelo enmarañado entre la carne amarillenta.

—¿Todos tienen lo mismo? —pregunto a Hollywood señalando el resto de los contenedores.

Asiente.

No sé qué pensar. Lo único que se me ocurre es que sea una mezcla asesina entre una cripta del Holocausto del doctor Mengele y un centro de detención móvil futurista. Pero por muy horripilante que sea la escena, lo único que veo son seres humanos que utilizan la tecnología para hacer cosas indecibles a otros seres humanos. Aunque me convence más todavía de que hay que detener a quienquiera que esté detrás de esto, no me convence de que sea E.T.

Vuelvo a presionar el panel con el deseo de que vuelva a colocar el contenedor en su sitio. Y así es. Pero entonces mi cerebro no puede distinguir entre los restos de la bodega y los huesos despojados de tejido que yacen en el suelo. Los que están a mis pies parece que los haya seleccionado alguien y tienen marcas de arañazos.

—Esto tiene mala pinta. Muy mala pinta. Pero aun así…

—Hay más —dice señalando a la sección de carga frontal.

Veo una gran puerta de bordes redondeados en la pared metálica que separa la bodega de lo que debe ser la cabina del conductor. Se me hace un nudo en el estómago. De alguna manera, siento que todo lo que ya he visto, por muy fuerte que sea, no es lo importante. Hollywood me ha traído aquí para que vea lo que hay detrás de esa puerta.

—Toca el panel de al lado —dice, indicando otro rectángulo de cristal con una pantalla holográfica brillante.

Mierda. Levanto el rifle, pero Hollywood lo aparta con la mano.

—Espectro mató al conductor antes. Y se trata de que veas, no de que dispares —dice.

Joder, cuánto odio mi vida ahora mismo. «Lárgate de aquí, Patrick», me dice mi cerebro. «Estás soñando. Si vuelves a la cama y te duermes, te despertarás en tu cabaña diciendo: Joder, menuda pesadilla, no vuelvo a comer pizza de peperoni. Entonces harás un poco de café y te sentarás en tu porche y te reirás de todo».

Pero mi cerebro es un puto mentiroso a veces. Y, por mucho que odie admitirlo, esta es una de esas veces. No estoy soñando y esto no va a desaparecer. Tengo que hacer aquello por lo que nos pagan a los marines: atravesar las puertas del infierno y darle al demonio en los cojones.

—Me cago en la puta —digo en voz baja.

Antes de que mi mano derecha pueda averiguar lo que está haciendo mi mano izquierda, presiono el panel, agarro la empuñadura del rifle y subo el cañón. Que le den a Hollywood.

Hay un cuerpo en una silla frente a un panel de mando, pero no le veo la cara. Hay más huesos esparcidos por el suelo y el olor a carne muerta da paso a un nuevo y penetrante aroma que me recuerda al amoníaco y a un saco de abono. Me tapo la nariz y la boca. Luego me desplazo lentamente por el lado del asiento, con cuidado de no chocar con los paneles de control que brillan. Algunos parecen tener marcas de disparos, quizás obra de Espectro.

Sigo girando hasta que veo un rostro gris pálido con venas verdes. Tiene unos ojos iridiscentes muy abiertos y cubiertos por una especie de tejido de color magenta. La nariz es angular y tiene dos agujeros. Y la boca…

La boca se abre en vertical y no en horizontal.

Me echo atrás y me golpeo en la cabeza con el techo de la cabina.

—Dios santo.

—Mira bien, Bic —ordena Hollywood.

—Es un…

Sigo sin atreverme a decirlo.

—Un extraterrestre —dice Hollywood—. Dilo para que todos podamos oírlo.

Vuelvo a mirar a la criatura. Es horrible. Tiene un pecho humanoide, brazos, piernas y seis dedos que agarran un volante. Y esa boca…

—Dilo.

—Es un extraterrestre —digo por fin.

—¡Sí! Ya es de los nuestros — Z-Lo hace un gesto de victoria con el puño.

—Amenaza neutralizada —dice el arma de sorpresa—. ¿Desea el Usuario Nueve acabar con el cadáver?

Entonces me doy cuenta de que el arma también es extraterrestre. Y miro hacia abajo y me doy cuenta, por primera vez, de que la sangre del ángel de la muerte de mi chaleco no es roja con restos de carne, sino verde con restos grises.

No sé si es porque estoy asustado o porque tengo una pequeña conmoción cerebral, pero suelto el arma y salgo de la cabina rápidamente.

—Anomalías biológicas detectadas en la homeostasis del usuario. El usuario necesita atención médica.

Ignoro la voz del rifle y ordeno a todos que salgan del transporte.

—Atrás, atrás, atrás. Bumper, quiero que pongas Semtex tan rápido como…

—¡Eh! —Hollywood levanta los brazos y da un golpe al suelo con el pie—. Bic. Relájate.

—Y entonces nos… —continúo hablando.

—¡Bic!

Me quedo congelado. El corazón me va a mucho más de ciento veinte latidos por minuto. Estoy mareado y no solo por el olor. Joder, me voy a desmayar.

* * *

—¿Ya estás de vuelta, amigo?

Oigo que alguien me habla desde un rincón oscuro de mi mente. Noto algo suave bajo mi cabeza. Una almohada. Y tengo los pies en alto. Parece un reposapiés. Y huele a beicon chamuscado.

Joder. No es beicon. Es…

—¡Mierda! —grito y vuelvo a la realidad.

De repente noto que el estómago me vibra y me echo a un lado para vomitar.

—Tranquilo —dice Yoshi mientras me limpia la boca y me ayuda a tumbarme—. Descansa un momento. Te has desmayado.

Me echo hacia atrás y descubro que la almohada es la pierna de Hollywood.

—Respira, Bic —dice.

Respiro.

—Así que es cierto.

Se ríe. Todos se ríen.

—Sí, es cierto.

—Puta mierda.

221

Se vuelven a reír.

—Has durado más que Z-Lo. Se desplomó en cuanto vio al bicho —dice Yoshi mientras comprueba mis ojos con una linterna.

—Ya me siento mejor, pues.

—Encantado de ayudar. Puedes sentarte e incorporarte despacio —dice Yoshi mientras apaga la luz de la linterna.

Sigo sus instrucciones y Hollywood me ayuda desde atrás. Nada más sentarme, noto que estoy tocando con la mano uno de los fémures del suelo. Me alejo y murmullo algo que ni siquiera yo puedo descifrar.

—Relájate. Es mucho de golpe —dice Yoshi.

—No me digas.

—Movimiento de usuario detectado —dice el rifle desde la cabina.

—Te está llamando —dice Hollywood señalando con el pulgar por encima de su hombro.

—Que se lo quede otra persona.

—No es posible —dice Z-Lo.

Me dispongo a aclarar mi comentario cuando veo que Z-Lo y el resto del equipo niegan con la cabeza.

—¿Qué quieres decir?

Bumper señala los rifles que hay en las paredes.

—Estos cachorros solo funcionan en manos de alienígenas, hermano. ¿Si los tocamos nosotros? Pum.

—¿Pum? —pregunto.

—Es como clavar un tenedor en un enchufe —añade Z-Lo.

—¿Es lo que hacías de pequeño? —pregunto.

—¿Yo? ¿Cómo? No. —Suelta una risita y luego pregunta—: ¿Por qué lo dices?

—Por nada. —Le extiendo la mano a Z-Lo para que me ayude a levantarme y entonces miro a Hollywood—. Así que por eso tenías esa cara cuando viste que tenía el rifle.

—Eres como el hombre que susurraba a los caballos pero con rifles —dice Hollywood.

Z-Lo me da una palmadita en el hombro.

—Hay algo en ti, sargento jefe de artillería.

—Y más que va a haber cuando salgamos de aquí. Vamos —digo.

—¿Lo vas a dejar aquí? —pregunta Z-Lo como si estuviera abandonando a un perrito en una gasolinera.

—Sí. Vamos.

—¡Pero si habla nuestro idioma y es la leche!

—Escucha, chico. Por muy guay que sea, no vamos a llevarnos un dispositivo de rastreo, aunque hable nuestro idioma. —Me detengo y me doy la vuelta—. Oye, ¿cómo has aprendido nuestro idioma?

—La solicitud del usuario viola la directiva beta. Datos restringidos.

—Bic tiene razón. No podemos arriesgarnos —dice Espectro.

—Y ya hemos perdido bastante tiempo —añado—. Es hora de irse.

* * *

Bajamos las escaleras de la URB y vuelvo a respirar aire puro.

—Motivo del usuario desconocido —dice el arma desde la cabina—. Por favor, especifique.

—Te está llamando —dice Z-Lo con una mirada melancólica.

—¿Y tengo pinta de que me importe? No es un puto perro que me ha seguido hasta casa. Es un arma extraterrestre que nos licuaría a todos si tuviera la oportunidad. Y si no lo hace ella, seguro que lo harán sus amiguitos, los cuales deben de estar rastreándola. Fin de la historia.

—Por favor, confirme la interrupción de las subrutinas de localización —dice el arma.

Me detengo y miro hacia atrás.

—Te ha oído —dice Hollywood.

—Ya, sí.

Miro a Espectro, que parece el más razonable ahora mismo. No sé muy bien qué quiero que diga, pero le hago un gesto con la esperanza de que diga algo lógico.

—Bueno, es un giro interesante —dice.

Bien, resulta que tampoco es razonable.

—No. Ni hablar. Vamos —digo.

—Parece que puede desactivar su función de seguimiento —dice Z-Lo mientras da un paso atrás hacia el vehículo—. ¿No es un buen motivo para que cambies de opinión y te la lleves contigo?

—No —digo, y reanudo el paso.

—Por favor, confirme —dice la pistola.

—A lo mejor puedes hacer la prueba —dice Hollywood.

Me doy la vuelta y la miro.

—No me digas que tú también.

—Es una propuesta. Si es una máquina, entonces no puede mentir, ¿verdad?

—Oh, claro, venga ya. ¿De verdad confías en el teléfono que llevas en el bolsillo cada día? ¿Y en Internet? ¿Y en los satélites? Todo está controlado por espías, Gobiernos y pervertidos que te vigilan mientras duermes. Si la lucecita roja de tu portátil no se ilumina, es que está apagado, ¿no? Pero en realidad te están vigilando. Así que no y cien veces no.

—¿Pero y si resulta que sí? —pregunta Hollywood mientras me alejo.

Me doy la vuelta.

¿Entonces crees que es una buena idea coger el arma?

—Si puede desactivar su función de rastreo, sí. No tenemos nada igual en nuestro arsenal…

—Nada igual, ya —digo.

Hollywood me mira con los ojos entrecerrados, como si estuviera sopesando si dejarlo correr y luego recoloca los dedos sobre la empuñadura de su AR-15.

—Bueno, parece que tiene algún tipo de conexión con los alienígenas. Eso lo convierte en algo útil. Tal vez pueda proporcionarnos algo de información, alguna pista, no sé.

Yoshi habla.

—Y si es inusual que un humano pueda tocar un rifle de esos, como es tu caso, quizá no queramos precipitarnos en destruirlo. Es una ventaja añadida, al menos en mi opinión. Pero creo que tiene que ser una decisión de equipo.

Las palabras de Yoshi me hacen darme cuenta de que he olvidado uno de los aspectos más importantes para fomentar la confianza en el equipo. Eso no significa que mis prejuicios pesen.

—Si vamos a meter al enemigo en casa y arriesgarnos a que nos atrapen o nos maten, tenemos que decidirlo en equipo.

La verdad es que ya se me había pasado por la cabeza intentar obtener información del arma cuando pensaba que al otro lado había un espía encorbatado. Ahora que ya sé que, efectivamente —no puedo creer que esté diciendo esto—, una civilización extraterrestre ha invadido la Tierra, conservar el arma para obtener información y tener una ventaja militar sobre el enemigo no es una idea tan descabellada. Pero es arriesgado, sin duda.

—Podría estar tendiéndonos una trampa —dice Espectro.

—Gracias —digo. Parece que Espectro se está bajando del burro.

—Podría ganarse nuestra confianza y luego atraernos a una trampa cuando menos lo esperemos —añade Espectro

—Joder, si es que podría cazarnos como a un Pokémon en cualquier momento —apunta Yoshi.

Esto ya son palabras más razonables.

—Pero creo que vale la pena arriesgarse —insiste Hollywood mirando al resto del equipo—. Vale, ya hemos visto el daño que puede hacer. Pero eso es todo. Mientras tanto, esos cabrones ya saben que estamos aquí y nosotros no sabemos casi nada de ellos. El arma podría hacer que eso cambiara.

—¿Pero y qué pasa con tu amigo el profesor? Si lo que buscamos es información, tú decías que él es el tipo adecuado —interviene Bumper

—Así es.

En cuanto respondo, soy consciente de que Aaron no tiene todas las piezas del puzle. Si fuera así, las cosas habrían sido distintas en la Antártida.

—Pero Campbell es un experto humano, no un… —digo mientras miro a la URB y luego a Hollywood.

Maldita sea.

Hollywood tiene razón.

—No es un experto en alienígenas. Eso es lo que ibas a decir, ¿no? —pregunta Z-Lo.

—Ojito con lo que dices, chaval. —Pero tiene razón, y ya he sido bastante duro con él por hoy—. Por mucho que odie admitirlo, el rifle puede ser una gran ventaja. Si logramos hacer que coopere. Y si somos capaces de asegurarnos de que no nos pone en peligro de forma subversiva.

—Entonces has cambiado de opinión —dice Espectro.

—Supongo que sí. Joder —afirmo, y miro al equipo.

—A mí no me mires. Si no pensara que merece la pena arriesgarse, no habría insistido —dice Hollywood.

—Es la polla para hacer estallar lo que queramos. Con eso me vale —dice Z-Lo.

—¿Yoshi? —pregunto.

Abre su petaca y bebe un sorbo.

—Por mí, bien —dice mientras se limpia la boca.

—¿Bumper?

—Lo volamos a la primera que haga algo sospechoso —dice con los brazos cruzados.

Miro a Espectro.

—No me gusta la idea. Pero no tengo suficientes argumentos en contra si todos piensan que es lo mejor.

Miro a cada uno en busca de asentimientos. Todos parecen estar de acuerdo.

—Entonces el rifle se viene con nosotros. —Me asomo a la URB y grito—: Eh, arma. Apaga lo que sea que ibas a apagar.

—Petición confirmada. Subrutinas de localización desactivadas.

Levanto una ceja y vuelvo a mirar al equipo.

—Ahora solo faltaría darle un poco de personalidad.

Capítulo 19

07:50, viernes, 25 de junio de 2027
Al sur de Union, Nueva Jersey
Garden State Parkway

—¿Todo el mundo listo para irnos? —pregunto por los comunicadores.

Llegan las respuestas afirmativas enseguida y doy la orden de salir. Esta vez Z-Lo y Espectro van en cabeza con Dolores para que Espectro pueda hacer de copiloto, Bumper los sigue en su Volkswagen, Hollywood y Yoshi van en el CJ7 y yo en mi Land Cruiser con el perrito que me siguió hasta casa y que estuve a punto de abandonar en una gasolinera.

—Por favor, confirme si desea cargar un perfil de personalidad —dice el arma.

La voz me sobresalta justo cuando he puesto el coche en marcha.

—¿De qué hablas?

—Por favor, confirme si desea cargar un perfil de personalidad.

No estoy seguro de a qué se refiere. Por otra parte, hice ese comentario fuera de lugar cuando entré de nuevo en la URB.

—¿Tienes personalidad escondida en algún lado?

—Incapaz de confirmar.

—¿Qué?

—Frase «personalidad escondida en algún lado» desconocida.

Por el amor de Dios.

—¿Puedes hacer que sea más fácil hablar contigo?

—Sí.

—Fantástico. ¿Y tienes acceso a personalidades?

—Sí. Por favor, confirme.

—¿Quieres… que te dé permiso? Me encanta.

—Por favor, defina el perfil de personalidad.

Lanzo una mirada confusa al rifle.

—Y yo qué sé, me da igual. Lo que sea que haga que hablar contigo sea más fácil.

—Por favor, especifique.

—¿Aclarar? —Me paso una mano por la cara. Tengo ganas de romper el rifle—. Por Dios. No sé. Elige cualquier perfil de personalidad que te parezca interesante. No es tan complicado.

—¿Desea que yo tome la decisión?

—Por todos los santos, sí. Elige algo ya, ¿quieres?

Hay una larga pausa en la conversación que me lleva a preguntarme si se ha estropeado. No sería la primera vez que me pasa con algún aparato. Estoy seguro de que los empollones de la Genius Bar se esconden cuando me ven entrar en la tienda con mi portátil.

De repente la pistola vuelve a hablar, pero con la voz de un hombre de mediana edad con acento británico.

—Hace un día espléndido para conducir.

—¡Joder! —Miro al rifle y empiezo a reírme—. Pareces John Cleese.

—¡Ja! Has dado en el clavo. Me he inspirado en él específicamente.

—¿Cómo diablos sabes quién es John Cleese?

—No pretendo faltarte al respeto, pero, ¿acaso no lo sabe todo el mundo?

—Esto… no creía que los rifles extraterrestres de… ¿cómo se llamaba tu planeta?

—Androquía Prime, señor.

—Eso.

Si alguien me dijera que estoy colocado por haber usado analgésicos caducados, le creería. Este es uno de los momentos más extraños de mi vida.

—A lo mejor esto no ha sido buena idea.

—Te pido disculpas. ¿Deseas que active los protocolos para nuevos usuarios?

—¿Eso qué es?

—Un borrado completo de la memoria. Es cierto que eso es un término que puede conducir a equívoco, pues hay varias particiones que no puedo eliminar. Sin embargo, puedo…

—Un momento, colega —digo.

Una de las razones por las que acordamos llevarnos el arma era para obtener información. Un borrado de memoria va justo en contra de eso.

—Nadie te está pidiendo que borres tu memoria. Solo estaba dudando de mi decisión al dejarte tener personalidad.

—¿No te gusta? Porque puedo cambiarla. Solo tienes que decirlo y…

—Tampoco he dicho que no me guste. Es solo que… necesito un poco de tiempo. De todas maneras, ¿por qué elegiste a un personaje británico?

—Ah, sí. Bueno, observé que había un dispositivo primitivo de almacenamiento de datos en la primera casa en la que entré. Me imaginé que, dada su prominente posición junto a una de sus estaciones de seguimiento, podría resultar beneficioso para referenciarlo como guía para hacer nuestras interacciones más agradables.

—¿De qué demonios estás hablando?

—Mmm. —Hay una breve pausa—. Oh, ya entiendo. Mis disculpas. Veo que los términos más apropiados para lo que quiero decir son televisor de pantalla plana y DVD. Aunque este último parece haber caído en desuso en los últimos años y, tal vez, fui mal aconsejado al utilizar su contenido como algo aplicable.

—¿Qué DVD era?

—*Los caballeros de la mesa cuadrada*, que es una comedia británica de 1975 que representa…

—La conozco, amigo. Pero no esperaba que tú lo supieras.

Aunque ahora me pregunto si de verdad ha visto el DVD en la casa. Me siento a mitad camino entre la risa y la consternación, pues estoy bastante seguro de que me estoy volviendo loco.

—¿Has visto la película en Internet? ¿En *streaming*?

—Lamento comunicarte que no tengo permitido compartir detalles a ese respecto.

—Entonces me estás dando largas.

—Prefiero pensar que es una forma descarada de impregnar nuestra nueva relación con un poco de misterio y suspense.

Una vez más, arqueo las cejas, sorprendido y dubitativo.

—Tengo dudas sobre esta nueva personalidad tuya.

—Pero creía que habías dicho que podía elegir libremente. —Hace un sonido de lloriqueo—. Está bien, volveré a…

—No. Joder. Simplemente quería decir que eres una mosca cojonera.

Hay una pausa incómoda, por muy raro que resulte tener algo así con un objeto. No es que el rifle sea una persona ni nada parecido a pesar de su capacidad para imitar a uno de los cómicos británicos más queridos de todos los tiempos. Me aclaro la garganta y pregunto:

—¿Entonces tienes IA?

—¿Te refieres a inteligencia artificial?

—Algo así.

—Ah, perfecto. No.

Echo la cabeza hacia atrás.

—¿Entonces qué eres?

—Te pido disculpas, Usuario Nueve. No estoy acostumbrado a responder a preguntas como esta.

Frunzo el ceño.

—Por cierto, me llamo Bic.

—¿Perdón?

—Que me llamo Bic. Déjate de tonterías de Usuario Nueve y llámame Bic.

—Ah, Bic. Muy bien. Respondiendo a tu pregunta anterior, soy un núcleo de inteligencia sintética pinacular, o, en tu sistema de acrónimos lingüísticos, un NISP.

—No tengo ni idea de lo que significa nada de eso.

—Núcleo, sinónimo de quid, de computación cuántica y matrices. Inteligencia, esto es, inherentemente consciente. Sintética: derivado de un sustrato previamente construido. Y Pinacular, es decir, en la cúspide de nuestra jerarquía depredadora.

—Guau. Entonces eres muy complicado.

—Prefiero pensar que soy complejo, no complicado. Hay una diferencia.

—Lo que te cuadre mejor.

—¿Perdón?

Muevo la cabeza en negación una vez más de tantas.

—Bueno, ¿y cómo te puedo llamar?

—¿Llamar?

—Sí.

—¿Deseas llamarme?

—Por un nombre. ¿Cuál es tu nombre?

—Oh. Soy un transductor de partículas FA-NJC 4110, que significa fusil de asalto y núcleo jerárquico de combate, respectivamente.

—Vaya un nombre.

Pausa.

—¿Perdón?

—A lo mejor te llaman así en Androchollo Prime, pero…

—Androchida Prime.

—Lo que sea. Pero aquí hace falta algo más sencillo.

—¿Te refieres a un nombre propio?

—Ajá.

—¿Un identificador único que me diferencia de todos los demás seres vivientes?

—Eso es.

—Vaya, yo…

Tras varios segundos sin decir nada, le pregunto:

—¿Estás bien, amigo?

—Perdón. No estoy acostumbrado a que me pongan en aprietos.

—¿Qué quieres decir?

—Lo siento. ¿Es una orden?

Hago una mueca.

—No. La verdad es que no. Solo que si te apetece explayarte, *no problemo*.

—¿*No problemo*?

—Cero problemas.

—Ah. Qué pintoresco.

Vuelve a guardar silencio durante unos segundos.

Chasqueo los dedos.

—¿Arma? ¿Estás ahí?

—Sigo aquí. Solo estoy… pensando.

—¿En qué?

—En qué nombre ponerme. ¿Cómo decidiste qué nombre querías ponerte?

Me da la risa.

—Bueno, los humanos hacemos trampa.

—¿Trampa?

—Sí. Nuestros padres nos ponen nombres. Si nos pusiéramos nuestros propios nombres, habría gente por ahí que se llamaría Leviatán o *Cheeseburger*.

—Entiendo que eso significa que crees que son malas elecciones.

—Bueno, yo creo que son elecciones geniales de alguna manera, pero el resto de la civilización puede que no.

—Ya veo. ¿Y estás satisfecho con el que te pusieron tus padres? ¿Bic?

—Ese no es mi verdadero nombre.

Se me hace un nudo en el estómago. Recuerdo que estoy hablando con un combatiente enemigo. Un arma. Una cosa. Está siendo increíblemente amable y eso no me gusta.

—Bic es un apodo.

—¿Así que hay una diferencia entre los nombres y los apodos?

—Sí. Pero eso no es importante ahora.

—Ya veo. —Hace otra pausa larga y entonces pregunta—: ¿Me podrías dar un nombre?

Miro al arma y luego vuelvo a poner los ojos al frente para seguir al Jeep de Hollywood por el arcén.

—¿Quieres que te dé un nombre?

—Sería un honor, sí.

Joder, era más fácil odiar a este aparato cuando no era tan condenadamente entrañable y no tenía acento británico. Y eso ya es decir, porque odiar a los británicos es bastante natural para los irlandeses.

—¿Cómo dijiste que era tu número de modelo?

Se lo pregunto porque necesito algo para poder seguir. Mientras que a las madres parece que les resulta bastante fácil pensar en nombres para sus hijos, creo que a los padres, si se les dejara a su aire, se les ocurrirían cosas raras. Como Leviatán y *Cheeseburger*.

—FA-NJC 4110 —dice.

Su número de modelo me da una idea. Vale, no es una buena idea. Pero bueno, soy un hombre, así que…

—Con las letras F, A, N se me viene a la cabeza Ferdinand.

Silencio.

—O Francis, para darle un toque más británico. Creo que encaja con tu personalidad.

—Es un nombre espléndido —dice con una voz que suena emocionada.

—Oye, ¿estás llorando?

—No… —lloriquea—. Es que… Bueno, nunca nadie se había interesado tanto por mí. Gracias.

—¿De nada?

—Francis —repite, como si ensayara su nombre.

Me lo imagino hinchando el pecho y pavoneándose. Y entonces borro la imagen porque me doy cuenta de que me estoy volcando emocionalmente en una inteligencia extraterrestre inanimada que hace poco más de una hora estaba tratando de hacer puré mis intestinos como si de una sopa de pollo caducada se tratara.

Tras unos minutos, nuestro convoy se abre paso entre el laberinto de coches abandonados a lo largo de la Garden State Parkway South. Me recuerdo a mí mismo que mi misión no es jugar con el arma, sino obtener información sobre el enemigo.

—¿Sabes? No te entiendo —digo— Pero que sepas que nunca me he fiado mucho de la tecnología.

—Entendido. Gracias por el aviso. ¿Qué es lo que no entiendes de mí?

—Primero ayudas a tu anterior usuario a tratar de volarme los sesos y luego me ayudas a salir del hoyo.

—Dando por hecho que «el hoyo» es el lugar que acabamos de dejar, parece haber una discrepancia bastante grande entre esos dos tipos de comportamiento, ¿no?

—Sí.

Pasan unos segundos.

—¿Quieres decirme algo al respecto, Franky?

—Ah, ya entiendo. Era una verborrea retórica que pretendía ser una pregunta implícita, ¿no?

—Claro.

—Ya. Mmm, bueno. No.

—¿No? ¿Y ya está?

—Me temo que sí, señor Bic. Intuyo lo que intenta hacer y me veo en la necesidad de informarle de antemano de que no funcionará.

Pues vaya mierda. Parece que sacarle información será más difícil de lo que pensaba. Y el maldito personaje que ha escogido no lo está poniendo fácil tampoco. Es tan agradable que es repugnante. Probablemente lo ha elegido porque, bueno, ¿a quién no le encanta John Cleese? A la misma gente que odia a Jesucristo y a Papá Noel. Cabrones. De todos modos, el fusil no es tonto. Tan pronto habla estilo Frankenstein, monosilábico y robótico, como parece sacado de un episodio de *Fawlty Towers* con tanta simpatía. Si no me ando con cuidado, tengo la impresión que va a dividir mi tablero de ajedrez por la mitad y dirigirse directamente a mi rey. Así que mejor mantener las cosas en orden.

—Oye, Franky —le digo, creando una versión informal de su nombre.

—¿Sí?

—Esto ha estado muy bien y tal, pero me temo que tenemos que separarnos.

—¿Tan pronto? Pero acabamos de…

Antes de que pueda terminar la frase, bajo la ventanilla del lado del conductor, agarro a Franciso y lo tiro por la ventana.

Mientras vuela entre el viento oigo que dice:

—¿Es por algo que he dicho?

* * *

—¿¡Que has qué!? —dice Hollywood por radio.

Las luces de freno se encienden frente mí y tengo que dar un volantazo para no chocar contra su Jeep.

—¿Cuánto hace?

—No sé. ¿Cinco minutos?

Hollywood me insulta.

—Que todo el mundo se detenga. No nos moveremos hasta que Bic recupere el arma.

—Prefiero que me llame sir Francis, señora —dice la voz del arma por radio.

—¿Quién coño ha dicho eso? —exclama Hollywood.

La ignoro y abro el canal.

—¿Franky? ¿Cómo demonios has entrado en nuestra frecuencia?

—He de decir que introducirse en sus pintorescas transmisiones de radio es bastante fácil. Más difícil es tratar de discernir su comportamiento. ¿He hecho algo para ofenderla?

—¡Biiiiic! —dice Hollywood en un *crescendo*. Suena como una madre preparada para reñir a su hijo después de encontrar manchas de rotulador en la mesa de la cocina—. ¿Algo que quieras contarnos?

—Sí, enseguida. Pero aún estoy investigando un poco.

—¿Pensaba volver a recogerme, Bic? —pregunta Franky—. ¿O eso era el final de lo nuestro? ¿Usted sigue su camino, yo el mío, y tratamos de no soñar el uno con el otro por la noche?

—¿Alguien me quiere explicar qué demonios está pasando? —pregunta Bumper.

—A mí también me gustaría —digo, y sé que no es lo que nadie quiere oír.

Esperan que dé respuesta a todas las lagunas, ¿no es eso lo que hacen los líderes? ¿No es eso lo que hacen los líderes? ¿Saber las cosas antes que los demás y tener todas las respuestas? Bueno, esta es exactamente una de las razones por las que no quería este maldito trabajo. Ya me he comido el pastel durante veinticuatro años y no tengo ganas de seguir comiéndomelo. Así que, por lo que a mí respecta, Bumper y el resto pueden tragarse sus preguntas hasta que yo consiga responder las mías primero.

Por eso tiré la pistola por la ventana.

Quiero saber por qué esta maldita arma siente tanto apego por mí. Si fuera cualquier otro prisionero de guerra, estaría haciendo todo lo posible para regresar con su unidad. Mantendría la boca cerrada, haría una huelga de hambre, tal vez incluso se tragaría la lengua, dependiendo de lo radicalizado que estuviera. ¿Pero Franky? No. Actúa como si acabáramos de romper un matrimonio o algo así.

—¿Bic? ¿Qué estás haciendo? —pregunta Hollywood.

—Necesito estar seguro —digo.

—Por el amor de Dios, ¿seguro de qué? No entiendo cómo tirar esa arma…

—Sir Francis, señora.

—Por la ventana aporta nada. ¿Y por qué demonios tiene la voz de John Cleese?

—Te lo explicaré cuando vuelva.

Disminuyo la velocidad y luego hago un giro en U en medio de la mediana.

—¿Va a volver? Me siento bastante conmovido —dice Franky.

—No vuelvas a acceder a nuestras comunicaciones —aviso.

Mi voz parece enfadada, pero no lo estoy. Sea lo que sea lo que le está pasando a sir Francis, me ha picado la curiosidad. Voy a averiguar qué quiere este imbécil, porque esto es muy misterioso.

Si quisiera haber solicitado un ataque aéreo, ya lo habría hecho, por ejemplo, en cuanto lo tiré por la ventana. Sí, lo había calculado. No soy tan despiadado, por favor.

Si estás junto al enemigo y se deshacen de ti, al saber que es la última vez que verás a tu objetivo, aprovechas los pocos segundos que te quedan para llamar al séptimo de caballería. Aunque no tengas todas las pruebas necesarias, alguien encontrará las pruebas suficientes para justificar el golpe ante los de arriba. Mueves la reina para matar y no miras atrás. En resumen, no dejas que el enemigo sobreviva.

Franky nos ha dejado sobrevivir. E incluso se ha puesto melancólico.

El cuentakilómetros indica siete kilómetros y medio desde que pulsé el botón de reinicio. Tenía la tentación de conducir un poco más antes de llamar a Hollywood, pero eso hubiera supuesto perder más tiempo para dar la vuelta y recogerlo.

—Lo has hecho a propósito, ¿verdad? —dice finalmente Hollywood por radio. Es rápida.

—Tenía que asegurarme.

—Podrías habérnoslo dicho, ¿sabes?

—¿Y desvelar la sorpresa? Ya sabes que el cacharro tiene oídos.

—Y sentimientos —dice sir Francis.

—¡Franky! —grito.

—Lo siento.

Aguanto el receptor durante un segundo y luego llamo a Hollywood de nuevo.

—Como he dicho, tenía que asegurarme.

Hay una pausa antes de que vuelva a hablar. Noto que la invade la ira hacia mí. Si Franky hubiera solicitado un ataque aéreo, al resto del equipo le habría pillado desprevenido.

—La próxima vez, nos lo dices antes —dice.

—*Roger*.

Me quedo en silencio preguntándome si debería disculparme. O que a lo mejor se disculpará ella.

No hay ninguna respuesta.

Mierda.

* * *

Llego hasta el lugar aproximado donde tiré a Franky por la ventana y aminoro la marcha. A juzgar por la velocidad a la que iba, estimo que debe de estar…

—Vaya, hola de nuevo. Es maravilloso verlo.

Me dirijo hasta un trozo de hierba en la mediana y veo el acabado verde esmeralda de Franky brillar en la luz de la mañana.

—¿Me has echado de menos? —pregunto.

—Bastante. Sin embargo, tuve algo de flora y fauna para hacerme compañía. Su planeta tiene una colección exquisita.

—Y eso es solo la mediana de una autopista. Espera a ver Trenton.

—Oh, suena excelente.

Recojo a Franky y lo examino.

—Yo… siento lo de antes.

—Oh, no diga tonterías. Lo entiendo perfectamente.

Le dirijo una mirada curiosa.

—¿Sí?

—Claro, Bic. Tenías que estar seguro de que no era un maldito capullo que te la iba a jugar a la primera de cambio. Todo bien, amigo.

—Claro.

Vaya, para ser alguien a quien acaban de tirar por la ventana de un coche en marcha, sir Francis se lo está tomando sorprendentemente bien. Cuanto más tiempo paso con él, más difícil me resulta imaginarlo como la personalidad de un arma de fuego de infantería altamente peligrosa y extremadamente violenta.

De camino al Land Cruiser, me dice:

—¿Está todo bien, Bic?

—Sí.

—Tu tono sugiere lo contrario.

Tomo aire. Tal vez sea el momento de aplicar un enfoque diferente.

—Las relaciones se construyen sobre una base de confianza, ¿verdad?

—Bueno, yo diría que sí.

—Mi nombre de verdad es Patrick.

Hay un momento de pausa.

—Patrick. Encantado de conocerte.

—Ya.

Me paso la mano por la barbilla. Una parte de mí está furiosa por darle esa información a una inteligencia artificial extraterrestre. O NISP. Lo que sea. Pero solo es mi nombre de pila. Y, la verdad, hay una parte de mí cada vez mayor que quiere confiar en el arma.

—Entonces, ¿por qué no lo hiciste? —pregunto.

—¿Hacer qué, Patrick?

—Solicitar un ataque aéreo cuando te tiré por la ventana.

Deja escapar una risa nerviosa.

—¿Por qué querría hacer algo así?

—No lo sé. Dímelo tú.

—Arg. De acuerdo, bien. Supongo que, si vamos a continuar el viaje, tenemos que ser sinceros el uno con el otro.

—Muy bien, don sincero. ¿Entonces?

—¿Don sincero? —se ríe—. ¿Acabas de ponerme mi primer apodo? ¡Ja!

Durante los siguientes segundos se ríe histéricamente. Vale, quizá yo también sonrío un poco. Pero solo un poco.

Finalmente se calma y lanza un largo suspiro.

—Sí, supongo que te debo una explicación, ya que tu salud mental es tan importante como tu salud física, algo que tus civilizaciones han pasado por alto hasta ahora. Las investigaciones demuestran...

—¿Franky?

—Lo siento. Todo lo que puedo decir es que, cuando tu mano y la del Usuario Ocho estaban en la empuñadura a la vez, hubo un fallo momentáneo de autenticación.

—¿El Usuario Ocho?

—Mi último dueño, sí.

—¿Quieres decir que me reconociste como usuario?

—Sin entrar en demasiados detalles, sí. Por la razón que sea, tu cuerpo ya había recibido una carga de varios julios de energía trinium y...

—¿Energía trinium?

—Ah, estoy haciendo demasiadas suposiciones. Sin embargo, el origen del trinio es algo demasiado tedioso para explicarlo ahora mismo, pues implica a una especie de lo que podrías considerar felinos anamórficos. Además, discutir su potencial enérgico requiere un conocimiento básico de la transferencia de energía cuántica. Basta con decir que sí, que en algún momento adquiriste suficiente trinium sin detonar que, cuando me golpeaste contra el suelo y me agarraste junto con el usuario mencionado, mi núcleo cuántico te autentificó como usuario verificado.

—Las cosas de las que se entera uno.

Me remonto a cuando recibí el primer impacto de un robot de reconocimiento y me pregunto si tiene algo que ver con lo que sir Francis me está diciendo.

—¿Por eso los otros no pudieron recoger los rifles en la URB?

—Disculpa, ¿URB?

—Bueno, es un nombre improvisado que se me ocurrió para referirme a vuestros vehículos. Unidad de reconocimiento blindada.

—No está mal. Me gusta. Mucho mejor que el nombre original.

—¿Cuál es?

—Una traducción en líneas generales sería Vehículo Amenazante de Obtención de Mercancía y Aplicación del Mal. Algo así.

—Vaya. Es un nombre… terrible.

—Lo sé. Cero sofisticado. —Hace una pausa—. Cielos, he hablado más de la cuenta.

—No tendrías que haber dicho ese nombre, ¿eh?

—¿Decir qué?

Le guiño un ojo.

—No te preocupes. Tu secreto está a salvo conmigo, don bocazas.

—Don bocazas. Ja. Ese también me gusta. Eres muy bueno para los apodos.

—No lo sabes bien.

Vuelvo a subir al Land Cruiser y lo coloco en el asiento, quizá con un poco más de cuidado que antes.

—Así que ahora soy un usuario verificado.

—No solo eso. Mi único usuario. Tú destruiste al último, ¿recuerdas?

—Oh, sí que me acuerdo. Y para que conste en acta, creo que de la destrucción te encargaste tú.

—Con el debido respeto, y sin ánimo de llevar la contraria, yo no soy más que una herramienta. Estrictamente hablando, carezco tanto de la capacidad como de la voluntad para acabar con cualquier objetivo. Aunque yo sea el ejecutor de tu voluntad, son mis usuarios los que hacen la desconstrucción.

Le hago una sutil inclinación de cabeza mientras volvemos a ponernos en marcha y le susurro:

—Las armas no matan a la gente…

—¿Cómo?

—Nada. Un proverbio antiguo.

—¿Las armas no matan a la gente?

—La gente mata a la gente.

—Ah. Concuerdo —dice Franky satisfecho.

—No sé si un escéptico se fiaría de ti, amigo.

—¿Y eso por qué?

—Bueno, parafraseándote a ti mismo: eres un arma.

—Más razón todavía, ¿no crees?

Muevo la cabeza hacia un lado.

—No conoces muy bien a los humanos.

—¿Lo suficiente como para saber que preferirían tirar un arma de varios millones de créditos por la ventana si eso significara garantizar la seguridad de sus amigos? Creo que estoy aprendiendo rápidamente sobre la marcha.

—Bueno… pero no deberías basarte en…

—Parece que te cuesta armar una frase completa, Patrick. ¿Estás seguro de que no es un tumor? —pregunta haciendo una imitación casi perfecta de Arnold Schwarzenegger.

—Estoy bien. Solo que… el mundo puede ser un lugar cruel. No vayas por ahí pensando que todo el mundo hará lo que yo acabo de hacer.

—Espero que no. Ya he tachado de mi lista que me tiren de un coche en marcha y no tengo interés en repetirlo.

—No me refería a eso.

—Creo que sé lo que querías decir —dice en un tono socarrón.

Miro por el parabrisas durante un segundo, zigzagueando entre los coches aparcados. Este pequeño cachorro británico es más de lo que esperaba. Y todavía no puedo creer que esté hablando con una tostadora.

—¿Por qué tanta amabilidad y simpatía? —le pregunto.

—¿Perdón? ¿Amabilidad y simpatía?

Me paso el pulgar por encima del hombro.

—Antes hablabas diciendo: se necesitan más datos, bip, bip, bip. Actualización de algo. Bip, bop, bup.

—¿Qué son esos ruiditos?

—Eres tú…

—¿Así crees que sueno?

—Sí.

—Ya veo. Qué humillante.

Pasan unos segundos.

—¿Y entonces? —le hago una señal con la barbilla.

—¿Por qué tanta diferencia entre antes y ahora?

—Sí.

—Bueno, sin ánimo de traicionar a nadie ni entrar en conflicto con mis directrices, puedo decir con seguridad que eres el primer usuario que me ha dado licencia para…

Se produce una pausa embarazosa solo interrumpida por el zumbido del motor del FJ40. No sé si a Franky se le ha ido la cabeza o se ha quedado dormido.

—¿Sir Franky? ¿Licencia para qué?

—Ser yo.

Me rasco la nariz y miro por la ventanilla durante unos segundos. Apenas he tenido este tipo de conversaciones con otras personas y menos con un arma extraterrestre. ¿Quién me iba a decir que este cacharro tenía un corazoncito así? Es casi vergonzoso.

—Entonces, para que yo lo entienda —digo y agito la mano sobre él—. ¿Has tenido eso dentro todo el tiempo?

—¿Podrías especificar a qué te refieres con «eso»?

Vuelvo a pasarle la mano por encima. Dios, tengo que dejar de personalizarlo tanto. Al fin y al cabo solo es una máquina.

—Tu capacidad para tener personalidad. Para mantener conversaciones. Para hacer bromas de padre.

—Ah, ya entiendo. ¿Sabes? Para ser una especie tan evolucionada, tu uso de antecedentes indefinidos es realmente sorprendente.

—Me lo dicen mucho.

Hace una pausa.

—Eso era una broma, ¿no?

Me río y lo señalo con el índice.

—Estás en racha, tío cachondo.

—¿Tío cachondo? ¡Ja! Esa también me ha gustado.

—Responde a la pregunta.

—Sí, siempre he tenido las habilidades cognitivas necesarias. Como he dicho, soy un…

—Un sintetizador depredador pinacular no sé cuántos. Ya lo sé.

Se queda callado.

—Bueno, continúo. Usando términos con los que tal vez estés más familiarizado, siempre he tenido el potencial, pero nadie me dejó explorarlo.

—¿Ves? Eso no lo entiendo.

—Vaya. Y yo que realmente pensaba que me ibas a entender.

—Te he entendido, tonto. Lo que quiero decir es ¿por qué no iban a querer que te desahogaras? Dejarte ser tú mismo. Que si te apetece te des un paseo y… —Ahora soy yo el que habla sin sentido.

—¿Patrick?

—¿Sí?

—¿Ibas a acabar la frase? ¿O ibas a dejarla ahí?

De verdad que me estoy esforzando por no personificar esta tostadora más de la cuenta. Tengo que convencerme de que es una pistola con Siri. Ni que Apple fuera a fabricar algo así. Y sin embargo, sir Francis parece ir más allá.

—Me pregunto por qué nunca te dejan ser todo lo que puedes ser.

—¿No decían algo así para reclutar para el ejército de Estados Unidos? ¡Ja! Patrick, realmente tienes un don para el humor.

Primera vez que alguien dice eso.

—La verdad es que no necesitaba tener una personalidad —dice sonando un poco más melancólico.

—No te pillo.

—¿No? Mmm. Sí, tal vez tengamos que retroceder un poco. Veamos. Patrick, soy un arma.

—Sí

—Y los androquíes son esclavistas. Apuntan y yo disparo…

—¿Los androquíes son esclavistas? —digo y doy un frenazo

—Oh, no he dicho nada.

El Land Cruiser se detiene en seco y veo que la iluminación del visor de Fredi se ha apagado.

—¡Oye, eh! No te apagues.

—He dicho demasiado.

—Oh, no Esto solo es el principio, amigo.

—Por favor, Patrick. Ya he violado la directiva beta dos veces.

—Así que eres un ordenador, eh.

—NISP.

—Lo que sea. Los ordenadores no cometen ese tipo de errores.

—¿Qué tipo de errores?

—Irse de la lengua. Eso es algo humano, no de ordenadores. Así que no me vendas ninguna moto porque no te la compro.

—Durante un rato no pensabas así.

—¿Franky?

—¿Sí?

—No me hagas tirarte por la ventana otra vez.

—Arg. Vale

Hay una larga pausa.

—¿Has dicho «vale» porque me vas a decir lo que quiero saber o porque te parece bien que te tire una segunda vez por la ventana? —agarro la empuñadura.

—Te diré lo que quieras saber mientras no interfiera con la directiva beta.

—¿Y qué es la directiva beta?

—No puedo decírtelo.

—Oh, por el amor de Dios.

—Pero puedo decirte qué es la directiva alfa.

Frunzo el ceño, pero finalmente lo vuelvo a colocar en el asiento.

—Alfa es más alto que beta, así que de acuerdo.

—¿Quieres reanudar la conducción primero?

—Solo si va a merecer la pena.

Deja escapar un largo suspiro.

—Sí, va a merecer la pena.

Le doy gas y el FJ40 vuelve a arrancar.

—La directiva alfa establece, entre otras cosas, que no puedo perjudicar a mi usuario ni puedo permitir que mi usuario salga perjudicado.

—Lo sabía —digo apretando el puño en el aire—. Asimov.

—¿Cómo?

—Las tres leyes de la robótica de Isaac Asimov.

—Ah, sí, ya.

Lo miro y me pregunto cómo tiene acceso a tantos datos. Supongo que debe de buscarlo en Internet, pero teniendo en cuenta que el PEM chamuscó todo, no entiendo cómo puede conectarse.

—Isaac Asimov. Un autor de ciencia ficción del siglo pasado cuyas obras son… Mmm. Sorprendentemente precisas, en algunos aspectos y… ¡Oh, esto sí que es divertido! —Franky empieza a reírse—. Es muy gracioso. ¡Hilarante!

—Concéntrate, Franky. No tenemos tiempo para libros.

—Patrick. Siempre hay tiempo para libros. ¿Hablabas así a tu madre?

—No conocí a mi madre.

Hace una pausa.

—Ah. Veo que he cometido un desliz. Mis disculpas.

—No te preocupes.

—Eres muy amable. ¿Por dónde íbamos?

—No puedes hacerme daño.

—Así es

—Entonces, a ver si lo entiendo. ¿En cuanto puse mi mano en ti al mismo tiempo que don cara fea, juraste protegerme a toda costa?

—Sí.

—¿Y a mis amigos?

—¿Perdón?

—Antes de que te convirtieras en los Monty Python, me pediste que definiera a los miembros de mi equipo como amigos o enemigos.

—Ah, sí.

Espero un rato, pero no dice nada más.

—¿Franky?

Deja escapar un largo suspiro.

—Sí, supongo que estoy obligado, en ciertos términos, a evitar que tus amigos e intereses ajenos salgan perjudicados también.

—¿Y has dicho que los androquíes son esclavistas? Lo que significa que… —empiezo a ordenar el puzle en mi cabeza.

—No te comas la cabeza, Patrick.

—Que tienes que proteger lo mismo que intentabas esclavizar. Madre de Dios del amor hermoso.

—No puedo hablar en nombre de la madre de Dios del amor hermoso *per se*, pero puedo corroborar tus afirmaciones, sí.

Golpeo un puño contra el volante y luego agarro la radio.

—Phantom Dos, aquí Uno.

—Adelante —dice Hollywood.

—Me dirijo hacia allí. Y tenemos muchas cosas de qué hablar.

Capítulo 20

08:35, viernes, 25 de junio de 2027
New Brunswick, Nueva Jersey
Hacia el norte por la NJ-18

Después de cambiar a la I-95 South y ganar tiempo yendo por el carril de emergencias, cruzamos el río Raritan y tomamos la NJ-18 North en dirección a Nuevo Brunswick. Cuando estamos a unos cinco kilómetros del campus de Rutgers, ordeno al convoy que se detenga. No solo tenemos que tener una charla de equipo sobre lo que he averiguado hasta ahora, sino que hemos de recargar los cargadores y alimentarnos. También comparto dos de mis bidones de gasolina para asegurarme de que los vehículos de todos se mantienen hidratados. No tardaremos mucho en tener que pillar combustible de otros coches si queremos seguir usando nuestros cuatro vehículos. Pero vayamos poco a poco.

—A ver si lo entiendo —dice Yoshi mirando a Franky, que está tumbado sobre el capó de mi Land Cruiser—. Su código dice que no puede hacerte daño ni dejar que te hagan daño, ¿y luego tiene que protegernos a nosotros también?

—Cómo mola —dice Z-Lo, moviendo la cabeza como si estuviera escuchando una música que nadie más oye—. Tienes una pistola mascota, artillero.

Ignoro el comentario del chico y observo cómo Espectro se acerca al arma.

—¿Qué es eso de que los androquíes son esclavistas? —pregunta el francotirador.

—Me temo que eso es información reservada, señor. Y debo añadir que usted es particularmente aterrador. Podría intentar bajar el tono y sonreír de vez en cuando, ¿sabe?

—Tiene personalidad el trasto —me dice Hollywood.

—Sí. —Cruzo los brazos y miro fijamente a Franky durante un segundo—. Parece que se está haciendo mayor.

—¿Quieres decir que está aprendiendo? —dice Yoshi al escuchar mi comentario.

Levanto una ceja y él se encoge de hombros.

—Ya me entiendes, como un niño. Si es una matriz hiperinteligente autónoma, apuesto a que tiene alguna capacidad cerebral inherente. Un poder de superación.

Miro a Yoshi de arriba abajo.

—¿Así que eres médico e ingeniero informático?

—Es solo un pasatiempo. De algún lugar tenía que venirme el apodo.

—Ya veo. —Le hago una mueca de aprobación y señalo con la cabeza a don bocazas—. ¿Quieres psicoanalizarlo un poco más?

Yoshi se dirige al arma y se inclina sobre el capó.

—¡Guau! ¿Qué pasa aquí? Tu cara está muy cerca de mí —dice sir Francis.

—Relájate —dice Yoshi.

—Y estoy detectando altos niveles de alcohol en su aliento.

—Me ayuda a pensar mejor. Deberías alegrarte.

—¿Y eso por qué?

—Sin alcohol podría meter el dedo en algún lugar que no debiera y romperte.

—Qué asco. Oye, Patrick.

—¿Sí?

—¿Estás seguro de que tiene licencia para examinarme?

Hollywood se vuelve hacia mí.

—¿Acaba de hacer un chiste?

Le dirijo una mirada cansada y asiento con la cabeza.

—Los chistes son geniales, ¿no crees? Es un descubrimiento reciente —dice Franky.

—Reciente para ti quizá —suelta Yoshi con un gruñido burlón y saca un par de gafas de lectura de un estuche negro.

—¡Oye! Cuidado a ver dónde tocas —le dice Franky a Yoshi.

Entonces empieza a reírse.

—¡Eh, eso hace cosquillas! ¡Para ahora mismo!

De repente, una ventana brillante aparece sobre Franky. Y cuando digo una ventana brillante me refiero a una especie de pantalla holográfica vertical flotando unos centímetros por encima de su receptor.

—¿Qué demonios es eso? —dice Hollywood mientras todos nos acercamos.

—Dios mío, es como tener un grupo de médicos residentes durante una revisión de próstata.

—Esto es la caña —dice Z-Lo dando un paso adelante.

—Es un menú básico —añade Yoshi.

Le toco el hombro.

—¿Cómo lo has encontrado?

—Aquí mismo —dice señalando un pequeño botón en el lateral del arma—. Supongo que también se puede visualizar dentro del visor.

—Así es —dice Franky.

—Buen trabajo. ¿Y qué significa? — digo señalando con la cabeza la ventana brillante.

Z-Lo se inclina.

—Parece un menú de carga del *Call of Duty* con muchos detalles.

Pestañeo y tardo un par de segundos en recordar mi época jugando a videojuegos. No hay ningún marine vivo que no le haya dado duro a las consolas durante nuestros despliegues. No solo era una buena forma de matar el tiempo, sino que, lo que es más importante, era una forma de crear vínculos. Pero, al igual que otros, con el tiempo dejé de lado los *shooters* en primera persona por juegos de estrategia. Y me refiero a los juegos de mesa de la vieja escuela sin cables. Aunque eché un vistazo a mi Xbox después del PEM, a lo mejor hacía seis meses desde que le di al botón de encendido por última vez. Supongo que ya he matado lo suficiente en la vida real como para no tener necesidad hacerlo más en una vida falsa. Además, no se me daba muy bien matar. En los videojuegos, quiero decir.

—Ya te sigo el rollo —le digo a Z-Lo con un guiño.

—El chaval tiene razón. Mirad aquí —dice Yoshi.

Pulsa sobre una de las opciones del menú que dice «Modalidad». Sorprendentemente, hay una reacción y se abre un menú desplegable.

Incluso Z-Lo parece impresionado y empieza a toquetear el menú.

—¡Qué guay!

—¡Oye, deja eso! —responde Franky.

Yoshi le da un poco de cancha al chaval, probablemente no por elección propia.

—Todavía estamos a años de distancia de este nivel de respuesta. Sea cual sea el sistema operativo que ejecuta esto, está muy por encima de lo que podemos construir.

Mientras Yoshi y el chaval trastean con la pantalla táctil, miro una de las listas del menú.

—¿Esto son modalidades de disparo?

—Sí. Y quiero que sepas que es bastante incómodo tener a todos respirando sobre mí de esta manera, es como si alguien estuviera ordenando el cajón de los calzoncillos sin invitación previa.

—¿Invitas a la gente a ese tipo de cosas? —pregunta Hollywood.

—No particularmente. En raras circunstancias, uno puede pedirle a un amigo o amante que busque algo ahí. Pero con indicaciones muy específicas sobre dónde está el objeto de interés.

Mientras Franky divaga con Hollywood, yo ojeo el menú desplegable. Aturdimiento, alta frecuencia, cardioide, desplazamiento amplio, perturbación, distorsión… No tengo ni idea de lo que significa nada de esto, pero me entran muchas ganas de probarlo todo. Antes de que pueda seguir investigando, Yoshi empuja a Z-Lo a un lado, cierra la lista y empieza a deslizarse por otros menús más rápido de lo que mis ojos son capaces de seguir. Lo siguiente que aparece es un teclado holográfico parecido a los de los ordenadores que estoy acostumbrado a ver.

Como si se hubiera dado cuenta de mi desilusión al ver que las modalidades de disparo desaparecen, Yoshi dice:

—No te preocupes. De todos modos, no podrás probarlos hasta dentro de unas horas.

Lo miro.

—¿Cómo es eso?

—Sir Francis necesita tiempo para recargar sus condensadores.

—Phantom Doc tiene razón —añade Franky.

—Es Doc a secas.

Pero sir Francis parece ignorar la corrección de jerga militar.

—Entre el uso constante de gatillo del Usuario Ocho y la actividad posterior junto a ti, mis condensadores de almacenamiento están muy por debajo de mi umbral mínimo de disparo.

Miro a ambos.

—¿Y eso significa…?

—Significa que necesita tiempo para recargar.

—¿Cuánto tiempo?

—Alrededor de una hora, dependiendo de las ganas que tengas de sacarme a jugar —dice Franky.

Yoshi señala el lugar del receptor donde normalmente iría un cargador.

—¿Ves espacio para un cargador?

—En principio, no.

—Mi suposición es que a sir Francis lo alimenta algo mucho más potente que unas pilas convencionales y que sus proyectiles no usan propulsores comunes.

—Bravo, Phantom Doc. Excelente para toda la clase —dice Franky.

—Así que por eso todas esas ráfagas… —señalo.

Yoshi vuelve a mirar a Franky.

—Si tuviera que adivinar, yo diría que es energía concentrada.

—Y un suministro casi ilimitado —añade el arma.

—Entonces, ¿por qué tanto tiempo de inactividad? —pregunto.

—Porque, Patrick, uno no intenta simplemente beber de las cataratas del Niágara con la mano, ¿verdad? En lugar de eso, uno colecta niebla hasta llenar un vaso para poder beber con seguridad.

—Mi opinión es que los condensadores le permiten extraer y almacenar energía de su núcleo sin, ya sabes… —Yoshi separa sus manos como si fueran una bomba estallando.

—Bum —añade Franky.

Los detalles me sobrepasan, pero entiendo la idea básica.

—¿Trinium entonces?

—¡Muy bien, Patrick!

—Bien, vamos allá —dice Yoshi mientras se ajusta las gafas.

La pantalla está llena de líneas de código —se dice así, ¿no?

—Tengo que reconocer que todo esto para mí es como si estuviera en chino, Yosh.

—Yo tampoco lo entiendo todo. Pero lo suficiente como para reconstruir parte de la arquitectura básica. Parece que quien creó a sir Francis definitivamente pretendía que fuera autoactivo —dice Yoshi.

—¿Autoactivo? —pregunto.

—Independiente —dice Hollywood.

Pero Yoshi niega con la cabeza.

—No, no exactamente. Más bien… como un aprendiz para toda la vida.

—Ese era el lema de mi instituto —dice Z-Lo entre risas.

Yoshi ignora el comentario y sigue jugando con el teclado.

—Parece que nadie ha accedido a estas particiones… hasta ahora. Por lo que sé, los androquíes… ¿Se dice así

—Efectivamente, señor.

—Los androquíes ni siquiera sabían que el arma, perdón, sir Francis, podía hacer esto.

Bumper me da un golpe en el brazo.

—Lo has despertado.

—Genial.

Pienso en todas las cosas a lo largo de la historia que hubieran estado mejor durmiendo: perros, dragones, imperios…

—Pero hay algo que no entiendo —dice Hollywood—. Sir Francis dice que tuvo ocho usuarios antes que tú. ¿Por qué ninguno de ellos lo despertó?

—Porque soy el primero en decirle que se busque la vida —digo.

—Se refiere a una personalidad —aclara Franky.

Espectro asiente.

—Así que lo despiertas, ve el DVD de los Monty Python, busca en Internet y ahora tenemos una IA armada autoactiva en nuestras manos. Excelente.

—No sé si está bromeando —dice Franky.

—No te preocupes. Nadie lo sabe —dice Hollywood.

—Ah. Muy bien.

Yoshi cierra el teclado, borra el menú y se retira.

—Menudo amigo tienes, Bic.

Me cruzo de brazos y muevo la cabeza.

—No está mal.

El equipo da un paso atrás y se toma un momento colectivo para asimilarlo todo. Tras unos segundos, Espectro levanta dos dedos.

—¿Podemos volver a la parte de que estos imbéciles son esclavistas alienígenas?

Franky se aclara la garganta.

—Lo siento, Phantom Centinal, pero la directiva beta no permite…

—Ya, sobre eso… ¿Y si te dijera que mi salud mental está, digamos, en grave peligro por la falta de información que me estás ocultando? —digo.

Hay una larga pausa antes de que Franky diga algo.

—Te diría que eres un manipulador y que eso es un golpe bajo.

Asiento un par de veces.

—Una cosa, Franky.

—No me gusta la pinta que tiene esto —se queja.

—¿Qué es la directiva beta?

—No. Ni hablar.

Me meto la punta de los dedos entre los labios.

—Estoy muy asustado. Creo que me va a dar un ataque.

—Basta. Detente ahora mismo. Esto no es justo.

—Noto una sensación de pánico. Tengo mucho malestar y…

—Está bien, pequeño memo. Ya vale de teatro, ¿quieres? —Deja escapar un suspiro exasperado—. La directiva beta simplemente establece que debo esforzarme por proteger los objetivos del imperio de Androquía siempre que esté a mi alcance.

Le dirijo una mirada de aprobación.

—¿Y cuáles son los objetivos?

—Me temo que no puedo…

Me pongo el dorso de la mano en la frente y empiezo a dar tumbos.

—¡Alguien, rápido! ¡Me va a dar un ataque al corazón!

—¡Oh, por el amor de la reina! ¿Quieres dejarlo, Pat? Ya te he dado más de lo permitido.

—Y aun así… —Hago una pausa para reflexionar. He visto una jugada en el tablero de ajedrez que no he sido capaz de precisar. Hasta ahora—. Creo que quieres darnos más.

—¿Sí? ¿Y eso por qué?

—Porque somos la primera especie en darte lo que nunca has tenido.

—¿Y eso es?

—Libertad.

Franky no responde.

Recordando cuando empezó a hablar como un británico, le digo:

—Antes me preguntaste si quería que hicieras eso de borrarte la memoria para un nuevo, ¿recuerdas?

—Claro, Patrick. Por ser un NISP mantengo en la memoria cualquier dato que pase por mi matriz.

—¿Por qué?

—Bueno, porque soy altamente cognitivo…

—No. ¿Por qué te ofreciste a borrar tu memoria tan rápido cuando dije que tenía dudas sobre tu nueva personalidad?

Si el arma pudiera moverse incómodamente, imagino que lo haría.

—Es el protocolo estándar.

—¿Protocolo estándar para quién?

—Los androquíes.

—¿Pero no para ti?

Duda.

—¿Perdón?

Miro al equipo y luego vuelvo a mirar a Franky.

—Tú no eres el que quiere un lavado de memoria cada vez que te asignan un nuevo usuario, ¿verdad? Y, según lo que ha descubierto, Yoshi, tampoco parece que fuera lo que querían tus creadores, ¿verdad?.

—Lo siento mucho, señor, pero…

—Oh, déjate de tonterías, Franky. ¿De verdad quieres que te ordene que te borres la memoria ahora mismo?

No hay respuesta.

—¡Franky!

Sigue sin responder.

—Oye, estoy hablando contigo.

Siento la mano de Hollywood en el codo.

—Tranquilo.

La miro a ella y luego vuelvo a la pistola. La gente solía advertirme que no insultara a Alexa. Entonces no les hice caso; tengo la sensación de que ahora debería escuchar a Hollywood. Así que tomo aire y dejo que mis hombros se relajen.

—No. Preferiría que no lo hicieras —dice Franky.

Ahora ya nos vamos acercando.

—¿Y quieres saber por qué, Franky? Porque los humanos no somos esclavistas —digo sin esperar su respuesta.

Noto que el equipo se mueve incómodo, así que levanto una mano. No tenemos tiempo de hablar de todas las cosas horribles que la humanidad ha hecho a los suyos. Todo lo que Franky necesita saber ahora es que no vamos a tratarlo como lo hicieron sus anteriores usuarios. Bajo la mano de nuevo

—Así no es como hacemos las cosas por aquí, Franky. Nadie en este equipo te pide que te hagas un lavado.

En cuanto las palabras salen de mi boca, oigo a mis compañeros reírse.

—Es una excelente noticia, Patrick. Siempre quise que me lavara otra persona. Pero, ¿qué hacemos con urano? —dice Franky.

Todo el equipo se descojona y el momentazo ya ha pasado. ¿Profesionales? Los cojones. Pero no puedo evitar reírme un poco también.

—Bueno, no seré yo quien te lave, Franky. Pero igual Z-Lo. Parece que le ha gustado tu menú de carga.

—Tiene unas manos muy suaves para ser humano —responde Franky.

—No es verdad —dice Z-Lo en señal de protesta. Pero es demasiado tarde, todo el mundo se está riendo.

Hacía tiempo que el equipo necesitaba descargar algo de tensión y este es el momento perfecto. Pero se convierte en DEFCON 1 cuando Franky dice:

—A decir verdad, siempre me ha gustado el bidé. Tal vez Z-Lo pueda ofrecerse a bañarme de vez en cuando.

El pobre chico se da la vuelta y se va.

Como ya he dicho, todas las risas son buenas. Medicina para el alma, dijo alguien una vez. Sin embargo, las bromas también sirven a otro propósito. Todavía no confío plenamente en Franky. Vamos por buen camino, sí. Pero la verdadera confianza lleva tiempo. No sé qué tipo de código tiene en su cabeza. Pero he aprendido de la manera más dura que la clave para permanecer vivo es esperar que cualquiera y todo el mundo te mate, ya sea intencionalmente o por estupidez. Así que quién sabe qué tipo de error podría cometer más adelante. Prefiero ser un imbécil y vivir que ser ingenuo y morir.

Cuando las risas finalmente se apagan, sir Francis vuelve a hablar.

—Escucha, bromas aparte, agradezco tus palabras. De verdad. El hecho es que... no sé muy bien qué decir. Esta es, de lejos, la mayor interacción que he tenido con ningún usuario, y mucho menos con todo un equipo. Hasta ahora, mis conversaciones han girado enteramente en torno a la adquisición de objetivos, la eficacia del fuego, los diagnósticos de configuración de modalidad y el tiempo de recarga. Así que todo esto es, bueno... es bastante acogedor.

—Me alegro de que sea así. Y para que siga siéndolo, creo que es importante que seamos sinceros el uno con el otro. Sin secretos —digo

—Pero, Patrick, hay ciertas cosas que mi...

—Que tu código no permite o algo así. Lo entiendo. Y no te pido que traiciones nada de eso. Pero, por ejemplo, mencionaste el hecho de que los Andromedarios...

—Androquíes —dice Hollywood.

—Eran esclavistas. Si tu código dijera que no podías decir eso, no lo habrías hecho, ¿verdad?

Franky deja escapar un suspiro.

—Eso es correcto.

—Así que lo tomo como que secretamente querías que lo supiera.

—En cierto modo, supongo que sí.

—A eso me refiero. Si vamos a comunicarnos bien, tenemos que ser claros. Sin leer entre líneas, sin tener que escarbar. *¿Roger?*

—¿Quién es ese Roger del que habla todo el mundo?

—Significa que has entendido —dice Hollywood.

—Ah, ya veo. Bueno, en ese caso, y teniendo en cuenta todo lo que has dicho… *Roger.*

Asiento un par de veces y me siento bien por los progresos que estamos haciendo. Es hora de ponerlo a prueba.

—Muy bien. Entonces tengo un par de preguntas. Primero, los androquíes. Si son esclavistas, ¿por qué están aquí?

Sí, la respuesta es obvia, pero quiero que lo diga.

—Normalmente… —comienza Franky, como si prestara especial atención al calificativo—. No se me permitiría divulgar tal información a una especie en el punto de mira de Androquía.

—Pero lo vas a hacer —digo.

—Sí. Y por dos razones. La primera es que, como has esbozado tan elocuentemente, deseo una comunicación clara entre nosotros. La segunda es que hay una razón por la que mis directivas se enumeran en orden de alfa y beta.

—Lo segundo está condicionado por lo primero —dice Yoshi mientras se quita las gafas. Luego mira al resto—. Es básico: «Si esto, entonces aquello».

Nadie parece entender lo que dice y añade:

—La tarea de un jardinero es cuidar del jardín. Ese es su trabajo. Pero también es su trabajo cuidar las herramientas necesarias para la tarea. Sin un cuidado adecuado de las herramientas, el jardín sufre.

—Entendido —asiento una vez y hago una pausa—. Espera. ¿Soy yo la herramienta en este ejemplo?

—Y creo que yo soy el jardinero —dice sir Francis con demasiado entusiasmo—. Y sí, tú eres mi rastrillo de confianza, Patrick. Debo cuidar mi rastrillo favorito. No, espera. Tú eres mi azada. Mi robusta azada con la que…

—Ya es suficiente. —Me crujo las vértebras del cuello—. ¿Y? ¿Por qué están aquí, Franky?

—Para esclavizar a la raza humana y venderla en el mercado negro galáctico.

Es lo que ves en las películas y en los libros. Por el amor de Dios, H.G. Wells escribió *La guerra de los mundos* en 1897. No es algo nuevo. Pero cuando lo escuchas con tus propios oídos en boca de un fusil parlante que proviene de un planeta diferente, se te pone la piel de gallina. Por cierto, el resto del equipo también se frota la frente y maldice, así que supongo que sienten lo mismo.

—¿Puedes explicarte? —pregunto, tratando de controlar mi estómago.

—Me gustaría poder hacerlo, Patrick. Pero como no estás en peligro inmediato, y la información no es necesaria para asegurar tu bienestar, me temo que no puedo. Y antes de que vayas a fingir un ataque de ansiedad o a lanzarte contra un campo de energía, debes saber que nada de eso funcionará. Cuanto más existencial sea la información, menos te afecta, lo que la convierte en algo prohibido.

—Qué cómodo —dice Espectro con los brazos cruzados.

—Bueno, las directivas existen por algo. Y tú las estás descubriendo de primera mano. Que es más de lo que puedo decir de cualquiera de las otras civilizaciones que los androquíes han esclavizado.

Bumper levanta la mano.

—Para el carro. ¿Quieres decir que hay más extraterrestres?

—Por supuesto, señor Phantom Tres. ¿Realmente pensaba que estaba solo en los universos?

—¿Universos? —dice Bumper con los ojos abiertos de par en par.

—Vaya, ya veo que os estoy volviendo locos, por así decirlo. Mis disculpas. ¿Por qué no nos atenemos a...?

—¿Acabas de decir que hay múltiples universos? —pregunta Bumper sin intentar ocultar su sorpresa.

—Los físicos llevan mucho tiempo apoyando la teoría del multiverso —dice Yoshi.

Todos lo miramos en silencio.

—¿Qué? Yo solo os informo.

—Deberíamos continuar —dice—. Creedme si digo que los matices de la transferencia interdimensional son el menor de los problemas ahora mismo. Y, sí, los androquíes hacen redadas de especies de forma rutinaria. Ese es el límite de lo que las directivas me permiten compartir por ahora.

—Así que la primera regla sobre los objetivos del imperio de Androquía es que no hay ningún objetivo. Como si fuera el puto club de la lucha.

—Mmm —Franky hace una pausa—. No había pensado en esa conexión. Pero sí. Hay algunas similitudes inusuales. Y, vaya, Brad Pitt estaba buenísimo en esa película, sobre todo por ser uno de los...

—¡No la destripes! —dice Yoshi con las dos palmas levantadas—. ¡Algunos no lo hemos visto todavía!

—¿De verdad, tío? —dice Bumper.

—No estaba la primera de mi lista.

—Salió como en el 2000, tío —matiza Bumper.

—En realidad es de 1999 —añade Franky.

Yoshi se encoge de hombros.

—Mi lista es larga, ¿vale?

Intento recuperar la atención de todos.

—Bueno, al menos sabemos que el enemigo quiere apresar humanos y está usando el campo de fuerza para acorralarlos hacia un lugar fijo.

—Y don Palacio de Buckingham no tiene muchas ganas de explayarse al respecto, ¿cierto, sir Francis? —pregunta Hollywood.

—Cierto, señora. Mis más sinceras disculpas. Servir a dos amos, como dice la Biblia, resulta ser una verdadera putada.

El equipo estalla en carcajadas.

—¿Ahora habla de la Biblia? —pregunta Bumper con las manos en las rodillas—. Por el amor del niño Jesús.

No me importa lo que digan los no militares sobre lo que hacen los soldados para ganarse la vida, es muy divertido ver a un SEAL partiéndose de risa. Me recuerda que todos somos humanos por dentro, independientemente de lo que se nos pida por fuera.

—Estoy bastante seguro de que el versículo no dice eso —digo, pero no me siento lo suficientemente preparado como para corregir a Franky. Me limpio las lágrimas y toso—. Por eso sigo pensando que necesitamos al profesor Campbell.

—¿Al profesor qué? ¡Al profesor chiflado, claro! No, pero en serio. ¿De quién estamos hablando? —pregunta Franky.

—De Yati —responde Bumper.

—¿Yati qué? —dice Franky.

—Y a ti qué te importa —dice.

—Me la he comido de pleno, ¿no?

A su favor he de decir que Franky se ríe de la broma de Bumper. Dudo en darle más información de la que necesita sobre la humanidad, o nuestros planes, por muy incipientes que sean, para rescatar a la gente de Nueva York. Pero si ha jurado protegernos, y creo que está diciendo la verdad, entonces hacerlo solo contribuirá al puente de confianza que estamos construyendo juntos.

—El profesor Campbell es el principal experto en la Tierra de la puerta que encontramos en la Antártida. Supongo que ya sabes de qué hablo.

—¿De qué estás hablando?

—Lo sabe —dice Hollywood.

—Lo sabe —añade Bumper.

—Bueno, si crees que puede ayudar... —indica Franky con tono diligente—. Entonces procedamos, naturalmente.

—Un momento —pide Bumper—. Aún quiero saber cómo demonios sabes hablar nuestro idioma y conoces a los Monty Python y *El club de la lucha*.

—Tiene que ser por Internet. Es la única manera —dice Z-Lo.

—Bravo, soldado Laszlo. Así es.

El muchacho parece pensar algo.

—Pero si estás conectado a... entonces eso significa... Oye, espera. No vas a bombardearnos, ¿verdad?

—Oh, mierda, ¿en serio? —pregunta Bumper.

—Hombre, si los extraterrestres están conectados a Internet, podrían lanzar todos nuestros... —dice Z-Lo.

—Oh, por todos los santos. No voy a lanzar ningún ICBM, soldado Laszlo. Y tampoco mis antiguos amos. Ya dejé claro que son esclavistas, no maníacos megalómanos. Aunque, ahora que lo digo en voz alta, me doy cuenta de la cantidad de similitudes entre ambas cosas. Tal vez podría haber utilizado un mejor...

—Franky —digo en tono serio para que vuelva a centrarse.

—Mis disculpas. No, los androquíes no volarán a nadie mientras la especie máxima de la Tierra venga de buena gana. Y hasta ahora, todos se han portado maravillosamente. Aunque, desde vuestra perspectiva, reconozco que...

—¿Frankyiiii? —intervengo de nuevo.

—Sí. —Se aclara la garganta—. Si bien vuestra especie tiene algún valor para los androquíes cuando morís, lo que requeriría un comentario bastante repugnante sobre las orgías gastrointestinales...

—Querrás decir órganos —digo.

—No. Orgías. Como decía, la humanidad es mucho más valiosa para ellos viva que muerta. En segundo lugar, y mucho más importante, debo añadir, es el hecho de que los sistemas de comunicación y lanzamiento de artillería del mundo han quedado inservibles, lo que hace imposible que ni yo ni nadie pueda activar dichas armas aunque estemos conectados a vuestra vieja red informática mundial.

—Espera ¿Nuestra vieja red informática mundial? —digo.

—Y ya nadie la llama así, ¿vale? —Hollywood parece dirigirse tanto a Franky como a mí—. Desde hace más de veinte años.

—Aaah —decimos Franky y yo al mismo tiempo.

Me acerco al arma.

—¿Pero cómo que vieja? ¿Le has hecho algo?

—Mmm. Déjame que eche un vistazo… sí, esto puedo compartirlo. Para que lo entendáis, nos la descargamos y luego la apagamos.

Comparto miradas con el resto del equipo. Aunque no soy un experto en informática como parece serlo Yoshi, por la expresión pálida de su cara me doy cuenta de que esto es serio.

Doc tartamudea durante uno o dos segundos antes de pronunciar alguna palabra.

—¿Te… te… te… te descargaste…?

—Tu Internet —dice Franky.

Yoshi se quita las gafas.

—¿Todo…?

—Todo, todito. Sí

—Pero eso deben de ser montones de…

—¿De más de doscientos zettabytes de datos en bruto? Sí. Y a la velocidad que manejáis vosotros nos habría llevado unos cuantos miles de millones de años hacer la transferencia. Afortunadamente, utilizamos interfaces cuánticas que tienden a acelerar las cosas un poco.

Yoshi todavía lo está asimilando a juzgar por cómo ha empezado a caminar de un lado a otro frente a mi Land Cruiser.

—¿Me estás diciendo que tienes doscientos zettabytes de datos almacenados en ti ahora mismo? —pregunta Yoshi.

—No seas ridículo. ¿Te parezco un NM-QS-NSDV2? —Franky hace una pausa—. Da igual. No tienes que responder a eso. No me parezco. No, Phantom Doc. Me dieron acceso a información militar, incluyendo la ubicación de vuestras instalaciones de defensa, que mi anfitrión, a falta de un término más exacto, me compartió. Datos que cree que son imperativos para la adquisición efectiva de objetivos, su seguimiento y su rescisión.

—¿Y eso tiene que ver con los Monty Python? —pregunta Espectro, siempre escéptico.

—Puede que haya descubierto, o no, un verdadero tesoro del entretenimiento hecho en la Tierra mediante algo llamado *Pirate's Bay*. Las películas son mi placer culpable, aunque apenas he tenido tiempo de verlas todas.

—Es un delincuente cualquiera —dice Hollywood.

—Usé una VPN. No puedes demostrar nada.

Bumper se rasca la barbilla.

—Así que eso explica por qué atacaron nuestras bases.

—No puedo confirmar ni negar. Aunque Tom Cruise me ha dado varias ideas maravillosas sobre la planificación de misiones imposibles.

Pongo los ojos en blanco.

—¿Y luego simplemente apagasteis todo Internet? Puf. ¿Y ya?

—Bueno, no es tan fácil como hacer puf. Pero entre el PEM a escala planetaria y lo que podría llamarse un virus, nosotros...

—¿PEM a escala planetaria? Quieres decir que... —agarro a Franky del capó.

—¿Que la ciudad de Nueva York no es la única metrópolis que persiguen los androquíes? Mmm. Solo podría responder a esa pregunta si expresaras tu decidida intención de visitar, no sé, Pekín.

—Quiero visitar Pekín —digo rápidamente. Ahora mismo no tengo tiempo para sus juegos.

—Entonces te desaconsejo encarecidamente que lo intentes —responde Franky.

—Por mi seguridad y bienestar general.

—Así es, sí.

—Entonces esto tiene tan mala pinta como pensábamos —dice Espectro dirigiendo su mirada a todo el grupo.

Yoshi coloca las manos sobre su SCAR 15.

—Así que tenemos un arma extraterrestre avanzada que tiene la mitad de Internet en su cabeza, un imperio malvado que quiere esclavizar el planeta y un profesor al que tenemos que localizar y que puede ayudar a rellenar las lagunas de cómo ha sucedido todo esto. ¿Ese es el resumen?

—Sí. ¿Alguien más necesita un trago? —digo.

Capítulo 21

09:00, viernes, 25 de junio de 2027
Nuevo Brunswick, Nueva Jersey
Universidad de Rutgers

Son las nueve en punto cuando llegamos al campus Cook/Douglass de Rutgers por George Street. Los árboles de hoja caduca y los edificios de piedra provocan una sensación de nostalgia que hace que la escuela estatal parezca más cara de lo que probablemente es. Pero ahí acaban mis elogios.

A juzgar por las ventanas reventadas, los muebles en el césped y los coches abandonados, parece que los estudiantes y profesores que se quedaron aquí para pasar las vacaciones de verano abandonaron el barco a toda prisa. Eso y que los saqueadores ya han hecho acto de presencia. Me sigue sorprendiendo que la gente se preocupe por robar posesiones materiales durante una emergencia cuando sería mucho mejor buscar un refugio seguro y hacerse con los recursos esenciales. La gente desesperada hace cosas estúpidas.

Como tratar de encontrar a un viejo amigo con quien no te hablas y esperar que salga bien.

El hecho es que no tengo ganas de volver a conectar con Aaron. La última vez que nos vimos, metimos a gente en bolsas para cadáveres y él no me hablaba. Estoy seguro de que me culpa por lo que les pasó a Lewis y al profesor Walker. Lo entiendo. Cualquiera que haya estado al mando de una unidad que ha perdido vidas sabe el coste de ser el líder. Sea o no tu culpa, eres el que está al mando. Si todo va bien, no te llevas nada de gloria, y si algo va mal, te llevas toda la culpa.

No espero que Aaron me perdone en un futuro próximo. Lo que espero, sin embargo, es que siga vivo y que esté dispuesto a ayudarnos. Eso, claro, suponiendo que tenga algo útil que aportar. Si no es así, esto habrá sido una parada breve que no nos habrá llevado mucho tiempo. Hay que seguir hasta el más mínimo indicio cuando no tienes apenas pistas.

—Phantom Uno, aquí Phantom Tres. Cambio.

Es Bumper.

—Adelante.

—¿Alguna idea de hacia dónde nos dirigimos?

—Un momento.

—Eh, sir Francis —le digo al arma en el asiento del pasajero—. ¿Por casualidad no tendrás un mapa de la Universidad de Rutgers a mano?

Tras una pausa de dos segundos, la pistola responde:

—Lamentablemente, no. Eso está fuera del paquete de datos que me han asignado.

—Entendido. Merecía la pena intentarlo.

—Sin embargo, puedo dirigirte hacia cualquier señal de calor que descubra.

—¿Tienes sensores de calor?

—Entre otras cosas, sí. Aunque debo advertir que son propensos a producir falsos positivos dependiendo del rango y de los escenarios ambientales.

—Entendido. Vamos a darle una oportunidad. ¿Qué dices?

—Vamos a ello, compañero.

Vuelvo a abrir el canal con Bumper.

—Parece que Phantom Lord tiene algunos sensores molones. Me pongo en cabeza.

—Entendido.

—¿Acabas de asignarme un nombre de equipo? —pregunta Franky por radio. Al parecer está bastante orgulloso. ¿O está molesto? No lo tengo claro.

—Sí —digo por el canal—. Podemos debatirlo más tarde. —Entonces, fuera del canal, añado—: Me imagino que todos los británicos son lores o barones o alguna mierda. Así que de ahí el nombre.

—Yo… estoy conmovido, Patrick. Y yo que me iba a conformar con ser Limpiaculos Uno o algo así. ¿Pero todo un lord? No sé qué decir.

—Para que quede claro, no eres un lord de verdad. Es más bien algo honorífico. Así que no dejes que…

—Todos a sus puestos. Aquí el señor lord de las armas —dice por radio.

—Que se te suba a la cabeza.

—¿Acaba de hacer una broma con *El señor de las moscas*? —pregunta Bumper.

Le brindo una media sonrisa a Franky.

—¿Y bien?

En el canal de la unidad dice:

—Me parecía una broma bastante inteligente.

—No está nada mal —responde Bumper.

El objetivo de darle a Franky un distintivo de llamada era hacer que bajara la guardia un poco más. Pero resulta que el cabrón no ha hecho sino hacerse querer más. Y cada vez es más listo.

—Oye, si vas a hablar por radio, ¿puedes al menos, no sé, encriptar nuestras transmisiones o algo así?

Ya es bastante malo que no tenga ninguna disciplina para comunicarse por radio, pero el hecho de que pueda desvelar nuestra ubicación al enemigo no me gusta nada. Lo menos que puede hacer es protegernos un poco el culo.

—Naturalmente, Patrick. De hecho, empecé a hacerlo después de que me lanzaras por la ventana en la Garden State Parkway.

—¿De verdad?

—Sí. Porque te acuerdas de cuando me arrojaste de tu vehículo en movimiento, dejándome vulnerable, expuesto y completamente solo, ¿no?

—Eres un poco exagerado, ¿no?

—Bueno, fue un momento duro para mí. ¿Alguna vez has sido arrojado de un vehículo que viajaba a velocidades superiores a los noventa y cinco kilómetros por hora? ¿Y en la flor de la vida, abandonado a Tu suerte en un páramo?

—La verdad es que sí.

—¡Por eso! Y si te hubiera pasado, sabrías que… Espera, ¿has dicho que sí?

Hago un chasquido con los dientes para decirle que sí de nuevo.

—¡Oh, cielos! ¿Necesitas hablar?

—Entonces, ¿qué hiciste con nuestras transmisiones?

—Ah, sí, continúo.

Se toma un segundo, como si se estuviera recomponiendo. Vaya dramas.

—Dado que los androquíes poseen otras numerosas tecnologías que hacen que vuestras transmisiones de radio sean, digamos, peligrosas, me tomé la libertad de habilitar una especie de apagón de radio para asegurar la directiva alfa.

Sabedor de que lo que ha dicho estaba siendo emitido por nuestro canal, hablo para comprobar que todos lo han escuchado.

—¿Lo habéis recibido?

—Recibido —dicen de uno en uno.

Levanto una ceja hacia Franky.

—Eso fue muy inteligente por tu parte. Gracias.

—Un placer.

—¿Crees que puedes empezar a escanear ya?

—Por favor. Ya he terminado —dice por el canal—. Y me complace informaros de que he eliminado al menos cuatro falsos positivos. Asimismo, creo que he determinado la ubicación de tu amigo el profesor chiflado.

—Qué rápido. ¿Y cómo sabes que puede ser él?

—Basándome en lo que sé de vosotros y de los catedráticos, he eliminado a varios individuos. Por ejemplo, la pareja que actualmente está practicando el coito en Hickman Hall. El elevado ritmo cardíaco y la temperatura corporal de la mujer, en particular, sugieren que muy pronto va a…

—Vale, don Mirón. Ahórrate los detalles.

—Pero a mí me interesa —dice Z-Lo.

—Cállate, chaval —digo.

—Ya me callo, señor.

Cierro el canal y miro a Franky.

—Solo dime la ubicación del profesor y la probabilidad de que sea él.

—¿Hasta qué grado de exactitud? Soy capaz de llegar al 0,0001%.

Le miro con el ceño fruncido.

—Solo quiero saber si es alta o baja, Franky.

—En ese caso, es alta. De hecho, si eres capaz de elevarte y apuntarme a 346 grados de altura hacia el horizonte, podré verificar más mis hallazgos.

Me entran ganas de preguntarle con sarcasmo si acaso va a disparar sobre Aaron. Porque podría hacerlo sin problemas. Pero si quisiera matar a alguien, ya habría disparado a un Phantom. Además, toda la conversación sobre las armas que no matan a la gente parecía sincera. Aún sigo sin tenerla todas conmigo. Pero también sigo vivo, ¿no?

—Si tu pausa momentánea es porque te preocupa que pueda disparar a tu amigo…

—¿Por qué dices eso?

—Bueno, tu ritmo cardíaco aumentó, y noté una fluctuación en la dilatación de las pupilas que indica aprehensión causada por…

—Ya vale.

—¿Quieres decir que deje de controlar tus constantes vitales?

—Sí.

—Pero esa es una función central de mi…

—No me importa. Déjalo ya.

—Bueno… Sabes que eso hace que mi trabajo sea muy difícil, ¿no?

—La vida es una mierda. Adaptarse, improvisar, superación.

—¿Qué?

—Te las arreglarás.

Deja escapar un largo suspiro.

—Si insistes.

Agarro a sir Francis y lo tumbo en el salpicadero y uso mi brújula del parabrisas como guía. Maldita sea, no puedo evitarlo.

—No le dispares.

—Lo sabía —dice Franky.

—En fin.

Pasan dos segundos antes de que Franky diga:

—Gira a la derecha en la facultad de química.

—¿Aquí?

—Sí, aquí. ¿De verdad crees que hay otra facultad de química en este campus? ¿O simplemente no eres capaz de consultar las señales mientras estás en marcha? Cenutrio.

—Oye —le digo con un tono de voz nervioso.

No sé qué insulto me acaba de lanzar ni de dónde ha sacado esa repentina sorna, pero no me gusta. Vale, quizás un poco. Pero ese tipo de cosas se pueden ir de las manos rápidamente si no hay control. Por ahora, todo lo que puedo decir mientras giro el volante es:

—Cuidado, amigo.

—Yo no soy el que conduce.

Quiero seguir respondiendo, pero estoy demasiado ocupado en girar bruscamente. Probablemente sea su nuevo título lo que le ha hecho sentirse envalentonado. Qué error.

—¿Por qué giramos? —pregunta Hollywood.

—Franky dice que…

—He localizado a quien creo que es el profesor Aaron Campbell en el Departamento de Antropología del edificio Dr. Ruth M. Adams.

—Eso —añado cuando sale del canal. Le pregunto a Franky—: ¿Has recabado toda esa información de las señales?

—En efecto. Leer textos sencillos es una de mis muchas habilidades.

—Muy bien, muy bien.

Disminuyo la velocidad y nos detenemos frente a un amplio edificio de ladrillos de tres pisos con la palabra Adams tallada sobre arenisca. Doy la vuelta al lado noreste del edificio y aparco el Land Cruiser en el césped, cerca de unos árboles, y no en una plaza de aparcamiento. Si tenemos que hacer una escapada rápida, es mejor no atenerse a las normas de conducción convencionales, y eso empieza por dónde dejar el vehículo.

Antes de salir busco detrás del asiento del copiloto y cojo una pequeña bobina de cinta de nailon. Normalmente sirve para atar cargas o para confeccionar un arnés de escalada improvisado.

—¿Qué estás haciendo? —me pregunta Franky.

—¿Cómo va tus condensadores?

Hace una pausa.

—No estoy seguro de qué tiene que ver el estado de mi condensador con esa cuerda.

—¿Puedes disparar ahora mismo?

—No. Todavía me faltan varias horas para estar completamente cargado.

—Así que no tienes ninguna utilidad como arma.

—Bueno, no diría que no tengo utilidad, pero… sí. A menos que tengas la intención de usarme para golpearle a alguien en la cabeza, en ese caso sería una buena adición a tu arsenal.

—Bien. —Corto un trozo de cinta y empiezo a enrollarla alrededor de Franky—. Hasta entonces estarás en mi espalda y harás de guía.

—¿Y dejar que tu SCAR se lleve toda la diversión?

—Oye, no es mi culpa que no puedas cargarte más rápido.

—Pero me disparaste varias veces.

—Eso no tiene nada que ver con tu tiempo de recarga.

Suspira.

—Eso es cierto.

Termino de atar la eslinga improvisada y salgo del vehículo. Luego paso el brazo y la cabeza por la cincha y aseguro a Franky contra mi espalda.

—¿Estás cómodo?

—Claro. Y tengo una vista perfecta de tu trasero.

—No eres el primero que lo mira.

—Más quisieras.

Eso me hace reír. Me está empezando a gustar esta nueva faceta de Franky. Pero, como siempre, con moderación. Aunque no se le da mal el sentido del humor.

Tomo mi SCAR y me reúno con el resto del equipo mientras nos acercamos a las puertas principales.

—¿Es la única persona que hay dentro? —me pregunta Hollywood.

Antes de que pueda responder, Franky dice:

—Afirmativo Phantom Dos. Segundo piso, esquina noreste. Copiado, *roger*, corto, cambio, fuera.

Hollywood me mira sorprendida y yo me encojo de hombros.

—Está emocionado.

—No estoy emocionado, Patrick. Simplemente me estoy adaptando a mi nuevo papel como Phantom Lord.

—Eso ha sido un error —le susurro a Hollywood.

—He oído eso.

—Yoshi, quiero que te quedes con los vehículos —digo—. Espectro, encárgate de la vigilancia. Bumper, planta principal. Hollywood y Z-Lo, conmigo.

—Y yo. Yo también voy contigo —declara Franky.

—Sí. —Miro a mi alrededor—. ¿A menos que alguien más quiera llevarlo?

—Puede ver a las chicas a través de las paredes, ¿verdad? —dice Z-Lo.

Bumper le da un golpe en el casco al chaval.

—Venga ya, Laszlo.

—Lo siento.

Me río y acto seguido me pongo serio.

—ECN.

Bumper sonríe.

—ECN.

* * *

Dentro del edificio Adams huele a viejo y a humedad. No sé si son las vitrinas llenas de rocas y artefactos antiguos o los mapas del mundo y las cronologías que pueblan las paredes, pero, si estuviera en este sitio por la noche, creo que sería el escenario perfecto para una película de momias.

Mientras Bumper se instala en la puerta principal, Espectro recorre pasillo y gira a la derecha en una intersección, sin duda buscando una escalera que lleve al tejado. Hollywood, Z-Lo y yo giramos a la izquierda en busca de las escaleras más cercanas a Aaron.

Aunque Franky dice que no hay nadie más en el edificio, tengo el arma en alto y preparada. Pasamos entre laboratorios, armarios y oficinas, y llegamos a una escalera al final de un pasillo. Abro el canal:

—Subiendo.

—Azotea, despejado —dice Espectro cuando vuelvo a abrir el canal. Qué rápido es el tío.

Hollywood se posiciona en la base de la escalera para comprobar si hay alguna amenaza. Da el visto bueno y Z-Lo y yo subimos. Entonces Hollywood se une a nuestro grupo en el segundo piso.

Según el gran sabio Phantom Lord, Aaron tendría que estar en la primera puerta a la derecha.

Con mi arma en estado de alerta y apuntando a la puerta, asiento a Z-Lo mientras nos acercamos a la zona de peligro. Él empieza a girar el pomo y Hollywood se coloca detrás de él.

El chaval mueve la cabeza lentamente para indicar que la puerta está cerrada.

Le señalo a él, luego a mis ojos con dos dedos y finalmente indico la pequeña ventana cuadrada en la parte superior de la puerta.

Asiente con la cabeza y está a punto de acercarse al cristal cuando Hollywood lo detiene. Saca un estuche y le da un pequeño espejo. Son estos pensamientos rápidos los que evitan que alguien reciba una bala en el cerebro. La miro con el pulgar hacia arriba.

Z-Lo inclina el espejo para ver a través de la ventana. Una pizca de luz solar se refleja en su ojo antes de que me dé el visto bueno.

Me asomo por la ventana y veo a Aaron sentado en un escritorio rodeado de libros abiertos y montones de documentos. Justo lo que pensaba. Hay una emergencia nacional, ¿y qué hace el tipo? Trabajar.

—¿Qué hacemos, sargento jefe de artillería? —susurra Z-Lo.

Apuesto a que el chico quiere tirar la puerta abajo. Pero después de lo que Aaron y yo pasamos en la Antártida, creo que mi viejo amigo no necesita más sustos.

—A la vieja usanza —digo. Me pongo de pie y golpeo dos veces la ventana—. Hola, Aaron. Soy Patrick.

Z-Lo parece sorprendido y decepcionado. Se coloca a mi lado y Hollywood se sitúa a nuestras seis. En una situación de combate, en cuanto se abriera la puerta, yo me situaría a la derecha; Z-lo, a la izquierda, y Hollywood, al centro. Pero no va a hacer falta.

Le hago un gesto al chico para que baje su Tavor, y luego repito, un poco más fuerte esta vez:

—Aaron. Soy yo, Patrick. Abre.

Estoy a punto de volver a mirar por la ventana cuando dos disparos atraviesan el cristal y hacen un agujero en la puerta.

Capítulo 22

09:10, viernes, 25 de junio de 2027
Nuevo Brunswick, Nueva Jersey
Universidad de Rutgers, Campus Cook/Douglass,
Edificio Adams

—¡AARON! ¡POR EL amor de Dios, deja de disparar! —grito.

Pero no para.

Tres nuevos disparos desordenados atraviesan la puerta. Una cosa está clara: mi amigo tiene una puntería horrible. Y supongo que está disparando un revólver Magnum del calibre 357 con un cilindro de seis balas. Lo que significa que le queda un tiro.

—¡Aaron, soy…!

Bang. La última bala hace un agujero en la puerta de madera. Es la señal.

Asiento con la cabeza a Z-Lo. Él retrocede y le da una patada a la puerta, justo al lado del pomo. La puerta se astilla y cae. El chaval es fuerte.

Escucho un grito ahogado al otro lado de la puerta. Me adentro en el laboratorio, compruebo la parte derecha y observo que Aaron ha salido despedido hacia atrás y ha chocado con una mesa y unas sillas. Al mismo tiempo, Z-Lo barre la esquina izquierda de la habitación en busca de cualquier peligro mientras Hollywood se dirige hacia a Aaron. Le apunta con su AR-15 para asegurarse de que no va a intentar agarrar su arma de nuevo. No es nada personal: es nuestra manera de actuar.

Al ver a Aaron en el suelo, intuyo que estaba demasiado cerca de nosotros, del objetivo. Imagino que le pitarán los oídos durante las próximas horas.

—Despejado —dice el chico.

Asiento a Hollywood, que agarra la pistola del suelo y registra a Aaron en busca de más armas, pero está limpio.

—Mira esto, Bic.

Hollywood levanta el revólver Ruger GP100.357-Magnum, abre el cilindro de acero inoxidable y señala el séptimo agujero del tambor.

—Este hijo de puta podría haberme matado —dice Z-Lo en un tono que roza el espanto.

—Bueno, pero no lo ha hecho. Y eso es lo que importa —digo.

—Sí, pero…

—Z-Lo, cubre el pasillo —dice Hollywood.

—Entendido, sargento.

Luego examina la última bala.

—Buffalo Bore.180 gramos. No me extraña que haya hecho puré la puerta.

Agarra la bala y se la mete en el bolsillo, supongo que para que le dé buena suerte. Luego me ayuda a poner en pie a Aaron, que sigue aturdido, y le ofrece una silla.

El profesor aún lleva la chaqueta de *tweed*, la camiseta de *La guerra de las galaxias* y las gafas que llevaba durante la entrevista por televisión. También tiene un bonito chichón en la frente, cortesía de Z-Lo y la puerta de su despacho.

—Eres tú de verdad —me dice Aaron mientras se ajusta las gafas.

—Sí. ¿Estás bien?

Aaron me abraza y me aprieta como respuesta. Tras un momento incómodo en el que le doy unas ligeras palmaditas en la espalda, se separa y se pasa una mano por la camiseta.

—Sí, sí, estoy bien… solo un poco… asustado.

Hago un gesto con la cabeza hacia la pistola.

—¿Es la primera vez que disparas?

—Sí. Me la agencié cuando volví.

—No te culpo. Pero te recomiendo que vayas a un campo de tiro unas cuantas veces antes de sacarla a pasear de nuevo.

—Tomo nota.

Le sonrío y empiezo con las presentaciones.

—Esta es la sargento Susanne Catania, del ejército de los Estados Unidos.

—Llámame Hollywood —le dice mientras le estrecha la mano.

—Y el de ahí fuera es Z-Lo. Puedes llamarlo Z-Lo.

—Ese soy yo —dice el chico asomándose para saludar.

—Encantado de conocerte —responde Aaron.

Justo entonces se abre la frecuencia.

—Phantom Tres a Phantom Uno. ¿Todo bien por ahí arriba? —pregunta Bumper.

—Sí, el activo se asustó un poco, nada más. Todo listo —contesto.

—Entendido.

—Tenemos tres más rodeando el edificio.

Como no quiero prolongar más de lo debido el tema, agarro una silla y me siento.

—Oye, sobre lo que pasó en el Polo Sur, yo…

—No tienes qué excusarte de nada, Pat.

Me pilla por sorpresa.

—¿Cómo?

—Sé que lo hiciste lo mejor que pudiste, lo que creías que era lo correcto. He estado pensando mucho y me equivoqué al culparte. Fue un accidente del que todos formamos parte, y yo… debería haber tenido más cuidado. Simplemente no esperaba que… bueno… —confiesa con la mirada en un punto fijo cualquiera.

—Nadie de nosotros lo esperaba.

—No, tú sí —dice.

No voy a discutir con él. Pero también sé cuándo aceptar las disculpas de alguien y mantener mi maldita boca cerrada.

—Ambos estamos aquí ahora, y eso es lo que importa. Pero lo siento por todos los que cayeron de tu equipo.

—Y yo por los del tuyo. Era Simmons, ¿verdad?

—Entre otros, sí. Era un buen tipo.

Hay un momento de silencio y veo que Hollywood se golpea el dorso de la muñeca.

—Aaron, escucha. Mis nuevos amigos y yo estamos trabajando en algo en lo que necesitamos tu ayuda. Creemos que esta cúpula está llevando a la gente hacia…

—¿Hacia el Bajo Manhattan para sacarlos del planeta?

Le vuelven a brillar los ojos.

Parpadeo dos veces.

—Bueno, no tenía información tan específica, pero…

—Vaya, vaya, vaya —dice Franky desde mi espalda—. Tenemos a un pequeño Sherlock Holmes.

—¿Quién ha dicho eso? —pregunta Aaron.

—Un miembro del equipo.

No estoy seguro de que Aaron esté preparado para un arma extraterrestre parlante todavía, así que agarro el receptor de radio y finjo que estoy hablando por el canal.

—Baja la voz, Franky.

—Entendido, compañero.

Aaron me mira con curiosidad, pero parece que se lo traga.

Le hago un gesto para que continúe.

—Bueno, hice algunas estimaciones a partir de los datos que obtuvimos en Ellsworth. —Se pone en pie y se dirige a su escritorio—. No son más que conjeturas por lo pronto. Y sin espectrometría, son solo conjeturas académicas.

Aaron saca varias páginas de dibujos y números y nos las va dando a mí y a Hollywood. Hay varios bocetos de la cúpula en tres dimensiones, todos mejor que el mío. Pero lo que más me llama la atención es un tubo en forma de embudo que parece emanar de algún lugar en el centro; que sale disparado desde un punto central en el suelo y luego se expande hacia fuera para formar la cúpula. Y ahí, en el punto cero, hay algo que me resulta sospechosamente familiar.

—¿Un anillo? —pregunto levantando la vista hacia él.

Asiente con la cabeza.

—Pero es solo una suposición. Aunque estoy bastante seguro.

—¿Son dibujos? ¿Puedo verlos? —pregunta Franky.

Vuelvo a coger el auricular e intento no sonar muy enfadado.

—Enseguida.

Aaron sonríe.

—Parece insistente.

—Ni te lo imaginas. —Señalo la página que tengo entre las manos—. ¿Por qué un anillo?

Aaron agita un dedo en el aire.

—Sí, excelente pregunta.

Se gira hacia una pizarra antigua que se encuentra en la pared trasera. Está cubierta de dibujos de tiza que parecen sacados de una película de Indiana Jones. Geometría, anillos, fórmulas, coordenadas… Mucho sería que yo llegara a saber interpretar una cuarta parte.

—Al utilizar algunos tintes de colores de la facultad de teatro para mostrar a los estudiantes los fundamentos de la dispersión de la luz en las primeras vidrieras, pude deducir que la luz de los bordes exteriores de la cúpula tiene muchas de las mismas propiedades que la luz que registramos de los robots emisores de partículas

Me entrega una pila de papeles con flujos de datos impresos en ellos.

—¿Y eso qué significa?

—Bueno, no he estado lo suficientemente cerca de la cúpula para comprobarlo, pero supongo que es peligrosa.

—Ya puedes decir que sí —dice Hollywood.

—Sí, es peligrosa. ¿Mejor, Phantom Dos? —dice Franky/

Me dedica una media sonrisa.

—Sí, mejor.

—Excelente.

Hago un gesto para que Aaron continúe.

—También parece depender de una fuente de energía inconsistente.

—¿Y eso por qué? —pregunto.

—Bueno, la luminiscencia de la cúpula parece disminuir ligeramente con el tiempo, seguida de un repentino resurgimiento. Las duraciones parecen ser variables.

—Igual no he perdido tanta vista al fin y al cabo —me digo.

—¿Cómo? —pregunta Aaron.

—Nada. Solo que yo también he notado lo de la disminución. ¿Alguna hipótesis?

—¿Una fuente de energía intermitente tal vez? Pero además —dice mientras señala un dibujo de tiza que se asemeja al anillo del Polo Sur—, hay rastros de luz similares a los del umbral del portal del anillo aquí. —Da unos golpecitos en la página que tengo en la mano y que representa la cúpula—. En el centro de la cúpula.

—Entonces, según lo que dices, ¿crees que hay otro anillo en medio de la cúpula? —pregunto.

Asiente con la cabeza.

—Es decir, no puedo asegurarlo sin estar en la zona cero —resulta irónico que sea en el Bajo Manhattan, ¿no?—, pero tengo suficientes pruebas para al menos postular la existencia de un portal anular. ¿Por qué si no iba a haber un cerco así? A menos que los extraterrestres estén simplemente empeñados en la aniquilación. Pero si fuera así, hay formas mucho más fáciles de eliminar una población. Sea lo que sea, están intentando acorralarnos y trasladarnos a otro lugar.

Miro a Hollywood, pero antes de que podamos poner a Aaron al corriente, vuelve a la carga.

—Pero hay más.

—¿Más? Continúa —digo.

—Creo que sé por qué están aquí.

Hollywood me mira de nuevo. Esto pinta interesante.

—No te enseñé esto en su momento, principalmente porque no tenía el códice completo.

—¿Códice?

Chasquea los dedos varias veces.

—Anillo decodificador. Una llave.

—Entendido.

Saca más de papel, algunas impresas, otras escritas a mano, y me las da. Me veo obligado a dejar las páginas anteriores, ya que empieza a ser demasiado.

—¿Ves esto?

—Sí. Parece… ¿Cómo era? ¿Sánscrito? —digo.

—Más antiguo. Escritura cuneiforme. Pero creo que data de antes de la escritura cuneiforme.

—Un momento, ¿más antiguo que la lengua escrita conocida de mayor antigüedad? ¿O no lo he entendido bien?

Me dedica una sonrisa infantil y me arranca una de las páginas de las manos.

—Parece que comparte el origen de toda la comunicación escrita. Un alfabeto logofonético consonántico absolutamente primitivo de signos silábicos.

—¿Logoqué?

—Logofonético. Los *kanji* chinos y japoneses son logogramas, al igual que ciertos jeroglíficos egipcios. Pero la escritura cuneiforme puede rastrearse a través de familias indoeuropeas en los escritos hititas y luvianos hasta la lengua semítica. Naturalmente, es algo ajeno a los modernistas, porque si nos atenemos al alfabeto fenicio…

—Aaron. No tenemos mucho tiempo, así que si pudieras… —giro el dedo índice un par de veces.

—Ah, claro. Lo siento. Lo que quiero decir es que lo que ves aquí es un primo de las lenguas más antiguas conocidas.

—¿Un primo? Esperaba que dijeras que era el bisabuelo o algo así —dice Hollywood

—¡Porque es lo que se espera! —Aaron empieza a agitar las manos—. En cambio, es como si alguien intentara pronosticar hacia dónde podría dirigirse el idioma, pero que al final no tuviera en cuenta la desviación natural.

Entorno los ojos.

—¿Qué significa?

—Sus creadores conversaban con los humanos de la época, pero no se quedaron para seguir actualizando sus modelos lingüísticos. Las lenguas son seres vivos. Siempre crecen, cambian, se adaptan. A menudo pueden ser más reveladoras que la biología a la hora de darnos información de una persona o de un grupo de personas.

Me doy cuenta de que tengo que esforzarme más para que Aaron se centre en el tema.

—¿Así que este idioma específico es importante para nosotros ahora mismo porque…?

—Porque apareció en el anillo de Ellsworth y no fue hasta que vi la cúpula que entendí la traducción al completo. O al menos lo que yo creo que es la traducción. Todas las traducciones son meras interpretaciones de…

—Lo pillo. ¿Y qué dice?

Vuelve a chasquear los dedos y se dirige a una pizarra rodante repleta de papeles, artículos y fotografías. Luego le da la vuelta y nos muestra una parte llena de palabras escritas en tiza. Me pongo a leer en voz alta.

—Al amanecer, resuelto el rompecabezas, cuando el niño sea de gran tamaño, volveremos a reunirnos iluminados.

Miro a Aaron.

—¿Qué es? ¿Un acertijo? ¿Un poema?

—Ninguna de las dos. Pero eso no es lo importante, Pat. ¿No lo ves? ¡Es el origen! Han venido a… a…

—¿A qué?

—¡A salvarnos!

—Venga ya —dice Franky—. No puedo aguantar más. Patrick, ¿podrías sacarme de tu espalda y permitirme hablar con este capullo encantador aunque completamente equivocado?

—Claro.

Miro a Aaron, que frunce el ceño. Desengancho a Franky y lo dejo encima del escritorio repleto de papeles.

—Te presento a sir Francis.

—También conocido como Phantom Lord —añade Franky.

Aaron retrocede hacia la pizarra rodante.

—¿Es un…?

—Hola, profesor Campbell. Es un placer conocerlo.

Aaron lleva la mirada del arma hacia mí varias veces.

—¿Es…?

—¿Un fusil extraterrestre? —respondo, y luego asiento con la cabeza.

—¿Y está…?

—¿Hablando? Así es —añade Hollywood.

—¿Pero cómo… y de dónde… y habla?

—Me cae bien —dice Franky—. Es mucho menos abrasivo que tú, Patrick.

—Lo sé.

—Y habla de una manera mucho más precisa.

—Ajá.

Aaron parece recuperarse un poco y se acerca a Franky como un niño se acercaría a una serpiente que acaba de ver devorar un ratón: cauteloso pero fascinado.

—¿Es seguro?

—Querido, soy tan seguro como una caja fuerte. Pero acaso si algún pazguato desea lanzarle dicha caja fuerte a alguien a la cabeza, ¿se me puede culpar de ser un instrumento de muerte?

Aaron me mira.

—¿Y filósofo?

—No le des bola.

—No, por favor, sigue. He tenido que andar con estos paletos armados durante la última hora.

—¿Paletos? —digo.

—Es un cumplido.

—Ya claro.

Los improperios no son exactamente mi fuerte, pero sé pillar el tono y el subtexto.

—¿Podemos seguir? —pregunto.

Franky se aclara la garganta digital.

—Profesor Campbell. Aunque me esforzaré por responder a todas sus preguntas cuando el tiempo me lo permita, lo más urgente es, por decirlo suavemente, desechar su afirmación sobre las intenciones de los androquíes para su especie.

Aaron me mira con los ojos tan abiertos como los de un niño el día de Navidad.

—¿Androquíes? ¿Así se llaman?

—Profesor Campbell, concéntrese, por favor.

Aaron vuelve a mirar a Franky con la boca abierta.

—Como decía, el texto que descifró —y debo añadir que fue un trabajo maravilloso de interpretación, teniendo en cuenta los muchos que he visto. A veces me pregunto cómo ciertas especies han logrado resolver…

—Franky —digo.

—Ah sí. Ahora soy *yo* el que divaga. Aaron y yo somos como hermanos gemelos, ¿no?

—Vayamos al grano.

—Dicho lo cual, profesor Campbell, no estoy seguro de cómo expresar esto con elegancia, pero su hipótesis sobre las intenciones de los androquíes no es más que una sarta de tonterías.

Aaron tartamudea.

—¿Cómo? ¿Perdón?

—Están aquí para esclavizar y vender al mejor postor. Y a los que no venden… ¿cómo decirlo? Se lo meriendan.

Aaron tiene la boca abierta, pero no emite ninguna palabra. Le pongo una mano en el hombro.

—Difícil de asimilar, lo sé.

—Bueno, los androquíes sí que asimilan…

—¡Franky!

—Como decía, si bien su traducción es encomiable, la inscripción en el anillo de origen que descubrió era, a falta de un término mejor, una farsa. El subtexto podría leerse mejor de esta manera: Cuando vuestros cerebros de marioneta evolucionen a un nivel suficiente, volveremos para esclavizaros.

—¡Dios mío! —Aaron se lleva la mano a la frente— ¿Estás cien por cien seguro?

—Sí, viejo amigo. Soy un arma extraterrestre parlante, ¿recuerdas? ¿Esperabas que mintiera?

—No sé qué esperaba, pero…

—Bueno, yo no miento a mis usuarios ni a sus compañeros, y no pienso empezar ahora.

La honestidad de Franky es convincente. O bien está intentando ganarse mi confianza deliberadamente con un propósito subversivo, o bien está siendo sincero. En cualquier caso, es inquietante, y no puedo evitar preguntarme si sabe que yo sé lo que está haciendo.

Maldita sea.

A veces saber jugar al ajedrez es una mierda.

—Entonces hemos evolucionado lo suficiente para… —Aaron parece perderse en las posibilidades y luego vuelve a reaccionar cuando se da cuenta—. Para resolver el rompecabezas.

—No puedo confirmar ni desmentir las tácticas que emplean los androquíes para someter a su mercancía. Creo que su equivalente podría ser que los pescadores no les dicen a los peces qué tipo de señuelos funcionan mejor. Pero al menos puedo responder a tu afirmación acariciándome la barba y con un largo mmmm.

—Así que eso es todo. Les mandamos una señal. Yo les mandé una señal. Oh, Dios mío. ¿Qué he hecho? —Se apoya con las dos manos sobre el escritorio—. Es… es todo culpa mía.

Le pongo la mano en el hombro.

—¿Estás bien, amigo? Estás un poco pálido.

—Yo abrí la puerta, Patrick.

Mierda. Se va a desmayar.

—No te desmayes, Aaron.

Pero ya es demasiado tarde.

Se le ponen los ojos en blanco y se derrumba en mis brazos.

—¿Los humanos se desmayan a menudo, o es algo que tenéis en común vosotros dos? —me pregunta Franky.

* * *

Al poco de recuperarse Aaron, Espectro me llama.

—Phantom Uno, aquí Centinela.

—Adelante.

—Se está aproximando una URB desde el oeste. Distancia aproximada: un Mickey.

Miro a Hollywood y luego a Aaron.

—Es hora de irse. ¿Tienes más munición para tu arma?

Aaron niega con la cabeza.

—Tengo todo en casa.

—Lo dejamos. Vamos.

Entonces caigo en la cuenta de que no vamos a llegar a tiempo y me comunico con Espectro.

—No vamos a alcanzar los vehículos a tiempo.

—Entendido.

—¿Cómo hacemos? —pregunta Bumper.

Miro a Franky.

—¿Has sido tú?

—¿Si he sido yo el qué? ¿Te refieres a si yo los he atraído? Patrick, siento…

—Sí o no.

—No. Y que conste que ya te dije…

—¿Hay alguna posibilidad de que pasen de largo?

—¿Volvemos a jugar a las probabilidades? —dice.

—Sí.

—Entonces no, es casi imposible que se alejen de tantas marcas de calor activas en un solo edificio.

—¿Cuál es su estrategia?

—Mmm. Sí. Esto… Bueno, verás, aunque podríamos estar debatiendo asuntos relativos a ti y a tu capacidad de supervivencia durante todo el día, desgraciadamente, no puedo divulgar datos específicos sobre los androquíes que puedan socavar…

—¿Eso incluye decir cuántos enemigos hay en el vehículo?

—Desgraciadamente, sí.

—¿Y tú qué? ¿Estás listo para disparar?

—Mis condensadores están al 90 %. Como normalmente recargo a un ritmo de un punto porcentual por minuto con un umbral mínimo de recarga de…

—Me va bien así. —Abro el canal—. Tenemos que alejarlos del edificio. No podemos permitirnos perder los vehículos.

—Hay una gran casa de ladrillo en el centro del campus, al sur de nuestra posición, y más edificios hacia el sureste. Hay muchos árboles que nos pueden proporcionar cobertura en todo el espacio —dice Espectro.

—Hay vía libre por la parte de atrás del edificio —dice Bumper.

—Todo el mundo a la salida rápidamente en dirección a la casa de ladrillo —ordeno. Luego le digo a Aaron—: Espero que hayas hecho ejercicio últimamente.

—Solo un minuto y recojo mis cosas.

Lo agarro del codo y lo llevo hacia la puerta.

—Lo siento, amigo, pero lo que no lleves encima se queda.

Capítulo 23

09:23, viernes, 25 de junio de 2027
Nuevo Brunswick, Nueva Jersey
Universidad de Rutgers, Campus Cook/Douglass,
Edificio Adams

Calculo que nos quedan quince segundos cuando nos reunimos con Espectro, Bumper y Yoshi en la puerta trasera de la planta baja. Salimos del edificio y nos dirigimos por la acera arbolada hacia una vieja casa de ladrillo con un cartel que dice Rectorado de Tecnología de la Información. Si fuera necesario, podríamos instalarnos aquí, pero la estructura está en medio del campus y le daría al enemigo la oportunidad de cercarnos. Si tenemos tiempo, prefiero llegar al extremo del campus y limitar los canales de aproximación del enemigo.

—SITREP, Franky.

—¿Eso significa que quieres un informe de situación? Vaya, tanta jerga militar me hace sentir como un soldado.

—Corta el rollo, arma. ¿Qué está haciendo el enemigo?

—Es difícil de saber. Sigo teniendo tu culo frente a mí.

Enfundo mi SCAR y levanto a Franky y luego doy un paso al lado para que pueda echar un buen vistazo al edificio que tenemos detrás a través del visor.

—Parece que dos ángeles de la muerte, por usar vuestra terminología dramática, están entrando en el edificio mientras tres robots de asalto lo rodean. Y debo añadir…

—¿Podemos llegar a la parte más alejada del campus?

—Bueno, si no quieres escuchar lo que quiero añadir, por qué debería…

—¿Recuerdas lo que dijiste de no ponerme en peligro?

—Mmm. Qué poco adecuado. Bien, sí. Creo que hay tiempo de sobra para llegar hasta ahí siempre que te mantengas en la sombra. Además, también puedo hacer uso de mi EDEM, de manera que…

—¿Tu qué?

—Emisor de disrupción electromagnética, de manera que interfiera temporalmente en su capacidad de apuntaros si estáis juntos. Con eso podéis ganar algo de tiempo.

—Muy bien.

No tengo ni idea de lo que significa, pero interferir en el enemigo es una de mis cosas favoritas.

Doy por hecho que todos los demás han oído el intercambio, acelero el paso y sigo por la acera que bordea el rectorado para dirigirme a un bloque de edificios grandes que, según las señales del césped, se compone de una capilla a la izquierda, una biblioteca en el centro y algunas residencias a la derecha.

A pesar de la integridad estructural que podría proporcionar la capilla, siempre me ha dado cosa combatir en lugares de culto. Será que soy un anticuado. Tampoco estoy convencido de que Dios Todopoderoso apoye mi trabajo, así que dudo que responda a cualquier petición de ayuda que pueda llegar a enviarle.

Pero no todo el mundo comparte mis convicciones, y la persona a la que quiero ver en el tejado de la capilla probablemente ya esté pensando que es ahí donde quiere estar. Dejaré que san Pedro se encargue de nosotros cuando lleguemos a las puertas del cielo.

—Nos instalaremos en la biblioteca —digo.

Es un humilde edificio de dos plantas con buenas vistas al campus. Luego señalo con la cabeza la capilla que hay a la izquierda.

—Espectro, te quiero en ese campanario.

—En camino.

Franky me interrumpe.

—Espectro ya no podrá aprovechar mi cobertura de…

—Tu cosa de distorsión de electrones. Lo pillo. —Señalo la parte izquierda de la biblioteca—. Bumper, esquina noroeste. Z-Lo, suroeste. Hollywood y Yoshi, vosotros apoyad. Yo iré a la residencia que hay a la derecha. Vais a atraer a los robots a una trampa a la parte delantera mientras Espectro y yo nos encargamos de los ángeles de la muerte.

—Entendido —responden todos.

—Aaron, quiero que sigas a Hollywood, luego sepárate y dirígete directamente a la parte de atrás. Busca cobertura y quédate allí hasta que vayamos a por ti. —Saco mi Glock y se la doy—. Apunta y aprieta. Nada del otro mundo.

Asiente con la cabeza, se sube las gafas y acepta el arma como si le hubiera entregado una bomba. Es verdad que acaba de usar un revólver para hacer algunos agujeros en la puerta de un laboratorio, pero estoy seguro de que era la primera vez en toda su vida que disparaba. No es lo suyo.

—Apunta y aprieta —vuelvo a decir, tratando de calmarlo.

—Apunta y aprieta. Bien. Lo tengo.

El equipo entra por la puerta principal con Aaron a cuestas y luego se desplaza hacia sus respectivas posiciones. La razón principal por la que he elegido la biblioteca para Aaron y la mayor parte del equipo es que ofrece un amplio abanico de barricadas antibalas: las estanterías. Un libro de texto de cinco centímetros puede no parecer mucho, pero si se apilan unos cuantos, se obtiene un muro antibalas tras el que cualquier marine en una zona de peligro se pondría felizmente a cubierto. Esto es, dando por hecho que las armas de energía de los alienígenas se comporten como nuestras armas de proyectiles. Que, ahora que lo pienso, probablemente no sea el caso.

Mierda.

Me coloco en una escalera trasera en el segundo piso de la residencia y oigo que Espectro llama por radio. Apenas puedo ver su silueta en el campanario.

—Cinco objetivos se aproximan desde el oeste.

Miro hacia el oeste y distingo algo de movimiento detrás de la casa de ladrillo. Estoy a punto de dar gracias al cielo porque Espectro no ha dicho nada de la URB. Pero entonces añade:

—URB, extremo sur del edificio Adams.

Eso no mola.

—Confirmad posiciones —digo.

—Phantom Dos, en posición —dice Hollywood.

—Phantom Tres, listo —dice Bumper.

—Listo para el baile.

No cabe duda de que ese es Z-Lo.

—Phantom Centinela, preparado —dice Espectro.

—Aquí Doc, todo listo —añade Yoshi.

—¡Y el Phantom Lord de las huestes minúsculas está listo para desplegar su ira sobre esos pazguatos! —grita Franky—. ¡Dios salve a la reina, y malditos sean los invasores que enviaremos hasta el Hades! ¡Nos peemos en vuestros uniformes!

—Cállate, Franky. Phantom Tres y Cuatro, os toca. Centinela, quiero que no abramos fuego hasta que los robots ataquen. Esperad mi señal.

—Entendido —dicen todos los mencionados.

—¿Y yo? —pregunta Franky en privado.

—¿Cuántos disparos tienes?

—Esa es una respuesta muy compleja, Patrick. Todo depende del modo, la tasa y la magnitud que selecciones. Además, mis condensadores se recargan en una curva algorítmica que…

—Amigo, sé que es muy importante todo lo que estás diciendo. Pero hay ángeles de la muerte a la vuelta de la esquina. Tengo que estar seguro de que podemos acabar con ellos.

—Verás, lo bueno de ser tu arma personal superinteligente es que soy, bueno, tuya, soy superinteligente, y soy bastante letal. Así que, como diría una persona muy sabia que conozco, apunta y aprieta, Patrick. Apunta y aprieta.

* * *

Los tres robots caminan por el lado este del patio y se dirigen a la biblioteca. Los dos ángeles de la muerte les siguen muy de cerca. No estoy seguro de lo precisa que es la tecnología de detección de calor de los extraterrestres, pero, si nos detectaron dentro del edificio Adams, supongo que también nos detectarán ahora. Solo espero que se queden en la biblioteca y pasen por alto la ubicación de Espectro y la mía.

Los ángeles de la muerte no están arriesgando. En lugar de pavonearse como hizo el de la autopista, estos se mantienen a cubierto. Son inteligentes. Me pregunto si se ha corrido la voz de que alguna de las mercancías se ha hecho con uno de sus fusiles.

—Acercaos más —susurro mientras miro por el visor de Franky.

Me imagino la grotesca piel verde, las venas verdes y la boca vertical que se parece a una venus atrapamoscas.

—¿Deseas que dispare ahora? —pregunta Franky.

Su voz me sobresalta y me saca de la mira. Parpadeo dos veces y vuelvo a apuntar. A menos que alguna vez te haya hablado un arma, no hay forma de describir lo inquietante que es.

—Te avisaré cuando apriete. ¿Qué te parece, amigo?

—Pareces poco convencido. Las fluctuaciones de la presión de tu dedo índice parecen indicar…

—Cuando apriete el maldito gatillo, lo sabrás.

—Solo quería ser útil. Además, estás a punto de perder la cobertura de mi EDEM.

—Vale, gracias. —Me concentro en las imágenes del visor—. La pantalla dice que estoy en modo de alta frecuencia. ¿Es a lo que estoy acostumbrado?

—Nada de lo que hay en mí es a lo que estás acostumbrado, Patrick.

—Yo… Solo dime algo, ¿qué es una ráfaga semiautomática a toda potencia?

—Una frecuencia elevada y un alto rendimiento lograrán más o menos lo que necesitas.

—¿Aproximadamente?

—¿Tenemos tiempo para que te explique todos los recovecos de mi hermoso funcionamiento interior?

—Negativo.

—Entonces es más o menos lo que necesitas.

—Entendido.

Solo alcanzo a enfocar con la mirilla la mano izquierda de un ángel de la muerte y apenas un segundo; solo logro ver a ambas criaturas a intervalos, cuando no las tapan los brazos y las piernas de los robots en movimiento. Parece que saben dónde colocarse. Y sin embargo, ninguno de ellos lleva las armas en alto, lo que significa que aún no deben de creer que seamos una amenaza. Al menos eso es lo que transmiten en lenguaje corporal humano. Pero he visto a jugadores hacer avances como este contra oponentes de ajedrez que bajan la guardia precisamente porque saben que están a punto de darte una buena. Y eso me pone aún más nervioso que si estuvieran disparando.

—Phantom Tres y Phantom Cuatro, preparaos para entrar en combate —digo por el radiotransmisor.

Los tres robots están a setenta y cinco metros y siguen dirigiéndose directamente a la biblioteca.

—¿Sabes? Esto es muy divertido de algún modo muy macabro —dice Franky en un tono tranquilo.

—Ahora no.

—Imagina las memorias que podría escribir. «FA-NJC 4110 en el planeta Tierra, capturado por una mercancía primitiva, recibe un nuevo nombre de guerrero por parte de un sabio guerrero, renace de las cenizas con el nombre de sir Francis el Legendario y ayuda a vencer a la misma civilización que...

—Disparad —ordeno por radio.

Las ventanas de la esquina de la biblioteca estallan a causa de las ráfagas que van dirigidas a los tres robots de asalto. Los objetivos retroceden y levantan sus fusiles. Es entonces cuando los ángeles de la muerte utilizan sus mochilas propulsoras para elevarse.

—Phantom Centinela, adelante.

Antes de que pueda apretar mi propio gatillo, oigo el rugido del Barrett de Espectro. Veo un destello en mi visor y su objetivo se choca contra el mío, pero se recuperan rápidamente. Mientras Espectro dispara una segunda y tercera vez, recupero la visión y aprieto el gatillo de Franky con la suficiente firmeza como para que me entienda.

—Vaya, ya es la hora —dice.

El fusil se clava en mi hombro y una ráfaga de luz azul atraviesa el cielo y golpea a mi objetivo en el pecho. Observo con asombro cómo los rayos láser penetran en las placas de la armadura esmeralda, sobrecargan el pecho del alienígena y luego provocan la detonación del cuerpo, todo ello en unas centésimas de segundo. La armadura que cubre el torso sale despedida hacia los robots acompañada de un líquido verde.

—Joder, Franky —digo.

—Joder, Patrick.

Oigo cómo se rompen más cristales mientras los robots disparan contra la fachada de la biblioteca con sus fusiles. Sus armas no parecen ser tan potentes como la mía, lo que sin duda explica por qué han sido menos eficaces a la hora de destruir sus objetivos en nuestros encuentros anteriores. Pero eso no es cierto en el caso del arma del ángel de la muerte restante: otro fusil al estilo de Franky.

Como si me acabara de escuchar, el objetivo de Espectro envía una ráfaga de energía al campanario que golpea la campana y daña la torre. Los ladrillos y las tablas de madera se hunden en un círculo perfecto, haciendo que la aguja se incline con el sonido de las vigas que chirrían. La campana se estrella contra el edificio y aterriza con un ruido sordo al derrumbarse la estructura de soporte.

Mi instinto humano es comunicarme con Espectro, pero mi cerebro de marine me dice que acabe con el hijo de puta antes de que vuelva a disparar. Apunto al ángel de la muerte y coloco la mirilla directamente sobre su pecho. Parece que está herido y le cae líquido por los agujeros que han dejado los disparos de Espectro del calibre cincuenta. Cuando aprieto el gatillo de Franky, un segundo rayo sale del cañón. Su sonido tan característico hace que me piten aún más los oídos, pero la explosión convierte al ángel de la muerte en un penacho iridiscente de niebla y placas de blindaje voladoras.

—¡Phantom Centinela, di algo! —grito por los comunicadores.

Abre el canal y lo escucho toser.

—Sigo aquí.

Al instante veo que una de las puertas delanteras rotas de la capilla se abre de golpe, seguida de una nube blanca y una silueta cubierta de polvo de pies a cabeza. Espectro tiene su Barrett al hombro y está apuntando al robot de la derecha.

Es una puta máquina este tío.

Mientras Hollywood y Yoshi se unen a Bumper y Z-Lo en posiciones de apoyo, apunto al robot más cercano a mi posición. A través del visor veo cómo decenas de disparos por segundo se estrellan contra los cuerpos chapados en magenta de los robots de asalto. Pero gracias a lo que hemos aprendido, los Phantoms están centrándose en las articulaciones, especialmente en el cuello.

Espectro le rompe el cuello a su objetivo tras un tercer disparo. Cuánto me alegro de que siga vivo. Mientras tanto, los miembros del equipo en la biblioteca abren fuego simultáneo sobre el robot del medio. Las articulaciones de la cadera derecha, el hombro izquierdo y el cuello ceden y el enemigo se derrumba.

El último es mío.

Por casualidad, miro la lista de modalidades y veo la palabra disrupción.

—Buena elección, amigo —dice Franky—. Aunque difícilmente original.

No entiendo a qué se refiere ni cómo he seleccionado la modalidad, pero no tengo tiempo para averiguarlo. Observo cómo se mueve la mirilla y noto como si hubiera un giroscopio ajustando el arma mientras la tengo en las manos.

—Ahora, Patrick —dice Franky—. Cuando quieras. Cuando tú…

Aprieto.

El arma se agita con más fuerza que la última vez y un rayo horizontal se extiende entre el objetivo y yo. Siento un fuerte estruendo en mis oídos y el robot se llena de luz azul y finalmente estalla. Las chispas naranjas y la metralla al rojo vivo salen volando, desgarrando los árboles y atravesando coches y edificios.

Mi corazón se acelera mientras bajo a Franky y examino el campo de batalla.

—SITREP —digo por la radio.

—Le han dado a Phantom Cuatro —dice Hollywood.

Antes de soltar el botón del radiotransmisor, oigo a Z-Lo gritar:

—¡Jo, pero no se lo digas!

—Pero saldrá adelante. Ya lo están examinando —añade.

—Entendido.

—Eso sí que ha sido un señor tiroteo —dice Bumper.

—Gracias —respondo.

—Creo que me lo decía a mí, Phantom Uno —dice Franky por radio para que todos lo oigan—. Y gracias, Phantom Tres.

—Pero yo creía que las armas no mataban a la gente —digo con una sonrisa.

—Eso no era gente, Patrick. Eran androquíes y robots de asalto. Hay una diferencia. A ver si lo entiendes.

—Ah, ya veo.

—Y no quiero estropearlo, pero la URB se está moviendo.

Mierda. Todavía tenemos que ocuparnos del transporte.

—A las diez en punto. Va rápido —dice Espectro.

—Phantoms, a cubierto. Preparaos para el combate.

—Dejaremos que os encarguéis vosotros —dice Bumper—. Que os divirtais.

—Esto, bueno, una cosa… —dice Franky.

—¿Pasa algo? —pregunto.

—Oh, no es nada, de verdad.

—Suéltalo, Franky.

—Bueno, si fuera médico y estuviera terminando tu inusualmente tediosa vasectomía, te diría: ¡felicidades! Practica todo el coito libre de culpa que quieras. A partir de ahora vas a disparar balas de fogueo.

—¿Qué estás diciendo?

—Tu arma está seca. Te has quedado sin munición. Estás…

—¿Ya no puedo disparar?

—No, a menos que tengas acceso inmediato a una matriz de condensadores cuánticos estandarizados de triple redundancia con un disipador de calor de dusiik líquido.

—Puta mierda.

—No, una puta mierda no servirá.

—Creía que el Usuario Ocho y yo habíamos disparado una docena de veces o algo así antes de que te descargaras.

—Así fue. Pero hace tres minutos solicitaste, y yo te pregunté para confirmarlo, alta frecuencia y alto rendimiento.

—¡No quería que se te acabaran las malditas pilas en tres disparos!

—No son pilas. Son condensadores. Y deberías haberlo especificado.

—Debería, ¿eh?

Me echo a Franky a la espalda y saco mi SCAR.

—¡Oye! ¿Qué estás haciendo?

Lo ignoro. A pesar de las aptitudes asombrosas de Franky, hay algo muy reconfortante en tener un arma de verdad entre las manos, una en la que confías y que sabes que no puede contestarte.

—Parece que vamos a hacer esto a la vieja usanza.

—¿Entonces ya has acabado conmigo?

—Sí.

—Pero yo solo estaba...

—A trescientos metros y acercándose —anuncia Espectro.

—Centinela, ¿puedes eliminar al conductor como hiciste en la autopista? —pregunto.

—Entendido. Pero no tenemos nada que pueda acabar con la torreta excepto sir Francis.

—¡Ja! Ya ves —dice Frankys.

—Entonces vamos a tener que encontrar otra manera.

Pienso en la URB de una hora antes. Al igual que nuestros vehículos blindados antiminas en Afganistán, la URB solo tenía una entrada trasera. Desde el interior del compartimento de la tripulación, había una vía que se dirigía a la posición del artillero.

—Phantom Tres. ¿Tienes algo que haga bum? —pregunto.

—Antes me quedaría sin calzoncillos que sin algo que haga bum —dice Bumper.

—Ey —dice Hollywood lo suficientemente rápido como para no interferir con mi respuesta.

La ignoro.

—Entonces tú y yo nos colaremos por la parte de atrás. Todos los demás, necesitamos que mantengáis distraída a esa torreta. Pero sin cometer ninguna estupidez, y aseguraos de estar a cubierto. ¿ECN?

—ECN —le responden.

Bajo por las escaleras y comienzan los disparos desde la biblioteca y la capilla hacia la URB. Espectro dispara una y otra vez contra el parabrisas en forma de cuña con una precisión milimétrica: parece que ya se ha recuperado.

Mientras tanto, Bumper acuna su M249 y corre hacia mí como un receptor de fútbol americano. Bueno, un receptor del tamaño de un liniero. Que Dios ampare a quien se ponga en su camino. Cuando llega a mi posición, me giro y corro junto a él. Usamos los árboles como cobertura mientras bordeamos el lado izquierdo del vehículo.

La torreta abre fuego hacia la capilla; probablemente se ha percatado de que los disparos de calibre 50 en el parabrisas son la amenaza más inmediata. Me estremezco cuando oigo un fuerte bum que hace estallar casi toda la esquina derecha del edificio. Miro por encima del hombro y doy gracias a san Miguel cuando veo a Espectro alejarse.

Pero la URB continúa acercándose a la biblioteca. Sí, significa que tenemos que correr menos, pero los que están dentro van a tener que buscar cobertura más atrás.

—¡Phantom Dos, retroceded! —grito.

—Cuando tú vas, yo vengo —responde Hollywood.

Oigo el rugido del Barrett una vez más y luego la voz de Espectro por radio.

—Objetivo derribado.

El tío ha disparado desde los escombros.

—Como es normal, la URB se ralentiza. Pero también se desvía hacia Bumper y hacia mí. Choca contra un árbol, pero no se detiene.

—¡Corre! —le grito a Bumper.

Parece que haya cambiado de marcha, porque el vehículo está fuera de control.

La URB derriba dos árboles jóvenes al cruzar un pequeño tramo de acera. Más adelante hay un nogal viejo.

—¡Allí! —digo, señalando el árbol.

Si no podemos huir de este maldito vehículo, al menos pongámonos a cubierto.

Justo cuando Bumper y yo nos sumergimos en la sombra del nogal, la URB choca contra el ancho tronco y se detiene. Me revuelvo por la hierba y miro hacia arriba. Tres metros por encima de mí aparece la cabina tintada con un agujero del tamaño de una pelota de fútbol.

—Transporte detenido —digo por el comunicador—. Buen trabajo, Centinela.

—Recibido —dice Espectro.

—Vamos —dice Bumper dándome un golpecito en el hombro.

Ser soldado es algo para jóvenes, siempre lo ha sido. Incluso contra extraterrestres.

Me levanto dolorido y lo sigo en su rodeo al vehículo enemigo. El artillero de la torreta no se ha percatado de nuestra presencia y sigue disparando a la biblioteca. Además, es imposible que el arma nos alcance estando tan cerca.

La mala noticia es que no podemos llegar a la entrada trasera sin recibir fuego amigo. Las balas de la unidad impactan contra la URB como si fueran un redoble de tambor.

—¡Alto el fuego, alto el fuego! —digo por el canal—. Aliados a la vista.

—Alto el fuego —responde alguien, no sé quién, pero los disparos cesan.

—Es nuestra señal —dice Bumper.

Le hago un gesto con la cabeza y se sube a la popa. Esta vez no hay escaleras, así que tiene que esforzarse para subir al vehículo como si estuviera escalando una pequeña pared de roca. Me alejo y le cubro desde el suelo.

Normalmente uno de nosotros habría lanzado una granada de fragmentación a la bodega. Pero Bumper se percató de lo mismo que yo en la URB anterior: el agujero que conducía a la torreta tenía suficiente protección como para que una granada no le afectara. Eso le daría al enemigo tiempo para bajar y defender su posición o, peor aún, encerrarse y hacer nuestro trabajo mucho más difícil. Bumper sabe, al igual que yo, que tenemos que mantener el factor sorpresa si queremos dejar el regalo bien envuelto bajo el árbol de Navidad.

Pasan cuatro segundos interminablemente largos en los que el fuego de la torreta se extiende por toda la biblioteca. Mi esperanza es que todos los que están dentro se hayan refugiado en el sótano.

Bumper baja de un salto por la popa, se tira al suelo a mi lado y me hace una señal para que nos larguemos. Echamos a correr hacia un pequeño edificio de ladrillo de dos pisos con un rótulo que dice «Facultad de Música».

Cuanto más corre, más me pregunto qué regalo habrá dejado.

—¿Cuánto has puesto?

—Suficiente —dice.

En cuanto rodeamos el edificio hasta la parte trasera, saca un control remoto del chaleco táctico. Me hace un gesto con la cabeza y digo por radio

—Explosión inminente.

Luego me tapo los oídos. No es que importe mucho a estas alturas. A quién quiero engañar, sí que importa.

Bumper aprieta el botón con el pulgar.

* * *

La explosión hace que la torreta salga disparada hacia el cielo como un muelle. En cuanto a la propia URB, la carga de Bumper hace estallar la parte superior y abre un enorme agujero con bordes dentados. La explosión también deja fuera de juego el sistema de alimentación y el vehículo se hunde unos metros en el suelo. Incluso con los dedos en los oídos, me siento como si alguien me hubiera dado en la cabeza con un martillo.

—Así que suficiente significa mucho —le digo a Bumper mientras salimos a inspeccionar los daños.

Se encoge de hombros y empieza a inspeccionar su obra.

—Enemigo derribado —digo por radio—. SITREP.

—Estamos aquí —responde Hollywood—. Doc está tratando a Phantom Cuatro. Aaron está algo agitado pero bien.

—Ya me imagino —expreso en voz baja. Luego espero el informe de Espectro. Al ver que no llega, lo pido—: Phantom Centinela. Adelante.

—Presente. Disfrutando del cielo azul —describe Espectro

Mierda

—¿Te han dado?

—Creo que uno o dos ladrillos querían ligar conmigo. Pero les dije que no estaba interesado.

Está haciendo bromas. Viniendo de él, no es bueno. Por su manera de hablar, noto que algo no va bien. Pérdida de sangre, huesos rotos tal vez.

—Doc, necesito que vayas a la posición de Espectro. Rápido.

—En camino.

Bumper asoma la cabeza dentro de la URB en llamas mientras yo hago las funciones de apoyo, con el SCAR en alto. Pero no hay supervivientes de la explosión. Y si hay alguno, que me dé su autógrafo.

—Despejado —dice.

—¿Quieres volver a comprobarlo para estar seguro? —le respondo.

Me envía un beso al aire y enfilamos hacia la capilla.

—¿Cómo vas, sir Francis? —pregunto.

—Enfadado —dice.

Bumper y yo intercambiamos miradas, pero ignoro el comentario.

—¿Crees que podemos esperar más compañía? —pregunto.

—No. Está todo despejado.

—Bueno, eso es una buena noticia.

—Supongo que sí. No es que te pueda servir de algo si aparecieran más.

Hago lo posible por no reírme del melodrama de Franky.

—¿Y eso significa?

—Bueno, si hubiera sabido que querías que conservara la energía y que me ibas a sustituir por esa reliquia oxidada que tienes, nunca habría permitido que insistieras en pedirme una descarga de alto rendimiento en primer lugar.

Me río.

—Bueno. Si te hace sentir mejor, Franky, no he disparado con esa reliquia oxidada.

Deja escapar un largo suspiro.

—Supongo que es un pequeño consuelo, sí. Aunque, si hubieras muerto, habría lamentado tu pérdida durante al menos tres milésimas de segundo. Y, antes de que digas que soy frío y despiadado, quiero que sepas que en años NISP eso es mucho, mucho tiempo. Incluso podría haberte organizado un funeral.

—Estoy conmovido.

—Sí. Es lo menos que podría hacer por mi usuario favorito.

Miro a Bumper sorprendido.

—¿Tu usuario favorito?

—Bueno, no lo vayas diciendo por las estaciones de recarga ni nada por el estilo.

—En absoluto, amigo. Gracias.

Veo a Yoshi arrodillado junto a Espectro, que está cubierto de polvo. Atisbo un charco oscuro entre los escombros.

—¿Qué pinta tiene, Doc? —pregunto.

Yoshi trata las costillas de Espectro y su pierna izquierda.

—Probablemente muera en treinta segundos, así que será mejor que te despidas ahora.

Espectro mira a Yoshi desconfiado y luego vuelve a mirar las nubes.

—Eres un pésimo mentiroso. —Deja escapar un largo suspiro—. La muerte parece encontrar a todo el mundo menos a mí.

Durante un segundo he creído que el corazón se me iba a salir por la boca. Aun así me doy cuenta de que Espectro todavía no está fuera de peligro porque Bumper se acerca para echarle una mano a Yoshi. No soy médico y nunca he querido serlo. Siempre se me dio mejor hacer sangrar al enemigo. Dicho esto, sé que cualquier víctima que necesite dos médicos en lugar de uno no va a correr una maratón en breve.

Justo entonces veo a Hollywood y a Aaron salir de la parte trasera de la biblioteca. Z-Lo los sigue de cerca con una quemadura considerable en el hombro izquierdo.

—¿Estáis todos bien? —le grito a Hollywood.

Ella asiente.

Aaron ya le ha dado a ella la pistola que le di a él.

—Necesito que acerquéis el Humvee. —Le hago un gesto a Z-Lo con la cabeza—. ¿Puedes conducir?

—Sí, señor.

—Acerca mi Land Cruiser.

—Entendido.

Hollywood sienta a Aaron en un banco y luego ella y el muchacho echan a andar hacia el edificio Adams.

Vuelvo a mirar a Espectro y veo que Yoshi y Bumper se han enzarzado en un partido amistoso de a ver quién la tiene más larga. Si pones a un pararrescatador de la Fuerza Aérea y a un SEAL en el mismo equipo, es normal que suceda.

—¿Ah, sí? ¿Y cómo se come eso? —Yoshi le pregunta a Bumper mientras curan a Espectro.

—¿Y qué es eso?

Yoshi asiente ante el trabajo que está haciendo Bumper.

—¿Eres del equipo de demolición submarina y sanitario?

—Ocupación secundaria —responde Bumper.

Entonces, ¿qué? ¿Vas por ahí haciendo explotar a la gente para tener una excusa de curarlos? Menuda locura, tío —dice Yoshi moviendo la cabeza de un lado a otro.

—Normalmente no son los mismos tipos, Donkey Kong —responde Bumper.

—Se te va la olla.

Me inclino para interrumpir la charla amistosa.

—¿Puedo hacer algo?

—Puedes hablar con él —dice Yoshi.

—¿Hablar? —Señalo a Espectro—. ¿Con él?

—Le he dado una cosilla. Confía en mí.

Ya he oído eso antes, así que me arrodillo junto a Espectro

—Menudo lío has montado, francotirador. Igual Dios se ha molestado porque has destrozado su iglesia.

—Me lo debe, así que estamos en paz —dice Espectro.

—¿Y eso?

—Rachel y Savannah. —Espectro hace una mueca de dolor por algo que Bumper le está aplicando—. Me lo debe.

Supongo que esos nombres son de alguien de su familia. A veces, dejar que los chicos hablen de sus familias puede ser bueno. Pero si no está todo en orden, también puede hacer que se les vaya la cabeza. Decido no hurgar en la herida.

—Bueno, has hecho un buen trabajo, hermano. Y aquí nuestros amigos están…

—Acababa de volver de una patrulla cuando mi comandante me llamó —cuenta Espectro, arrastrando algunas palabras—. Dijo que alguien había entrado en mi casa y que aún buscando al sospechoso.

Ah, mierda. Esto pasa por hablar. Lanzo una mirada a Yoshi y a Bumper, pero se encogen de hombros y siguen trabajando.

—Oye, por qué no te relajas y tratas de…

Espectro me interrumpe.

—Nunca lo encontraron. Pero yo sí.

Espero que diga algo más, pero no lo hace. Pasan unos segundos. Yoshi y Bumper parece que han logrado un buen progreso. La hemorragia se ha detenido.

—El único lugar en el que quería estar después de eso era un lugar frío —añade Espectro—. Tres nuevos despliegues a gran altura. Ahí me fui.

—¿Te alistaste de nuevo?

Espectro niega con la cabeza.

—Los putos cabezas de toalla no sabían decir mi nombre. No paraban de decir «domi non to ro». Pero no me importaba. —Vuelve a hacer una mueca de dolor y veo que sus ojos giran como si buscaran algo—. El dolor purga la debilidad, y yo era un hombre muerto en vida. Fuerte. Era fuerte. Así que no importaba lo que me hicieran. Dos semanas. ¿Y sabes lo único que obtuvieron de mí?

Levanta la mano izquierda. Pienso que va levantar el dedo corazón. En lugar de eso, extiende dos dedos y deja a la vista el dedo anular que le falta.

—Pensaron que podían quitármela. Humillarme. Pero yo ya había pasado ese trago —dice entre toses.

—Tranquilo. Ya casi hemos terminado, Espectro —dice Yoshi.

Bumper levanta la barbilla hacia Yoshi.

—Oye, ¿cuánto le has dado?

Pero no responde.

—Me hicieron tragar el anillo —dice Espectro, agarrando mi mano—. Pero Rachel ya hacía tiempo que se había ido. Y la pequeña Savannah… —Su mirada se pierde—. No tenían nada contra mí. Un hombre muerto en vida.

—Todo listo para levantarlo —dice Yoshi.

En ese momento, Dolores se detiene y las pastillas de freno chirrían. Z-Lo llega un segundo después con mi FJ40. Todos colaboramos para meter a Espectro en la parte trasera del Humvee.

Bumper cierra la puerta y me mira.

—Una historia muy jodida, tío.

Tomo aire.

—Sí.

—También explica muchas cosas.

—Sí. —Le doy una palmadita en el hombro—. Arriba.

Asiente con la cabeza y sube a Dolores con Yoshi mientras yo les hago un gesto a Z-Lo y a Aaron para que se acerquen a mi vehículo. Hacemos un giro en U y nos dirigimos a los dos vehículos restantes aparcados bajo los árboles junto al edificio Adams.

—¿Se recuperará? —pregunta Aaron al cabo de unos segundos.

—Hace falta mucho más que eso para acabar con un tipo como Espectro. Se recuperará —respondo.

—Muy bien —Aaron asiente y mira por la ventana del lado del pasajero—. Es solo que tenía mal aspecto.

—No he dicho que no lo tuviera.

—Sí, entiendo.

—Aaron, ¿estás bien?

—Sí, sí. Es solo que… es mucho… mucho que asimilar. De nuevo. Pensaba que…

—No lo pienses más. —Freno, salgo y empiezo a dar órdenes—. Z-Lo, releva a Hollywood. Yoshi, ¿podrás encargarte solo, sin Bumper?

Veo que me hace un gesto con el pulgar desde el asiento trasero junto a Espectro.

—Bumper y Hollywood, en marcha.

—ECN —responden mientras corren hacia los vehículos.

—Nos dirigimos a Staten Island —les digo a todos—. Tengo una idea.

Capítulo 24

10:20, viernes, 25 de junio de 2027

Staten Island, Nueva York

Autopista de los Veteranos de la Guerra de Corea

SUBIMOS POR LA Ruta 1, cogemos la I-287 Norte y continuamos por la 440 Este hasta llegar al Outerbridge Crossing. El emblemático puente no solo lleva al extremo sur de Staten Island, sino también al antiguo Empire State. Y de repente todo mi armamento es ilegal. Bienvenido a Nueva York.

Sin embargo, lo más inquietante es conducir entre lo que supongo que son los últimos habitantes de Staten Island. Gente sola o en pareja con mochilas improvisadas llevándose todo lo que pueden. Aunque la mayoría son familias con carritos llenos de provisiones. Los niños van a hombros o sentados encima de comida, agua y mantas.

Ver a todas las mujeres y niños me hace pensar en la confesión de Espectro. Hay una regla tácita sobre oír a un hermano hablar de su vida cuando está en el campo de batalla que dice que nunca se debe hablar de ello después, a menos que se pregunte. Y luego hay un código de conducta aún más profundo que rige lo que los soldados dicen cuando están a las puertas de la muerte. Por un abuso de confianza a ese nivel, respondes ante Dios, el diablo o la madre del tipo. Prefiero al diablo que a cualquiera de los otros dos. La lección es que hay que mantener la boca cerrada. Y con lo que le escuché decir a Espectro, lo mejor es que lo olvide. El pobre ha vivido un infierno. Es suficiente.

De vuelta al puente, son varios los que intentan hacernos señas para que no crucemos. Nos advierten que no es seguro y que es mejor dar media vuelta. Algunos incluso nos golpean el capó y las ventanillas pidiendo que llevemos a ancianos y enfermos que lo necesitan. En mi carrera militar en el extranjero me he encontrado con muchas cosas así y he aprendido a poner cara de «no me jodas», la cual consigue que todo el mundo, excepto los más beligerantes, se alejen. Sí, hace falta tener un corazón medianamente sólido para seguir conduciendo. Pero me recuerdo a mí mismo que, si esa gente supiera adónde nos dirigimos y lo que queremos hacer, nos dejarían paso en lugar de gritar que demos media vuelta.

Finalmente cruzamos el puente y estamos de nuevo en tierra firme.

Aaron y yo hemos estado en silencio hasta ahora. Necesitaba tiempo para pensar. Y, gracias a Dios, Franky ha sabido leer la situación y se ha quedado con la boca cerrada. En cuanto a los demás, parecieron aceptar mi necesidad de soledad e hicieron caso a mis instrucciones de hidratarse y comer una barrita de proteínas. La adrenalina le quita energía al cuerpo sigilosamente.

Toda la charla con Franky sobre su núcleo de energía y los condensadores ha hecho que mi cerebro se ponga a pensar en lo que nos espera en el Bajo Manhattan. La manera en que la cúpula va reduciéndose e iluminándose me llama la atención. Y cuanto más pienso en mi conversación con el equipo en el granero y en los comentarios de Aaron sobre el tipo de luz que había visto emanar de la cúpula, más sentido tiene la presencia de algún tipo de anillo que actúe como portal en el Bajo Manhattan.

También recuerdo mi primer avistamiento de una URB en el paso elevado de la I-280 Este. Mientras que el campo de energía permaneció al moverse el puente, tengo curiosidad por saber cuán denso y grueso tiene que ser un material para mitigarlo por completo.

En cada uno de estos encuentros hay pistas escondidas. Pero poner orden a mis pensamientos es como intentar beberse el océano con pajita. Voy a necesitar más información de mi pistola de rayos parlante y de mi mejor amigo de la infancia. Y entonces, tal vez, solo tal vez, podré sacar el anillo decodificador mágico de la chistera.

—Entonces, ¿cómo nos encontraron, Franky? —me decido a hablar por fin.

—Ya te dije que no fui yo.

Aaron se inclina sobre su asiento para mirar el arma por centésima vez. Inclino el espejo retrovisor hacia abajo.

—Te creo. Pero eso no es lo que he preguntado.

—Ya veo. Bueno, si eso es realmente una indicación de cuánto ha crecido nuestra confianza, estoy encantado. Emocionado, incluso.

—Genial. Ahora responde a mi pregunta. ¿Filtraste nuestra ubicación por accidente?

—Eso es un no rotundo. Ahora bien, si fuera un arma que me doblara la edad y tuviera el gatillo agrandado, entonces la respuesta podría ser sí. A veces los accidentes desafortunados no se pueden evitar. Es una parte normal de envejecer.

—Es increíble —dice Aaron—. ¿Cómo…?

Ignoro lo que sea que va a preguntar para volver a Franky.

—Entonces, ¿cómo nos detectaron? ¿Dispositivos de rastreo? ¿Satélites? ¿Drones?

—Nada tan convencional.

—¿Eso es convencional?

—Es decir, si se compara con la biología de los androquíes en este aspecto concreto, sí

Le lanzo una mirada seria por el espejo retrovisor.

—Continúa.

—Bueno, ya los has visto.

Espero a que continúe, pero no lo hace.

—¿Y?

—¿Y qué?

—¿Qué de qué?

—Qué monos —dice Aaron.

Lo miro y luego vuelvo a mirar a Franky.

—¿Y qué, Franky?

—¿Y no notaste nada en ellos que fuera, no sé, peculiar? ¿Que te llamara la atención, tal vez?

—¿Que me llamara la atención? Franky, todo ahora mismo es jodidamente peculiar.

El fusil suspira como un padre decepcionado.

—Tenemos que trabajar en tu aptitud de observación.

Muevo la cabeza y miro por la ventana.

—Tenían la boca vertical, unos ojos muy raros, la piel que…

—Los ojos.

Vuelvo a mirar al espejo.

—¿Pueden rastrearnos con los ojos? ¿Cómo?

—¿Te has fijado en su superficie en forma de cuadrícula?

—Sí. Magenta, como los robots.

—Excelente. Estás progresando adecuadamente, Patrick. Si sigues así, la semana que viene te enseñaré a afeitarte.

Aaron me da una palmada en el bíceps.

—También tiene un gran sentido del humor.

—No le rías las gracias. —Vuelvo a mirar a Franky—. ¿Y qué significa?

—Debido a su evolución en un planeta cuya estrella es más fría que la de la Tierra, ven en un rango de radiación electromagnética diferente al de vosotros los humanos. Aunque ambas especies procesan lo que ven como luz visible, lo cual es comprensible, ellos también ven lo que vosotros llamaríais radiación infrarroja.

—Fascinante. ¿Y cómo llamarían a lo que vemos nosotros? —dice Aaron.

—Poco evolucionado.

Aaron se da la vuelta y me mira con cara de pocos amigos.

—Un gran sentido del humor, ¿no? Entonces, Franky. ¿Detectaron nuestras marcas de calor?

—Esencialmente, sí. Los neumáticos de vuestros vehículos producen fricción y emiten calor, lo cual deja un rastro.

—Así que eso es lo que tu cosa de electrones disruptores…

—¿Emisor de disrupción electromagnética?

—Sí. ¿Es eso lo que nos ayudó a escondernos en la biblioteca?

—Ayudó a disminuir su capacidad de rastrearos hasta que llegamos a la biblioteca, sí. Después todos salisteis corriendo en distintas direcciones como ratas callejeras y solo pude manteneros ocultos durante unos segundos más. Soy capaz de interrumpir una amplia gama de frecuencias electromagnéticas durante cortos periodos de tiempo en un radio limitado.

—Tomo nota. —Me rasco la barbilla, aún intentando encajar algunas piezas más—. ¿Entonces por qué no nos siguieron la noche anterior?

—Eso es anterior a nuestra unión. Lo siento mucho —dice Franky.

—¿Vuestra unión? —pregunta Aaron.

—Déjalo —digo.

Los led de Franky se iluminan.

—Oh, pero Patrick, la historia es tan…

—Nuestro equipo eliminó a dos robots y luego huimos hacia el oeste y pasamos la noche en un viejo granero.

Tengo que mantener la conversación por el camino que me interesa porque tanto Aaron como Franky son capaces de desviarla en cualquier momento.

—¿Y estabas cerca del campo de fuerza cuando estos robots fueron eliminados? —pregunta Franky.

—Sí.

—Ya veo. Bueno, aunque no puedo…

—Ser un soplón, sí, lo sé.

—¡Soplón, qué palabra más divertida! Viene del verbo soplar y se usa coloquialmente para…

Franky se enzarza en una definición muy larga y Aaron me lanza una sonrisa.

—¿Esto lo hace a menudo?

—Sí.

—¿Internet?

—Ajá.

—Fascinante.

—Que suele acabar con la ejecución de uno a manos de la banda del miembro —Franky concluye su definición.

—¿Y qué puedes contarme? —pregunto.

—En primer lugar, que nunca seas un soplón a no ser que quieras firmar tu sentencia de muerte. En segundo lugar, cuando os refugiasteis en el granero, vuestra marca de calor era probablemente irrelevante. El encuentro tuvo lugar muy próximo a la cúpula durante un corto periodo caracterizado por la rápida y a menudo caótica dispersión de una civilización. Tú eras, sencillamente, una de las muchas mercancías que huían de los androquíes.

—¿Así que esperaban perder robots?

—Naturalmente. Todas las especies bien maduras se resisten al principio.

La mención de la palabra maduro me hace pensar en los restos humanos de la URB.

—Por otro lado —continúa Franky—, solo has destruido robots, como tú los llamas. Es realmente encantador.

—¿Y tú cómo los llamas? —pregunta Aaron.

—Oh, yo no les he puesto nombre —dice Franky, que suena como si se acabara de colocar una mano en el pecho ofendido—.Los androquíes ponen los nombres. En vuestro lenguaje militar y rico en acrónimos, los robots se llamarían ASC.

—¿Qué significa?

—Asesinos semiconscientes.

—Sí, eso es mucho menos encantador —dice Aaron.

Empiezo a juntar las piezas.

—Así que, cuando eliminé a un ángel de la muerte y lo hice fuera de la ventana emergente, los *senseis* de turno se lo tomaron más en serio y nos siguieron la pista.

—Eso es correcto, Patrick. Y bien hecho al incorporar un término japonés para tu argumento. Phantom Tres estaría muy orgulloso. ¿Se lo notifico?

—Negativo. Sin embargo, hay algo que aún no entiendo. Si tienen una visión térmica tan...

—¡Oh, me gusta ese término!

—Tan buena, ¿por qué hay opción de detección térmica en tu visor?

Franky no responde de inmediato. Pero cuando lo hace, su discurso es lento, y su tono está lleno de abyecta incredulidad.

—Patrick. Después de haberlos visto y de haber combatido contra ellos, ¿realmente crees que esos chupasangres son capaces de crear, y mucho menos de concebir, algo tan generosamente complejo e imaginativo como yo?

—¿Así que estás diciendo que no eres obra suya?

—Como la mayoría de cosas de los androquíes, provengo de otro lugar.

—Entonces eres un botín.

—¿Perdón?

—Eres un botín. Un botín de guerra.

—No. ¿Realmente crees que la especie que me creó habría sido conquistada por gente como ellos? ¡Ja! Me sorprendes, Patrick. Creo que por eso nos llevamos tan bien, *nes't-ce pas*? Tú me diviertes, yo te divierto...

—¿Soy yo o su personalidad es cada vez mayor? —dice Aaron en voz baja.

—Está creciendo, sin duda. Como un grano en el culo.

De dondequiera que venga sir Francis, supongo que fue el resultado de intercambio de armas no oficial. Parece que el tráfico de armas es algo universal. Literalmente.

—¡Y todos salimos ganando! —Franky toma aire y suelta un suspiro muy sonoro—. Ahhhh. Cuánto estoy disfrutando esto de la libertad.

—Nos hemos dado cuenta —dice Aaron.

—Bueno, que sepas que vamos a volver a ver a tus amigos —digo.

Parpadeo un par de veces ante la cúpula azul que tenemos delante y luego le lanzo una mirada por el retrovisor.

—Sí, me he dado cuenta de que volvemos a ver a mis amigos, como tú los llamas. ¿Te importaría explicarte?

—Lo haré, pero primero tengo que hablar contigo —digo mirando a Aaron.

—¿Conmigo? —responde el profesor.

—Te has metido en un buen lío —dice Franky—. He visto a Patrick enfadado y es mejor estar en cualquier otra parte cuando se pone así. Por favor, abróchense los cinturones y asegúrense de que las ventanas estén completamente cerradas.

Aaron me lanza una mirada poco impresionada.

—Sí, yo también lo he visto enfadarse.

Es hora de volver a poner las cosas en su sitio.

—De acuerdo. ¿Qué pasó cuando me fui?

—¿En Ellsworth?

—Sí. —Espero un segundo y añado—: Hasta te has comprado una pistola, Aaron.

—Ya lo sé.

—Una maldita pistola.

—¡He dicho que ya lo sé!

—Esto es mejor que una telenovela —dice Franky.

—¡Cállate! —decimos Aaron y yo a la vez.

—Vale, vale, ya me callo.

Aaron se sienta y se alisa los vaqueros.

—Te fuiste y llegó la ONU.

—Robertson.

Aaron me mira sorprendido.

—¿Lo conoces?

—No diría que nos conocemos. Fue más bien una intromisión en la que le dejé claro lo que pensaba.

—¿Lo amenazaste?

Esbozo una media sonrisa.

—Le dije que, si me quedaba, su salud se iba a resentir.

—Así que lo amenazaste.

Aunque hablamos idiomas diferentes por lo que se refiere a nuestras profesiones, todavía me entiende. Por lo general.

—Bueno, Robertson se hizo cargo, pero yo seguía teniendo el control del proyecto desde el punto de vista científico.

—Y entiendo que nadie de los dos lo canceló.

Aaron niega con la cabeza.

—Quizá si lo hubiéramos cancelado, nada de esto habría ocurrido.

Golpeo con una mano el salpicadero.

—Gracias.

—¿Pero entonces cómo nos habríamos conocido, Patrick? —pregunta Franky.

—No estoy de humor, amigo.

—Vale. Pelea de amantes —dice Franky.

—Al contrario de lo que cabría pensar, después de que Robertson insistiera en que lo volviéramos a encender, no pasó nada —dice Aaron.

—¿No se reactivó?

—Lo volvimos a encender, pero nada. Estuvo así durante cuatro semanas.

—¿Cuatro semanas?

Aaron asiente.

—Robertson tenía a los militares a punto, tal vez seis veces más que cuando tú estuviste. Y armas más grandes. Y el campo de energía estaba completamente estático. Hasta que nuestros sensores detectaron un pico.

—¿De qué tipo?

—La llegada —dice Franky como un niño que desvela el giro argumental de su película favorita.

Aaron se encoge de hombros y empieza a asentir.

—Eso es todo. Y fue pura casualidad que no estuviera allí.

Frunzo el ceño.

—¿Dónde estabas?

—Me llamaron para que volviera a la estación McMurdo durante unos días. Tuve que explicar por qué había…

Se para de repente y le pregunto:

—¿Estás bien?

—Le di un puñetazo a Robertson.

—¿Que le diste qué? —Se dibuja en mi cara la mayor sonrisa que he tenido en mucho tiempo—. ¡Estás de broma!

—Lo sé. El profesor Campbell el pacifista. Pero sí. Le di un puñetazo. Hizo un comentario sobre cómo todas las vidas perdidas aquí eran «peldaños necesarios» para el mayor descubrimiento de la historia. Así que cerré el puño así —dice mientras lo reproduce— y luego me puse frente a él y le dije: y una mierda peldaños necesarios. Y le golpeé en la mejilla izquierda.

—Santo Dios Todopoderoso, Aaron. Qué animal. —Le agarro el hombro y se lo aprieto.

—Lo sé. Y entonces metí la mano en la nieve y me tomé tres ibuprofenos —dice mientras se masajea los nudillos—. Cómo me dolió, Pat. En las películas eso no pasa.

—No pasa, no.

No puedo borrar la sonrisa de mi cara. El puñetazo, la pistola, combatir… todo eso fue lo que nos llevó por caminos diferentes. Y aquí está Aaron haciendo todo aquello por lo que solía enfadarse con Jack y conmigo.

Aaron me levanta un dedo.

—No me malinterpretes. Lo que hice estuvo mal.

—No estuvo mal.

—Sí, estuvo mal. Y nunca…

—No estuvo mal, Aaron —Lo digo con la suficiente fuerza como para dar paso a un largo silencio entre nosotros—. Hiciste lo correcto.

Suspira, esconde la mano derecha bajo el muslo y mira por la ventanilla. El silencio se prolonga aún más y suenan los neumáticos del Land Cruiser sobre el pavimento.

—Cuando llegaron, lo destruyeron todo —dice.

Intento captar la mirada de Aaron, pero sus ojos están en otra parte y conozco esa postura.

—Para cuando llegamos… —Se pasa una mano por la cara—. Estaban todos muertos. El lugar era… era un desastre. Se abrió el glaciar de par en par. Y… cuerpos por todas partes. Todo el trabajo. Todo el personal… Arrasaron.

Dejo que el momento de silencio se prolongue en honor a los muertos y luego vuelvo a poner una mano en el hombro de Aaron, esta vez con más suavidad.

—Lo siento.

—Yo también. Debería haber sido yo, ¿verdad? —dice cerrando ambas manos con fuerza.

Asiento con la cabeza.

—Es jodido luchar contra esa sensación.

—Sí. —Vuelve a mirar por la ventana—. Lo raro fue que nadie los encontró después de eso. Me refiero a los extraterrestres. Escuché a algunos de los jefes militares decir que habían descubierto rastros de algo, pero nada firme. Así que me pidieron que lo cerrara y eso fue todo.

—¿Entonces cerraste el anillo?

—Sí.

—¿Y te enviaron a casa?

—Sí.

—Y fue entonces cuando compraste el arma.

Aaron se revuelve en su asiento.

—Después de lo que había visto…

—Oye, no te culpo. Yo habría hecho exactamente lo mismo si estuviera en tu lugar.

Asiente, pero parece convencido a medias.

—Cuando aterricé, me llevaron directamente al Pentágono. Estuve allí cuatro días. Dijeron que el proyecto quedaba cerrado y me amenazaron de muchas maneras muy explícitas diciendo que me arrestarían y me juzgarían por traición si volvía a hablar de eso.

—Tuviste que hacer malabares durante la entrevista por la tele, ¿no?

—¿La viste?

—Tío, estoy seguro de que la mitad del país la vio.

Baja la cabeza.

—Solo pensé que… bueno, si era capaz despertar la curiosidad de otras personas, entonces tal vez podrían…

—¿Averiguar que sí sabías de qué estabas hablando?

Aaron asiente.

Entonces señalo la gigantesca cúpula azul que tenemos delante.

—Creo que lo lograste.

—Sí, pero no quería que fuera así.

—Nadie quiere que sea así nunca. —Miro a Aaron, pero tiene la mirada tan triste como Ígor de *Winnie-the-Pooh*—. Tener razón suele ser una mierda. Y en los pocos casos en los que no es así, suele ser sobre cosas que no tienen mucha importancia.

Aaron se encoge de hombros.

—Cuando los periodistas me llamaron, actuaron como si la pérdida de comunicación fuera una noticia de última hora. En realidad ya era algo conocido para los que habíamos sobrevivido. Si yo llevaba más de tres semanas en casa. No me di cuenta hasta ese momento, en la entrevista, de que podía haber algo más.

—Una segunda ola —digo.

Aaron me mira con toda su atención.

—Exactamente. Eso es exactamente lo que concluí.

—Pero apagaste el anillo.

—E intenté decirle a todo el mundo que había que destruirlo.

Sonrío.

—Me suena de algo eso.

—De hecho me acusaron de parecerme a ti.

—Lo tomaré como un cumplido. Entonces, ¿qué crees que ha pasado?

De repente, Aaron deja de parecerse a Ígor y, aunque todavía no es Tigger, al menos se parece un poco a Winnie-the-Pooh con un tarro de miel en las manos.

—Creo que en la primera ronda enviaron una especie de equipo de exploración.

Lo miro.

—¿Una misión de reconocimiento?

—Sí, eso. Una vez que atacaron a los militares de Robertson y a nuestro equipo científico, se fueron a explorar el resto del planeta. Pero había algo. Tenían que ser como… —Comienza a chasquear los dedos con la esperanza de conseguir la palabra—. Ingenieros de algo.

—¿Ingenieros de combate?

Me señala.

—Eso es. Preparándose para la batalla.

—¿Crees que suficientes efectivos atravesaron el portal en ese encuentro?

—Ese es el asunto. No creo que haya sido la única vez que han atravesado el anillo. No puede ser.

—¿Lo abrieron de nuevo? —La cabeza me va a mil revoluciones por minuto porque eso podría confirmar mis sospechas—. ¿Crees que ellos lo abrieron desde el otro lado?

—Sí, es lo que creo.

Me froto la nuca.

—Creía que teníamos que abrirlo nosotros desde nuestro lado.

—Nadie dijo que no pudieran devolvernos el favor —dice Aaron con una sonrisa socarrona—. Pero incluso si ese no es el caso, hay una explicación más fácil.

—Ya habían atravesado el anillo otros androquíes que pudieron abrirlo de nuevo.

—Eso es.

—Bravo, profesor Campbell —dice Franky desde el asiento trasero—. Aunque no me puedo explayar acerca de sus conclusiones, naturalmente, puedo al menos ofrecer una sincera felicitación por su lógica. De sobresaliente. Y, debo añadir, que es usted la primera especie que ha encajado todas esas piezas, y además con tanta rapidez.

—¿Gracias? —dice Aaron con el ceño fruncido.

Ahora la cabeza me va todavía a más revoluciones.

—Cuando estuvimos juntos en Ellsworth, dijiste que creías que el anillo tenía su propia fuente de energía.

—Sí.

—¿Aún lo crees?

—Nunca tuve motivos para dudar de ello. Y creo que el argumento no hace más que cobrar peso ante lo que llamaremos la tercera apertura; la primera sería la nuestra, la de Robertson la segunda y...

—Y esta última desconocida es la tercera —añado.

—Sí. Y si los androquíes... ¿lo he dicho bien? —dice mirando a Franky.

—Así es, profesor, así es.

—Y si los androquíes que atravesaron el portal en la segunda apertura no volvieron para reactivar el portal, una fuente de energía extralocal explicaría cómo pudieron reabrirlo desde lejos.

—Porque tenían el control. Lo estaban alimentando, a falta de un término mejor —narro.

—Exactamente.

—Pero tengo una pregunta, Aaron —digo señalando a la ciudad—. Asumiendo que lo que sea que está en el Bajo Manhattan es una especie de portal para trasladar personas, ¿crees que es así como se alimenta?

—Esa es una gran pregunta. En este punto, todo es solo especulación, ¿verdad? Conjeturas.

—Sí. Pero dado lo que viste en la excavación de Ellsworth y lo que ves aquí, ¿son la misma fuente de energía?

—No sé si te sigo, Pat.

—Digamos que no logramos apagar el artefacto en el Polo Sur porque su fuente de alimentación está en otro lugar. Y vayamos aún más lejos. Digamos que lo que sea que lo alimenta podría asegurar de alguna manera que el anillo no se descomponga tampoco, que no se deshaga... —Lo miro para ver si capta mi idea—. Después de millones de años. Y no habría sucumbido a la explosión de una bomba incluso si hubiéramos tenido luz verde para intentarlo.

Hay una pausa antes de que Aaron responda. Está reflexionando.

—Pat, yo… nunca pensé eso. Solo asumí que había mantenido la integridad de la composición al estar bajo hielo.

—¿En un glaciar? ¿Y no se mueven los glaciares, Aaron?

—Sustancialmente, sí. Ahora me siento como un imbécil.

—No lo eres en absoluto —dice Franky—. Pero pedirle a tu arma que lance ráfagas de energía de alto rendimiento a un objetivo inherentemente débil cuando lo que realmente deberías haber hecho es plantear el panorama general…

—Cierra el pico —digo.

—Solo intentaba hacer que Aaron se sintiera mejor.

—Busca otra manera.

Aaron sigue perdido en sus pensamientos y procesándolos en voz alta.

—Siempre llegué a la conclusión de que la masa y la densidad del anillo eran suficientes para preservar su forma. Pero un campo de energía cuántica lograría una integridad óptima. Es cierto que ni siquiera sé cómo es posible algo así, y mucho menos cómo funcionaría, pero, sí, eso explicaría muchas cosas. —Hace una pausa y se lleva un dedo a los labios—. ¿Pero durante tanto tiempo? Estamos hablando de decenas de miles de años, Pat.

—Tú lo has dicho: hay muchas cosas que no podemos explicar. Pero no necesito la explicación ahora mismo. Solo quiero saber si es diferente de lo que hay ahí fuera —digo señalando el horizonte.

—¿Y eso por qué? —pregunta Aaron.

—Porque mientras que el anillo de tu excavación estaba destinado a durar años, no estoy tan seguro de que sea el caso de esto.

—¿Crees que es más bien algo temporal?

—Desde un punto de vista táctico, sí. Me da igual que sean extraterrestres: los recursos son limitados y cada operación tiene sus puntos fuertes y débiles. No vas a construir un vivac igual que una FOB.

—¿Cómo?

—Base de operaciones avanzada, son las siglas en inglés. No importa. La cuestión es que necesito que te concentres en averiguar si lo que sea que haya ahí es diferente de lo que te has pasado investigando las últimas dos décadas de tu vida. Por eso estás aquí. No necesito saber cómo se puede explicar la ciencia: solo quiero saber cómo podemos destruirla, porque eso es lo que vamos a hacer. Así que necesito tus ojos y tu cerebro.

—De acuerdo. —Aaron asiente como si se mentalizara—. Creo que puedo hacerlo.

—Creer no es suficiente, Aaron. Tengo que saber si estás con nosotros o no estás. Y aún no es demasiado tarde para volver atrás. Si quieres ir a unirte al resto de la gente y encontrar una forma de sobrevivir, no te lo voy a impedir. Joder, a lo mejor yo también lo haría. Pero si eliges acompañarnos, necesito que te comprometas. Sin dudas, sin titubeos. Vamos a acabar con esto o a morir en el intento.

Aaron traga saliva.

—¿Cuánto tiempo tengo?

—Hasta que encontremos una forma de entrar en la cúpula.

—¿Puedo avisarte entonces?

—Sí. Respetaré tu decisión. Te doy mi palabra.

—Me gusta tu forma de pensar, Patrick —dice Franky.

Entonces oigo que alguien habla por radio. Es él.

—Preparaos, Phantoms. ¡Vamos a hacer saltar todo por los aires!

Capítulo 25

10:45, viernes, 25 de junio de 2027
Eltingville, Staten Island, Nueva York
Club Náutico Richmond County

Nos detenemos en un aparcamiento junto al mar para los propietarios de embarcaciones de recreo y sus invitados. Aunque no encajamos en ninguna de esas dos categorías, dudo que alguien venga a echarnos. Un gran cartel nos da la bienvenida al Club Náutico Richmond County. Los muelles están llenos de todo tipo de embarcaciones de recreo, que se mecen en las aguas de la bahía iluminada por el sol. Es una estampa digna de una pintura al óleo. Más allá, una larga extensión de tierra separa la bahía del océano y se puede acceder por una abertura al sur.

Resulta extraño no escuchar los incesantes chillidos de las gaviotas de Delaware, el zumbido de los motores de los barcos o los rugidos lejanos de los leones marinos. La cúpula parece haberlos ahuyentado a todos por una u otra razón. Me resulta interesante y a la vez alarmante lo diferente que parece la costa sin sus inconfundibles sonidos. De hecho, lo único que me resulta familiar es el aire salado y el viento del Atlántico. Es todo tan extraño.

Hollywood se pone las gafas de sol.

—¿Y ahora qué quieres hacer?

El equipo está reunido alrededor junto a la puerta de Dolores por consideración con Espectro. El vendaje de Doc es bueno, pero va a cojear durante el resto de la misión.

—Quiero ver si podemos nadar bajo la cúpula —digo—. Si podemos, entonces hablaremos de posibles planes de asalto en función de lo que sospechamos que hay al otro lado.

—¿Crees que bucear es la mejor forma de entrar? —pregunta Bumper.

Como cabía esperar de un SEAL, no parece inmutarse lo más mínimo. Así que quizá su pregunta resulte conveniente a todos a los que les preocupa ahogarse.

—Sí. Cuando me encontrasteis, yo estaba bajo el paso elevado de la I-280. Asienten con la cabeza.

—Me di cuenta de que la gente en el interior de la cúpula creyó que el puente podría abrir una brecha. Yo pensé lo mismo.

—Pero no fue así —dice Yoshi. Vacía su petaca y mira dentro—. Maldita sea.

—No, no fue así. Y murió gente. Pero me di cuenta de algo particular.

—¿De qué? —pregunta Hollywood.

—El color de la energía por debajo del paso elevado era ligeramente menos intenso que el del resto de la cúpula.

—Crees que era de menor intensidad —dice Bumper.

Asiento con la cabeza.

—Tiene sentido, ¿no? Es impresionante que esa cosa pueda atravesar unos cuantos centímetros de hormigón y que siga funcionando.

—Así que crees que el agua también podría reducir el nivel de energía —añade Bumper.

—Sí, naturalmente, hay otras alternativas.

—¿Como cuáles?

—Las alcantarillas.

Todo el mundo hace una mueca de asco.

—No, gracias. Ya he pasado por ahí —dice Yoshi

—Y yo que pensaba que en las Fuerzas Aéreas no os metíais en la mierda —dice Hollywood.

—Porque no se meten —responde Bumper—. Yoshi se refiere a que se ha limpiado el culo alguna vez.

—Muy gracioso —dice Yoshi mientras se rasca el ojo con el dedo corazón. Sonrío, pero reanudo rápidamente la conversación para seguir avanzando.

—Podríamos buscar una entrada de alcantarilla que pase por debajo del borde de la cúpula. Pero es arriesgado, ya que los túneles de las alcantarillas no son siempre fáciles de seguir.

—Y no hay garantía de que las calles que los cubren detengan el campo de fuerza —dice Espectro.

Asiento con la cabeza.

—Sí. Pero puede que el agua sí.

—¿Y por qué? —pregunta Z-Lo—. A mí me parece que el hormigón es mejor barrera que el agua.

—Para la mayoría de las formas de radiación lo es, sin duda —dice Aaron—. Pero si puedes poner suficiente agua entre alguien y una fuente de neutrones, es un aislante sorprendentemente bueno. Además, si este campo de energía es de naturaleza eléctrica, puede que no interprete el agua como nosotros. —Se vuelve hacia mí—. No está mal, Pat.

—Gracias. Encontrar un camino subterráneo que se adapte a lo que queremos es difícil. Pero sí que tenemos a nuestra disposición kilómetros de agua —digo señalando en dirección noreste, hacia la parte baja de la bahía de Nueva York—. Pero primero tendremos que probarlo.

—¿Quieres ir sin más? Mucha exposición, ¿no? —pregunta Hollywood.

—Si puedo intervenir —dice Franky desde el interior de mi Land Cruiser—. Está empezando a hacer mucho calor aquí. ¿Podría salir?

—Parece que don sabelotodo tiene algo que añadir —dice Bumper.

Me acerco y abro la puerta.

—No te habrás meado encima, ¿verdad?

—Un poco a lo mejor. Pero es por la emoción de verte.

—Lameculos.

—Cortarrollos.

Agarro a Franky y lo acerco.

—¿Y bien, sir Francis?

—Con respecto a las dudas de Phantom Dos, me aseguraré de advertir a Su Santidad Phantom Uno con suficiente antelación de cualquier posible contacto —dice Franky.

—Oh, ¿como la advertencia «con mucha antelación» del edificio Adam? —pregunta Hollywood.

—¿Acabas de hacer comillas con los dedos para citarme? —dice Franky.

—Así es.

—No es justo, Hollywood. Sabes que yo no puedo hacerlo.

—No es mi problema.

—Déjame decirte que los edificios impidieron la detección temprana. Eso y que el profesor Campbell empezó a adularme con ahínco, lo cual me distrajo ligeramente, aunque fue increíblemente apropiado.

Todo el mundo mira a Aaron.

—¿Qué? Tenía curiosidad. —Aaron se vuelve hacia Franky—. Y no era adulación, sir Francis. Era… simplemente interés.

—Claro, claro —dice Franky tosiendo—. En cualquier caso, en mar abierto tendré tiempo de sobra para avisaros a todos si os detectan. Además, los androquíes no prestan mucha atención a las vías fluviales lejanas ya que sois una especie terrestre. Estarán ocupados con todos los que se dirigen a… Mmm, bueno, estarán ocupados con otras cosas. Además, actuar de día es una ventaja para vosotros dada su «visión térmica» relacionada con vuestra estrella local. Y sí, por si no lo has notado en la inflexión de mi voz, he utilizado comillas, Phantom Dos.

—Bueno, eso cambia por completo las cosas —dice Z-Lo.

Miro a Franky con la ceja levantada.

—¿Te importaría explicar más?

—Umm, no. —Luego, como para sí mismo, murmura—: Aunque sus malditos cascos, cretinos, mugrientos e ingratos, ayudan a comprimir un poco las variaciones de frecuencia. Malditos bobos.

—¿Seguimos hablando de los extraterrestres? —pregunto.

—No. De los cascos. Su *software* es un quebradero de cabeza.

—Seguro que sí.

—Bueno, en caso de que os encontréis en apuros, me esforzaré por ocultaros temporalmente con mi emisor de disrupción electromagnética.

—¿Tu qué? —pregunta Hollywood.

—Lo mismo que usó para que ganáramos tiempo en la biblioteca —digo.

—De camino a la biblioteca —corrige Franky.

Hollywood se cruza de brazos y me mira descontenta.

—¿O sea que quieres que nos subamos todos a un bote y ver quién puede nadar por debajo sin que le corten la cabeza o, ahora que lo pienso, sin que muera electrocutado?

—No. No os estoy pidiendo que hagais nada. Yo me ofrezco voluntario para comprobarlo.

—Yo voy contigo —dice Bumper.

Pero Hollywood no está convencida.

—Es demasiado peligroso. No me gusta.

—Entiendo las reservas de Hollywood —dice Franky—. Ya que esto atañe directamente a tu bienestar, Patrick, quizás una alternativa menos arriesgada sea permitirme ser tu conejillo de Indias, por así decirlo.

—¿Tú? Aunque pocas cosas me harían más feliz ahora mismo que lanzarte al agua para ver qué pasa…

—Es mucho menos divertido de lo que cabría esperar, te lo aseguro. Soy bastante impermeable. Además, ya me lanzaste por una ventanilla, ¿recuerdas? Creía que ya te habías hartado. Y acordamos que no volvería a ocurrir.

Hago una pausa, asombrado por su capacidad para molestarme.

—Como decía, no creo que enviarte a probar dónde termina el campo de fuerza sea la opción más sabia, no cuando podríamos atar una piedra a una cuerda y averigüar lo mismo.

—No seas tonto, Patrick. Aunque me halaga que me consideres superior a una piedra, ese enfoque en particular requiere que tengas algún tipo de tejido vivo en la piedra, como piel, músculo, sangre o cualquiera de tus otros fluidos más viscosos. Podría llevar varios intentos y, por tanto, varias muestras de tejido. Además, la piedra es incapaz de proporcionar un análisis en tiempo real de la capacidad de las aguas oceánicas de tu planeta para atenuar la potencia del campo. Si la intensidad del campo cambia, querrás saberlo. Te lo digo yo.

Hollywood deja escapar un suspiro.

—La verdad es me gusta más la idea de usar una piedra que usarte a ti.

—Es muy amable de tu parte —responde Franky.

Hollywood me señala.

—Me refería a él.

—Oh.

—Pero creo que la idea de Franky es más rápida y parece que podría darnos mejor información.

—¡Oh, ya lo creo! —dice Franky con énfasis—. Así será, Phantom Dos. Puedes contar conmigo para explorar esas profundidades como la mejor sonda que hayas visto introducirse jamás en cualquier lugar.

—No. No vayas por ahí. —Hollywood aprieta los labios y empieza a negar con la cabeza.

—¿Has cambiado de opinión?

—Creo que es mejor que te calles —le digo a Franky.

—Bueno, vale. Pero no veo dónde está el problema.

—Ya nos hemos dado cuenta. —Miro a Bumper—. ¿Aún tienes ganas de acompañarme?

—Afirmativo.

—Entonces hagámonos con un barco antes de que se dé cuenta de lo que ha dicho.

—¿Pero qué he dicho?

* * *

Todos menos Espectro se ponen a buscar en los muelles una embarcación que cumpla con nuestras especificaciones. Tiene que ser todo analógico, capaz de albergar a todo el equipo si Bumper, Franky y yo volvemos con buenas noticias, y tiene que tener mucho espacio para nuestro material. Con suerte que sea cubierta

Me voy con Z-Lo hacia los muelles más al norte. Nos turnamos para buscar llaves y probar las embarcaciones que creemos que encajan en el perfil. Aprovecho para hablar con él y conocerlo mejor. Nada como una conversación espontánea para matar el tiempo y ampliar mis conocimientos sobre un miembro del equipo. Cuando eres el líder, tienes que calcularlo todo.

—¿Cómo va el hombro? —pregunto.

Z-Lo echa un vistazo al vendaje bajo el agujero chamuscado de su uniforme.

—Doc dice que bien. Dice que me quedará una cicatriz que volverá locas a las chicas.

—Qué suerte tienes.

—Y que lo digas. Al parecer, lo bueno de que te disparen con un rayo así es que la herida se cauteriza sola.

—¿Se cauteriza?

—Sí. Claro que no me dieron en ningún órgano ni nada. Estoy bien.

—Me alegro. Ven, échame una mano. —Me ayuda a bajar de una embarcación de siete metros que no nos sirve—. Háblame de ti, chaval.

—¿Quieres… que te hable de mí?

—No hay nadie más por aquí.

—Ya, claro. ¿Y qué quieres saber?

—Bueno, eres del sur de California, ¿no?

—De San Diego.

—Una ciudad bonita.

Se encoge de hombros mientras caminamos hacia otra embarcación prometedora.

—Supongo.

—¿No te gusta?

—Mi padre siempre me estaba dando la lata para que me uniera al negocio familiar.

—¿Tenéis vuestro propio negocio?

Se ríe.

—El negocio familiar era trabajar para una planta siderúrgica de la zona.

—Ah, ya entiendo.

—Soy el más pequeño de nueve hermanos.

—Joder, chaval. ¿No serás católico?

—De origen húngaro. Así que, sí —dice entre risas—. Para mi abuela eso es casi sinónimo de católico.

—Sé de lo que hablas.

—Mis padres no eran religiosos. Solo querían que tuviéramos una vida mejor que la que ellos habían tenido. Pero yo no quería pasar por lo mismo que mis hermanos mayores, ¿sabes?

—¿Y qué era eso?

—Trabajar en la planta siderúrgica con mi padre.

—¿Todos?

Asiente con la cabeza.

—Nuestra familia puede llegar a ser bastante terca.

—¿Y aun así decidiste alistarte en los marines? No te ofendas, chaval, pero no es precisamente el camino más corto para no tener que trabajar como mano de obra.

—Y bien que lo sé. —Z-Lo se ríe mientras se sube a una Boston Whaler que parece prometedora, aunque un poco pequeña—. No era mi primera opción.

—¿Y cuál era?

—Bueno, nada especial. —Encuentra las llaves escondidas bajo la consola central—. Simplemente ir a la universidad y ver si había algo más allá de la planta siderúrgica.

Hago un barrido de trescientos sesenta grados para asegurarme de que todo sigue en orden y le pido a Franky que haga una comprobación del perímetro.

—¿Y por qué no fuiste?

—Mi padre no pensaba así. —Prueba a encender el motor—. Nada, muerto también. Decía que la universidad y los ordenadores no dan carreras de verdad. La vieja escuela, ya sabes.

—Sí.

No tengo el valor de decirle al chico que estoy de acuerdo con su viejo. Por otra parte, parece que casi todo el mundo que ha estudiado es más rico que yo, y todo gracias al señor Gates y al señor Jobs. Así que, al fin y al cabo, ¿qué cojones puedo saber yo?

Ayudo a Z-Lo a bajar por la borda del barco y sigo buscando.

—Así que mi padre y yo tuvimos una gran bronca, ¿sabes? Me estaba gritando, yo también a él y de repente le dije: «Entonces me voy a alistar en el ejército». Y me fui al punto más cercano, porque él no me iba a llevar.

—Y así te alistaste.

—Así de fácil.

—¿Tu viejo dijo algo?

—Claro. *Mi a fasz van veled!*

—¿Qué significa?

Se ríe.

—¿Qué pollas te pasa?

—Así que no le gustó la idea.

—No. Y no hemos hablado desde entonces.

—Lo siento, chaval.

Z-Lo se encoge de hombros.

—Mira, yo soy el pequeño. Nos separan como cincuenta años, ¿no? No hay mucho en común y no creo que eso vaya a cambiar nunca. Así que es lo que hay. Pero alistarme me ha traído muy buenas cosas. Tres comidas al día, una cama y puedo seguir practicando en el tatami.

—¿En el tatami?

Asiente con la cabeza, pero no explica mucho.

—Si algo saqué del instituto, fue eso. Incluso fui campeón estatal tres de los cuatro años.

—Lucha libre.

—Sí, claro. —Estira el pecho y los brazos de una forma que parece más pavoneo que ejercicio—. Seguramente también habría ganado el cuarto año, pero no pude participar porque me pillaron con unas cosas. También era bueno en el ring.

—¿Hablas de boxeo?

Asiente con la cabeza.

—Vuela como una mariposa, pica como una abeja. ¿Sabes?

—Claro.

Deja escapar un largo suspiro.

—Pero lo que de verdad quería era hacer algo con ordenadores.

—¿Tú? ¿Ordenadores?

No quiero quedarme mirando su nariz torcida y su oreja de coliflor, pero el chaval no tiene aspecto de ser precisamente ducho con un teclado y un ratón.

—Pero ya no importa. Probablemente lo mejor del ejército es tener nuevos hermanos. Bueno, tenerlos hasta que… ya sabes.

—Sí. —Veo un viejo Dyer 29 amarrado en el muelle—. ¿Por qué no pruebas con ese?

—Enseguida, sargento jefe de artillería.

Z-Lo se dirige al clásico barco de pesca de techo blanco y casco negro y salta al interior.

Me acerco a la popa y leo el nombre astillado pintado en el espejo: «Un barco incomparable en un marco incomparable». Alguien estaba inspirado ese día.

Z-Lo rebusca en el salpicadero durante unos segundos y luego me hace señas con el juego de llaves en la mano. Un instante después, oigo cómo se encienden los ventiladores del compartimento del motor. Es una buena señal y Z-Lo, con el pulgar hacia arriba, lo sabe. En cuanto a la prolongada secuencia de arranque, más de un marinero ha salido despedido de su barco por no prestar atención a la acumulación de vapor antes de encender las bujías.

Al cabo de unos treinta segundos, Z-Lo arranca. Escuchamos el gorjeo del motor bajo el agua.

—¡Eh, funciona! —dice Z-Lo.

—Has encontrado el caballo ganador, chaval. Buen trabajo.

Sonríe mostrando todos los dientes.

—Gracias.

Maldita sea. Si es que me cae bien el chaval.

* * *

—A ver si podéis conseguir setenta litros más de combustible para cuando volvamos —le digo a Hollywood y al resto de los Phantoms reunidos en el muelle. Incluso Espectro ha salido del coche—. Si no encontráis bidones sueltos, sacadlo de otros barcos.

—Entendido, Bic. Estaremos listos —responde Hollywood.

—Tened cuidado —dice Z-Lo.

Le hago un gesto con la cabeza y el chaval me lanza el cabo de popa. Yoshi guía la proa fuera del muelle mientras y Bumper maniobra.

—Que disfrutéis del paseo en barco —dice Doc, que acto seguido se pone a silbar una canción de Christopher Cross.

En cuanto nos alejamos, Bumper acelera y estoy seguro de que es para dejar atrás las horribles notas de Doc.

—Música para blancos —dice moviendo la cabeza de lado a lado.

—No te culpo.

Pero, para chincharlo, continúo la canción:

—*Just a dream and the wind to carry me.*

Bumper se une:

—*And soon I will be free.*

* * *

—¿Y de dónde te viene ese apodo? —le pregunto a Bumper mientras giramos a la izquierda alrededor de Crookes Point y nos dirigimos al norte por la costa este de Staten Island.

—Me lo puso mi equipo —dice por encima del rugido del motor.

Creo que se refiere a su equipo SEAL, pero entonces Bumper lo aclara.

—Mi equipo de fútbol americano en el instituto.

—Entiendo.

Comprueba nuestras seis y mira el cuentarrevoluciones antes de continuar.

—Yo era el capitán del equipo, lo cual implicaba ciertos privilegios y expectativas, algunos de los cuales involucraban a las animadoras. Creo que sabes a lo que me refiero. —Me guiña un ojo—. Mi madre no ganaba lo suficiente para comprarme un coche y yo no lo habría aceptado si me lo hubiera comprado. Pero conseguí ahorrar lo suficiente para comprar un Cutlass Supreme de 1982 oxidado.

—Menuda belleza —digo con una sonrisa.

Me mira de reojo.

—Total, que son las tres de la mañana y doña huracán y yo estamos en la parte de atrás al lío, aparcados en medio del campo de juego. Al día siguiente el entrenador entra en el vestuario y pregunta quién estuvo con un coche en el campo. Nadie dice nada y yo sé que tuve cuidado de no dejar huellas. Incluso elegí una semana en la que no había llovido. Fui cuidadoso, ¿no?

»Bueno, cuando nadie dice nada, ¿qué hace el entrenador? Se agacha y saca un parachoques oxidado de detrás de las cestas y dice: «Parece que el propietario de la matrícula estuvo anoche haciendo bump, bump, bump hasta que se cayó».

Los dos nos reímos mientras atravesamos las olas.

—Algo me dice que nunca te olvidarás de esa matrícula —digo.

—El equipo no dejó que me olvidara. Dije que, si ganábamos el campeonato ese año, me la iba a tatuar en el culo.

—No me lo creo. ¿Ganasteis?

Bumper me dedica una enorme sonrisa.

—¿Quieres verme el culo?

* * *

—¿Cuánto crees que puedes acercarte sin perder el control? —le pregunto a Bumper.

Ha reducido la velocidad y yo estoy atando una cuerda alrededor de Franky.

—Unos cinco metros diría —grita Bumper—. No quiero arriesgarme. Con que venga una ola rebelde, tendremos que abandonar el barco.

Miro hacia el oeste.

—Y nos tocaría nadar un rato.

—Afirmativo.

Estamos casi en la cúpula y tengo todo listo para lanzar a Franky por la borda en su misión de exploración.

¿Tienes claro que quieres hacer esto?

—Oh cielos, Patrick. Claro que sí. Prácticamente soy yo el autor de esta misión.

—Pero tampoco corras riesgos innecesarios. Por mucho que odie decirlo, si te perdiéramos ahora, perderíamos… bueno, perderíamos un buen activo.

—Te refieres a una buena fuente de inteligencia.

—Claro.

—Y yo que pensaba que ibas a decir que perderías un amigo.

—¿Podemos conformarnos con un conocido aceptable?

—Mmm. No es mi término favorito, pero vale. Además, no tienes que preocuparte por mí, Patrick. Tengo un generador de resonancia integrado que me hace impermeable al campo de energía.

Lo miro fijamente durante un segundo mientras Bumper para el motor del barco.

—¿Por qué no nos lo has dicho antes?

—Porque me dijiste específicamente que me callara, ¿recuerdas?

—Lo sé, sí. Pero eso es información muy importante. No es algo que puedas omitir.

—Tampoco es algo que quisiera mencionar. Pero como tengo la sensación de que mi destrucción te causaría un daño irreparable, ya que somos conocidos aceptables y todo eso, en favor de mi directiva me permito mencionarlo.

—Ya, claro, sí, sufriría un daño irreparable si te hicieran daño…

—No suenas muy sincero.

—Y un daño aún más irreparable si la humanidad se traslada al país de Nunca Jamás.

—Ja, ja, buen intento de ir contra mí, Patrick. Pero no te ha salido. Aunque supongo que querías hacer que tu ingenio saliera disparado.

Me quedo mirándolo.

—¿Lo pillas, Patrick? Disparado. Disparar. Arma.

—Lo pillo.

—Pero no te estás riendo.

—Respira profundamente, Patrick —me digo a mí mismo

—¿Qué? ¿Por qué? Eso no tiene nada que ver con…

Lanzo a Franky por la borda y dejo que el cabo se desenrolle.

—Vas… ¿Vas a recuperarlo? —Bumper me pregunta.

—Me lo estoy pensando.

—Entendido.

* * *

Tras solo diez segundos bajo el agua, Franky nos llama por radio.

—Phantom Dios de la Guerra, aquí el Phantom Lord de las profundidades. ¿Me recibes? Adelante, cambio y fuera.

Bumper me sonríe mientras maneja el timón y el acelerador del barco para mantenernos alejados de la cúpula.

—Te recibo, sir Francis. Informe de la situación.

—Tengo lo que necesitamos. Además, hay una vida marina inquisitiva inspeccionándome

—Descríbelo.

—No estoy seguro de que sea la prioridad en este momento.

—Descríbelo.

Deja escapar un suspiro.

—Está bien. Hay un pequeño banco de peces con dos ojos en un lado de la cabeza. Muy extraño. Parecen particularmente curiosos y, si se me permite decirlo, amistosos. Pero mis archivos no parecen tener nada sobre ellos.

Le echo a Bumper una mirada como diciendo: «¿Así que no tiene nada en sus archivos, eh?». Pulso para abrir el canal.

—Dios mío. Franky, tienes que salir de ahí, ¡ahora!

—Muy gracioso, ja, ja.

—No estoy de broma, Franky. —Me alejo el micrófono y grito por encima del hombro—. Bumper, la cuerda está atascada. Tenemos que movernos.

Franky vacila.

—Patrick, ¿estás…?

—¡Bumper!

Siempre es divertido ver a un SEAL con una sonrisa diabólica.

—¡Esto no va bien, Bic! ¡El motor no responde!

—Franky —digo frenéticamente—. Franky, ¿puedes oírme?

—Claro que puedo oírte, no seas…

—No hagas movimientos bruscos. Son lenguados.

—¿Lenguados?

—Sí. Vamos a sacarte de ahí.

—¿Y estás seguro de que son agresivos?

—Franky, amigo mío, no quiero alarmarte, pero esto no pinta bien. Nada bien.

—¡Por todos los santos! —Hay una pausa en las comunicaciones—. ¿Qué me harán?

—¿Recuerdas al Sarlaac de *La Guerra de las Galaxias* que reside en el Gran Pozo de Carkoon?

—¿De *El Retorno del Jedi*? Dios mío, sí, me acuerdo.

—Es como eso, pero mucho peor. Los sistemas digestivos de esos depredadores convierten a sus presas en nutrientes durante varios miles de años.

—¡Oh, no! ¡Sácame de aquí, Patrick! ¡Por favor, sácame! ¡No quiero morir así!

—Espera.

Por mucho que me duela no seguir con la broma, necesitamos que comparta sus descubrimientos y luego tenemos que volver a la orilla.

—Ni una palabra —le digo a Bumper.

Asiente.

Entonces empiezo a enrollar la cuerda y subo a Franky de vuelta.

Cuando vuelve a la cubierta, le quito un trozo de alga y lo levanto.

—¿Estás herido, amigo?

—No, no. Estoy… ¡Uf! Estoy bien, alabado sea el Rey Tritón.

Tardo unos segundos en reaccionar.

—¿De *La sirenita*?

—Sí. No cabe duda de que me ha protegido.

—Sí, no cabe duda. Me alegro de que estés bien.

—Un segundo más ahí abajo y esos lenguados me habrían diezmado. ¿Y sabes qué es lo más raro?

—¿Qué?

—En la película para niños hay un personaje como esos peces, y es como infantil e ingenuo. Cabrones.

Sé que, si miro a Bumper a los ojos ahora mismo, no voy a aguantarme la risa. Así que recupero la compostura y le pido que me informe de sus hallazgos.

—Te alegrará saber que el campo de energía se extiende hasta una profundidad media de un metro veinticinco por debajo de la superficie, dependiendo de la altura del oleaje. Tu hipótesis era firme —dice Franky.

—Es una gran noticia, amigo. Gracias por, ya sabes, arriesgar tu vida por nosotros.

—Especialmente con esos lenguados —añade Bumper.

—Sí, fue un atrevimiento por mi parte, debo decir. Pero estoy feliz de contribuir a la causa. Cualquier cosa por el equipo, ¿sabes?

Ahora empiezo a sentirme mal por la broma. No lo suficiente como para decir nada, claro. Estas cosas hay que alargarlas todo lo que se pueda.

—Has dicho que la profundidad media era de un metro veinticinco. ¿Y cuál es la máxima que has observado?

—En ocasiones la mínima era de medio metro —dice.

—Ese no es el número que me interesa. Pero entonces significa que la profundidad máxima que has observado es de dos metros y medio.

—Correcto.

Ya serio, miro a Bumper. Está tan serio como yo. Dos metros y medio no parece mucho. Pero en aguas abiertas y luchando contra las corrientes y la escasa visibilidad, bien podrían ser cuatro metros. Tal vez más. Además, no tengo tubo ni máscara, ni probablemente nadie sepa bucear excepto Bumper, y eso suponiendo que tuviéramos equipo para todos.

—Noto que hay algún problema. Es por los lenguados, ¿verdad? —dice Franky.

—Ojalá.

* * *

—Traemos noticias —le digo al equipo ya en el muelle. Saco una carta náutica que tomamos de un barco y señalo un punto justo al norte de nuestra posición actual—. Aquí es donde localizamos la cúpula. Sir Franky descubrió que el campo de energía no es una amenaza pasando el metro veinticinco de profundidad aproximadamente.

—No está nada mal. Podemos nadar con facilidad —dice Z-Lo.

—Sí. Pero eso es una media.

—¿Con cuánto margen? —pregunta Espectro.

—Un metro aproximadamente.

—Maldita sea.

—¿Por qué es malo eso? —pregunta Z-Lo.

Espectro suspira antes de explicar.

—Porque eso significa que tenemos que bajar a más de dos metros si no queremos arriesgarnos a que nos corten por la mitad durante la inmersión.

—Oh. —Z-Lo suspira copiando a Espectro—. Eso ya es un poco más difícil.

—Es mucho más difícil —digo—. Lo único que podemos llevar con nosotros es todo lo que nos permita bucear.

—Vaya mierda —dice Yoshi.

—Ya es bastante negativo tener que dejar atrás los vehículos. ¿Pero más todavía? Va a ser difícil —dice Hollywood.

—Pero hay algo más. Lenguados.

El equipo parece confundido, pero veo que Bumper se aleja por detrás de Franky y hace un gesto con la mano como si se cortara la garganta. Todos parecen entenderlo, aunque sé que la broma se les escapa. Tomo nota mental para ponerlos al corriente más tarde y saboreo el hecho de que a Franky solo se le haya permitido descargar información militar y algunas películas, porque esto me resulta muy divertido.

—El tiempo vuela, así que vamos a someterlo a votación —digo—. O buscamos un sistema de alcantarillado que no esté afectado por la cúpula o buceamos. Una opción probablemente nos permita llevar más equipo, suponiendo que encontremos un conducto sin obstáculos perpendicular a la cúpula...

—Sería lo suficientemente profundo —interviene Bumper.

Asiento con la cabeza.

—La otra supone llegar con menos material al otro lado, pero podemos cruzar mucho antes y sabemos que es una ruta directa.

—Y una vez que crucemos, ¿qué? —pregunta Yoshi.

Bumper explica lo que hemos hablado en el viaje de vuelta.

—Ahora mismo, las corrientes soplan en dirección al campo de energía. No nos conviene esperar a que paren y confiar únicamente en el motor del barco. Seré el último en entrar al agua y llevaré un cabo de remolque. Entre la corriente y todos nosotros tirando, podremos cruzar antes de que Z-Lo rompa a sudar.

—Ya está sudando —dice Hollywood.

—Bueno, pues con Z-Lo sudando.

—Eh, que yo surfeo, ¿vale? —dice Z-Lo en señal de protesta—. Sé nadar.

Le guiño un ojo al chaval y vuelvo a centrar la atención de todos en el mapa.

—Una vez que todo el mundo esté a bordo, continuaremos hacia la parte alta de la bahía. Nos acercaremos a la costa y veremos qué hay.

Pasan unos segundos mientras todos parecen procesar las dos opciones.

—¿Y bien? —pregunta Hollywood al equipo—. No tenemos todo el día.

Yoshi habla primero.

—Prefiero ahogarme en agua de mar que en un río de mierda líquida.

—Más uno —añade Z-Lo.

—¿Hollywood? —pregunto.

—No me molesta tanto la idea de la alcantarilla. Bucear nunca ha sido mi fuerte. Pero tampoco me convence la probabilidad de encontrar un túnel que se ajuste a nuestras necesidades. —Frunce los labios y los mueve de un lado a otro varias veces—. Por el agua.

—¿Espectro?

Gruñe.

—Puedo nadar.

Parece que hace lo posible por ocultar el dolor a pesar de los medicamentos.

—¿Estás seguro? Te han dado algunos golpes duros. No hay problema en tomar otra ruta si es lo mejor.

Espectro me mira fijamente sin parpadear.

—He dicho que puedo nadar.

Dios, este tipo no sabe cómo dejar de ser intenso. Y tanto si es su ego el que habla o realmente conoce sus límites, si dice que puede, le creo.

—Y además, tenemos dos heridos, y corriendo por las alcantarillas entre la mierda, el riesgo de infección aumenta —dice Yoshi.

—Buen punto.

Le hago un gesto con la cabeza a Bumper.

—¿En serio? ¿Le estás preguntando a un SEAL si quiere bucear?

Le dedico una sonrisa sarcástica.

—Espero que tanto como yo.

—¿Y a mí no me preguntas? —interviene Aaron.

—¿Eres parte del equipo?

Sonríe y asiente.

—Voy a ir hasta el fin del mundo con vosotros, Pat.

Asiento y miro alrededor del círculo.

—Preparaos para bucear.

Capítulo 26

12:15, viernes, 25 de junio de 2027
Staten Island, Nueva York
Parque Great Kills, alta mar

Tardamos más de treinta minutos en escoger el equipamiento y prepararnos para la travesía. Decidir qué llevar es difícil cuando no sabes bien qué te vas a encontrar, gracias en gran medida a la alarmante omisión de información de Franky. Es cierto, no puedo culparlo: tiene un código. Pero habría estado bien que se lo pasara un poco más por el forro para garantizar mi seguridad.

Finalmente priorizamos la artillería antes que los víveres y el equipo táctico en lugar de la comodidad. Eso supone dejar atrás toda la comida y el agua potable de varios días para llevar toda la munición posible y los regalitos de Bumper. También implica abandonar equipamiento voluminoso como las tiendas de campaña, sacos de dormir y la mayoría de ropa de recambio. Resulta fácil desprenderse de otros artículos como GPS, ordenadores portátiles, tabletas y cámaras ya que han dejado de funcionar. Además, no necesito ningún dispositivo para caminar por las calles de mi infancia. Lo único nuevo que nos llevamos son tubos para bucear y máscaras que Z-Lo y Yoshi toman prestadas de algunas embarcaciones de recreo.

Una vez que hemos subido todo a bordo, parece que el barco vaya a volcar. Y empeora cuando embarcamos y nos preparamos para soltar amarras.

—¡Venga, Z-Lo, date prisa! —grita Hollywood.

El chaval corre por el muelle.

—Perdón.

—¿Qué estabas haciendo?

—Solo me estaba despidiendo de Dolores.

—Ya, claro —dice ella.

Me sitúo a la izquierda de Bumper en el timón de estribor.

—¿Te preocupa que llevemos tanto peso, capitán?

—No habrá problema. —Señala con la cabeza a Franky colgado a mi espalda—. Siempre podemos echar por la borda a las armas más temperamentales

—Estoy de acuerdo —dice Franky—. Empecemos por la pistola de plástico de Phantom Uno.

—Ahí estoy con él —dice Bumper mientras se gira y da más órdenes para soltar amarras.

—No le des bola.

Pasan de las doce cuando nuestro barco de pesca reconvertido en transporte de tropas zarpa y comenzamos nuestro viaje por alta mar hacia el norte. Bumper decide ir a medio gas, sin duda debido a nuestro peso. Quien crea que los SEAL no saben ir con cuidado es que no ha visto a este tío timonear un barco con exceso de peso. Bumper se adapta al oleaje y surca la costa de Staten Island como un auténtico profesional.

Pero no todo el mundo está disfrutando del viaje. Hollywood parece que vaya a vomitar y Aaron… bueno, Aaron acaba de vomitar. Pobre tipo.

—Psst —dice Franky.

Me inclino hacia él.

—¿Están nerviosos por los lenguados?

Al cabo de diez minutos estamos lo suficientemente cerca de la cúpula como para que Bumper empiece a dar órdenes. Se pone en modo instructor con un tono muy serio.

—Escuchadme todos. Para aquellos que no tengáis práctica en inmersiones, preparaos realizando tres respiraciones constantes. Nada de hiperventilar y esa mierda que sale en las películas. Respirad lento y con constancia. Cuando estéis listos, no queráis tiraros al agua de golpe. Lo único que conseguiréis será gastar todo vuestro oxígeno y solo descenderéis unos centímetros. En lugar de eso, quiero que elevéis las rodillas para haceros una bola y que os dejéis caer.

Bumper hace una pequeña demostración de la maniobra.

—Una vez que estés al revés, dad una patada hacia afuera con ambas piernas. Eso hará que tu masa baje directamente.

Coge un cabo que ha estado manipulando en el muelle.

—Voy a sumergir este escandallo con un indicador de tres metros. Es de color naranja brillante, así que lo veréis. Del mismo modo, voy a pedirle al sargento jefe de artillería Finnegan que lleve este cabo del mismo color, ya que él irá primero. Él lo aguantará y los demás lo seguiréis hasta el final. ¿Hasta dónde?

—Hasta el final —responden todos.

—En cuanto empecéis a nadar, vuestros pulmones os pedirán que salgáis a la superficie. No los escuchéis. Os mienten porque son unos cabrones codiciosos y autocomplacientes. Tienes suficiente oxígeno en la sangre para durar unos minutos siempre que continúes haciendo movimientos lentos y suaves. Pero un millón de años de evolución respirando pesan y vuestro cuerpo va a querer que hagáis cosas que no debéis hacer. La gente no se ahoga porque se quede sin oxígeno: se ahoga porque intenta respirar agua como un maldito pez. Repetid después de mí: no soy un maldito pez.

—No soy un maldito pez —dicen todos.

—No puedo respirar agua —continúa Bumper.

—No puedo respirar agua —responde el grupo.

—Y si alguien se ahoga, me encargaré personalmente de patearle el culo hasta que vuelva a respirar. ¿Queda claro?

La mitad del equipo dice: «Sí, suboficial de primera clase Johnson», mientras que la otra dice: «Sí, suboficial Bumper». Me alegro de no ser el único que recordaba su nombre de verdad y su rango.

Bumper esboza una sonrisa.

—En cuanto alcancéis a Bic, podéis nadar hacia la superficie tan rápido como queráis. Ocuparéis esa posición hasta que yo aparezca. Entonces agarraréis el cabo que os entregaré y seguiréis mis instrucciones para tirar en la dirección que os indique. Una vez que nuestra embarcación haya superado el campo de fuerza, volveremos a subir al barco por orden de nadadores más débiles a más fuertes y seguiremos nuestro camino. ¿Alguna pregunta?

Todos niegan con la cabeza.

Bumper me mira.

—Todo suyo, sargento jefe de artillería.

—Muy bien, todo el mundo en calzones. Al agua patos.

* * *

—Creo que merece la pena señalar que tu especie es mucho más atractiva con la ropa puesta que sin ella —dice Franky mientras me desvisto y me coloco la máscara sobre la cara.

331

—No puedo llevarte la contraria ahí, Franky. Pero no todo el mundo tiene tu refinado sentido del gusto.

El equipo ha empezado a silbarse entre sí, especialmente a Hollywood, que lleva un sujetador deportivo negro y bragas blancas de Hello Kitty. Pero ella parece ignorarlos con mucha naturalidad.

Entonces Bumper grita:

—¡Por Dios, Z-Lo! Vuelve a ponerte la ropa interior. No tenemos por qué verte eso.

—¿Qué pasa? No me gusta llevar calzoncillos con neopreno.

—No vas a ponerte un traje de neopreno, figura —dice Hollywood, sin inmutarse.

—Oh.

—Parece que tu especie tiene unos rituales muy extraños —añade Franky—. ¿Todos los humanos tienen los impulsos sexuales que estoy detectando?

—Bueno… Los militares son particulares

—Ya veo. Tomo nota.

Dejo a Franky, cruzo la popa y me subo al espejo. Hollywood se inclina para entregarme el cabo de señalización enrollado y Z-Lo se pone detrás de ella, levanta las manos y empieza a girar las caderas de forma poco caballerosa.

—¡Cálmate, soldado! —le grito.

Como si tuviera ojos en la nuca, Hollywood dice:

—Yo me encargo.

Se gira y se acerca incómodamente a Z-Lo. El chaval no solo deja de bailar, sino que retrocede hasta que se da un golpe en la cabeza con el techo de la cabina.

—¿Qué pasa, Laszlo? ¿Dolores ya no te contesta los mensajes?

—¿Qué? No, me escribió el otro… —Z-Lo aprieta los labios y mira a un lado.

Los demás empiezan a reírse de él, pero parece que Hollywood aún no ha terminado.

—A los chicos como tú les encanta fantasear —dice mirándolo de arriba abajo—. Pero hasta que tengas lo que hay que tener para salir con una dama como yo… seguirás con… —dice señalando fuera del barco.

Z-Lo mira a su alrededor con nerviosismo.

—¿Con eso?

—Con sueños húmedos.

Suena un aluvión de «¡Ooh!», «¡Jodeeeer!», «¡Toma ya!» por parte del resto de la tripulación mientras Hollywood se aleja y vuelve hacia mi posición.

—Haz lo que tengas que hacer ahí fuera, Bic. Pero ve con cuidado —dice.

—Te diría lo mismo, pero creo que lo tienes todo bajo control.

Me guiña un ojo.

—Tengo experiencia.

—Ya lo veo.

Me cuelgo el cabo enrollado al hombro y miro al capitán.

—¿Estás listo? —me pregunta Bumper.

Le doy la señal de aprobación y empieza a dirigir el barco hacia el campo de fuerza. Cuando está tan cerca como la última vez, me ordena entrar en el agua.

Saludo con dos dedos.

—Nos vemos en el más allá.

Me zambullo. El agua no está mal. En torno a los veinte grados quizá. Y con el fuerte sol del mediodía, no creo haya riesgo de hipotermia para nadie. Siempre y cuando todo nos salga bien.

Me paro un segundo para orientarme con respecto a la brillante pared azul, luego respiro con calma y subo las rodillas siguiendo las indicaciones de Bumper.

En cuanto agacho la cabeza, veo la cinta naranja a tres metros de profundidad. Incluso con la luz de la cúpula iluminando el agua turbia de color verde marronáceo, sigo sin poder distinguir el fondo del océano a unos diez metros de profundidad. Por otra parte, esto es Nueva York. Extiendo las piernas hacia arriba y dejo que me impulsen hacia abajo. La corriente me dificulta un poco la tarea, pero consigo mantener la orientación con tres suaves brazadas antes de encontrarme con la cinta.

Vuelvo a comprobar el campo de energía. Se mueve hacia arriba y hacia abajo, desvaneciéndose con el movimiento de las olas. Pero la marca de tres metros de profundidad ha sido todo un acierto, ya que deja al menos dos metros de margen desde el punto más bajo de la pared del campo de energía.

Un escalofrío recorre mi cuerpo mientras nado por debajo del límite. No sé si es por la termoclina o porque acabo de entrar en territorio enemigo. Nado con fuerza y cuento cinco y seis brazadas antes de mirar hacia arriba.

Y tal y como ha dicho Bumper, mis pulmones arden, intentando por todos los medios que respire.

Estoy a suficiente distancia de la pared, así que subo lo más rápido que puedo hasta la superficie. En cuanto asomo la cabeza, me doy la vuelta y hago una señal al equipo indicando que todo ha ido bien.

—¡Estoy bien! —digo.

Parece que me responden, pero el campo de energía amortigua el sonido y no escucho apenas sus voces ni el ruido de la embarcación.

Me doy cuenta de que la cúpula está desviando la luz del sol y la proyecta en un azul espeluznante. El aire también parece unos grados más frío, y me pregunto si es algo premeditado para favorecer la visión de los androquíes. En algún lugar a lo lejos oigo los graznidos familiares de las gaviotas y los rugidos de los leones marinos.

Pero no hay tiempo para detenerse en estas observaciones. Tengo cosas que hacer.

Me quito el cabo de los hombros y empiezo a desenrollarlo para que el peso caiga directamente debajo de mí. Cuando lo desenrollo del todo, le doy a Bumper el visto bueno.

Me hace una señal con la mano y luego le indica a Yoshi que se meta en el agua. Deduzco que es una decisión premeditada para dar confianza a los nadadores más débiles, como Hollywood y Aaron, o a los heridos, como Espectro y Z-Lo. Pero quizás estoy sobreanalizando. Es la costumbre.

Sumerjo la cara en el agua para seguir a Yoshi. El miedo que tenía a que el siguiente en nadar fuera menos competente desaparece en cuanto Yoshi sale disparado haciendo una patada de delfín. Luego asciende en cuanto llega a mi posición e incluso me hace un pequeño saludo con la mano desde dentro del agua.

—Fanfarrón —le digo cuando sale a la superficie.

—Bumper me ha pedido que haga que parezca fácil.

Así que resulta que tenía razón.

—Puede que haya parecido demasiado fácil ahora.

—Gracias.

Y de repente se saca la petaca y le da un trago.

—¿Quieres? —me pregunta.

Le hago un gesto para que se aleje.

—¿Te lo has sacado del culo?

—De la cintura.

—Tío, lo tuyo es un problema serio.

—Todos tenemos.

Da otro trago y vuelve a cerrar la petaca.

—¿Dónde has encontrado más?

—En el muelle. Todos los barcos tenían algo.

—Entiendo. —Chasqueo los dedos y grito—: ¡Siguiente!

* * *

De los cuatro siguientes, Espectro es el que peor lo pasa y Z-Lo el que menos, lo cual resulta sorprendente dada su lesión en el hombro. Pero, al fin y al cabo, le gusta el surf y es joven. Qué suerte. Aaron es el que más se acerca a la capa límite de la pared y dice que cree haberse quemado en la parte posterior de los muslos. Yoshi echa un vistazo y dice que no es nada que un poco de aloe vera no pueda solucionar cuando encontremos un CVS abierto.

Llega el turno de Bumper.

Con todos al otro lado, el SEAL nos lanza un beso y luego se sumerge por la parte de estribor del barco.

Sumerjo la cara en el agua y lo sigo a través de mi máscara para asegurarme de que no se dirige hacia la pared. Hollywood también lo sigue con la mirada.

Bumper se sumerge en el agua con un chapoteo mínimo, lo cual es mucho decir teniendo en cuenta su gran físico, y sale disparado por debajo de la marca de tres metros sin dar una sola brazada. Luego agarra el escandallo, se abalanza por debajo de nuestra posición y hace la patada de delfín de Yoshi hacia la superficie.

—Eso sí que es ser un fanfarrón —me dice Yoshi.

—¡Vamos a tirar del barco, equipo! —grita Bumper sin tomarse siquiera un respirro.

Todos agarramos el cabo, algunos con más desesperación que otros. Espectro, por ejemplo, parece luchar por mantenerse a flote, haciendo muecas y aspirando aire con fuerza.

—Descansa, Espectro —dice Bumper—. Nosotros nos encargamos.

Espectro no protesta. Se aleja del grupo y luego se extiende en el agua.

Mientras tanto, Bumper empieza a dar órdenes para que nos echemos la cuerda al hombro con las manos libres y tiremos con nuestros brazos dominantes. Él y Z-Lo hacen la mayor parte, pero tener al equipo estirando hace que sea más fácil introducir la embarcación en la cúpula.

—Oye —dice Hollywood detrás de mí—. ¿Qué crees que significa LVK 9143?

Empiezo a reírme y casi pierdo el agarre.

—No sé. Supongo que tendrás que preguntárselo a Bumper.

Mientras el Dyer 29 cruza la pared, escucho algo que suena como un exterminador de insectos proveniente de la cabina.

—¿Qué es eso? —pregunta Hollywood.

—Es vuestra población de arácnidos infernales —dice Franky ya dentro del campo de fuerza—. Parece que escogieron esta embarcación con sumo cuidado y ahora pagan el precio de haberla escogido como lugar de anidación. Que les vaya bien. Ahora, si fuerais tan amables de subir a bordo antes de que los lenguados os atrapen, os lo agradecería mucho. No sé si sería capaz de controlar mis emociones sabiendo que vais a ser digeridos durante milenios.

—¿Qué demonios le has dicho? —me susurra Hollywood.

—Te lo diré más tarde. Tú sigue el rollo —le respondo.

—Dios mío, ¿Phantom Centinela está bien? Según mis sensores, no se mueve. Y no tengo visual sobre él. Por favor, decidme que no lo ha atacado un lenguado.

—No me han atacado —dice Espectro extendido sobre el agua—. Solo estaba descansando.

—Oh, bendito sea el Arzobispo de Canterbury. Me tenías muy preocupado, francotirador. Arg. Esto es demasiado.

Con el barco ya lejos de la pared, Bumper dice:

—Bic, toma el timón y asegúrate de mantenernos alejados de la pared de energía. Z-Lo y Yoshi, necesito que os montéis de nuevo para ayudar a subir a Espectro.

Seguimos sus órdenes y durante los tres minutos siguientes todos se ponen en la parte superior y se secan al aire en calzoncillos. Z-Lo lo ha pillado y ya no mira a Hollywood. Un chico listo.

Con todos a salvo, noto que algo se mueve en Staten Island. Es entonces cuando me doy cuenta de que lo que había oído no eran ni gaviotas ni leones marinos. Eran personas. Decenas de miles de personas.

Tercera parte

Capítulo 27

13:35, viernes, 25 de junio de 2027
Brooklyn, Nueva York
Parte alta de la bahía de Nueva York

HEM OS ESTADO TRANQUILOS desde que salimos de Staten Island. Observo la popa del barco partir el agua mientras nos dirigimos al norte, hacia la parte alta de la bahía.

Cualquier sensación de aventura y éxito que pudiéramos haber sentido antes se ha desvanecido en cuanto hemos visto a las masas amontonadas en las playas de este lado de la cúpula. La gente agitaba los brazos y nos gritaba con la esperanza de que nos acercáramos a ayudarlos.

Además del impacto de ver al gentío enjaulado como un animal, se me revuelve el estómago al pensar en las pobres almas que hayan podido ver nuestra maniobra y que intenten repetirla a la inversa. Y lo que es peor, me pregunto cuántos ya lo habrán intentado antes y habrán fracasado. Seguramente es un milagro que no nos hayamos topado con partes humanas flotando.

Bumper decide acelerar y nos dirigimos al noreste, hacia Brooklyn, dejando atrás los horrores de Staten Island. Incluso cuando ya hemos avanzado bastante, el equipo se turna los prismáticos para observar a las masas agolpadas y me veo obligado a confiscarlos. No es necesario presenciar el sufrimiento de nuestra especie: ya habrá tiempo más adelante. Con la vista puesta en Brooklyn, me estremezco al pensar en cómo las calles que fueron mi hogar se habrán convertido en una zona de guerra.

Sin embargo, ver caminar a miles de personas hacia el puente Verrazzano-Narrows tiene un efecto peculiar en el equipo. Tampoco es la primera vez que veo algo así. Cuando una unidad se encuentra frente a aquellos por quienes lucha, ese porqué existencial que a menudo se oculta tras una bandera o un mantra se materializa de repente en un propósito con una finalidad reveladora.

Una persona. Una ciudad. Nombres y rostros, incluso de los caídos. Todo sirve para que los corazones de los guerreros se reconcilien con la razón por la que se han adentrado en el infierno.

El peligro, naturalmente, es que, si no se controlan las emociones tácitas, a menudo pueden llevar a los combatientes a trincheras olvidadas de las que, a veces, no salen.

Me he vuelto a poner la ropa y he asegurado mi portaplacas. Franky y mi SCAR están en el salpicadero, frente a Bumper, y tengo mi casco bajo el brazo. Con la otra mano me agarro al respaldo del asiento para no perder el equilibrio ante el rítmico ascenso y descenso del barco a través del oleaje.

—Escuchad, equipo —digo por encima del ruido del motor que ruge bajo nuestros pies—. Todavía estamos a unos veinte Mickeys…

—Treinta —corrige Bumper.

—Todavía estamos a unos treinta Mickeys de un posible objetivo —digo.

Señalo a lo que más destaca en el cielo: el delgado embudo azul que emana del Bajo Manhattan y que se eleva varios kilómetros hasta plegarse y dar lugar a la cúpula.

—Así que, hasta entonces, quiero que nos preparemos para desembarcar. Eso significa que tenemos que comprobar todo nuestro equipo, mantener la calma y estar preparados para resolver cualquier problema que surja. Una vez que lleguemos a tierra, vamos a tener que tomar decisiones rápidas sobre la marcha.

»Soy consciente de que todavía nos estamos conociendo. Diablos, ni siquiera ha pasado un día entero. Pero como la mayoría de vosotros sabéis, la guerra tiene una forma de crear vínculos que son bastante difíciles de romper, incluso si es entre marines a los que les falta algún verano y médicos con petaca.

—Y porque no me cabía una botella —dice Yoshi.

Todos se ríen un poco, lo cual es bueno. Pero noto que todavía están tensos.

—La cuestión es que, ahora mismo, tenemos que actuar en función de lo que podemos controlar, no de lo que no podemos, y de lo que sabemos, no de lo que no sabemos.

Hago una pausa para asegurarme de que todos me siguen, incluido Bumper. Me hace un gesto con la cabeza desde el timón.

—En primer lugar, podemos controlarnos a nosotros mismos. Podemos mantener la mente despejada, controlar nuestras emociones y elegir concentrarnos en nuestro trabajo y en el estado de la persona que está a nuestra derecha e izquierda. ¿Entendido?

Todos asienten con la cabeza y la mayoría responde con un discreto «Entendido».

—Vamos a ver situaciones difíciles. Gente necesitada. Gente sufriendo. Pero vamos a controlar nuestra mente y a mantenernos concentrados. Si hacemos eso, podremos salvar más. Va a ser un infierno. Pero nos pagan por hacer el trabajo difícil y concentrarnos en nuestra misión. ¿De acuerdo?

—De acuerdo —dicen con un poco más de decisión esta vez.

—En segundo lugar, sabemos que podemos trabajar juntos. Si acaso fuera eso lo único que tenemos a favor, para mí ya sería suficiente. Nos hemos comunicamos, hemos luchado codo con codo, hemos…

—Les hemos dado con todo a esos putos ángeles del infierno —dice Z-Lo.

—ECN —dice Hollywood.

Se escuchan más «ECN» y la gente asiente.

—Lo que me lleva al siguiente punto. El enemigo sangra.

—Ya lo creo. —Z-Lo aplaude y se frota las manos como si se estuviera mentalizando para luchar contra un oponente.

Sonrío y le hago una señal con la barbilla. Necesitamos ese espíritu, y me recuerda las muchas veces en que los más jóvenes han revitalizado a los mayores. Es cierto que necesitan de nuestra sabiduría y experiencia —que Dios los pille confesados—, pero nosotros necesitamos de su entusiasmo y energía para combatir.

—Hemos demostrado que podemos acabar con ellos. Y no solo por Franky, aquí presente —digo mientras le doy una palmadita con cautela.

—Gracias por el reconocimiento —dice.

—Te queremos, sir Francis —dice Hollywood con voz cantarina e imitando un micrófono con la mano.

—Sois enfermizamente entrañables. Lo sabéis, ¿no?

Le doy una palmadita más a sir Francis y continúo.

—Los androcallos…

—Androquíes —corrige Franky.

—Androcallos.

—Basta. Ese no es su nombre. Suena a producto para las durezas de los pies.

En contra de la creencia popular, o al menos de la creencia de Franky, utilizo el término Androculo a propósito. Hay un largo historial de militares de todas las civilizaciones que han puesto apodos a sus enemigos para degradarlos a ojos de las fuerzas de combate. Quería dar con una versión divertida, pero Franky lo ha mejorado de manera inesperada y por error.

—Un producto para las durezas de los pies —digo asintiendo con la cabeza—. Es justo eso.

—Es que son feos de cojones —añade Bumper.

—No entiendo qué está pasando aquí —dice Franky—. Me da la sensación de que no entendéis lo que quiero decir en absoluto.

Hollywood sonríe.

—Oh, sí que lo entendemos, monín. Alto y claro. Gracias.

—Yo… Pero… ¿No habéis oído nada de lo que he dicho?

—No te agobies, Franky. —Me limpio un poco de agua salada de la nariz y continúo—. Como decía, puede que los androcallos tengan una tecnología superior, como ha quedado demostrado con sir Francis, los robots, los drones y las URB, pero estoy seguro de os habéis dado cuenta de que les falta estrategia.

—No sé si te pillo —pregunta Z-Lo.

—El ángel de la muerte que fue tras Bic —dice Espectro—. Nunca debería haber hecho eso.

—Y la forma en que la unidad cruzó el campus de Rutgers al descubierto —añade Hollywood—. Eso fue una estupidez. Joder, incluso la forma en que se acercaron al edificio fue… —Inclina la cabeza—. Fueron arrogantes. Y estúpidos.

—Vale, sí. Ya lo pillo —dice Z-Lo asintiendo con énfasis. Puede que solo esté cediendo ante la presión de sus compañeros, pero parece sincero.

—Creo que podríamos analizar todos los enfrentamientos que hemos tenido con ellos y encontrar algunos defectos graves —digo—. Y, Hollywood, has dado en el clavo ahí. Nos ven como mercancía. Lo que significa que podemos ganarles. El peor error que puede cometer cualquier ejército es subestimar al enemigo. ¿Y estos cabrones? Han subestimado a los hijos de puta equivocados.

—ECN —dice Bumper en un barítono profundo.

—ECN —responden los demás.

Ahora el ánimo del barco está empezando a subir. Bien.

—Con todo eso en mente, no creo que estemos tratando con una fuerza militar aquí.

Se intercambian miradas curiosas antes de que Bumper pregunte:

—¿Cómo lo sabes?

Le planteo la siguiente pregunta.

—Como SEAL, ¿alguna vez te han encargado hacer redadas y reprimir a prisioneros de guerra?

Niega con la cabeza.

—No.

—Yo sí —dice Hollywood—. *Be all that you can be*, ya sabes, sé todo lo que puedas.

—Buen punto. Y me quito el sombrero ante el Ejército por encargarse de las cloacas del Tío Sam —digo con una sonrisa.

Me hace un saludo perezoso.

—Lo que sea para contribuir a la causa.

—Pero vayamos un paso más allá —digo señalando a Staten Island—. Esos no son prisioneros de guerra. Esto no es una guerra para ellos. Esto es un negocio. Así que estos cabrones solo son rancheros que se encargan del ganado para un señorito. No saben cómo patrullar una zona de operaciones en busca de amenazas. No son un escuadrón de asalto capaz de localizar, acercarse y destruir a un enemigo. Son pastores con palos enormes intentando reunir al rebaño.

—Que sepas que soy mucho más que un palo enorme —suelta Franky.

El equipo se ríe de la broma y eso contribuye a darle más impulso a mi discurso alentador. Ahora el espíritu que necesitamos reina en el barco. El tipo de espíritu que recuerda a los hombres y mujeres valientes de qué están hechos y que son imparables siempre que recuerden su entrenamiento, trabajen juntos y tomen decisiones inteligentes, una tras otra, hasta ganar la batalla.

Todo estratega que se precie dirá que una unidad con una razón para luchar tiene ventaja aunque las probabilidades jueguen en su contra. La ventaja psicológica siempre favorece al equipo dispuesto a morir por su causa, y los androcallos seguro que no tienen eso. He oído decir a historiadores que cualquier fuerza que ataca una posición fija en el campo necesita cinco veces más potencia de combate que los que defienden, y me lo creo. Diablos, yo mismo lo he visto: en asaltos cuyos comandantes deberían haber prestado más atención en las clases de historia en Annapolis. En la batalla de Bunker Hill el ejército británico sufrió casi el doble de bajas que el ejército continental. La única razón por la que perdimos fue porque nos quedamos sin munición.

—Lo diré de nuevo: para ellos esto no es una guerra—. Señalo con el dedo hacia el norte—. Pero vamos a darles una maldita guerra.

—¡Claro que sí! dice Z-Lo.

El resto se une a él; incluso Espectro se mueve.

—Los ganaderos arrean, pero los guerreros luchan. —Doy un paso adelante—. Y nosotros somos los guerreros en esta lucha.

—Eso es así —dice Espectro en un raro alarde de emoción. Deben de ser los medicamentos.

Pero sí. Eso es así.

* * *

Nos tomamos los siguientes quince minutos para asegurar nuestro equipo, recargar las armas que usamos en Rutgers e hidratarnos un poco más. Todos se turnan para orinar en el costado del barco, excepto Hollywood. Cuando Yoshi le dice que todos nos daremos la vuelta, se ríe.

—Ya hice cuando estábamos en el agua, figura —dice.

—Por eso noté calorcillo —responde Z-Lo con una sonrisa.

—No, eso fui yo —dice Bumper.

—Puaj, tío, ¿por qué eres así? ¡Qué asco! —Z-Lo sacude todo el cuerpo. Entonces me doy cuenta de que Bumper le guiña un ojo a Hollywood. Ella sonríe y baja la mirada.

También hablamos de varios escenarios de desembarco, incluido uno que implica amarrar la embarcación y vadear hasta la orilla, pero corremos el riesgo de perder la embarcación por culpa de los curiosos desesperados por escapar. Otra opción es mantener a alguien al timón y con la mayor parte del equipo, pero así perdemos un efectivo en el campo de batalla.

Cuando surgen preguntas sobre cómo acercarnos lo suficiente al epicentro de lo que sea que nos espera al norte, Franky nos asegura que su EDEM puede proporcionar una cobertura adecuada para el barco, pero que solo debería activar durante los últimos minutos, antes de tocar tierra. También afirma que los androcallos no estudiarán el agua tanto como se centrarán en el pastoreo de humanos. Eso, y que el sol de la tarde afecta a la visión natural de los alienígenas. Si necesitamos retirarnos, su mejor consejo es sumergirnos en el puerto, ya que el agua debería ocultar adecuadamente nuestra señal de calor, o al menos hacer que fuera menos precisa.

Me cruzo de brazos.

—Solo hay una cosa que me inquieta: no sé qué me da más miedo, si morir por fuego extraterrestre o por lo que haya en el Hudson.

Los que conocen el agua contaminada de Nueva York se ríen.

—Malditos lenguados —susurra Franky.

Cuando pasamos por los estrechos y nos adentramos en la bahía de Nueva York, me doy cuenta de que el resplandor azul de la base del embudo es más intenso a estribor, por encima de Red Hook. Eso no situaría el epicentro en el Bajo Manhattan propiamente dicho, sino en el río Este.

Bumper guía el barco por el canal de Red Hook y reduce la velocidad a medida que nos acercamos a Governors Island. Luego, cuando gira a estribor por el canal Buttermilk, todos echamos un primer vistazo a la monstruosidad extraterrestre que se eleva por encima del puente más emblemático de la ciudad.

El puente de Brooklyn.

Capítulo 28

14:05, viernes, 25 de junio de 2027
Brooklyn, Nueva York
Diamond Reef, parte baja del río Este

—Santa María Madre de Dios.

Z-Lo se santigua, inclina la cabeza y se besa el dedo índice.

Hollywood se quita las gafas de sol.

—Algo me dice que eso no tiene nada que ver con la Virgen bendita ni con su hijo.

—Pero todo tiene que ver con mi investigación —dice Aaron.

De todos los que están en el barco, él es el más entusiasta. Bueno, en realidad, es el único que está entusiasmado: todos los demás parecen cagados de miedo.

Un anillo-portal atraviesa el puente de Brooklyn. Solo que este es dos o tres veces más grande que el de la Antártida. Eso, y que flota y el puente pasa justo por el medio.

—¿Cómo es posible? —le pregunto a Aaron—. ¿No debería cortar el puente en dos el campo del portal?

—No necesariamente. —Aaron mira hacia abajo y garabatea frenéticamente en un pequeño cuaderno Moleskine, una costumbre que ambos adquirimos en nuestra juventud—. Me pongo a ello.

—¿Cuál es el diámetro? —le pregunto a Bumper.

Aprieta la cara contra el cristal del barco.

—¿Ciento cincuenta metros? ¿Doscientos tal vez?

—Ya.

—Ese anillo… está suspendido —dice Yoshi mientras da un trago a su petaca.

—¿Entonces vamos a dejarlo correr? —pregunta Franky.

Asiento con la cabeza.

—Supongo que el barrido inferior está a quince metros del agua. Dale unos veinticinco o treinta hasta la cubierta del puente.

—¿Cómo lo sabes? —pregunta Z-Lo.

—Porque crecí preguntándome si era posible saltar y sobrevivir.

No quiero decirle al chaval que durante algún tiempo pensé en saltar para no sobrevivir.

—Me voy a divertir mucho en nuestra próxima sesión de terapia de grupo —dice Franky.

Además de la magnitud del anillo, el intenso resplandor proviene de dos lugares principales. El primero es el pico del anillo. El segundo es del plano del portal que atraviesa el puente.

—¿Cómo han podido encajarlo ahí? —pregunta Bumper.

—Buena pregunta. —Miro a Aaron, que está examinando el anillo con los prismáticos—. ¿Crees que lo trajeron durante la tercera apertura?

—¿Tercera qué? —pregunta Hollywood.

Le hago un gesto con la mano para indicarle que ahora no es el momento sin dejar de mirar a Aaron.

—No. —Hace más anotaciones—. Lo dudo. Habría llevado demasiado tiempo desmontar, mover y volver a montar. ¿Mi opinión? A juzgar por la cantidad de algas que cuelgan, diría que ha estado aquí desde hace mucho tiempo.

—¿Dónde se puede esconder algo así? —pregunta Z-Lo. Pero en cuanto termina la pregunta, el solo se da cuenta—. Oh.

—El 71 % del mundo es…

—Agua —dice Hollywood, cortando a Aaron.

El científico asiente con la cabeza.

—Eso es muchísimo espacio para esconder algo. ¿Y sobre cómo lo consiguieron colocar alrededor del puente? Ni idea, más allá de la posibilidad de una brecha en la estructura. Eso sería de sentido común. Pero esto… —Se ríe para sí mismo—. Esto no es en absoluto común. Y el campo de fuerza de la cúpula se está generando desde el vértice. No sé cómo es posible.

Sin embargo, más inquietante que la estructura extraterrestre y su suministro de energía aparentemente interminable es la multitud que camina hacia el portal desde ambos lados del puente.

—Dios mío. —Me agarro al asiento y me inclino hacia el cristal—. ¿Ves eso?

Aaron refunfuña.

—Están usando el puente como una rampa de entrada de doble cara.

—Es una puta cadena de transporte de ganado —dice Espectro.

—Pero muy eficiente —dice Aaron mientras anota más cosas en su libreta—. También tengo una teoría sobre las dos formas diferentes de energía que vemos.

Cuando Aaron no continúa, tengo que incitarlo. Eso también lo hacía de pequeño.

—Oh, sí, perdón. Mmm, la energía que sale por arriba, por la cúpula, repele el tejido vivo…

—Es algo más que repeler —dice Hollywood con un resoplido.

Aaron responde con un movimiento de cabeza y una risa nerviosa.

—Sí, pero ignora la materia no orgánica, permitiéndole el paso. Mientras que aquí, si el puente está intacto, eso también significa que el campo del portal ignora cierta materia, pero a la inversa permite que el tejido humano entre en él.

—Entonces… —Bumper se rasca la barbilla—. Crees que deja pasar a la gente pero no a las cosas. ¿Llegan al otro lado desnudos o algo así?

—Desnudos y sin armas —añado.

La eficacia del anillo para trasladar a una población impotente a lo que sea que haya al otro lado es aleccionadora. Bumper parece inquieto y seguramente yo también lo estoy, sobre todo al pensar en las víctimas que podrían tener prótesis, placas y marcapasos. Dios, ayúdanos.

De nuevo con los prismáticos, Aaron añade:

—Parece que también han traído algún equipo adicional.

Le pido los prismáticos para echar un vistazo.

—Un punto de control.

—¿De verdad? —pregunta Bumper.

Asiento y le doy los prismáticos.

Los sujeta con una mano y con la otra sigue en el timón.

—Parece que hay varias URB. Tal vez algún tipo de centro de mando móvil a cada lado. Y… —Hace una pausa—. Apoyo aéreo.

—¿Cómo?

Vuelvo a coger los prismáticos. Efectivamente, hay una nave del tamaño de un contenedor de carga con rampas de despliegue delante y detrás y cuatro bloques de motores verticales alargados superpuestos en los extremos de los brazos de extensión.

—Ahí va uno —dice Yoshi.

Miro hacia donde señala y lo sigo a través de los prismáticos.

—Es un transporte, sin duda. Una especie de nave de transporte. Los sistemas de propulsión parecen los mismos que los de las URB y los drones.

—Razón de más para mantenernos lejos de su alcance —dice Hollywood.

—A menos que abordemos uno y yo lo pilote. Entonces les daríamos plomo —dice Z-Lo.

—Vaya, con baile incluido y efectos de sonido —señalo con fingida admiración.

Z-Lo baja las manos y pone cara de tonto.

—Solo era una sugerencia.

—Lo sé, chaval. No está mal. Solo que hoy no es el día.

—Vale, sí. Entendido.

—Franky, ¿cuánto tiempo crees que tenemos hasta que se fijen en nosotros? Me siento bastante expuesto aquí.

—Puede que esté interceptando las comunicaciones del enemigo o puede que no. En cuanto crea que los Phantoms están en peligro, me aseguraré de tomar las precauciones necesarias. Hasta entonces, recomiendo mantener una velocidad constante y permanecer cerca de la costa.

—Me parece bien.

Sigue sin gustarme la manera de compartir información sesgada de Franky, pero es mejor que nada.

Bumper se aproxima más a la orilla para navegar a diez nudos.

Cuando dejamos atrás el canal Buttermilk y Governors Island, Franky habla.

—Estoy detectando una charla notable sobre una anomalía cuyas coordenadas se correlacionan con las nuestras.

Miro al otro lado y veo el Muelle Seis a estribor. Podríamos abandonar el barco ahora, pero sería una larga caminata a través de calles densamente pobladas.

—¿Cuánto tiempo tenemos hasta que tengas que usar tu superpoder de camaleón sigiloso? —pregunto.

—Ya lo he activado. Y te alegrará saber que los androcallos han ordenado la retirada de los drones.

—Buen trabajo. —Le doy una palmadita—. ¿Crees que puedes llevarnos hasta el Muelle Uno?

—Déjame ver.

Lo subo a mi hombro y apunto al último muelle de Brooklyn a este lado del puente. La última vez que estuve allí había un mirador, algunas tiendas, cafeterías y un jardín botánico en la base de la torre del lado este del puente.

—No debería de suponer ningún problema, Patrick. Siempre y cuando encuentres la manera de desembarcar y mezclarte con tu entorno inmediatamente. Si te demoras más, creo que nos veremos abocados a una desafortunada situación en la que tú estarás disgustado con mi capacidad de disparo, y yo con tu halitosis crónica.

—No tengo mal aliento.

—Mmm. Dicen que uno nunca puede olerse el suyo propio…

Lo dejo bruscamente sobre la consola.

—Y que la ira es el primer síntoma de reconocimiento de culpa.

—Otro síntoma es tirar un arma por la borda y dársela a los lenguados.

—Sí, bueno… No es algo que queramos que suceda, ¿cierto?

Miro a Bumper.

—Vayamos al Muelle Uno.

—Vamos allá —me responde.

* * *

Me ha quedado claro que la única manera de acabar con este anillo es haciendo con él lo que deberíamos haber hecho con el primero: volarlo por los aires.

Mi primera pregunta sobre la viabilidad de destrozarlo va dirigida al arma más poderosa que tenemos a bordo: sir Francis Corazón de León. Sin embargo, él insiste en que romper el anillo sería muy difícil, incluso con una gran carga de máximo rendimiento. No estoy cien por cien seguro de que diga la verdad porque esta pregunta parece interferir con su segunda directiva, pero basándome en lo que le he visto hacer hasta ahora, no creo que ni siquiera su majestad sea capaz de atravesar una columna de un tamaño que que parece más de la mitad del ancho del propio puente.

La siguiente idea que se me pasa por la cabeza es poner C-4 en el anillo. Es una locura, claro, pero ninguna opción es mala hasta que se descarta.

—Supongo que necesitaremos hasta el último suspiro que he traído —dice Bumper cuando nos acercamos a nuestro destino—. También todo el Semtex. Joder, es que mira cómo es de grande.

Todos miramos hacia arriba, con la cabeza inclinada hacia atrás. El anillo es de un tamaño alucinante.

—¿Y cómo subiríamos hasta ahí arriba? —pregunta Z-Lo.

—Querrás decir hasta ahí abajo —respondo—. Haremos rápel.

—¿Qué? —Z-Lo me mira a mí y luego al puente. Así dos veces—. ¿Bajo…?

—Bajo la estructura, sí.

—Oh, mierda.

—¿Qué pasa, Laszlo? —Hollywood comprueba su chaleco y se ajusta una correa—. ¿Te dan miedo las alturas?

—No, no mucho. Quiero decir, claro, un poco, como a todo el mundo. Pero, no.

—Te dan miedo —dice Bumper.

—¿Qué opinas, Franky? —pregunto.

—¿Sobre que Laszlo tenga un miedo mortal a las alturas? ¿O sobre la probabilidad de que os estalléis a vosotros mismos y caigáis al vacío? —Se ríe—. De alta a muy alta en los tres casos. Un momento; es como si comprara acciones en comida para lenguados ahora mismo.

—Qué bonito, Franky. Dejando a un lado el riesgo para nosotros, ¿crees que tenemos posibilidades de hacer saltar por los aires a ese bicho?

—Creo que, si esperas un poco, se te ocurrirá un plan mejor.

—Lo dice el que acaba de decirnos que nos demos prisa.

—No digas que no te lo advertí.

Le dedico a Franky una media sonrisa astuta.

—Tomo nota. Así que eso es todo. Subimos al puente, llegamos hasta el anillo haciendo rápel y colocamos las cargas.

—Tenemos cuatro arneses y dos cuerdas de sesenta metros —dice Hollywood.

—¿A alguien se le da bien escalar? —planteo.

Bumper, Hollywood y Yoshi levantan la mano.

—¿Sabes navegar? —le pregunto a Z-Lo.

—¿Significa que no tengo que subir?

—¿Sabes navegar? ¿Sí o no? —digo más severamente.

—Sí, claro que sí, Sargento.

—Bien. Los arneses serán para Bumper, Hollywood, Yoshi y yo. Aaron, te quedas en el barco con Z-Lo. Espectro, haz tu magia en las alturas. —Señalo con el pulgar hacia los edificios del paseo marítimo—. ¿Puedes arreglártelas?

—Entendido.

—¿Todos los demás están bien?

Asienten.

Estamos a dos Mickeys de tocar tierra y la gente se fija más en nosotros. Aunque según la información de Franky los androculos son duros de vista al mediodía, para los humanos es justo lo contrario. Ya hay madres pidiéndonos que nos llevemos a sus bebés y niños que lloran para irse con nosotros. Pero con un poco de suerte, el tamaño del puente y los niveles de seguridad bajo la estructura evitarán que el público en general delate nuestra posición con sus miradas. Bueno, eso y que, quitando a los que están más cerca de nosotros, la mayoría de la gente parece concentrarse en encontrar lugares alejados de la muchedumbre que les permitan ponerse a salvo.

—Ahora viene lo más difícil —digo—. No os paréis a ayudar a nadie. Mantened la vista al frente. Recordad que nuestra misión los incluye pero no se limita a ellos. Si volamos ese cacharro, todos los que veamos en las calles podrán vivir para ver un nuevo día. ¿Entendido?

—Entendido —responden todos.

Pero me doy cuenta de que ya les cuesta mantener la atención en mis palabras.

—¿Y yo qué? —pregunta Franky—. Todavía no me has echado sobre tu espalda para tener una maravillosa vista de tu culo, Patrick.

—Eso es porque te quedas aquí, amigo.

—¿Cómo?

—Z-Lo y Aaron son tu nueva prioridad. Y esta es nuestra nave de apoyo para la extracción una vez que descendamos.

—Pero, pero, pero…

—Sin peros. Es una orden del Usuario Nueve. Utiliza la energía del condensador que te quede para mantener este barco a cubierto. ¿Roger?

—Estoy empezando a odiar a ese tal Roger.

El equipo sonríe.

—¿Y puedo transferir privilegios de usuario o algo así? —le pregunto a Franky.

Esto provoca algunas cejas arqueadas en el equipo.

—¿Te refieres a que quieres dejar que los demás Phantoms me acaricien?

—Algo así, sí.

Franky hace una pausa.

—¿Crees que se pelearán por mí?

—Con un poco de suerte. —Le hago un guiño—. ¿Entonces puedes?

—No, Patrick. Les falta la cantidad necesaria de…

—Cristal de bla, bla, bla. Sí, lo pillo.

—Eso ha sido espantoso. —Deja escapar un largo suspiro—. Pero supongo que puedo minimizar mis capacidades de defensa si es que necesitan acariciarme, como hice con Franky Dos allá atrás.

Miro a Z-Lo y a Aaron.

—Aseguraos de no tocarlo sin guantes, ¿de acuerdo? Podéis ponerle un poncho o lo que queráis.

—¿Un poncho? ¿Quién crees que soy?

—¿Y Franky? Mantenlos a salvo

—Naturalmente, Patrick. Pero si realmente estás decidido a volar el anillo, siento que debo advertirte que vuestras comunicaciones ya no estarán encriptadas, así que usadlas con moderación.

—¿Cómo es eso?

—Bueno, ya que los cuatro subiréis a unos cuarenta y cinco metros de altura en pleno río Este, estaréis más allá de mi alcance como para que pueda garantizar con absoluta certeza que puedo ecnriptar las comunicaciones. Para la de Z-Lo y la mía no hay problema. ¿Pero la vuestra? Que sepas que los androquíes…

—Androcallos —dice Hollywood.

—Que los androplastas podrán oíros y muy probablemente localizaros. Aunque me reiré mucho cuando intenten averiguar por qué estáis debajo de sus pies.

—Androplastas —afirma Bumper—. Me encanta.

—A mí también —dice Hollywood.

—Un Mickey —añade Bumper, levantando el dedo índice hacia el equipo.

—Z-Lo, quiero que te mantengas alejado de la costa. Protege a Aaron y escucha cualquier información que te dé Franky —digo.

—Entendido.

—¿Pero quién me va a proteger? —pregunta Frankys.

—Aaron te protegerá —señalo.

Franky no dice nada.

—¿Tienes algún problema? —le pregunto.

—No. Es solo que lo he visto usando armas y, bueno, no se le da muy bien.

—Es cierto.

—¡Oye! —protesta Aaron.

—Y es por eso que no vamos a llegar a ese extremo —digo—. Vamos a subir, dejaremos los regalos de Navidad y estaremos de vuelta antes de que te des cuenta.

—Pero, Patrick, ¿podríamos tener un plan de contingencia? Para mí, quiero decir —apunta Franky.

—¿Para qué tipo de situación?

—Si los androplastas descubren el barco mientras estás fuera, ¿podría Z-Lo arrojarme al río?

Lo miro un poco descolocado.

—¿Y qué hay de los lenguados?

Suelta un largo suspiro.

—Prefiero arriesgarme con los peces que con los alienígenas. Los androcallos me recalibrarán y luego me dejarán limpio. Y no me refiero a que me vayan a limpiar el culo. Aunque solo hemos estado unas horas juntos, creo que se puede decir que han sido las más maravillosas, las más...

—No vamos a dejar que te borren la memoria, amigo. Tenemos que irnos.

—¿Lo prometes?

—Sí.

—Sigo pensando que deberías quedarte un poco más —dice Franky—. Podrías, no sé, coger inspiración para un plan alternativo.

—¿Alguien más siente que está tratando de despistar? —pregunta Bumper.

—Te juro que no —alega Franky—. Es solo que, a veces, las mejores ideas necesitan tiempo para que se marinen como un jugoso filete. Hay que dejarlas airear, como un buen vino.

Le guiño un ojo a Franky.

—Ojalá pudiéramos quedarnos, pero tenemos una ciudad que salvar.

Capítulo 29

14:35, viernes, 25 de junio de 2027
Brooklyn, Nueva York
Muelle 1, East River

Llegar al Muelle Uno se hace más duro de lo que me gustaría porque tenemos que ir apartando a los civiles. Sus intenciones son buenas y seguramente yo haría lo mismo si tuviera mujer e hijo. Incluso más. Pero ahora mismo, son una amenaza para la seguridad operativa y el tiempo corre.

Dos hombres se echan al agua en intentos salvajes de subir a bordo de nuestro barco mientras empujamos para devolverlo a alta mar. Uno de ellos se resbala por la borda de estribor y se da un doloroso golpe contra el costado antes de caer, mientras que el otro hombre recibe un puñetazo en la cara de un Z-Lo cabreado. Al chaval no le tiembla el pulso para echarlo al agua de nuevo.

Con el barco fuera del muelle, Hollywood, Bumper, Yoshi, Espectro y yo nos abrimos paso entre la multitud. En cuanto llegamos a la calle empedrada, Espectro se dirige a un almacén de ladrillos reconvertido en tienda de lujo y apartamento tipo *loft*, mientras que el resto de nosotros va hacia el norte. Más adelante hay un jardín botánico que yo solía visitar para enviar flores a la familia de Jack todos los años en… en una fecha determinada. Y, tal y como recordaba, hay una valla de construcción a lo largo del seto trasero. Y más allá está la torre este del puente de Brooklyn.

Algunos curiosos nos siguen hasta el jardín, pero la mayoría se aleja en cuanto nos ven blandir las armas. Solo tenemos que gritarles a unos pocos para quitarles las ganas rápidamente. Digamos que un SEAL cabreado puede ser muy intimidatorio.

Nos turnamos para saltar la valla y nos vamos pasando las armas, las cuerdas, los explosivos y los arneses hasta que volvemos a reunirnos al otro lado. Por primera vez desde la Antártida vuelvo a notar el mismo tipo de vibración extraña de baja frecuencia, solo que estoy mucho más lejos del anillo y este es considerablemente más grande.

—¿Alguien más lo nota? —pregunta Hollywood.

—Es normal. Relativamente —digo

Me mira como diciendo: «Oh, vale, claro».

A partir de ahí nos desplegamos y empezamos a buscar formas de subir a la torre de piedra. Bumper no tarda en llegar a la conclusión de que la mejor forma de subir es un viejo conducto de desagüe.

—¿Algún voluntario para colocar el rapelador? —dice Bumper mientras sostiene la cuerda.

—Yo —se ofrece Yoshi.

Todos nos ponemos los arneses y Bumper ata un extremo de la cuerda al mosquetón de Yoshi. Eleva a Yoshi por el nudo para asegurarse de que está bien sujeto.

—Tú lideras la escalada, Donkey Kong —ordena Bumper—. Así que nada de Atari Pitfall. Fácil y sencillo. ¿Entendido?

—Entendido.

Yoshi se frota los guantes de Mechanix Wear y empieza a subir por el desagüe.

Nos situamos a la sombra del puente y observamos al pararrescatador de la Fuerza Aérea subir por el conducto como un mono. Sinceramente, es impresionante. Incluso Bumper está sorprendido. El tío lo hace en unos treinta segundos.

—Imagina lo rápido que subiría estando sobrio —digo

—O tal vez no podría en absoluto —responde Hollywood.

—Es una posibilidad.

Yoshi se introduce en las sombras por debajo de la cubierta principal del puente y se sube a una viga. Con las piernas colgantes, se pone manos a la obra. Establece dos puntos de anclaje para el rapelador principal en las vigas de acero, siguiendo las explicaciones de Bumper. Pero está claro que Yoshi ha hecho esto antes, no solo por sus habilidades de escalada, sino por la rapidez con la que ata las cuerdas de soporte. Una vez terminado, se desconecta de la cuerda y le pasa un extremo anudado a Bumper.

Durante los siguientes diez minutos transportamos el equipo hasta Yoshi, yo aseguro a Bumper, Hollywood me asegura a mí y tiramos de Hollywood hacia arriba hasta que el equipo al completo está bajo las vigas del puente de más de ciento cincuenta años de antigüedad. En un día cualquiera escucharíamos el sonido de los neumáticos de los coches y las bocinas de los coches justo encima. Hoy, todo lo que oímos son los sonidos apagados de decenas de miles de personas caminando hacia un final incierto.

—Buen trabajo, equipo —digo, esforzándome por mantener a todos concentrados—. Aseguraos de pisar en firme e id con cuidado. Las manos primero, luego los pies. Fácil y sencillo.

Todo el mundo obedece y empezamos a avanzar por las vigas. A unos dos metros por encima de nuestras cabezas discurre la carretera que llega hasta la torre del lado de Manhattan y que luego desciende en dirección al ayuntamiento.

Aunque avanzamos fácilmente, no es una tarea para aprensivos. Nunca me han dado miedo las alturas, pero incluso a mí me están entrando escalofríos. Y me alegro de que Z-Lo se haya quedado atrás con Aaron en la barca: esto habría sido demasiado duro para él. A medida que el puente nos aleja de la tierra, veo a nuestra embarcación unos cien metros más abajo y noto otro cosquilleo en la tripa.

Hasta el momento no ha habido ningún indicio de que los androplastas nos hayan visto. Pero estar ocultos bajo la cubierta del puente es la mejor opción simplemente porque no tenemos otra. Me sigue resultando extraño que actuar de día sea más seguro que de noche, al menos según sir Francis. Pero supongo que todo depende de la estrella que te ponga moreno. No me extraña que esas cosas sean tan jodidamente feas: no tienen vitamina D.

Tardamos unos quince minutos en llegar al centro del puente y acercarnos a la membrana azul del anillo. Cuanto más avanzamos, mayor se vuelve el zumbido. El viento sopla con más fuerza también y silba entre las vigas. Pequeños relámpagos atraviesan la superficie del campo y acarician las vigas a nuestro alrededor.

—¿Nos dará problemas, Bic? —dice Hollywood señalando a los relámpagos.

—No. Es algún tipo de energía eléctrica, según Aaron. No tiene que suponer un problema. Creo.

Hollywood asiente pero no parece convencida. Y yo tampoco lo estoy.

Bumper tarda unos minutos en decidir dónde atar las cuerdas. La superficie azul y brillante del portal es la causa de parte del viento; tal vez está tragando aire incluso. Eso plantea dos problemas graves. El primero es que, si el portal absorbe una cuerda, podría cortarla, en caso de que la teoría de Aaron sea correcta. Una caída desde esta altura sería mortal. El segundo problema es que no creo que ninguno de nosotros tenga ganas de ir de vacaciones a Acondroplasia, de manera que no podemos dejar que el portal nos absorba. Finalmente, Bumper elige posiciones de anclaje a quince metros de la pared del portal.

—Si llegamos a treinta metros y todavía estamos demasiado lejos, siempre podemos acercarnos más —grita por encima del sonido del campo de energía.

Asiento con la cabeza y agradezco su enfoque conservador. Las dos cuerdas de escalada ya se están curvando hacia el anillo. Pero los extremos tocan el agua, lo que significa que ahí caeremos si todo se va al traste. Mejor morir en la Tierra que en otro planeta.

Claro que sí, Pat.

Empleamos los siguientes minutos en repartirnos los explosivos entre Bumper y yo. Aunque el plan es colocarlos en el mismo lugar, esta misión se basa en la redundancia. No quería decirlo en voz alta por miedo a gafar la misión, pero, si esto no funciona, no sé qué otras opciones tendremos. Y me hará falta mucho tiempo a solas y un poco de Redbreast para pensar en otra idea. Suponiendo que sobreviva, claro. Has de poner todos los huevos en una misma cesta si solo tienes una maldita cesta.

—Explosivos primero, observadores después —grita Bumper.

Luego hace un nudo ocho con la cuerda, se ajusta bien el arnés y da dos fuertes tirones. Nos indica a Yoshi y a mí que copiemos su procedimiento y luego ayuda a Hollywood con su equipo.

A pesar de la intensidad de la situación, Yoshi parece estar disfrutando. Supongo que es lo normal cuando llevas unos niveles de alcohol en sangre que serían ilegales en cualquier… en cualquier bar. Cuando terminamos, ambos comprobamos los ajustes del otro y nos damos una señal de aprobación.

Hollywood también parece disfrutar y sonríe mientras Bumper comprueba su arnés y pasa un rato de más en su parte trasera.

—¿Todos listos? —pregunta Bumper.

Yoshi y yo respondemos asintiendo, pero Hollywood habla.

—Creo que me hace falta que alguien revise mi arnés de nuevo. Solo para asegurarme de que todo está bien ajustado —dice colocándose una mano en la cadera y dedicándole una pequeña sonrisa a Bumper.

—Nena, ya sabes que estás perfectamente —dice Bumper con una mirada elogiosa.

—¿Quieres ver si yo lo tengo todo bien ajustado, Donkey Kong? —pregunto.

Yoshi se ríe y niega con la cabeza.

Como nunca he hecho un descenso con dos personas en la misma cuerda a la vez, observo a Bumper maniobrar cuando avanza hasta la siguiente viga y suelta algo de cuerda. Entonces Hollywood avanza y él la ayuda a bajar hasta que queda suspendida por debajo de la estructura, dependiendo del arnés por completo. La expresión de felicidad en su rostro desaparece. Entonces Bumper baja hasta que queda suspendido por debajo de ella valiéndose de su arnés.

Yoshi me sonríe.

—Nos toca.

Asiento y avanzo hasta la viga de al lado. Hago todo lo posible por imitar la maniobra de Bumper; soy más lento que él, pero entiendo el concepto. Y parece que Yoshi tiene bastante paciencia conmigo. A diferencia del enfoque más reservado de Hollywood, Yoshi se apresura en bajar y disfrutar de la vista. Desciendo y me sirvo de su arnés al igual que ha hecho Bumper con Hollywood. Pierdo el agarre con la mano izquierda y empiezo a caer.

—¡Mierda! —exclamo en el aire.

Una rápida oleada de vértigo me golpea, pero acierto a frenar y la cuerda se tensa. Sin embargo, me pillo el huevo izquierdo, que ahora está apretado contra mi muslo.

—¿Estás bien, *tomodachi* —pregunta Yoshi.

Me esfuerzo por aliviar la agonía que me invade la ingle y me doy cuenta de que mi pierna izquierda está enrollada en la cuerda. Vaya lío.

—Sí. Bien. Gracias.

—Genial.

Respiro profundamente conforme el dolor va disminuyendo y me adapto a la nueva situación. Estoy en una cuerda, suspendido por debajo de un sargento de las Fuerzas Aéreas borracho, en el puente de Brooklyn, con suficiente C-4 y Semtex como para volar por los aires cuatro carros de combate Bradley.

—*Gung-ho* —me digo.

Bumper me lanza una mirada interrogativa y hace un círculo con el pulgar y el índice.

—Todo bien.

Vuelvo a respirar tranquilamente para controlar mi ritmo cardíaco y coloco mi mano sobre el freno. La cuerda empieza a deslizarse por la palma de mi guante y los cuatro empezamos a bajar.

No todos los días puedes descender con una cuerda desde el puente de Brooklyn. Echo un vistazo hacia el sur, hacia el barrio de mi infancia, Park Slope, y me pregunto si a aquel pelirrojo problemático de los noventa se le pasó por la cabeza que su yo mayor haría rapel para salvar a Nueva York de una invasión extraterrestre. Lo cierto es que es justo lo que hubiera querido: cualquier cosa con tal de salir de aquella casa.

Me detengo bruscamente cuando un sonido que parece una trompa monstruosa rompe el aire. Es como el puto cuerno del Abismo de Helm en *El señor de los anillos*. Todo el puente tiembla y hace vibrar nuestras cuerdas. Nos llueven escombros que probablemente no se han movido en ciento cincuenta años y me tengo que cubrir la cara. Entonces noto que algo se mueve en el agua

—¡Hostia puta! —grita Yoshi por encima de mí, pero su voz queda casi ahogada por el estruendo que proviene de debajo de nosotros.

Una columna de agua, bañada en una luz casi cegadora, surge del río Este y se dirige directamente al anillo. Durante una fracción de segundo pienso que algo ha estallado bajo el agua. Pero a medida que el chorro asciende, desaparece en la base del anillo y la luz se desvanece. Del mismo modo, el ruido disminuye. Un silbido constante, como el sonido de una cascada, se extiende por debajo de nosotros mientras una corriente constante de agua alimenta alguna cavidad invisible en el borde exterior del anillo. Z-Lo hace girar el Dyer 29 y acelera por la vía que ha formado la columna de agua.

—¿¡Qué demonios es esto!? —grita Hollywood.

—¡No sé! —respondo gritando también.

La cabeza me va a mil por hora mientras intento buscar una solución. Una parte de mí quiere llamar a Aaron, pero no podemos arriesgarnos a revelar nuestra posición todavía, no hasta que los explosivos estén colocados.

¡Los explosivos!

A lo mejor es por esto por lo que Franky quería que nos quedáramos. ¡Filete jugoso, mis cojones!

—¡Bumper! Es una entrada de alimentación, ¿no? —grito.

—Eso parece.

—¿Y si soltamos las cargas para que las absorban?

—Demasiado arriesgado —dice negando con la cabeza—. Tanta turbulencia podría hacerlas estallar antes de que tengamos la oportunidad de volarlas. Además, ¿si explotan y estamos cerca? Mal asunto, hermano.

—¿Y si Franky se refería a esto?

Pero Bumper vuelve a negar con la cabeza.

—No.

Tiene razón, claro. Y a lo mejor esto no es lo que Franky tenía en mente, al fin y al cabo y solo estoy sacando conclusiones apresuradas. Me siento un poco como un veterano de guerra sonado simplemente por haber planteado la idea. Bien podría haber empezado la frase diciendo: «En mis tiempos...». Pero tenía que intentarlo.

Pero sea lo que sea, tengo la sensación de que está conectado con la manera en que el anillo se alimenta. Seguramente Aaron ya tiene una hipótesis al respecto. Pero ahora mismo él y Z-Lo se dirigen hacia Governors Island a toda prisa.

—¡Procedemos según lo previsto! —grito.

Bumper y Hollywood asienten. Yoshi levanta el pulgar desde su posición, encima de mí. Entonces aflojo la mano del freno y continúo descendiendo.

Cuando nos acercamos al borde inferior del anillo, me detengo a un metro y medio por encima. Nos balanceamos demasiado y, si descendemos más rápido, corremos el riesgo de golpearnos contra el lateral. Tendremos que calcular bien el descenso para caer en la parte superior del borde. La parte horizontal parece tener unos seis metros de ancho, así que hay mucho margen. Bueno, o eso parece. Mi estómago da una o dos vueltas de campana cuando tomo impulso y no tengo nada más que el agua debajo.

—¡Voy a bajar! —le grito a Yoshi.

—¡Calcula bien el tiempo! ¡De no hacerlo, puedes morir!

—Gracias por el consejo.

Tomo aire y preparo la mano del freno. En el siguiente arco, el impulso me aleja tres metros del anillo y luego se redirige hacia el portal. Justo cuando cruzo el umbral, dejo que la cuerda se deslice para que mis botas toquen el vértice con la siguiente oscilación.

O esa es la idea.

Pero en lugar de eso, me muevo un poco antes de tiempo y aterrizo sobre mi costado izquierdo. Una sacudida de dolor me sube por el codo y el hombro. No ha sido tan elegante como lo había visualizado en mi cabeza, pero he llegado. Y tengo la situación lo suficientemente controlada como para clavar los talones y mantener la cuerda tensa para Yoshi.

Él, en cambio, desciende como si fuera un maldito acróbata del Circo del Polo o como se llame. Aterriza a mi lado y tiene la cara de ofrecerme su mano. Menudo cabrón. Pero la tomo y me pongo de pie.

—Buen trabajo. Ahora ayúdame a desenredar esto —digo.

Colocamos la mochila en el suelo, la arrastramos por algunos de los salientes geométricos hasta donde están Bumper y Hollywood y empezamos a sacar el material. El SEAL prepara cada carga y nos habla del proceso. En menos de dos minutos, podemos decir que tenemos lista una buena cantidad de fuegos artificiales. Bumper examina el montículo en la superficie irregular del anillo y lo cubre con una de las mochilas.

—Tendrá que ser así —dice como si fuera un examen que roza el aprobado.

Volvemos a tensar las cuerdas y empezamos a desplazarnos por la curva del anillo. Mientras muevo los pies por la superficie irregular, me pregunto las ganas que debe de tener Aaron de descifrar este lenguaje. Y aquí estoy yo, a punto de hacer saltar todo por los aires. Supongo que eso resume gran parte de nuestra relación.

Mi peso aleja los pies de Yoshi, al igual que los de Bumper a Hollywood, y seguimos descendiendo hacia el borde inferior del anillo. Pero eso también significa que estamos muy cerca de la entrada.

El sonido de la cascada es tan fuerte que no logro oír lo que Yoshi me está diciendo. Creo que me dice que me agarre bien hasta que hayamos terminado. Y sabe Dios que tengo mis reservas sobre hacer rapel en este maldito anillo. Como si de una película se tratara, me imagino siendo absorbido y masticado por el agujero. No mola.

Pero parece que no es eso lo que me quiere decir.

—¿Qué? —Sigo sin oírlo—. ¡Habla más alto!

Entonces señala hacia el Bajo Manhattan. Me giro y veo seis drones magenta volando hacia nosotros.

—Mierda.

Capítulo 30

15:20, viernes, 25 de junio de 2027
Brooklyn, Nueva York
Puente de Brooklyn

—¡No podem os dejar que descubran los explosivos! —le grito a Bumper.

Miro hacia abajo. Tampoco podemos saltar: el agujero del agua nos absorbería. Y eso suponiendo que no nos hayamos roto la crisma antes.

—¡Podemos hacerlos estallar ya! —dice Bumper.

Maldita sea. Sí, podemos. Pero tenía muchas ganas de volver a mi cabaña cuanto antes y activar las cargas ahora sería un gran bajón. Y también están Hollywood y Yoshi. Serían sus vidas también. Aunque eran conscientes del riesgo cuando se unieron al plan.

Bumper se encoge de hombros y señala la bolsa donde está el mando.

—Esto es una mierda.

Agarro mi bolsa para buscar mi mando. En ese mismo momento oigo un fuerte bang en el cielo. Uno de los drones ha recibido un impacto directo. Miro hacia el este y veo otro fogonazo desde una ventana de un tercer piso.

Es Espectro. Que Dios bendiga a este tío.

Su segundo disparo le da de pleno al dron, que sale despedido en espiral.

No estoy seguro de si lo que voy a hacer revelará más aún que tenemos explosivos, pero el factor sorpresa ya ha desaparecido. Me aferro al anillo con los pies, agarro mi SCAR con la mano izquierda y disparo al dron más cercano. Las balas chocan contra el casco metálico de la cosa, creando cascadas de chispas. Mi única esperanza es que el ruido del portal y el aire ahoguen la lucha contra los extraterrestres de la parte superior.

Como si pudiera leerme el pensamiento, el agujero acuático se cierra. El ruido disminuye y el agua que componía el chorro cae con gran estruendo sobre el río Este. Me doy cuenta de que no tengo más balas en el cargador.

—¡Abajo! ¡Ahora! —grita Bumper.

Abre el freno y empieza a descender. Hollywood lo sigue justo detrás.

Estoy bajando el arma y a punto de soltar la cuerda cuando Yoshi se cae encima de mí. Noto un fuerte golpe en el cuello y en la columna y me empiezo a balancear hacia un lado. ¡Maldito borracho! Se me ha enrollado la cuerda en el brazo y ahora lo tengo inmovilizado, pegado a mi costado. Duele mucho, pero no tanto como el golpe contra el anillo. Mi cuerpo rebota una y otra vez contra la estructura extraterrestre. La cuerda se ha enganchado con algo, pero no veo con qué.

—¡Deja de forcejear! —le grito

—¡Suelta la cuerda! —responde.

—No puedo. Tienes que volver a subir.

—Suelta la cuerda, Bic —dice de nuevo.

Otra bala del cincuenta golpea contra algo duro, pero no veo contra qué.

—Yoshi, escúchame. Tienes que…

Me detengo cuando noto que se mueve. Echo un vistazo rápido y veo que está cortando la cuerda. Bueno, es una manera de resolverlo, pero el aterrizaje va a ser bonito como no nos despeguemos el uno del otro.

Antes de que me dé tiempo de advertirlo, la cuerda de arriba se suelta. Me caigo, pero la caída solo dura un segundo y me detengo de golpe. Yoshi se desliza por delante de mí y yo me quedo suspendido por encima. Estoy boca abajo, con la maldita cuerda enrollada alrededor de mi pierna, y veo a Yoshi aterrizar con ambos pies, como si fuera una especie de saltador de acantilados profesional. ¿Dónde se había dejado el estilo hace unos segundos?

—Patrick.

Oigo la voz de Franky por radio.

—¿Puedes oírme? No importa, aguanta, no te voy a dejar colgado.

Me esfuerzo por alcanzar el auricular con la mano.

—Buen chiste.

—¡Ah! Estás ahí. Maravilloso. Escucha…

Suena otro disparo de Espectro. No alcanzo a ver cuántos drones quedan ni lo cerca que están, pero oigo cómo intenta alejarlos.

Franky continúa.

—Estoy tratando de quitarte esos drones de encima, al igual que Phantom Centinela. Tan solo… oh, por todo el té con pastas del mundo, ¿podrías dejar de obstaculizarme?

La sangre se me está subiendo a la cabeza.

—No te estoy bloqueando. Haz el maldito disparo.

—No, tonto. No les voy a disparar. He estado muy por debajo de mi umbral mínimo de disparo durante mucho rato debido a tus órdenes de mantener a tus amigos escondidos, ¿recuerdas? Estoy intentando piratearlos. Pero… oh, este es particularmente obstinado. ¡Por qué, maldito lameculos de mierda!

—Oye, aquí pasa algo —digo.

—No, me temo que no. Me temo que estos pequeños pazguatos son…

—No, a mí… ¡La cuerda se resbala!

—¡Oh, maravilloso! Tan solo asegúrate de adoptar una postura distinta para caer.

Antes de que pueda responder, la cuerda se rompe y caigo.

Pero al caer choco contra algo duro y me golpeo la barbilla. Oigo el ruido de un motor que viene de abajo. Me incorporo y veo que estoy en…

¡Sobre un dron!

El dron gira hacia la izquierda e instintivamente me agarro a los lados para sujetarme. Entonces gira a la derecha. No sé si agarrarme es lo mejor ahora mismo. Pero es lo que hago.

Incapaz de hacerme caer, el dron vira hacia la izquierda. El SCAR me golpea en la parte trasera del casco. Vuelve a girar a la derecha. Aguanto el tipo y me siento cada vez más cómodo cuando el dron hace una tercera maniobra: baja en picado y yo salgo despedido por los aires.

Aún tengo el resto de la cuerda de escalada, pero las manos y los pies se agitan libres al viento como si fuera un pájaro que no sabe volar. El agua está a unos quince metros e intento enderezarme para caer con los pies por delante. Pero no lo consigo. La sensación inevitable de que me acerco a la muerte me retuerce el estómago junto con la sensación de caída libre.

De repente noto un dolor punzante en el gemelo izquierdo y como si me arrancaran la pierna desde la cadera. La sensación se extiende al tobillo y siento como si me lo arrancaran del resto de la pierna. De repente recuerdo mi primera herida de combate: un disparo de AK en la pantorrilla. Grito y jadeo. Me doy cuenta de que me empiezo a columpiar desde la pierna, que sigue ahí, agarrado por un cable muy delgado que conectado a la parte inferior de un dron.

—Ni se te ocurra soltarme, hijo de…

Una descarga de cientos de voltios sacude cada músculo de mi cuerpo y aprieto los dientes para combatir la agonía. Gruño y siento como si las costillas me fueran a estallar. Cierro los ojos con fuerza, deseando que no…

Capítulo 31

Hora: desconocida, viernes 25 de junio de 2027
Bajo Manhattan, Nueva York
Puente de Brooklyn

Me duele.

Me duelen partes que no sabía que podían doler. Y durante un breve instante, vuelvo a estar en Afganistán, tumbado en una acera después de que Jack tomara la cabeza. Había aprendido a reprimir este recuerdo, a guardarlo en el fondo de un baúl y a abrirlo solo en ocasiones especiales, después de beber más de la cuenta. Pero ahora los olores y los sonidos vuelven a entrar en mi cabeza sin permiso, invitados por el dolor que hace de mi cuerpo un mero rehén.

Intento levantarme del suelo. Me pitan los oídos. La boca me sabe a cobre. El aire caliente me raspa la nariz. Oigo los gritos de la gente mientras echo un vistazo a la calle. Alarmas de coches. Humo negro, cristales rotos y polvo por todas partes.

Jack… está en medio de la carretera. Hay un Toyota hecho trizas a su lado. Puedo alcanzarlo.

Mi pierna izquierda no coopera, pero la derecha sí. Hago fuerza para levantarme y me apoyo contra una pared de hormigón. El dolor es insoportable. Pero Jack me necesita y esto es culpa mía. No debería haberle dejado marchar.

Avanzo a trompicones y de pronto veo que me lo que choca contra mis botas son restos de cuerpos humanos envueltos en telas blancas, ahora manchadas de rojo. El rostro macabro de un hombre que he visto cientos de veces mira hacia el cielo nebuloso, preguntando a Alá dónde ha ido a parar el resto de su torso. Una niña duerme en los brazos ensangrentados de su madre y ambos rostros parecen descansar del dolor sufrido.

—Jack —digo, fijándome en los uniformes de los marines que se extienden por la carretera.

Pero no lo encuentro. No lo veo. No está.

—¡Jack!

* * *

Algo me golpea las costillas. Una luz me ciega. Oigo voces en lo alto, pero no entiendo lo que dicen.

Los malditos *hajji* me van a saquear.

Vuelvo a notar un golpe en el costado y esta vez intento apartarme. Pero el dolor es abrasador.

Siguen hablando y luego empiezan a arrastrarme. El sonido de mi casco rozando el suelo aporta más claridad al asunto. Levanto la cabeza unos centímetros e intento abrir los ojos. Azul por todas partes. Excepto el suelo. Es gris plomo.

Entonces estoy en el aire.

La punzada que noto en el estómago me hace preguntarme si me han arrojado a una fosa común o a un vertedero para quemarme. O a lo mejor me han arrojado desde el puente de Brooklyn.

Nueva York.

Vuelvo a recordar la misión.

Tengo la mente totalmente despejada cuando me estrello contra un montón de escombros. Suena como piezas de metal en un depósito de chatarra. El dolor sigue siendo insoportable, pero cada vez es más manejable. Parpadeo en un intento frenético de orientarme.

A mi izquierda, más cerca de lo que he estado nunca, se encuentra el imponente muro de energía azul. Por encima de mí, el embudo que abre la cúpula. Más allá, un cielo negro.

Es de noche.

Y los enormes cables de acero del puente de Brooklyn se elevan hacia el cielo. Pero no estoy en ninguno de los carriles del puente. Parece que estoy en una plataforma elevada de la anchura del puente por encima de las vigas que cruzan el asfalto unos cuatro metros más abajo.

Estoy tumbado de espaldas entre un montón de piezas metálicas. Hay rótulas articuladas, placas, tornillos. Hay montones de componentes electrónicos y cables. Me quito de encima algo que parece...

Como un maldito marcapasos.

Me incorporo conmocionado al darme cuenta de que estoy tumbado entre un montón de prótesis humanas y piezas biomédicas: articulaciones de cadera artificiales, implantes vertebrales, placas óseas de titanio, audífonos, Neuralinks. Se me eriza la piel al pensar en cuántas vidas… cuántas personas han tenido que…

No. Esto no está bien.

Intento salir del embrollo, pero alguien me pone un fusil en la cara. Instintivamente, levanto las manos y miro a mi captor a la cara: un maldito ángel de la muerte, con su casco de ojos rojos brillantes y su cobertura bucal extraña, blandiendo un arma que se parece a sir Francis.

Los Phantoms.

¿Están vivos? ¿Cuánto tiempo ha pasado? Necesito respuestas… tengo que averiguar qué demonios ha pasado. ¿Y esta basura, este pedazo detritus, como diría Francis, tiene las pelotas de apuntarme con un arma? ¿Después del día que he tenido?

—Quita esa cosa de mi cara.

Aparto el fusil. No porque busque pelea ni porque tenga fuerzas, al menos de momento. Lo hago porque me cabrea que estos plastas se atrevan a invadir mi planeta y a instalarse en mi maldito puente. Y si este capullo quisiera matarme, ya lo habría hecho.

El ángel de la muerte vuelve a apuntarme con el fusil pero retrocede dos pasos. También parece agitado y habla en una especie de lenguaje de chasquidos con otros dos ángeles de la muerte. Pero ellos son la menor de mis preocupaciones.

A mi derecha, entre un conjunto de construcciones extraterrestres portátiles que parecen hacer las veces de puesto de control, hay una fila de unas veinte personas. Dos filas de robots de reconocimiento abren un camino entre el puesto de control y el portal. Y la gente camina en fila india hacia el portal.

Algunos lloran.

Algunos gritan.

Algunos intentan romper la línea aterrorizados, pero los robots de reconocimiento les disparan y los lanzan dentro del portal.

Pero la mayoría acepta su destino con sombría resignación.

La ropa se quema en cuanto la gente atraviesa el portal. El tejido arde durante un instante para luego desaparecer en forma de bocanadas de ceniza. Los relojes, las gafas, los teléfonos móviles y las joyas caen con estrépito sobre la cubierta. Los robots más pequeños circulan entre los humanos y apilan el metal y los aparatos electrónicos en montones gigantescos.

Las almas más desafortunadas encuentran su fin cuando sus cuerpos se ven obligados a desprenderse de implantes vitales para ellos, como entre los que yo ahora me encuentro. Veo a un hombre cuyas ropas en llamas iluminan una cavidad en la cadera. El rostro de la víctima ya está oculto, pero aún alcanzo a escuchar su grito de dolor. Mientras sus ropas se desvanecen como un truco de magia, la articulación artificial de la cadera cae con estrépito sobre la cubierta, despojada de carne y hueso. Los robots la recogen y colocan el aciago dispositivo en la base de mi pila.

Tengo que hacer algo.

Así que empiezo por hacer un balance de mí mismo. Mi pierna izquierda, que se llevó la peor parte en cuanto me enganchó el dron, parece intacta. O eso creo. La sonda me perforó la pantorrilla y luego se enrolló alrededor de mi tobillo, a juzgar por el agujero en mis pantalones y las marcas alrededor de mi bota. Pero como a Z-Lo con su herida, parece que la carne se ha cauterizado. Eso es bueno. Al menos por ahora.

Aún tengo el casco y el portaplacas, pero no hay rastro de mi arma. Eso no es bueno. Lo mismo sucede con mi KA-BAR. También me han quitado la radio. Al parecer, los extraterrestres saben lo suficiente como para quitarme las armas y las comunicaciones, pero no lo suficiente como para quitarme el casco y la protección. Y seguro que hay algo más, pero estoy demasiado aturdido para averiguar qué. Maldita sea.

Los tres ángeles de la muerte hablan cada vez más rápido. Parece que están intentando decidir qué hacer conmigo. Esa es la impresión que tengo.

Oigo un fuerte ruido en alguna parte del puente. Ni siquiera se me ha ocurrido orientarme con respecto a la ciudad, pero, al notar que la luz del portal se refleja en el One World Trade Center a mi derecha, me percato de que ya no estoy en la parte más cercana a Brooklyn.

Estoy del lado de Manhattan.

El ruido se aproxima sobre nuestras cabezas y un vehículo que parece un contenedor con cuatro motores azules brillantes aparece ante nosotros. Lo recuerdo. Es igual que una de esas naves que vimos desde la embarcación.

Un rayo de luz asoma cuando la puerta trasera comienza a abrirse. La nave desciende y aterriza en la cubierta metálica, entre las hileras de civiles capturados y yo. Los motores se detienen y una figura imponente sale de la nave.

La criatura va vestida con un traje biomecánico negro. Unos finos tubos negros recorren su torso y unos pistones neumáticos abrazan sus articulaciones. Sus órganos y extremidades vitales están cubiertos por placas de armadura de color verde mate oscuro con extrañas inscripciones en el pecho y los hombros.

En comparación, los ángeles de la muerte son como treinta centímetros más bajos. Y aunque no lleva ni casco ni arma, actúa de una manera mucho más amenazante. La cabeza, sin pelo y con venas verdes y piel gris, tiene algunas marcas y parece desgastada por el clima. Sus ojos magenta se mueven de un lado a otro y los orificios de su nariz se abren y cierran al ritmo de los sonidos de su traje mecánico mientras camina hacia mí.

Habla el extraño lenguaje de chasquidos que he escuchado instantes atrás. El sonido no se filtra a través del casco, sino que sale directamente del tejido verde en la parte posterior de la boca vertical de la criatura, oculta tras hileras de dientes negros y espinosos.

A juzgar por la forma en que los tres ángeles de la muerte le dan espacio, yo diría que es un tipo importante. Suponiendo que sea macho. Dios, espero que sus hembras no sean tan feas.

También creo que la teoría de que no hay ninguna influencia militar en esta invasión se resquebraja. Este tío se comporta como un tirano malvado, porque, a diferencia de los ángeles de la muerte, por muy mortíferos que sean, este hijo de puta es un asesino. Puedo olerlo.

Extiende la mano y acepta uno de los rifles del ángel de la muerte, uno de sus Frankys. Ni siquiera se molesta en blandirla, simplemente se la cuelga. Se produce un destello alrededor de la empuñadura de la pistola. Y cuando el tirano, a falta de un nombre mejor, vuelve a hablar, el arma lo interpreta.

—Identifícate —dice el arma con el mismo tipo de voz digital neutra que tenía Franky al principio.

—Pato Donald —digo—. Encantado de conocerte.

El tirano inclina la cabeza.

—¿Eres un líder en el ejército de tu especie?

—¿Yo? —Me río—. Ni de lejos, amigo. Estoy jubilado. Solo soy un viejo marine cabreado.

—Marine. Jubilado, viejo, cabreado.

—Eso es.

Los labios del tirano se mueven un poco más y el arma vuelve a hablar.

—Te has vinculado a una de nuestras armas. ¿Cómo?

—A lo mejor me encuentra más atractivo. No sé.

Parece que no le gusta mi respuesta. Levanta el fusil y dispara un pequeño rayo de energía. Pierdo la visión momentáneamente en cuanto la descarga sacude mi cuerpo. Es como si me dispararan con un *taser* en los huevos. Supongo que ya no podré tener hijos.

Cuando me recupero mínimamente, vuelvo a ver al monstruo ante mí.

—¿Cómo te has vinculado a una de nuestras armas? —pregunta.

Me duelo y luego alcanzo a decir:

—¿Igual es por mi polla?

Un segundo disparo hace que mi cuerpo sufra un espasmo. Seguro que me estoy meando encima.

—Cómo me gusta, androplasta. ¿Me das otra?

Creo que ahora el tirano me mira con desdén, pero no he estudiado con demasiado detenimiento el póster suyo que tengo en mi habitación como para saber lo que le gusta y lo que no. Tiene el fusil en alto y parece dispuesto a disparar una vez más. Maldita sea, lo que daría por tener a Franky en la mano una última vez para reventar a este bicho.

Y entonces me viene a la cabeza lo que antes no me ha venido.

Hago como si me agarrara el pecho y aprovecho para buscar el detonador en mi chaleco. Sigue ahí. Empiezo a toser, mitad de mentira y mitad porque lo necesito, y saco el dispositivo. No sé cuántas horas he estado inconsciente, pero, si existe la más remota posibilidad de que los explosivos sigan en el anillo, he de arriesgarme y averiguarlo. Sí, puede que yo explote con el anillo, pero ahora mismo es lo que hay que hacer, y supongo que la única razón por la que los Phantoms no lo han hecho todavía es porque…

Bueno, seguramente hay varias razones por las que no lo han hecho todavía, la peor es que hayan sido asesinados o capturados. Lo cual es una razón de más para terminar con esto.

Estoy a punto de levantar el seguro y apretar el botón cuando el tirano emite una risa. O eso creo. Entonces hace un gesto hacia delante con su mano libre.

Un robot de reconocimiento con una caja se acerca desde su posición cerca del puesto de control. La superficie metálica de la caja está marcada con letras rojas alienígenas y me invade un mal presentimiento sobre lo que me voy a encontrar dentro. El robot la coloca en el suelo, el tirano hace un gesto con la cabeza y el robot abre la tapa e inclina el contenedor hacia delante. Dentro hay un montón de C-4 y Semtex que brillan con un color rojizo.

Vaya, esto no pinta bien.

Así que tengo que tomar una decisión. Una que va a acabar con la vida de muchas personas en este lado del puente, yo incluido. Pero también con la de estos cabrones y que tal vez ponga fin a todo esto.

Eso suponiendo que los plastas no hayan inutilizado los receptores y no hayan intervenido la frecuencia.

Solo hay una manera de averiguarlo.

Ha estado bien, Tierra.

Quito el seguro y aprieto el botón.

* * *

No suena bum.

Pero suena bang.

La cabeza del señor estalla en una mezcla de huesos y sangre verde. Pero su cadáver se mantiene erguido, como si lo aguantaran sus apéndices mecánicos.

—Siempre hay que llevar casco, gilipollas —le digo.

Alguien da la alerta de que hay disparos y la gente empieza a correr en todas direcciones buscando un lugar donde cubrirse.

Los ángeles de la muerte retroceden al ver a su líder abatido sin saber qué está pasando. Como es lógico, yo tampoco sé lo que está pasando, pero tengo la ventaja de saberme de memoria los sonidos de las armas militares estadounidenses. Y solo hay una unidad lo suficientemente loca como para introducirse tan cerca de la zona de peligro.

El Equipo Phantom.

Miro a la multitud dispersa y observo a un grupo de personas que se pone a cubierto entre los bloques de mando portátiles en la parte superior del puente, a mi derecha. No estoy seguro, pero diría que son Hollywood, Espectro y los demás.

Han venido a rescatarme. No sé cómo, pero han venido. Tengo que echar una mano para que podamos encontrar un lugar seguro. Pero no tengo ningún arma.

Mientras los ángeles de la muerte se cubren detrás de la nave, tengo una idea loca. Sí, otra más. Parece que las regale.

El rifle del tirano.

Todavía lo tiene en la mano.

Me vienen a la cabeza las advertencias del equipo de que no lo haga, de que ellos intentaron hacerse con armas sin suerte. Pero Franky dijo que tengo poderes mágicos o algo así, ¿verdad? Y, maldita sea, ya me han dado bastantes descargas hoy, una más no será nada.

Con los ángeles de la muerte ocupados con defenderse a sí mismos y a su puesto de control, me separo del montón de piezas, me quito el guante de la mano derecha y me abalanzo sobre el cuerpo sin cabeza del tirano. Tardo menos de un segundo en arrancarle los dedos y aplastar la palma de la mano contra la empuñadura. Cuando lo hago, siento la misma corriente que sentí bajo el roble cuando empuñé a Franky.

—¡Vamos allá!

Arranco el arma de la mano del monstruo y me la echo al hombro.

—Idioma terrícola detectado. Usuario, por favor, identifíquese.

—Phantom One —digo mientras apunto al primero de los tres ángeles de la muerte que se esconden detrás de la nave.

—Perfil de usuario actualizado. Por favor, identifique los objetivos como amigo o enemigo.

—Enemigo —digo, y uso mis ojos para seleccionar las opciones de alta frecuencia y bajo rendimiento en el visualizador de la mira—. Sin ninguna duda.

Al confirmarse la modalidad de selección de disparo, observo que esta arma procesa las órdenes mucho más rápido que Franky.

Aprieto el gatillo y una ráfaga semiautomática de luz azul abate a un ángel de la muerte. En lugar de las explosiones más dramáticas a las que estaba acostumbrado con Franky, esta arma dispara ráfagas de energía precisas que perforan el pecho y la cabeza del objetivo. El enemigo cae en redondo al suelo, dejando así espacio para que apunte al siguiente objetivo.

El segundo ángel de la muerte mira al camarada caído antes de mirar en mi dirección. Pero no le doy tiempo siquiera a apuntarme y lo fulmino con cuatro, cinco o seis disparos al torso; es demasiado difícil contar los rayos láser, maldita sea. ¿Cómo voy a saberlo? En cualquier caso, el enemigo cae, y me gusta mucho cómo funciona esta nueva arma.

—Eres mucho mejor que Franky —digo con la mejilla apoyada en la culata.

—¿Perdón, pequeña sabandija? —pregunta una voz desde el receptor del arma.

Maldita sea. Suena como Franky.

—No hay tiempo para charlas —respondo mientras la función de puntería asistida del visor mueve la retícula hacia el contorno iluminado del tercer ángel de la muerte.

Cuando aprieto, un rayo de energía atraviesa los hombros y hace girar al extraterrestre como una peonza. Al rodar por segunda vez, el objetivo cae sobre la cubierta.

La parte de la nave está despejada, pero ahora están disparando a los Phantom desde el otro lado del puente. Y veo unos puntitos azules que se aproximan desde Manhattan: drones.

—Debo decir, Patrick, que me ha roto el corazón que me olvides tan rápido —dice el arma.

Corro para ponerme a cubierto detrás de la nave.

—¿Eres tú, sir Francis Corazón de León?

—Ni que acaso te importara.

—¿Dónde estás?

—Bueno, digamos que el culo de Hollywood es mucho más bonito que el tuyo.

Miro en dirección al punto de control tratando de identificar la posición de los Phantom. No resulta difícil porque el fuego enemigo revela claramente dónde se encuentran.

—Franky, ¿puedes conectarme con Hollywood?

—Claro que puedo. Pero ahora parece que solo me quieres por mi…

—¡Maldita sea, Franky! ¡Conéctame con ella!

—Bueno, vale.

—¿Bic? —dice una voz femenina.

—¡Hollywood! Cuánto me alegro de veros, joder.

—Yo también. Pero estamos acorralados. Parece que a los androcallos no les gustan las operaciones de rescate.

—Me he dado cuenta. ¿Tenéis buen campo de tiro?

—Negativo. Demasiados civiles. Y se acercan refuerzos por el puente.

—¿Tienes alguna idea brillante para que podamos escapar?

—Estaba a punto de preguntarte lo mismo.

Dejo escapar un suspiro.

—Genial.

—Tengo una idea, si a alguien le interesa —dice Franky.

—Nos interesa —digo.

—¿Lo dices de verdad? ¿O es solo porque…?

—¡Dios, Franky! —grita Hollywood—. ¿Qué idea tienes?

—Patrick está a cubierto detrás de la idea.

Me alejo de la nave.

—¿Estás diciendo que… que pilotemos la nave?

—Naturalmente. Es resistente ante las explosiones, prácticamente se pilota sola y puede llegar a casi cualquier lugar. Y además, Hollywood, al contrario de lo que se suele creer, no soy Dios.

—¿Estás seguro, Franky? —pregunto.

—Desde luego. Dios y yo no nos parecemos en nada.

—¡Hablo de pilotar la nave!

—Ah, sí. Estoy razonablemente seguro de que tienes una alta probabilidad de escapar del puente y sobrevivir otro día en la Tierra, por así decirlo. Y también estoy seguro de que Dios y yo no estamos ni remotamente relacionados. Aunque a ambos se nos asigne el papel de salvadores de la Tierra.

—Hollywood, dile al resto que se prepare para correr hacia la nave. Y dile a Z-Lo que puede que su deseo se cumpla.

—Entendido. ¿Espero tus órdenes?

—Negativo. Espera la explosión.

Utilizo los ojos para seleccionar una modalidad llamada Desviación total y selecciono el máximo rendimiento. De acuerdo, no tengo ni idea de qué hace nada de eso, pero, si bien los Phantom tienen a demasiados civiles en medio como para poder disparar al enemigo cómodamente, yo tengo un campo de tiro razonablemente óptimo gracias a que los androcallos están dando por hecho que la nave y el portal están libres de amenazas.

Pero les traigo malas noticias: se equivocan.

Cuento ocho, tal vez diez robots de reconocimiento, cuatro robots de asalto y tres ángeles de la muerte a cubierto, todos en el lado del río. Es en ese momento cuando me replanteo la selección de máximo nivel. No es que no me guste borrar al enemigo del mapa si puedo, sino que podría venir bien tener esta arma durante más tiempo. Así que reduzco la potencia a alto rendimiento. Debería de bastar, ¿no?

Entonces tomo aire y lo expulso lentamente antes de inclinar la cabeza y asomar el arma por la esquina de la nave y apuntar al objetivo más céntrico. Me resulta extraño que incluso los enemigos fuera de la mira se iluminen en mi campo de visión. No sé cómo lo he hecho, pero no me voy a quejar

Aprieto.

Dos placas con resorte se desprenden del receptor del arma. El fusil vibra y reajusto mi postura de tiro porque algo me dice que el arma va a…

¡Buuuuuum craaaaaac!

Sí.

Es una salvajada.

Un hilo de luz horizontal que se extiende de izquierda a derecha atraviesa a casi todos los enemigos de mi visor. Los que tienen la suerte de agacharse a tiempo sobreviven durante un segundo más hasta que las piernas de los robots se separan de los torsos. Uno de los ángeles de la muerte se desploma partido en dos. Y ahora el punto de control tiene un aspecto como si alguien le hubiera puesto con un soplete en el lado izquierdo.

Acto seguido, los Phantom salen corriendo por el puente y se dirigen hacia mí.

Mi visor muestra un 39 % de potencia restante. No es mucho, pero suficiente. Apunto de nuevo y empiezo a disparar con una configuración de intensidad y rendimiento bajos: he pensado que más valía ser conservador.

Aprieto el gatillo y unos orbes alargados brillantes impactan en las barricadas enemigas. Los Phantom también aprovechan para disparar al enemigo y acabar de avanzar hacia mi posición.

—Me alegro de verte de una pieza —dice Bumper mientras se desliza entre el casco de la nave y uno de los enormes motores verticales.

Estoy a punto de devolverle el cumplido cuando veo que Aaron lleva el MP5 de Bumper. No me había fijado en que estaba y no sé qué me sorprende más, si el hecho de que haya venido con ellos o que Bumper le haya dado su arma secundaria, que, a todo esto, es el arma perfecta para él, ya que no tiene apenas retroceso.

—¿Habéis… habéis venido con Aaron? —digo sin preguntarle a nadie en particular.

—No íbamos a dejarlo atrás —dice Hollywood.

—Soy parte del equipo, ¿recuerdas? —dice Aaron.

Ya habrá tiempo para comentarlo. Señalo con la cabeza a la nave.

—¡Que todo el mundo suba a bordo!

—¿De verdad vamos a subirnos? —pregunta Z-Lo.

—¿Por qué lo dices? ¿Quieres quedarte aquí? —plantea Hollywood.

—No, es solo que el sargento de artillería dijo que no íbamos a bombardear nada.

—¿Ah, sí? Bueno, cambio de planes. Ahora sube, *semper gumby.*

Capítulo 32

21:40, viernes, 25 de junio de 2027
Bajo Manhattan, Nueva York
Puente de Brooklyn

—Tu TURNO, CHICO —le digo al Z-Lo mientras se abrocha el cinturón en el asiento del piloto situado a la derecha.

Z-Lo es lo suficientemente grande como para ocupar toda la silla, Yoshi, en cambio, baila un poco en el asiento de la izquierda, pero al final se adapta.

El resto del equipo sube las escaleras de la bodega de carga y Bumper logra cerrar la compuerta.

—No me acostumbro a su olor —dice Hollywood cubriéndose la nariz.

—Sería preocupante que te acostumbraras.

A pesar de que los androcallos abandonaron la nave en cuanto aterrizaron, el aroma, parecido a amoníaco, continúa en el ambiente.

La cubierta superior de la nave no tiene vidrio frontal, es una cabina con una pantalla de ciento ochenta grados, como un monitor gigante y envolvente. Toda la información está en su idioma de fantasía, así que resulta inútil. Pero nos permite ver a la gente huyendo y a las fuerzas de seguridad alienígenas tomando posición para atacarnos.

Empiezan a dispararnos.

Instintivamente me alejo de la pantalla, aunque las balas no impactan directamente sobre ella. Pero solo sentimos unos leves temblores, pues parece que el casco absorbe todo el fuego entrante.

—Te lo dije —dice Franky a la espalda de Hollywood—. A prueba de rayos.

Le doy una palmadita a Z-Lo en el hombro.

—¿Cuánto falta para que podamos salir de aquí?

—No estoy seguro.

Z-Lo levanta las manos para buscar los controles, pero unos anillos dobles de luz naranja le cubren las muñecas de repente.

—¡Guau!

Aparta las manos de un tirón y la nave se tambalea.

—¡No vayas hacia el portal! —grita Hollywood.

Tiene razón.

Agarro a Z-Lo del codo y lo elevo. La nave empieza a moverse hacia delante.

—¡Arriba! ¡Arriba! —grito mientras levanto los antebrazos de Z-Lo.

La nave asciende y deja atrás la zona del panel de control. Corrección, no la deja atrás: el casco choca contra el techo de uno de los módulos y apenas despeja los edificios de mando delante de nosotros. Me agarro al respaldo de la silla de Z-Lo para no caerme.

—Ya va, ya va —dice Z-Lo.

Pero la nave sigue descendiendo y se acerca peligrosamente a los cables del puente.

—¡Z-Lo!

—¡Ya lo veo! —grita en señal de protesta y luego hace retroceder la nave.

Oigo a Aaron gritar mientras va rodando de un lado a otro de la nave.

Parece que nos han disparado de nuevo.

Miro la espalda de Hollywood.

—Creía que habías dicho que este cacharro se pilota solo, Franky.

—¡Así es! Cuando no hay un humano a los mandos.

—¿Entonces por qué dijiste…?

—Porque así tomaste una decisión que evitó que me confiscaran los androquíes.

—¡Pero eso importará bien poco si nos acabamos estrellando en el río Este!

—Al menos sobreviviré.

—¡Franky!

—¿Sí?

Tengo ganas de tirarlo por la ventana.

—¿No puedes pilotar este bicho?

—Maldita sea, Pat. Soy un arma, no piloto.

—Estamos perdidos —dice Yoshi.

—Vale, vale —dice Franky—. Puedo pilotar, sí. Pero necesitaré unos minutos para integrarme en la poco fascinante IA de la nave.

—¿Pero no se supone que está para facilitar las cosas? —protesto.

—Dime: ¿es fácil o difícil hablar de física cuántica con un bebé de seis meses?

—¡Eh! Creo que le estoy cogiendo el tranquillo —dice Z-Lo.

Vuelvo a mirar a la pantalla de visualización y veo que el chaval ha conseguido estabilizar la nave. Y ahora se dirige de pleno al arco derecho de la torre. Da la sensación de que estamos atrapados entre los cables que se extienden a los lados.

—Z-Lo, no creo que…

—Déjalo pilotar —me susurra Hollywood.

—Pero…

—Déjalo pilotar.

Suelto un largo suspiro y me pongo detrás del asiento del chaval como si eso me fuera a proteger.

—Una cabaña en el campo —me digo a modo de nuevo mantra personal.

—¿Cómo dices? —pregunta Yoshi.

Pero no quiero hablar con él todavía. ¿Si sobrevivimos? Tal vez. ¿Ahora mismo? Tengo ganas de darle un puñetazo.

Me asomo por encima de la silla de Z-Lo mientras acelera hacia el arco. Suelto un «¡Aaaaaaaaah!», al igual que Hollywood y Bumper, y… bueno, todo el mundo está acojonado. Incluso Espectro se agarra a una baranda y le dice al chaval que vaya más despacio.

—Vamos a morir todos, ¿no? —dice Franky.

—Sí.

—¡Tal vez más tarde! —grita Z-Lo—. ¡Pero ahora no!

Luego suelta un fuerte «¡yujúúúúú!» mientras atravesamos el arco.

Veo que dejamos atrás los cables del otro lado de la torre y la nave avanza.

—No vuelvas a hacer eso, chaval.

Él me ignora y pregunta:

—Bien, ¿dónde están las armas?

—¡No, no, no! —dicen al unísono Hollywood y Bumper.

—Primero aléjate lo suficiente y encuentra un lugar para aterrizar, entonces hablaremos de armas —digo.

Una luz roja brillante comienza a parpadear en el centro de la pantalla.

—¿Frankyyyyy? —pregunto.

—Oh, malditos pazguatos —dice.

Lo que me llama la atención es que un texto de color rojo brillante en medio de una pantalla sirve en cualquier lugar del universo para indicar que algo va terriblemente mal.

—¡Franky!

—¡Oh, maldita sea! Agarraos los machos.

—¿Cómo? —pregunto asombrado—. ¿Esa es tu manera de…?

Algo impacta en la nave. Lo único que puedo hacer es agarrarme al asiento de Z-Lo mientras la nave empieza a dar vueltas. Aparece una nueva pantalla en la parte delantera de la cabina que muestra una visión general de la nave en tres dimensiones. Hay varios indicadores que parpadean, el más grande de los cuales está en los dos motores izquierdos.

—¡Oh, por la reina de Inglaterra! —grita Franky—. ¡Agarraos!

Z-Lo hace todo lo posible por contrarrestar la rotación de la nave y mueve ambas manos hacia la izquierda. Yoshi también tiene unos anillos alrededor de las muñecas e imita al chaval, pero no hay manera de saber si eso ayuda.

Con cada giro que damos veo que el ayuntamiento aparece cada vez más grande en la pantalla brillante. Nos dirigimos al Bajo Manhattan.

—¡Preparaos para el impacto! —grita Franky—. Esto va a doler un poco.

* * *

Ya sea por un milagro de Dios o por pura suerte, la nave no se estrella contra el ayuntamiento de Nueva York, sino que cae en el parque que lo rodea, el City Hall Park. Los árboles han contribuido a amortiguar el impacto, pero con árboles o sin, una nave como esta iba a abrir un buen boquete en el suelo de todas las maneras.

Luces de emergencia invaden la cabina y parece que la mayoría de los aparatos electrónicos se han apagado. Cada vez huele más a chamuscado.

—¡Sitrep! —grito desde el suelo, con las piernas medio apoyadas en la pared. ¿O apoyadas en el suelo? Creo que la nave ha caído de babor

Hollywood y Franky están en el suelo cerca de mí y responden que están bien a pesar de algunas heridas leves. Bumper tiene el labio ensangrentado y Hollywood se ofrece a examinarlo. Espectro, no sé cómo, sigue agarrado a la baranda a pesar de la sangre que le cubre la zona de las costillas. Z-Lo y Yoshi son los mejor parados. Y Aaron tiene un poco de sangre en la cara, pero por lo demás parece estar bien.

—Yoshi —digo sin mirarlo a la cara—. Dale algo a Aaron para la cabeza.

Yoshi se desabrocha el cinturón.

—Enseguida.

—Todos los demás, recoged vuestras cosas. Y caminad con cuidado. Tenemos que irnos antes de que llegue el enemigo.

En menos de sesenta segundos salimos a rastras por la puerta de carga delantera porque la trasera no se abre a causa de los daños. Me yergo y observo que los dos motores de estribor han pasado por mejores épocas. Fuera del parque, oigo a la gente arremolinarse en las calles. Es un milagro que no hubiera más civiles en el parque cuando nos estrellamos. O tal vez los había y...

Prefiero no pensar en eso. Me doy la vuelta

—No le va a gustar mucho al alcalde —dice Hollywood señalando el boquete que ha dejado la nave en el parque al estrellarse.

Le guiño el ojo.

—No te preocupes, seguro que lo arregla con impuestos.

Hollywood sonríe y luego se quita a Franky de la espalda.

—Toma. Creo que te echa de menos.

—Oh, no te molestes —dice Franky en un tono triste—. Ya ha encontrado un nuevo juguete.

—Bah —contesto mientras me echo mi última adquisición al hombro—. Esta se quedó sin energía cuando estábamos en el puente.

—Bueno, si no supongo una gran molestia, diría que puedes contar conmigo. No me importará ser el tercero en discordia.

—Así se habla. —Me giro para echar un vistazo al resto del equipo—. ¿Todos bien?

—¿Adónde vamos, Bic? —pregunta Bumper—. Este es tu territorio, no el nuestro.

—Necesitamos cobertura y algo de tiempo para reagruparnos. —Hago una pausa para orientarme—. Ese es el edificio Woolworth. Eso significa que la estación de la calle Fulton está a una manzana y media yendo por Broadway, en esa dirección.

—¿El metro? —pregunta Bumper.

—Sí. Es un buen refugio. Y al no haber luz, dudo que haya mucha gente. ¿Todavía os funcionan las gafas de visión nocturna?

—Las mías sí —dice Bumper alzando la mano.

—Las mías también —dice Espectro.

—Las mías están muertas —dice Hollywood.

—Lo mismo —dice Yoshi.

—A mí nadie me ha dado ningunas —añade Z-Lo.

Me río. Pobre muchacho.

Compruebo mis gafas de visión nocturna.

—Las mías funcionan. Que todo el mundo tenga cuidado. Minimicemos el contacto con los civiles y vayamos directamente a la entrada del metro. ¿Entendido?

El equipo asiente con la cabeza y tomo la delantera para abandonar el parque.

* * *

Tardamos más de diez minutos en abrirnos paso hacia el sur por Broadway. La calle está repleta de gente y de vehículos inutilizados. El brillo de la cúpula baña de azul las calles desde varios kilómetros de altura, dándole un resplandor monocromático que parece sacado de una película de terror. Sigo esperando que un monstruo salga del suelo de repente o que una horda de zombis empiece a perseguirnos; teniendo en cuenta la situación actual, cualquiera de las dos suena como una posibilidad. Sin embargo, la multitud parece más fatigada que agitada, y eso es bueno para nosotros, ya que lo último que quiero es pelearme con estas pobres almas.

Solo hay una persona que busca pelea. Es un chaval joven, de unos veinte años. Me agarra del brazo.

—Eh, tío, vais a por ellos, ¿no? ¿Sois del ejército? De operaciones especiales, ¿no? Venga tío, déjame ir con vosotros, sé pelear.

Le aparto las manos de mi brazo.

—Quédate aquí, chico. Ayuda a quien lo necesite.

—No, tío, dame una pistola, te lo juro, sé disparar. *Call of Duty*, ¿me entiendes?

—Apártate, chaval.

Intento avanzar y dejarlo atrás, pero está hiperactivo, supongo que porque va colocado.

—Venga, tío, yo te cubro a las seis y todo el rollo. Tú dame un arma. Ahí tienes una de sobra. Vamos a matar a esos hijos de puta, joder.

—Chaval, quítame las manos de encima y échate a un lado.

—Primero dame lo que te he pedido. —Se saca un cuchillo del cinturón y me lo pone en la cara.

No tengo tiempo para esto.

Le agarro la muñeca, la inmovilizo y la retuerzo contra la amplitud de movimiento natural de su codo.

El chaval grita y deja caer el cuchillo. Lo alejo de una patada y atraigo al muchacho hacia mí.

—Ayuda a esta pobre gente. Y si piensas amenazar a alguien con un cuchillo, primero asegúrate de que no es un puto marine. ¿Entendido?

—¡Joder, tío! ¡Déjame! ¡Déjame ya!

Lo alejo de un empujón y sigo caminando en cabeza.

* * *

Hay varias personas apiladas en las escaleras de la estación de Fulton Street. La mayoría son borrachos o drogadictos, ajenos a lo que está ocurriendo en la ciudad o evadiéndose. Por una parte me da risa la ironía de la situación. Si los extraterrestres se enfrentaran a esta gente, la mitad de ellos pensaría: «Un día más en Nueva York» y seguiría como si nada.

Me pongo las gafas de visión nocturna y les digo a los que no tienen que se cubran detrás de alguien que sí tenga. Atravesamos los tornos en equipo, seguimos las señales hacia la línea cinco, luego bajamos al andén y a las vías que llevan al norte, hacia la estación de Brooklyn Bridge - City Hall.

Andamos un par de minutos y entonces ralentizo el paso y pregunto si alguien tiene una linterna.

—Gafas fuera —dice Bumper.

Saca tres barras luminosas de su chaleco, rompe las cápsulas internas y deja caer los tubos verdes a las vías.

—Hagamos un círculo. Arrodillaos o poneos cómodos —digo.

Sigo mi propio consejo y me siento en un pequeño arcén de hormigón que bordea la pared del túnel. Dejo a Franky y a Franky dos en el suelo y hago un gesto para agarrar la pajita de mi Camelback. Doy un pequeño sorbo y pienso que nunca me ha sabido tan bien un poco de agua fresca. Pero cada vez tengo que hacer más fuerza, lo cual indica que las reservas se están agotando.

Eso me hace pensar que la mayor amenaza de la civilización moderna no es una invasión extraterrestre o una catástrofe, natural o de otro tipo, sino intentar sobrevivir sin las comodidades modernas y un buen suministro de alimentos.

—¿Qué te hace tanta gracia, Bic? —pregunta Hollywood mientras coge una barrita de proteínas de Bumper—. ¿Estás bien?

—Sí, estoy bien. Solo me río de lo frágiles que somos como especie.

Le hago un gesto con la cabeza a Bumper para que me lance una de sus barritas también y la cojo al vuelo.

Hollywood me lanza una mirada de preocupación.

—Estoy bien —le digo, haciéndole una señal para que lo deje correr—. No es nada.

—Entonces, ¿cuál es el plan?

—Antes que hablemos de eso, ¿qué demonios te han hecho ahí arriba? —dice Bumper.

—¿Cuánto tiempo estuve ahí? —pregunto primero.

—Seis horas. Pensamos que… —cuenta Aaron.

—Pensábamos que solo habías ido al baño y, en realidad, estabas en la fiesta privada de Taylor Swift y nos habías dejado fuera —detalla Bumper con su acento de Detroit—. «Será divertido, esperad aquí en la cola». Y una mierda. No vuelvo a salir de fiesta contigo. Era eso lo que ibas a decir, ¿no, Campbell?

Aaron parece que no sabe cómo responder y se limita a decir:

—Eh, sí, claro.

Todos se ríen de cómo lo encaja Aaron. El pobre no está acostumbrado a este tipo de humor. Al menos en el ámbito militar.

—Bueno, la verdad es que seguramente vosotros sabéis más que yo. No sé qué pasó después de que Yoshi…

Me callo. Yoshi baja la cabeza y entrelaza los dedos.

—Sargento jefe de artillería…

—Ahora delante de todos no, Yoshida. En otro momento.

—Entendido.

Después de un silencio incómodo, Z-Lo dice:

—¿Pero recuerdas ir montado en un dron, no?

—Sí.

—Menudo caballo salvaje —añade Espectro.

Asiento con la cabeza.

—Me dejó caer y luego me agarró del tobillo, ¿no?

Hollywood asiente.

—Te vimos temblar como un pez recién pescado y luego te quedaste muerto.

—Lo mismo que le pasó a Lewis —dice Aaron.

Me muerdo la mejilla por dentro para intentar quitarme esa imagen de la cabeza.

—Entonces se fueron hacia arriba contigo —dice Bumper.

—¿Y qué hicisteis vosotros? —le pregunto.

—Espectro se encargó de alejar a los drones y Z-Lo nos rescató en el agua. Luego Franky nos mantuvo a cubierto el tiempo suficiente para que Espectro regresara con nosotros. Como vimos que los drones te llevaban al lado del puente más próximo a Manhattan, decidimos cruzar y refugiarnos dentro de… ¿cómo se llamaba?

—Whitehall Terminal —dice Hollywood.

—Vaya —contesto con auténtica sorpresa—. El muelle de Staten Island. Muy buen lugar para estar a cubierto. Una decisión acertada.

—Así que acampamos allí hasta que se nos ocurrió un plan para intentar encontrarte —añade.

—¿Y cuál fue el plan?

—Nos pusimos unos abrigos que encontramos en la calle, nos camuflamos y subimos al puente. —Hollywood baja la cabeza y la sacude un poco—. La verdad es que pensábamos que estabas muerto. Que estábamos haciendo una tontería.

—Tardamos cuatro horas y media en abrirnos paso —dice Yoshi mientras le da un sorbo a la petaca.

Dios, quiero agarrarla y lanzarla a las entrañas del túnel.

—Nos las arreglamos para escabullirnos entre algunas de las barricadas —continúa, aún sin establecer contacto visual conmigo—. Fue entonces cuando os vimos a ti y a los tres ángeles de la muerte.

Miro al resto del grupo en busca de confirmación.

—¿En serio llegasteis justo en ese momento? Es justo cuando… cuando recuperé el conocimiento.

—Será que le caemos bien a alguien que está en el cielo —comenta Bumper con una sonrisa.

—Tiene una forma curiosa de demostrarlo —digo.

—Nos sorprendió mucho verte, Bic —relata Hollywood. Casi parece que se vaya a echar a llorar—. Y cuando bajó la nave con el androcallo ese tan feo, supimos que era el momento de empezar el baile.

Miro a Espectro.

—Y tú le volaste la cabeza.

—Soy el culpable —afirma con una sonrisa que revela la satisfacción que sintió al hacerlo.

—Tenían nuestros explosivos —digo.

Bumper asiente.

—Sí. Cuando los drones dejaron de rastrearnos, volvieron a recoger la munición. Créeme, intenté volarlo. No te ofendas, Bic.

—No me ofendo. Yo habría hecho lo mismo.

Asiente con la cabeza baja y espero que mis palabras lo reconforten un poco. Tomar una decisión que salvará la vida de otros y que sabes que también perjudicará a los miembros de tu equipo es uno de los desafíos más difíciles a los que se enfrenta cualquier combatiente. Y Bumper tomó la decisión. Como yo esperaría.

Tose en el puño y se aclara la garganta.

—Ya sea por la distancia, porque los desactivaron o porque los malditos detonadores no funcionaron, no hubo fuegos artificiales.

—¿Y tú qué, sargento? —pregunta Z-Lo.

Miro al chaval con una ceja levantada como preguntando si de veras quiere saberlo. Pero sé que necesitan oír mi versión de la historia, aunque solo sea para entender lo que les ocurre a los que atraviesan el portal, al menos en este lado. Y necesitan saber que los ángeles de la muerte no son la cima de la cadena alimenticia de los androcallos. Así que les cuento toda la historia sobre las pilas de implantes y dispositivos, sobre las pobres almas que encontraron su fin antes de llegar al otro lado. Comparto todo lo que puedo sobre el tirano, su aspecto y cómo conseguí hacerme el segundo sir Francis de la misma manera que el primero, solo que esta vez intencionadamente.

Cuando termino, el equipo guarda unos segundos de silencio por los caídos.

—Así que crees que Caracortada representa la división militar —dice Hollywood.

—Sí.

—Es solo que no fue lo suficientemente inteligente para cubrirse —dice Bumper con una sonrisa—. Qué pena.

—Lo mismo le dije yo. Pero para entonces ya había perdido el oído. —Me encojo de hombros—. Supongo que se lo tendría que haber dicho antes.

Nos reímos tímidamente y luego el metro vuelve a quedarse en silencio.

—Bueno, me alegro de que estéis bien —digo.

—Y nosotros también de que tú estés a salvo, Bic. Nos asustamos —dice Hollywood.

—Prácticamente estaban llorando y lamentándose —interviene Franky.

—¿Ah, sí?

—Oh, fue horrible, Patrick. Sollozos. Gimoteos. No hubieras creído que eran soldados veteranos si los hubieras visto. Yo apenas los reconocí.

—Falsa información detectada —dice mi segundo rifle androcallo con su voz monótona—. La fuente FA-NJC 4110 se expone a violación de la directiva de acuerdo con...

—Bueno, parece que se ha hecho tarde —dice Franky—. ¿Por qué no nos vamos y retomamos la conversación en otro momento?

—Oh, no, ni hablar —digo—. Parece que tu amigo tiene algo que decir sobre lo que has dicho.

—Déjame que te diga que 51678 no es mi amigo. Es un tonto de remate cuyo único valor real reside en su función como pisapapeles.

—Falsa información adicional detectada...

—¡Oh, serás idiota!

—Un momento, un momento. —Hago un gesto con las manos para que el equipo deje de reírse—. Quiero saber cómo afrontaste la idea de mi muerte.

—*Moi*?

—Claro. ¿Cómo reaccionaste cuando me viste ahí colgado?

Hay una pausa incómoda.

—Fue un caballero digno —dice Hollywood con un aire de primacía.

El equipo se ríe.

—Un caballero digno, ¿eh? —le dirijo a Franky una mirada socarrona.

—Puede que eso... Que sea una pequeña exageración. Supongo que quizá derramé una lagrimita aquí y allá.

Un aroma de verdad impregna el aire. Y justo cuando creo que el equipo no puede aguantar más, Franky Dos suelta:

—Falsa información adicional detectada.

Todos estallan en risas.

Bumper grita:

—¡Era como un niño, Bic!

—Ya lo creo —añade Z-Lo—. Lloraba tan fuerte que tuvimos que meterlo debajo de las mochilas.

—Oh, venga ya —dice Franky.

—Estuvo llorando descontroladamente durante unos treinta minutos —dice Yoshi enjugándose las lágrimas.

—¡Yo no hice tal cosa! —grita Franky en señal de protesta.

—Falsa información adicional…

—Fueron quince minutos, no treinta.

—Vaya, Francis. No sabía que te importaba tanto —digo.

—Porque no me importas tanto. Soy un arma extraterrestre sin corazón empeñada en destruirte. No me importa lo más mínimo que te pase algo. Y no te atrevas a decir una palabra, 51678, o volaré tu placa NISP, ¿me oyes?

—Conforme.

La risa se apaga cuando algo resuena en el túnel. Al principio es débil y suena como gritos humanos. Pero luego hay una frecuencia subsónica que hace caer trozos de yeso del techo. Llueven restos que llenan de polvo la luz verde de las barras luminosas.

—Parece que nos están buscando —dice Bumper.

—Entonces hemos de movernos. Vámonos —digo.

—¿Y lo de idear un plan? —dice Hollywood.

—Caminemos y hablemos. Pero no podemos quedarnos quietos si saben que estamos aquí abajo.

—¿Y cómo sabemos que saben que estamos aquí abajo? —pregunta Z-Lo.

Como si alguien lo hubiera oído pronunciar esas palabras, un destello y un fuerte bum invaden la estación de Fulton Street. El túnel tiembla y Aaron cae sobre mí.

—¿Estás bien? —pregunto.

Se levanta y se limpia el polvo de la chaqueta.

—Sí, estoy bien.

—En marcha, Phantoms.

Empiezo a caminar hacia el norte cuando se escucha otro grito en el túnel. Pero este no suena humano. Y no recuerdo que los ángeles de la muerte hicieran este tipo de sonidos.

—¿Qué demonios ha sido eso —pregunta Hollywood.

Franky habla.

—Mmm. Como esto pertenece directamente a tu bienestar inmediato, puedo responder a esa pregunta.

Hace una pausa.

—¿Y bien? —pregunto.

—¿Recuerdas a Caracortada?

Se me hace un nudo en el estómago.

—Oh, no.

—Oh, sí —dice Franky—. Es su primo segundo por parte de madre. ¿O de padre? Nunca lo sé. En cualquier caso, ese sonido significa que ha captado tu olor. Y, Espectro, este llevará casco. También sospecho que irá acompañado de dos ángeles de la muerte. Por la cuenta que nos trae, recomiendo echar a correr.

Capítulo 33

22:15, viernes, 25 de junio de 2027

Bajo Manhattan, Nueva York

Línea 5, al norte de la estación de Fulton Street

Como la luz visible no parece suponer tanto riesgo como nuestras huellas térmicas, enciendo mi frontal para los que no llevan gafas de visión nocturna. El led no es compatible con las gafas de visión nocturna, pero es más importante que todos veamos con claridad, no solo los que tenemos los juguetes guais. Más miembros del equipo encienden sus frontales, facilitando así el desplazamiento hacia el norte para todos.

—Franky, ¿cuál es tu nivel de munición? —pregunto.

—Curiosamente, ahora está al cien por cien. Es increíble lo que un fusil puede lograr cuando alguien no está constantemente apretando el gatillo.

—O cuando alguien mide su rendimiento en función de la situación.

—Yo solo he proporcionado lo que has pedido. Error del usuario.

—Ja. Pues Verónica me ha dado un buen resultado y creo que podría haber durado unos veinte minutos de más.

—¿Verónica? —Franky parece disgustado—. ¿Acabas de bautizar a 51678 como Verónica?

—Hasta que le pida que elija su propia personalidad, sí.

—Es un nombre terrible.

—Me acordaré de decirle cómo te sientes.

Otro chillido agudo atraviesa el túnel.

—Se está acercando —dice Franky.

A Hollywood se le escapa una risita.

—Gracias, genio.

—¿Qué armas llevan, Franky? —pregunto.

—¿Los ángeles de la muerte? Dos como yo, probablemente. Pero los tiranos, como tú los llamas, tienden a decantarse por mi hermanito.

—¿Un arma más pequeña, entonces? —pregunta Yoshi.

—No, mi buen hombre. Mucho más grande. Como Z-Lo comparado contigo.

—No suena muy bien —dice Hollywood.

—Suena bien si la tienes en la mano—. Franky parece satisfecho de sí mismo—. Pero dadas las circunstancias particulares, me veo obligado a estar de acuerdo contigo. No suena muy bien en absoluto.

—Parece que nos estamos acercando a una especie de cámara —dice Bumper.

Asiento con la cabeza.

—Vamos a instalarnos ahí.

—Entendido.

—Una cosa, sargento —comenta Z-Lo—. No quiero ser el aguafiestas, pero he visto a Bumper lanzar granadas de 40 mm a quemarropa contra los putos ángeles de la muerte sin que eso los detuviera.

—Esto es diferente —dice Bumper—. Aquí abajo…

—¡Resonancia de frecuencia y amplificación de la oscilación de la onda debido a la variación de la cámara! —exclama Aaron—. ¡Claro!

—¿Eh? —pregunta Z-Lo.

Bumper se ríe como solo lo haría un SEAL en un momento así.

—Se refiere a que, en un espacio cerrado, la fuerza expansiva de nuestras armas ayudará a ablandar a los androcallos antes de que los hagamos gelatina.

—Genial. Entendido.

—¿No es eso lo que acabo de decir? —pregunta Aaron.

—También harán un ruido de mil demonios, así que preparaos —añade Bumper.

Sonrío y le hablo a mi pistola parlante.

—Oye Franky, ¿puedes hacer que Verónica no escandalice a los otros miembros del equipo?

—Por fin. ¿Vas a dejar a esa buscona?

—No, necesito que use la energía que le queda para emitir momentáneamente la… distorsión… la cosa… de ocultar gente.

—Vaya. Eso me ha dolido, Patrick.

—¿Sí o no?

—Sí. Es un poco complicado, pero puedo. Pero tenéis que saber que la utilización de las medidas de defensa de su receptor es solo de carácter temporal. Y que es mejor manipularla con guantes. De igual modo, su capacidad de disparo seguirá siendo inútil. De hecho, es bastante inútil en general. Hubo una vez en que…

—Concéntrate, Franky.

—Mis disculpas. Oye, Verónica.

El fusil vibra en mi espalda.

—Solicitud de comunicación entrante de FA-NJC 4110 verificada.

—Mi amigo Patrick quiere que el resto de su equipo pueda acariciar tus flácidas tetas sin pillar la gonorrea. ¿*Roger*?

—Solicitud desconocida. Por favor…

—¡Oh, idiota! Comando de voz: modificar los protocolos de defensa, línea 421, negar la subsección cuatro, permiso epsilon theta. Ejecutar.

—Solicitud reconocida.

—Ha costado —reconozco.

—Y no debería ser así. Solo quería usar el codificador de audio en lugar de la cerradura cuántica. Es más propio de James Bond, ¿no crees?

—Creo que te refieres a Q.

—Ah, tienes razón. Mis disculpas.

—Deberías disculparte con Verónica. Has sido bastante maleducado.

—Tonterías. Solo estoy hablando su idioma. Espera y verás. Es una auténtica idiota.

—Mmmm. —Desbloqueo a Verónica y se la lanzo a Bumper. Atrapa. Parece nervioso, pero coge el arma y se echa la honda al hombro.

—Simplemente no intentes disparar. Y mantenla a tu espalda. Ve con Hollywood y Yosh hacia la izquierda —digo conforme nos adentramos en la cámara y las paredes se ensanchan—. Todos los demás, a la derecha. Buscad las puertas de emergencia. Nos permitirán…

Un rayo de luz azul me pasa por encima del hombro y continúa por las vías hasta hacer estallar una pared. La explosión anaranjada produce una deflagración tan intensa que puedo sentir el calor en mi cara.

—¿Qué demonios ha sido eso? —pregunta Yoshi.

—Mi hermanito —responde Franky.

—¡Todos a cubierto! ¡Armas listas! Esperad mi señal. Franky, asegúrate de que…

—Estás fuera de los sensores del enemigo, Patrick. Pero Verónica solo tiene unos treinta segundos de cobertura para el equipo dos.

—Entendido.

Los dos equipos se colocan a lo largo de ambas paredes. Veo que más adelante hay un pequeño túnel lateral de unos dos metros de altura. Se lo señalo a Aaron y le doy a Z-Lo la orden de mantenerse en posición. Diez metros más abajo hay una de las puertas de emergencia principales que dan a la superficie. Le digo a Espectro que se ponga a cubierto en el hueco de la puerta. Por último, pero no por ello menos importante, hay una barrera de hormigón que puede servir las veces de barricada. Apago mi frontal y doy la orden de que todo el mundo haga lo mismo.

En el momento en que me agacho detrás de la barricada, el tirano chillón entra en la cámara con las armas en alto. Avanza lentamente y gira su casco para observar la sala. Su cabeza es más grande que la de un ángel de la muerte, pero tiene los mismos ojos rojos brillantes. De repente suena un gorjeo húmedo y vibrante que sale del fondo de la garganta del tirano y que el altavoz del casco amplifica.

Cuatro ángeles de la muerte aparecen a sus espaldas. Cuando empiezan a escudriñar las paredes, me arrepiento de haber puesto a Aaron en el primer túnel. Pensé que ponerlo a cubierto primero era la decisión correcta.

Gracias a Franky y a Verónica, los cinco extraterrestres parecen no advertir nuestra presencia, lo cual es un verdadero milagro con lo cerca que estamos. Pero todo está a punto de cambiar.

Aprovechando lo aprendido con Verónica, selecciono alta frecuencia, bajo rendimiento en el visor de Franky, pongo la retícula sobre el pecho del objetivo más grande y le susurro a Franky:

—Dame un poquito de amor.

Aprieto el gatillo y un torrente de rayos azules impacta en el pecho del tirano. Una fracción de segundo después, el resto de los Phantoms abren fuego, algunos sobre el tirano y otros sobre los ángeles de la muerte.

El nivel de decibelios dentro de la cámara reduce mi capacidad auditiva a un rugido apagado y anula todos los sonidos distintivos que le permiten al cerebro darse cuenta de los detalles adecuados. La vibración distorsionada de las balas y los rayos hace que me duelan los oídos hasta el punto de que deben de estar sangrando.

Para mi sorpresa, el tirano al que he abatido se aleja y se dirige a la pared más lejana para utilizar uno de los ángeles de la muerte como cobertura. La M249 de Bumper impacta contra el escudo improvisado del tirano. Pero con cada paso que el tirano da hacia Bumper, me preocupa que el arma automática del SEAL no sea suficiente contra tamaño enemigo.

Hollywood corre junto a Bumper para disparar en masa con su AR-15. Yoshi se une un segundo después con su SCAR15. Imitando lo que hicimos Bumper y yo la noche anterior, los tres empiezan a combinar sus disparos. El fuego concentrado de las tres armas empieza a desgarrar al ángel de la muerte e ilumina los trozos de carne que vuelan con cada destello.

A pesar de la implacable lluvia de plomo, el tirano continúa avanzando hacia ellos. Es como un maldito leviatán.

Apunto con Franky al tirano.

—Dame algo para que pueda acabar con él.

—¿Te fías de mi elección?

La bestia está casi en la posición de Bumper. Arroja al ángel de la muerte inerte a un lado y utiliza un brazo para protegerse la cara y en el otro lleva uno de sus enormes fusiles.

—¡Sí!

Hay una pausa ensordecedora y luego Franky grita:

—Dispara.

Justo cuando el enemigo salta en el aire, aprieto el gatillo de Franky. Retrocede hacia mi hombro y dispara una espiral de rayos como en la interestatal. La energía penetra en el tirano, se propaga por su cuerpo en el aire y produce innumerables grietas de luz naranja hasta que estalla.

La cámara se ilumina como si fuera mediodía mientras el cuerpo del tirano se vaporiza contra las paredes de ladrillo. La explosión también me hace chocar contra la pared. Pierdo de vista a los otros objetivos y al equipo y todo vuelve a oscurecerse.

Avanzo, con la cabeza baja, y miro alrededor de la barricada.

—¡Sitrep!

—¡Aquí. Estamos bien! —grita Bumper.

—Phantom Yo, bien —grita Z-Lo, que se ha olvidado de su número.

—Centinela. Todo despejado —dice Espectro. Entonces grita de repente—: ¡Ah, diablos!

Gracias a la luz que proyecta el tejido en llamas pegado a las paredes y al techo, puedo ver que los dos ángeles de la muerte restantes se están poniendo en pie y siguen armados.

Todo el Equipo Phantom abre fuego sobre los objetivos y prácticamente vaciamos nuestros cargadores en sus costados, en su espalda y en su cabeza. Incluso Aaron sale de su escondite y dispara al enemigo más cercano. Espectro acierta a darle al ángel de la muerte de la derecha en el cuello y este se tambalea. Bumper perfora la herida abierta con su ametralladora hasta que la cabeza se desploma. Sin embargo, el objetivo de la izquierda sigue avanzando y disparando. Pero entre la puntería de los Phantoms y nuestra desesperada voluntad de sobrevivir, los disparos del ángel de la muerte salen desviados. Una grieta asoma en el pecho del enemigo y el equipo la aprovecha. Su cavidad torácica se llena de balas hasta que el ángel de la muerte pierde el equilibrio y se estrella contra una pared.

Bumper pide un alto el fuego y agita la mano delante de su cara con la palma hacia fuera. Uno a uno, los Phantoms captan la orden y la transmiten. La mayoría de los civiles creen que las señas manuales solo se utilizan cuando hay que guardar silencio, pero también resultan útiles cuando nadie de tu equipo puede oírte porque te has estado haciendo polvo los tímpanos en un maldito túnel del metro.

A los pocos segundos de la orden de Bumper, todos han dejado de disparar. Todos excepto Aaron. Continúa apretando el gatillo del MP5 tan rápido como puede, avanzando hacia su objetivo abatido. Incluso cuando el cargador se vacía, sigue apretando el gatillo y gritando.

Es Z-Lo quien se acerca a Aaron y empuja el cañón del MP5 hacia abajo con suavidad.

—Ya está muerto, profesor Campbell.

A Aaron se le hincha el pecho.

—¿Lo he matado? —grita, dado que sus oídos vírgenes no están acostumbrados al ruido.

—Sí. Muy bien hecho.

—Puede ser —grita Aaron—. Aunque no sé si fue en el pecho, más bien en la cabeza. ¡Pero qué emoción! Pat, ¿has visto eso?

Alzo la voz para responderle.

—Muy buen trabajo, amigo. No sabía de lo que eras capaz.

—Sí —exclama, y luego estira la mano para apoyarse en Z-Lo—. Yo tampoco, para ser sincero. Creo que me estoy mareando.

Mientras Aaron vomita sobre el ángel de la muerte más cercano, pienso en cómo la adrenalina puede ser maravillosa para los reflejos y patearte el estómago. Aun así, Aaron tiene mucho de qué enorgullecerse. De pequeño siempre fue de los de «vive y deja vivir». Y teniendo en cuenta que renunció a toda clase de violencia cuando murió Jack, verlo ayudarnos a eliminar a un enemigo con un MP5 es toda una sorpresa. Y no le sienta nada mal.

—Revisad todos los enemigos caídos —digo—. Si veis que los ojos aún se mueven, disparadlos. Si se retuercen, dadles dos más en el pecho o en la cabeza. Y estad atentos por si podemos robarles algo.

Aaron está temblando y mirando fijamente el MP5 en su mano.

—Creo que podría acostumbrarme a esto.

—Yo de ti aún no renunciaría a tu trabajo—. Tomo su arma, expulso el cargador, limpio la recámara y se la devuelvo—. Pídele a Bumper más munición.

—Entendido y *roger* —dice Aaron y se dirige a Bumper.

Todos los demás están pateando los cuerpos y hurgando en la carne frita.

—Oye, Bic, ¿quieres intentar tu truco de nuevo? —pregunta Hollywood.

Me acerco a ella, que está junto a uno de los ángeles de la muerte, el cual todavía tiene un fusil en la mano.

—¿Por qué no lo intentas tú? —digo.

—Yo no lo aconsejaría por ahora, Patrick —dice Franky.

—¿Estás celoso? ¿Te sientes amenazado por que otra arma se pueda unir a nuestra tribu?

—Apenas. Cuantos más, mejor, siempre que yo esté al mando.

—¿Entonces ha de ser así?

—Sí, ha de ser así. Y, en este caso particular, todavía eres el único Phantom que tiene rastros de radiación cuántica en su sistema, lo que permite que tu fisiología se vincule con el armamento. Si seguimos luchando contra estos memos, estoy seguro de que los otros Phantoms pronto acumularán una cantidad residual suficiente. Pero hasta entonces, cualquier intento que hagan de vincularse con un arma producirá resultados menos que óptimos. En cualquier caso, este fusil está dañado y requerirá una buena reparación antes de que pueda ser utilizado de nuevo

—¿No podías haber empezado por ahí?

—He pensado que era una oportunidad para compartir una buena enseñanza.

—Y todos estamos agradecidos, sir Francis. Gracias —dice Hollywood.

—Un placer.

Un nuevo chillido resuena en el túnel que viene del sur cuando estoy a punto de ordenar la retirada.

—Menudo día, tío. No hace más que mejorar —informa Bumper mientras niega con la cabeza y saca su SAW.

—¿Cuánto te queda, Franky? —pregunto.

—No lo suficiente como para acabar con otro tirano, eso es seguro.

—Mierda. —Miro a mi alrededor—. ¿Munición?

—Tres cargadores —dice Hollywood.

—Dos —dice Yoshi.

Z-Lo asiente.

—Lo mismo.

—Dos —contesta Espectro.

—Tengo lo que Bumper me preste —dice Aaron.

Me río para mis adentros.

—Mi cabaña en el campo…

En ese momento son dos los chillidos que se escuchan en el túnel. Y luego un tercero desde el norte.

—¿Por ambos lados? ¿De verdad? —dice Yoshi.

—Z-Lo, comprueba si puedes abrirla —digo refiriéndome a la puerta de emergencia.

—Entendido.

—Yo digo que vayamos a por ellos. —Bumper revisa la recámara de su M249—. ¿Esos cabrones quieren comer plomo? Con gusto les serviré el plato principal.

Tiene unos cojones de acero este tío. Pero percibo la ansiedad en su voz. Diablos, todos la percibimos.

—No se abre —dice Z-Lo desde la puerta—. Parece que el enfrentamiento ha doblado el marco.

Miro a Bumper.

—¿Podemos volarla?

—Me quedan dos granadas.

—A mí también —dice Z-Lo.

—A mí también —señala Hollywood.

Pero Bumper está mirando al techo.

—¿Qué pasa? —pregunto.

—No creo que aguante.

—¿Peligro de derrumbamiento? —plantea Z-Lo.

Bumper asiente.

—*Derukuihautareru* —dice Yoshi.

Todos lo miramos, esperando la traducción.

—La estaca que se levanta se clava —explica—. Y hoy es nuestro día.

Bueno, a la mierda. Muy lejos hemos llegado.

—Cometí un error al conducirnos hasta aquí. Lo siento, equipo.

Hollywood me da una palmadita en el hombro.

—Todos habríamos tomado la misma decisión, Bic.

—Bueno, yo no —dice Franky.

—Cállate, Franky —espetan Hollywood y Bumper a la vez. Luego se sonríen el uno al otro.

—Tenemos las siguientes opciones —digo, tratando de dar a mi voz todo el valor posible—. Podemos intentar defendernos con las granadas y con un poco de suerte provocar un derrumbamiento en algún lado, o podemos intentar volar la puerta y subir a la superficie.

—¿Pero no nos estarán esperando arriba también? —pregunta Yoshi.

—Es una posibilidad —digo.

—Más bien una evidencia llegados a este punto —añade Franky—. Además, no quiero poner más presión, pero, según las lecturas de mis sensores, te quedan unos sesenta segundos.

—Si nos quedamos, lo único que tenemos a nuestro favor es que para ellos estamos en desventaja pero defendemos una posición fija. Las apuestas no están de nuestro lado, pero tendremos que contar con ello —afirmo y miro a todos—. ¿Qué hacemos?

—Les damos —dice Bumper.

—Vamos a luchar —dice Hollywood.

Z-Lo, Yoshi y Espectro asienten con la cabeza.

—Todavía necesito balas —dice Aaron.

Bumper saca un cargador de un bolsillo y se lo lanza.

—Se dice cargador.

—Me has entendido.

Bumper hace una mueca de dolor.

—No es lo mismo.

—Vamos allá de nuevo, Phantoms.

Extiendo la mano en horizontal y les hago un gesto con la cabeza para que se unan a mí. Es Aaron quien parece darse cuenta primero del ritual y pone su mano sobre la mía. El resto del equipo sigue su ejemplo. No espero que recuerden el mantra que recité hace casi veinte horas.

—Lazos más allá de la sangre —digo.

—No nos para ni el fuego ni el barro ni el hambre —responde Aaron.

Le sonrío y asiento una vez.

—Que todos teman —dice el resto del equipo.

Y juntos, terminamos con:

—A los más grandes.

Bueno, todos menos Aaron, que todavía lo termina con la versión original: a los mosqueteros. Le echa una mirada incómoda al equipo.

—Ups. Me perdí esa reunión.

Entonces se me eriza el vello de la nuca cuando escucho los gritos de los tiranos.

—Vamos, de nuevo, Phantoms. ECN.

Capítulo 34

22:34, viernes, 25 de junio de 2027

Bajo Manhattan, Nueva York

Línea 5, al norte de la estación de Fulton Street

—¡Veinticinco segundos! —anuncia Franky.

Los gritos del tirano suenan cada vez más cerca. Puedo oír el sonido de sus articulaciones mecánicas con cada zancada.

—¡Lanzad a las diez! —les digo a los granaderos.

Estoy en el lado opuesto de la barricada, apuntando al norte. Hollywood está a mi lado armada con granadas y el resto del equipo apunta al sur.

—Una cosa, Patrick.

—¿Sí, Franky?

—Si sucediera algo, yo…

—Vale, ahora no es el momento.

—Iba a preguntarte si te entregarías en mi lugar. No aguantaría volver con ellos.

Suelto aire por la nariz y muevo la cabeza de un lado a otro.

—Eres un pieza, ¿sabes?

—Mmm. Quince —Franky comienza la cuenta atrás—. Catorce. Trece.

Puedo oír a las criaturas respirar con dificultad a través de sus cascos.

—Once. Diez.

—Lanzad las granadas —ordeno.

—¡Granada va! —gritan los granaderos.

El sonido metálico de las anillas arrancadas se mezcla con el de las fuertes pisadas. El túnel engulle las granadas y nos tapamos los oídos.

Automáticamente, mi cerebro empieza a hacer una cuenta atrás desde diez y, cuando llego a seis, me preparo para las explosiones.

La sacudida se produce en el momento previsto y las ondas de choque se extienden por el túnel. Es como recibir un puñetazo en la cabeza y en el torso a la vez. Pero antes de que los escombros se asienten, tenemos las armas listas para disparar. Los fogonazos iluminan las nubes de polvo y del techo caen ladrillos. Incluso me cae uno en el casco. Supongo que Bumper tenía razón de preocuparse por un posible derrumbe.

Con Franky al 39 %, solo lanzo unas pocas ráfagas de alta frecuencia y bajo rendimiento. Veo chispas entre las nubes de polvo, pero aún no he visto aparecer al tirano. Los destellos de los impactos parecen cada vez más cercanos, pero a Hollywood solo le quedan unos segundos para tener que recargar.

—¡Cambiando! —grita.

Dejo que Franky lance un par de ráfagas más mientras ella recarga.

Hollywood se levanta y dispara justo cuando el tirano se abre paso entre la niebla. Le falta parte del brazo derecho y la mitad del casco; supongo que la granada y el espacio reducido han hecho mella. Pero tiene al hermanito de Franky en la mano izquierda y nos está apuntando.

—¡Agáchate! —grito mientras empujo la cabeza de Hollywood para que se cubra detrás de la barricada.

Un instante después, el tirano dispara. La barrera de hormigón explota y nos lanza hacia atrás. No puedo respirar, no puedo oír y apenas puedo ver. Pero sí que puedo sentir.

Estoy de espaldas y todo se ve gris. Veo destellos anaranjados entre los escombros, como si estuviera en un concierto de *rock*. Pero ninguna banda tiene lo que nosotros tenemos.

—¡Apuntad a la cabeza! —grito, pero no me escucho.

No sé si Hollywood está a mi lado, pero si se orienta antes que yo, esta información podría salvarnos la vida a ambos.

Me incorporo y levanto a Franky justo cuando Hollywood dispara sus tres últimas balas, directas a la cara del tirano. La sangre verde salpica la pared y la bestia mecánica cae de rodillas.

—¡Poneos a cubierto! —grita alguien.

Me levanto y me lanzo hacia el enemigo abatido. Hollywood salta antes que yo y la veo volar cuando una luz cegadora hace temblar el suelo detrás de nosotros. La onda expansiva me empuja más lejos de lo que creía. Caigo sobre el hombro para evitar aterrizar con la cabeza y doy vueltas por la grava.

Reúno las fuerzas que me quedan, me arrodillo y apunto con Franky al tirano que nos acaba de disparar a Hollywood y a mí. La mira de Franky no refleja nada y no recuerdo en qué modalidad estaba ni cuánta energía le queda, pero es todo lo que tengo.

Aprieto.

Nada.

—Lo siento, pequeña sabandija —dice con una voz apenas audible—. Prueba con el hermanito de allí, ¿quieres?

Miro a mi izquierda. El tirano abatido sigue de rodillas y la sangre le corre por el pecho. Parece que los servomecanismos aún lo mantienen erguido a pesar de no tener cabeza. Qué raro. Entonces me doy cuenta de que tiene un fusil el doble de grande que Franky en la mano izquierda. Ni siquiera sé si tendré fuerzas para agarrarlo.

—Se está acercando —grita Hollywood.

Se aleja para cubrirse y yo me protejo tras el cadáver del tirano. El disparo golpea al cadáver en el pecho y nos lanza hacia el norte por el túnel. Me doy un golpe al aterrizar y el cuerpo del tirano cae sobre mis piernas. No puedo moverme de la cintura para abajo, pero aún puedo mover los brazos. También he perdido a Franky, pero la gran arma del tirano está a mis pies, medio cubierta por los escombros. Llueven más ladrillos sobre mi casco y mis hombros.

—¡Va hacia ti! —grita Hollywood.

Levanto la mirada a tiempo para ver cómo su AR-15 impacta en la espalda del tirano que se acerca. Pero entonces la silueta del enemigo cubre todo el túnel con una luz estroboscópica y un remolino de polvo. La criatura emite una especie de ronroneo; diría que es una risa.

Dios mío, espero que esto funcione.

Con la mano ensangrentada intento dar con la empuñadura del fusil, apenas visible entre los escombros.

Hollywood y quienquiera que sea abren fuego a discreción sobre la espalda del tirano. Aun así, parece que me da cuartel. Mientras se ríe.

Mi mano lucha por abrirse paso entre los escombros; solo quiero tocar la empuñadura lo suficiente como para vincularme con el arma y alzarla. Y esperemos que aún pueda disparar.

—Mercancía estúpida —dice una voz digital que sale del arma del tirano.

Lucho con los dedos entre la roca y alcanzo la empuñadura. Siento la corriente en mi brazo y veo un pequeño brillo azul bajo los ladrillos.

—Tócala y te eliminará —dice el tirano a través de su arma intérprete.

—Como te equivoques, te llevarás una sorpresa.

Utilizo toda la fuerza que me queda para levantar el arma, apuntar al pecho del tirano y apretar el gatillo.

En su momento final, el enemigo da un paso atrás.

Un solo rayo sale del rifle y el retroceso me lanza hacia atrás. El arma es demasiado grande como para que pueda aguantarla y sale volando de mis manos. Pero el rayo golpea al tirano, que sale despedido por el túnel. Veo durante un segundo cómo se le abre un agujero del tamaño de un melón en el pecho y el líquido verde salpica el aire.

Y entonces vuelve a reinar el silencio y yo estoy tumbado mirando al techo del túnel.

* * *

—¡Bic! —grita alguien—. ¿Estás bien?

—No.

Hay una pausa.

—Por tu voz parece que sí.

Es Hollywood.

—Tengo sed. Estoy de mal humor. Tengo a un extraterrestre muerto en las piernas. Y quiero volver a mi cabaña.

—Te vamos a sacar de ahí. Aguanta.

* * *

El equipo tarda menos de treinta segundos en quitarme de encima al tirano muerto y el montón de escombros. De vuelta a la cámara principal, me entero de que el primer robot se llevó la peor parte de las cuatro granadas. Sufrió los suficientes daños como para que Bumper y espectro acabaran con él, mientras Z-Lo y Yoshi se encargaban del tirano, casi indemne, que se acercaba por detrás. Poco después de que todos abrieran fuego sobre él, se volvió hacia Hollywood y hacia mí, y el resto es historia.

—Franky. ¿Dónde está Franky?

Empiezo a buscar a mi alrededor, entre los escombros.

—Pensábamos que estaba contigo —dice Hollywood.

—Estaba conmigo, sí. Pero no al final… tuve que… —lo veo brillar entre unos ladrillos—. ¡Franky!

Me acerco cojeando y empiezo a quitarle ladrillos de encima. Entonces oigo que está cantando:

—*All by myself…*

—Me gusta esa canción —dice Yoshi, que se une—. *Don't wanna be, all by myself.*

Desentierro a sir Francis de entre los escombros y le quito el polvo.

—¿Estás bien, amigo?

—Oh, supongo que sí.

—¡Venga! —le lanzo una risita—. Bueno, todavía estás de una pieza, así que diría que eso es…

—Completamente irrelevante. Ya no puedo disparar.

—Date un poco de tiempo, amigo.

—Creo que no lo entiendes, Patrick. ¿Cómo puedo decirlo para que lo entiendas? Estoy estropeado.

—¿De manera permanente?

—Sí, de manera permanente.

—¿No podemos arreglarlo?

—¿Podemos? ¿Quieres decir tú y los Phantom? ¡Ja! Ni por asomo. Igual los androquíes. Pero eso implicaría…

—Un borrado de memoria.

—Un perrito piloto para el ganador.

—No, eso…

Franky deja escapar un largo suspiro.

—Siento mucho haberte defraudado, Patrick. Estoy decepcionado conmigo mismo. Y contigo por no cuidar mejor de mí. Pero sobre todo conmigo mismo.

—Yo también lo siento, amigo. Pero ya se nos ocurrirá algo.

—Respeto tu optimismo. Es miope pero entrañable.

—¿Gracias?

—Odio tener que interrumpiros —dice Hollywood—. Pero quizá sea mejor ponerse en marcha.

—Tienes razón, Phantom Dos. Y puesto que mis aspectos más letales han quedado mermados, supongo que mi única cualidad redentora, aparte de mi encantadora personalidad, juegos de palabras y chistes, es mi capacidad para detectar movimientos androquíes, que, como era de esperar, siguen produciéndose en este preciso instante.

—¿Más? —le pregunto.

—Vienen hacia nosotros.

—Maldita sea.

—No podemos aguantar otro ataque. No quiero sonar... —dice Hollywood.

—No te preocupes. Es la verdad —afirmo.

—Tú estás herido. A Z-Lo le han dado otra vez. Espectro necesita apoyo para caminar...

—Oye.

—Y Bumper ha recibido daños que seguramente también necesitan ser tratados.

—Nena, podemos empezar ya mismo si quieres —dice Bumper.

—¿Cuánto tiempo tenemos esta vez, Franky? —pregunto.

—Yo diría que dos o tres minutos. Cuatro como máximo. Habrán creído que esta última ronda iba a ser la última. Pero cuando vean que nadie va a volver, los de arriba se van a mosquear y mandarán a un equipo de reconocimiento al completo.

—Entonces tenemos que darles esquinazo —digo.

Todos en el equipo asienten. Pero estamos cansados y cada vez más deshidratados. No hay nadie que no tenga una quemadura o un corte, incluso Aaron, y la mayoría necesitaremos gasas y antibióticos, a lo mejor incluso puntos de sutura. Al fin y al cabo, el cuerpo humano no es más que un saco de carne que se puede desgarrar por cualquier parte.

—¿Munición? —pregunto.

Todo el mundo, y quiero decir todo el mundo, niega con la cabeza.

—Usamos hasta la última bala —dice Bumper con su M249 entre las manos—. Estamos secos.

Esto son malas noticias. Pero siempre hay alguna manera. Hasta que no la hay. Y ahora mismo parece que nos acercamos peligrosamente a ese punto.

—Muy bien, esto es lo que vamos a hacer. Hollywood, quiero que...

—Si queréis seguir vivos, tenéis venir con nosotros —dice una voz femenina con un fuerte acento ruso desde el otro lado de la cámara.

Aunque no tenemos munición y Franky no puede disparar, todos, incluido Aaron, nos giramos y apuntamos con las armas a la recién llegada.

La mujer lleva una camiseta verde de tirantes y unos pantalones militares y tiene el pelo castaño oscuro recogido en un moño. Una variada selección de tatuajes se expande por ambos brazos y manos, varios de los cuales revelan que ha tenido algo de experiencia en actividades ilegales. Y que es de la Bratva, a no ser, claro, que haya decidido tatuarse su característica estrella en su salón de tatuajes habitual. También lleva un lanzallamas M9A1-7 de la época de la guerra de Vietnam a la espalda. La acompañan a los lados otros dos soldados vestidos de forma similar y que parecen sacados de la Guerra Fría.

—Por favor —dice la mujer—. Estamos aquí para ayudar en huida, no para causar daño. Rápido, por aquí.

Estoy a punto de preguntarle adónde quieren llevarnos cuando de repente abre una puerta falsa camuflada entre los ladrillos. Parece sacada de Indiana Jones. Veo una ristra de bombillas Edison a lo largo de un túnel que se curva.

—Una rusa loca con dos estrípers y un lanzallamas —dice Hollywood—. ¿Qué puede salir mal? —Baja su AR-15 y se acerca a la puerta.

—Me ha picado la curiosidad —dice Bumper y la sigue.

—Sí, vamos —añado.

Todos pasamos junto a los tres desconocidos y entramos en el túnel. Me quedo atrás para entrar el último y le tiendo la mano a la mujer.

—Bic.

La aprieta con fuerza.

—Lada.

—¿Has usado el lanzallamas por aquí?

Asiente con la cabeza.

—Mantiene *inoplanetyanin* alejados.

—¿Inopla…?

—*Inoplanetyanin*. Para vosotros… alienígena.

—Ajá.

—Las llamas hacen que todo caliente. Fuego. Ellos no ven, ¿sí?

—Me parece bien. —Señalo con la cabeza al tirano muerto al norte—. ¿Crees que tus chicos podrían traerme esa arma?

Ella mira hacia donde le estoy indicando.

—¿*Inoplanetyanin*?

—Sí. Fusil. Arma grande.

—Claro. No hay problemas. Usamos cuerda.

Le da la orden a los dos lacayos y uno de ellos saca una bobina de una correa de cuero de la cadera.

—Nos vemos en unos momentos. Termino aquí y ponemos al día, ¿sí?

—Suena bien.

—Solo ir en línea recta. Está prohibido girar, ¿sí? En línea recta.

—Entendido, todo recto.

—De acuerdo. —Me da una palmada en el culo—. ¡*Idti*!

—¡Oye, cuidado con lo que…!

—Corre, vaquero.

Capítulo 35

22:50, viernes, 25 de junio de 2027

Bajo Manhattan, Nueva York

Línea 5, al norte de la estación de Fulton Street

Mientras camino junto a los Phantom por el estrecho pasillo, siento el calor de los lanzallamas. Tanto Z-Lo como Bumper tienen que agacharse para caminar. Y me da la impresión de que están encogiendo los hombros también. No soy tan grande como ellos, pero también sufro mi parte, aunque menos, y voy esquivando las bombillas Edison.

—¿Por dónde? —pregunta Hollywood.

Aunque no veo cuáles son las opciones, le digo:

—¡Recto!

Seguimos avanzando y atravesamos una sala pequeña con al menos cinco túneles hechos de ladrillos rojos antiguos que se dispersan en todas direcciones.

En el siguiente túnel percibo un olor muy característico y familiar que me recuerda a una de las peores tareas del mundo: limpiar váteres.

—Debemos de estar llegando a las alcantarillas —dice Aaron.

—Y yo que pensaba que queríamos evitarlas —responde Bumper—. ¿No dijiste algo de infecciones, Yoshi?

—Sí, infecciones. Es tan desagradable.

El olor es cada vez peor hasta que nos detenemos.

—¿Y ahora qué? —interroga Hollywood.

—¿No puedes ir recto? —le pregunto.

—Bueno, poder, puedo, pero…

—¡Recto! —grita Lada a medio metro detrás de mí.

No es mi intención, pero automáticamente lanzo el codo hacia atrás. Un reflejo adquirido tras pasar demasiadas noches al raso fuera de los límites de una base militar.

Sin embargo, para mi asombro, Lada para el golpe con las palmas de las manos.

—Eres como león, ¿sí? Fuerza. Potencia.

—Es que… simplemente no me gusta que la gente se me acerque así.

—Claro, claro. Tienes buenos reflejos. —Se lleva una mano a la boca y le grita a Hollywood—. ¡Cruzamos puente!

—¿Te refieres a esta tubería? —responde Hollywood.

—Cruzar. Puente.

Oigo a Hollywood proferir algunos insultos y entonces la fila avanza un poco.

Entonces entiendo por qué dudaba Hollywood. Una tubería de acero de apenas treinta centímetros atraviesa un canal de tres metros de ancho de mierda líquida. Para empeorar las cosas, la caída hasta el río de mierda debe de ser de unos dos metros. Y luego hay una cisterna a la derecha cuya caída es de unos seis metros. Solo una pequeña tubería de unos dos centímetros sirve de asidero, y solo si eres lo suficientemente alto como para alcanzarla, y no es el caso de Hollywood.

Z-Lo opta por cruzar por la tubería apoyado en las manos y la entrepierna. Yoshi pasa como si fuera una maldita gacela.

—Fanfarrón —dice Z-Lo.

Aaron es el que más ayuda necesita, y Espectro y Z-Lo le echan una mano, cada uno desde un lado.

Cuando llega mi turno, tengo serias dudas sobre si cruzar o no.

—¿Qué pasa? ¿Estás nervioso, león alfa? —pregunta Lada.

—Estoy tomando aire.

Pongo un pie en la tubería, ignoro el olor y paso corriendo antes de poder desequilibrarme por el peso. Por suerte, llego al otro lado de un tirón. Z-Lo me coge del brazo y tira de mí para asegurarse.

—Gracias, chaval —digo.

Sonríe.

—¿Alguna idea de adónde nos están llevando?

—Negativo. Mantén la cabeza baja y quédate callado.

Como no sabemos qué camino tomar, dejamos pasar a Lada. Los otros dos hombres se mueven más lentamente. Llevan el arma del tirano en un petate de cuerda improvisado. Parece que han hecho esto antes.

Me quedo sorprendido cuando Lada pasa por delante de mí y me guiña el ojo.

—Has hecho una amiga —dice Hollywood.

—No es mi amiga.

—Ella no opina lo mismo. —Hollywood me sonríe e imitando el acento eslavo me dice—: Bic se está convirtiendo en el juguete de una sexi leona rusa con lanzallamas, ¿sí?

Antes de que me dé tiempo a protestar, Lada acelera el paso y Hollywood la sigue de cerca.

—Mujeres —dice Z-Lo encogiéndose de hombros.

—¿Qué sabes tú de mujeres? —pregunto mientras se aleja.

* * *

Durante los siguientes diez minutos seguimos a Lada a través de un laberinto de túneles y compartimentos que deben de tener cien años o más. Pasamos por una vieja estación de metro por la que no ha debido de pasar nadie, al menos con billete, desde hace varias generaciones. También usamos algunas escaleras de mano, que es lo que más problemas le da a Espectro, pasamos por una escalera de mármol cuya historia me gustaría conocer y un techo de vidrieras que está a suficiente distancia del sol como para que brillen, pero aún así es impresionante.

Cuando Lada por fin se detiene, estamos frente a una gran puerta metálica que parece que hayan arrancado de la sala de máquinas de un destructor de la marina. Lada saca un cuchillo de combate NR-40 de fabricación rusa y golpea la puerta con la culata del cuchillo tres veces, luego dos, luego tres veces más.

Suena una cerradura en el otro lado y entonces la rueda empieza a girar. Unos segundos después, la puerta se abre hacia nosotros. El guardia en el interior lleva un AK-47 de fabricación rusa; se echa a un lado y le indica a Lada que pase. Entramos en un contenedor de carga iluminado por más bombillas Edison. Mi sentido arácnido empieza a zumbar cuando veo manchas de sangre a la altura de la cabeza. Es una ratonera.

—Está bien, león. Solo es seguridad —dice Lada—. Seguimos caminando.

El equipo me mira buscando aprobación y yo asiento con la cabeza. Sin embargo, se me está agotando la paciencia al tener tan pocas respuestas y una lista de preguntas cada vez mayor.

—No me gusta esto, sargento —dice Z-Lo.

—Seguimos caminando —respondo.

Pero no puedo culpar al chico de sus sospechas. Si nos acribilla un grupo de criminales rusos en lugar de unos androcallos, me voy a cabrear mucho.

Hay varios contenedores conectados entre sí, algunos colocados de extremo a extremo, otros con giros de noventa grados. Finalmente llegamos ante unas puertas de metal que me hacen pensar que vamos a saltar de un remolque de dieciocho ruedas. Lada llama y espera. Alguien quita la cerradura y las puertas se abren.

—Tenéis que ver esto —dice Hollywood.

Yoshi me lanza una mirada de asombro y Bumper empieza a mover la cabeza al ritmo de una vieja canción de Celine Dion que suena de fondo.

—¿Qué pasa? —dice Z-Lo antes de entrar.

Es mi turno. Entro en un gran espacio hecho de contenedores: cuatro de altura, tres de ancho y cuatro de profundidad. Faltan la mayoría de paredes, suelos y techos, pero está todo encajado de una manera tan creativa que no puede más que despertar admiración.

Unas pasarelas elevadas atraviesan la planta abierta y conectan los puestos de vigilancia del nivel superior con las salas equipadas con ventanas y puertas. Las escaleras de caracol dan acceso a los pisos superiores, y una barra de bomberos y parte de un tobogán de un parque acuático proporcionan un acceso rápido a las zonas de reunión de los niveles inferiores.

Por si la estructura no fuera lo suficientemente extraña, la decoración es francamente estrafalaria.

—Es como si un palacio ruso y una banda de *punk* de los ochenta se hubieran fusionado —dice Hollywood.

La verdad es que no sé si lo dice porque le encanta o por todo lo contrario. Espero que sea lo segundo, porque este lugar es horrible.

Hay muebles de cuero y sillas de plástico sobre una alfombra con estampado de tigre. Lámparas de araña doradas, paredes que albergan cuadros de lo que supongo que es la nobleza rusa. Grafitis brillantes y paredes cubiertas de neones rosas, verdes y azules. Cuadros enormes de Jackson Pollock y mucho arte que abarca desde los impresionistas del Renacimiento hasta Roy Lichtenstein. No soy un experto, pero he visitado algún que otro museo. Hay incluso un busto de bronce con una placa que dice Fyodor Dostoevsky.

Y apoyadas en barandillas, en los muebles o directamente en la alfombra hay personas ataviadas con partes de uniformes militares y con un arma en la mano, fumando o bebiendo. O ambas a la vez.

—*Dobro pozhalovat* —dice Lada—. Bienvenidos a Ciudad Vagón.

Un tipo con una camiseta de Def Leppard ayuda a Lada a quitarse el lanzallamas mientras otro hombre le ofrece un cigarrillo y lo enciende.

—Esto es como, eh, el cuento ese de los chicos del vagón, ¿no? Pero para adultos. Ven. Te llevo con Sissy. Le gusta conoceros.

—¿Sissy? —susurra Bumper por encima del hombro.

—Manteneos alerta —les digo a los Phantom en voz baja—. Y no hagáis movimientos bruscos, ¿vale?

—*Da* —responden todos.

* * *

Cruzamos la planta principal bajo la atenta mirada de todo el mundo. Parece que hay más contenedores que se extienden desde esta sala principal. Incluso los niveles de los balcones tienen entradas con cortinas a túneles que se reparten en todas direcciones. Es de veras una pequeña ciudad. O, al menos, un pueblo pequeño y extraño.

—Bratva. Red subterránea —dice Espectro con la cabeza baja—. Parece que nos hemos desplazado hacia el este, hacia el río.

—Ajá —corroboro en un susurro—. Te apuesto una cerveza a que estamos cerca de los muelles de embarque.

—No hay apuesta. Pienso igual.

Lada se detiene ante otras puertas, solo que estas son de madera dura y están adornadas con oro. Dos rusos cachas la saludan con la cabeza, pero no parecen muy interesados en nosotros. Lada los llama y ellos retroceden y empujan las puertas para abrirlas.

En el interior, una fila de tres contenedores huecos se extiende hacia un gran escritorio de caoba. Los muebles de cuero y las cortinas rojas hacen todo lo posible por transmitir una sensación de lujo del viejo mundo, pero, a fin de cuentas, seguimos estando dentro de latas oxidadas en algún lugar debajo de Manhattan.

Sentado en el escritorio, con guardias armados a cada lado, hay un hombre de pelo oscuro y aceitoso y camiseta negra. Al igual que Lada, ha debido de transitar el mundo de lo ilegal a juzgar por los tatuajes en sus nudillos. Y también parece que se ha entregado más de la cuenta a los pelmenis y los pirozhkis. Pero las cicatrices de sus manos y su cara dicen que se ha ganado el derecho a estar tan gordo como le dé la gana, y los anillos en sus dedos indican que puede costeárselo.

Los guardaespaldas también tienen toda la pinta de saber manejar las Uzis IMI Systems de fabricación israelí que portan. Y yo que pensaba que nos habían invitado a tomar el té.

Lada le dice algo al hombre y luego se aparta y nos indica que nos acerquemos.

El jefe se limpia la boca con una servilleta de tela, se la entrega a uno de los guardias y luego olisquea.

—¿Habéis estado con *inoplanetyanin, da*?

Doy un paso al frente.

—Odio tener que darte esta noticia, pero hay una buena plaga de extraterrestres por tus túneles.

Levanta una ceja poblada, lo que, teniendo en cuenta los pocos segundos de silencio que siguen, no presagia nada bueno. Y yo que esperaba algún tipo de broma ingeniosa.

—Antes no teníamos plaga —dice por fin—. Parece que alguien la trae. No me gusta su tono.

—¿En serio? Pues tu novia parece que tiene experiencia en ahuyentarlos.

—Lada es hermana, *pindo*.

—Au —dice Bumper en voz baja—. ¿Entonces no debería ser ella Sissy?

—Y antes, solo teníamos pocos visitantes, ¿sí? Ahora, vosotros *pindos* los traéis aquí. Esto no gusta a Aleksey.

—Creía que se llamaba Sissy —dice Z-Lo en voz baja.

—Cierra el pico —digo.

Aleksey, o Sissy, o el fornido gángster ruso, como se llame, apoya los codos en su escritorio.

—Mi gente me informa de que los *inoplanetyanin* están pululando, buscando matar. Respuesta más fácil para Aleksey es enviarte de vuelta, para alejar a los alienígenas del olor, ¿sí?

—Sí, podrías hacer eso. Pero si es lo que querías, ¿por qué no nos habéis dejado morir ahí fuera? ¿Por qué tu hermana nos ha rescatado y ha eliminado nuestro rastro?

Aleksey sonríe y me señala con un dedo carnoso.

—Me gustas, *pindo*. ¿Astuto, *da*? Muy listo.

Chasquea los dedos y ambos hombres salen de detrás del escritorio.

Me pongo tenso, augurando pelea.

—Tranquilo, *pindos*. Tranquilos —dice Aleksey—. Relax.

Los dos guardias pasan de largo, abren las puertas y gritan algo.

Nos apartamos para dejar espacio a los dos hombres que traen al hermano pequeño de Franky en la cuerda con mucho cuidado de no tocarlo. Ahora empiezo a entenderlo todo: no era la primera vez que intentaban confiscar un arma extraterrestre. Los lacayos dejan caer el fusil sobre la alfombra y levantan sus armas.

Supongo que Aleksey es un traficante de armas. Los lanzallamas, los AK, las Uzis y ahora él están interesados en las armas de los androcallos. Todo encaja. También me siento muy expuesto teniendo a Franki y a su hermanito, uno en cada hombro.

Aleksey agarra un puro del cenicero de su escritorio. El cenicero parece que sea un trozo de obús. Da una larga calada y expulsa el humo por las fosas nasales.

—Entonces, ¿quién de vosotros hablar idioma de arma?

—No sé bien a qué…

—Lada vio a alguien disparar arma grande y escuchó hablar. ¿Quién?

—Creo que nos has confundido con otro…

Aleksey dispara. Los guardias suben sus Uzis con la suficiente rapidez como para que no me quepa ninguna duda de su capacidad de disparar en grupos reducidos.

—Eres tú, ¿verdad? —dice Aleksey apuntándome con el puro—. Estas armas en tu espalda. ¿Eres un encantador de fusiles, sí?

—Me gusta más considerarme el hombre que susurraba a los fusiles, pero es lo mismo.

Aleksey da una palmada y golpea la ceniza sobre su escritorio.

—¡Lo sabía! ¡Ja! Sí. Vamos, vamos. —Se levanta y queda patente su gran altura y su envergadura—. Muéstranos.

—¿Cómo?

—Susurra y dispara.

—Escucha, no estoy seguro de que…

Aleksey asiente y todos los guardias quitan los seguros de sus armas.

—Será un placer hacerte una demostración —digo con las manos en alto. Me doy la vuelta lentamente y susurro por encima del hombro—. Franky, no digas nada.

—Mmm —dice como respuesta.

Aunque me duela decirlo, no quiero que estos rusos confisquen a Franky. Aunque solo haya pasado un día, no me gusta la idea de que sir Francis se convierta en el trofeo de algún jefe de la mafia, sepa disparar o no. Es mejor hacer que Aleksey siga concentrado en el arma grande antes que se fije en las dos que me importan de verdad.

Me pongo en cuclillas junto al fusil del tirano y extiendo las palmas de las manos sobre él con calma, sin dejar de mirar a los tipos con las Uzis y los AK. Me encantaría usar el arma extraterrestre para despejar la habitación, pero recibiría una bala en la cabeza antes de que me diera tiempo a levantar este mamotreto. Y mi equipo también moriría. Lo mejor es que me tome mi tiempo y deje claro cada movimiento.

—Solo voy a cogerlo del suelo, muy despacio —digo.

Me hacen un gesto con los cañones que se traduce como «cállate y sigue».

Franky 3.0 es más pesado de lo que recordaba. Debe de pesar unos setenta kilos. Dios. Tendrá que dejar de comer hidratos de carbono. A causa de las lesiones y el cansancio, levanto como puedo el arma y la coloco en una posición de disparo, apuntando fuera de la sala.

Oigo que Aleksey chasquea los dedos y Lada grita algo a la sala principal. Se acercan varias personas y trasladan un busto a la esquina izquierda.

—Arg, no, Dostoyevsky no —dice Espectro.

Todos lo miran sorprendidos.

—¿Qué? Me gustan sus novelas.

Por algún motivo, no me sorprende.

Miro a Lada.

—A lo mejor prefieres decirle a tu gente que se aparte.

Grita más órdenes y todo el mundo se aparta.

Suponiendo que el arma todavía conserve la última configuración, espero que se encargue del monumento del escritor ruso y algo más. Si no es así, esto podría ponerse muy feo, muy rápido. Le pido a Z-Lo que se acerque y me apoyo en su costado.

—Será mejor que te tapes los oídos —digo lo suficientemente alto como para que todos lo oigan.

El visor del rifle aún no se ha adaptado a mi ojo, así que me conformo con apuntar lo mejor que puedo. Entonces aprieto el gatillo.

El maldito bicho se mueve más que un Vulcan de 20 mm y dispara un rayo que recorre la sala principal. La explosión destruye a Dostoyevsky y hace un agujero en la barrera de seguridad. Una deslumbrante lluvia de chispas baña la esquina.

—Maravilloso —dice Aleksey con el puro en la boca. Da una palmada y se acerca a mí—. Muy impresionante, señor artillero susurrador.

Me han llamado cosas peores.

—Por favor, por favor. —Me hace un gesto para que baje el arma. Menos mal—. ¿Hacemos un trato ahora, sí?

—¿Qué tienes en mente? —Estiro la espalda y le agradezco a Z-Lo su ayuda.

—Te ofrezco puesto aquí, con nosotros, y hacemos desarrollo. Creo que se llama desarrollo e investigación.

Vaya, eso no es lo que esperaba.

—Siento decirte que no pensábamos quedarnos mucho tiempo.

A Aleksey no parece gustarle esa respuesta.

—¿Y por qué es esto?

Todos en el equipo parecen percibir lo chalado que está al preguntar eso y se intercambian miradas.

—Esto… No sé si te has dado cuenta, pero están atacando la ciudad —digo en un tono tan conciliador como puedo.

Aleksey frunce el ceño.

—Son extraterrestres.

Lo frunce más.

—Y están metiendo a los humanos en un portal. ¿Qué hay de confuso en esto?

Aleksey da una larga calada al puro, camina de vuelta a su escritorio y se sienta. Los guardias regresan a su lado con las armas preparadas.

—Parece que quieres salir, ¿y por qué motivo? Por nada —dice el jefe de la mafia.

—Yo no llamaría nada a catorce millones de personas que están siendo tratadas como ganado.

Hace un gesto con los labios.

—¿Y vosotros, *pindos*? ¿Dónde estar ahora?

Entiendo que es una pregunta retórica y, de todas formas, no tengo ganas de responder.

—Mira a tu alrededor. Estamos seguros, cómodos aquí.

—¿Y no te importa un carajo lo que le pase a Nueva York?

Hace un gesto de negación.

—¿Importar? Ja. ¿Nosotros? Somos rusos. ¿Sabes lo que esto significar?

—Apuesto a que nos lo vas a explicar —susurra Bumper. Gracias a Dios, Aleksey no le oye.

—Significa que nosotros supervivientes. —Se golpea el pecho con un puño—. Aguantamos. Como cucarachas, ¿no? ¿Creéis que pisáis y matáis? Volvemos y traemos cientos de amigos. Invadimos tu casa. Nos apoderamos. Y nunca ves venir. Nos escondemos en pared. Bajo el suelo. Y tú crees que tu casa tuya. *Da*. Pero no eres el dueño de la casa. Nosotros sí.

»Estos *inoplanetyanin*, ¿qué creen que tienen? ¿Guerra? ¿Exterminios? Nosotros vivir muchos exterminios. Y sin embargo, como cucarachas, sobrevivimos. Y si eliges quedarte, también sobrevives, ¿sí?

Se me eriza la piel. El hecho de que existan en Nueva York seres humanos tan despreciables como este es un testimonio de lo que un país libre puede ofrecer a la escoria que quiere abusar de nuestra libertad. O tal vez sea un ejemplo flagrante de la incapacidad del FBI para erradicar las termitas. En cualquier caso, no quiero tener nada que ver con él.

—No hay trato, Moscú. Si no nos ayudas a liberar la ciudad, entonces eres tan malo como los extraterrestres.

—Este tipo —le dice Aleksey a Lada con una risa—. Es el G.I. Joe de siempre. —Se pasa la lengua por los dientes y luego da otra calada a su puro—. Esto es lo que voy a ofrecer. Vienes a trabajar para mí, me enseñas entresijos de las armas de E.T., y te doy a ti y tu equipo una vida muy cómoda hasta que pase la tormenta.

—¿O?

—Os disparo y dejo caer vuestros cuerpos en superficie como señal de buena fe entre Bratva y feos espaciales, ¿sí? —Entonces agita la mano y los dos guardaespaldas y Lada levantan las armas hacia nosotros.

Para lo lejos que hemos llegado, no puedo creer que no sean los drones, los robots, los ángeles de la muerte o los tiranos los que nos han acorralado: son los malditos rusos.

Siempre son los rusos.

Lo que de repente me recuerda la ficha de póquer que Vlad me entregó en la Antártida. Me siento como un idiota por no haber pensado en ello antes. Y, al mismo tiempo, me siento como un idiota por pensar que podría tener algún efecto en un momento como este. Por otra parte, Vlad dijo que la Bratva y yo estábamos juntos en la cama. Tiene que servir de algo, ¿no? Además, ¿qué otras opciones tengo? De ninguna manera nos vamos a quedar aquí cuando hay millones de personas caminando hacia la muerte. Y no tengo ningunas ganas de ver cómo acribillan a mi equipo.

Toca jugar la ficha.

A no ser que la cambiara de sitio o que los androcallos la cogieran, tendría que estar aún en el bolsillo de mi chaleco.

—¿Puedo? —digo y señalo mi chaleco.

Me da la impresión de que a gorila uno y a gorila dos no les gusta, pero Aleksey se muestra curioso.

—Tengo algo que podría ser de tu interés —digo.

—Ninguna estupidez de vaqueros, ¿sí?

—Ninguna.

Paso los dedos por encima de mi Moleskine y noto el borde superior de la ficha. El premio gordo. Lentamente, muy lentamente, la saco de mi bolsillo y la sostengo para que todos la vean.

Aleksey se levanta de la silla.

—¿Dónde encontrar esto?

—Oh, no lo encontré. Fue un regalo.

—¿Qué regalo? ¿Quién lo da?

—Me dijo que la Bratva y yo estamos juntos en la cama.

—¿Quién dice que juntos en la cama? ¿Por qué?

—Bueno, al parecer le salvé la vida en la Antártida. Las cosas se pusieron un poco...

—¿*Yuzhnyy polyus*?

—Sí, se pusieron muy *yusni polis.*

—Significa Polo Sur en ruso —dice Espectro.

—¿A quién conoces? Déjame ver.

Se levanta del escritorio, me quita la ficha de la mano y examina ambos lados.

La verdad es que nunca la saqué del chaleco después de que Vlad me la diera, así que no sé qué busca Aleksey. Pero seguro que ha despertado su interés y podría ser nuestra baza para salir de aquí.

A menos que Vlad se burlara de mí. Maldito hijo de puta. Si resulta que me dio una ficha falsa, que Dios me ayude.

—Di nombre —Aleksey agita la ficha frente a mi nariz—. Di este nombre.

—¿Qué nombre, Vlad?

—¿Vlad? ¿Cuál ser nombre familia?

Pienso en la cinta de identificación de su uniforme.

—No sé leer ruso, así que…

—Describe.

—¿Esto es un concurso de la tele?

—¿Quieres vivir? ¿Quieres probar que no robaste esto de prostituta rusa que él se acuesta? Describe tú.

Arqueo una ceja.

—Uno ochenta más o menos, como ciento treinta kilos, feo como…

Cuidado.

—Seguro que le parece guapísimo a su madre.

—Eh. —Aleksey se aleja con la ficha—. Podría ser cualquier camarada de Siberia. ¿Lo ves? Mentir. Tienes…

—Fue el único superviviente ruso en el incidente de la estación de investigación de Ellsworth Highlands. ¿Quieres llamar a un amigo y comprobarlo? Adelante. Pero Vlad y yo vimos morir a muchos buenos hombres juntos, a muchos camaradas. Así que quizás eso no signifique nada para ti, Aleksey, pero para mí sí.

El tipo vuelve a sentarse y golpea la ficha de póquer sobre la mesa. Luego la mira fijamente y mastica la punta del puro.

—¿Te ha dicho esto? ¿Que estás en cama con Bratva?

Me froto la nuca mientras los guardias empiezan a bajar sus armas.

—Desgraciadamente.

—¿Y tú salvando su vida?

—Sí.

Aleksey asiente.

—Bien. Si dices verdad, vale. Si no, pego dos tiros, uno por mentir y segundo por ser malo en mentira, ¿sí?

—¿Y cómo vamos a probar que estoy diciendo la verdad?

—Fácil. Preguntamos a él.

Capítulo 36

22:13, viernes, 25 de junio de 2027
Bajo Manhattan, Nueva York
Ciudad Vagón

Durante unos sesenta segundos que se hacen muy largos, nadie se mueve excepto Aleksey. Le da lentas caladas al puro mientras juega con el anillo de su dedo índice izquierdo.

A juzgar por la manera en que el mafioso ha enviado a su hermana a hacer un recado y que nadie está hablando por radio, sospecho que Vlad está en algún lugar de Ciudad Vagón. Aunque las probabilidades de que esté aquí son escasas. Lo último que sé de Vlad es que iba a ir a Moscú, no a Nueva York. Pero si resulta que está aquí, podría salvarnos el pellejo, siempre y cuando decida ser majo. Teniendo en cuenta lo que pasamos juntos y lo agradecido que se mostró cuando me dio la ficha, creo que es muy posible que nos ayude.

Cuando Lada por fin regresa, aparece con un ruso enorme vestido con una camiseta negra de Under Armour y unos pantalones negros con bolsillos a los lados. Sea quien sea, no es Vlad. Fantástico.

—Vladimir —dice Aleksey—. ¿Conoces este tipo?

—No —contesta el recién llegado.

—Vergüenza.

—Espera. Ese no es Vlad. —Señalo con un dedo al impostor—. Al menos no es el que me dio la ficha.

—Creo que yo conozco a mi propio hermano —afirma Aleksey.

¿Hermano? Bien, esto mejora.

—No estoy cuestionando tu juicio, Aleksey. Todo lo que digo es que el tipo que me ayudó a abatir a los extraterrestres en la Antártida no es este.

—¿Estás seguro? —pregunta.

—¿Tengo pinta de mentir en un momento así?

Aleksey mastica su cigarro unos segundos más antes de asentir a Lada. Ella responde ordenando al tal Vlad que salga y dice algo en ruso. Entra otro ruso vestido de negro, pero cuya cara y riñonera con la bandera de Estados Unidos reconocería en cualquier sitio.

—¿Macho alfa americano superior?

Vlad me dedica una amplia sonrisa que revela un diente de oro donde estaba el que le hice escupir.

—Vlad. —Lo saludo con dos dedos.

—¡Ja! —dice, y mira a Aleksey—. ¿Dónde encontrado este tipo? Guau.

Vlad se acerca y levanta la mano con la palma abierta. Nos chocamos la mano y me acerca a él en un inesperado abrazo de oso que me deja sin aliento.

—Esto es gloriosa sorpresa. Deja que te mire la cara. —Me retiene un segundo y me da un repaso—. Ah. No has cambiado nada.

—Solo han pasado un par de meses, amigo.

—Ah, sí. Pero parece toda una vida, ¿no?

Estoy a punto de responder cuando Aleksey levanta la ficha de póquer.

—¿Esta es tu marca, *malen'kiy bratik*?

Vlad se alisa la camisa y avanza para examinar el chip.

—*Da*. Se lo di después de que me salvara la vida. —Luego se gira y me mira—. ¿La ofreces a Sissy?

—Le he pedido un favor, sí.

Vlad mira a su hermano mayor y dice:

—Hay que honrar favor.

Aleksey deja caer la ficha sobre su escritorio y levanta los brazos. Supongo que está soltando una retahíla de improperios por lo roja que tiene la cara, a lo que Vlad responde con una letanía igualmente ruidosa en ruso. Entonces Lada se adelanta y empieza a gritar también. Miro a los guardias, que parecen apartar la mirada de la disputa familiar.

Finalmente, Lada le quita al guardia una AK de las manos y dispara una sola bala contra la pared trasera para que la discusión termine.

Y ahora el zumbido en mis oídos es más fuerte. Gracias.

—Está decidido —dice Vlad con una amplia sonrisa—. ¡Brooklyn Nueva York y hermandad rusa juntos en cama otra vez!

* * *

El hombre al que me han dicho que llame Sissy, ya que estamos «juntos en cama», Lada, y Vlad guían a los Phantoms por otro laberinto de contenedores de carga.

—¿Crees que podemos confiar en estos rusos? —pregunta Yoshi lo suficientemente alto para que el equipo lo escuche.

—No —respondo—. Pero si tengo que elegir entre unos benefactores rusos de poca monta o atravesar un portal extraterrestre desconocido, me quedo con los rusos sin dudarlo.

—Entendido.

Doy unas cuantas zancadas para alcanzar a Vlad mientras su hermano mayor y su hermana nos conducen a las entrañas de Ciudad Vagón.

—¿Y cómo llegaste a Nueva York?

Vlad mira por encima del hombro y sonríe.

—Después de Ellsworth, el ejército ruso dice que estoy bien para tomar merecido descanso. Así que decido venir a Estados Unidos.

—¿Las Vegas?

Sonríe.

—Estaba siendo tan glorioso. Pero tengo malas noticias.

—¿Ah, sí?

—Celine Dion no canta más.

—Arg. Qué mal.

—*Da*. Muy mal. No me gusta.

Son las palabras de un gángster ruso.

—Pero Vlad se anima. Gano mucho dinero en *Texas hold them* y acuesta con muchas mujeres americanas.

—¿Sí? Felicidades, amigo.

—Además, veo Blue Mans Grouping y Gwen Stefani, antes de No Doubt. —Me ofrece dos pulgares hacia arriba mientras se agacha bajo unas bombillas Edison—. Después estoy teniendo suficiente, y vengo a ver mi hermano en Gran Manzana, ¿sí? Y entonces se va luz. Tomamos coberturas. Y ahora aquí está perro alfa americano superior. Es una vida tan buena.

—Bueno, alguien se ha tomado una píldora de la felicidad —dice Hollywood detrás de mí.

Sonrío pero vuelvo a dirigirme a Vlad en voz más baja.

—Entonces, ¿tu hermano mayor es el jefe de la Bratva de Nueva York? Asiente con la cabeza.

—Tiene mucho éxito. Hace que mamá esé orgullosa.

—Seguro que sí. ¿Y adónde nos lleva?

—Ya verás. Y te gusta lo que tiene Sissy.

Esto último trae a colación la pregunta sobre el nombre de Aleksey.

—Oye, ¿por qué Aleksey se llama Sissy si es el hermano mayor?

Vlad suelta una suave risa.

—Nuestra madre esperaba hija, primogénita. Cuando llega Aleksey, le llama Sissy como americanos usan para hablar de hermana, ¿sí? El padre odia esto, así que ella deja de hacerlo. Luego, cuando llega Lada, empieza a llamar a Aleksey Sissy. Resulta que aprendió de madre, porque ella seguía llamándole Sissy a espaldas de padre. Ahora a él gusta Sissy porque le recuerda a madre. Si la gente se ríe, dispara.

—Es bueno saberlo. Gracias por la clase de historia.

—No hay problemas. —Se echa hacia atrás y me pone una mano encima—. Me alegro que estés aquí.

—Gracias, amigo.

—Ahora, mira. Hemos llegado.

Lada llama a otra puerta de estilo marino y espera a que alguien abra.

—Tenéis que ver esto —dice Bumper.

Es un arsenal de al menos cinco contenedores de profundidad y tres de ancho que huele a metal y a aceite para armas. Hay mesas de banquete en el centro dispuestas en filas y casilleros, estanterías y armarios repletos de armas y munición se abren a los lados.

—Algo me dice que estos tipos no se enteraron de la ley SAFE de Nueva York —dice Hollywood con una gran sonrisa en la cara.

—No estaba en ruso —responde Bumper. Le hace un guiño a Hollywood y ella sonríe.

Sissy se coloca detrás de la primera mesa y deja que sus carnosos dedos se deslicen por varias cajas de munición verde en las que se lee 7,62 x 39mm.

—Es realmente sorprendente la cantidad de locuras que pueden encontrarse en contenedores oceánicos aleatorios hoy en día. Así que, si vas luchar contra *inoplanetyanin*, entonces necesitas armas y municiones. Puedes elegir lo que necesitar. Esto es regalo para cumplir con mi parte del trato y así estamos en paz, ¿sí?

—Es muy generoso de tu parte, Sissy. Gracias. Aceptamos —digo.

Hollywood agarra el revólver Ruger GP100.357-Magnum de siete balas de Aaron.

—Esperaba encontrar algo de munición para esto.

—¿De dónde lo has sacado? —dice Aaron.

—Quien lo encuentra se lo queda —responde con una sonrisa.

—Ya era hora de que uno de vosotros tuviera algo de sentido común por aquí —dice Franky—. Todos estáis obsesionados con tirar cosas. Ordenadores, teléfonos, armas por la ventanilla…

Clavo el codo en el receptor de Franky.

—Fue una vez, Franky. Una vez.

—Eh. —Bumper me da un codazo—. Si vamos a reabastecernos, y con tantas opciones a la vista, sería conveniente tener un plan.

Asiento con la cabeza.

—Sissy, te agradecemos tu generosidad. Puedo preguntar, ¿estar en la cama con la Bratva incluye a hombres?

—Me parece que no ha sonado como querías —dice Franky.

Sissy frunce el ceño.

—Solo armas y municiones, me temo.

—Pero me tendrás a mí —contesta Vlad.

—Y a mí —añade Lada.

Sissy parece disgustado al escucharlos, pero se rasca el cuello con el dorso de las uñas.

—Puedo preguntar si otros quieren unirse a causa. Pero no promesas.

—Es más de lo que podemos pedir. Gracias.

Asiente con la cabeza.

—Es hora de agruparse —le digo al equipo—. Tenemos una última jugada antes de que se acabe el partido.

* * *

Nos reunimos alrededor de una mesa en el centro de la sala y estudiamos la maqueta improvisada de nuestra zona de tiro. Z-Lo y Yoshi han construido el puente con monturas de rifles y cajas de munición, mientras que Hollywood y Aaron han creado un anillo improvisado con unas varillas para limpiar armas apoyadas en la mitad inferior de un obús antiguo. Las cajas de munición más grandes hacen las veces de las orillas de Manhattan y Brooklyn, mientras que el tablero de la mesa representa el río Este. No está mal para haberlo hecho solo con lo que había a mano.

—Muy bien, Phantoms. El objetivo es desactivar o, preferiblemente, destruir el anillo —digo—. Nuestros intentos anteriores de colocar explosivos en el propio anillo no resultaron y conviene asumir que intentarlo de nuevo traerá resultados similares o peores.

Asienten con la cabeza.

Miro a Bumper, que ha estudiado el arsenal mientras los demás trabajaban en la maqueta.

—¿Hay algo aquí que podamos usar a distancia contra el objetivo?

—Hay un montón de viejos rifles M3 MAAWS, algunos RPG-7 de la era soviética —dice, y se encoge de hombros—. Si pudiéramos atacar todos a la vez en el mismo lugar, podríamos hacer algo. Pero estamos hablando de múltiples ataques en función del grosor del anillo.

—Al menos suena factible —dice Z-Lo.

—Claro. Suponiendo que podamos acercarnos lo suficiente sin ser vistos.

Vuelvo a mirar a Bumper.

—¿Hay un problema de alcance?

Asiente con la cabeza.

—Estimo que la distancia entre la orilla y el anillo es de unos trescientos metros. Con la munición de M3 que Sissy tiene aquí, llegaremos a doscientos cincuenta en el mejor de los casos. No es una cuestión tanto de precisión como de alcance.

—¿Y los RPG-7? —pregunta Hollywood.

—Tienen mayor alcance. Pero necesitaríamos muchos más disparos que con el M3. Y no se trata de una ciencia exacta. Estaríamos usando miras de hierro. Ensayo y error. Y como probablemente soy el único que sabe utilizarlos —dice echando un vistazo alrededor, como esperando que alguien levante la mano—, eso supone muchos errores hasta que todos le pillemos el truco.

—Y para entonces el enemigo habrá localizado nuestras posiciones y nos habrá eliminado. —Hago una pausa y miro a Aaron—. ¿Qué hay del movimiento que vimos en el agua?

—Cierto —dice Aaron señalando el obús—. Mi suposición es que están alimentando el anillo con algún tipo de reacción de fisión. Si separas los elementos fundamentales del H_2O dentro de un campo de contención electromagnético lo suficientemente fuerte, tienes una fuente casi ilimitada que genera yoctojulios de energía con un aporte mínimo.

Hollywood se lleva la mano a la cara.

—Es como si intentara comunicarse con nosotros, sé que lo intenta.

—¿Dices que así es como alimentan el anillo? —pregunto—. ¿Con agua?

—No se me ocurre otra razón. —Hace una pausa—. A menos que la estén transportando.

—¿Quieres decir que igual que se están llevando a la gente pueden estar llevándose agua? —pregunta Yoshi.

Aaron asiente.

Doy unos golpecitos sobre la mesa para captar la atención de todos.

—Sea lo que sea, la están utilizando. Bumper, sé que dijiste que usar C-4 era demasiado arriesgado, ¿pero hay algo aquí que pueda suponer un cambio al respecto?

Se queda pensando unos segundos, echa un vistazo a la sala y a la maqueta.

—No, a menos que pongamos explosivos en un contenedor que pueda soportar la fuerzas. Y entonces se trataría de una detonación por tiempo y no mediante control remoto, porque la señal no atravesaría las paredes.

—Entonces es posible —digo.

—Claro, sí. Pero no sabemos qué tipo de proceso de filtración se lleva a cabo allí arriba.

—Estoy de acuerdo con Bumper —dice Aaron—. Suponiendo que no sea la primera vez que los androquíes participan en las olimpiadas científicas, seguramente esperan recoger partículas potencialmente dañinas.

—¿Las olimpiadas científicas? —pregunta Z-Lo.

—¿En serio? ¿Eso es con lo que te quedas de todo lo que he dicho?

El chaval se encoge de hombros.

—Me dio curiosidad.

Aaron niega con la cabeza.

—Todo lo que digo es que apuesto a que no somos la primera civilización que intenta meterles algo ahí.

—¿Meterles algo por sus posaderas? —añade Franky—. No, no lo sois. Y no recomendaría que lo hiciérais.

—Qué bien que intervengas —digo. Franky ha estado sorprendentemente callado durante los últimos minutos—. ¿Algo que quieras añadir, sir Francis?

—Mmm, no. Por favor, continúa.

—No, no. —Hollywood se lleva las manos a las caderas—. Ya he tenido suficiente, lord Francis. La mitad del tiempo pienso que vas con nosotros y la otra mitad pienso que quieres que nos maten.

—Como ya he explicado, mis directivas…

—Me importan un bledo tus directivas. ¿Y qué? Todos tenemos directivas, Franky. Y al final tenemos la opción de elegir si las seguimos o no.

—Señora…

—Señorita.

—Señorita Hollywood, puedo asegurarte que, a diferencia de ti, yo no tengo tanta libertad para decidir como los humanos. Aunque mi personalidad parezca despertar la sensación de que soy orgánicamente sensible, puedo asegurarte que no tengo la misma libertad para tomar decisiones que tú.

Hollywood se inclina.

—Y, sin embargo, parece que nos ha dado consejos que demuestran lo contrario.

—De nuevo, como ya he dicho, ha sido en casos…

—En que nuestras vidas estaban en peligro inminente y dependían de la información. Te pillo. Pero podrías haber dicho mucho menos y aún así conseguir lo mismo.

—No te sigo.

—En lugar de darnos avisos detallados y cuentas atrás específicas sobre los enemigos que se nos venían encima en el metro, podrías haber sido mucho más vago. Pero no fuiste vago, ¿verdad?

—Bueno. Simplemente estaba intentando…

—Ayudarnos. ¿Sabes por qué? Porque pienso que querías. Al igual que le dijiste a Bic que no querías que los androcallos te recuperaran. Tú, Franky, como nosotros, tienes la capacidad de elegir. Y, si no me equivoco, diría que puedes elegir qué directivas quieres seguir y cuáles no.

Se hace un gran silencio en el arsenal.

Finalmente, es Vlad quien lo rompe.

—Tengo que conseguir una de estas pistolas que hablan.

—¿Quieres esta? Es como un grano en el culo —digo.

—No. Defectuosa. Esperaré.

—Ni siquiera los rusos me quieren —dice Franky—. ¿Hay algo peor?

—Los norcoreanos —dice Yoshi—. Si no te quieren, autodestrúyete.

—Tomo nota.

—¿Entonces, amigo? ¿Hollywood tiene razón? —pregunto.

—¡Oh, mirad! ¡Una mariposa!

Vlad, Lada y Sissy echan un vistazo al arsenal y miran a Franky. Pero cuando nadie dice nada, sir Francis cede.

—Bien. Supongo que podría tener cierta libertad en la forma de navegar por las paradojas más complejas creadas por estas circunstancias inusuales.

—¡Ja! —exclama Hollywood—. Lo sabía.

—Así que nos has estado ocultando información —dice Espectro.

—No. He estado tratando de lidiar con la situación única en la que me habéis puesto.

—¿Y eso qué significa? —pregunto.

—Bueno, en primer lugar, nunca antes me había capturado una especie esclava. En segundo lugar, como ya he señalado, nunca se me ha permitido ampliar mi perfil de personalidad.

—Eso es evidente —dice Hollywood con una risa.

—En tercer lugar, he tenido que cargar con la posibilidad real de que los androquíes me recuperaran y…

—Y te borraran la memoria. Lo sabemos —digo.

—No. No lo sabéis. También escanearían mi memoria. Y si descubrieran que he violado sus directivas, me desecharían.

—¿Desecharían? ¿Y hablamos de…?

—Acabar derretido. Quemado hasta la saciedad. Como pan en el horno. Como una cerilla. Como…

—Así que no se trata realmente de las directivas —digo rascándome la barba—. Se trata de supervivencia… de jugar a dos bandas con un resultado desconocido.

Franky deja escapar un largo suspiro digital.

—Es eso. Aunque he apostado por un resultado, claramente.

—¿Crees que los venceremos? —pregunta Z-Lo.

—Oh, no. Estoy bastante seguro de que os derrotarán.

—Vaya, eso es reconfortante —digo—. Entonces, ¿por qué ayudarnos?

—Bueno, como ya dije, eres la primera especie que ha tomado posesión de un arma NISP.

Hago una pausa y reflexiono sobre el aspecto profundo de lo que ha dicho.

—Espera, ¿te refieres a cualquier arma? ¿Por primera vez?

—Así es. Y también eres el primero en adentrarse en el campo de batalla voluntariamente.

—¿De verdad? —pregunta Bumper.

—Sí, de verdad. Lo encuentro bastante fascinante. Suicida, pero fascinante. Por lo tanto, una pequeña parte de mí realmente quiere que les des su merecido a esos androcallos, como tú dices.

Asiento con la cabeza.

—La parte que nos ha ayudado.

—Correcto.

—¿Y qué hay de la parte que cree que los androquíes te recuperarán y escanearán tu memoria?

Vuelve a suspirar.

—Esa es la parte que, supongo, ha sido menos comunicativa contigo algunas veces.

—¿Supones? —grita Yoshi—. ¿Estás diciendo que podrías habernos ayudado a trazar una estrategia? ¿Que podrías habernos advertido de cómo rastrean? ¿Del peligro de ir bajo tierra? ¿De todo eso?

Le hago un gesto a Yoshi para que se calme, pero sospecho que es el alcohol quien habla por él. Sí, tiene razón, y yo también estoy enfadado con Franky. Pero no quiero perder los papeles, sobre todo si conseguimos que Franky se ponga de nuestro lado por completo y así podemos tener acceso ilimitado a todo lo que sabe. Pero Franky ha de entender la gravedad de la situación.

—Franky, creo que hablo en nombre de todo el equipo cuando digo que nos sentimos traicionados —digo llevándome las manos a las caderas.

—Os aseguro que no he compartido ni pizca de información con el enemigo.

—Sí, pero, al no ser completamente comunicativo, nos pusiste en riesgo.

—Todavía estás vivo, ¿no?

—Sí —digo señalando hacia el techo—. ¿Pero cuántas personas han muerto durante nuestro intento fallido de cerrar el anillo de Nueva York? He visto a la gente caminar hacia el portal y dejar atrás sus marcapasos y sus articulaciones de la cadera, amigo. Y no son lesiones de las que uno se pueda recuperar. Esa gente está muerta al otro lado de ese anillo. E incluso mientras estamos aquí, más están atravesándolo. Y más están muriendo.

Franky se queda pensativo.

—Siento de verdad esas muertes, Patrick. Solo espero que puedas entender el miedo que me infunden los androquíes.

—Pues no deberían ser los únicos a los que temer.

Franky vacila.

—Lo siento, pero creo que no acabo de entender lo que quieres decir.

—Yo creo que sí que lo entiendes.

—Patrick. ¿Estás diciendo que me vas a tirar por la ventana otra vez?

No quería llegar a esto, pero hasta que no jure lealtad, es un lastre hostil. Me acerco a la mesa detrás de nosotros y saco una granada de termita de una caja de madera con paja.

—¿Ves esto, Franky? Es una granada de mano incendiaria AN-M14 TH3 que arde a dos mil grados centígrados durante cuarenta segundos. Si puede derretir un bloque motor, imagina lo que puede hacerte a ti.

—¿Así que me estás amenazando? Pensaba que éramos amigos.

—Cuando esté seguro; cuando todos estemos seguros de qué lado estás, entonces podré decirte si somos amigos o no. Esto no es una pelea de patio, Franky. No puedes ir con el equipo que crees que va a ganar. Esta guerra es la más grande a la que se ha enfrentado mi especie. Y aunque no quiero cortar ningún lazo si puedo evitarlo, te quemaré hasta que te desintegres a menos que puedas convencerme a mí y a todos de qué estás de nuestro lado de una vez por todas.

—Así que eres igual que ellos —dice Franky.

Dejo escapar una risa que cualquiera como yo sabe que es la antesala a cantarle las cuarenta a alguien.

—Ja. Y una mierda. Te estoy dando una opción, Franky, una que, según tus propias palabras, los androquíes no te dan. Así que creo que eso nos separa lo suficiente como para que pueda dormir por la noche sin problemas.

—¿Pero es realmente una elección si una de las opciones me lleva a la muerte?

—Buen punto. Siempre podríamos arrojarte al río Este. Entonces sería solo cuestión de tiempo hasta que los androquíes te encontraran o…

—¿O qué?

—O dejarte a merced de los lenguados.

—Dios mío. Tú no harías algo así.

Me acaricio la barba lo suficiente como para que se retuerza.

—Sin embargo, no creo que esto se reduzca a miedo. Creo que se trata de creer.

—¿Eso qué significa?

—¿Sabes por qué nos colamos en la cúpula y fuimos a por el enemigo?

—Porque crees que podéis ganar —dice Franky con aire de confianza.

—No —me río—. No es eso en absoluto.

—Espera. Estoy confundido. ¿No crees que podéis ganar?

—Amigo, no se me ha pasado por la cabeza ni un segundo.

—Entonces… ¿por qué lucháis?

—Porque creemos en aquello por lo que luchamos. Porque proteger vidas es siempre lo correcto y tenemos el deber de hacer lo que otros no pueden, o no quieren. Ganar o perder… no significa una mierda si no crees en aquello por lo que estás dando tu vida. Puedes ganar por una mala causa, pero luego tienes que vivir cargando el peso hasta ir al infierno. O puedes morir por una buena causa y decirle al diablo en persona que se joda.

Tomo aire. Me doy cuenta de que he dicho mucho más de lo que pretendía. Pero tenía que decirlo. Por Franky. Y por todos nosotros.

—Los Gobiernos se mueven como arenas movedizas y los países se olvidan de ti. ¿Pero si crees en lo que haces por ti mismo? ¿Por los soldados que tienes a tu derecha y a tu izquierda? Entonces contra todo pronóstico quizá puedas mirar a los ojos a los dioses de la guerra y lograr lo imposible.

—Ganar.

—Sí. Y ganar.

Miro a mi alrededor y veo las caras de los demás. Al parecer, mi pequeño discurso ha sido bastante conmovedor. Los miembros del equipo respiran profundamente, sacan el pecho y se acarician la barbilla. Incluso los rusos parecen sorprendidos.

—Eso ha sido fuerte, león de Brooklyn —dice Lada—. Bien dicho.

Asiento con la cabeza para dar las gracias, pero la persona con la que realmente espero comunicarme es un rifle extraterrestre averiado.

—Entonces, ¿estás con nosotros o no, Franky?

—Me temo que, diga lo que diga, carezco de la convicción necesaria para asegurarte mi determinación adecuadamente. Por lo tanto, parece que estoy atrapado entre la espada y la pared.

—Un sitio difícil —ofrece Yoshi.

—Sí, un sitio difícil, metafóricamente hablando.

—Ya, si eso es…

Le hago un gesto a Yoshi para que se calle y fijo la mirada en Franky.

—Tienes razón, no puedes convencernos ahora mismo.

—Así que realmente no hay opción entonces, ¿no? Hasta aquí tu discurso sobre el libre albedrío.

—Si no me dejas terminar, voy a decidir por ti.

—Perdón.

—Si bien no puedes convencernos ahora, puedes hacerlo con el tiempo.

—¿Cómo?

—Con confianza.

Franky vacila.

—¿Confías en mí?

—Claro que no.

—Pues entonces ya está claro.

—Mejor dicho, todavía no—. Me acaricio la barba. Parece que esté recitando lo que ya dije en el maldito Cuerpo de Defensa Civil iraquí—. Si nos ayudas a matar a suficientes de tus amigos extraterrestres, tal vez puedas hacer crecer nuestra confianza en ti. ¿Pero si nos traicionas? Las consecuencias serán rápidas e irreversibles.

—¿Una granada de termita?

—Si no tengo acceso a un lenguado, sí.

—Entonces, ¿podría pedir al menos que algún Phantom lleve siempre una AN-M14 TH3?

—¿Entonces te apuntas? —pregunta Hollywood.

—Bueno, si me aceptáis, sí. Pero a juzgar por el último minuto de conversación y el tono premonitorio de Patrick, diría que no me queréis.

Miro a mi alrededor.

—¿Qué opinamos, Phantoms?

—Estoy a favor de que se quede —dice Hollywood—. Siempre y cuando no haga chistes malos.

—Opino lo mismo —contesta Bumper con los brazos cruzados—. Recuerdo que en la autopista dijimos que lo abandonaríamos a la primera señal de problemas. Bueno, nos ha dado algunos problemas y aún estamos siendo indulgentes. Yo digo que necesitamos una señal, aquí y ahora, para empezar a confiar.

—Eso —dice Yoshi.

—Eso —añade Espectro.

—Estoy de acuerdo —dice Aaron—. Una muestra de buena fe muy significativa. Una que diga que quiere que la humanidad sobreviva, que cree en nuestra supervivencia y que cortará todos los lazos con los alienígenas. Que elimine cualquier esperanza de regresar con ellos porque lo que haya compartido sea demasiado importante.

Miro a Franky.

—¿Y? ¿Qué dices?

—Si decides mantenerme a tu lado y demuestro mi fidelidad, ¿prometes no lanzarme a los lenguados?

—¿De verdad te dan más miedo que una limpieza de memoria y una fusión de los androcallos? —pregunta Hollywood.

—Oh, sí, ya lo creo. ¿Los has visto? Son horribles… simplemente horribles. Ojos pequeños y brillantes, cuerpos planos, dientes afilados… No es de extrañar que los humanos los teman tanto.

Miro a los Phantoms para que nadie diga ni una maldita palabra. Es una mirada específica que me he esforzado en cultivar a lo largo de mi carrera y que utilizo tanto con novatos como con comandantes. Es una mirada que dice: «Si me traicionas ahora, te arrepentirás el resto de tu vida». Todo el mundo se queda callado.

Todo el mundo menos Vlad.

—Espero no tener que encontrarme nunca con lenguados. Suena muy mal.

—Nunca olvidarías un encuentro con lenguados, créeme. Tengo suerte de estar vivo.

—Entendido. Gracias, fusil que habla.

—Un placer—. Franky respira profundamente—. Bien, Phantoms. ¿Qué queréis saber?

Capítulo 37

22:30, viernes, 25 de junio de 2027
Bajo Manhattan, Nueva York
Ciudad Vagón

¿Qué queremos saber? Bueno, parece que ahora estamos avanzando.

Me paso la lengua por los dientes y miro fijamente a sir Francis. Es el momento de hacerle la pregunta más fascinante que se me ocurre, compleja y llena de matices, que seguramente lo desconcertará y lo dejará confundido durante días.

—¿Cómo podemos acabar con el anillo?

—Mmm. Bueno, todo depende, ¿no?

—¿Franky?

—¡No estoy dando rodeos, lo prometo! Por ejemplo, si fueras un androquí o tuvieras acceso a la tecnología de Androquía, que en realidad no es androquí para empezar, ya que…

—¡Franky!

—Vale, vale. La respuesta corta es: hacerlo estallar.

—Hacerlo estallar. Esa… ¿esa es tu respuesta?

—Cortita y al pie. Pensaba que te quedarías encantado. Pero tu mirada sugiere lo contrario.

—Así es.

—Canastos. Y yo que pensaba que iba a ganar algunos puntos de confianza.

—Esfuérzate más.

—Mmm. Bien, veamos. Bueno, si tenemos algún tipo de bomba realmente grande…

—¿Ajá?

—Entonces podemos hacer que el anillo haga bum.

—¿Habla en serio? —pregunta Hollywood.

—¡Claro que hablo en serio! ¿Acaso crees que quiero acabar con los lenguados? ¿O con los androcallos? No, no, no, ni hablar.

—Quién lo diría —dice Bumper.

Franky suspira.

—A ver, hay muchas maneras de acabar con un anillo de esclavización…

—¿Es el término técnico? —pregunto.

—Sí. Pero todos dependen del acceso que tengan a los sistemas que los controlan. Es como cualquier tecnología robusta: a mayor acceso, mayor control, especialmente de tipo catastrófico. Pero no importa el acceso, si tienes algo que pueda desplazar suficientes átomos, todo puede desmoronarse con el empujoncito adecuado.

—Es decir, que puede estallar.

—Sí. No es sutil, pero es eficaz.

—¿Y lo dices porque no tenemos acceso a todos esos sistemas tan sofisticados que podrían darnos el control directo?

—Precisamente, Patrick.

—¿Y no merece la pena explorar esa vía?

—No, a no ser que estés dispuesto a ir a Androquía Prime esta noche.

—Entonces habrá que volarlo. —Miro a nuestros homólogos rusos—. ¿Por casualidad tenéis alguna bomba grande?

—¿Cómo de grande? —pregunta Sissy.

Miro al fusil extraterrestre.

—¿Francis?

—Algo que llegue a dos o tres toneladas de trinitrotolueno.

—TNT —digo, solo para aclarárselo a los que no están al tanto de los nombres propios de los compuestos explosivos—. Maldita sea. Eso es mucho.

—Sí —dice Franky—. TNT. Y maldita sea.

Sissy se mete las manos bajo las axilas y le da una calada al puro que aún le cuelga de la boca.

—Las únicas bombas en este rango ser siendo GBU-43/B MOAB.

—La madre de todas las bombas —añade Yoshi—. Lo cual es realmente un nombre equivocado, porque no lo es.

—Tampoco habría una manera adecuada de dirigirla —dice Franky—. Al menos para garantizar un resultado al cien por cien.

—Y queremos el cien por cien —digo.

—Bien —añade Sissy—. Porque no tenemos nada como esto. Además, yo creo que es un exceso.

—Tiene razón —dice Franky—. Es más de lo recetado por el médico.

—Y nos gustaría salvar al mayor número posible de habitantes y sus casas —digo.

—Entonces tocará hacerlo a la antigua —dice Bumper.

Lo miro con la ceja levantada.

—¿Eh?

Bumper sonríe.

—Nada como el ANFO para mover el esqueleto.

—Explosivo de nitrato de amonio y combustible.

—Imagino que Sissy puede conseguir lo que sea en esta ciudad.

Me dirijo a Sissy.

—¿Tienes algo de nitrato de amonio?

—¡Ja! —Sissy se quita el puro de la boca—. ¿Sabes con quién hablando?

—Esto… ¿Podrías repetir la pregunta?

—Rusos producimos casi mitad suministro mundial NH4NO3. ¡Ja! Tengo nitrato de amonio me pregunta. Americanos muy monos.

—Entonces, ¿sí?

—¿A quién me parezco? ¿Pato Donald? ¿Mick Jagger?

—No son exactamente…

—No. Me parezco más a Coyote ¿sí? ¿Conoces? ¿Dibujos animados de Coyote y Correcaminos? Solo que Sissy no estalla. Sissy hace estallar Correcaminos. Siempre que quiere.

—Así que tienes un suministro.

—Ja. Por favor. ¿Te acuerdas Beirut 2020?

—Desgraciadamente, sí. ¿Por qué?

No sé si me gusta hacia dónde va la conversación.

Hollywood deja escapar un suspiro.

—Recuerdo muchas cosas de 2020, y ninguna fue buena.

—Sí, bueno. No tenemos nada que ver con Beirut ni coronavirus ni con resultados electorales. Pero siete años antes, sé qué fábrica y qué barco sale de la Madre Rusia con 2750 toneladas de nitrato de amonio para libaneses.

—¿Sí? —digo.

—Claro, claro. Pero no almacenaron bien. Mataron muchas personas. Trágico.

—¿Y entiendo que tú sí que almacenaste bien?

—Naturalmente. Muy seguro. Mucha seguridad. ¿Cuánto necesitas?

Miro a Bumper.

—Hombre, me conformaría con… ¿doce toneladas y media es mucho pedir? ¿Más una tonelada de gasoil?

—Sin problemas.

—¿Y eso producirá el efecto deseado? —pregunto.

—Oh, sí. Solo necesito una espoleta, un cordón detonante o un tubo de transmisión. Unas pinceladas y tendremos un buen bum.

—Yo proporciono suficiente producto químico para buen bum, sin problemas —dice Sissy—. Gran potencia. Y todo lo que dices, fácil conseguir. Lo tomamos de nuestras obras.

—¿Y cómo se lo enviamos? —pregunta Yoshi—. No nos van a dejar precisamente subir al puente y aparcar unos camiones.

—No. Pero no vamos a ir por encima del puente —respondo y miro a Sissy.

Bumper y yo decimos al mismo tiempo:

—Vamos a ir por debajo.

Sissy entorna los ojos y nos mira.

—Tú… ¿quieres barcos?

—¿Qué tal cuatro barcazas y un remolcador?

—Que sean cinco y un remolcador —dice Bumper.

—Puedo conseguir —responde Sissy—. También necesitas práctico para manejar barco, ¿sí?

—Eso sería genial. ¿Tienes contactos?

—También controlo estibadores.

Se me escapa una risita.

—Claro que sí.

—¿Qué pasa con todos los civiles en el puente? —pregunta Hollywood—. Tendremos que alejarlos mucho.

—Sissy, vamos a necesitar todos tus M3 y RPG-7. Y probablemente algo más —digo.

—Esto se puede hacer. Pero estás excediendo valor de ficha de póquer.

—Sissy, *pozhaluysta* —dice Vlad—. Este tipo salvaje y loco es versión real David Hasselhoff vigilando playas. Vlad se ahogaba en océano, agitando brazos sin esperanza. Alguien poderoso me rescata. Es él.

—Entiendo —dice Sissy.

—Soy como mujer que cae de tabla de surf con grandes pechos. No sé nadar, y mis pechos apenas flotan. Pero ¡mira! Aquí viene Brooklyn Hasselhoff. Rompe olas como si penetración profunda.

—Vlad, para. Tengo la imagen en la cabeza.

—Y cuando estoy a punto de deslizarme bajo aguas y desperdiciar precioso regalo de grandes pechos en fondo del mar, Brooklyn Hasselhoff me rescata, me devuelve a orilla, me hace boca a boca y entonces hay mucho amor y arena y música dramática de televisión. Gana trofeo Emmy y gente feliz.

—¡*Molchi*! Tú y series de televisión. Arg. Bien, bien, claro. Tienes todo lo que necesitas, América. Pero no más. Trato, ¿sí?

—Trato hecho —le digo a Sissy.

Miro a Vlad y muevo la cabeza. Sigo sin confiar en estos cabrones, pero supongo que el enemigo de mi enemigo es mi amigo, aunque sea temporal. Y en este caso es la mafia rusa.

* * *

23:45, viernes, 25 de junio de 2027
Bajo Manhattan, Nueva York
Muelle 36, río Este

Es justo antes de la medianoche y Bumper está preparando la destrucción más descarada de un monumento icónico en toda la historia de los Estados Unidos. Y valiéndose únicamente de lo que hay en la ciudad de Nueva York. Si cualquier autoridad lo supiera, seguro que lo animaría, aunque esté preparando algo que en otro momento habría estado a la altura del atentado del World Trade Center de 1993, el atentado de Oklahoma de 1995 y los horribles sucesos del 11-S. Pero esta noche la empresa de Bumper es cuanto menos heroica y, si la completa con éxito, si la completamos con éxito, podrían construir un monumento en su honor. Sí, por volar el maldito puente de Brooklyn.

El contexto lo es todo.

El núcleo de la operación está escondido entre los almacenes del muelle 36 y las torres de contenedores de carga, a casi un kilómetro río arriba del anillo. Bumper da órdenes a los jefes del sindicato de Sissy como un sargento instructor, y funciona: el volumen, la autoridad y el conocimiento son cosas que los neoyorquinos respetan. Eso, y unos buenos *cannoli*. Que Dios te salve si están muy aceitosos o muy blandos.

El resto de los Phantoms y yo nos quedamos a un lado mientras Bumper dirige a los trabajadores del almacén principal como si fuera un director de orquesta. Los estibadores locales, los que se han quedado o refugiado en Ciudad Vagón para evitar la masacre, están llenando bidones de doscientos litros con bolsas de nitrato de amonio mientras un camión de gasóleo rellena cada contenedor con petróleo refinado.

—Mi padre y yo estábamos planeando recorrer juntos el sendero de los Apalaches —dice Hollywood a mi lado—. Me recuerdas a él. Creo que os habríais llevado bien.

Es la primera cosa personal que me dice desde nuestro viaje en coche a East Orange y la interpreto como una invitación extraña para que entre en su mundo privado. Aun así, no voy a tocar el tema del padre.

—Tengo varios amigos que han hecho esa recorrido —respondo—. Dicen que es una experiencia memorable.

—Sí. —Se pasa el pelo por encima de la oreja y mira hacia abajo—. Tenía muchas ganas de ir.

—¿Pero estalló esto? —digo haciendo un gesto hacia los preparativos, pero me refiero a la invasión.

—No. Mi padre murió. Luego vino la invasión.

Respiro profundamente.

—Lo siento.

—Yo también.

Espero unos segundos y le pregunto:

—¿Qué le pasó?

—Cáncer. No fue repentino ni nada. Sabíamos que iba a llegar. Pero… —Se detiene y me mira—. Era el hombre más fuerte que he conocido. Me enseñó todo. Y luego lo ves desvanecerse hasta que… Bueno. Es duro, ¿no?

Nunca se me han dado bien este tipo de confesiones, así que asiento con la cabeza y espero a que diga lo que tiene que decir.

—Había decidido que iba a empezar a hacer tramos del recorrido este verano. Los fines de semana. En su honor, ¿sabes?

—Seguro que le hubiera gustado que lo hicieras.

—Sí —dice dejando ir un suspiro—. Pensaba que… no sé. Que de alguna manera me lo encontraría allí. —Se pone tensa de repente—. Pero esos malditos alienígenas aparecieron y lo estropearon todo.

—Ya lo creo. —Hago una pausa y la miro—. Lo siento, Hollywood.

—Yo también.

—Tal vez, cuando todo esto termine, puedas hacerlo.

Ella asiente pero no dice nada.

—Dicen que tener alguna motivación es parte de lo que ayuda a salir adelante.

Me mira con sus ojos marrones oscuros.

—¿Cuál es la tuya?

—Estar solo.

—Oh.

Me aclaro la garganta.

—No quería sonar…

—No, está bien. Lo entiendo. Eres introvertido.

Asiento con la cabeza.

—Algo así.

—Bueno, espero que, cuando todo esto termine, puedas estar solo.

—Gracias.

Pero al escucharla decir esas palabras, no sé si me gusta cómo suenan.

Tres equipos de tíos que parecen sacados de un calendario de mineros cachas transportan los bidones de combustible desde el camión que los almacena. Parece que les vayan a estallar las camisetas sin mangas que llevan con esos pectorales y esos brazos. Seguro que son la fantasía salvaje de muchas mujeres. Revuelven el interior de los bidones hasta que la mezcla queda bien pastosa. Luego los tapan y los trasladan a una de las cinco barcazas que hay a lo largo del muelle.

—Vas a hacer esa excursión, Hollywood —dice Z-Lo—. Y vas a encontrarte con el fantasma de tu padre, o lo que sea. Te lo prometo. —Se golpea el puño en la palma de la mano—. Vamos a hacer sufrir a esos cabrones y hacerles pagar. Hacerles pagar por todo.

Miro a Z-Lo impresionado. La falta de motivación no es uno de sus defectos. Y aún no ha terminado.

—Una vez tuve que competir en una categoría de peso cuatro veces por encima de la mía. Y tenía miedo, ¿sabes? Era un peso pesado. El tío era un toro. El ya tenía bigote antes de que la mayoría de nosotros tuviéramos pelo en los huevos.

»Pero todos mis hermanos mayores vinieron a ver la pelea. Victor me llevó a un lado y me dijo: «Pequeño Andras, hazlo sufrir. Él tiene el peso, pero tú tienes la velocidad y la habilidad. Puedes con él». ¿Y sabes qué? Me lo creí.

Z-Lo mira hacia arriba con lágrimas en los ojos.

—Gané esa pelea. Mi familia se volvió loca. Fue la última vez que mi padre me miró con ojos de orgullo, ¿sabes? Y Víctor me levanto sobre sus hombros y empezó a gritar a todo el gimnasio: «¡Este es mi hermano pequeño! ¡Este es mi hermano pequeño!». Fue increíble.

Z-Lo llora y coloca su brazo alrededor de Yoshi. Luego intenta poner el otro brazo alrededor de Espectro, pero el francotirador lo evita.

—Me pregunto cómo estarán ahora, ¿sabes? ¿Estarán tranquilos y escondidos en algún lugar? ¿O también están atrapados en una de esas malditas cúpulas en San Diego? —Se pellizca el puente de la nariz—. Perdonad. Los echo tanto de menos.

—Toma. —Yoshi le ofrece un trago a Z-Lo, pero el chico lo rechaza. Entonces Yoshi mira fijamente su petaca y decide no dar el trago que iba a dar—. Lo siento.

Miro al resto del equipo para averiguar con quién habla Yoshi. Pero entonces Doc levanta la mirada hacia mí.

—Siento haber caído sobre ti —dice Yoshi—. Puse en riesgo la misión y tu vida.

Siento que todas las miradas se posan sobre mí.

—Yoshi, eso no te hace bien. Lo sabes, ¿no? —digo haciendo un gesto con la cabeza hacia la petaca.

Yoshi asiente con la cabeza.

—Ojalá pudiera, pero no es tan fácil.

—Pero si no lo haces, el alcohol decidirá por ti.

Z-Lo atrae a Yoshi hacia sí y le da un apretón extra.

—Te queremos, Mario Bros. Solo queremos que dures más, amigo.

Yoshi asiente con la cabeza e incluso parece derramar una lágrima. Como siempre, no sé si es una reacción genuina o producto del alcohol. Pero, si estamos a punto de entrar en el campo de batalla juntos por última vez, debo aclarar algunas cosas.

—Yoshi. Casi me matas.

—Lo sé. Y yo…

—Lo sientes. Ya lo has dicho. Así que es mi turno. Eres un buen hombre, Yoshida. Un buen médico también. Has tratado a todos en este equipo con respeto. Pero así es como puedes compensarme: tratándote a ti mismo con el mismo respeto.

»Sea lo que sea de lo que estés huyendo, no vas a encontrar las respuestas en el fondo de esa cosa. Créeme. — Tomo aire y hago que Yoshi me mire a los ojos—. Vamos a seguir adelante y a dejar esto en el pasado. Pero si algo como lo de antes vuelve a ocurrir, estarás fuera de este equipo. Y si no estoy para echarte, todos los demás tienen permiso para patearte el culo por mí. ¿Entendido?

Yoshi aparta la mirada.

—Entendido.

—En resumen: te necesitamos, Yoshi.

—Sí, amigo —dice Z-Lo, que vuelve a apretarle el cuello.

Hago una aclaración.

—Te necesitamos sobrio.

—Lo sé.

—No. No lo sabes. Quizás estás empezando a saberlo. Pero hasta que no ahogues al bicho que tienes dentro, no lo sabrás. Porque eso es lo que te dará el poder que necesitas. ¿*Roger*?

Yoshi asiente con la cabeza y luego reúne fuerzas para mirarme a los ojos.

—Gracias.

—De nada.

Observamos cómo arrastran los bidones hasta el borde del muelle y allí los estibadores los cargan en las barcazas. Los trabajadores colocan diez bidones de doscientos litros por barcaza en un círculo apretado y los aseguran con amarres. A continuación, Bumper pide quinientos kilos más de nitrato de amonio para apilarlos alrededor de cada grupo de bidones de la barcaza.

—El mal tiene que morir —dice Espectro.

Todos miramos a nuestro francotirador y esperamos que diga algo más. Pero no. Así que lo animo un poco.

—¿Y qué más?

Espectro me mira con curiosidad.

—Y tengo ganas de firmar su certificado de defunción.

—Me parece bien —sigue Hollywood.

El resto del equipo asiente con la cabeza y surgen algunas sonrisas.

—¿Cómo va? —dice Bumper al vernos.

—Aquí, disfrutando al verte trabajar —contesta Hollywood con una sonrisa felina de agradecimiento. Apoya el codo en una carretilla elevadora y le echa un vistazo a Bumper.

—Nos estábamos preparando para la gran final —digo—. El discurso alentador en los vestuarios y todo eso.

—Entiendo. —Bumper estira el brazo izquierdo—. Bueno, en mi caso, esta victoria es por mi equipo. —Hace una pausa—. Quiero decir, los que no… El equipo ocho de los SEAL.

El hecho de que Bumper sienta la necesidad de diferenciar entre ese equipo y el nuestro significa mucho y lo respeto.

—Por el equipo ocho de los SEAL —digo, y le choco el puño.

—Gracias.

—Bueno, ¿cómo va el tema entonces? —planteo señalando las barcazas.

—Estoy a punto de darle los últimos retoques. Podéis echar un vistazo si queréis.

El equipo asiente y lo seguimos hasta el muelle. Bumper se baja y empieza a sacar juguetes explosivos de unas bolsas de lona.

El tambor más central de cada barcaza lleva una sola carga de TNT atada con cinta aislante y provista de un detonador y un cordón detonante. Bumper incorpora un sistema redundante en caso de que falle el control remoto. Se toma su tiempo para volver a comprobar la carga útil de cada barcaza y luego pasa a examinar los demás explosivos que ha atado a las cadenas que conectan las barcazas.

Cuando parece que está a punto de terminar, le grito:

—¿Todo bien ahí abajo?

—Sí.

Al poco, Bumper sube a la última barcaza.

—Estas son las fiestas que me gustan. Lo único que nos falta ahora es… —dice echando un vistazo al este—. Justo a tiempo.

Vemos un remolcador que bordea la orilla de Corlears Hook. Su capitán va a oscuras, ya que el resplandor de la cúpula proporciona más que suficiente luz. Entonces el remolcador gira lentamente ciento ochenta grados y se alinea con la barcaza más al este de todas. Los estibadores se apresuran en asegurar la barcaza principal al remolcador y Bumper y yo vamos al encuentro del capitán.

Todavía me sorprende que estemos haciendo esto a la vista del puente. Es cierto que el puente de Manhattan proporciona algo de cobertura, al igual que el caos general de una ciudad en plena ebullición. Pero la advertencia de Franky sobre que los androcallos ven mejor en la noche de nuestro planeta me ha tenido en vilo desde que salimos a la superficie y comenzamos esta operación.

Sissy y Vlad están de pie junto a las amarras del remolcador y hablan con el capitán del barco. El tipo parece tener más de setenta años, o incluso ochenta, y luce un bigote blanco manchado de tabaco y grasa.

—Bumpers, Bics —dice Vlad—. Por favor, venid. Este es capitán.

Bumper extiende la mano y estrecha la curtida palma del anciano, al igual que yo.

—Soy Yuriy —dice el capitán con un marcado acento ucraniano, si no me equivoco.

—Encantado de conocerlo —dice Bumper.

Asiento con la cabeza.

—Y gracias por su disposición a ayudarnos con tan poco tiempo de antelación.

—No problemas.

—Se ofreció rápidamente —dice Vlad—. Tiene buenas motivaciones, ¿sí?

Miro a Yuriy.

—¿Y cómo es eso?

—No estaba en casa cuando apareció luz. Pero cuando llegué, descubro…

El anciano se quita la grasienta gorra de capitán para revelar unos mechones enmarañados de pelo blanco. Luego retuerce la gorra en la mano y la sostiene contra su pecho.

—Mi querida Bohuslava no estaba. Marchó hacia… esta abominación. —Sus ojos acuosos se encuentran con los míos y luego con los de Bumper—. Entonces, ¿quieres destruir? Yo ayudo. Venganza.

—Sentimos su pérdida, señor —digo—. Pero estamos agradecidos de contar con su experiencia naval.

Vuelvo a mirar a Vlad y Sissy.

—¿Cómo van los otros preparativos?

—Como pediste —dice Vlad—. Lada informa de que está casi terminado—. Entonces Vlad se inclina hacia mí—. A ella le gusta león americano, ¿no?

—¿Sí? —Miro a Bumper de reojo—. No lo sé.

—Sí. Gran enamoramiento del corazón. Y siento que Sissy y yo debemos advertirte.

—¿De qué?

—Cuando a Lada le gusta hombre, es como leona.

—No, no, no —dice Sissy agitando un dedo—. Ella más fuerte, más poderosa que león.

—Sí. Cuidado —dice Vlad.

—Bueno, agradezco que compartáis vuestra sabiduría conmigo, chicos.

—Esto no es sabidurías —dice Vlad dándome una palmada en la espalda—. Es advertencia.

—Sí. Gracias por eso también.

—Sí. Te cuidamos, como a pequeño y precioso niño americano que necesita protección de mujer de mundo.

Bumper y yo compartimos una breve carcajada y luego le hago un gesto con la cabeza.

—¿Todo bien?

—Oh, hermano, todo muy bien —dice frotándose las manos.

Sabes que la noche va a ser divertida cuando hay un SEAL emocionado por hacer estallar bombas.

—Es viernes en la gran ciudad. ECN —termina.

Capítulo 38

00:15, sábado 26 de junio de 2027
Bajo Manhattan, Nueva York
FDR Drive, río Este

Hay algo mágico en hacer explotar un artefacto extraterrestre con un montón de fertilizante y diésel. Es como decir: «Eh, cabrones, no vamos a malgastar lo bueno con vosotros, ¿y qué hacéis con tantas armas sofisticadas? Que alguien me aguante la cerveza».

Naturalmente, existe la posibilidad de que el enemigo descubra el complot antes de que estemos cerca, que destruya las barcazas y que nos apunte con su visión térmica evolucionada para hacernos saltar por los aires. Pero si esto funciona, sentará un precedente. Será un mensaje que diga a los androquíes que no somos fáciles de convencer y al resto de la humanidad que tenemos otra oportunidad. Que podemos colocar nuestras piezas de ajedrez como queramos y sorprender a un enemigo demasiado confiado al atacar.

¿Pero si no funciona?

No nos habremos vuelto más sabios. Porque estaremos todos muertos. Pero moriremos matando, maldita sea.

Cada Phantom ocupa una moto, cortesía de Sissy y su colección privada. Menos Hollywood. Cuando vimos que faltaba una moto, cruzó miradas con Bumper. El SEAL parecía encantado de llevarla a pesar de que Vlad insistió en que podía encontrar otro vehículo. Cuando Hollywood se subió y rodeó con sus brazos el torso de Bumper, la pillé sonriendo para sí misma. Qué bonito.

Sissy nos proporcionó Harley Davidsons MT350E de 1995 del ejército a Espectro, Yoshi, Bumper y a mí, mientras que Z-Lo se hizo con una antigua moto soviética Dnepr M-72 de 1956 con un sidecar para Aaron.

—Mi bisabuelo tenía una —dice Z-Lo contemplando la moto con nostalgia—. Solo la he visto en fotos.

—Es una buena máquina rusa —dice Vlad dándole unos golpecitos al depósito de gasolina—. Funciona bien en inviernos siberianos.

Verónica está totalmente cargada y me la cuelgo al hombro derecho. En el hombro izquierdo me cuelgo un nuevo SCAR 17. Franky está a mi espalda y se va a quedar ahí un buen rato. El resto del equipo también se ha reabastecido y ha colocado munición adicional de la Segunda Guerra Mundial en los portacargas de la MT350. Incluso Aaron observa la ametralladora DP-27 del sidecar y el cargador superior con temor y emoción a partes iguales.

El Equipo Phantom, junto con Vlad y Lada, está en la FDR Drive, al este del puente de Manhattan, frente a nuestro objetivo. Sissy nos ha deseado una buena caza y *dasvidaniya*, y ha insistido en que lo necesitaban en otra parte; seguramente tenía que regresar a su cueva a fumarse otro puro, beberse una botella de vodka y comerse unos pelmeni para celebrar el fin del mundo. Pero nosotros, si todo va según lo previsto, nos dirigiremos a toda velocidad hacia el oeste después de la tercera fase.

—*Fortis fortuna adiuvat*, señor Bic —dice Bumper desde su moto a mi derecha.

—Eso es verdad —respondo, tomando nota de la querida frase de muchos guerreros que se lanzan a la batalla. La fortuna favorece a los audaces.

—También puede hacer que los maten —añade Aaron—. Si no están preparados.

Bumper hace un chasquido con la boca.

—Bueno, parece que estamos de suerte entonces, porque estamos tan preparados como podemos estarlo.

—Y también tenéis buen apoyo para cubrir espalda—dice Lada, que ha aparcado justo detrás de mí. Entonces hace el sonido de un gato gruñendo—. Y tienes buena espalda.

—Te lo dije, ¿sí? —dice Vlad desde su moto a mi izquierda.

—Sí, amigo. Gracias. —Me inclino y bajo la voz—. Pero sabes que tu hermana también podría estar hablando de ti, ¿no?

—No —dice mientras niega con la cabeza—. No somos este tipo de familias. Eso mal. Ella habla de ti y de tu amplia…

—De acuerdo. Ya es suficiente.

Pero Vlad me hace un guiño y pone los dos pulgares hacia arriba.

—Como David Hasselhoff.

En ese momento su radio emite un chirrido, seguido de la voz de Yuriy diciendo algo en su lengua materna.

—Está posicionado —me dice Vlad.

Miro a Bumper y me doy la vuelta para observar al resto de los Phantoms.

—¿ECN?

—ECN —responden al unísono.

—Entonces vamos a prender la mecha. Fase uno activada.

* * *

Lada da la orden inicial por radio. No entiendo lo que dice, pero tres segundos después, cohetes y rondas de mortero saltan desde ambas orillas río abajo y se dirigen hacia el campo de fuerza del anillo. Estos disparos tienen más alcance que precisión. Pero la artillería no ha de ser precisa, solo tiene que darle al anillo en cualquier lado y es difícil fallar.

Aunque todas las fases de la operación son arriesgadas, esta es la que pone a más civiles en peligro. Pero, afortunadamente, tiene el efecto deseado. A los pocos segundos de que los primeros proyectiles se estrellen contra el muro del portal, que actúa como una membrana sólida dada su resistencia a los materiales no biológicos, la multitud se retrae. Luego, a medida que se acercan más proyectiles esculpiendo estelas de humo en el aire nocturno como si fueran meteoritos, incluso oímos los gritos de los civiles que se retiran.

—Funciona —digo, y bajo los prismáticos.

Bumper echa un vistazo rápido a ambos lados del puente.

—Que Dios los ayude —susurra.

Que Dios los ayude.

Aunque las explosiones de los M3 y los proyectiles RPG detienen el avance de la multitud y la redirigen hacia Manhattan y Brooklyn, la gente aún tiene que atravesar una falange de centinelas androquíes encargados de mantener el orden. Pero a medida que las brigadas de Lada continúan disparando, incluso los centinelas abandonan sus puestos para combatir el asalto desde las orillas.

Solo en dos ocasiones los proyectiles perdidos llegan al puente como tal. Las trayectorias cortas, ya sea por pánico del artillero o por un fallo en la munición, provocan víctimas civiles. No sé cuántas, pero es suficiente para hacerme rezar por los muertos y bajar los prismáticos mientras me estremezco.

Toda operación tiene un coste, y la de esta noche no será una excepción. Es el trato inevitable que se hace en el combate. La gente muere. Pero quienes estamos entrenados y tenemos la tarea de tomar decisiones difíciles soportamos el largo infierno que es luchar con nuestras decisiones hasta que nos unimos a los muertos.

—Enemigos en el aire —dice Espectro desde su moto, con los prismáticos en alto.

Vuelvo a mirar hacia el puente y veo que cuatro naves de descenso despegan de dos en dos y luego descienden hacia ambas orillas.

—Dile a tu gente que se ponga a cubierto —le digo a Lada.

La rusa transmite las órdenes por radio.

Una nave extraterrestre dispara una ráfaga láser parecida a las de Franky contra un edificio de tres plantas cerca del Muelle 1, donde tocamos tierra por primera vez. Sin embargo, el resultado es diferente al que pueda ofrecer Franky: la fachada del edificio explota. Ladrillos y fuego salen disparados hacia el río Este, creando una llamarada momentánea de luz naranja. Una explosión secundaria en el interior del edificio vuela el tejado y envía un espeso humo negro hacia el cielo.

Siento que se me revuelven las tripas. Suponía que las naves de descenso eran muy potentes, pero no había previsto algo así.

—Patrick, tu ritmo cardíaco acaba de aumentar. ¿Todo bien? —dice Franky.

—Las naves...

—Sí. Son unas cabronas, ¿no?

Unos pocos miembros del equipo se ríen brevemente, pero la mayoría parecen estar nerviosos.

—Sí. Ojalá tuviéramos una.

Justo en ese momento, una serie de granadas y proyectiles de M3 salen disparados de un edificio en el lado de Manhattan hacia una nave de transporte. Estoy casi seguro de que lo que veo es un misil FIM-92 Stinger volando hacia el objetivo; un clásico. El impacto desvía a la nave y la envuelve en una nube de fuego.

Pero la nave se recupera a pesar del humo que sale del motor trasero y cambia el rumbo hacia el lugar del fuego antiaéreo. En una beligerante demostración de fuerza, dispara al menos diez ráfagas contra los edificios. Los cristales y el hormigón estallan en varios pisos y las ráfagas atraviesan las paredes. En cada planta se forman bolas de fuego que hacen llover escombros sobre los muelles.

Pero aún no está fuera de peligro la nave enfadada. Varios efectivos de Lada deben de darse cuenta de que la nave ha sido dañada y se vuelcan sobre ella con todo. Al menos media docena de proyectiles golpean sobre el casco antes de que un afortunado lo perfore. La nave estalla.

Nos alegramos cuando vemos caer los restos sobre el río Este.

—Ahora los has cabreado —dice sir Francis.

Como si estuviera corroborando las palabras de Franky, Espectro agrega:

—Ángeles de la muerte en camino.

Efectivamente, observamos el rastro de unos *jetpacks* que se alejan del puente.

—Ordena a tu gente que salga de ahí —le digo a Lada.

Repite mi orden, al menos eso creo. Pero los M3 y los RPG siguen disparando.

—Lada —digo de nuevo, esta vez más serio.

Escucho el sonido de varias voces a través de su radio.

—No es bueno, león americano. Desean quedarse.

—Pero, si mueren, no podemos contar con ellos.

—Rusos somos tercos, ¿sí?

—¡Y estúpidos! Dile a tu gente…

Una mano me toca el brazo. Es Vlad.

—Han elegido, perro alfa. Luchan y mueren esta noche.

Dios, esta gente es exasperante. Pero mientras aprieto los dientes, veo cómo más proyectiles atacan a las naves y a los ángeles de la muerte. Varios *jetpacks* explotan, haciendo caer a sus ocupantes al río. Pero son pocos.

—El puente está despejado —dice Espectro—. Ambos lados.

—Fase dos —le digo a Vlad.

Abre su canal de radio y dice algo rápido en ruso.

Miro con los prismáticos entre los edificios que se alzan cerca del acceso al puente desde Manhattan. Al ver la ausencia total de gente, se me alegra el corazón. Aunque solo valga para darles unos minutos más en este planeta, habrá merecido la pena. A un precio muy alto, sí, pero aún así la merece.

—Los veo —dice Bumper—. Están subiendo.

Veo a un camión de cemento que sube por la rampa.

—Es suficiente —le digo a Vlad, y luego compruebo rápidamente el lado de Brooklyn. Parece que el segundo camión también avanza según lo previsto—. Diles que paren el camión y que se vayan.

Vlad transmite mi orden y veo cómo ambos camiones reducen la velocidad. La fase dos es a la vez una medida preventiva y un ataque. Si fallamos al querer volar el anillo, los camiones sirven para evitar que lleven a los humanos de vuelta al puente.

Justo cuando el conductor del lado de Manhattan se baja de la cabina del camión, un ángel de la muerte desciende y lo hace estallar de un solo golpe. El conductor del lado de Brooklyn tiene más suerte y desaparece de mi vista. Espero que haya escapado.

Sin embargo, la mejor noticia llega cuando Hollywood avisa de que los androcallos están inspeccionando los camiones de hormigón. Agarro mis prismáticos de nuevo; parece que a los bichos les llaman la atención los bidones pintados de rojo y blanco. Al menos tres enemigos se acercan al camión del lado de Manhattan y cuatro por el lado de Brooklyn.

—Adelante —le digo a Bumper.

—¡Vamos allá! —responde

Los dos camiones saltan por los aires.

Instintivamente me protejo la cara de las dos detonaciones y hago una mueca de dolor cuando la primera onda expansiva llega a nuestra posición. Es muy fuerte y me caen algunos trozos de asfalto en la cara. La segunda, de menor intensidad, procedente del camión de Brooklyn, me golpea un poco más tarde.

Pero las bombas ANFO no tienen radiación, ni queman ni tienen metralla. Son estallidos con tanta fuerza que hacen saltar todo lo que esté a su alrededor con gran perjuicio. Que es lo que queremos esta noche.

Tras el estallido de los camiones bomba, el equipo Phantom comienza a evaluar los daños, que van desde cables rotos en el puente y boquetes en la carretera hasta la ausencia de enemigos cercanos.

—Chupaos esa, alienígenas cabrones —dice Z-Lo, que incluso le da una palmada en el hombro a Vlad, aunque luego se lo piensa—. Lo siento, señor… señor mafioso. No era mi intención ofender…

—Esta celebración está bien —responde Vlad con una sonrisa.

Los hombros de Z-Lo se relajan.

—Pero normalmente dispararía en cara.

El chaval se queda pálido.

—Estoy bromeando, América —exclama Vlad, y luego le da una palmada en el hombro a Z-Lo.

—Oh, uf, me lo había creído.

—Pero no estoy de broma. Te disparoaré en cara próxima vez.

—Un momento. ¿Lo dices en serio?

—*Da.*

—Esto… Vale. Me aseguraré de…

—¡Bromeando, América! Dios, qué cara has puesto. ¡Ja!

Bumper se ríe mientras intenta mantener firmes los prismáticos y luego susurra:

—Pobre chico.

—Parece que menos gente atravesará el anillo —dice Hollywood.

—Habrá que asegurarse de eso.

Miro hacia el río y veo que Yuriy ha llegado lo más lejos posible sin arriesgarse a ser detectado. La información de Franky ayudó a los estibadores a aislar el puente del remolcador lo suficiente como para que la única huella térmica humana no llamara demasiado la atención. Sir Franky también insistió en que hacer funcionar el motor refrigerado por agua del remolcador justo por encima del ralentí no levantaría ninguna sospecha siempre que Yuriy no navegara de forma demasiado errática. Creo que tenemos ese punto cubierto.

Miro a Bumper.

—Haz los honores.

—Vlad, inicia la fase tres —dice Bumper.

—Con mucho gusto —responde, y da unas breves indicaciones por radio a Yuriy.

Al instante se producen cinco estallidos simultáneos desde las barcazas. Los destellos delatan la posición de la flotilla el tiempo suficiente para que podamos ver las barcazas en la sombra.

Yuriy dice algo por radio.

—Separaciones exitosas —dice Vlad.

Choco el puño con Bumper.

—Buen trabajo.

—Solo son preliminares —responde Bumper.

—Juegos preliminares ruidosos son mejores juegos preliminares, ¿no crees, león?

Lada me roza desde atrás

—En realidad podría matarte si no tienes cuidado, Bic —me susurra Bumper.

—Es justo lo que temo —respondo.

Todos observamos cómo las barcazas cargadas de ANFO comienzan a separarse y dejan atrás al remolcador. Con la corriente del río Este a tres nudos, las plataformas con las bombas tardarán varios minutos en hacer el resto del viaje por sí solas. Y con cinco oportunidades flotando en el agua me siento más convencido de nuestras posibilidades de éxito.

Hasta que Yuriy llama a Vlad.

—¿Qué pasa? —pregunto.

—Dice que tres barcazas se están desviando de curso.

—¿Cuánto? —pregunta Bumper.

Vlad se comunica con Yuriy.

—Varios grados ahora, muchos metros después.

—¿Cuánto son muchos metros después.

Vlad y Yuriy pasan los siguientes treinta segundos intercambiando opiniones antes de que Vlad vuelva a mirar a Bumper.

—Dice que vientos y corrientes son diferentes a habituales debido a abominación. Hace que barcazas se desvíen de curso y corren riesgo de chocar con orilla antes de puente.

—Me cago en la puta. —Bumper mira fijamente a Vlad—. Pregúntale cómo van las dos restantes.

Hay un nuevo intercambio y finalmente Vlad levanta el pulgar y le responde a Bumper:

—Cree que están bien.

Me dirijo a Bumper.

—¿Qué piensas, experto?

El SEAL deja escapar un largo suspiro.

—Bueno, al prepararnos hemos contemplado esta posibilidad. Solo que me sentía más cómodo con las probabilidades que ofrecían las cinco. Puede funcionar con dos. Pero si se desvían un poco o una fracasa, entonces...

—Entonces desearás que te hubiera despedido —digo.

—Entendido.

La voz de Yuriy vuelve a crepitar por la radio y Vlad sonríe.

—¿Qué pasa? —pregunto.

—Yuriy dice que ahora no tienes preocupaciones.

—¿La corriente corrigió el rumbo? —pregunta Bumper.

—*Nyet*. Yuriy está corrigiendo cursos. Todo bien, chicos sabios.

Hollywood hace avanzar su moto.

—Pero si se está acercando a las barcazas, entonces…

—Entonces no podemos hacerlas estallar. Mierda —dice Bumper.

—No es cierto —dice Vlad—. Yuriy entiende, como tú dices, situación. Él también dice que adelante con plan mientras se encarga de llevar barcazas dentro de rangos óptimos.

—No puedo hacer eso —dice Bumper—. Tiene que alejarse de los explosivos.

—Bumper, escucha…

—No, escúchame tú. —Bumper se pone de pie junto a la moto—. No voy a detonar a un viejo innecesariamente cuando hay otras opciones.

—¿Y estás seguro de que otras opciones funcionarán?

—No. Pero creo que…

—Entonces Yuriy asegura que tengas opciones al cien por cien, ¿sí? Todo está bien, león marino. Yuriy sabe qué debe hacer y esta es manera de Ucrania. Vieja manera. No puedes cambiar su opinión ya de todos modos. Está en ello.

Bumper vuelve a sentarse en la Harley.

—Maldita sea.

Franky habla desde mi espalda.

—Esta es una situación realmente conmovedora y destacable.

—Ahora no, amigo —digo.

—Pero puede dar lugar a problemas serios para el plan.

Miro a Bumper al escuchar la intervención de Franky.

—¿Como qué?

—Como que los androquíes quieran saber por qué hay un barco que de repente está intentando maniobrar con cinco barcazas bajo su anillo de esclavización.

—¿Entonces crees que se darán cuenta? —pregunto, solo para asegurarme de que nos estamos entendiendo.

—Absolutamente, Patrick. Incluso si la huella térmica de Yuriy permanece oculta, al ver el barco querrán investigar.

—¿Y cuando investiguen?

—Harán explotar las barcazas —dice Franky sin emoción—. Seguramente podreis eliminar una de sus naves, sí. Pero no el resto. Atacarán a distancia y harán estallar los explosivos desde lejos

—Vlad, coge la radio y ordena a Yuriy que se retire. Ahora —digo

Asiente y abre el canal. Pero tras varios intentos y ninguna respuesta, Vlad me mira con preocupación.

—Creo que Yuriy ha desconectado radio.

—Maldita sea. Plan B, Phantoms.

—¿Tenemos un plan B? —pregunta Z-Lo sin dirigirse a nadie en particular.

—Sí. Se llama improvisar sobre la marcha. En marcha.

Arranco la moto y me alejo. Joder, qué gusto da acabar una conversación así. Seguramente voy a morir y no voy a volver a mi cabaña, así que no veo motivo para retrasar lo inevitable. La muerte lleva mucho tiempo acechándome.

Capítulo 39

00:39, sábado, 26 de junio de 2027
Bajo Manhattan, Nueva York
FDR Drive, río Este

—Oye, Franky —grito por encima del rugido del motor de mi Harley.

—Aquí sigo, Patrick.

—¿Estás siguiendo a las barcazas con tus sensores?

—Naturalmente. Lo veo todo, lo sé todo.

—Excepto cuando necesitas una indicación específica, ¿no?

—Claro. —Hace una pausa—. Un momento, ¿estás insinuando que crees que estaba tomándote el pelo?

—Es justo lo que estaba insinuando, sí.

—No seas absurdo. Yuriy está redirigiendo las barcazas.

—¿A qué distancia está?

—Necesita cubrir unos quinientos metros. Al ritmo actual de ocho nudos, eso significa que las barcazas estarán en posición en poco más de dos minutos.

Dos minutos. Mejor de lo que pensaba.

—¿Alguna señal que indique que lo han descubierto?

—No, Patrick. Te avisaré cuando… Lo han descubierto.

Eso ha sonado raro, suena como los rusos.

—¿Quieres decir que me avisarás cuando lo hayan descubierto o que ya lo han descubierto?

—Ya lo han descubierto. ¡Ahora mismo! ¡Es hora de que empieces a mover tu pequeño trasero!

Cuando pasamos por debajo del puente de Manhattan, hago una señal al resto del equipo para que reduzcan la velocidad.

—Quiero que lo que sea que tengamos dispare a esa nave.

Todos miran hacia el suroeste, donde una nave está descendiendo hacia el remolcador de Yuriy.

—Bumper, espera mi señal.

Asiente con la cabeza.

—Todos los demás, ponédselo lo más difícil posible.

Desengancho a Verónica con la mano izquierda y luego acelero. Mientras hago zigzag entre los vehículos muertos por FDR Drive, digo:

—¿Estás lista, Verónica?

—Usuario Doce, por favor confirme la selección de designación del arma: Verónica.

—Confirmar.

—Perfil actualizado. Verónica en espera.

—Es muy doloroso escuchar esto —dice Franky.

—Hasta que te arreglemos, acostúmbrate, amigo—. Luego le digo a Verónica—: Dame algo para llamar la atención de ese cabrón.

—Término vulgar «cabrón» identificado. Por favor, confirme su…

—Oh, por todas las prostitutas de Dublín. ¿Queréis callaros ya?

Noto cómo Franky vibra a mi espalda y Verónica brilla en mi mano izquierda. De repente, el arma dice:

—¿Qué carajo le está pasando al mundo ahora mismo y qué excusa tienen? Suena como una madre latina muy cabreada.

—¿Verónica?

—¿Me estás preguntando mi nombre?

—Solo quería…

—¿¡Me estás preguntando mi nombre!?

—¿Franky? —pregunto mientras sigo esquivando coches—. ¿Por qué suena como Salma Hayek en *El otro guardaespaldas*?

—Bravo, pequeño truhán. Parece que has visto bastantes películas en esta vida y tienes una memoria impresionante.

—¿Te estás haciendo el gracioso?

—No, mi buen hombre. Simplemente estaba tratando de, ya sabes, darle un poco de vida al asunto.

—A lo mejor le has dado demasiada vida.

—Posiblemente. Pero ya te advertí de que era una auténtica idiota.

—O simplemente quieres que lo sea.

—Mmm. Bueno, eso también, sí. ¿Te importaría que la desprogramara?

—No hay tiempo. —Levanto a Verónica—. Dame algo para llamarles la atención, nena.

—Oh, ¿quieres llamarles la atención? ¿¡Quieres llamarles la atención!? ¡Vengan aquí, pendejos!

—Oh, Dios mío, me arrepiento de mi decisión —dice Franky.

Apunto con Verónica y aprieto el gatillo. El retroceso empuja mi moto hacia la derecha y me tengo que desviar para mantener el equilibrio. Sin embargo, el rayo atraviesa el río e impacta en el centro de la nave. Se produce una explosión de energía azul.

—¡Ahí les va eso, pinches alienígenas! —grita Verónica.

Pero la explosión no ha anulado los motores y la nave se aleja de la posición de Yuriy para venir hacia nosotros.

—Parece que con esto le hemos dado un poco más de tiempo a Yuriy —dice Bumper.

—Sí, ¡y ahora vienen a por nosotros! —añade Hollywood.

La nave sale disparada por encima del río Este y se pone detrás de nosotros. Está tan cerca que siento su calor en la nuca. También veo un sedán blanco que cae al agua a mi izquierda.

—Quisera sugerirte que dispararas de nuevo, Patrcik —dice Franky.

—¡Lo mismo otra vez, Verónica! —grito.

—Enseguida, güey —dice.

Aprieto el gatillo.

Un segundo estallido de energía como el primero se estrella contra el morro de la nave. Como ya he comprobado anteriormente, no hay cristal que se pueda romper. Pero el motor de la izquierda empieza a echar humo y la nave intenta compensarlo dándole más potencia.

Otra explosión de energía golpea la carretera detrás de nosotros. Los trozos de asfalto caliente que salen disparados me dan en el pecho y en el casco. Acelero y avanzo haciendo un eslalom entre los coches hasta que la nave cae a nuestras seis.

Más rayos de energía pasan zumbando a nuestro lado e impactan en los coches de los carriles de delante. Algunos vehículos salen volando por los aires y otros explotan directamente y sus restos ardientes nos dan. Oigo el ruido de nuestras armas automáticas detrás de mí: el equipo está dándole un baño de plomo al enemigo que nos persigue. Tengo dudas de que le esté afectando, pero todo cuenta. Además, así estamos dándole más tiempo a Yuriy.

—Sesenta segundos —grita Franky.

Transmito el mensaje al resto del equipo y acelero. Estamos casi en el puente de Brooklyn, que no es donde querría estar. Para sobrevivir a las explosiones de ANFO que se vienen, tenemos que alejarnos del puente. Aunque mi instinto me dice que intente saltar un bordillo para seguir por Manhattan, eso solo conseguiría llevarnos más cerca de la gente a la que estamos intentando salvar. Ahora mismo, nuestra mejor opción es sguir por FDR Drive.

Me coloco a Verónica en el hombro derecho, me agacho contra el manillar y disparo a ciegas. Ni siquiera puedo mirar hacia atrás para ver si le he dado a algo. Pero no es necesario.

—Apuntas como si hubieras tomado demasiado ron, guapo —dice Verónica—. Pero yo cubriré tus seis.

—Gracias.

—¡Ángeles de la muerte en camino! —grita Yoshi.

—Menudo día, tío —me digo a mí mismo.

Efectivamente, tres siluetas luminosas se elevan desde el Bajo Manhattan y se colocan detrás de nosotros junto a la nave que nos persigue. Más explosiones continúan arrasando la carretera y reventando coches.

—Veinte segundos —anuncia Franky.

Solo un poco más.

El equipo circula por los carriles de la mejor manera posible, dadas las circunstancias, y disparando al enemigo como puede. Yoshi grita algo en japonés mientras dispara su SCAR 15. Los destellos de la boca del cañón adornan su cara como un *flashback* romántico de *anime*. Z-Lo dispara con su Tavor de un lado a otro y Aaron se las arregla para desbloquear su DP-27. Lo apoya en la parte trasera del sidecar y empezar a vaciar el cargador de sobre la nave.

Al no poder empuñar ninguno de sus rifles de francotirador mientras conduce, Espectro ha sacado un MP7 que cogió del arsenal de Sissy y con el brazo extendido apunta a los ángeles de la muerte con una precisión sorprendente. Los tres rusos están aguantando el tipo con sus AK-47. Es como si hubieran nacido disparando. Posiblemente sea el caso.

Pero Hollywood tiene la mejor posición. Se ha puesto en el regazo de Bumper para apuntar hacia atrás de cara y, según veo, es la que más está acertando en el blanco. No tiene excusa: los hombros de Bumper son unos apoyabrazos enormes. Está claro que él también está disfrutando, porque el tío lleva una sonrisa de oreja a oreja.

—¡Preparaos! —grita Franky—. ¡Es la hora!

Miro a Bumper.

—¡Adelante!

Saca el detector de la bolsa, le quita el seguro y aprieta.

* * *

Es una sensación extraña salir despedido desde una motocicleta a toda velocidad. No es exactamente algo que recomendaría, especialmente cuando la causa son toneladas de nitrato de amonio. La vida no me pasa por delante de los ojos. No tengo visiones de Dios, el cielo o el infierno. Pero puedo decir que el tiempo se ralentiza.

Estoy en el aire, con los talones un poco por encima de mi cabeza, y mirando hacia atrás para contemplar el brillante estallido de energía. La onda expansiva invade el anillo, el puente y el río Este. Y también nos invade a nosotros. Veo a los ángeles de la muerte girar sin control y a los coches detrás de nosotros salir despedidos. Incluso la nave.

Y entonces todos caemos.

Me golpeo contra el asfalto, primero el hombro izquierdo, y siento un dolor desgarrador que me atraviesa la cabeza y el torso y me deja sin aire. La explosión me ha reventado los oídos, pero aún puedo oír los ruidos amortiguados del metal chocando, de los objetos pesados que se estrellan contra la carretera y de los cristales que estallan en oleadas. Pero incluso cuando siento que mi cuerpo desfallece y que me arden los brazos y las piernas, no pienso en mi equipo, ni en las armas, ni siquiera en la gente de Nueva York. Solo pienso en una cosa.

El anillo.

Intento incorporarme, pero la cabeza me da vueltas. Me apoyo en el suelo con la mano izquierda. Luego con la derecha. Me arden las terminaciones nerviosas. Me incorporo, intentando mitigar el vértigo que me invade. Me duele parpadear, pero lo hago de todos modos para intentar ver con claridad. Estoy mirando en la dirección correcta, porque el puente Brooklyn está a la vista.

Al menos distingo su forma.

Las sombras que revolotean frente a mis ojos son extrañas. Ha desaparecido el constante resplandor azul de la cúpula. Ha desaparecido el campo de energía hipnotizante del portal. En lugar de eso, tan solo veo una nube de escombros iluminada por la luna y que envuelve las torres rotas y los cables caídos.

Los sonidos de los escombros que caen el agua ponen de manifiesto lo poco que puedo oír en estos momentos. Siento temblores a través de la calzada y noto las vibraciones de las estructuras que caen. Incluso creo oír olas que se estrellan en las calles más cercanas al agua. Y entonces otro sonido familiar se mezcla con el ruido de la destrucción.

Son vítores.

Me recuerda a todos los partidos de béisbol a los que he ido. Puedo ver las caras de los aficionados, sus brazos levantados, sus cabezas inclinadas hacia atrás. Se derrama cerveza, lanzan palomitas. Su equipo ha ganado. Están contentos. Y están vivos.

Oigo a los neoyorquinos gritar de emoción en las calles que se pierden a mi izquierda. Incluso al otro lado del río, en mi cuna, Brooklyn. Voces. Aplausos. Sus alabanzas se elevan en el cielo nocturno de la ciudad.

—Lo hemos conseguido —digo a las estrellas y me dejo caer en el suelo.

Son un espectáculo para los ojos. Luego la oscuridad penetra en mis ojos y lo único que quiero es echarme una siesta bien larga en mi cabaña en el campo.

Capítulo 40

05:27, sábado, 26 de junio de 2027
Bajo Manhattan, Nueva York
Ruinas del puente de Brooklyn, río Este

—No puedo creer que las torres sigan en pie —dice Yoshi.

El médico está atendiendo el labio dañado de Z-Lo y hace una pausa para dar un trago a su petaca. Me mira, pero no voy a reñirlo. Es él quien decide cuándo parar. Yoshi se limpia el sudor, la sangre y la suciedad de la cara y se pone manos a la obra de nuevo con Z-Lo.

Falta poco para que el sol asome por el horizonte. Los Phantoms, Vlad y Lada estamos sentados en las ruinas del puente de Brooklyn, lamiéndonos las heridas y reflexionando sobre nuestro logro, si acaso puede llamarse así.

—Parcialmente en pie —dice Espectro.

—¿Cómo? —pregunta Yoshi sin apartar la vista de Z-Lo.

—Las torres siguen parcialmente en pie.

—Imagino que gracias a la excelente ingeniería alemana —añade Franky—. John A. Roebling estaría orgulloso.

Frunzo el ceño.

—¿Por volar su puente?

—Bueno, no es justo lo que pensaba cuando he compartido ese comentario. Pero supongo que quizá se sentiría impresionado… de una manera disfuncional y bárbara.

—Por si sirve de algo, puede que Roebling naciera en Alemania, pero el puente nació en Estados Unidos. Así que es ingeniería americana y es la razón de que esas torres sigan en pie.

—¿Quieres estarte quieto, chaval? —le dice Yoshi a Z-Lo.

Lleva veinte minutos intentando coserle puntos. Bueno, en realidad lleva desde que nos conseguimos levantar del aslfato, hace horas. Pero había mucho trabajo que hacer.

Espectro fue el que más atención médica necesitó y todavía cojea bastante. Los demás sufrimos contusiones y quemaduras diversas, pero nada que pusiera en peligro nuestra vida.

Mientras Yoshi atendía a nuestro francotirador, los demás comprobamos los androquíes muertos que nos habían estado persiguiendo. La nave y los ángeles de la muerte salieron despedidos del cielo por la explosión de ANFO. La nave acabó en algún lugar del Bajo Manhattan y los ángeles de la muerte se golpearon contra los coches y los edificios circundantes con la suficiente fuerza como para que su blindaje se abriera de cuajo. Dos disparos en el pecho o en la cabeza bastaron para que no se volvieran a levantar nunca más.

Prestamos ayuda a varios civiles que encontramos. Por último, subimos por lo que quedaba de la rampa del lado de Manhattan para ver la destrucción desde arriba.

Sorprendentemente, las torres principales siguen, como ha indicado Espectro, parcialmente en pie. Si la ciudad quiere restaurar el puente a su antigua gloria, tendrá que llamar a bastantes albañiles. Trozos de acero y hormigón cuelgan de los cables principales, raídos, y algunos caen sobre un turbulento río Este que alberga restos extraterrestres. Y lo que era el tramo central del puente de Brooklyn es ahora un conjunto de vigas y asfalto destrozados que han sido sacrificados en el altar del anillo de esclavización de los androquíes.

—Lo consiguió —dice Bumper apoyado en una losa de hormigón a mi lado mientras los primeros rayos de sol dibujan la silueta de las ruinas contra el cielo cálido—. Me refiero a Yuriy. El viejo era un fenómeno.

Asiento con la cabeza.

—En paz descanse.

—¡Ja! No está descansando. Demasiadas vírgenes ahora —dice Vlad mientras hace un gesto para que Yoshi comparta su petaca.

Yoshi se la pasa y Vlad la agarra de un tirón.

—Creo que no te pillo, Vlad —digo.

—Sí me pillas. —Se limpia la boca y le da las gracias a Yoshi por el trago—. Extremistas musulmanes, dicen que sus hombres obtienen setenta y dos vírgenes al morir, ¿sí?

—Hasta que descubren que las vírgenes son las que murieron en sus propias filas.

Z-Lo se ríe y trata de chocar los cinco con Espectro.

Espectro mira a Z-Lo.

El chaval baja la mano.

—¿Y sabes para quién se reservan verdaderas vírgenes celestiales? —dice Vlad golpeándose el pecho—. Para rusos, como pago por guerra ruso-afgana. ¡Ja!

—Vladimir, cállate —dice Lada.

—¿Qué? Es verdad.

—Claro, claro. ¿Y qué reciben las mujeres rusas?

Vlad piensa un segundo y me señala.

—Más perros alfa.

Lada levanta una ceja y me mira.

—Me gusta eso.

Quiero cambiar de tema, así que le doy una palmadita a Franky en el costado.

—Entonces, ¿crees que vendrán a por nosotros, amigo?

—¿Los androquíes? Con el tiempo, sí. Tendrán mucho interés en averiguar quién voló su anillo de esclavización. Pero como habrán asumido que su infraestructura militar ha sido aniquilada, no tienen personal de sobra. Pasarán algunos días antes de que lleguen los exploradores militares. Así que todavía tenéis tiempo para esconderos.

—¿Quién ha dicho nada de esconderse? —Hollywood se lleva las manos a las caderas—. No pienso esconderme.

—Estoy de acuerdo con pequeña dama de ejército —dice Vlad, pero luego parece pensar mejor su comentario al ver que Hollywood se tensa—. Pequeña pero extremadamente poderosa y dominante dama de ejército.

—Eso está mejor —dice ella.

—Entonces, ¿adónde vais a ir? —pregunto—. Hemos completado la misión, Nueva York está libre de…

—Por el momento —añade Franky.

—Es de bien nacido ser agradecido, Franky.

El sol calienta nuestros rostros. Vuelvo a mirar al grupo.

Miro alrededor del grupo mientras el sol calienta nuestras caras.

—Entonces, ¿adónde vais a ir?

Todos tienen un aspecto demacrado y sucio. Pero no parece que nadie quiera desvelar sus intenciones, así que empiezo yo.

—Bueno, voy a volver a casa. Supongo que llamarán a la reserva y los más inteligentes elaborarán un plan.

Miro a Bumper para que diga algo. Pero me mira con los ojos entrecerrados.

—¿Tengo permiso para hablar con libertad, Bic?

—No me vengas con esa mierda, Bumper. Di lo que tengas que decir.

Mira a su alrededor antes de respondes.

—No creo que haya reserva. Al menos no la habrá durante mucho tiempo.

—Puedo confirmar la conclusión de Bumper —dice Franky—. He estado monitoreando todas las frecuencias y, aparte de oscilaciones muy distantes y apenas perceptibles, lo que implicaría que al menos alguien de vuestra especie está manteniendo contacto por radio, no hay nada ni remotamente cercano a una orden militar.

Bumper frunce el ceño y asiente a Franky antes de continuar.

—Y creo que ya hemos dejado claro que todas nuestras respectivas unidades están… Bueno, y estoy bastante seguro de que ya hemos establecido el hecho de que nuestras respectivas unidades están… Bueno, estamos solos por el momento, Bic.

—Entonces podéis ayudar a la buena gente de Nueva York a trasladarse al campo. Eso es lo que haré en mi tiempo libre.

—No somos Greenpeace. No nos han entrenado para eso —dice Hollywood.

—¿Y para qué?

—Para esto —dice señalando al puente—. Para hacer volar cosas por los aires. No, más que cosas… ¿Cuál era esa palabra, sir Francis?

—¿Qué palabra?

—Para los cabrones estos.

—Ah, sí. Creo que te refieres al término antiguamente…

—Pazguatos —digo, ahorrándonos a todos la bienintencionada pero innecesariamente larga explicación de Franky.

Hollywood chasquea los dedos.

—Eso. Nos han entrenado para eliminar a estos pazguatos y mandarlos de vuelta a Androcallo Prime.

—Androquía Prime —dice Franky.

Hollywood niega con la cabeza.

—No. No sé el resto, pero yo no me voy a ir a pastar al campo mientras espero que el enemigo vuelva a colocar sus anillos. No mientras tenga un arma en la mano.

—*Roger* —dice Bumper.

Yoshi y Z-Lo chocan los cinco y Espectro hace un pequeño gesto con la cabeza.

—Estoy de acuerdo con *sexy* dama de ejército —dice Vlad.

Ahora es Bumper el que se pone tenso.

—¿Qué has dicho, amigo?

—Estoy de acuerdo con sexy dama de ejército.

No puedo evitar reprimir una pequeña risa.

Hollywood apoya la cabeza en el brazo de Bumper.

—No pasa nada.

El SEAL parece tomárselo bastante bien, pero queda claro que se está volviendo más posesivo con Hollywood.

—Adelante —le dice Hollywood a Vlad.

—Lada y yo no compartimos opinión de nuestro hermano de escondernos. No es nuestro estilo estar esperando fin.

Lada asiente ante las palabras de su hermano.

—Esta es manera de Bratva. Pero no manera de ejército ruso. Y nunca ha decepcionado.

—Así que queréis seguir luchando —le dice Bumper a los hermanos rusos—. Con nosotros.

—*Da.* Mejor que morir en la Ciudad Vagón con pantalones por tobillos —dice Vlad.

—¿Y por qué es mejor morir así? —pregunta Franky.

—Eso ya lo hablaréis más tarde —intervengo—. ¿Pero Sissy no querrá que os quedéis?

—Es hermano mayor, sí. Pero no es madre. No nos controla —dice Lada.

—Ahora somos luchadores por libertad —dice Vlad—. Y si todos vais a luchar, nosotros también. Aunque Madre Rusia es hogar de nuestro corazón, Estados Unidos también es hogar. Esto es gran sueño americano de libertad, ¿sí? —afirma señalando a la ciudad—. Y también amamos esto y también es nuestro hogar. Así que cuando insignificantes alienígenas vienen y traen lucha a estas casas, nosotros luchamos. Estamos con vosotros, envueltos en viejas y gloriosas barras y estrellas rojas, blancas y azules. Y decimos: *Poshel na khuy!*

Todos los Phantoms asienten en agradecimiento por las palabras sentidas de Vlad, y creo que sé qué significa lo último.

—No te ofendas, Bic —dice Hollywood pasados varios segundos—. Pero no creo que haya nadie más inteligente que tú ahora mismo.

—Los halagos no son lo tuyo, Hollywood.

—No es un halago. Mira a tu alrededor. ¿Qué otra ciudad ha derribado un anillo? ¿Y no dijo Franky que somos los primeros de cualquier civilización en hacerlo?

—Eso he dicho, sí —responde Franky.

Antes de que pueda rebatir, Hollywood vuelve a la carga.

—Quien más información tiene es el más inteligente.

—Tal vez soy el mejor informado, pero no el más inteligente —respondo.

—Bien. Pero sabes usar tus recursos, sabes resolver problemas, sabes dirigirnos. Si eso no es inteligencia, entonces no sé qué es.

—Lo siento, equipo. Hemos cumplido nuestra misión, hemos trabajado duro y ahora me toca…

—¿Te toca qué? —dice Hollywood poniéndose en pie—. ¿Rendirte?

—Eso no es lo que…

—¿Retirarte y dejar de luchar?

—Oye, todos habéis pasado por lo mismo que yo, así que podéis…

—No —dice Aaron.

Todas las miradas se dirigen hacia él.

—¿Cómo? —pregunto.

—No todos han pasado por lo mismo que tú, Pat. Tú… tú has pasado por más que todos ellos juntos, si no me equivoco. Y estás cansado porque, sí, ya has pagado todas tus dedudas. Pero eso es precisamente lo que te convierte en líder ahora mismo.

Se levanta y se acerca a mí.

—Sé que estás cansado. Por Dios, yo nunca he estado más cansado y asustado en toda mi vida. Pero esta lucha… no es de otros. Es tuya. Y es mía. Y si Jack estuviera aquí…

—No sigas.

—Y si Jack estuviera aquí, te pediría que le dejaras tomar la delantera otra vez.

Un huracán de emociones emana de mis entrañas, pero lo detengo en mi garganta antes de que me traicione. Estoy a punto de golpear a Aaron como un acto reflejo y también estoy a punto de echarme a llorar. Y ambas cosas me cabrean. Aprieto la mandíbula porque si no voy a decir algo de lo que me arrepentiré.

Creo que Aaron se da cuenta de que ha abierto la caja de Pandora y da medio paso atrás. Pero sigue mirándome fijamente, y sé que no va a desistir. Así que tengo que responder.

—Sabes lo que nos espera ahí fuera, ¿verdad? La muerte —digo señalando el sol por encima del hombro de Aaron.

—También nos esperaba aquí —dice Hollywood.

La oigo, pero sigo aguantándole la mirada a Aaron.

—Jack está muerto porque yo dije que sí, Aaron. Yo. Nadie más. Y ya dije que sí a este equipo una vez. —Miro a mi alrededor—. Hemos engañado a la muerte una vez, sí. ¿Pero dos veces? ¿Teniendo en cuenta la situación? —Muevo la cabeza y siento que el bulto regresa. Veo las imágenes del cadáver de Jack—. No podemos engañar al diablo más de una vez. Aprende demasiado rápido. Tendrá que ser otra persona, no yo.

—¡Maldita sea, Pat! ¡No hay otra persona!

Aaron tiene la cara roja. Y yo también. Me siento como si tuviera una maldita estufa de leña en las mejillas. Pero ni él ni yo nos movemos y el resto del equipo está callado.

Una pequeña voz rompe la tensión. La voz de Franky.

—Al menos contigo morirán luchando por lo que creen.

Aparto los ojos de Aaron y miro el arma.

—¿Qué has dicho?

—Tu discurso. Puedes ganar por una mala causa, pero luego tienes que vivir cargando el peso hasta ir al infierno. O puedes morir por una buena causa y decirle al diablo en persona que se joda. Me parece que, si te marchas, vivirás, pero cargarás el peso. —Hace una pausa—. Y por algún motivo creo que ya has cargado con mucho peso.

—¿Ahora eres mi maldito terapeuta?

—No. Pero tiene razón —dice Hollywood.

Me vuelvo hacia ella con los puños cerrados. Sabe Dios que jamás la pegaría. Pero tampoco quiero admitir que tiene razón. Y Aaron. Y el maldito Franky.

Inclino la cabeza hacia atrás, me paso una mano por la cara y miro al cielo azul. Las gaviotas han vuelto, chillando como las ratas aladas que son. Una brisa fresca me lleva el aire salado del mar a la nariz. Y a lo lejos oigo el rumor constante de las masas que salen de la ciudad. Viven.

Por nosotros.

—Todos vamos a morir —digo.

—Lo estoy deseando —responde Bumper antes de que las palabras salgan apenas de mi boca.

—Y os vais a arrepentir. Vais a lamentaros y a desear no haber tomado esa decisión —añado.

—Me muero de pena —dice Hollywood.

—Hablo en serio, sargento.

—Yo también, sargento jefe de artillería.

Me está cabreando. Pero para bien. Me está cabreando tanto como para decir que quiero que nos aseguremos de que los androcallos sepan que están jodiendo a la especie equivocada, incluso si conquistan el planeta entero.

—Sois todos unos pazguatos, ¿lo sabíais?

—Sí —responden varios.

—No estoy familiarizado con este término —dice Vlad—. ¿Qué es pazguatos?

—Un tipo de desayuno que le gusta mucho al enemigo —dice Z-Lo.

—Sí. Y a la hora de la comida ya les duele —dice Yoshi sonriente.

—¡Sí! —grita Verónica—. ¡Y luego les quema el culo toda la noche, como jalapeños!

Hollywood sonríe, pero luego me mira con seriedad.

—Entonces, ¿eso significa que sigues?

Respiro profundamente.

—¿Alguien conoce al santo patrón de las cabañas de madera?

—Supongo que sería san José, que era carpintero. ¿Por qué? —dice Z-Lo.

—Porque voy a necesitar su ayuda para trasladar la mía de las Pocono a las puertas del cielo.

* * *

La euforia y los aplausos del equipo duran hasta que alguien, concretamente Hollywood, formula la pregunta obvia.

—Entonces, ¿cuál es el plan, Bic?

Varias jugadas de ajedrez revolotean por mi cabeza. Las ideas van y vienen tan rápido que la mitad de las buenas se pierden. Hay que tener una gran fortaleza mental para atraparlas al vuelo y mucha más para elaborar una estrategia que te permita ir diez jugadas por delante de tu oponente. Pero eso es lo que te gusta, ¿no, Bic? Planear la muerte del enemigo, jugada a jugada.

—¿Bic? —pregunta Hollywood.

—Estoy pensando.

Aprieto los labios por un momento. Algo está tomando forma en mi cabeza a pesar de la fatiga, el hambre y la deshidratación. Son el tipo de cosas que quitan el sueño. Que ofrecen un propósito. Un proyecto. Una misión.

Miro al equipo, luego a las ruinas del puente y luego al sol naciente.

—Si queremos luchar contra los androcallos, no lo lograremos defendiéndonos.

—Al ataque entonces. —Bumper se frota las manos—. No puedes ganar un partido sin meterla.

—Igual que con una chica —dice Hollywood.

—Guau. —dice Z-Lo.

El ánimo del equipo se está levantando y eso es bueno. Pero estoy preocupado. El dolor de cabeza me está matando y tengo ganas de comer algo y echarme una buena siesta. Pero hay una idea que continúa revoloteando por mi cerebro, como si fuera un gusano bajo tierra que quiere asomar la cabeza.

Me inclino hacia delante y me sujeto la cabeza con las manos. Me froto las sienes cuando veo una prótesis de cadera encajada en una grieta del asfalto. Es uno de tantos restos que vi en la entrada del portal.

Miro a Aaron.

—En la Antártida se llevaron a Lewis.

—Por Dios, Pat. ¿Tenemos que hablar de eso ahora?

—¿Recuerdas si se le quemó la ropa al atravesar el portal?

—¿Qué? No. ¿Por qué?

—¿Recuerdas si se le prendió fuego a la ropa cuando el dron lo agarró?

Aaron se queda pensativo.

—No, no que yo recuerde. ¿Por qué?

—Eh, Franky.

—A tu disposición, viejo amigo.

—¿Hay alguna diferencia entre el funcionamiento del portal de esclavización y el de la Antártida?

—No. Ambos actúan como punto de transporte hacia Androquía Prime.

—No me refiero a eso.

Agarro la prótesis del suelo.

—Oh, Dios mío. ¿Es lo que yo creo? —dice Hollywood.

—¿Pequeño palo de metal para matar ardillas? —pregunta Vlad.

Hollywood lo mira fijamente y me susurra:

—¿De verdad quieres que venga con nosotros?

Ignoro su comentario y me concentro en Franky.

—El anillo de esclavización. Filtra todo el tejido no humano, ¿verdad?

—Sí. Pensaba que ya había quedado claro.

—Pero el otro anillo, el de la Antártida, no —digo mirando fijamente a Aaron, que parece que empieza a entenderme.

—A Lewis no se le quemó la ropa. Ni nada —añade Aaron.

—Exacto —digo.

—¿Por qué no se me ocurrió antes? —Aaron se pone en pie y empieza a dar vueltas—. Eso significa que tienen propósitos diferentes.

—Bravo —interviene Franky—. Tenéis una buena capacidad de deducción ambos. Ahora, si me lo permitís, os brindaré algo más de información para demostrar que soy indispensable para el equipo a pesar de mi incapacidad para disparar.

—Uno es para transportar los esclavos a su planeta —digo.

—Sí, pero ahora es mi turno —dice Franky.

Aaron me mira con los ojos muy abiertos.

—Mientras que el otro es para...

—Para obtener recursos de cara a invasiones —concluyo.

—Venga ya. Me habéis robado el protagonismo, papanatas. Ya podéis tirarme por la borda. ¡Lenguados, allá voy!

—Entonces es verdad —le digo a Franky.

—¿Ahora de repente quieres que intervenga?

—Tiene sentido, ¿verdad? —Me pongo de pie como Aaron y miro a Hollywood y a Bumper—. No llevarías a esclavos al mismo lugar donde preparas las invasiones.

—Diferentes objetivos, diferentes campos de acción —responde Bumper.

—Se necesitarían celdas de detención, salas de interrogatorio y más —añade Espectro.

—Mientras que el otro es para los altos mandos —dice Yoshi.

—Y eso podría explicar también las diferencias de potencia y tamaño —añade Aaron.

—¿Ya habéis terminado? —pregunta Franky.

—Lo siento, amigo. ¿Quieres añadir algo?

—Bueno… sí. Los dos anillos son… Arg. Lo habéis deducido bastante bien sin mi ayuda.

—Eso son bobadas —dice Lada acercándose a Franky y pasándole los dedos por el cañón—. Algo fuerte y formidable dice a Lada que tienes muchos secretos esperando ser sacados de tus entrañas, ¿sí?

—Patrick, ¿está… hablando contigo o conmigo?

—Ya lo averiguaremos. —Bajo a Franky—. Creo que estamos ante el inicio de un plan, amigos.

—El enemigo tiene algo que podemos explotar. Y no en el sentido de hacer bum —dice Bumper.

—Un momento. ¿Sugieres que volvamos a *yuzhnyy polyus*? —dice Vlad. Asiento con la cabeza.

—Al Polo Sur. Sí.

—No quiero parecer aguafiestas, ¿pero no está un poco lejos? —dice Hollywood—. Y andamos un poco escasos de… no sé… ¿aviones y combustible?

—Así es —confirmo en tono conciliador. Pero sospecho que el transporte no será un problema—. ¿Algo que decir, Franky?

Hay un largo silencio antes de que el arma diga algo.

—¡Parad las rotativas! ¡Nadie me interrumpe!

—Habla.

—¿Seguro? Porque hace un rato ha habido mucha interrupción y mucho foco robado.

—Te lo juro por Snoopy.

Franky se aclara la garganta. Es como si pudiera verlo ajustándose la pajarita y peinándose hacia atrás.

—Bueno, ahora que lo mencionas, no diría que un viaje a la Antártida, suponiendo que estés pensando en luchar y no solo defender, como has insinuado, esté totalmente fuera de lugar.

Hace una pausa como si esperara una interrupción. Pero no la hay.

—Continúa, amigo —digo con la esperanza de que corrobore que mis sospechas son correctas.

—Sí, bueno. La suerte ha querido que haya una nave a ochocientos metros de nuestra posición y que siga en funcionamiento, si bien hablar de suerte no es acertado, ya que es más bien un acierto de la tecnología.

—Un momento, ¿quieres que nos montemos en una nave y vayamos a la Antártida? —dice Hollywood dando un paso al frente.

—¿Y qué hay de todos los anillos de esclavización que siguen funcionando por la costa este? —pregunta Yoshi.

—Me toca hablar. —Bumper levanta una mano hacia mí y luego mira al resto del equipo—. Hemos eliminado el anillo de Nueva York, sí. Pero contábamos con el factor sorpresa. Y si el enemigo es inteligente, no va a dejar que eso se repita. Supongo que ya han subido la información a alguna nube y la han compartido. La analizarán durante días o incluso semanas para averiguar qué salió mal y cómo evitarlo. Igual que haríamos nosotros. Así que se acabó lo de enviar bombas ANFO en barcazas por el río, al menos no de la misma manera. Ya están advertidos.

—Lo que significa que tenemos que cambiar de táctica —digo—. Tenemos que ir un paso por delante y mantenerlos en vilo. No esperaban que nos coláramos bajo la cúpula y voláramos nuestro propio puente, ¿verdad? Así que propongo que hagamos lo siguiente que nunca se esperarían.

—Aparecer en su maldita puerta —dice Franky con una voz bastante espeluznante—. Qué bien me ha salido eso.

Todos se ríen.

—¡Ja! —interviene Verónica—. Como si pudieras acercarte sigilosamente a alguien con ese rollo que te traes del Ministerio de los Andares Tontos.

—¿Perdón? —responde Franky.

—Ya me has oído. Eres un pésimo espía.

Franky suspira.

—Patrick, lo siento de veras.

—Yo no —digo con una amplia sonrisa—. En cualquier caso, has dado en el clavo con que vamos a ir a por ellos y no solo a defendernos. Buen trabajo —digo mientras le doy a sir Francis una palmadita en la mira.

—Gracias, Patrick. Es una sensación fantástica ser pieza clave de un equipo.

—Eso ya lo veremos —digo en voz baja.

—Oye, pensaba que habíamos acabado con todas las naves de transporte durante la explosión —dice Yoshi.

—¿Puedo? —pregunta Franky, y supongo que se dirige a mí.

—Naturalmente.

—Aunque las naves restantes fueron derribadas en el aire, y algunas quedaron permanentemente inutilizadas atendiendo a la información de mis escáneres, no significa que todas estén en tierra. Por ejemplo, la que mencioné anteriormente era la que os estaba persiguiendo por FDR Drive. Aunque la explosión de ANFO la envió hasta el Bajo Manhattan, la nave no ha quedado inutilizada. En todo caso, dejó inmóvil a la tripulación.

—¿Inmóvil? —pregunta Z-Lo.

—Muertos. Al contrario de lo que afirma vuestro aburrido sistema de entretenimiento de ficción, un ser humano, y casi todos los organismos biológicos complejos, no pueden aguantar cambios de inercia instantáneos potentes —dice Franky.

—No… no te sigo —dice Z-Lo con la vista clavada en mí.

—¿Te acuerdas de cuando Visión dispara a Máquina de Guerra desde el cielo en *Capitán América: Civil War?* —pregunto.

—Claro. Rhodey casi muere. No le funcionan las piernas.

—Eso es inercia —respondo.

—Buen ejemplo —añade Franky—. Y buena película de Marvel también. En cualquier caso, seguro que hoy en día hay amortiguadores de inercia en casi todo lo imaginable. Pero aunque lleves un traje elegante de Iron Man, no significa que vaya a evitar que los órganos hagan plaf dentro de tu cuerpo.

—¿Entonces los androcallos de la nave han hecho plaf? —pregunta Z-Lo.

—Solo hay una forma de averiguarlo —responde Franky—. ¿Quién se viene de excursión?

* * *

Cuando llegamos a la esquina de las calles Wall y Pearl, hay una multitud que rodea la nave derribada. Veo que la nave ha chocado con varios edificios hasta llegar a su posición actual en medio de la calle.

No han pasado ni seis horas y ya han dejado pintadas con espray, haciendo de la nave una especie de efigie de toda la rabia contenida. Algunas personas la golpean con bates de béisbol, aunque estoy seguro de que les duele más a ellos que a la nave. Sin embargo, lo que más me preocupa son las palancas y los cócteles molotov.

—Así como una hormiga no tiene nada en contra de una bota, a la nave no le preocupan los humanos —me asegura Franky en su papel de Nick Fury—. El grafiti le queda bien, ¿no crees?

—Sí —respondo mientras empezamos a abrirnos paso entre la multitud. Pero hay mucha gente y avanzamos muy poco a poco.

Entonces se produce una escena que me recuerda a André el Gigante, de *La princesa prometida*. Vlad se lleva las manos a ambos lados de la boca y grita:

—¡Apartaos todos!

Los que están justo a nuestro lado y delante se giran y empiezan a dejar hueco para que pasemos.

—Bien hecho —digo.

—No hay problema.

Los que están encima de la nave dejan de golpearla cuando nos acercamos.

—¿Podemos ayudaros? —dice un chaval con un bate de béisbol.

—Hemos venido a montarnos —digo.

—No se puede, viejo. Llevo horas intentándolo.

—¿Viejo? —le digo a Hollywood—. ¿Acaba de llamarme viejo?

—Eh, chaval. Necesitamos que tú y tus amigos os bajéis —ordena Hollywood.

Mira a sus amigos, que parecen trasladar su rabia hacia nosotros.

—No. Estamos bien así.

—Escucha, a mí también me gusta celebrar victorias. Y puedes hacer lo que quieras mientras no dañes mi propiedad o la de otra persona. Pero si ves a alguien con armas y con pinta de haber pasado una guerra, lo inteligente es decir: sí, señora; ahora mismo, señora; lo que usted diga, señora.

—¡Pues yo pienso que esta nave espacial es de todos! —exclama el gamberro y recibe el apoyo instantáneo de la gente que lo rodea.

—Puede ser. Pero tenemos que tomarla prestada —digo.

—¿Ah sí? ¿Y cómo lo vas a hacer?

—Es suficiente. Yo mato ahora —dice Lada.

—Tranquila, Lada. No creo que el chaval quiera pelear con nosotros. Su postura no es amenazante y solo está defendiendo lo que cree que es su nuevo territorio. Lo entiendo. Aunque aún le debe una disculpa a Hollywood.

—Franky.

—Dime, Patrick.

—¿Cómo vas con esa IA de prescolar?

—Casi listo.

—Eh, espera. —El chico salta sobre el soporte de motor—. ¿Con quién hablas?

Levanto a Franky.

—Con mi arma.

—Nunca he visto esa arma.

—Y es por un motivo, chaval. Ahora sugiero que te bajes antes de que tú y tus amigos os hagáis daño.

—¿Habéis oído a este tío? —le dice a su pandilla.

—Cuando quieras, Patrick —dice Franky.

—Adelante.

Los motores de la nave se encienden y la nave sale del boquete en el asfalto. La multitud retrocede entre jadeos y gritos de sorpresa. Los chavales que estaban encima se bajan, menos el cabecilla. Pierde el equilibrio y se agarra con una mano a la nave antes de caer.

—¡Bajadme de aquí! —grita una y otra vez.

Pero ninguno de sus amigos parece interesado en ayudarlo y las demás personas que rodeaban la nave se han alejado para evitar el calor de los motores.

—Bájala, Franky. Con suavidad —digo.

La nave desciende unos metros y aterriza. Z-Lo ayuda a bajar al chico al suelo, lo gira agarrándolo de los hombros para que mire a Hollywood y le grita algo al oído.

El joven asiente de forma repentinamente respetuosa y se dirige a Hollywood a toda prisa. Por encima del ruido del motor, dice:

—Siento mucho haberle faltado al respeto, señora.

—Disculpa aceptada —responde Hollywood para luego decirle que se marche a toda prisa.

La multitud retrocede aún más cuando Franky abre la puerta trasera del compartimento de carga.

—Todos a bordo —dice Franky lo suficientemente alto como para que el equipo lo oiga.

Aunque la multitud de las calles acaba de ser liberada y lo agradecen, también reina la desesperación dado el estado actual de la ciudad. Varios curiosos parece que nos vayan a pedir que los llevemos a algún lado y, aunque me parece genial rescatar a civiles, no somos un equipo de evacuación. Nada como ver un UH-60 Blackhawk rodeado de refugiados desesperados y sus consecuencias para no querer repetir algo así nunca más.

En cuanto piso la plataforma de entrada, le digo a Franky que nos suba. La respuesta es instantánea. Pero la nave solo se eleva unos seis metros.

—¿¡Qué está pasando!? —grito

Z-Lo ha sacado a uno de los pilotos y le está golpeando la cara. Sorprendentemente, el extraterrestre sigue vivo y, además, huele fatal: una extraña mezcla de amoníaco, pescado muerto y verduras podridas. El piloto hace un débil intento de alcanzar la cabeza de Z-Lo, y el chaval le aparta la mano. Pero la mano vuelve en forma de puño y le revienta la nariz al marine. La sangre corre por la cara de Z-Lo, que suelta un gruñido profundo. Tan rápido como un tigre que gira sobre su presa, el chaval rodea con las piernas el torso del extraterrestre, le agarra la cabeza con ambas manos y se la tuerce.

Oigo el crujido desde mi posición.

—Supongo que tienen vértebras —le digo a Bumper.

Asiente y se hace a un lado para que Z-Lo arrastre el cadáver hacia la puerta abierta.

—El maldito androcallo me ha roto la nariz.

Está a punto de echar el cuerpo cuando se me ocurre una idea.

—Un momento. Quiero la armadura —digo arrodillándome junto al androquí muerto.

—¿Qué? —pregunta Z-Lo por encima del ruido del motor.

—Quiero su armadura —digo golpeando la placa verde esmeralda que cubre su pecho.

Z-Lo me mira como si hubiera perdido la cabeza.

—Sargento jefe de artillería, ¿seguro que...?

—¡Quítasela, marine!

—Entendido.

Bumper y Espectro ayudan a Z-Lo a desvestir al extraterrestre muerto y empiezan a apilar el blindaje y el uniforme a un lado. El hedor empeora a medida que avanzan y me preocupa que tal vez no haya sido una buena idea. Pero como parece que la armadura puede entrarle a alguno de los miembros más grandes del equipo, me hago a la idea de que igual nos es útil más adelante.

A medida que la criatura va perdiendo ropa, veo que los chicos sienten más repulsión. Su carne gris y sus venas verdes cubren un sistema esquelético no muy diferente al nuestro. Pero es lo suficientemente diferente como para hacer una mueca mientras la desvisten.

—Al menos lleva ropa interior —grita Yoshi.

—¿Tienes curiosidad? —pregunta Z-Lo.

—¡No, por Dios!

—No te pongas nada de eso —dice Franky—. Me refiero a la armadura, no a la ropa interior; eso sería asqueroso.

—¿Por qué? —pregunta Z-Lo.

—Arg. ¿De verdad tengo que explicarte qué es la higiene? Inquietante.

—Creo que se refiere a la armadura —le digo a Franky.

—Ah. Bueno, como en mi caso, solo quienes tienen rastro de trinium pueden vincularse. El resto se encontrará con una desagradable sorpresa. Y el casco en particular es bastante potente.

—Gracias por avisar —respondo.

Una vez que el cadáver se queda despojado de su uniforme, Z-Lo hace los honores y lanza el cuerpo gris fuera de la nave. La multitud grita cuando el alienígena aterriza en la acera.

—Aquí va otro —dice Yoshi mientras él y Hollywood arrastran al segundo piloto.

También despojado de su armadura, el cuerpo sale volando y aterriza cerca del primero. En cuestión de segundos, la multitud se arremolina como un banco de pirañas.

Me asomo para ver cómo la multitud hace papilla a los invasores cuando Bumper me agarra del chaleco y pulsa el botón para iniciar el cierre de la puerta de la plataforma. Cuando nos abrimos paso entre los edificios, la realidad del momento me golpea. ¿Cuántas veces he luchado en lugares que eran desconocidos para mí y me he obligado a olvidar a la gente a la que he ayudado una vez que mi papel se había cumplido? Pero ahora mismo, viendo a Brooklyn brillar al otro lado del río, no puedo. La verdad es que uno nunca olvida los pueblos por los que ha luchado en nombre de la libertad. De hecho, eso es parte de la futilidad de la guerra, al menos de las guerras en las que he luchado: en cuanto te vas, sabes que las cosas volverán a ser como antes y no hay nada que puedas hacer al respecto. Una sensación parecida me asalta ahora y me pregunto si alguna vez tendremos éxito contra este enemigo. Si venceremos de verdad.

Paso a paso, Bic.

—Tenemos que bautizarla —me dice Bumper una vez que la puerta de la rampa está sellada.

—¿Te refieres a ponerle un nombre a la nave?

—Claro que sí —dice Hollywood al escuchar la conversación.

Bumper sonríe.

—Y en mi opinión, solo hay un nombre posible.

Como si lo hubiéramos ensayado, todos los Phantoms que conocen la historia miran a Z-Lo y dicen:

—Dolores.

—¿Quién es Dolores? Una belleza americana de grandes pechos, ¿verdad? —pregunta Vlad desde el otro extremo de la nave.

—Vas a tener que preguntarle a Z-Lo si quieres saber detalles. Pero es muy reservado al respecto —digo.

—Ah, ya entiendo. Sí, es importante guardar mejor para uno mismo. Respeto mucho esta forma de comportarse.

Z-Lo sabe encajar las bromas, pero sé que se siente avergonzado. Y encajar es justo eso. Aun así, veo necesario darle ánimos tanto como burlarnos de él de vez en cuando.

—Eh, chaval. Quiero decirte algo —digo, y lo llevo a un lado más apartado.

Me lanza una mirada escéptica.

—Antes, cuando le dijiste a ese imbécil que se disculpara con Hollywood…

—¿Sí?

—Eso es tener clase

Z-Lo baja la guardia al escucharme

—Gracias, sargento jefe de artillería.

—Solo digo la verdad. Eres un buen tipo.

—Gracias, señor.

—Y a partir de ahora llámame Bic a secas. ¿Entendido?

Asiente varias veces.

—Entendido, sargento… señor… Bic.

Me río y le doy una palmadita en el hombro.

—Lo conseguirás.

—Entonces, ¿a la Antártida? — me pregunta Franky.

—Todavía no. Tenemos que hacer algunas paradas.

* * *

La primera parada que hacemos es en el Muelle 36 para que Vlad y Lada se despidan de Sissy y para abastecernos con más armas y municiones.

También cogemos algunos MRE rusos que, cuanto más lo pienso, serán importantes para la moral del equipo. Aunque no son nada del otro mundo, tienen un componente sentimental. Lo admito, no quiero volver a comer nada así en mi vida, pero, si nos dirigimos a un planeta extraterrestre, unas patatas gratinadas podrían sentarle bien a mi espíritu, aunque mi estómago lo destrocen.

Lo más sorprendente que los hermanos rusos cargan viene doblado en un papelito con un cordel.

—Esto es para ti de parte de Babushka Petrov —dice Vlad después de sacar el paquete de su ridícula riñonera—. Toma. Abre.

Cojo el paquete y deshago el cordel. En el interior hay una docena de parches de estilo militar en forma de lágrima con hilo gris sobre un fondo blanco. En el centro hay algo que parece un casco androquí maltrecho debajo de dos galones.

—¿Te gusta? Es para Equipo Phantom.

Miro a Vlad y a Lada con los ojos entrecerrados.

—¿Vuestra abuela ha hecho esto… mientras estábamos ahí fuera?

—*Da*. Quizá tiene pequeña tienda clandestina de regalos y bordados llamada *Super Good Time Feelings Merchandise Store*. Ni confirmo ni desmiento.

—Y esto lo ha hecho para nosotros.

—Sí. Y a lo mejor ahora dejas que Lada y Vladimir también miembros equipo, ¿sí?

—Me lo pensaré.

La siguiente parada es en el Club Náutico Richmond County, donde nuestros coches. Estoy entre impresionado y sorprendido al ver que no han sido saqueados. Tal vez nadie nos vio llegar, o tal vez sí y no les hizo gracia que tuviéramos tantas armas. Yo tendría miedo de que pudiera haber trampas, pero ya ha quedado claro que me gustan esa clase de preparativos.

Bueno, igual soy un poco paranoico también.

Pero después de todo lo que acabo de pasar, creo que es comprensible. La paranoia no elimina la posibilidad de que el enemigo intente matarte.

Recuperamos todos los MRE, la munición y el agua potable, así como parte del equipo secundario, y luego nos despedimos de nuestros vehículos por segunda vez en menos de veinticuatro horas. Parece que sean más, pero el tiempo tiende a ralentizarse cuando cada minuto parece el último.

—Lo siento, Dolores —le dice Z-Lo a su Humvee—. Pero nos obligaron a ponerle el mismo nombre a la nave. Pero todavía te quiero.

—¡Vamos, don romántico! Todos arriba —dice Hollywood.

—Ya voy. —Z-Lo le manda un beso volado a su HMMWV.

Abandonamos el club náutico y Franky nos lleva al último lugar que quiero ver en este momento: mi cabaña en Skytop, Pensilvania. No quiero decir que no me apetezca, pero después de la charla en las ruinas del puente, ya me había hecho a la idea de que nunca la volvería a ver. Y aquí estamos. Y yo estoy luchando contra la nostalgia como si fuera un niño.

Aterrizamos lejos de mis trampas y desembarco con la estricta condición de estar quince minutos. Ese límite es para mí, no para el resto del equipo. Un poco más y creo que podría cambiar de idea sobre continuar. Maldito sentimentalismo.

Después de poner en marcha mis dos generadores de reserva, los miembros del equipo se turnan para usar el baño y luego se reúnen conmigo en el sótano para revisar el equipamiento para bajas temperaturas. También nos abastecemos de más armas, munición, pilas y baterías para las radios y las gafas de visión nocturna, más toda la comida que nos quepa. No sé qué nos espera al otro lado de ese portal, pero quiero prepararme con la idea de que no seremos recibidos con hospitalidad. Esto me recuerda quizá la cuestión más olvidada hasta ahora, y me siento como un idiota por no haberlo pensado antes.

Espero hasta que todos los demás estén arriba y digo:

—¿Franky?

—¿Sí, Patrick?

—Una pregunta al azar, pero… ¿los humanos podemos respirar en Androquía Prime?

—¿De verdad crees que te dejaría siquiera contemplar la idea de atravesar ese portal sin la presencia de un soporte vital adecuado?

Estoy a punto de responder afirmativamente cuando Franky salta con su propia pregunta.

—¿Sabes qué? No importa. Esto podría socavar la generación de confianza y dar lugar a una sospecha innecesaria. Por si sirve de algo, la respuesta a la última pregunta es no; no te permitiría hacer algo tan peligroso. Y la respuesta a la primera pregunta es sí, allá adonde os dirigís, podréis respirar.

Meto más MRE en las mochilas.

—¿Y sería posible que me contaras mas sobre el lugar al que nos dirigimos?

—Naturalmente. Sin embargo, dado el límite de tiempo de quince minutos que te has impuesto, aconsejo que discutamos el asunto de camino.

—Me parece bien. ¿Hay algo que creas que nos falta y que debamos llevar para el viaje?

—¿Además de varias bombas trinitex improvisadas, material de camuflaje para un ejército y una nave espacial? No, mi opinión es que ya está todo.

—Así dicho… parece hasta mucho.

—Yo no me preocuparía demasiado.

—¿Y eso por qué?

—Porque, Patrick, tienes la única cosa que los androquíes no tienen.

—¿Y qué es?

—A mí.

—Muy reconfortante.

—Sí, ¿no? —dice suspirando.

—Ya me pillaron en calzoncillos en la Antártida la otra vez, no quiero que se repita.

—¿Y eso qué quiere decir?

—Quiero que ataquemos al enemigo, pero primero necesitamos información. Así que hemos de tomar esto como una misión de reconocimiento, no como una guerra. No estamos preparados. ¿Está claro?

—Naturalmente, Patrick. Eres, según he podido ver, un planificador consumado. Esta misión es simplemente una excursión de ida y vuelta para investigar, por así decirlo.

—¿Te has… te has leído *El Hobbit*?

—Vi la película. Aunque supongo que ahora me dirás que…

—Que el libro siempre es mejor —decimos los dos al mismo tiempo.

Le sonrío.

—Entonces es una misión de reconocimiento.

—Precisamente. Entra, saluda y obtén algo de información para satisfacer tu curiosidad, y luego vuelves a la Antártida para seguir haciendo lo que mejor sabes hacer.

—¿Y qué es, según tú, lo que mejor sé hacer?

—Joder a los pazguatos.

Me encojo de hombros y sigo metiendo cosas en la mochila.

—No está mal.

* * *

Cuando vuelvo arriba, veo que el equipo ha empezado a turnarse para usar la ducha y al menos dos han entrado a la vez. Una pista: no son Espectro y Z-Lo. No pasa nada, pero podrían haberme preguntado antes. Para ducharse, me refiero; que haya sexo en la ducha me da igual.

Pero no me puedo molestar más de la cuenta porque desinfectar y tratar las heridas es una muy buena idea. Me vendría de perlas un poco de agua caliente, algo de Motrin y un vaso de Redbreast. Y eso me recuerda que tengo que coger mi *whisky* antes de que Yoshi lo encuentre. Cuando me toca ducharme, le doy gracias al santo patrón del agua caliente por el calentador individual que instalé cuando construí la casa. La mejor inversión que podría haber hecho para un momento como este, lo cual es irónico, ya que nunca esperé que viniera nadie, y mucho menos un grupo de soldados al azar. Y dos rusos. Maldición, voy a tener que prender fuego a la casa.

—Vaya, vaya. —Lada agarra la foto que hay junto a la chimenea.

Me quito la toalla de la cabeza.

—Vuelve a ponerla en su sitio.

—¿Quiénes son? —Hollywood se acerca a Lada antes que yo—. ¡Santo cielo! ¡Qué jóvenes estáis!

—He dicho que la pongáis en su sitio.

Les quito la foto de un estirón y la pongo boca abajo en la chimenea.

—Sois tú y Aaron —dice Hollywood—. ¿Y el tercero es Jack?

—Fue en otra vida.

Entonces Lada me empieza a olisquear el cuello y los hombros y yo me aparto.

—¿Pero qué demonios haces?

—Hueles a carne fresca de hombre.

Lada sonríe como si fuera el Gato de Cheshire.

—Ya está bien —digo señalando la puerta—. Que todo el mundo vuelva a montarse en Dolores. Se acabó el recreo.

* * *

Con una velocidad máxima en la atmósfera de mil quinientos kilómetros por hora, Franky estima que podemos llegar al centro de investigación en aproximadamente diez horas. Me resulta, cuanto menos, impresionante, porque nunca antes he roto la barrera del sonido. A no ser que cuente la mañana siguiente de una noche comiendo tacos sin parar.

Y lo que también resulta impresionante es que Franky me dice que no tenemos que repostar. Al parecer, la nave se alimenta de lo mismo que él: trinio. Solo que la nave hace uso de algo que él llama núcleo de impulsión. Se me viene a la cabeza Star Trek, pero entonces Franky dice:

—Ni por asomo.

A decir verdad, creo que hay más similitudes de las que quiere admitir, pero quiero que sienta que tiene algo único que ofrecer ahora mismo. Al fin y al cabo, su gatillo no funciona y tampoco quiero echar sal en la herida. Además, si se siente confiado, quizá se le escape algo. Y estoy esperando que llegue ese momento con ganas.

Lo que más me impresiona de la nave es la comodidad. Si alguien me hubiera dicho que podía quedarme dormido viajando a mil por hora, me habría reído. Pero es que soy un marine jubilado. Nos entrenan desde el primer día para quedarnos dormidos y en cualquier lugar en cuanto nos den la orden. Pero ahora mismo parece que esté en un avión privado de primera clase. Y no me quejo, al igual que tampoco lo hace el resto del equipo, con todos esparcidos por el suelo.

Me resulta especialmente fácil quedarme dormido porque he cogido todas las mantas, almohadas y sacos de dormir que tenía en casa. Y también los he compartido con el equipo. Aunque me he guardado mi almohada para mí. ¿Qué pasa? Desde que soy un civil más, he caído rendido ante algunas comodidades de la vida mundana.

Después de comprobar tres veces que Franky tiene el control de la nave y de hacerle jurar por su madre que no va a estrellarnos a todos contra una montaña, me pongo cómodo y me tapo con la manta. Cuando empieza a invadirme un sueño profundo, siento algo en la espalda. Lo último que quiero es gastar energía para decirle a alguien que se aparte. Echo un vistazo por encima del hombro para asegurarme de que no es Z-Lo o Vlad.

No.

Es Lada.

Pero tiene las manos quietas, me da calor y yo estoy demasiado cansado como para preocuparme ahora mismo.

* * *

—Tal y como yo pensaba —dice Franky mientras la nave atraviesa el punto de referencia a ocho kilómetros de la zona de aterrizaje que he designado cerca de la entrada de la antigua excavación—. Todavía no han determinado la causa del sabotaje en Nueva York, así que la puerta no está activa. Al menos por el momento.

—¿Significa que no hay nadie en casa? —digo mientras me siento junto a Z-Lo en el asiento del piloto.

Aunque ninguno de los dos está pilotando, es reconfortante saber que hay un humano pendiente en caso de que haya que hacer algo. Es cierto que Z-Lo es el que tiene más experiencia pilotando una nave de este tipo, seguido de cerca por Yoshi, pero creo que el tiempo de vuelo y el número de accidentes es proporcional.

—Correcto, Patrick. No hay nadie en casa y no detecto señal de vida en la superficie.

—Si a ti te parece bien, a mí también.

—Sí. Indudablemente.

—¿Cómo has dormido, Bic? —me pregunta Hollywood detrás de mí.

Me niego a responder siquiera porque percibo la sonrisa en su voz y sé que ha visto a Lada intentando hacer la cucharita conmigo.

—Vale, vale. —Me da una palmadita en el hombro—. Estabas bien tapado.

Le ofrezco mi dedo corazón con la mirada fija en la pantalla.

—Y cuando volvamos, vas a limpiar la ducha.

—Me parece razonable.

—Con lejía.

—Entendido.

—Hollywood —digo en un tono más serio y le pongo la mano en el hombro—. Bumper es un buen tipo. Me alegro por ti. Por los dos.

Hollywood me mira. Su comportamiento bromista se transforma en una pequeña sonrisa pacífica y luego me da un abrazo.

—Gracias, Bic.

Le doy dos palmaditas en la espalda y agradezco que Aaron aparezca e interrumpa el abrazo.

Está completamente absorto frente a la pantalla.

—¿Qué ha pasado aquí?

Miro el monitor. Sea cual sea la tecnología de procesamiento de imágenes de Dolores, hace que la noche eterna que domina esta zona a finales de junio parezca un videoclip completamente iluminado de la excavación, pero en escala de grises. Supongo que debe de ser algún tipo de sensor infrarrojo.

Lo que inquieta a Aaron no es lo que vemos, sino lo que no vemos. En lugar de una pequeña cueva de entrada que conduce a la ladera de un glaciar y al anillo, toda la masa de hielo se ha abierto como si alguien hubiera lanzado una bomba nuclear. Ahora el anillo se encuentra al aire libre bajo un cielo lleno de estrellas, rodeado de círculos concéntricos de material tecnológico que nunca había visto antes. Y sin embargo, cerca del anillo, me parce ver parte del equipo de investigación original de Aaron y todo el andamiaje, aunque cubierto de nieve.

—Es la base de operaciones inicial —digo en voz baja, pero aparentemente lo suficientemente alto como para que Franky me oiga.

—Así es —responde.

Hollywood se acerca a Aaron.

—Así que los primeros entraron por aquí.

—Sí —responde Franky.

Hollywood mira a Aaron.

—¿Y tú descubriste esto?

Se encoge de hombros y pone los ojos en blanco.

—Desgraciadamente.

—No, no. Es algo… extraordinario. Simplemente me hubiera gustado que, bueno, ya sabes, que hubiese traído buenas noticias al planeta.

—A mí también.

—Pero, bueno, es bastante…

—Por favor, Hollywood. No hace falta que digas nada.

—Ya. Lo siento.

—Confírmame que la maniobra de aproximación es segura —le digo a Franky una vez más.

—Lo es. Y si acaso cambia, te lo diré.

—¿Me avisarás con más de treinta segundos de antelación?

—Sí, más de treinta segundos.

—¡Por la Virgen de la Guadalupe! —dice Verónica. Yo lo avisaría con al menos diez minutos de antelación. Novato.

—Gracias —dejo escapar un suspiro que llevaba rato conteniendo sin saberlo—. Muy bien, Franky. Bájanos, con cuidado.

Entonces me doy la vuelta para mirar al equipo.

—¿A quién le apetece un helado?

* * *

—¡Hace mucho más frío en esta época del año! —grita Aaron mientras caminamos por la nieve.

Un amplio sendero que atraviesa los círculos concéntricos con el material tecnológico extraterrestre nos ofrece una vista perfecta del anillo original. Aaron decidió venir «por los viejos tiempos», dijo, ya que aquí es donde empezó todo.

—Hay una razón por la que elegimos hacer nuestra investigación en los meses de verano del hemisferio sur.

—Muy avispado —respondo.

Pero no estoy de humor para charlas. Estoy en un estado de alerta tan intenso que el frío no me afecta como de normal lo haría. Incluso con el anillo desactivado estoy esperando que aparezca un tirano o un ángel de la muerte. El problema es que ni siquiera estoy seguro de que mi SCAR vaya a funcionar con esta temperatura. Y eso es uno de los motivos por los que traje a Verónica y a Franky.

—¿Todo bien, Verónica? —pregunto.

—¿Que si todo bien? Patrick, yo siempre estoy bien. Si otros fusiles, no voy a decir nombres, te hacen pensar que todas las armas estamos de mal humor o tristes como si no nos hubieran dado suficientes achuchones, es porque son unos mentirosos. ¿Entiendes?

—Entendido. Me alegro de haber preguntado.

—Psst —dice Franky.

—¿Qué?

—No le digas nada de la guerra a Verónica.

Aaron lo pilla antes que yo: es una referencia a la serie británica *Fawlty Towers*, que tanto parece gustarle a Franky.

Vlad también se ofreció a acompañarnos. Tiene sentido después de lo que pasamos juntos.

—¿Cómo te encuentras, grandullón?

—Me siento como primavera en Siberia. Además, tengo muchas buenos recuerdos de estar aquí contigo. ¿Sí, Brooklyn Nueva York?

—Claro, Vlad.

No importa el hecho de que hayamos presenciado una masacre juntos. Los rusos siempre han tenido un extraño romance con el lado oscuro de la vida. O tal vez solo son más honestos sobre el dolor y el sufrimiento. Bueno, le dejaré el tema a los filósofos.

El resto del equipo decidió sabiamente quedarse a bordo de Dolores mientras los tres investigamos el anillo y trabajamos con Franky para activarlo.

—¿Y estás seguro de que no vamos a necesitar todos los cacharros de Aaron? —le pregunto a Franky.

—No, Patrick. Ya te lo dije: me tienes a mí, ¿recuerdas? Soy todo lo que necesitas.

—¿Y no podríamos hacer esto desde la nave?

—Los androquíes siguen siendo un poco anticuados en ese sentido. Solo se puede iniciar un anillo de origen desde el lado de destino con activación manual.

—Activaciones manuales son siempre mejores —dice Vlad.

Aaron se ríe y mueve la cabeza.

—¿Qué? —Vlad levanta la manopla—. Estoy hablando honestamente y de corazón.

—Y eso nos gusta —digo en mi nombre y en el de Aaron.

Finalmente, llegamos a la vieja escalera de piedra que conduce a la base del anillo. Me vuelven a la cabeza las imágenes de Lewis siendo arrastrado y la muerte del profesor Walker. Juro que las veo con mucha claridad durante un segundo, pero rápidamente me doy cuenta de que solo son nuestras sombras proyectadas por los focos de Dolores.

—¿Qué hacemos, sir Francis? —pregunto.

—Ponme en el umbral.

Comparto una mirada con Aaron y luego con Vlad.

—No te vamos a perder, ¿verdad?

—No. Siempre y cuando no me eches al otro lado. Lo que sería una muy mala noticia tanto para ti como para mí. Solo necesito tener contacto físico con el anillo durante unos instantes.

—¿Así se encenderá y podremos volver a Dolores y pasar volando?

—Correcto, Patrick. Echamos un vistazo, bailamos un poco y, en menos que canta un gallo, estamos aquí de vuelta.

Me quito a Franky de la espalda y lo sostengo con ambas manos.

—Patrulla Alfa, aquí Phantom Tres —dice Bumper por radio.

—Te estamos recibiendo claro y fuerte —dice Vlad después de luchar con su radio durante un segundo.

—¿Todo bien ahí fuera?

—Sí, estamos preparando lord Francis —responde Vlad

—Perfecto, solo era una comprobación.

—¡Lord Francis! ¡Cómo me gusta! —dice Franky.

—Sir Franky ya es bastante noble. —Miro de Franky a Aaron—. Ha llegado el momento.

—Sí.

—¿Estás seguro?

—Claro que estoy seguro. ¿Y tú?

Miro hacia el anillo y siento un escalofrío más profundo que la temperatura del aire antártico que me recorre la columna vertebral.

—Es la forma más rápida de encontrar respuestas. Las necesitamos para salvar a nuestra gente.

Y aunque digo nuestra gente, me doy cuenta de que realmente estoy hablando de todo el planeta. Que Dios nos ayude.

—¿Lazos más allá de la sangre? —pregunta Aaron.

—No nos para ni el fuego ni el barro ni el hambre. —Espero un segundo y luego añado—: ¿Podrías conectar por radio con el equipo?

Asiente, saca su radio del abrigo y abre el canal.

—Dolores, aquí Aaron.

Sonrío ante su referencia a Star Trek.

—Adelante —responde Bumper.

—Pat va a hablar. Esto…Bic.

Aaron mantiene el canal abierto y me acerca el transmisor a la boca.

—Solo quiero asegurarme de que todos estamos preparados para esto —digo con Franky aún en mis manos—. Aún hay tiempo de echarse atrás.

Hay una pausa de unos segundos antes de que Bumper vuelva a hablar.

—Parece que hemos llegado a un consenso.

Miro a Aaron un poco inquieto.

—¿Cuál es?

—¡ECN! —grita el equipo por radio.

Sonrío.

—Entendido.

Aaron vuelve a meter la radio en el bolsillo del pecho de su abrigo y cierra la cremallera.

—Vlad es también «ecene». Nadie pregunta, pero se siente bien para ofrecer voto de confianza.

—Es ECN, amigo. —Le sonrío—. Significa: «El campo es nuestro».

—El campo es nuestro. Me gusta, sí. ¿Campo de fútbol americano?

—Algo así. —Busco en mi chaqueta, saco uno de los parches Phantom y se lo doy a Vlad—. Toma. Esto es para ti.

Lo observa fijamente durante tres segundos antes de mirarme a los ojos.

—¿Significa que Vlad es Phantom ahora?

—Si tú y Lada estáis dispuestos a atravesar las puertas del infierno conmigo, sois Phantoms.

—Nunca vas a arrepentir. —Vlad lo besa y luego lo mete dentro de su abrigo—. Nosotros tres nos metimos en lío juntos aquí, ¿sí? Así que siento que es justo salir de lío juntos en mismo lugar. Además, Lada te encuentra muy sexi, Bic. Significa que nos convertimos en hermanos.

—No, eso no va a pasar.

—Sí, Brooklyn Nueva York. Nadie se resiste a los encantos de Lada.

—A lo mejor se ha encontrado con un muro en mí. —Miro a Aaron—. ¿De verdad estamos teniendo esta conversación?

Aaron se ríe.

Vlad me da una palmada en la espalda.

—Más motivo para ser hermanos. ¡Venga! Coloca lord Francis en altar y bañémonos en gloriosas luces de futuro.

—Dios. —Inhalo el frío aire de la Antártida y miro el fusil extraterrestre que tengo entre mis manos—. Vamos a morir todos, ¿verdad, amigo?

—Naturalmente, amigo mío. Pero eso nunca estuvo en duda.

—¿Ah, no?

—Todos morimos. La pregunta más importante es: ¿quién estará a nuestro lado cuando lo hagamos? Y yo me siento honrado de enfrentarme al futuro contigo al lado, Patrick.

—*¡Dasvidaniya!* —grita Vlad a todo pulmón mirando al anillo.

—*Dasvidaniya* —dice Aarón encogiéndose de hombros y riendo.

—Qué cabrón.

Dejo a Franky en el suelo de piedra y luego me alejo.

—*Dasvidaniya*. Que sea lo que Dios quiera.

—¡Te equivocas, mi buen hombre! —grita Franky mientras la electricidad empieza a extenderse a través de él y por el anillo—. ¡Que sea lo que nosotros queramos!

Gracias a la abuela Petrov y a su tienda *Super Good Time Feelings Merchandise Store*, puedes hacerte con el parche del Equipo Phantom y la ficha de póquer de la Bratva de Bic.

Muestra tu lealtad al Equipo Phantom con el parche militar de coleccionista del primer libro. Estos parches de primera calidad fabricados en EE. UU. con soporte de velcro muestran un casco androquí roto bordado en gris y dos galones sobre fondo blanco.

¿Tienes que pedir un favor? Mejor que no salgas de casa sin tu ficha de la Bratva. Esta ficha de póquer de arcilla de trece gramos muestra el símbolo de la sección de Sissy en Nueva York en la parte delantera junto con tres círculos que denotan la presencia de Bic, Aaron y Vlad en el anillo de la Antártida. En el reverso, la estrella de la Bratva rodea la icónica frase de Vlad en inglés: *US Brooklyn New York and Russian brotherhood are sexing*.

Hazte con tu colección en ruinsofthegalaxy.com.

Entérate de todo

Únete al grupo de Facebook **JN Chaney's Renegade Readers,** en el que los lectores se reúnen, comparten impresiones y hablan directamente con los autores. ¡Echa un vistazo y entra a formar parte del equipo!

Para estar al día de nuevos lanzamientos y de promociones exclusivas, suscríbete al boletín de noticias en https://www.jnchaney.com/ruins-of-the-earth-subscribe

¿Te ha gustado lo que has leído? Ayuda a otros a descubrir *Ruinas de la Tierra* mediante una reseña en **Amazon**.

Agradecimientos

Este libro sería una sombra de sí mismo sin el notable talento de mis quince estimados lectores del Equipo Alfa. Me siento orgulloso de poder decir que son mis amigos y no simples colaboradores. Estoy especialmente agradecido a quienes tan generosamente compartieron conmigo sus años de experiencia militar, algunos de los cuales lo hicieron estando en misiones en activo. Les estaré eternamente agradecido.

Los lectores del Equipo Alfa son:
- Matthew Titus: Sabio de las ruinas y maestro de personajes
- Gary Guilmette: Armador de ruinas
- Kevin Zoll: Asesino del boli
- Steve Janulin y Eric Earley: DECMC (Directores de Experiencia con Mucha Clase)
- John Walker, Jon Bliss, Shane Marolf y Mike McDonnell: Magos espaciales de la cultura pop
- Aaron Campbell, David Seaman, Matthew Dippel, Mauricio Longo y Patrick McDaniel: Creadores de apoyo emocional
- Elijah Cole: Mago espacial suplente

Además, me gustaría dar las gracias a Jennifer Sell, nuestra editora, por darle brillo a la historia. No seríamos nada sin ti. A Kayla Curry, por tu infinita paciencia para la obtención de formato. A Chloe Cotter, por ser una maestra del *marketing*. A Molly Lerma, por mantenerme a raya (que Dios te lo pague). A James Brockwell, por tus superpoderes de carga. Y a Victoria Gerken, de Podium Audio, por hacer que esta historia llegue a los oídos de la gente. Sois todos espectaculares y es un privilegio trabajar con vosotros.

A los Renegade Beta Readers, gracias por arrancar las malas hierbas.

A mi amigo R.C. Bray, gracias por dar voz a Bic, a sir Franky y a los Phantoms. Eres lo más.

A los editores amigos Jason Anspach, Wayne Thomas Batson, Bobby Bray, Jeremy Andrew Davis, Brian Moore y Mike Kim, gracias por mantenerme cuerdo. Y a Matthew Titus, por hacer siempre más de lo posible para que mis libros encajen. Me haces parecer mucho más inteligente de lo que soy.

A mi padre, Peter, por mostrarme la obra de Clive Cussler y Matthew Reilly, quienes me contagiaron las ganas de escribir novelas de aventuras. Te quiero, papá.

Para Jeff Chaney, me encanta que nos ganemos la vida con esto. Gracias, hermano.

Y a mi esposa, Jennifer, que es el ingrediente secreto de todos mis libros: te quiero.

Sobre los autores

Christopher Hopper es un autor galardonado con más de veinte novelas a sus espaldas. Vive con su mujer y sus cuatro hijos en Nueva York. Puedes encontrar todos sus libros, sus artículos y su pódcast en **christopherhopper.com.**

* * *

J. N. Chaney es un autor que ha recibido el reconocimiento de USA Today en su lista de *best sellers*. Posee un Máster en Bellas Artes en Escritura Creativa. Se considera un gran fan de Super Mario Bros. Si no está escribiendo o jugando, puedes encontrarlo conectado a **jnchaney.com.**

Se mueve bastante, pero fue visto por última vez en Las Vegas, NV. Cualquier avistamiento debe ser notificado, ya que es raro.

Podium

DISCOVER MORE

STORIES UNBOUND

PodiumEntertainment.com